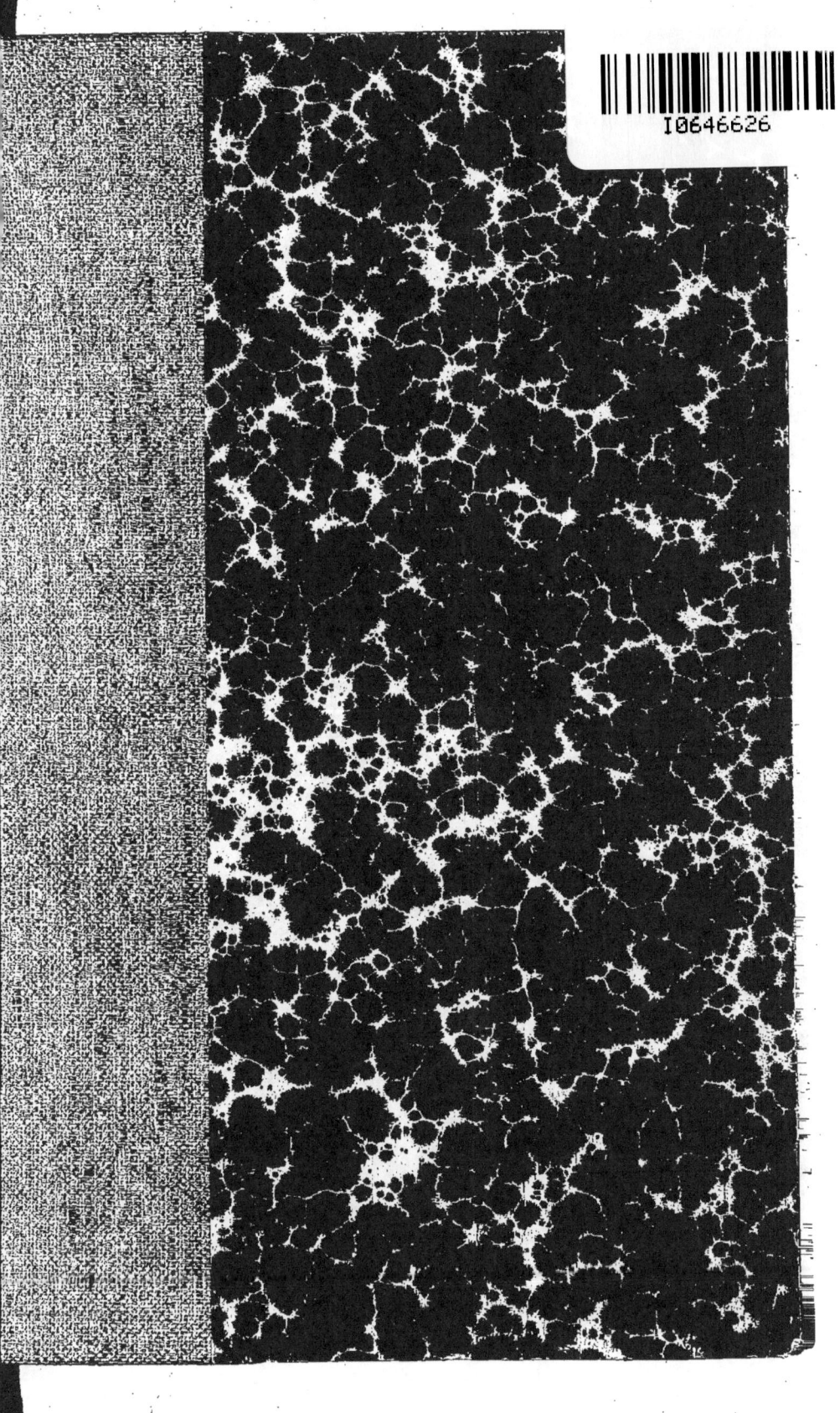

I0646626

THÉORIE INDUSTRIELLE

DE L'ÉLECTRICITÉ

ET DES

MACHINES ÉLECTRIQUES

PAR

A. VERDURAND

Ancien Élève de l'École Polytechnique,
Ingénieur A. I. M. et A. I. Lg.

Préface du Général FERRIÉ
Directeur de l'Établissement Central du Matériel radiotélégraphique.

6478

PARIS

H. DUNOD et E. PINAT, ÉDITEURS

47 et 49, Quai des Grands-Augustins

1919

Tous droits de traduction, de reproduction et d'adaptation réservés pour tous pays.
Copr. by Dunod et Pinat, 1919.

THÉORIE INDUSTRIELLE
DE L'ÉLECTRICITÉ

ET DES

MACHINES ÉLECTRIQUES

8° V
40648

THÉORIE INDUSTRIELLE

DE L'ÉLECTRICITÉ

ET DES

MACHINES ÉLECTRIQUES

PAR

A. VERDURAND

Ancien Élève de l'École Polytechnique,
Ingénieur A. I. M. et A. I. Lg.

Préface du Général FERRIÉ

Directeur de l'Établissement Central du Matériel radiotélégraphique.

PARIS

H. DUNOD et E. PINAT, ÉDITEURS

47 et 49, Quai des Grands-Augustins

1919

Tous droits de traduction, de reproduction et d'adaptation réservés pour tous pays.
Copr. by Dunod et Pinat, 1919.

PRÉFACE

L'ouvrage du Capitaine Verdurand est établi suivant un plan très original qui le différencie très nettement des traités d'électricité antérieurs.

Dans la partie théorique, exposée surtout par le raisonnement, il est fait appel au bon sens du lecteur plutôt qu'à ses connaissances mathématiques.

Par ailleurs, la machine considérée comme la plus simple est la machine polyphasée. Le mouvement de rotation du flux magnétique, étant périodique, produit nécessairement une force électromotrice périodique. On n'obtient le courant continu qu'en compliquant la machine par un organe redresseur. La dynamo à collecteur se trouve donc rejetée à la fin du volume comme présentant le maximum de complication.

Autre idée heureuse : présenter le transformateur triphasé à champ tournant comme la machine type à champ tournant, de même que le transformateur statique monophasé sert d'introducteur aux machines à champ alternatif.

Cette façon de concevoir l'exposition des propriétés des machines électriques a amené l'auteur à l'énoncé de propositions générales.

Enfin l'ouvrage du Capitaine Verdurand est au courant des nouveautés de l'électrotechnique et contient aussi le principe des combinaisons classiques : compoundage des

alternateurs, groupes convertisseurs, machines de laminoirs, régulation des moteurs de traction, etc.

La *Théorie industrielle de l'électricité et des machines électriques* mérite donc tout le succès que ma fidèle amitié
souhaite à son auteur.

G. Ferrié.

THÉORIE INDUSTRIELLE DE L'ÉLECTRICITÉ

ET DES

MACHINES ÉLECTRIQUES

PRÉLIMINAIRES

Notions générales de courant électrique et d'énergie électrique. — Assimilation des génératrices et moteurs électriques aux pompes centrifuges et aux turbines hydrauliques.

Je me suis efforcé, en composant cet ouvrage, d'en écarter les
mathématiques dans la plus grande mesure possible. Je pense
en effet que les mathématiques constituent un moyen d'investi-
gation destiné à secourir la faiblesse de notre esprit, lorsque
celui-ci cherche à pénétrer dans des domaines de la science
encore inexplorés ou mal connus. Je pense également qu'elles
sont indispensables pour mettre au point les mécanismes conçus
par l'imagination des inventeurs. Mais, en dehors de ces usages
importants, je pense que l'on doit s'en passer le plus possible,
car loin d'ajouter à la clarté de l'exposition, elles sont propres
surtout à cacher à l'imagination le jeu des phénomènes naturels. En effet, elles constituent souvent un microscope, à
travers lequel nous ne voyons qu'une toute petite partie du
mécanisme de l'univers. Il importe que l'esprit, après s'être
servi de ce microscope pour percevoir ce qui, sans son aide,
lui serait resté inaccessible, s'attache à réunir tous les mor-
ceaux de ce mécanisme qu'il a d'abord découvert pièce par
pièce, afin d'en embrasser l'ensemble d'un seul coup d'œil. Cette
vue d'ensemble n'est pas seulement nécessaire pour lui procu-
rer la jouissance que provoque le spectacle des grandes harmonies

de la nature, elle est surtout indispensable pour lui montrer comment les mécanismes les plus compliqués sont toujours le siège de combinaisons de phénomènes simples, et comment le jeu de ces combinaisons peut être prévu en leur appliquant simplement les principes fondamentaux de la mécanique.

Nous allons voir, particulièrement en ce qui concerne les machines électriques, que les plus compliquées d'entre elles se réduisent, en définitive, à des combinaisons d'aimants et de courants électriques, les premiers étant enfermés dans la cage d'écureuil dont les barreaux sont parcourus par les seconds, en sorte que les aimants cherchant à se mettre en croix avec les courants, comme nous l'a appris la découverte d'Ampère, courent indéfiniment sur les barreaux de leur cage, avec lesquels ils n'arrivent jamais à se mettre en croix. L'électrotechnique se compose de l'étude de toutes les combinaisons que l'homme a imaginées jusqu'à ce jour pour adapter à ses divers besoins la vitesse et la puissance de ce genre de machines.

Nous aborderons donc cette étude en la basant sur la découverte fondamentale d'Ampère : « UN AIMANT PLACÉ AUPRÈS D'UN CONDUCTEUR RECTILIGNE PARCOURU PAR UN COURANT ÉLECTRIQUE EST SOUMIS A UN COUPLE QUI TEND A LE METTRE EN CROIX AVEC CE COURANT. »

Partant de cette seule découverte, et admettant que ce phénomène naturel, comme tous les phénomènes naturels connus, obéit aux *lois générales de la mécanique* (principes de l'action et de la réaction, de la conservation de l'énergie, etc.), nous établirons, simplement en lui appliquant ces lois, *les lois fondamentales de l'électrodynamique* telles que celles de l'action des aimants sur les courants, de la génération du courant électrique par un flux magnétique dans un circuit conducteur qui le coupe, etc. Il ne nous restera plus alors qu'à exposer *les méthodes employées dans l'étude des machines électriques* et à appliquer, suivant ces méthodes, les lois fondamentales de l'électrodynamique aux circuits électriques et magnétiques combinés que renferment ces machines. Cette étude nous permettra d'établir les propriétés électriques et mécaniques des machines électriques, ce qui en constitue finalement la partie utile au point de vue industriel.

Lorsque nous aurons démonté dans une machine le mécanisme des phénomènes électriques et magnétiques dont elle est le siège, nous verrons que ce mécanisme se ramène toujours, avec différentes variantes, à celui-ci :

Les courants électriques créent et entretiennent les flux magnétiques de la machine. La partie de ces flux qui est renfermée dans la partie tournante de la machine tend perpétuellement à se mettre en croix avec les courants de la partie fixe : c'est ce phénomène qui produit le couple de la machine. Si la partie tournante cède à ce couple, c'est-à-dire se met à tourner dans le sens où celui-ci la sollicite, la machine devient un moteur. Le flux qui se promène sur les conducteurs de la partie fixe leur arrache, sous forme électrique, l'énergie que le moteur cède, sous forme mécanique, aux machines-outils qu'il entraîne.

Si, au contraire, la partie tournante résiste au couple qui la sollicite, et est entraînée en sens inverse de ce couple, par exemple par un moteur à vapeur auquel elle emprunte l'énergie mécanique nécessaire, la machine devient une génératrice d'énergie électrique, car le flux qui se promène sur les conducteurs de la partie fixe leur injecte, sous forme électrique, l'énergie que la machine emprunte sous forme mécanique au moteur à vapeur qui l'entraîne.

Pour que le lecteur nous suive dans l'élaboration de la théorie que nous venons de présenter ici en raccourci, il est essentiel, au cours de son étude, qu'il ait toujours présent devant l'imagination tout l'ensemble de nos déductions, depuis le phénomène initial d'Ampère jusqu'au point où il a conduit son étude. Pour cela, il nous paraît indispensable que, à la fin de chaque chapitre, le lecteur fasse, sans recourir à cet ouvrage, un résumé complet personnel, de l'ensemble des déductions qu'il renferme. Nous avons placé, à la fin de chaque chapitre, un résumé destiné à servir d'exemple mais non de modèle, car ce résumé doit être essentiellement personnel, afin que le lecteur contrôle par lui-même que son intelligence a bien assimilé et possède parfaitement les raisonnements qui lui ont été soumis. Ce résumé sera suivi chaque fois d'un rappel de tous les résumés précédents, afin que l'imagination agrandisse sa conception à mesure que s'élève l'échafaudage des raisonnements. Si le lecteur prend ce soin, l'application de la théorie générale aux différentes machines ne sera plus qu'un jeu pour son esprit qui, possédant une vue d'ensemble de cette théorie, sera capable de remonter rapidement de la combinaison particulière de phénomènes électriques et magnétiques jusqu'aux lois fondamentales, pour en déduire immédiatement les propriétés essentielles de la machine qui est le siège de ces phénomènes. C'est ainsi qu'il acquerra le coup d'œil qui constitue la majeure partie de l'art de l'ingénieur, parce qu'il lui permet, lorsqu'il a une machine à juger, de porter après quelques essais méthodiques un sûr diagnostic sur les défauts et les qualités de cette machine. Ce coup d'œil est également indispensable à l'esprit inventif pour l'empêcher de s'égarer dans des conceptions absurdes, c'est-à-dire contraires aux lois fondamentales de l'électrodynamique et par suite de la mécanique.

Nous n'avons pas la prétention, dans la théorie que l'on va étudier, d'établir une démonstration parfaitement rigoureuse des lois de l'électrodynamique. Une telle démonstration exigerait des développements mathématiques extrêmement complexes. Or notre but est au contraire d'éviter avec soin ces développements, et de faire appel autant que possible au seul raisonnement afin de mettre l'imagination du lecteur en contact direct avec les phénomènes qu'elle étudie. Notre théorie gagne ainsi en clarté et en cohérence ce qu'elle perd en rigueur. Nous pensons que cet avantage compense largement, au point de vue pratique, l'inconvénient qui l'accompagne. D'autant que si, à quelques très rares endroits, nous avons sacrifié la rigueur de la démonstration en faveur de sa simplicité, par contre nous n'avons jamais sacrifié un seul anneau de la chaîne du raisonnement, depuis le principe de base jusqu'à ses applications les plus lointaines aux machines électriques. Cette façon de construire notre théorie nous a paru indispensable pour ne laisser aucune obscurité ni aucune cause d'erreur dans l'esprit du lecteur.

A côté des phénomènes fondamentaux de transformation de l'énergie électrique en énergique mécanique ou inversement, se produisent, dans les machines électriques, des phénomènes parasites de transformation d'une petite partie de l'énergie électrique en chaleur par l'intermédiaire des courants électriques ou des flux magnétiques, lesquels échauffent respectivement le cuivre ou le fer des circuits qui les renferment. Ces phénomènes accessoires présentent une certaine importance, car l'énergie ainsi transformée en chaleur est perdue. Par suite, le rendement de la machine est d'autant plus faible que le constructeur laisse ces phénomènes prendre davantage d'intensité. Il est donc nécessaire de les étudier aussi, pour apprendre à les mesurer et à les réduire à leur minimum. Cette étude fait l'objet, à côté de la théorie générale, d'une petite théorie particulière, qui est ensuite, comme la première, appliquée à chaque machine électrique. Ces phénomènes accessoires ne dépendent plus, bien entendu, de la découverte d'Ampère, puisque celle-ci se rapporte uniquement à la transformation de l'énergie électrique en énergie mécanique, et non pas en énergie calorifique.

La transformation inverse de la chaleur en énergie électrique, non plus que la transformation de l'énergie électrique en énergie chimique, ou inversement, n'interviennent dans l'étude des machines électriques. Nous n'en parlerons donc que très succinctement au début de cet ouvrage, la pile électrique étant la première source d'énergie électrique qui ait été découverte, et qui, par suite, a permis à Ampère de découvrir les propriétés mécaniques du courant électrique et des flux magnétiques.

Production du courant électrique. — Phénomènes chimiques, mécaniques et thermiques par lesquels le courant manifeste son existence. — Principe de la mesure de l'énergie électrique.

Formons une pile électrique en plaçant une lame de zinc et une lame de charbon dans de l'eau acidulée (fig. 1). Réunissons ces deux lames par un fil métallique ABCD. Nous constatons alors :

1° Que le zinc de la pile est attaqué vivement ;

2° Que le fil ABCD s'échauffe ;

3° Qu'un barreau aimanté NS placé au voisinage de ce fil tend à se mettre en croix avec lui.

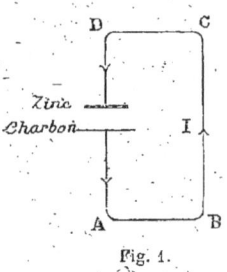

Fig. 1.

Ces trois phénomènes manifestent la production du courant électrique dans la pile et le fil ABCD.

L'attaque du zinc par l'eau acidulée provoque la destruction d'une certaine quantité d'énergie chimique.

Au contraire, l'échauffement du fil et la rotation du barreau aimanté manifestent la production d'une certaine quantité d'énergie calorifique et d'énergie mécanique.

Si nous mesurons les trois quantités d'énergie ainsi mises en jeu nous constatons que le total des deux dernières est égal à la première.

De toutes ces remarques nous déduisons que :

1° L'énergie chimique consommée par la pile, sert à produire l'énergie électrique qui entretient le courant dans le fil ABCD.

2° Cette énergie électrique sert ensuite à produire l'énergie calorifique qui échauffe le fil et l'énergie mécanique qui fait tourner le barreau aimanté pour le mettre en croix avec le courant.

Nous voyons que l'énergie électrique mise en jeu dans cette expérience est instable : à peine a-t-elle pris naissance qu'elle se transforme en une autre sorte d'énergie. L'énergie électrique a servi simplement à transporter de l'énergie d'un point à un autre. C'est à cet usage qu'elle est employée pratiquement dans l'industrie, à cause des facilités qu'elle présente pour transporter l'énergie jusqu'à des centaines de kilomètres, et aussi à cause de la souplesse avec laquelle elle s'adapte aux usages les

plus variés grâce à l'infinie diversité des machines électriques
qui peuvent être :

à grande vitesse et à faible couple ;

ou à faible vitesse et à fort couple ;

à vitesse constante ;

à vitesse décroissante avec la charge ;

à couple croissant avec la charge, etc., etc.

Remarquons encore que l'expérience précédente nous permet
de vérifier que l'énergie électrique, comme les autres formes
de l'énergie, satisfait au principe de la conservation de l'énergie.

Remarquons enfin que cette expérience nous donne divers
moyens de mesurer l'énergie électrique : par exemple, nous
pourrons pour cela mesurer la quantité d'énergie chimique consommée en pesant le sel produit par l'attaque de la plaque de
zinc, puisque la quantité d'énergie électrique produite est égale
à la quantité d'énergie chimique consommée.

Nous pourrions encore, supprimant le barreau aimanté, mesurer la quantité d'énergie calorifique que le courant dégage à
son passage dans le fil ABCD et dans la pile, puisque, en l'absence de ce barreau, toute l'énergie électrique produite par la
pile serait transformée en énergie calorifique.

Enfin on pourrait au contraire employer presque toute l'énergie électrique à produire de l'énergie mécanique et mesurer
celle-ci. Nous verrons que, en pratique, c'est ce dernier moyen
qui est le plus employé parce que l'énergie mécanique est plus
facile à mesurer avec précision que l'énergie calorifique, ou
l'énergie chimique.

On peut produire les phénomènes inverses de ceux qui se
sont manifestés dans l'expérience que nous venons d'étudier,
c'est-à-dire que :

1° On peut transformer l'énergie électrique en énergie chimique, par exemple en faisant passer le courant dans de l'eau
acidulée : il décompose alors l'eau en hydrogène et oxygène.

2° On peut transformer de l'énergie calorifique en énergie
électrique. Il suffit de former une pile en soudant ensemble
une lame de cuivre et une lame de zinc : si l'on chauffe la sou-

dure après avoir réuni ces deux plaques par un fil conducteur on constate que ce fil est parcouru par un courant.

3° Enfin on peut aussi transformer l'énergie mécanique en énergie électrique. Par exemple, fixons un cercle C formé par un fil métallique fermé sur lui-même (fig. 2). Introduisons dans ce cercle C un barreau aimanté NS. Nous constatons :

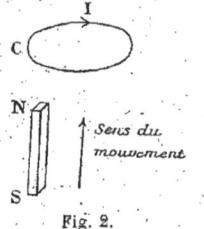

Fig. 2.

a) Que le cercle est parcouru par un courant I qui dure tant que le barreau se déplace.

b) Que nous éprouvons une certaine résistance à faire pénétrer le barreau dans le cercle, le courant produit repoussant le barreau aimanté.

Si nous mesurons l'énergie mécanique dépensée pour vaincre cette résistance, nous constatons qu'elle est égale à l'énergie électrique produite dans le cercle conducteur.

En résumé, nous voyons que l'énergie électrique ne constitue qu'une forme particulière de l'énergie, et qu'elle peut être transformée en une quantité équivalente d'énergie chimique, calorifique ou mécanique. Inversement, l'une quelconque de ces trois formes d'énergie peut être transformée en énergie électrique.

Pour mesurer l'énergie électrique on emploie les phénomènes calorifiques et surtout mécaniques que produit le courant électrique, et que l'on sait déjà mesurer, par exemple au moyen de la dilatation produite par la chaleur, ou au moyen du dynamomètre pour les forces qu'engendre le courant électrique.

Enfin, l'énergie électrique n'étant qu'une forme particulière de l'énergie, nous admettrons qu'elle est soumise, comme les formes déjà étudiées de l'énergie, aux lois de la mécanique (principes de la conservation de l'énergie, de l'action et de la réaction, etc.).

Comparaison entre l'électricité et l'hydraulique. — Avant d'entreprendre l'étude de l'électricité nous allons montrer l'analogie qui existe entre l'électricité et l'hydraulique. Cette comparaison facilitera la compréhension des phénomènes électriques par leur rapprochement avec des phénomènes analogues qui se rencontrent dans les courants liquides. Le lecteur pourra donc souvent, lorsqu'il éprouvera quelques difficultés à comprendre les phénomènes électriques ou le fonctionnement d'une machine, s'aider de cette comparaison qui le guidera dans ses recherches.

Considérons de quelle façon fonctionne une pompe centrifuge. Les aubes de cette pompe projettent violemment l'eau

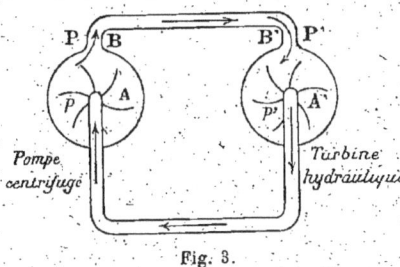

Fig. 3.

vers la périphérie où un collecteur la recueille et la canalise vers la conduite par laquelle elle s'écoule. Cette action des aubes, sur l'eau qui traverse la pompe, a pour effet d'accroître sa pression. Si celle-ci était p à l'orifice d'aspiration A, elle aura pour valeur P à l'orifice d'évacuation B (fig. 3). Si cette pompe débite Q litres d'eau par seconde, la quantité d'énergie W qu'elle cède à cette eau est proportionnelle au produit

$$W = Q \times (P - p).$$

De même, une machine électrique traversée par un courant d'« intensité » I ampères et qui élève le « potentiel de ce courant » de V volts fournit à ce courant une quantité d'énergie électrique W qui a pour valeur :

$$W = VI.$$

Donc l'intensité du courant électrique est comparable au

débit de la pompe, et l'augmentation de potentiel du courant
électrique est comparable à l'augmentation de pression de
l'eau entre l'orifice d'entrée et l'orifice de sortie de la pompe.

Supposons que l'eau ainsi mise en mouvement serve à alimenter une turbine (fig. 3). Dans le parcours de la pompe à la
turbine l'eau traverse une conduite BB'. Elle frotte contre les
parois de cette conduite, perdant ainsi un peu de sa pression
qui n'est plus en B', à l'entrée de la turbine, que de P' kilogs
au lieu de P kilogs qu'elle était à la sortie B de la pompe.

De même si le courant électrique, après avoir traversé la
génératrice où il emmagasine de l'énergie, est conduit à un
moteur électrique auquel il va céder cette énergie, en parcourant la ligne qui sert à ce transport de force, ce courant
échauffe cette ligne. Il perd ainsi une petite partie de son énergie. Cette diminution de l'énergie électrique du courant dans
son parcours de la génératrice au moteur se traduit par une
petite diminution du potentiel électrique qui ne sera plus que
de V' volts au moteur au lieu de V volts que lui avait fourni la
génératrice,

La perte d'énergie dans les deux cas est d'autant plus grande
que la section de la conduite ou de la ligne est plus petite et
que sa longueur est plus grande. Ceci est évident car elle
offre alors plus de « résistance » au passage du courant soit
liquide soit électrique.

Nous pouvons donc comparer la résistance d'un conducteur
électrique à la résistance que produit une conduite d'eau au
passage du liquide.

A son passage dans la turbine l'eau frappe les palettes de la
turbine et les met en mouvement. Mais par contre, les palettes
de la turbine, résistant au choc du courant liquide, diminuent
son impulsion, donc sa pression. La pression du liquide à la
sortie A' de la turbine sera réduite à p'. L'énergie W' cédée
par le courant liquide à la turbine sera :

$$W' = Q (P' - p').$$

Enfin, dans son retour de la turbine à la pompe le courant

liquide achèvera de perdre la quantité $(p' - p)$ de pression, à cause des frottements qu'il aura à vaincre en parcourant cette partie de la conduite.

Comparons, d'après ces remarques, les transformations et échanges d'énergie qui se produisent dans le « circuit hydraulique pompe-turbine » à ceux qui se produisent dans un « circuit électrique génératrice-moteur » et voyons comment on peut mesurer commodément ces échanges.

1° *Échanges d'énergie dans la pompe ou dans la génératrice électrique.* — La pompe centrifuge est mue, par exemple, par une machine à vapeur qui fournit, sur l'arbre de la pompe, une quantité d'énergie $\mathcal{W}$. Une petite partie ω_1 de cette énergie est absorbée par les frottements du rotor de la pompe sur ses tourillons et une autre petite partie ω_2 par les frottements de l'eau sur les aubes de la pompe. Le reste W représente l'énergie potentielle que le courant d'eau acquiert dans son passage à travers la pompe, par suite de l'impulsion que lui impriment les aubes du rotor. Cette énergie potentielle se traduit par l'augmentation de pression $(P - p)$ que subit l'eau depuis son entrée dans la pompe jusqu'à sa sortie. Pour mesurer l'énergie potentielle W qu'elle a ainsi acquise plaçons à la sortie de la pompe un instrument qui mesure son débit I par seconde, et plaçons un manomètre qui mesure la différence de pression $(P - p)$ de l'eau entre son entrée dans la pompe et sa sortie. La quantité d'énergie potentielle W que la pompe fournit par seconde au courant liquide est égale à $I \times (P - p)$.

Le rendement η de la pompe est égal à :

$$\eta = \frac{W}{\mathcal{W}} = \frac{I(P - p)}{I(P - p) + (\omega_1 + \omega_2)}.$$

C'est le rapport de l'énergie potentielle W fournie par la pompe au courant d'eau, à l'énergie $\mathcal{W}$ qu'elle-même avait reçu de la machine à vapeur, et dont elle a gaspillé une petite partie $(\omega_1 + \omega_2)$ en frottements.

Si la machine à vapeur conduit une génératrice électrique au lieu d'une pompe, elle fournit également à l'arbre de cette génératrice une quantité $\mathcal{W}$ d'énergie dont une petite partie ω_1 est gaspillée en frottements du rotor contre ses tourillons et contre l'air employé à refroidir la génératrice, et une autre petite partie ω_2 est gaspillée par le courant électrique pour vaincre la résistance que les conducteurs de la génératrice opposent à son passage. Le reste W de cette énergie représente l'énergie potentielle fournie au courant électrique à son passage dans la génératrice. Cette énergie potentielle se traduit par l'augmentation de potentiel V que subit le courant depuis son entrée dans les enroulements de la machine jusqu'à sa sortie. Pour mesurer l'énergie potentielle W ainsi acquise par le courant durant son passage à travers la génératrice plaçons à la sortie de la machine un ampèremètre qui mesure l'intensité I de ce courant, et plaçons entre l'entrée et la sortie un voltmètre qui mesure l'augmentation de voltage V que le courant subit à son passage dans la génératrice.

On aura : $$W = VI.$$

Le rendement η de la génératrice, comme celui de la pompe, a pour valeur :

$$\eta = \frac{W}{\mathcal{W}} = \frac{VI}{VI + (\omega_1 + \omega_2)}.$$

C'est le rapport de l'énergie potentielle VI fournie par la génératrice au courant, à l'énergie mécanique totale $\mathcal{W}$ qu'elle a reçue de la machine à vapeur, et dont elle a gaspillé une petite partie $(\omega_1 + \omega_2)$ en frottements.

2° *Pertes d'énergie dans les conduites qui relient la pompe à la turbine, ou la génératrice au moteur.* — Dans le parcours de la pompe à la turbine la pression de l'eau tombe de P à P' par suite des frottements contre cette conduite. De même dans le retour de l'eau de la turbine à la pompe sa pression tombe de p' à p. L'énergie perdue par frottement dans les conduites a donc pour valeur :

$$w_1 = I(P - P') + I(p' - p)$$

ce qui peut s'écrire :

$$w_1 = \mathrm{I}(\mathrm{P} - p) - \mathrm{I}(\mathrm{P}' - p').$$

Le premier terme $\mathrm{I}(\mathrm{P} - p)$ représente l'énergie que l'eau emmagasine dans la pompe. Le deuxième terme $\mathrm{I}(\mathrm{P}' - p')$ l'énergie que l'eau cède à la turbine. La différence représente la perte d'énergie dans les conduites.

De même dans le cas d'une génératrice alimentant un moteur on constate que la chute de voltage que subit le courant en traversant le moteur est de V' volts, et que cette chute de voltage est inférieure à l'augmentation de voltage V que le courant subit à son passage dans la génératrice. Donc le courant qui reçoit de la génératrice une quantité (VI) d'énergie potentielle, en cède au moteur une quantité plus faible (V'I). La différence :

$$w_1 = (\mathrm{VI}) - (\mathrm{V}'\mathrm{I})$$

ou $$w_1 = \mathrm{I}(\mathrm{V} - \mathrm{V}')$$

représente la perte d'énergie due à la résistance que le courant doit vaincre pour parcourir les câbles qui relient la génératrice au moteur. On voit que cette perte d'énergie est égale au produit de l'intensité I du courant par « la chute de potentiel » $(\mathrm{V} - \mathrm{V}')$ du moteur à la génératrice, c'est-à-dire dans les câbles qui relient ces deux machines.

3° Échanges d'énergie dans la turbine ou dans le moteur électrique. — Le courant d'eau entre dans la turbine à la pression P'; frappe les aubes de la turbine qu'il entraîne, et ce choc abaisse sa pression à la valeur p' qui lui reste à la sortie de la turbine. Il cède donc à celle-ci une quantité d'énergie :

$$\mathrm{W}' = \mathrm{I}(\mathrm{P}' - p').$$

Une petite partie w_1' de cette énergie est absorbée par les frottements de l'eau sur les aubes de la turbine ; une autre petite partie w_2' est absorbée par les frottements du rotor de la turbine sur ses coussinets, si bien que l'énergie mécanique $\mathcal{W}'$ disponible sur l'arbre de la turbine pour entraîner les machines-outils d'un atelier est égale à :

$$\mathcal{W}' = W' - (\omega'_1 + \omega'_2).$$

Le rendement η' de la turbine a pour valeur :

$$\eta' = \frac{\mathcal{W}'}{W'} = \frac{l(P' - p') - (\omega'_1 + \omega'_2)}{l(P' - p')}.$$

De même le courant électrique subit, en traversant les enroulements du moteur, une chute de potentiel V' que l'on peut mesurer en plaçant un voltmètre entre la borne d'entrée et celle de sortie. Cette chute de potentiel correspond à la chute de pression de l'eau dans la turbine. Comme pour la turbine l'énergie potentielle cédée par le courant au moteur a pour valeur $W' = IV'$. Une petite partie ω_1' de cette énergie est absorbée par la résistance que le courant doit vaincre pour parcourir les enroulements du moteur; une autre petite partie ω_2' est absorbée par les frottements du rotor contre ses coussinets d'une part, et contre l'air qui sert à refroidir la machine d'autre part.

L'énergie mécanique $\mathcal{W}'$ disponible sur l'arbre du moteur est donc égale à :

$$\mathcal{W}' = W' - (\omega'_1 + \omega'_2) = V'I - (\omega' + \omega')$$

et le rendement η' du moteur a pour valeur :

$$\eta' = \frac{\mathcal{W}'}{W'} = \frac{V'I - (\omega'_1 + \omega'_2)}{V'I}$$

Ces comparaisons mettent en évidence l'analogie de la « force électromotrice » à laquelle le courant électrique est soumis dans son passage à travers une génératrice électrique, avec l' « impulsion » que reçoit le courant d'eau à son passage dans la pompe. La première est mesurée par la différence de potentiel V du courant entre les bornes d'entrée et de sortie de la génératrice, de même que l' « impulsion » subie par le courant d'eau est mesurée par l'augmentation de pression $(P - p)$ qu'il reçoit en traversant la pompe.

De même la « force contre-électromotrice » que le courant subit à son passage dans le moteur électrique est comparable à la diminution de pression que subit le courant d'eau en traversant la turbine.

L'énergie que le courant emmagasine à son passage dans la génératrice.est proportionnelle à l'intensité I du courant qui la traverse, et à l'impulsion V que subit ce courant à son passage dans la génératrice.

De même l'énergie que le courant perd dans le parcours de la génératrice au moteur, à vaincre la résistance qu'opposent à son passage les câbles qui relient ces deux machines, est proportionnelle à l'intensité I de ce courant et à la diminution (V — V') de son voltage. Cette diminution de voltage est d'autant plus grande que ces câbles sont plus longs, plus minces et que le courant qui les parcourt est plus intense.

Enfin, l'énergie totale que le courant cède au moteur est proportionnelle à son intensité I et à la force contre-électromotrice V' qu'il subit à son passage dans les enroulements du moteur.

La théorie que nous allons développer va nous enseigner comment les flux magnétiques, coupés par les enroulements de la génératrice et du moteur, engendrent dans ceux-ci les forces électromotrice et contre-électromotrice que subit le courant à son passage dans ces machines, et qui élèvent son potentiel dans la première et l'abaissent dans le second.

PREMIÈRE PARTIE

MESURE DES PHÉNOMÈNES ÉLECTRIQUES ET LOIS GÉNÉRALES DE L'ÉLECTROMAGNÉTISME

CHAPITRE PREMIER

Phénomène fondamental de l'électromagnétisme. — Rappel des propriétés des aimants. — Hypothèse de Faraday. — Flux de force magnétique.

PROPRIÉTÉS DES AIMANTS

NOTIONS DE CHAMP MAGNÉTIQUE ET DE FLUX MAGNÉTIQUE. HYPOTHÈSE DE FARADAY SUR LES PROPRIÉTÉS ÉLASTIQUES DES FLUX MAGNÉTIQUES. — Avant d'entreprendre l'étude de l'électricité nous rappellerons les propriétés des aimants et l'hypothèse de Faraday qui explique ces propriétés en supposant que les aimants émettent dans le milieu ambiant un flux doué de propriétés élastiques.

Il est essentiel de bien posséder cette notion de flux, à laquelle on fait constamment appel dans l'étude des machines électriques, pour se représenter leur fonctionnement et les phénomènes qui l'accompagnent.

Nous verrons en effet que le couple des machines électriques est produit par des aimants créés dans le stator et dans le rotor par les courants qui parcourent ces deux parties de la machine. Nous verrons que, d'après l'hypothèse de Faraday, les aimants du rotor sont reliés à ceux du stator par un « flux » formé d'un faisceau de fils élastiques tendus qui, en tirant sur le rotor, produisent le couple de la machine. Nous verrons enfin,

que ce flux est coupé par des enroulements de la machine qui
sont parcourus par le courant venant du réseau. C'est précisément en étant coupé par ce courant que le flux emprunte à
celui-ci l'énergie électrique qu'il transforme en énergie mécanique si la machine est un moteur ou au contraire qu'il cède
à ce courant de l'énergie électrique empruntée, sous forme
d'énergie mécanique au moteur qui conduit la machine, si
celle-ci est une génératrice.

Ce dernier phénomène, qui est appelé « phénomène d'induction électromagnétique », est, comme on le voit, le phénomène
réciproque de celui de la création des aimants de la machine
par les courants électriques qui la parcourent : le courant crée
l'aimant, et inversement l'aimant emprunte l'énergie au courant
qui l'a créé.

Les remarques qui précèdent sont destinées à pénétrer le
lecteur de l'importance qu'il y a pour lui à ne pas négliger
l'étude de ce chapitre, s'il veut comprendre facilement la théorie
de l'électrodynamique, qui fera constamment appel à la notion
de flux magnétique. Nous allons exposer cette notion en nous
bornant à donner les développements strictement nécessaires
à la compréhension des théories qui suivront.

PREMIÈRE HYPOTHÈSE SUR LA CONSTITUTION DES AIMANTS. — La
première hypothèse qui fut faite sur les aimants consista à

Fig. 4.

admettre que, aux deux extrémités d'un barreau aimanté, se trouvaient deux masses de
magnétisme égales et de signes contraires
$+m$ et $-m$ (fig. 4). Sous l'action de la terre
agissant comme un gros aimant, ces deux
masses sont soumises à deux forces égales et
à sens opposé formant un couple qui oriente
l'aimant dans la direction Nord Sud.

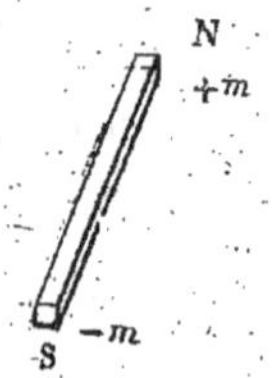

On ne peut pas isoler ces deux masses.

Si l'on brise l'aimant, on obtient deux aimants semblables au
premier.

Pourtant on peut étudier l'action d'une masse $+m$ d'un

pôle d'aimant sur la masse $+ m'$, par exemple, d'un autre pôle d'aimant, en prenant des barreaux très longs, et en rapprochant les pôles $+ m$ de l'un et $+ m'$ de l'autre. L'expérience a montré en effet que l'action d'un pôle d'aimant sur l'autre pôle diminue rapidement lorsque la distance de ces deux pôles augmente.

Si donc les deux barreaux sont suffisamment longs, et si on rapproche suffisamment les deux pôles $+$ et $m + m'$ tout se passe comme s'ils étaient seuls en présence, l'action des pôles $- m$ et $- m'$ devenant négligeable.

MESURE DES MASSES MAGNÉTIQUES. — 1° *Égalité des masses magnétiques.* — Nous dirons que deux masses magnétiques A

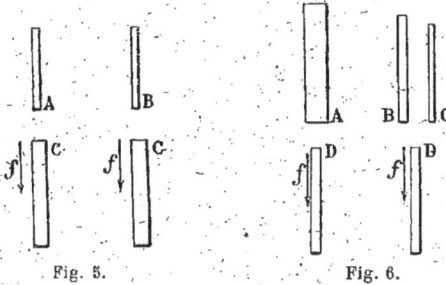

Fig. 5.   Fig. 6.

et B sont égales lorsque, placées successivement à la même distance d'une troisième masse C, elles produisent la même force (f) sur la masse C (fig. 5).

2° *Addition des masses magnétiques.* — Nous dirons qu'une masse magnétique A est égale à la somme de deux masses B et C lorsque, plaçant successivement la masse A, puis les deux masses B et C réunies, à la même distance d'une quatrième masse D, la masse A, et l'ensemble des masses B et C produisent la même force f sur la masse D (fig. 6).

L'expérience montre d'ailleurs que ces deux définitions ne conduisent jamais à des contradictions dans la comparaison des masses magnétiques.

Ayant défini l'égalité et l'addition, nous savons comparer les masses magnétiques entre elles. Pour les mesurer il nous suffit maintenant de choisir une unité. Nous pourrions pour cela choisir arbitrairement une masse magnétique quelconque. Mais il est avantageux de choisir cet étalon de façon à simplifier le plus possible les formules du magnétisme.

Nous allons donc établir auparavant la formule fondamentale du magnétisme.

LOI DE L'INVERSE CARRÉ DE LA DISTANCE. — Si l'on étudie l'action d'une masse A sur une masse B dont on fait varier la distance à A, on trouve que la force f produite par A agissant sur B diminue lorsque B s'éloigne de A, et diminue comme l'inverse du carré $\frac{1}{r^2}$ de la distance r qui sépare B de A (fig. 7).

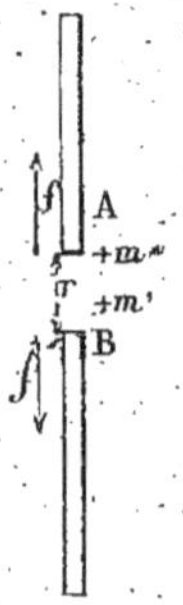

D'autre part, d'après la définition que nous avons donnée de l'addition des masses magnétiques, l'action de A sur B est proportionnelle à la masse m de A.

Mais, d'après la loi de l'égalité de l'action et de la réaction, la force produite par A agissant sur B est égale à la force produite par B agissant sur A, et cette dernière est proportionnelle à la masse m' de B.

Fig. 7.

L'action réciproque f de A sur B et de B sur A est donc proportionnelle au produit de leurs deux masses magnétiques (mm'). Étant de plus proportionnelle à l'inverse carré de leur distance $\frac{1}{r^2}$ elle est de la forme :

$$ f = k\,\frac{mm'}{r^2} $$

k étant une constante.

Choisissons alors pour unité de masse celle qui, placée à l'unité de distance d'une masse égale, exerce sur celle-ci une force égale à l'unité (fig. 8). En faisant dans la formule ci-dessus $m = m' = 1$, $r = 1$ et $f = 1$ nous trouvons pour k la valeur 1. Le choix que nous avons fait de cette unité de masse magnétique nous donne donc la formule la plus simple pour la loi des attractions magnétiques :

$$f = \frac{mm'}{r^2} \cdot$$

Si m et m' sont de même signe f est positif et représente une répulsion.

Si m et m' sont de signe contraire f est négatif et représente une attraction.

Cette théorie présente, comme nous l'avons vu, une contradiction dans l'hypothèse qui lui sert de base : nous avons admis que le magnétisme était localisé aux deux extrémités d'un barreau aimanté, et pourtant si l'on casse ce barreau en deux on ne sépare pas ses deux pôles, mais on retrouve de nouveau deux aimants entiers pourvus chacun de deux pôles.

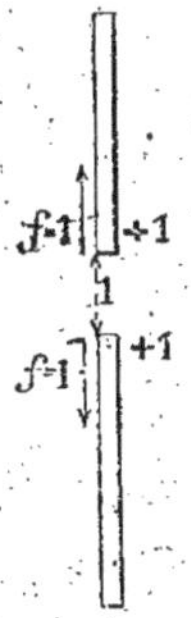

Fig. 8.

L'hypothèse de Faraday, qui fait appel à la notion de flux, ne présente pas cette contradiction. Nous allons voir comment on passe de l'une à l'autre.

Notion de champ magnétique. — Plaçons dans le voisinage d'un pôle d'aimant A un autre pôle d'aimant B. Ce dernier sera soumis à une force ayant la direction A B, et cette force subsistera même si nous déplaçons B dans le voisinage de A. On voit que le pôle magnétique A crée en quelque sorte, dans tout l'espace qui l'environne, une multitude de forces existant en permanence et qui attendent seulement qu'un autre pôle d'aimant se présente à leur portée pour le saisir et l'attirer dans la direction de A.

Cet ensemble de forces qui existe à l'état latent dans le voisinage d'un aimant constitue ce qu'on appelle un « champ magnétique ».

Nous allons voir comment on peut définir d'une façon plus précise le champ magnétique produit par un aimant déterminé.

Lignes de force. Intensité du champ magnétique. — Plaçons

au point *a*, voisin du pôle A un pôle d'aimant dont la masse soit égale à + 1, mesurons la force H_a que A exerce sur la masse + 1 placée en *a* et traçons un vecteur d'origine A de longueur H_a et dont la direction et le sens sont la direction et le sens de la force exercée par A sur la masse + 1 (fig. 9).

Portons ensuite la masse 1 au point *b* très voisin de *a* sur le vecteur H_a, et traçons de la même fa-

Fig. 9.

çon le vecteur H_b qui représente l'action du pôle A sur la masse 1 placée en *b*.

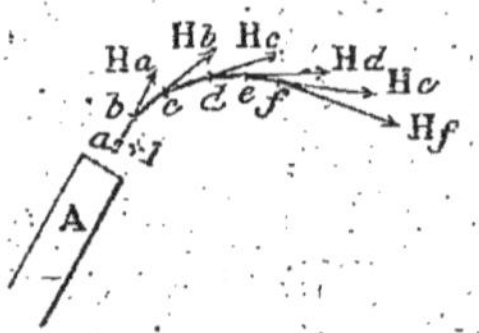

Portons ainsi successivement la masse 1 en *c*, *d*, *e*, *f*, etc.

La ligne *a b c d e f* est appelée une « ligne de force » du champ magnétique créé par A. Quant au vecteur H représentant l'action du pôle A sur la masse + 1 placée en *e*, on dit qu'il représente le champ magnétique au point *e*.

Traçons ainsi un grand nombre de lignes de force dans le voisinage du pôle A.

Nous dirons que nous avons ainsi « exploré le champ magnétique » dans le voisinage du pôle A.

La connaissance de ces lignes de force est très importante, elle nous permet de déterminer instantanément en grandeur, direction et sens, l'action du pôle A sur une masse magnétique quelconque — *m* par exemple placée dans son voisinage.

En effet, le champ H où se trouve la masse — *m* a pour direction la tangente à la ligne de force qui passe en ce point, d'après la façon même dont nous avons construit cette ligne. Il a pour sens le sens positif indiqué par une flèche sur la ligne de force, ce sens positif étant celui dans lequel nous avons déplacé la masse + 1 pour construire la ligne de force.

Enfin la masse — *m* est soumise à une force — *m*H, c'est-à-dire de sens opposé à H puisque son signe est négatif.

Nous verrons plus loin, après avoir défini « les tubes de force », comment la connaissance des lignes de force suffit pour déterminer non seulement la direction et le sens du champ H, mais aussi son intensité.

PRINCIPALES FORMES DES CHAMPS MAGNÉTIQUES. — 1° *Champ ter-restre*. — En un lieu déterminé il est composé de droites paral-lèles à la direction de l'aiguille aimantée en ce lieu (fig. 10).

2° *Champ produit par un barreau aimanté*. — La direction de ce champ en chaque point est évidemment celle que prend une toute petite aiguille aimantée que l'on place en ce point.

Fig. 10.

Si l'on place d'abord la petite aiguille près du pôle Nord de l'aimant, en *a* la petite aiguille se placera le pôle Sud près du pôle Nord de l'aimant, et l'axe de l'aiguille dans la direction de ce pôle (fig. 11).

Toutes les lignes de force partent donc de ce pôle Nord comme si elles sortaient du barreau de ce point.

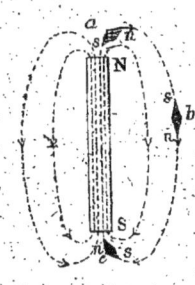

Fig. 11.

Suivons ces lignes avec la petite ai-guille en allant vers le pôle Sud de l'ai-mant.

Entre les deux pôles, en *b*, la petite aiguille se place parallèlement à l'aimant son pôle Sud vers le pôle Nord du bar-reau, et son pôle Nord vers le pôle Sud du barreau.

Entre les deux pôles les lignes de force sont donc parallèles au barreau.

Enfin à mesure qu'on se rapproche du pôle Sud elles s'incurvent à nouveau et semblent rentrer dans ce pôle (position *c* de l'aiguille).

Le sens positif sur ces lignes est d'ailleurs celui indiqué par les flèches sur la figure, puisque le pôle Nord repousse les masses positives et que le pôle Sud les attire.

On peut supposer que les lignes de force qui vont donc du pôle Nord au pôle Sud se ferment à l'intérieur du barreau.

Nous voyons ainsi que les lignes de force *sont des courbes fermées*. Il en est ainsi de toutes les lignes de *force magnétique*.

Les lignes de force du champ terrestre qui semblent faire

exception puisque ce sont des droites parallèles en un lieu donné ne sont en réalité en ce lieu que des tronçons de courbes immenses qui se ferment à travers l'aimant énorme que forme la terre.

3° *Champ créé par deux barreaux aimantés voisins.* — Plaçons deux barreaux aimantés de telle façon que le pôle Nord N′ de l'un soit voisin du pôle Sud S de l'autre (fig. 12).

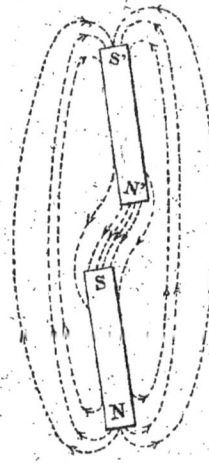

Une petite aiguille aimantée placée entre ces deux pôles aura toujours son axe dirigé à peu près suivant le sens N′S, son pôle Sud étant attiré par N′ et son pôle Nord par S.

Ceci nous montre que les lignes de force sortant de N′ entrent dans l'autre barreau par son pôle S.

Si nous continuons à explorer ce champ, nous verrons que les lignes de force sortant du pôle N entrent dans l'autre barreau par son pôle Sud S′.

Si l'on prolonge ces lignes à l'intérieur des deux barreaux on voit que ceux-ci produisent le même champ

Fig. 12.

magnétique que s'il existait un seul barreau ayant son pôle Nord en N et son pôle Sud en S′ sur l'autre barreau.

La forme de ce flux est très importante. Nous verrons en effet que l'on peut considérer les deux barreaux comme reliés par des fils élastiques suivant les lignes de force de leur champ commun représentées sur la figure n° 12. C'est à la tension de ces fils élastiques que serait due, d'après l'hypothèse de Faraday, l'action de chacun des barreaux sur l'autre barreau.

Nous verrons que, dans les machines électriques, des fils élastiques analogues, formant ce qu'on appelle le flux de la machine, relient le stator et le rotor, le couple de la machine est dû à la tension de ces fils imaginaires.

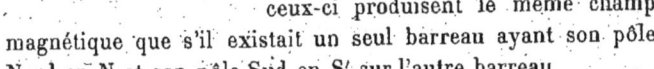

4° *Champ créé par un courant électrique.* — Considérons un fil rectiligne parcouru par un courant (fig. 13).

Une petite aiguille aimantée *ab* placée dans le voisinage de ce courant se met en croix avec lui.

Le champ H qui a la direction de l'aiguille *ab* est donc perpendiculaire au courant M N.

Ce champ est donc toujours tangent à un cercle dont le plan est perpendiculaire au courant et dont le centre O est sur le courant.

Les lignes de force du champ créé par un courant sont donc des cercles perpendiculaires à ce courant et ayant leur centre sur le courant lui-même.

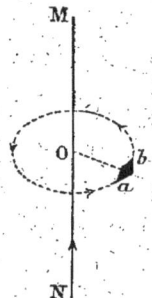

Fig. 13.

Remarquons que le champ existant en un point de l'espace est toujours la résultante du champ terrestre et du champ créé par les aimants ou les courants voisins. Mais dans les machines électriques le champ terrestre est toujours négligeable vis-à-vis du champ intense créé par les courants de la machine.

Nous négligerons donc toujours le premier vis-à-vis de ce dernier.

TUBE DE FORCE MAGNÉTIQUE : FLUX MAGNÉTIQUE. — Plaçons dans un champ magnétique une petite courbe fermée *c* (fig. 14). Traçons ensuite toutes les lignes de force du champ qui rencontrent la courbe *c*. Ces lignes forment un tube, et d'après ce que nous savons des lignes de force, ce tube se ferme sur lui-même.

Ce tube constitue ce qu'on appelle « un tube de force magnétique ».

Fig. 14.

Coupons ce tube par un plan perpendiculaire à l'axe du tube au point où il rencontre cet axe.

Soit *s* la petite surface découpée dans le plan par le tube (fig. 15).

Soit H la valeur du champ sur la surface s. Nous supposerons le tube assez étroit pour que l'on puisse considérer
H comme ayant la même valeur en tous les points de s.

Le produit $F = Hs$ est appelé le flux qui circule dans le

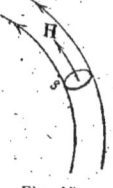

tube de force.

On démontre en effet que, dans un champ
magnétique quelconque, ce produit Hs a la même
valeur tout le long d'un tube de force quelconque, de même que la quantité de liquide
qui traverse une section quelconque d'une conduite d'eau est la même tout le long de cette
conduite.

Fig. 15.

Pour représenter le flux existant dans une machine, par
exemple, on décomposera tout l'espace occupé par cette machine
en tubes de force dans chacun desquels circulera un flux Hs
*égal à l'unité. On voit que le flux total de la machine sera
ainsi égal au nombre de « tubes unités » qu'elle contient.*

De même, le flux produit par un aimant sera égal au nombre
de « tubes unités » qui sortent de son pôle Nord pour rentrer
par son pôle Sud.

Enfin, le flux qui traverse une surface sera égal au nombre de
tubes unités qui traversent cette surface.

Nous avons dit précédemment que la seule connaissance des
lignes de force d'un champ permettait de déterminer en un point
quelconque de l'espace, non seulement la direction et le sens du
champ qui est tangent à ces lignes, mais aussi son intensité
en ce point.

En effet, en traçant tous les « tubes unités » d'un flux, on
voit que l'intensité H du champ en un point quelconque est
égale à l'inverse $\frac{1}{s}$ de la section s du tube unité qui passe par
ce point, puisque le flux 1 qui circule dans chaque tube unité est
égal au produit Hs. Par suite, on voit que le champ est le plus
intense là où les tubes de force ont la plus petite section, ou,
si l'on préfère, là où les lignes de force sont les plus resserrées.

RAPPORTS DU PHÉNOMÈNE D'INDUCTION AVEC LE FLUX MAGNÉTIQUE. —

Nous avons dit que, de même qu'un courant électrique crée un flux magnétique dans son voisinage, inversement un aimant qui se déplace au voisinage d'un fil métallique formant un circuit fermé crée un courant dans ce fil. Les deux phénomènes sont inverses l'un de l'autre et le second est appelé « phénomène d'induction électromagnétique ».

Or l'aimant en se déplaçant entraîne son flux avec lui. Ce flux est par suite coupé par le fil conducteur : nous verrons que le « courant d'induction » créé par l'aimant dans ce fil est d'autant plus intense que le fil coupe davantage de tubes unités du flux magnétique.

Ces deux notions réciproques (flux magnétique créé par un courant, et courant d'induction créé par un flux magnétique) sont extrêmement importantes, car les deux phénomènes qu'elles mettent en évidence sont les deux phénomènes sur lesquels est basé le fonctionnement des machines électriques.

Propriétés élastiques des tubes de force. — Faraday a démontré que l'on pouvait considérer les tubes unités comme équivalents à des fils élastiques qui réunissent les corps magnétiques. Les forces exercées par les aimants sur les aimants voisins ou par les courants sur les aimants et inversement résultent de la tension de ces fils élastiques.

Nous venons de voir que ces tubes, coupés par un fil métallique fermé, produisent un courant dans celui-ci, c'est-à-dire de l'énergie électrique.

Pour créer cette énergie électrique, il faut en même temps dépenser une quantité égale d'énergie mécanique. Nous verrons, en effet, que le courant engendré dans le fil métallique produit des tubes de force reliant le fil et l'aimant. Ces tubes ont une tension telle qu'ils tendent à s'opposer au déplacement de l'aimant. Par suite, pour déplacer celui-ci, on devra dépenser une certaine quantité d'énergie mécanique de façon à vaincre cette résistance ; c'est l'énergie mécanique ainsi dépensée qui est transformée, par le phénomène d'induction, en une quantité égale d'énergie électrique.

La transformation que nous venons d'exposer constitue le principe des machines génératrices.

REMARQUE SUR LA THÉORIE ÉLECTROMAGNÉTIQUE DE LA LUMIÈRE. — En réalité, Faraday admet non pas que l'aimant émet un flux inexistant hors de la présence de l'aimant, mais que l'aimant produit simplement un état de tension élastique dans un fluide qui remplit tout l'espace, de même qu'on met un gaz sous pression en le comprimant. On a démontré d'ailleurs que ce fluide, sensible aux actions magnétiques, n'est autre que l'éther, et que les vibrations lumineuses ne sont pas autre chose que des ondes électromagnétiques, de même que les ondes hertziennes de la télégraphie sans fil.

CHAPITRE II

Définition et mesure de l'intensité du courant.

MÉTHODE GÉNÉRALE DE MESURE DES GRANDEURS. — Pour mesurer des grandeurs de même nature, on les compare à l'une d'elle choisie arbitrairement comme unité. De cette comparaison on déduira que la grandeur mesurée est « égale à n fois » l'unité.

On voit que l'opération de la mesure des grandeurs peut se décomposer en deux opérations :

1° Vérification de l'égalité de deux grandeurs ;

2° Addition de deux grandeurs.

Pour savoir mesurer les phénomènes électriques en particulier, nous devrons donc définir l'égalité de ces phénomènes, puis leur addition et enfin définir l'unité qui nous servira d'étalon de comparaison.

MESURE DES PHÉNOMÈNES ÉLECTRIQUES. — Pour mesurer les phénomènes électriques, nous nous servirons des phénomènes chimiques, thermiques ou mécaniques par lesquels ils se manifestent, car nous savons déjà mesurer ces derniers phénomènes.

Toutefois, nous devrons vérifier ensuite que le système de mesure que nous avons adopté ne nous conduit pas à des contradictions.

Par exemple, nous devrons nous assurer que nous ne risquons pas d'arriver à des résultats différents en mesurant le même courant soit par la chaleur qu'il dégage, soit par la force qu'il exerce sur un aimant.

MESURE DES COURANTS PAR LES PHÉNOMÈNES CHIMIQUES. — Nous

renoncerons de suite à ce procédé, la mesure de l'énergie chimique mise en jeu par une réaction exigeant des opérations longues et délicates telle que la pesée exacte des produits de la réaction.

Ce procédé ne saurait être pratique.

MESURE DES COURANTS PAR LES PHÉNOMÈNES CALORIFIQUES. — Ces phénomènes ne sauraient donner des mesures très précises et très rapides, les quantités de chaleur ne se mesurant de façon précise qu'à l'aide du calorimètre dont la manœuvre est longue et délicate.

Toutefois, dans la pratique, on construit des appareils thermiques pour les mesures électriques, en utilisant la dilatation des métaux, laquelle est à peu près proportionnelle à la quantité de chaleur dégagée par le courant. Ce procédé de mesure est rapide, mais n'est pas très précis. Il ne sera pas utilisé pour des appareils de laboratoire.

PHÉNOMÈNES MÉCANIQUES. — On sait mesurer rapidement et avec une grande précision une force ou un couple. Par exemple, on sait que, dans certaines limites, l'angle de torsion d'un fil est rigoureusement proportionnel au couple de torsion.

On pourra donc, par exemple au moyen du couple qu'un courant exerce sur un aimant, mesurer ce courant de façon rapide et très précise, en employant ce couple à tordre un fil dont on mesurera l'angle de torsion.

MESURE DES COURANTS PAR LES PHÉNOMÈNES MÉCANIQUES. — Cette mesure repose sur l'action des courants sur les aimants : nous avons vu en effet qu'un courant produit sur un aimant voisin un couple qui tend à mettre l'aimant en croix avec le courant.

La mesure de ce couple nous servira, comme nous allons le voir, à définir et par suite à mesurer l'intensité du courant.

Toutes les mesures que l'on fait dans la pratique industrielle en électrodynamique se ramènent d'ailleurs à la mesure d'une intensité.

Nous allons d'abord préciser l'action des aimants sur les courants.

DÉFINITION DU SENS DU COURANT. RÈGLE DU TIRE-BOUCHON. DE MAXWELL.

— Prenons une pile formée d'une lame de cuivre et d'une lame de zinc plongées dans l'eau acidulée. Fermons son circuit au moyen d'un conducteur que nous rendrons rectiligne dans une de ses parties AB. Ce conducteur crée un champ magnétique dont les lignes de force sont, comme nous l'avons vu, des cercles ayant leur centre sur le conducteur AB et dont le plan est perpendiculaire à ce conducteur.

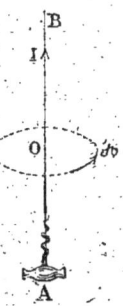

Fig. 16.

Déterminons le sens du champ H et indiquons ce sens par une flèche sur l'une des lignes de force (fig. 16).

Plaçons alors par la pensée un tire-bouchon de telle façon que l'axe de sa vis se confonde avec le conducteur AB et faisons tourner le manche de ce tire-bouchon suivant la flèche qui indique le sens du champ H.

Le sens dans lequel avance alors la vis du tire-bouchon est, par convention, le sens du courant qui circule dans le conducteur AB.

L'expérience montre d'ailleurs que, dans le circuit extérieur d'une pile cuivre-zinc, le courant va toujours du cuivre, que l'on appelle pour cette raison le pôle positif, au zinc que l'on appelle le pôle négatif.

On déterminera de la même façon le sens d'un courant produit par une pile ou une machine électrique quelconque.

Cette convention constitue ce qu'on appelle « la règle du tire-bouchon de Maxwell ». Nous verrons plus loin comment cette même règle s'applique au « phénomène d'induction » qui est le phénomène réciproque de celui que nous venons d'étudier.

VALEUR DU CHAMP CRÉÉ PAR UN COURANT. LOI DE BIOT ET SAVART. DÉFINITION DE L'INTENSITÉ DU COURANT.

— Biot et

Savart qui ont cherché à calculer le champ magnétique produit par un courant, se sont laissés guider par l'identité de ce champ avec le champ magnétique créé par un aimant. En particulier, ils ont pensé que le champ créé par un courant devait aussi satisfaire à la loi de l'inverse carré de la distance.

Ils sont ainsi arrivés aux conclusions suivantes :

Fig. 17.

Prenons un conducteur quelconque parcouru par un courant I (fig. 17), le champ magnétique H créé par ce courant en un point quelconque A de l'espace peut être considéré comme la résultante géométrique de champs élémentaires dH créés chacun par un élément de longueur dl de ce courant.

Chaque champ élémentaire dH a une direction et un sens déterminés par la règle du tire-bouchon appliquée à l'élément dl correspondant. Ce champ dH est donc perpendiculaire au plan déterminé par le point A et l'élément dl.

Quant à l'intensité de ce champ dH elle a pour valeur :

$$dH = I \frac{dl \sin \alpha}{r^2} .$$

Dans cette formule, I est un coefficient qui est le même pour tous les éléments de courant dl.

r est la distance du point A à l'élément dl.

α est l'angle que fait l'élément dl avec la droite qui le joint au point A.

Le champ résultant H sera égal à la somme géométrique de tous ces champs dH :

$$H = \Sigma \frac{I dl \sin \alpha}{r^2} .$$

Le coefficient I étant le même pour tous les éléments, dl peut être mis en facteur :

$$H = I\Sigma \frac{dl \sin \alpha}{r^2} .$$

Mais alors la somme $\Sigma \frac{dl \sin \alpha}{r^2}$ ne dépend plus que de la forme du conducteur et de la position du point A par rapport à ce conducteur. C'est un terme géométrique. Il ne dépend ni de la pile qui produit le courant, ni du métal du conducteur, ni de sa section.

Cette remarque va nous permettre de préciser la nature du coefficient I que nous ne connaissons pas encore. Pour le connaître il nous suffit de calculer le terme $\Sigma \frac{dl \sin \alpha}{r^2}$ et de mesurer le champ H au point A. Nous aurons alors :

$$I = \frac{H}{\Sigma \frac{dl \sin \alpha}{r^2}} \cdot$$

Faisons ce calcul et cette mesure pour différents points de l'espace. Recommençons-les en modifiant la forme du conducteur mais sans changer ni la pile ni le conducteur qui servent à cette expérience.

Nous trouverons toujours la même valeur pour le coefficient I. Cette remarque constitue la loi de Biot et Savart.

Au contraire si nous changeons l'un quelconque des éléments suivants sans toucher aux autres :

la pile ;

la longueur du conducteur ;

la section du conducteur ;

la nature du métal du conducteur ;

nous trouverons une autre valeur pour I.

Nous dirons alors que le coefficient I représente l'*intensité* du courant produit.

Cette définition est encore justifiée par les remarques suivantes : si nous faisons passer des courants d'intensités différentes dans un même conducteur, la quantité de chaleur dégagée par unité de temps croît avec l'intensité du courant employé.

De même si nous employons des courants d'intensités différentes à produire la même réaction chimique, la quantité de matière qui entre en réaction par unité de temps croît avec l'intensité du courant employé.

Nous préciserons plus loin ces remarques.

MESURE DES COURANTS. — La définition que nous venons de donner de l'intensité des courants équivaut évidemment à celle de leur égalité et de leur addition. Il résulte en effet de la première que :

1° *Deux courants sont égaux* si, parcourant deux conducteurs de forme et de longueur identiques, ils produisent le même champ H en deux points semblablement placés par rapport à ces deux conducteurs. Pour ces deux points le coefficient $\Sigma \frac{dl \sin \alpha}{r^2}$ sera en effet le même.

2° *La somme de deux courants* $I_1 + I_2$ est égale à un troisième courant I_3 si, les courants I_1, I_2 et I_3 parcourant successivement un même conducteur, ces trois courants produisent successivement au même point de l'espace des champs H_1, H_2 et H_3 tels que $H_3 = H_1 + H_2$.

VÉRIFICATION. — Il n'est pas évident *a priori* que ces définitions ne conduiront pas à des contradictions. La meilleure vérification de la logique de ces définitions est évidemment que ces définitions et les lois que nous en tirerons, nous permettent de calculer des machines qui marchent exactement d'après les prévisions du calcul.

UNITÉ D'INTENSITÉ. AMPÉREMÈTRE THÉORIQUE. — Nous allons tirer la définition de l'unité d'intensité de la formule :

$$H = I\Sigma \frac{dl \sin \alpha}{r^2}.$$

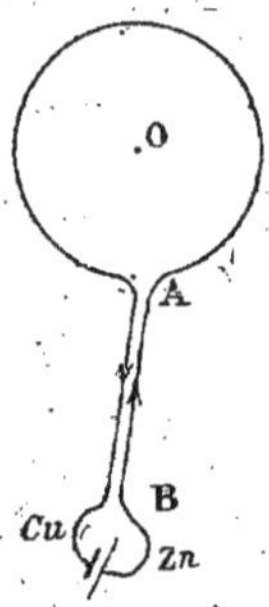

Prenons un conducteur ayant la forme d'un cercle de rayon R et relié à une pile ou à une machine électrique par un conducteur dont les deux fils sont contigus sur tout le parcours de la pile B aux extrémités A du cercle (fig. 18).

Faisons immédiatement la très importante remarque suivante : la partie AB où le conducteur est double ne produit aucun champ magnétique. En effet le champ αH produit par un élément dl de l'un des deux

Fig. 18.

conducteurs est annulé par le champ — dH produit par l'élément dl du conducteur voisin, élément parallèle qui a même
longueur et même position. Pour ce deuxième élément le coefficient $\frac{dl \sin \alpha}{r^2}$ est donc le même, mais le courant I a le sens
opposé à celui qu'il a dans l'élément dl du conducteur voisin,
et par suite ces deux éléments produisent en chaque point de
l'espace des champs dH égaux et opposés dont la résultante
est nulle.

Le champ est donc produit seulement par le cercle de
rayon R. En particulier, au centre O de ce cercle, on a,
pour tous les éléments du cercle : $\alpha = \frac{\pi}{2}$, donc $\sin \alpha = 1$ et
$r = R$.

Donc : $$\Sigma \frac{dl \sin \alpha}{r^2} = \frac{2\pi}{R}.$$

Si nous mesurons le champ H au centre de ce cercle, nous
en déduirons immédiatement la valeur du courant I par la formule :

$$I = \frac{H}{\Sigma \frac{dl \sin \alpha}{r^2}} = \frac{H}{\frac{2\pi}{R}}.$$

L'appareil que nous venons de décrire et qui permet de mesurer l'intensité du courant s'appelle un *ampèremètre*[1].

En pratique, le champ H se mesure par l'intermédiaire de
l'angle de torsion que l'aiguille aimantée, soumise au couple
produit par le champ H, imprime à un fil qui soutient cette
aiguille.

C'est là le principe des appareils de mesure des courants.
Nous n'insisterons pas sur leur réalisation pratique.

---

[1]. On appelle *ampèremètre* l'appareil qui sert à mesurer l'intensité du courant
électrique parce qu'on a appelé l'unité d'intensité du nom d'*ampère*.

CHAPITRE III

Notion d'énergie électrique et notions dérivées :
Force électromotrice d'un générateur, force contre-électromotrice d'un moteur et chute de potentiel du courant.
Lois de Kirchoff régissant les forces électromotrices et les
intensités d'un circuit électrique.

LOIS DE L'ÉLECTRO-DYNAMIQUE

PREMIÈRE LOI DE KIRCHOFF. — Considérons trois conduites
d'eau concourant en un même point O (fig. 19). Il est bien évi-

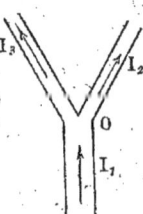

dent que la quantité d'eau I_1 qui est amenée
par seconde en O par l'une des conduites est
à chaque instant égale à la somme des quantités d'eau I_2 et I_3 qui sont emportées par les
deux autres conduites.

On a donc la relation :

$$I_1 = I_2 + I_3$$

Fig. 19.   ou $$I_1 - I_2 - I_3 = 0.$$

En affectant le signe $+$ au débit des conduites qui amènent
de l'eau en O, et le signe $-$ au débit de celles qui en empor-
tent, nous pourrons dire que :

« La somme algébrique des débits des conduites d'eau concourant en un même point est
nulle à chaque instant. »

Cette loi s'applique exactement aux courants électriques comparés à des courants
d'eau (fig. 20).

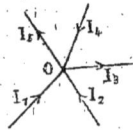

Fig. 20.

Nous obtenons ainsi la première loi de Kirchoff dont l'énoncé
est le suivant :

La somme algébrique des intensités d'un nombre quelconque de courants qui concourent en un même point est nulle à chaque instant.

Ce qui se représente symboliquement par la formule :

$$\Sigma I = 0.$$

La somme Σ étant étendue à tous les courants qui concourent en ce point.

MESURE DE L'ÉNERGIE ÉLECTRIQUE. — Nous avons vu que le courant électrique constituait un moyen de transport et de transformation de l'énergie.

Par exemple une pile P produit un courant I dans un fil conducteur reliant ses pôles. Plaçons sur le parcours de ce fil un barreau aimanté ab. Ce barreau tendra à se mettre en croix avec le courant, et nous pourrons utiliser ce mouvement pour soulever un poids p (fig. 21).

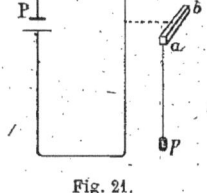

Fig. 21.

La pile fournit au circuit parcouru par le courant une certaine quantité d'énergie électrique égale à l'énergie chimique dépensée par la pile. A son tour cette énergie électrique est transformée partie en chaleur répartie tout le long du circuit, et partie en énergie mécanique fournie au barreau aimanté ab qui soulève le poids p.

En pratique on aura besoin évidemment de connaître la proportion d'énergie mise en jeu par chacun de ces phénomènes. On ne peut songer pour cela à mesurer chaque fois à la balance le poids de zinc dissous dans la pile pour connaître la quantité d'énergie chimique dépensée par celle-ci, puis à mesurer au calorimètre la quantité de chaleur dégagée dans le circuit, et à mesurer la hauteur à laquelle le poids est soulevé par l'aimant. Ces mesures seraient peu pratiques parce que délicates et longues.

Nous allons voir que, au lieu de mesurer l'énergie chimique, l'énergie calorifique et l'énergie mécanique mises en jeu aux divers points d'un circuit électrique, on peut mesurer très rapidement et avec beaucoup de précision, les quantités d'énergie électrique qui, en chaque point de ce circuit, sont transformées en énergie chimique, calorifique ou mécanique. Toutes les mesures que nous aurons à faire pour cela se ramèneront en effet à des mesures d'intensité, et nous avons vu comment on peut effectuer simplement la mesure de cette quantité.

Nous allons commencer à montrer comment on peut mesurer la quantité d'énergie électrique produite par une pile, ou en général par une machine génératrice.

Pour simplifier nous supposerons d'abord que toute cette énergie est transformée en chaleur.

Nous allons donc commencer par étudier la façon dont le courant produit de la chaleur, et nous en déduirons une manière de mesurer électriquement la quantité d'énergie électrique transformée en chaleur. Nous étendrons ensuite ce procédé aux autres modes de transformation de l'énergie électrique.

EFFET JOULE. — On appelle « effet Joule » le phénomène de la production de chaleur par un courant qui parcourt un fil

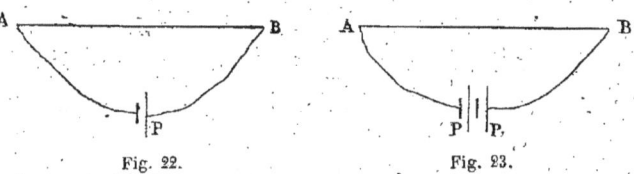

Fig. 22. Fig. 23.

conducteur. Prenons un tronçon de conducteur AB parcouru par le courant d'une pile P (fig. 22) et mesurons au calorimètre la quantité W de chaleur dégagée par seconde par ce tronçon, W étant exprimée non en calories, mais en unités d'énergie mécanique, en joules, par exemple, et mesurons également le courant I qui traverse ce fil.

Faisons passer dans ce fil un autre courant I' en mettant en série deux piles P et P_1 (fig. 23) et mesurons la quantité de chaleur dégagée par seconde W' par le même tronçon AB.

Nous trouvons que la quantité de chaleur dégagée W où W' est proportionnelle au carré de l'intensité I^2 ou I'^2. On a donc la relation :

$$\frac{W}{I^2} = \frac{W'}{I'^2} = R.$$

R est donc une quantité qui est constante pour le tronçon AB, c'est-à-dire qui reste la même quelle que soit l'intensité I qui parcourt ce fil. On a donc, en général, pour expression de la quantité de chaleur dégagée par le courant I traversant le tronçon AB : $W = RI^2$.

Avec un autre tronçon du même conducteur on trouvera une relation analogue :

$$W = R_1 I^2.$$

R_1 étant une constante du nouveau tronçon. R et R_1 sont les *résistances* des tronçons du conducteur considéré. Ce nom de « résistance » est déjà justifié par ce fait que l'on peut dire : que le conducteur s'échauffe parce qu'il oppose de la résistance au passage du courant, de même que le frottement s'oppose au mouvement des corps en contact, et dégage de la chaleur au point de contact de ces deux corps.

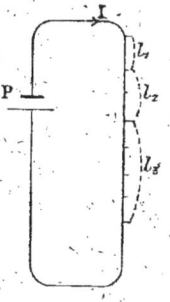

Fig. 24.

Étudions maintenant comment varie la résistance d'un conducteur à l'autre.

Un fil homogène comme section et comme nature de métal étant parcouru par un courant quelconque d'intensité constante I, mesurons les quantités de chaleur W_1, W_2, W_2 dégagées par des tronçons de ce fil de longueur l_1 l_2 l_3 (fig. 24). On trouve que la quantité de chaleur dégagée par chaque tronçon est proportionnelle à la longueur de ce tronçon.

Donc on a :

$$\frac{W_1}{l_1} = \frac{W_2}{l_2} = \frac{W_3}{l_3} \quad \text{ou} \quad \frac{R_1 I^2}{l_1} = \frac{R_2 I^2}{l_2} = \frac{R_3 I^2}{l_3}$$

et comme l'intensité I est la même dans tous les tronçons la résistance R est proportionnelle à la longueur l du tronçon.

Faisons une expérience analogue avec des tronçons de même métal et de même longueur, mais de sections différentes s_1 et s_2

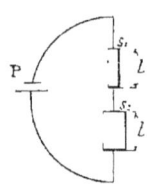

Fig. 25.

(fig. 25). Nous trouverons cette fois-ci que la résistance est proportionnelle à l'inverse de la section $\frac{1}{s}$.

Faisons en même temps cette remarque importante que, si la résistance dépend de la surface de la section elle ne dépend pas de sa *forme*.

Comparons maintenant les conducteurs faits avec le même métal mais de longueur et de sections différentes. Nous trouverons que le quotient :

$$\frac{R}{\left(\frac{l}{s}\right)} = \rho$$

est le même pour tous.

Ce quotient varie au contraire d'un métal à un autre. On appelle ce coefficient, qui caractérise chaque métal au point de vue de sa résistance électrique la *résistivité* du métal.

La résistance d'un conducteur a donc pour expression :

$$R = \rho \frac{l}{s}.$$

Nous avons donc pour la quantité d'énergie dépensée par seconde sous forme de chaleur dans un tronçon de conducteur de longueur l, de section s et de résistivité ρ :

$$W = \rho \frac{l}{s} I^2 = R I^2.$$

RÉSISTANCE DES PILES. — Le courant en traversant la pile y dégage aussi de la chaleur. Pour une pile donnée, si l'on mesure le courant I qui la traverse et la quantité d'énergie W' qui est transformée en chaleur dans la pile, on trouve que le rapport :

$$\frac{W'}{I^2} = R'$$

reste le même quelle que soit l'intensité du courant qui traverse la pile, à condition que les électrodes restent toujours à la même distance l'une de l'autre, et ce rapport ne varie pas tant que les électrodes sont propres et que le liquide de la pile n'est pas altéré. R' caractérise la « résistance de la pile » dans ces conditions.

Force électromotrice. — Nous allons introduire maintenant une notion essentielle : celle de la « *force électromotrice* d'une pile ou d'une machine électrique en général ».

Cette quantité, qui est comme nous le verrons une constante de la pile ou de la machine, et qui par conséquent peut être mesurée une fois pour toute pour chaque machine, caractérise en quelque sorte, comme son nom l'indique, l'impulsion que reçoit le courant en traversant une pile ou une machine génératrice, impulsion qu'il perdra plus loin par exemple dans un moteur auquel il cédera l'énergie qu'il avait ainsi reçue.

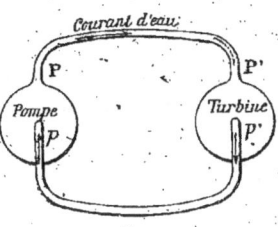

Fig. 26.

Cette « force électromotrice » est comparable à « l'augmentation de pression » (P — p) que subit l'eau qui traverse une pompe centrifuge. Cette eau ira ensuite perdre cette pression par exemple en traversant une turbine à laquelle elle cédera l'énergie qu'elle avait emmagasinée dans la pompe (fig. 26).

On voit que la pompe élève la pression de l'eau tandis que la turbine l'abaisse. De même la machine génératrice qui fournit de l'énergie au courant a une « force électromotrice positive », tandis que le moteur qui emprunte de l'énergie au courant a une « force électromotrice négative » ou plutôt ce qu'on appelle une force « contre-électromotrice ».

Le frottement de l'eau contre la paroi de la conduite contribue également à diminuer sa pression et à transformer en chaleur une partie de l'énergie qu'elle a reçue dans la pompe. Ce frottement correspond, nous l'avons vu, à l'effet Joule qui transforme en chaleur une partie de l'énergie reçue par le courant dans la machine génératrice. L'effet Joule produit donc une force contre-électromotrice, c'est-à-dire une diminution de l'énergie du courant.

Nous voyons que la notion de force électromotrice doit déri-ver de la notion d'énergie mise en jeu dans un circuit électrique. C'est donc de cette notion d'énergie que nous allons partir.

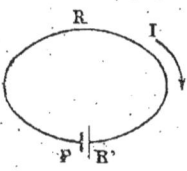

Fig. 27.

Prenons d'abord le cas le plus simple : une pile P dont la résistance intérieure est R' débite, sur un conducteur dont la résistance est R, un courant I (fig. 27).

Mesurons d'une part la quantité d'énergie chimique W consommée par seconde dans la pile.

Nous savons d'autre part que la quantité de chaleur dégagée par seconde dans le circuit a pour valeur :

$$R'I^2 + RI^2.$$

Comme ce sont là les deux seules formes sous lesquelles les échanges d'énergie se manifestent dans ce circuit, nous vérifierons que l'on a :

$$W = R'I^2 + RI^2$$

car les phénomènes électriques satisfont au principe de la conservation de l'énergie.

Nous appellerons alors *force électromotrice* E *de la pile* la quantité d'énergie que la pile fournit par seconde à l'unité du courant qui la traverse. La force électromotrice E aura donc pour expression :

$$E = \frac{W}{I} \cdot$$

Cette notion est très importante pour la raison suivante : nous montrerons que, à un instant quelconque, la mesure de la force électromotrice d'une pile ou d'une machine peut être ramenée à la mesure d'une intensité.

La mesure de l'énergie mise en jeu par seconde dans la pile

ou dans la machine, c'est-à-dire la mesure de sa puissance à un instant donné, $W = EI$ se ramènera alors à la mesure de sa force électromotrice E et de l'intensité du courant I qui la traverse, c'est-à-dire à la mesure de deux intensités. Cette mesure est comme nous l'avons vu, très rapide et très précise.

Et même nous verrons que, pour les piles et pour la plupart des machines, la force électromotrice E est une constante qu'il suffit de mesurer une fois pour toutes. La mesure de la puissance W débitée par la machine se ramènera alors à la mesure de l'intensité I qu'elle débite à l'instant considéré.

LOIS DE KIRCHOFF

CHUTE OHMIQUE. — Revenons à la formule qui exprime le principe de la conservation de l'énergie dans le circuit de la pile :

$$W = RI^2 + R'I^2. \tag{1}$$

Le deuxième membre $RI^2 + R'I^2$ représente l'énergie transformée en chaleur par seconde dans le circuit.

Par comparaison avec la définition que nous venons de donner de la force électromotrice de la pile nous appellerons *chute ohmique* dans le circuit le rapport :

$$\frac{RI^2 + R'I^2}{I} = (R + R')I$$

Nous légitimerons plus loin cette appellation après avoir introduit la notion de *différence de potentiel.*

La relation (1) peut alors s'écrire :

$$EI = RI^2 + R'I^2$$

ou :
$$E - (R + R')I = 0. \tag{2}$$

$- (R + R')I$ représente la *force contre-électromotrice* due à l'effet Joule, c'est-à-dire à la transformation de l'énergie électrique en chaleur. Elle est négative parce qu'elle correspond à une destruction d'énergie électrique, tandis que la force électromotrice E qui est positive, correspond à la production d'énergie électrique.

.En faisant cette convention de signe nous remarquons que
l'équation (2) exprime que :

La somme algébrique des forces électromotrices dans le circuit
fermé de la pile est toujours nulle.

Nous venons de formuler la 2° loi de Kirchoff appliquée au
cas particulier que nous étudions. Nous généraliserons plus loin
cette loi.

En tous cas remarquons dès à présent que cette loi n'exprime
pas autre chose que le principe de la conservation de l'énergie
appliqué au circuit de la pile. Rappelons que la première loi de
Kirchoff exprime que « la somme algébrique des intensités des
courants qui concourent en un même point est toujours nulle ».

Cette première loi s'exprime par la relation symbolique :

$$\Sigma I = 0.$$

La somme Σ étant étendue aux courants qui concourent en
un même point.

La deuxième loi de Kirchoff s'exprime par la relation :

$$\Sigma E = 0$$

la somme Σ étant étendue à toutes les forces électromotrices
(chute ohmique comprise) d'un circuit fermé.

Nous verrons que ces deux lois sont des lois fondamentales
de l'électrodynamique.

FORCE ÉLECTROMOTRICE DE LA PILE. — Nous allons montrer que
cette quantité est une constante pour une pile de composition
donnée.

En effet l'expérience montre que le poids p de composé chimique produit par seconde par un courant d'intensité I traversant une pile ou un électrolyte en général ne dépend que de *la*
nature des corps en présence dans la pile ou l'électrolyte, et *de*
l'intensité I du courant. Ce poids p *ne dépend pas des dimen-*
sions de la pile ou de l'électrolyte. On a donc $p = KI$; K étant
un coefficient qui ne dépend pas des dimensions de la pile, mais
seulement de la nature de ses éléments.

Mais ce poids p représente une quantité W d'énergie chimique mise en jeu par seconde et transformée en énergie électrique. D'après ce que nous venons de dire le rapport $\frac{p}{I}$ ou le rapport $\frac{W}{I}$ qui représente précisément la force électromotrice E de la pile est une constante de la pile, c'est-à-dire une quantité qui ne dépend que de la composition de la pile, et non de ses dimensions.

Rappelons au contraire que la résistance intérieure R′ de la pile dépend de ses dimensions, ce qui est logique, car la résistance éprouvée par le courant doit être d'autant plus forte que le chemin qu'il a à parcourir est plus long et plus étroit, c'est-à-dire que les lames de cuivre et de zinc sont plus éloignées l'une de l'autre, et de plus petites dimensions.

En résumé dans le circuit de la pile se produisent les transformations suivantes d'énergie par seconde :

Une quantité EI d'énergie chimique est transformée dans la pile en énergie électrique.

Au même instant une quantité équivalente d'énergie électrique $RI^2 + R'I^2$ est transformée en chaleur dans le circuit de la pile, une partie de cette chaleur $R'I^2$ échauffant la pile, et l'autre partie RI^2 échauffant le fil qui relie les deux pôles.

Remarquons que, tandis que la force électromotrice E de la pile est indépendante du courant I, au contraire la chute ohmique $(R + R')I$ est proportionnelle à ce courant.

Par suite la relation :

$$E = (R + R')I$$

détermine le courant I qui sera produit par la pile de force électromotrice E dans le circuit dont la résistance totale est $(R + R')$.

MESURE DES FORCES ÉLECTROMOTRICES. — Prenons une pile sur laquelle n'est branché d'abord aucun conducteur. Branchons à ses bornes un fil très fin et très long, et par suite de très grande résistance R par rapport à la résistance R′ de la pile (fig. 28). Un courant très faible i traverse la pile et le conducteur, et la loi de Kirchoff que nous venons d'expliquer relative aux forces électromotrices du circuit nous-donne la relation

$$E = (R + R')i.$$

Mais comme R' est très petit par rapport à R on a sensiblement :

$$E = Ri.$$

La force électromotrice de la pile est égale à la chute ohmique dans le circuit extérieur. La mesure des forces électromotrices est ainsi ramenée à celle d'une intensité i et d'une résistance R. Nous verrons plus loin comment on peut mesurer la résistance R. Connaissant R il suffira de mesurer l'intensité i au moyen d'un ampèremètre pour déterminer la force électromotrice de la pile. En réalité on emploie pour cette mesure un appareil appelé *voltmètre*[1] et qui n'est autre qu'un ampèremètre dont le circuit possède la grande résistance R nécessaire pour limiter le courant i. La mesure de la force électromotrice se ramène donc à celle d'une intensité.

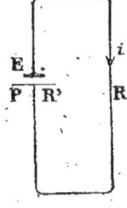

Fig. 28.

AMPÈREMÈTRES ET VOLTMÈTRES. — L'ampèremètre sert à mesurer l'intensité débitée par une machine. Cette intensité étant pratiquement toujours grande l'ampèremètre sera un appareil à gros fil, *c'est-à-dire à très faible résistance* r de façon à ce que la chaleur $r I^2$ dégagée par le passage du courant I dans l'appareil soit très faible. Nous avons vu plus haut le principe de cet appareil (voir p. 34).

En principe on ne calcule pas la constante de l'appareil, mais on gradue celui-ci par comparaison avec un autre ampèremètre déjà gradué, les deux ampèremètres étant traversés par le même courant.

---

1. On appelle *voltmètre* l'appareil qui sert à mesurer les forces électromotrices, parce que l'on a appelé l'unité de force électromotrice le *volt*.

VOLTMÈTRE. — C'est un ampèremètre à fil très fin et très long et par conséquent de grande résistance R. Branché aux bornes d'une pile ou d'une machine de force électromotrice E, il sera, à cause de sa grande résistance, traversé par un courant i extrêmement faible. Par suite la quantité de chaleur Ri^2 dégagée dans cet appareil sera très faible comme dans le cas de l'ampèremètre.

En plus de sa constante $\Sigma \frac{dl \sin \alpha}{r^2}$ on devra pour graduer le cadran en volts mesurer la résistance R de l'appareil qui est sa deuxième constante. A chaque courant i qui le traverse correspondra un nombre Ri de volts pour la force électromotrice de la machine aux bornes de laquelle il est branché (voir le paragraphe précédent). D'ailleurs, en pratique, comme pour l'ampèremètre, on le gradue par comparaison avec un voltmètre de précision déjà gradué et branché aux bornes de la même machine.

Nous verrons plus loin que le voltmètre sert aussi à mesurer ce qu'on appelle la *différence de potentiel* entre deux points quelconques d'un circuit électrique.

Donc la différence de construction entre l'ampèremètre et le voltmètre est que le premier a un enroulement à gros fil pour supporter les fortes intensités, et le second un enroulement à fil fin pour limiter le courant qui le traverse à une intensité extrêmement faible.

UNITÉ DE FORCE ÉLECTROMOTRICE. — D'après la définition de la force électromotrice nous dirons que l'unité de force électromotrice est la force électromotrice d'une pile ou d'une machine qui fournit à l'unité d'intensité de courant traversant cette pile ou cette machine une quantité d'énergie égale à l'unité.

CONVENTION DE SIGNES POUR LES FORCES ÉLECTROMOTRICES D'UN CIRCUIT FERMÉ. — Nous définirons d'abord le *sens* de la force électromotrice puis, connaissant ce *sens*, nous montrerons comment on en déduit son *signe*.

Nous appliquerons la notion de *sens* d'une force électromotrice sur un exemple (fig. 29).

Fermons le circuit d'une pile par un conducteur très résistant, de façon à ce que à peu près toute l'énergie E I fournie par la pile soit transformée en chaleur RI^2 dans ce conducteur. On aura sensiblement $EI = RI^2$

d'où : $E - RI = 0.$

La force électromotrice E fournit de l'énergie au courant I qui traverse la pile : nous dirons alors que la force électromotrice E

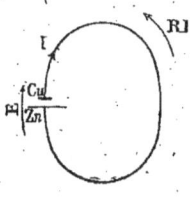

Fig. 29.

est de *même sens que le* courant I qui traverse la pile. Au contraire la chute ohmique RI emprunte de l'énergie au courant : nous dirons que cette force électromotrice est de *sens opposé au courant I.* La chute ohmique correspondant toujours à une dépense d'énergie électrique est d'ailleurs toujours de *sens opposé au courant.* La force électromotrice d'une machine fonctionnant comme génératrice sera de même sens que le courant qui la traverse, et celle d'une machine fonctionnant comme moteur sera de sens opposé au courant.

Donc la règle est la suivante : « la force électromotrice d'une pile ou d'une machine est de même sens que le courant qui la traverse si elle fournit de l'énergie à ce courant, elle est de sens opposé si elle lui en emprunte ».

Ceci posé, après avoir choisi arbitrairement le sens positif dans un circuit fermé, nous affecterons le signe + aux forces électromotrices de sens positif et le signe — aux autres. La deuxième loi de Kirchoff exprime alors que « la somme algébrique des forces électromotrices dont le signe a été ainsi déterminé est nulle dans tout circuit fermé ».

POUR BIEN FAIRE SAISIR CETTE CONVENTION, AINSI QUE LE SENS DE LA DEUXIÈME LOI DE KIRCHOFF CONCERNANT LES FORCES ÉLECTROMOTRICES D'UN CIRCUIT FERMÉ, NOUS LES APPLIQUERONS A QUELQUES EXEMPLES. — *Premier exemple.* — Branchons aux bornes d'une même pile (fig. 30) deux conducteurs de résistances R_1 et R_2, et supposons

pour simplifier, ces résistances très grandes par rapport à celle
de la pile. Dans ce cas chacun des conducteurs R_1 et R_2 sera
parcouru respectivement par un courant I_1 et I_2 et, d'après la
première loi de Kirchoff, la pile sera parcourue par la somme
$I_1 + I_2$ de ces deux courants.

Les résistances R_1 et R_2 étant
très grandes, à peu près toute
l'énergie fournie par la pile aux
deux courants $E I_1 + E I_2$ est dépensée en chaleur $(R_1 I_1{}^2 + R_2 I_2{}^2)$
dans les deux conducteurs.

Appliquons la deuxième loi de
Kirchoff aux trois circuits fermés
que nous pouvons former :

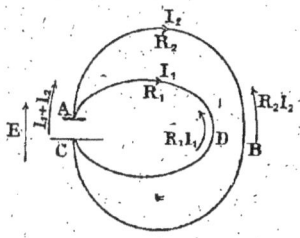

Fig. 30.

Premier circuit : pile et conducteur R_1. — Choisissons comme
sens positif le sens du courant I_1. La deuxième loi de Kirchoff
nous donne évidemment la relation :

$$E - R_1 I_1 = 0. \qquad (1)$$

Deuxième circuit : pile et conducteur R_2. — Nous avons de
même :

$$E - R_2 I_2 = 0. \qquad (2)$$

Troisième circuit : composé des deux conducteurs R_1 et R_2.
— Choisissons dans ce circuit comme sens positif par exemple
le sens A B C D A. La chute ohmique $R_2 I_2$ sera alors négative
d'après nos conventions et la chute ohmique $R_1 I_1$ sera positive. La deuxième loi de Kirchoff appliquée à ce circuit nous
donne la relation :

$$R_1 I_1 - R_2 I_2 = 0 \qquad (3)$$

qui pouvait d'ailleurs être déduite des relations (1) et (2).

Nous ferons immédiatement quelques remarques.

Les deux relations dues à la deuxième loi de Kirchoff :

$$E - R_1 I_1 = 0$$
$$E - R_2 I_2 = 0$$

jointes à la première loi de Kirchoff qui nous apprend que le courant traversant la pile est égal à $I_1 + I_2$ nous montrent que l'énergie fournie par la pile $E \times (I_1 + I_2)$ est égale à la somme des énergies dépensées en chaleur dans les deux conducteurs $(R_1 I_1^2 + R_2 I_2^2)$.

C'est-à-dire que les lois de Kirchoff nous montrent en particulier que les échanges d'énergie dans les circuits électriques satisfont au principe de la conservation de l'énergie. Nous pourrons vérifier cette remarque toutes les fois que nous appliquerons les lois de Kirchoff aux circuits électriques les plus complexes.

Remarquons encore que la relation :

$$R_1 I_1 - R_2 I_2 = 0$$

qui peut s'écrire :

$$\frac{I_1}{I_2} = \frac{R_2}{R_1}$$

nous montre que les courants se répartissent en raison inverse des résistances, ce qui justifie encore le nom de résistance donné au coefficient R, car il est logique qu'il passe d'autant moins de courant dans un conducteur que celui-ci présente plus de résistance au passage de ce courant.

Deuxième exemple (fig. 31). — Une génératrice G débite un courant I qui sert à actionner un moteur M relié à la génératrice par un conducteur de résistance R. Nous supposerons négligeables les résistances des machines.

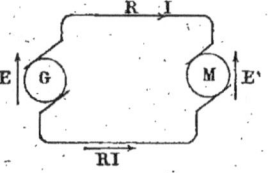

Fig. 31.

La génératrice G produit une force électromotrice E de même sens que le courant I puisqu'elle lui fournit de l'énergie.

Le moteur M produit une force électromotrice E' de sens opposé au courant I puisque celui-ci lui emprunte de l'énergie.

Enfin la chute ohmique RI est de sens opposé au courant I.

Choisissons comme sens positif dans le circuit le sens du

courant I. La deuxième loi de Kirchoff nous donne alors la relation :

$$E - E' - RI = 0.$$

Multiplions tout par I nous trouvons :

$$EI = E'I + RI^2$$

ce qui montre que l'énergie fournie par la génératrice est égale à l'énergie dépensée au même instant dans le circuit. La loi de Kirchoff nous conduit encore au principe de la conservation de l'énergie.

Troisième exemple (fig. 32). — Aux bornes d'une génératrice A, produisant une force électromotrice E dont le sens est indiqué par une flèche sur la figure 32, branchons une machine B produisant une force électromotrice e plus petite que E et de sens opposé à E, et une résistance variable R.

Intercalons de plus une résistance r en série avec la machine A.

Recherchons au moyen des lois de Kirchoff, quelle sera la répartition des courants dans ce réseau.

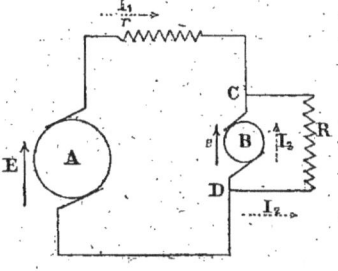

Fig. 32.

Ne connaissant pas encore le sens des courants I_1, I_2 et I_3 attribuons-leur un sens arbitraire représenté par les flèches en pointillé de la figure 32. La résolution des équations de Kirchoff définira, comme nous allons le voir, le sens réel de ces courants.

Appliquons la première loi de Kirchoff aux points C ou D. Nous obtenons la relation :

$$I_1 + I_2 + I_3 = 0. \qquad (1)$$

Appliquons la deuxième loi de Kirchoff au circuit fermé ACBDA dans lequel nous choisissons arbitrairement comme sens positif par exemple le sens de la force électromotrice E. Nous obtenons la relation :

$$E - r I_1 - e = 0. \tag{2}$$

Cette même loi appliquée au circuit CRDBC nous donne :

$$e + R I_2 = 0. \tag{3}$$

Nous pourrions appliquer encore cette loi au 3ᵉ circuit fermé ACRDA, mais la relation que nous obtiendrions, pouvant se déduire des relations (2) et (3), ne nous serait pas utile.

Résolvons le système d'équations précédent.

Nous trouvons immédiatement :

$$I_2 = - \frac{e}{r}$$

$$I_1 = \frac{E - e}{r}$$

$$I_3 = - (I_1 + I_2) = - \left(\frac{E - e}{r} - \frac{e}{R} \right).$$

Les courants I_1 et I_2 ont donc des sens bien déterminés.

I_2 a une valeur négative, son sens est donc de sens opposé à celui qui est représenté sur la figure.

I_1 a une valeur positive, son sens est donc celui qui est indiqué sur la figure.

Quant à I_3, son signe dépend de la valeur de R.

Si R est très grand $\frac{e}{R}$ est très petit, I_3 est négatif et a le sens opposé à celui qui est indiqué sur la figure 32, c'est-à-dire le sens opposé à e : la machine B ayant une force électromotrice e opposée à I_3, emprunte de l'énergie à ce courant, elle fonctionne comme moteur.

La machine A qui fonctionne toujours comme génératrice, puisque I_1 est toujours de même sens que E, fournit de l'énergie au moteur B et aux deux résistances r et R.

Si R diminue il arrive un moment où :

$$\frac{e}{R} = \frac{E - e}{r}.$$

A ce moment I_3 s'annule, tout se passe comme si l'on supprimait la machine B. La génératrice A fournit de l'énergie seulement aux résistances r et R.

Enfin si R diminue encore $\frac{e}{R}$ devient plus grand que $\frac{E-e}{r}$, I_2 devient positif, c'est-à-dire a le sens indiqué sur la figure. La

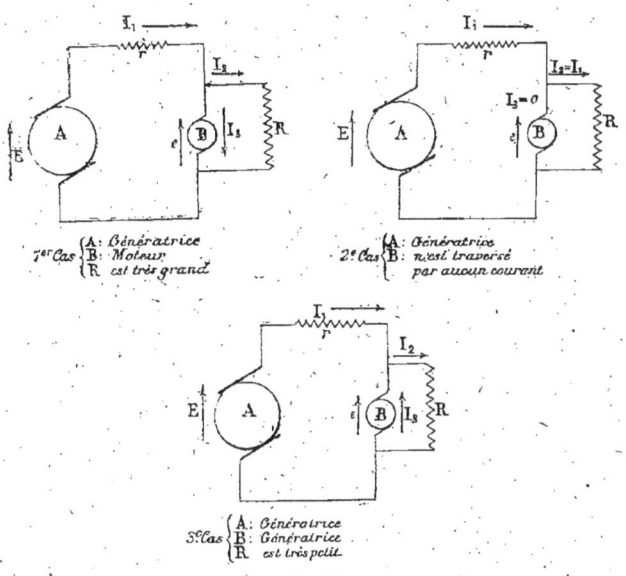

Fig. 33.

machine B devient génératrice, et l'énergie produite par les deux génératrices A et B est dépensée dans les deux résistances r et R.

Le sens des courants dans ces trois cas est représenté sur la figure 33.

Ici encore les relations de Kirchoff nous permettent de vérifier dans les trois cas que les échanges d'énergie satisfont, pour l'ensemble du circuit, au principe de la conservation de l'énergie.

Vérifions-le par exemple pour le 3ᵉ cas où R est très petit, et où B fonctionne en génératrice comme A.

La première loi de Kirchoff nous montre alors que tout se

passe comme si les génératrices A et B produisaient chacune les courants I_1 et I_3, ces courants se réunissant pour traverser la résistance R.

L'énergie produite par la génératrice A a pour valeur : (EI_1), celle produit par B : $(e\ I_3)$
et l'énergie transformée en chaleur a pour valeur :

$$rI_1^2 + R(I_1 + I_3)^2.$$

Or des relations (1), (2) et (3) on tire :

$$E = rI_1 - RI_2 = rI_1 + R(I_1 + I_3) \qquad (4)$$
$$e = - RI_2 = R(I_1 + I_3). \qquad (5)$$

Multiplions les deux membres de (4) par I_1 et les deux membres de (3) par I_3 et ajoutons. Nous trouverons :

$$EI_1 + eI_3 = rI_1^2 + R(I_1 + I_3)^2.$$

Ce qui vérifie le principe de la conservation de l'énergie pour l'ensemble du circuit étudié.

Cas général. — On démontre que les lois de Kirchoff appliquées à un réseau quelconque fournissent un nombre d'équations suffisant pour déterminer entièrement la répartition des courants dans ce réseau.

Nous admettons sans la démontrer cette proposition très importante que nous venons de vérifier sur quelques exemples particuliers. On pourra la vérifier sur des cas plus complexes que fournit la pratique de l'étude des réseaux de distribution.

NOTION DE DIFFÉRENCE DE POTENTIEL, DE CHUTE DE POTENTIEL. MESURE DES DIFFÉRENCES DE POTENTIEL. — Considérons une pile P débitant dans un conducteur un courant I (fig. 34). Aux deux extrémités d'un tronçon AB de ce conducteur branchons un voltmètre V dont la résistance R est très grande. Soit r la résistance du tronçon AB. Le voltmètre sera parcouru par un courant très faible i, comme le voltmètre est très résistant sa présence modifie peu le régime de la pile et du conducteur. Le

conducteur sera traversé par un courant qui restera sensiblement égal à I, et la pile par le courant I + i peu différent de I.
On peut vérifier toutes ces affirmations en appliquant au circuit
les lois de Kirchoff, et en se *rappelant que la résistance R du
voltmètre est très grande par rapport à la résistance du conducteur AB et par rapport à celle
de la pile.*

Ceci étant, remarquons que
l'on a, comme l'a montré la
deuxième loi de Kirchoff, la relation :

$$rl = Ri.$$

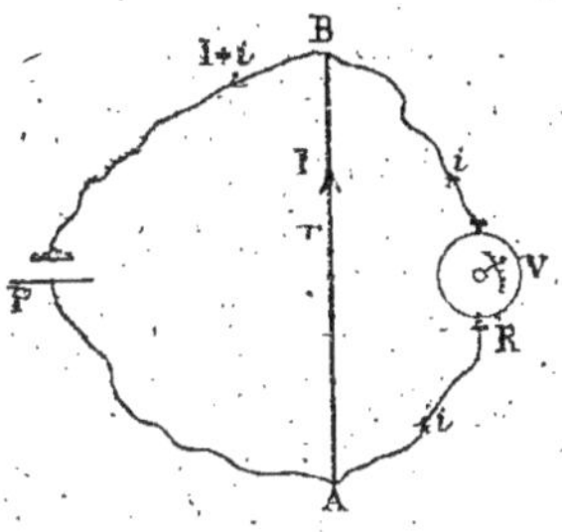

Mais sous l'action du courant i
le voltmètre indique un nombre
de volts qui serait celui mesurant
la force électromotrice E d'une

Fig. 34.

pile telle que $E = Ri$. Dans le cas présent, ce nombre de volts
représente ce que nous appelons la *chute ohmique de potentiel*
rI dans le tronçon AB parcouru par le courant I.

Il est facile de s'expliquer cette expression, le courant entre
les points A et B dissipe en chaleur la quantité $(r I^2)$ d'énergie.
Par unité d'intensité, il dissipe sur ce parcours la quantité
$\dfrac{r I^2}{I} = rI$ d'énergie. C'est ce que l'on exprime en disant que
son potentiel a diminué de rI volts entre les points A et B.

Un graphique fera mieux saisir cette notion de diminution
de potentiel du courant, et la notion inverse d'augmentation de
potentiel.

Premier exemple. — Une pile E débite un courant I dans un
fil homogène et de section constante.

Développons suivant un axe Ox le circuit de la pile (fig. 35).
En traversant la pile le courant reçoit une certaine quantité
d'énergie EI. On dit alors que son potentiel croît de E volts
qui représentent l'accroissement d'énergie par unité d'intensité.
Portons ces volts en ordonnée.

L'accroissement de voltage du courant dans la pile est repré-

senté par la droite ME. En sortant de la pile le courant parcourt le conducteur extérieur en y dépensant toute son énergie EI en chaleur : $EI = rI^2$ (nous supposons toujours que la
résistance de la pile est très faible par rapport à celle du conducteur). Son potentiel tombe alors de E volts et à sa rentrée dans
la pile il se trouve au même point qu'avant ce premier cycle.

La *chute de potentiel* dans le circuit extérieur est représentée

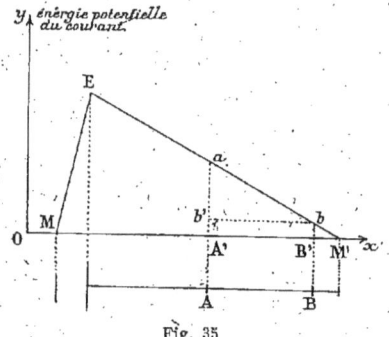

Fig. 35.

par la droite EM'. On voit que la différence de potentiel entre
A et B est égale à $a b'$ volts qui représentent la chute ohmique
dans le tronçon AB.

Comme nous supposons ici que le conducteur extérieur est
homogène et de section constante sur toute sa longueur, la
résistance par unité de longueur est partout la même et par
suite la chute ohmique par unité de longueur est également
partout la même. La courbe de chute de potentiel est alors une
droite.

Deuxième exemple. — Deux piles A et B de force électromotrice E débitent en série sur un circuit qui renferme une troisième pile de même force électromotrice E mais placée en
opposition avec les deux précédentes. On verra facilement que
le graphique des variations de potentiel le long de ce circuit est
celui représenté sur la figure 36.

On voit ici l'analogie du potentiel électrique et du potentiel dû à la gravité des corps pesants. Figurons-nous un corps de poids P que nous élevons à une hauteur H, et que nous laissons ensuite glisser sur un plan incliné de façon à ce qu'il arrive sans vitesse au bas du plan incliné.

Nous avons fourni à ce corps en le soulevant une quantité d'énergie P H qu'il a ensuite dissipée en chaleur par frottement

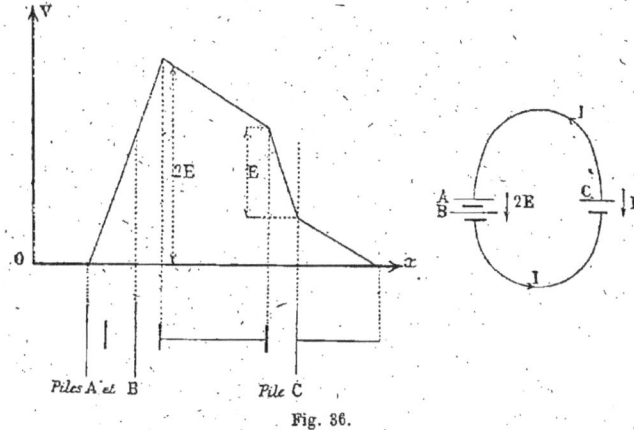

Fig. 36.

sur le plan incliné, cette énergie diminuant progressivement à mesure que le corps descend sur le plan incliné. Le poids P du corps est comparable à l'intensité du courant. L'acte que nous faisons en le soulevant à la hauteur H est analogue à l'effet de la pile qui élève le potentiel du courant de E volts, enfin le glissement sur le plan incliné est comparable à la chute ohmique de potentiel dans le conducteur.

CHUTE DE TENSION AUX BORNES DES PILES OU DES MACHINES GÉNÉRATRICES. — Considérons une pile de force électromotrice E et de résistance intérieure R' débitant un courant I sur un conducteur de résistance R (fig. 37). La deuxième loi de Kirchoff nous donne la relation :

$$E - R'I - RI = 0$$

ou : $$RI = E - R'I.$$

D'après ce que nous venons de voir sur la mesure des différences de potentiel, un voltmètre branché aux bornes de la pile indiquera un nombre de volts égal à la chute ohmique R I dans le circuit extérieur.

Au contraire un voltmètre branché aux bornes de la pile ne débitant aucun courant mesure sa force électromotrice E.

La différence des deux lectures est égale à la chute ohmique R′I dans la pile. Cette différence représente ce que l'on appelle « la chute de tension en charge ». Elle est proportionnelle au courant de charge I. Et si la résistance R s'annule, la tension aux bornes devient nulle, la pile étant en court-circuit.

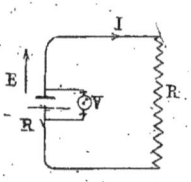

Fig. 37.

On voit que cette chute de tension dans la pile provient de ce qu'une partie de l'énergie EI produite par la pile est consommée par effet Joule dans celle-ci. Si la pile est en court-circuit toute l'énergie qu'elle produit est dépensée en chaleur dans la pile elle-même.

Dans les machines génératrices, une chute de tension en charge se produit de la même façon.

Mais nous verrons qu'on peut compenser cette chute de tension en charge en produisant, au moyen d'un « enroulement de *compoundage*, une augmentation de la force électromotrice en charge précisément égale à la chute de tension. On peut même aller plus loin et produire de la même façon un « *hyper-compoundage* », c'est-à-dire une augmentation de la tension aux bornes de la machine en charge par un relèvement de sa force électromotrice supérieur à sa chute de tension.

Dans les moteurs, un phénomène analogue se produit : une partie de l'énergie fournie au moteur est dépensée par effet Joule dans le moteur, l'autre partie étant transformée en énergie mécanique. Mais il ne s'agit plus ici de « chute de tension » puisque la tension aux bornes du moteur est, en général, maintenue constante par le réseau qui l'alimente. Nous verrons que cette perte par effet Joule entraîne en général une chute

de vitesse en charge que l'on peut également annuler par un
« enroulement de compoundage ».

Remarquons que la chute ohmique dans une génératrice est
une force électromotrice de signe contraire à la force électro-

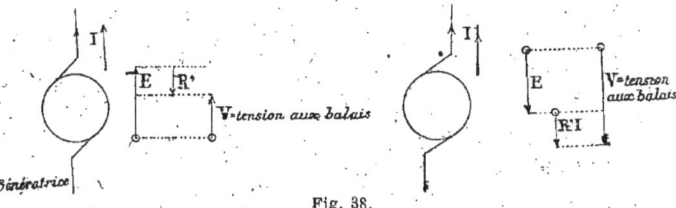

Fig. 38.

motrice de la génératrice qui produit de l'énergie électrique,
tandis qu'elle est de même signe que la force électromotrice du
moteur qui en consomme.

C'est ce que représente la figure 38.

MESURE DE L'ÉNERGIE ÉLECTRIQUE MISE EN JEU DANS UN TRONÇON
DE CIRCUIT, AU MOYEN DE L'AMPÈREMÈTRE ET DU VOLTMÈTRE (fig. 39).

— Nous allons démontrer
d'abord la proposition suivante : « la différence de potentiel entre les deux extrémités
d'un tronçon de circuit est
égale à la somme algébrique
des forces électromotrices auxquelles le courant est soumis
entre ces deux points » (nous

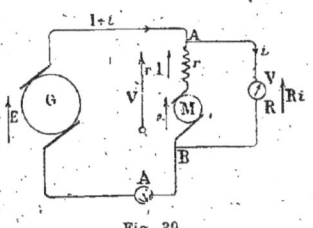

Fig. 39.

comprenons toujours la chute ohmique dans les forces électromotrices).

Nous démontrerons cette proposition sur un exemple simple.
Il sera facile de l'étendre au cas général.

Considérons une génératrice G de force électromotrice E
débitant un courant I + i sur le circuit extérieur.

Considérons un tronçon AB de ce circuit comprenant une
résistance r et un moteur M traversés par le courant I.

Branchons entre les points A et B un voltmètre V de résistance R qui sera traversé par un courant très faible i qui ne modifie pas sensiblement le régime du circuit.

Appliquons la deuxième loi de Kirchoff au circuit fermé AVBMrA. Choisissons comme sens positif sur ce circuit par exemple le sens AVBMrA. Dans ce cas la chute ohmique Ri sera négative, la force électromotrice e du moteur et la chute ohmique rI seront positives. La deuxième relation de Kirchoff s'écrit alors pour ce circuit :

$$e + r\text{I} - \text{R}i = 0$$

d'où :
$$\text{R}i = e + r\text{I}.$$

Mais nous savons que le nombre de volts V indiqués par le voltmètre est égale à Ri. On dira donc :

$$\text{V} = e + r\text{I}.$$

Ce qui démontre bien que la différence de potentiel V entre les points A et B est égale à la somme algébrique des forces électromotrices $+ e$ et $+ r$I auxquelles le courant I est soumis entre ces deux points.

Nous en déduisons immédiatement le procédé de mesure, au moyen de l'ampèremètre et du voltmètre, de l'échange total d'énergie électrique qui se produit entre les points A et B.

Nous voyons que, dans le cas étudié par exemple, ces échanges se composent d'une quantité eI d'énergie électrique transformée en énergie mécanique et d'une quantité r I² transformée en chaleur. La somme algébrique de ces échanges est :

$$- e\text{I} - r\text{I}^2 = - (e + r\text{I})\text{I} = - \text{VI}.$$

Le total de l'énergie mise en jeu entre les points A et B est donc égal au produit de la différence de potentiel V entre ces points par le courant I. La première se mesure par un voltmètre branché entre les points A et B, la seconde par un ampèremètre A mis en série avec le tronçon AB de ce circuit.

Les indications de ces deux appareils permettent même de déterminer le sens de cet échange d'énergie dans le tronçon AB.

L'ampèremètre nous permet d'abord de déterminer le sens du courant I, ce courant faisant dévier l'aiguille aimantée de l'ampèremètre dans des sens opposés lorsqu'il traverse l'enroulement de cet instrument successivement dans un sens, puis dans l'autre sens (voir règle du tire-bouchon de Maxwell).

En pratique les bornes de l'ampèremètre portent les signes + et —. Lorsque l'ampéremètre indique I ampères le courant entre par la borne + et sort par la borne —.

Quel sera le signe qu'il faut affecter à V ?

On a : $Ri = e + rI$

c'est-à-dire que la chute ohmique $R\,i$ a le même sens que la résultante $e + rI$ ou V des forces électromotrices comprises entre A et B.

Si cette résultante V est de sens opposé à I le courant perd de l'énergie entre A et B, on dit que son potentiel diminue de V volts. V est négatif par rapport à I et le produit — VI indique une perte d'énergie électrique entre A et B.

Puisque V a le même sens que Ri, le sens du courant i indiquera le sens de la chute de potentiel V.

En pratique on marque sur les deux bornes du voltmètre comme pour l'ampèremètre, les signes + et — de telle façon que, lorsque l'aiguille du voltmètre indique V volts, cela signifie que le potentiel diminue de V volts entre les bornes + et —.

La règle est donc la suivante :

1° *Déterminer le sens du courant* au moyen de l'ampèremètre : lorsque celui-ci indique I ampères, le courant I entre par la borne + et sort par la borne —.

2° *Déterminer le sens de la chute de potentiel* au moyen du voltmètre : lorsque celui-ci indique V volts le potentiel diminue de V volts entre la borne + et la borne —.

3° Si la diminution de potentiel se produit dans le même sens que le courant, celui-ci perd une quantité totale — V I d'énergie entre les points où est branché le voltmètre.

Si au contraire il y a augmentation de potentiel dans le sens du courant celui-ci reçoit une quantité totale $+$ V I d'énergie entre les points où est branché le voltmètre.

On voit que la mesure de l'énergie électrique se fait de façon très rapide et très précise, simplement par deux lectures. L'énergie électrique est ainsi la forme d'énergie de beaucoup la plus facile à mesurer avec précision. Cette circonstance n'a pas peu influé sur le développement de l'électrotechnique en permettant de calculer les machines électriques, et de prévoir leurs propriétés avec une exactitude beaucoup plus grande que pour n'importe quelle autre espèce de machine.

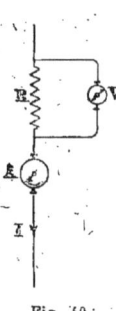

Fig. 40.

MESURE DES RÉSISTANCES PAR L'AMPÈREMÈTRE ET LE VOLTMÈTRE. — Soit à mesurer une résistance R : faisons-la traverser par un courant quelconque dont nous mesurons l'intensité I au moyen d'un ampèremètre A. Au même instant mesurons au moyen d'un voltmètre V la chute ohmique V dans la résistance (fig. 40). On a :

$$V = RI \quad \text{d'où l'on tire :} \quad R = \frac{V}{I}.$$

RÉSUMÉ

SENS DU CHAMP CRÉÉ PAR UN COURANT. — Le sens de ce champ est le sens dans lequel tourne le manche d'un tire-bouchon qu'on enfonce dans le sens du courant (tire-bouchon de Maxwell).

DÉFINITION DE L'INTENSITÉ DU COURANT. — *Valeur du champ créé par un courant.* — L'intensité d'un courant I a pour valeur $I = \dfrac{H}{\sum \frac{dl \sin \alpha}{r^2}}$; H étant le champ magnétique créé par ce courant en un point déterminé et la somme $\sum \dfrac{dl \sin \alpha}{r^2}$ relative à ce point étant étendue à tout le circuit parcouru par le courant I. Principe de l'ampèremètre électromagnétique.

PREMIÈRE LOI DE KIRCHOFF RELATIVE AUX INTENSITÉS. — « La somme algébrique des intensités des courants qui concourent en un même point est toujours nulle. » $\Sigma I = 0$.

DÉFINITION DE LA FORCE ÉLECTROMOTRICE. — W étant l'énergie mise en jeu par seconde dans une pile ou une machine, la force électromotrice a pour valeur $E = \dfrac{W}{I}$, I étant le courant qui la traverse.

Cette force électromotrice est de même sens que le courant quand elle lui fournit de l'énergie (génératrice), de sens opposé quand elle lui en emprunte (moteur). La chaleur dégagée par effet Joule dans un conducteur de résistance R est égale à RI^2. Elle produit donc une force électromotrice opposée au courant et dont la valeur est RI (chute ohmique).

DEUXIÈME LOI DE KIRCHOFF RELATIVE AUX FORCES ÉLECTROMOTRICES. — « La somme algébrique des forces électromotrices d'un circuit fermé est toujours nulle. » $\Sigma E = 0$ (chute ohmique comprise).

MESURE D'UNE FORCE ÉLECTROMOTRICE. — (Voltmètre) R étant la résistance du voltmètre, la force électromotrice E y produit un courant i tel que $E = Ri$. R étant constant, E est proportionnelle à i. Le voltmètre est donc un ampèremètre de grande résistance intérieure.

DIFFÉRENCE DE POTENTIEL V ENTRE DEUX POINTS A ET B DU CIRCUIT. — C'est la résultante des forces électromotrices auxquelles le courant est soumis entre ces deux points $V = \Sigma E$ (chute ohmique comprise). Par suite la somme algébrique des échanges d'énergie subis par le courant entre ces deux points $\Sigma E I$ est égale à VI.

MESURE DE LA DIFFÉRENCE DE POTENTIEL V PAR LE VOLTMÈTRE. — Comme pour la force électromotrice on a $V = Ri$.

MESURE DE LA RÉSISTANCE R D'UN CONDUCTEUR PAR LE VOLTMÈTRE ET L'AMPÈREMÈTRE. — Ce conducteur étant parcouru par un courant I, présente entre ses extrémités une différence de potentiel V telle que $R = \frac{V}{I}$. V et I sont mesurés respectivement par un voltmètre et par un ampèremètre.

CHAPITRE IV

Forces mutuelles qu'exercent l'un sur l'autre un aimant et un courant.

Transformation en énergie électrique de l'énergie mécanique produite par le déplacement de ces forces dans le mouvement relatif du courant par rapport au flux magnétique ou « phénomène d'induction magnétique du courant ». Force électromotrice induite dans un conducteur par le flux magnétique coupé par ce conducteur.

ACTION D'UN AIMANT SUR UN COURANT
INDUCTION ÉLECTROMAGNÉTIQUE

Ampère a, le premier, observé qu'un courant exerçait une force sur un pôle d'aimant placé dans son voisinage.

Biot et Savart ont déterminé la valeur de cette force, comme nous l'avons vu dans le chapitre précédent.

Dans ce chapitre, nous allons voir que :

1° *Du principe de l'action et de la réaction* on peut déduire qu'un aimant exerce une force sur un courant voisin, ou, plus généralement, qu'un champ magnétique exerce une force sur un courant plongé dans ce champ, et nous calculerons cette force connaissant l'intensité du courant, et le champ en chaque point de l'espace.

2° Si le courant se déplace dans le champ, la force qu'il subit produira ou absorbera du travail mécanique, suivant le sens du déplacement. Nous montrerons que, en *vertu du principe de la conservation de l'énergie*, cette énergie mécanique mise en jeu correspondra à une quantité égale d'énergie électrique empruntée ou fournie au courant qui se déplace, et par

suite à une nouvelle espèce de force électromotrice appelée
« force électromotrice d'induction ». Cette force électromotrice
est celle que l'on trouve dans toutes les machines électriques.

ACTION RÉCIPROQUE D'UN ÉLÉMENT DE COURANT
SUR UNE MASSE MAGNÉTIQUE ET DE CETTE MASSE MAGNÉTIQUE
SUR L'ÉLÉMENT DE COURANT

Nous avons vu précédemment qu'un courant électrique produisait une force mH sur chacun des pôles m d'un aimant voisin. Nous avons dit qu'on pouvait calculer en chaque point de
l'espace la valeur du champ H créé par ce courant en admettant que chaque élément de courant de longueur dl crée en chaque
point de l'espace un élément de champ dH perpendiculaire au
plan déterminé par le point considéré et l'élément dl et dont la
valeur était (fig. 41) :

$$dH = \frac{I dl \sin \alpha}{r^2}$$

Autrement dit, si nous plaçons en O la masse $+ m$ de magnétisme, cette masse sera soumise, de la part de l'élément dl, à une

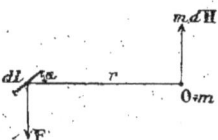

Fig. 41.

force dont l'intensité est $m\,dH$ et dont
la direction est perpendiculaire au plan
O dl et le sens défini par la règle du
tire-bouchon déjà vue.

Tout se passe donc comme si, de
l'élément dl partait un bras qui saisit
la masse m et tend à la faire tourner
autour de dl. Mais alors ce bras va exercer sur dl une force F
égale à $m\,dH$ et de sens opposé. C'est là en quelque sorte une
application du principe de l'action et de la réaction. Notons tout
de suite une invraisemblance très grave de la théorie que nous
exposons : lorsque deux éléments de matière tels que l'élément
dl et la masse m agissent l'un sur l'autre, ils produisent l'un et
l'autre, d'après le principe de l'action et de la réaction, deux
forces appliquées à chacun d'eux, égales et *directement opposées*.

C'est-à-dire que la direction de ces forces est la direction de la droite $m\,dl$ qui joint ces deux éléments. Or dans le cas présent les deux forces F et mdH sont perpendiculaires à cette direction. Leur résultante est bien nulle, mais ces forces forment un couple. Elles ne tendent pas à augmenter ou diminuer la distance des éléments m et dl, mais elles tendent à faire tourner ces deux éléments l'un autour de l'autre. Il y a donc dans cette théorie une contradiction avec le principe de l'action et de la réaction. Cependant cette théorie, malgré cette imperfection, conduit à des conséquences qui sont toutes vérifiées très rigoureusement dans la pratique. Cela tient aux deux faits suivants : 1° Dans la pratique un élément isolé dl de courant ne peut être réalisé. Un courant forme toujours un circuit fermé. Les erreurs de principe que l'on commet dans l'hypothèse que nous venons d'exposer s'annulent lorsqu'on calcule la résultante MH de toutes ces forces hypothétiques mdH.

2° De même l'existence d'une masse $+ m$ de magnétisme isolée est toute fictive. Une masse $+ m$ ne peut pas exister sans la présence d'une masse $- m$ dans son voisinage. Autrement dit, l'hypothèse de l'existence de masses magnétiques aux deux bouts d'un aimant est, elle aussi, imparfaite.

Nous avons vu qu'une hypothèse plus exacte, mais aussi bien plus complexe, est celle de Faraday sur les tubes de force assimilés à des fils élastiques tendus entre deux aimants ou entre un courant et un aimant.

Nous n'avons d'ailleurs pas l'intention ici de démontrer les lois que nous voulons mettre en évidence. Nous voulons seulement faire sentir le lien qui existe entre toutes ces lois et qui fait d'elles un tout logique, permettant d'analyser simplement les phénomènes électromagnétiques et surtout de prévoir les phénomènes qui se produiront avec des combinaisons diverses de circuits électriques et magnétiques, c'est-à-dire avec des machines électriques.

Nous admettrons donc, sans pousser plus loin l'analyse de ces phénomènes, l'existence des forces mdH et F telles que :

$$F = mdH = m\,\frac{I dl \sin \alpha}{r^2}. \tag{1}$$

Mais nous savons que la masse $+ m$ de magnétisme crée près de l'élément dl un champ magnétique H' (fig. 42) dont la valeur est :

$$H' = \frac{m}{r'^2}.$$

On voit donc, en remplaçant $\frac{m}{r'^2}$ par H' dans la relation (1), que l'on a :

$$F = H'I dl \sin \alpha.$$

C'est la relation qui existe en tout point de l'espace entre le champ magnétique H' et la force F s'exerçant en ce même point sur les courants.

Remarquons que, d'après ce que nous venons de voir, il est

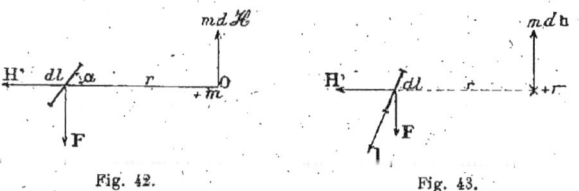

Fig. 42.   Fig. 43.

facile de déduire le sens de la force F agissant sur dl, de la seule connaissance de H' et du sens du courant I, sans avoir besoin pour cela de connaître les causes qui créent le champ H'.

On imaginera (fig. 43) une masse fictive $+ m$, placée de façon à produire le champ H'. D'après la règle du tire-bouchon, on déterminera le sens de la force mdH produite par l'élément dl sur la masse $+ m$: la force F est, d'après ce que nous venons de voir, de sens opposé à mdH.

Nous allons tirer de ces remarques de nouvelles conclusions relatives au déplacement des courants ou simplement des conducteurs fermés dans les champs magnétiques.

CALCUL DE LA FORCE ÉLECTROMOTRICE D'INDUCTION PRODUITE DANS UN CONDUCTEUR QUI COUPE UN CHAMP MAGNÉTIQUE. — Nous voyons qu'un conducteur parcouru par un courant I et placé dans un champ H est soumis à une force F (fig. 43 *bis*). Supposons que nous abandonnions ce conducteur à lui-même. Il se déplacera dans le sens de la force F. Cette force produira un travail que l'on pourra employer par exemple à soulever un poids P. Mais cette énergie mécanique produite doit nécessairement corres-pondre à une quantité égale d'énergie consommée. Quelle est la source de cette énergie? Puisque la cause initiale du mouvement est le courant, et que le courant est produit par une pile *p*, il est évident que la pile sera la source de l'énergie mécanique que nous avons pro-duite. Nous pouvons donc prévoir que le déplacement du conducteur dans le sens de F donnera naissance à une force contre-électromotrice qui empruntera au courant

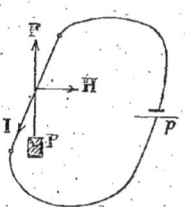

Fig. 43 *bis*.

l'énergie nécessaire pour soulever le poids, le courant empruntant lui-même cette énergie à la pile.

Au contraire, laissons tomber le poids P et employons ce travail à déplacer le conducteur en sens inverse de la force F. Ce conducteur absorbe de l'énergie mécanique. Nous pouvons donc prévoir qu'il deviendra le siège d'une force électromotrice qui fournira de l'énergie au courant. Cette énergie s'ajoutera à l'énergie fournie par la pile, et la somme des deux sera transformée en chaleur par effet Joule dans le conducteur.

Nous voyons que le déplacement du conducteur dans le champ produit une force *électromotrice*. Pour que cette force électromotrice prenne naissance il faut que la force F produise ou absorbe du travail. Mais cette force est perpendiculaire au champ H. Tout déplacement qui se fait parallèlement au champ H ne produit donc aucun travail de la force F et par suite aucune force électromotrice. Nous voyons donc que la force *électromotrice* se produit seulement *lorsque le conducteur se déplace en coupant le flux*.

Mais il n'est pas nécessaire pour que la force électromotrice d'induction se produise que le conducteur soit parcouru par un courant. Si, par exemple, un conducteur fermé, qui n'est parcouru d'abord par aucun courant, vient à se déplacer en coupant un flux, un courant prend aussitôt naissance dans ce conducteur, ce qui prouve que la production de la force électromotrice est due au seul fait que le conducteur coupe le champ, et est indépendante du courant qui parcourt ce conducteur.

LA FORCE ÉLECTROMOTRICE QUI PREND NAISSANCE DANS UN CONDUCTEUR QUI COUPE UN FLUX EST APPELÉE FORCE ÉLECTROMOTRICE D'INDUCTION. — Si l'on considère un morceau de conducteur non fermé qui coupe un champ, il existera donc une différence de potentiel entre ses extrémités comme entre les électrodes d'une pile à circuit ouvert. Comme pour la pile, cette différence de potentiel est égale à la force électromotrice d'induction. On peut, comme pour la pile, la mesurer en fermant le circuit sur un voltmètre très résistant par rapport à ce conducteur, et qui sera alors parcouru par un courant i très faible.

Nous allons maintenant déterminer la valeur de cette force électromotrice d'induction en fonction des divers éléments auxquels elle est due et qui sont :

l'intensité du champ,

le déplacement du conducteur dans le champ,

la longueur du conducteur.

Tous ces éléments influent en effet sur la quantité de flux coupé par le conducteur. Nous verrons que l'intensité du courant n'a pas d'influence sur la valeur de la force électromotrice, de même que dans la pile. Cette force électromotrice, comme nous le verrons, est égale au flux coupé par seconde par le conducteur.

Pour notre démonstration, formons un circuit électrique au moyen d'une pile p reliée par deux fils souples à un conducteur AB rectiligne et mobile. Créons dans l'espace ambiant un champ H perpendiculaire à AB et uniforme, c'est-à-dire tel que ce champ ait en tous les points du voisinage de AB même valeur et même direction perpendiculaire à AB.

Chaque élément dl de AB parcouru par le courant I de la pile est alors soumis à une force dF perpendiculaire à H et à AB (fig. 44) dont le sens peut être déterminé par le procédé indiqué au paragraphe précédent, c'est-à-dire en remarquant que chacune de ces forces dF est de sens opposé à la force f que le courant I produirait sur une masse fictive $+m$ à laquelle serait dû le champ H.

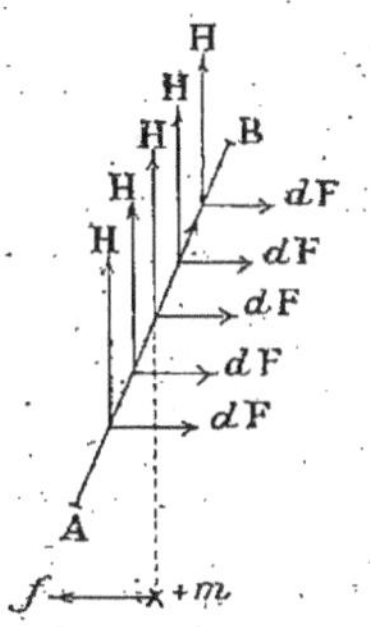

Chacune de ces forces dF appliquées aux éléments dl de AB a pour valeur :

$$dF = Hldl \sin \alpha = Hldl,$$

car ici $\sin \alpha = 1$, H étant perpendiculaire à AB.

Fig. 44.

Leur résultante F qui s'exerce sur le tronçon AB est égale à leur somme. H et I étant les mêmes en tous points de AB, on a :

$$F = \Sigma Hldl = HI\Sigma dl$$
$$F = Hll$$

l étant la longueur de AB.

Connaissant cette force F nous allons montrer que le déplacement de AB correspondant à un travail de F, entraînera suivant le signe de ce travail, la production ou la destruction d'une quantité égale d'énergie électrique et par suite la production d'une force électromotrice ou d'une force contre-électromotrice d'induction agissant sur le courant I.

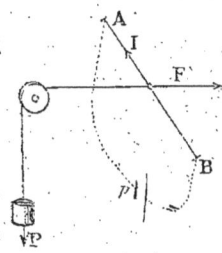

Équilibrons F par exemple avec un poids P suspendu à un fil qui, au moyen d'un renvoi par poulie, transmet l'action de P au milieu de AB (fig. 45).

Fig. 45.

Diminuons légèrement le poids P : AB *sera entraîné par* F *et* P *sera soulevé.* — Soit L le déplacement de AB dans le sens de F pendant l'unité de temps : le travail de F sera (F × L).

Pour produire ce travail il faut que de l'énergie ait été

empruntée quelque part : puisque c'est le courant qui produit la force F c'est évidemment le courant aussi qui sera la source de l'énergie produite par le déplacement de F.

Le travail mécanique (FL) produit correspondra à une quantité égale d'énergie électrique empruntée au courant. Le quotient de FL par le courant qui parcourt AB nous donnera la valeur de « la force électromotrice E' d'induction » due au déplacement de AB dans le champ H, I' représentant l'intensité de ce courant nous aurons donc :

$$E' = \frac{FL}{I'} \cdot$$

Mais nous savons que :

$$F = HI'l$$

donc :

$$E' = HlL,$$

Le produit $(l \times L)$ représente la surface balayée par le conducteur AB. Cette surface est perpendiculaire à H puisque l et L sont perpendiculaires à H.

Mais alors le produit H $l \times$ L représente le flux qui traverse la surface (lL).

Nous aboutissons donc à la très importante conclusion suivante :

« LA FORCE ÉLECTROMOTRICE D'INDUCTION CRÉÉE DANS UN CONDUCTEUR AB QUI SE DÉPLACE DANS UN CHAMP MAGNÉTIQUE, EST ÉGALE AU FLUX COUPÉ PAR UNITÉ DE TEMPS PAR CE CONDUCTEUR ». — Complétons cette démonstration pas quelques remarques :

1° Quand le conducteur AB est immobile, le courant I qui le parcourt est produit par la seule force électromotrice E de la pile. L'énergie EI est tout entière dépensée en chaleur RI², R étant la résistance du circuit, et l'on a :

$$EI = RI^2$$

ou :

$$E = RI.$$

Quand AB se déplace dans le sens de F en soulevant le poids, une nouvelle force électromotrice est introduite dans le circuit :

la force électromotrice d'induction E'. Le courant prend donc une nouvelle valeur I'.

Dans le cas étudié E' est une force contre-électromotrice puisqu'elle correspond à de l'énergie empruntée au circuit. E' étant opposée au courant tend à le diminuer. I' sera donc plus petit que I. Le calcul va d'ailleurs vérifier cette affirmation.

L'énergie EI' empruntée à la pile est transformée partie en chaleur RI'^2, partie en énergie mécanique E' I'. On a donc :

$$EI' = RI'^2 + E'I'$$
ou :
$$E - RI' - E' = 0.$$

Deuxième loi de Kirchoff appliquée au circuit du courant I'.

On a donc :
$$I' = \frac{E - E'}{R}$$

tandis que :
$$I = \frac{E}{R}.$$

Donc :
$$I' < I.$$

2° En soulevant P, le conducteur AB agit comme un moteur, et emprunte à la pile l'énergie nécessaire pour soulever P. La force électromotrice E' est en réalité une force contre-électromotrice.

Au contraire surchargeons un peu P de façon à entraîner AB en sens opposé de F. Nous fournirons ainsi à AB de l'énergie mécanique qui sera transformée par la force électromotrice d'induction en énergie électrique. Celle-ci s'ajoute à l'énergie fournie par la pile, et leur somme est transformée en chaleur dans le circuit. Le courant I augmente au lieu de diminuer. Le conducteur AB fonctionne dans ce cas comme génératrice.

Nous venons de démontrer là le principe de la réversibilité de beaucoup de machines électriques qui peuvent fonctionner comme moteur aussi bien que comme génératrice.

3° Nous avons vu que la valeur de la force électromotrice d'induction $E' = H \times l \times L$ ne dépend pas de l'intensité du courant qui parcourt AB. Il en résulte immédiatement que cette force électromotrice existera aussi bien dans un circuit que ne parcourt aucun courant. Si par exemple nous supprimons la pile et que nous joignons les extrémités de AB par un fil conducteur de façon à former un circuit fermé, dès que AB se déplacera en coupant le champ H un courant se produira dans le circuit ainsi formé, grâce à la force électromotrice d'induction E'.

Ce courant donnera lieu immédiatement à une force F agissant sur AB, et c'est le travail mécanique produit par cette force F qui produira l'énergie électrique nécessaire pour entretenir le courant.

4° Remarquons que si la force électromotrice d'induction est indépendante du courant et ne dépend que du flux coupé, au contraire la force produite par le champ magnétique sur le conducteur est proportionnelle au courant qui parcourt celui-ci.

SENS DE LA FORCE ÉLECTROMOTRICE D'INDUCTION. — Nous avons vu dans le 2° du paragraphe précédent que la force électromotrice d'induction a le sens du courant I si l'on déplace AB dans le sens opposé à la force F (génératrice) et le sens opposé à I si l'on déplace AB dans le sens de F (moteur).

Il semblerait d'après cela que le sens de cette force électromotrice dépend non seulement du sens du déplacement de AB, mais aussi du sens du courant I, ce qui serait absurde puisque cette force électromotrice existe et toujours avec la même valeur, même en l'absence de tout courant.

Nous allons donc montrer que le sens de cette force électromotrice ne dépend en réalité que du sens du déplacement par rapport au champ.

Pour cela plaçons le conducteur AB dans le champ H, supposons qu'il soit d'abord traversé par un courant I allant de A vers B (fig. 46), puis par un courant I' allant de B vers A (fig. 47), et que, dans les deux cas, le conducteur AB se déplace de la gauche vers la droite. Nous allons voir que, dans les deux cas, le sens des forces électromotrices d'induction E et E' reste le même. Nous aurons ainsi démontré qu'il est indépendant du courant I.

En effet :

1° Dans le cas de la figure 46 le sens de la force F que H

exerce sur I est opposé au déplacement AB. Le travail de F est
donc négatif. On fournit de l'énergie au courant AB. La force
électromotrice d'induction E a donc le sens du courant I, donc
le sens de A vers B.

2° Dans le cas de la figure 47 le sens de la force F' que H
exerce sur I' est le même que celui du déplacement de AB. Le

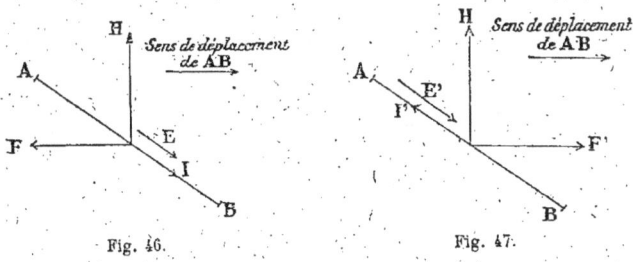

Fig. 46.   Fig. 47.

travail de F est positif. On emprunte de l'énergie électrique pour
la transformer en énergie mécanique. Donc E' est de sens opposé à I'. Elle conserve donc le sens de A vers B comme dans
le cas précédent.

Ces deux expériences nous donnent en même temps la loi
qui fixe le sens de la force électromotrice d'induction connaissant le champ H et le sens du déplacement.

Règle des trois doigts. — Pour éviter de refaire, lors de l'étude
de chaque machine, le raisonnement nécessaire pour déterminer la relation existant dans cette machine entre :

le sens du flux magnétique,

le sens du courant,

le sens de rotation,

on peut employer le procédé empirique suivant appelé « règle
des trois doigts » qui donne immédiatement la relation cherchée.

Plaçons les trois premiers doigts de la main (pouce, index,
médius) suivant les arêtes d'un trièdre à angles droits. Dans
cette position :

le médius indiquant le sens du magnétisme ;

l'index indiquant le sens de l'intensité ;

le pouce indiquera le sens du déplacement des conducteurs dans le champ magnétique.

Pour appliquer cette règle aux génératrices il faudra employer la main gauche.

Pour appliquer cette règle aux moteurs il faudra employer la main droite.

(Rappelons que le sens du couple électromagnétique ne dépend dans les deux cas que du sens du courant et de celui du flux ; mais tandis que dans les moteurs la rotation se fait dans le sens du couple, elle se fait dans le sens opposé pour les génératrices.)

Pour faciliter l'emploi de cette règle nous avons, autant que possible, fait correspondre des noms commençant par les mêmes lettres :

médius et magnétisme ;

index et intensité ;

gauche et génératrice.

Nous compléterons notre démonstration par les remarques suivantes :

1° Il est facile de vérifier sur les exemples précédents que, si l'on change le sens du déplacement, le sens de la force électromotrice change aussi, et la règle des trois doigts reste toujours vraie.

2° La règle des trois doigts, fixant le sens de la force électromotrice d'induction E, est en réalité une conséquence de la règle des trois doigts fixant le sens de la force F qu'un champ H exerce sur un courant I. En effet, reprenons les exemples précédents en supposant que la force F ait, dans les deux cas, le sens opposé à celui indiqué sur les figures 46 et 47. En reprenant le raisonnement dans cette hypothèse on verra facilement que E et E' changeraient aussi de sens.

Rappelons l'enchaînement de ces différentes lois. Nous avons fait reposer notre théorie de l'induction sur l'expérience d'Ampère : l'aimant se met en croix avec le courant voisin.

Le sens de cette action est fixé par la règle du tire-bouchon, son intensité est fixée par la loi de Biot et Savart.

Nous appuyant sur le principe de l'action et de la réaction nous en avons déduit les lois de l'action d'un champ magnétique sur un courant.

Le sens de cette action est fixé par la règle des trois doigts de la main droite et se déduit de la règle du tire-bouchon, son intensité se déduit de la loi de Biot et Savart.

Nous appuyant enfin sur le principe de la conservation de l'énergie nous avons déduit des lois précédentes les lois de l'induction électromagnétique.

Le sens de la force électromotrice d'induction est fixé par la règle des trois doigts de la main gauche déduite de la règle des trois doigts de la main droite établie pour l'action d'un champ sur un courant.

La grandeur de la force électromotrice d'induction E se déduit de la loi qui fixe l'intensité de la force F exercée par un champ H sur un courant I.

Nous compléterons cet ensemble par une dernière remarque : nous avons montré que, si un courant se déplace dans un champ, la source de l'énergie mécanique produite est l'énergie électrique du courant.

Inversement supposons qu'un aimant se déplace dans le voisinage d'un courant. L'aimant est soumis à une force ayant le courant pour cause. Cette force va produire ou absorber de l'énergie mécanique. Quelle sera la source de cette énergie ? Remarquons que, en se déplaçant, l'aimant entraîne le champ avec lui. Mais alors le courant qui est immobile coupe le champ qui se déplace. Le courant est alors soumis à une force électromotrice d'induction, celle-ci ayant pour cause le déplacement relatif du courant dans le champ, et, par son intermédiaire, le courant est encore la source d'énergie électrique correspondant à l'énergie mécanique mise en jeu par le déplacement de l'aimant.

Nous venons ainsi de montrer que l'expérience d'Ampère suffit à servir de base à toute l'électrodynamique ou du moins à ses lois fondamentales qui peuvent se déduire de cette expérience par le seul raisonnement.

Cette remarque n'est pas destinée simplement à fournir à l'esprit du lecteur une satisfaction platonique.

Elle est destinée surtout à bien pénétrer le lecteur de cette conviction que, du moins dans leur partie utilisée dans la pratique industrielle, les théories de la physique cachent toujours derrière la complexité de leur appareil mathématique une simplicité très grande.

Convaincu de l'exactitude de cette affirmation, le jeune ingénieur devra, pour faire œuvre utile au cours de ses études, chercher toujours à dégager les quelques grandes idées directrices qui forment comme le squelette des longues théories qui lui sont enseignées. Toute la multitude des détails et des théories secondaires qui recouvrent ce squelette est destinée à s'effacer de sa mémoire en quelques mois. A partir de ce moment il ne lui restera, pour guider ses pas dans la pratique industrielle, que ces quelques idées qui resteront, celles-là, gravées pour la vie dans son intelligence.

Par contre, s'il n'a pas su prendre cette précaution, il ne lui restera à la fin de ses études qu'un cerveau vide, car on ne peut pas dire que celui-ci soit meublé si l'on n'y trouve que quelques recettes empiriques, inapplicables à l'immense majorité des cas que l'on rencontre dans la pratique.

Nous nous efforcerons, dans la suite de cet ouvrage, de montrer toujours aussi clairement que possible comment les quelques grandes lois exposées dans la théorie générale de l'électrodynamique permettent d'analyser, d'une façon extrêmement simple, les divers phénomènes qui se produisent dans les machines électriques les plus complexes.

GÉNÉRALISATION DE L'EXPRESSION DE LA FORCE ÉLECTROMOTRICE D'INDUCTION. — Nous allons montrer que cette force électromotrice est toujours égale, dans un tronçon de conducteur, au flux coupé par unité de temps par ce tronçon.

Dans ce qui précède nous avons supposé le champ H uniforme, le conducteur AB rectiligne et perpendiculaire à ce champ, ainsi que le déplacement de ce conducteur.

Dans le cas d'un conducteur de forme quelconque se déplaçant dans un champ quelconque nous décomposerons ce conducteur en éléments de longueur dl. Prenons l'un de ces éléments ab (fig. 48). Pendant la durée d'une seconde il balaiera un petit espace dans lequel nous admettrons que le champ H a une valeur constante afin de simplifier notre démonstration.

Calculons d'abord la valeur de la force F que H produit sur l'élément ab parcouru par le courant I. Imaginons la masse $+ m$ qui produirait le champ H. r étant la distance de m à ab, on aurait :

$$H = \frac{m}{r^2} \quad \text{donc} : \quad m = Hr^2.$$

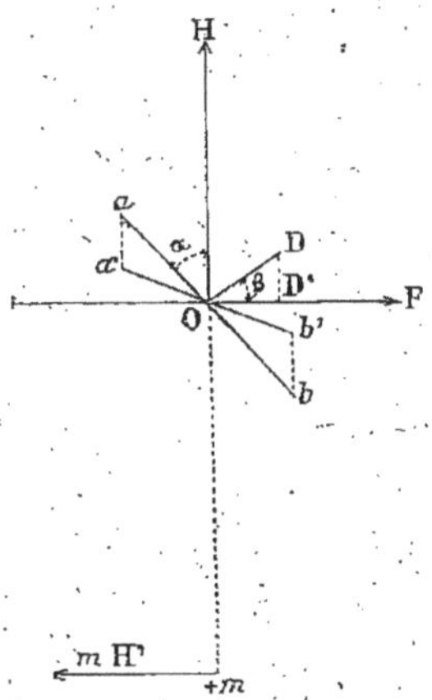

Le courant I parcourant ab exercerait sur cette masse m une force m H', le champ H' créé par ab étant

Fig. 48.

égal à $\frac{Idl \sin \alpha}{r^2}$, α étant l'angle que ab fait avec la direction mO ou avec H. La force F qui est égale à mH' a donc pour valeur :

$$F = m \frac{Idl \sin \alpha}{r^2} .$$

Mais : $\quad \frac{m}{r^2} = H \quad$ donc : $\quad F = HIdl \sin \alpha.$

F est d'ailleurs perpendiculaire au plan déterminé par H et ab, comme la force mH' à laquelle elle est égale.

Soit $dL = OD$ le déplacement de ab pendant l'instant dt.

Soit β l'angle de OD et de F. Le travail produit par F lorsque ab subit le déplacement dL, a pour valeur :

$$W = F \times \overline{OD} \times \cos \beta.$$

Ou, en remplaçant F par sa valeur HI $dl \sin \alpha$:

$$W = HI \times dl \sin \alpha \times dL \cos \beta.$$

Mais $dl \sin \alpha$ représente la projection $a'b'$ de ab sur une direction perpendiculaire à H et contenue dans le plan de H et de ab.

De même $dL \cos \beta$ représente la projection OD' du déplacement OD sur la direction F perpendiculaire à H.

On a donc : $\quad\quad$ W $= $ HI $\times (a'b' \times$ OD$')$.

$a'b' \times$ OD' est une surface égale à la projection de la surface balayée par ab durant une seconde, sur un plan perpendiculaire à H (voir fig. 48 *bis* : la surface $a'\, b'\, b_1'\, a_1'$ est la projection de $a\, b\, b_1\, a_1$ sur le plan perpendiculaire au champ H).

Le produit H $\times (a'\, b' \times$ OD$')$ représente donc le flux Φ coupé pendant une seconde par l'élément dl ou ab.

Donc l'énergie électrique transformée pendant cette seconde considérée en énergie mécanique ou inversement, a pour valeur :

$$W = I\Phi.$$

Fig. 48 *bis.*

Mais alors la force électromotrice d'induction produite dans l'élément ab pendant cette seconde a pour valeur :

$$E = \frac{W}{I} = \Phi$$

elle est, dans le cas général, égale au flux coupé par l'élément pendant cette seconde comme dans le premier cas particulier que nous avons étudié d'abord.

Le flux coupé pouvant varier d'une seconde à l'autre suivant la valeur du champ au point où se trouve l'élément ab, ainsi que suivant la vitesse et la direction du déplacement de ab on voit que cette force électromotrice peut être variable à chaque instant. C'est en effet ce qui se produit en pratique dans toutes les machines électriques, du moins lorsqu'on considère seulement une petite partie de leur enroulement.

FORCE ÉLECTROMOTRICE TOTALE D'INDUCTION DANS UNE PORTION

FINIE DE CIRCUIT. — Dans une machine c'est la force électromotrice totale produite dans l'enroulement compris entre les bornes de la machine qui est intéressante. Nous allons montrer
que cette force électromotrice totale a aussi pour valeur le flux
total coupé par cet enroulement pendant l'unité de temps.

En effet, si le courant I reçoit à son passage dans chaque élément dl une quantité d'énergie eI, e étant la force électromotrice
d'induction dans cet élément à l'instant considéré, la quantité
totale d'énergie qu'il recevra à cet instant dans l'ensemble de
l'enroulement aura pour valeur $W = \Sigma\, eI$; $\Sigma\, eI$ représentant
la somme algébrique des quantités d'énergie mises en jeu au
même instant dans tous les éléments dl qui composent le circuit.
Comme le courant I a, au même instant, la même intensité
tout le long du circuit on a :

$$W = I\Sigma e.$$

Mais la force électromotrice totale, à l'instant considéré, a
pour valeur :

$$E = \frac{W}{I} = \Sigma e.$$

Mais Σe est égale à la somme algébrique des flux coupés par
chaque élément dl de l'enroulement.

Donc E est égale au flux total coupé par l'enroulement pendant l'unité de temps.

FORCE ÉLECTROMOTRICE D'INDUCTION DANS UN CIRCUIT FERMÉ. —
Un cas particulier très intéressant est celui d'un circuit fermé.

Ce cas se rencontre en effet très souvent dans la pratique,
c'est par exemple celui d'une spire conductrice appartenant à
une bobine. Il est vrai que cette spire ne forme pas un circuit
fermé au point de vue des courants, mais au point de vue des
flux les deux extrémités de la spire sont si rapprochées l'une
de l'autre, qu'on peut la considérer comme un circuit fermé
embrassant tout le flux qui passe à l'intérieur de cette spire.

Soit Φ la valeur de ce flux à un instant t. A l'instant suivant
$t + dt$ la valeur du flux embrassé sera $\Phi + d\Phi$. Pour que cette

variation $d\Phi$ du flux Φ se soit produite, il faut que la quantité $d\Phi$ de flux ait pénétré à l'intérieur du circuit (ou en soit sortie si $d\Phi$ est négatif) pendant le temps dt.

La quantité $d\Phi$ représente donc la somme algébrique des flux coupés pendant le temps dt par les différents éléments du circuit fermé.

Si le flux Φ continuait à augmenter ou à diminuer de la même façon pendant une seconde, sa variation totale pendant l'unité de temps aurait pour valeur :

$$\frac{d\Phi}{dt}.$$

D'après ce que nous avons vu plus haut, la force électromotrice totale induite à l'instant t dans le circuit fermé aura pour valeur :

$$E = \frac{d\Phi}{dt}.$$

dérivée du flux variable par rapport au temps.

Ce résultat nous fait pressentir immédiatement l'existence de forces électromotrices d'induction « statiques », c'est-à-dire produites dans un circuit immobile par un flux variable, par opposition aux forces électromotrices « dynamiques » produites dans un conducteur qui se déplace en coupant un flux constant (ou variable). Les premières se rencontrent par exemple dans des transformateurs, les secondes dans les moteurs ou les génératrices.

Dans les deux cas pourtant, la force électromotrice d'induction est due à un déplacement relatif du conducteur par rapport au flux, et la force électromotrice est toujours proportionnelle au flux coupé pendant l'unité de temps. Précisons cette remarque pour le cas des forces électromotrices « statiques ».

Nous verrons plus loin, en étudiant la production des flux variables par des courants variables, qu'un flux variable peut être considéré comme formé par un certain nombre de tubes de force, fermés eux-mêmes comme nous l'avons vu plus haut, et de longueur variable dans le temps.

Ces tubes entourent le conducteur fermé dans lequel ils produisent une force électromotrice statique (fig. 49). Tantôt ces tubes se raccourcissent jusqu'à s'évanouir en se réduisant à un point si le flux diminue d'intensité; tantôt au contraire ils prennent naissance à partir d'un point du conducteur et s'allongent jusqu'à venir occuper leur place autour de ce conducteur. Dans les deux cas, soit qu'ils s'évanouissent, soit qu'ils prennent naissance, ces tubes sont coupés par le conducteur, et c'est ainsi qu'ils induisent dans celui-ci la force électromotrice d'induction dite « statique ».

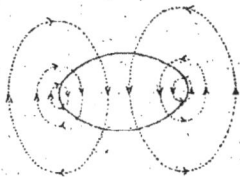

Fig. 49.

D'après la façon dont nous avons supposé que ces tubes prenaient naissance, on voit que nous avons fait l'hypothèse qu'ils étaient dus à un courant électrique qu'on lançait dans cette spire de conducteur. On a vu plus haut en effet que les tubes de force qui prennent naissance ont alors la forme de courbes fermées qui embrassent le courant qui les a produits.

Faisons immédiatement cette remarque importante que, d'après ce que nous venons de voir et contrairement à ce qui a lieu pour la force électromotrice des piles, les forces électromotrices d'induction peuvent être variables, ainsi que les courants qu'elles produisent.

Dans ce cas les deux lois de Kirchoff s'appliquent aux courants et forces électromotrices *instantanés* qui coexistent au même instant, ces lois s'expriment alors ainsi :

Première loi. — La somme algébrique des intensités des courants variables qui concourent en un même point et au même instant est toujours nulle.

Deuxième loi. — La somme algébrique des forces électromotrices variables d'un circuit fermé quelconque est nulle à chaque instant, en comprenant parmi ces forces électromotrices la chute ohmique instantanée considérée comme force contre-électromotrice, c'est-à-dire de sens opposé au courant.

Nous avons montré comment se produisent les forces électromotrices dynamiques et statiques d'induction. Avant d'étudier
les forces électromotrices statiques, nous allons étudier comment on peut créer des flux variables nécessaires à la production de telles forces électromotrices.

RÉSUMÉ

1° Un élément dl parcouru par un courant I produit un
champ magnétique $H = \frac{I\,dl\sin\alpha}{r^2}$ perpendiculaire au plan déterminé par dl et par r (fig. 50).

2° Inversement un élément dl parcouru par un courant I et
plongé dans un champ H subit une force $F = HI\,dl\sin\alpha$ per-

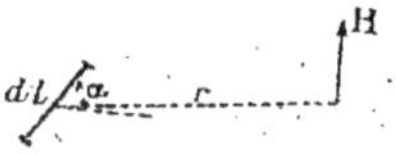

Fig. 50. 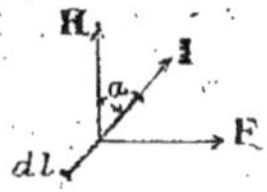   Fig. 51.

pendiculaire au plan de H et de dl (fig. 51) (principe de l'action
et de la réaction).

3° Si l'élément dl se déplace, la force F *produit* ou *absorbe* de
l'énergie mécanique correspondant à la *destruction* ou à la *pro-*
duction dans l'élément dl d'une quantité équivalente d'*énergie*
électrique, et par suite à la production d'une force électromotrice « d'induction » qui *est égale au flux coupé par l'élément dl*
dans l'unité de temps (Principe de la conservation de l'énergie).

4° Dans un conducteur de longueur finie, la force électromotrice totale d'induction est égale au flux total coupé pendant
l'unité de temps par ce conducteur. Ce flux peut être coupé soit
par suite du déplacement du conducteur dans le champ comme
dans les moteurs et génératrices (force électromotrice dynamique), soit par suite de la variation du flux embrassé par un
circuit immobile comme dans les transformateurs (force électromotrice statique).

CHAPITRE V

Flux magnétique produit par les courants. — Calcul du flux
produit par un courant dans un métal donné. — Calcul
du courant nécessaire pour produire un flux donné dans
un métal donné.

Assimilation des flux magnétiques aux courants électriques; force magnétomotrice produite par un courant
dans un circuit magnétique. — Application des lois de
Kirchoff aux flux et forces magnétomotrices d'un circuit
magnétique.

CHAMP ET FLUX PRODUITS PAR LES COURANTS. — Nous avons vu
que le champ produit par un élément de courant dl en un
point O (fig. 52), situé à la distance r de ce point, avait pour
expression :

$$dH = I \frac{dl \sin \alpha}{r^2}.$$

Le champ total H produit en ce point est égal à la résultante
géométrique de tous les champs élémentaires dH produits par
les courants placés dans le voisinage
de ce point.

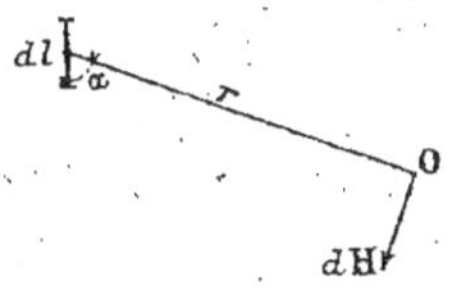

On conçoit qu'on puisse obtenir des
champs magnétiques très intenses en
s'arrangeant de façon à ce que tous
les champs élémentaires produits par
les éléments d'un même conducteur

Fig. 52.

soient de même sens, et par suite s'ajoutent arithmétiquement
les uns aux autres. On pourra même obtenir ainsi, théoriquement du moins, un champ aussi intense que l'on voudra, en
employant un conducteur suffisamment long et un courant

suffisamment intense. Au contraire, les aimants permanents ne produisent que des champs limités par la capacité de magnétisation de l'acier employé.

D'autre part, les champs produits par les courants peuvent être rendus variables de façon très simple, en faisant varier les courants qui les produisent.

Pour ces deux raisons on emploie exclusivement dans les machines électriques les champs produits par les courants. Toutefois, on utilise la propriété que présente le fer doux de renforcer dans des proportions énormes le champ que le courant produirait dans l'air.

On obtient par ces deux procédés combinés (emploi du courant pour produire le champ, emploi du fer doux pour le renforcer) des flux extrêmement intenses, qui produisent les couples puissants dans les machines électriques, et qui n'exigent qu'une faible dépense de courant pour l'entretien du flux.

Remarquons immédiatement que dans toutes les machines il y a deux sortes de courant à distinguer :

1° Le courant « magnétisant » qui sert à entretenir le flux de la machine, et qui ne représente qu'une faible dépense d'énergie par rapport à la puissance totale de la machine.

2° Le courant qui fournit à la machine la puissance électrique (moteur) ou qui lui emprunte de la puissance électrique (génératrice) par l'intermédiaire de la force électromotrice d'induction que crée le flux en étant coupé par ce courant. C'est ce que l'on appelle le courant « watté ».

Souvent d'ailleurs ces deux courants parcourent le même circuit de la machine. Nous apprendrons plus loin à les distinguer.

L'enroulement type qui sert à produire les champs magnétiques est le solénoïde.

Le solénoïde se compose d'un conducteur enroulé de façon uniforme en hélice sur un cylindre. Plusieurs de ces hélices peuvent d'ailleurs être superposées de façon à ce que chacune d'elles renforce le champ produit par les autres. Le solénoïde se compose alors de plusieurs couches de conducteur. Le sens de l'enroulement doit toujours rester le même pour que les champs produits par les diverses spires soient tous de même sens, ainsi que cela résulte immédiatement de la règle du tire-bouchon appliquée à chaque spire du solénoïde. Le solénoïde est l'enroulement magnétisant type parce qu'il produit dans le cylindre qu'il en-toure un champ *uniforme*, c'est-à-dire qui est le même dans tous les points de ce cylindre, excepté au voisinage des extrémités ; ce champ est parallèle à l'axe du solénoïde.

Fig. 52 *bis.*

Si l'on calcule sa valeur en composant les champs élémentaires produits par les différents éléments de conducteur qui le composent, on trouve que ce champ a pour valeur constante dans le solénoïde (fig. 52 *bis*) :

$$H = \frac{4\pi NI}{10\,l} = \frac{4\pi nI}{10}$$

n est le nombre de spires par centimètre de longueur du solénoïde, I le courant qui le traverse en ampères, et H le champ produit en unités C. G. S. c'est-à-dire en gauss.

Nous ne donnerons pas la démonstration de cette formule.

ASSIMILATION DES FLUX MAGNÉTIQUES AUX COURANTS ÉLECTRIQUES ET DES SOLÉNOÏDES AUX FORCES ÉLECTROMOTRICES. THÉORIE D'HOP-KINSON. — Une partie importante du calcul des machines élec-triques consiste dans le calcul des divers flux qui sont pro-duits dans ces machines par les différents courants de la machine. Ce calcul exige, bien entendu, qu'on connaisse la forme et les dimensions des parties en fer de la machine, par-ties qui constituent son « circuit magnétique », ainsi que la disposition des enroulements parcourus par les courants élec-triques qui donnent naissance à ces flux.

On conçoit qu'un tel calcul serait inextricable si l'on devait, pour chaque machine, recourir à l'analyse pour calculer le champ magnétique résultant des champs élémentaires produits par tous les éléments d'enroulements de la machine.

En pratique, on évite ces calculs complexes grâce à une théorie très ingénieuse établie par Hopkinson qui assimile les flux aux courants électriques, et permet de leur appliquer les lois déjà établies pour ceux-ci.

Nous avons vu que les flux magnétiques peuvent être considérés, d'après l'hypothèse de Faraday, comme composés de tubes juxtaposés, fermés sur eux-mêmes, et dans chacun desquels circule l'unité de flux.

Par suite, si le flux se compose de Φ tubes, son intensité est de Φ unités.

Ces tubes, comme nous l'avons vu, entourent le courant qui les produit. Dans un solénoïde, en particulier, comme dans un

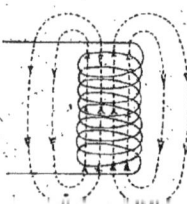

aimant, les tubes de flux sont parallèles à l'axe du solénoïde, ils sortent par chaque extrémité et se ferment sur eux-mêmes à l'extérieur du solénoïde, comme l'indique la figure 53.

Le champ étant produit par le courant du solénoïde, on considérera celui-ci

Fig. 53.

comme la *force magnétomotrice* qui entretient la circulation du flux dans les tubes de force, de même que les forces électromotrices entretiennent la circulation du courant électrique dans un conducteur.

Le flux peut donc être comparé à un courant d'intensité Φ et l'action du solénoïde à la force électromotrice qui entretient ce courant.

Nous verrons également que le circuit magnétique parcouru par le flux peut être considéré comme présentant au passage du flux une *résistance magnétique* appelée *réluctance* $\mathscr{R}$ qui, comme la résistance électrique, est proportionnelle à la longueur du circuit, inversement proportionnelle à sa section, et variable avec les différentes matières qui composent le circuit. Elle est, en particulier, très faible dans le fer doux.

Cette résistance est vaincue par la force magnétomotrice du courant magnétisant. Sur un même circuit peuvent agir diverses forces magnétomotrices produites par des courants différents, et qui peuvent avoir des actions opposées sur le flux suivant les sens des courants, tout comme des forces électromotrices et contre-électromotrices agissent sur un même circuit électrique.

Enfin les tubes de force composant le flux Φ d'un solénoïde S peuvent, à la sortie de ce solénoïde, se diviser en plusieurs flux passant chacun dans d'autres solénoïdes S₁ et S₂ tout comme les courants dérivés d'un réseau électrique (fig. 54).

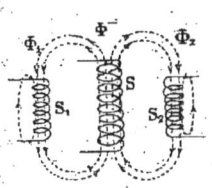

Nous verrons que la *loi d'Ohm* et les *deux lois de Kirchoff* s'appliquent aux *flux*, aux *forces magnétomotrices* et aux dérivations magnétiques tout comme aux courants électriques.

Fig. 54.

Cette théorie n'est en fait qu'approximative, mais elle est suffisamment exacte en pratique, et sa grande simplicité a eu pour résultat extrêmement important d'aboutir à des calculs très simples pour les machines électriques. C'est pourquoi c'est la seule théorie du magnétisme qui soit employée dans la pratique industrielle.

RÈGLE DU TIRE-BOUCHON APPLIQUÉE A LA DÉTERMINATION DU COURANT QUI PRODUIT UN CHAMP DONNÉ. — Avant d'aller plus loin, notons immédiatement que la règle du tire-bouchon qui permet de déterminer le sens du champ produit par un courant permet inversement de déterminer le sens du courant qui produit un champ donné. Cette règle est réversible. On voit en effet que si l'on considère un tire-bouchon dont on enfonce la vis dans le sens du champ H, l'extrémité de son manche se déplace dans le sens du courant I (fig. 55). Cette remarque permet de déterminer le sens du courant I qui crée un champ donné H.

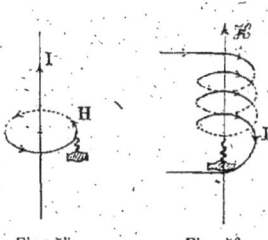

Fig. 55. Fig. 56.

Cette règle est particulièrement commode pour déterminer le sens du courant I dans un solénoïde à l'intérieur duquel le sens du champ H est connu (fig. 56).

SOLÉNOÏDE EN FORME DE TORE. — Supposons que le rayon R du tore soit très grand par rapport au rayon r d'une spire (fig. 56 *bis*). On pourra alors assimiler une fraction du solénoïde en forme de tore à un solénoïde cylindrique.

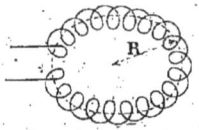

Soit n le nombre de spires de ce solénoïde par unité de longueur.

Fig. 56 *bis*.

Le champ existant dans le tore sera :

$$H = \frac{4\pi nI}{10}.$$

Ce champ étant normal aux spires du solénoïde, le flux tout entier circule à l'intérieur du tore, lequel constitue ainsi un gros tube de force englobant tous les tubes unités.

On peut vérifier facilement qu'aucun tube de force ne sort du tore en approchant de l'extérieur de celui-ci une aiguille aimantée : elle reste insensible à la présence du tore. Si au contraire on la place à l'intérieur du solénoïde, elle prend une direction tangente à la circonférence du tore.

Le champ à l'intérieur du solénoïde ayant pour valeur :

$$H = \frac{4\pi nI}{10}$$

et la section du solénoïde ayant une surface de valeur s, le flux magnétique Φ qui « circule » dans le solénoïde aura pour valeur :

$$\Phi = \frac{4\pi nI}{10} \times s.$$

Si L représente la longueur du solénoïde comptée suivant la circonférence du tore (L $= 2\pi$R), on pourra écrire :

$$\Phi = \frac{4\pi nI}{10} \times L \times \frac{s}{L} = \left(\frac{4\pi nI}{10} L\right) \times \left(\frac{1}{\frac{L}{s}}\right).$$

Le facteur $\frac{4\pi n I}{10}$ représente la force magnétomotrice d'un centimètre de solénoïde.

Le facteur $\frac{4\pi n I}{10} \times L$ représentera la force magnétomotrice de tout le solénoïde, obtenue en ajoutant les forces magnétomotrices de ses éléments, lesquelles sont toutes égales et de même sens.

Le flux Φ créé est donc proportionnel à cette force magnétomotrice totale, et inversement proportionnel au facteur $\frac{L}{s}$. Cette formule est à rapprocher de la formule :

$$I = \frac{E}{R} = E \times \left[\frac{1}{\rho \frac{L}{s}} \right]$$

qui nous donne la valeur du courant I qu'une force électromotrice E crée dans un conducteur fermé de longueur L, de section s et de résistivité ρ. Nous voyons que nous pouvons assimiler la force magnétomotrice $\frac{4\pi n I}{10} \times L$ à la force électromotrice E. Le facteur $\frac{L}{s}$ sera assimilable à la résistance $\rho \frac{L}{s}$ du conducteur électrique. Pour achever cette assimilation, nous ferons remarquer que si nous remplaçons l'air qui remplit le solénoïde par un métal magnétique, par exemple du fer doux, sans changer la forme du solénoïde ni le courant qui le parcourt, le flux Φ sera, de ce seul fait, beaucoup plus grand. Il sera multiplié par un facteur μ que nous appellerons la « perméabilité magnétique » du milieu qu'entoure le solénoïde. En introduisant cette « perméabilité » μ, qui est comparable à la « conductibilité électrique » $\frac{1}{\rho}$, dans la formule qui nous donne le flux Φ, nous trouvons :

$$\Phi = \left(\frac{4\pi n I}{10} L \right) \times \left(\frac{1}{\frac{L}{\mu s}} \right)$$

Dans cette formule le facteur $\frac{L}{\mu s}$ est entièrement assimilable à la résistance $\rho \frac{L}{s}$ d'un conducteur électrique.

Donc, par assimilation des flux magnétiques aux courants électriques, nous pourrons dire que :

Un solénoïde comprenant un total de nL soit N spires, parcouru par un courant I crée une force magnétomotrice dont la valeur est $\mathcal{F} = \dfrac{4\pi NI}{10}$.

Cette force magnétomotrice engendre un flux magnétique Φ qui a pour valeur :

$$\Phi = \mathcal{F} \times \frac{1}{\mathcal{R}} \cdot$$

$\mathcal{R}$ étant la « réluctance » du circuit magnétique dans lequel circule le flux Φ. Si ce circuit magnétique a une section constante s sur toute sa longueur L, et si sa « perméabilité magnétique » a la valeur μ, sa réluctance a pour valeur :

$$R = \frac{L}{\mu s} \cdot$$

Signalons immédiatement que la perméabilité μ du fer, de l'acier et de la fonte, est égale à plusieurs milliers de fois celle de l'air, laquelle est égale à l'unité, comme nous le montre la première formule établie dans ce paragraphe.

Nous verrons plus loin comment on calcule la réluctance d'un circuit magnétique complexe (c'est-à-dire dont la section et la nature sont variables, le long de son parcours), toujours en l'assimilant à un conducteur électrique.

Nous verrons également comment on calcule le flux qui circule dans un circuit magnétique soumis à deux ou à plusieurs forces « magnétomotrices » différentes.

Auparavant nous allons attirer tout de suite l'attention sur une différence essentielle entre la perméabilité magnétique μ et la conductibilité électrique $\dfrac{1}{\rho}$. Tandis que celle-ci est pratiquement constante, quelle que soit l'intensité du courant électrique, nous allons voir au contraire que la seconde est bien constante pour les flux faibles, mais que, pour les flux intenses, elle va en diminuant à mesure que le flux croît.

PHÉNOMÈNE DE LA SATURATION MAGNÉTIQUE. DIMINUTION DE PERMÉABILITÉ POUR LES FLUX TRÈS INTENSES. — Si nous considérons un solénoïde en forme de tore, rempli d'air à l'intérieur, nous avons vu que le flux Φ qui circule dans ce solénoïde est donné par la formule :

$$\Phi = \frac{4\pi n I}{10} L \times \left(\frac{1}{\frac{L}{s}} \right). \tag{1}$$

Si le courant I croît indéfiniment le flux Φ croît indéfiniment, et toujours proportionnellement à I. L'air ne se « sature » jamais au point de vue magnétique.

Au contraire, remplaçons l'air par un métal magnétique. De ce fait le flux devient plusieurs milliers de fois plus fort, et la perméabilité du métal ayant la valeur μ, le flux est donné par la formule :

$$\Phi = \frac{4\pi n I}{10} L \times \left(\frac{1}{\frac{L}{\mu s}} \right). \tag{2}$$

Mais dans ce cas si nous faisons croître l'intensité I du courant, Φ croît d'abord proportionnellement au courant, puis il arrive un moment où le flux croît moins vite que le courant. On dit que le métal se « sature » de magnétisme. Dans la formule précédente on représente ce phénomène par une diminution de la perméabilité μ pour les grandes valeurs du flux Φ dans le métal.

Nous allons voir de quelle façon commode on peut introduire ce phénomène de la saturation dans le calcul des flux magnétiques.

Les deux formules (1) et (2) peuvent s'écrire :

$$\Phi = \left(\frac{4\pi n I}{10} \right) \times s. \tag{3}$$

et

$$\Phi = \left(\frac{4\pi n I}{10} \times \mu \right) \times s. \tag{4}$$

Le facteur $\frac{4\pi n I}{10}$ représente le champ magnétique H que le courant I crée dans l'intérieur du solénoïde lorsque celui-ci est plein d'air :

$$\Phi = H \times s.$$

Si nous remplaçons l'air par du fer nous trouvons une nouvelle valeur du flux Φ donnée par la seconde formule :

$$\Phi = (H \times \mu) \times s.$$

Nous dirons que, à l'intérieur du métal, le « champ magnétique » H est remplacé « par l'induction magnétique » B. Cette induction magnétique B a la valeur μH, et le flux Φ qui circule dans le métal a la valeur $\Phi = $Bs, s étant la section du métal.

Comparons la formule :

$$\Phi = \text{B}s$$

à la formule (4) :

$$\Phi = \left(\frac{4\pi n\text{I}}{10}\ \mu\right) s$$

nous voyons que :

$$\text{B} = \frac{4\pi\mu}{10} \times (n\text{I}).$$

Autrement dit, pour produire dans un métal dont la perméabilité est μ, une « induction magnétique » de valeur B, il faut entourer ce métal d'un solénoïde comprenant n tours par centimètre et parcouru par un courant de I ampères. On exprime ce fait en disant qu'il est nécessaire d'employer un solénoïde comprenant (nI) ampères-tours par centimètre de longueur du solénoïde. Il importe donc, pour un métal donné, de connaître pour chaque valeur de la perméabilité, ce nombre d'ampères-tours par centimètre nécessaires pour produire l'induction B. Pour cela on trace, pour chaque métal, ce qu'on appelle sa courbe de magnétisation.

On place dans un solénoïde comprenant n tours par centimètre un barreau de ce métal dont on connaît la section s. On fait passer dans le solénoïde un courant d'intensité I, et on mesure le flux Φ qui circule dans le barreau. (Nous verrons plus loin comment on mesure les flux par les courants qu'ils peuvent induire.) La valeur de l'induction B nous est alors donnée par la formule :

$$\text{B} = \frac{\Phi}{s}.$$

Comme d'autre part nous connaissons le nombre d'ampères-tours par centimètre, nI, du solénoïde, nous pourrons, en mesurant ainsi B pour des valeurs croissantes du courant I tracer une courbe de l'induction B en fonction des ampères-tours par centimètre nI nécessaires pour produire cette induction (fig. 57). C'est cette courbe qu'on appelle la « courbe de magnétisation » du métal qui constitue le barreau. La connaissance de cette courbe pour les métaux magnétiques qui constituent les carcasses et les pôles des machines électriques est indispensable pour le calcul de ces machines.

La forme de cette courbe, indiquée sur la figure 57 est géné-

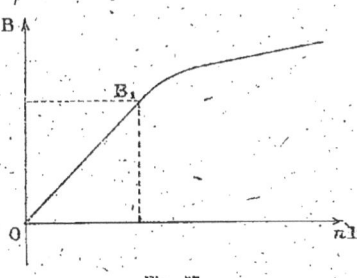

Fig. 57.

rale pour tous les métaux magnétiques. Nous voyons que lorsque le courant magnétisant croît à partir de zéro l'induction croît d'abord proportionnellement à ce courant, puis, à partir d'une certaine valeur B_1 pour laquelle le métal se sature, l'induction croît moins vite que le courant I qui la produit.

Nous allons voir immédiatement, d'après les formules établies dans ce paragraphe, comment on emploie cette courbe de magnétisation dans les calculs de flux et de forces magnétomotrices appliqués à des circuits magnétiques tels que ceux qu'on rencontre dans les machines électriques.

Premier problème. — Étant donné un circuit magnétique *homogène* et de *section constante*, par exemple en fer doux, entouré d'un enroulement qui comprend un total de N

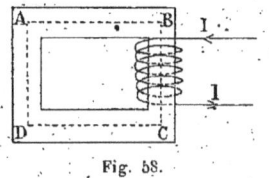

Fig. 58.

spires (fig. 58) et qui est parcouru par un courant I, calculer la valeur du flux qui parcourt ce circuit magnétique.

Ce circuit est soumis à une force magnétomotrice totale de NI ampères-tours. La longueur totale du circuit magnétique, mesurée suivant la ligne pointillée ABCDA étant L, cette force magnétomotrice représente $\frac{NI}{L}$ ampères-tours par centimètre de longueur du circuit magnétique. L'expérience montre que tout se passe pour celui-ci comme s'il était entouré *sur toute sa longueur* d'un solénoïde comprenant $\frac{NI}{L}$ ampères-tours par centimètre de longueur.

Mais alors sa courbe de magnétisation nous donne immédiatement la valeur de l'induction B qui correspond à $\frac{NI}{L}$ ampères-tours par centimètre.

Connaissant la section s du circuit magnétique nous en déduisons immédiatement la valeur du flux $\Phi = Bs$ qui circule dans ce circuit magnétique.

Deuxième problème. — C'est le problème inverse, et celui qu'on a à résoudre le plus ordinairement dans les machines, avec toutefois cette différence que, dans les machines, le circuit magnétique est rarement simple (voir par la suite l'étude des circuits magnétiques complexes).

Étant donné un circuit magnétique homogène de longueur L et de section constante s, combien devra comporter de spires et par quel courant sera parcouru le solénoïde qui entretiendra dans ce circuit un flux Φ donné.

L'induction dans ce circuit aura pour valeur :

$$B = \frac{\Phi}{s}.$$

La courbe de magnétisation du métal nous donne immédiatement le nombre nI d'ampères-tours par centimètre nécessaire pour entretenir cette induction B.

Le nombre total d'ampères-tours du solénoïde sera LnI. Donnons-nous arbitrairement par exemple, le nombre de spires N du solénoïde, l'intensité I' du courant nécessaire aura alors pour valeur :

$$I' = \frac{LnI}{N}.$$

CIRCUITS MAGNÉTIQUES COMPLEXES. — Nous allons en poursuivant l'analogie avec les courants électriques, montrer comment les lois de Kirchoff adaptées aux circuits magnétiques permettent de résoudre les problèmes relatifs aux circuits magnétiques complexes qu'on rencontre dans les machines électriques.

Reprenons le circuit magnétique que nous venons d'étudier, et pratiquons dans le circuit entièrement métallique, une section de faible longueur l (fig. 59).

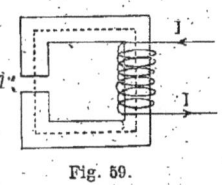

Le flux qui sera engendré dans ce circuit par le courant I parcourant les N spires du solénoïde sera produit par une force magnétomotrice totale

Fig. 59.

$\mathfrak{F} = \frac{4\pi NI}{10}$ qui aura à vaincre la réluctance $\mathfrak{R}_1$ du fer donnée par la formule :

$$\mathfrak{R}_1 = \frac{L}{\mu s}$$

et celle de l'air de « l'entrefer » donnée par la formule :

$$\mathfrak{R}_2 = \frac{l}{s}.$$

La réluctance totale rencontrée par le flux Φ en parcourant le circuit complet aura pour valeur :

$$\mathfrak{R} = \mathfrak{R}_1 + \mathfrak{R}_2$$

et la valeur du flux Φ sera donnée par la formule :

$$\Phi = \mathfrak{F} \times \frac{1}{\mathfrak{R}} = \frac{\mathfrak{F}}{\mathfrak{R}_1 + \mathfrak{R}_2}$$

d'où :
$$\mathfrak{F} - \Phi\mathfrak{R}_1 - \Phi\mathfrak{R}_2 = 0. \qquad (1)$$

De même que dans un circuit électrique composé de deux parties de résistances R_1 et R_2 la force électromotrice E produit un courant I qui, d'après la loi de Kirchoff relative aux forces électromotrices, satisfait à la relation :

$$E - IR_1 - IR_2 = 0.$$

En pratique comment utiliserons-nous la relation (1), en nous servant de la courbe de magnétisation pour calculer les ampères-tours totaux NI nécessaires pour produire le flux Φ ?

Cette relation s'écrit : $\mathscr{F} = \mathscr{F}_1 + \mathscr{F}_2$.

en posant : $\mathscr{F}_1 = \Phi \mathscr{R}_1$

$\mathscr{F}_2 = \Phi \mathscr{R}_2$

$\mathscr{F}_1$ et $\mathscr{F}_2$ représentent les forces magnétomotrices qui seraient nécessaires pour produire le flux Φ respectivement dans un circuit en fer de longueur L et de section s, et dans un circuit d'air de longueur l et de section s.

Nous avons vu dans le premier exemple comment on déterminait les ampères-tours $N_1 I$ nécessaires pour produire le flux Φ dans le circuit en fer.

D'autre part les ampères-tours $N_2 I$ nécessaires pour produire ce même flux dans le circuit d'air se déduisent de la formule :

$$\Phi = \frac{4\pi N_2 I}{10} \times \frac{1}{\left(\dfrac{l}{s}\right)}.$$

Donc les ampères-tours totaux NI nécessaires pour produire le flux Φ dans le circuit magnétique comprenant un entrefer seront donnés par la formule :

$$NI = N_1 I + N_2 I$$

qui se déduit de la formule $\mathscr{F} = \mathscr{F}_1 + \mathscr{F}_2$ établie plus haut.

La règle est donc la suivante :

« Pour calculer les ampères-tours totaux NI nécessaires pour produire un flux Φ dans un circuit magnétique comprenant plusieurs tronçons dont les longueurs sont l_1, l_2, l_3, les sections s_1, s_2, s_3 et les perméabilités μ_1, μ_2, μ_3 on calcule séparément les ampères-tours $N_1 I$, $N_2 I$, $N_3 I$, qui seraient nécessaires pour produire ce flux Φ dans des circuits magnétiques ayant chacun les caractéristiques de l'un des tronçons du circuit total. Après quoi on fait le total de ces ampères-tours.

Cette règle est à rapprocher de la loi de Kirchoff qui nous enseigne que la force électromotrice nécessaire pour entretenir un courant I dans un circuit électrique hétérogène est égale à la somme des chutes ohmiques $R_1 I$, $R_2 I$, etc., dans tous les tronçons de ce circuit.

Deuxième problème — Le problème inverse consiste à déterminer le flux Φ qu'entretiendra dans le circuit complexe déjà étudié un solénoïde de NI ampères-tours totaux. — La solution de ce problème exige au préalable la détermination de ce que nous appellerons la courbe de magnétisation de l'ensemble du circuit complexe. Si ce circuit magnétique est celui d'une machine cette courbe sera la *courbe de magnétisation de la machine*.

Cette courbe diffère peu de celle d'un métal. Au lieu de porter en ordonnée la valeur de l'induction B dans le circuit nous porterons la valeur du flux Φ et au lieu de porter en abscisses les ampères-tours par centimètre $n\text{I}$ nécessaires pour entretenir ce flux nous porterons les ampères-tours totaux NI.

Le problème précédent nous a appris à déterminer, pour chaque valeur du flux Φ, les ampères-tours totaux NI nécessaires pour entretenir ce flux dans le circuit. Il nous donne donc le moyen de tracer point par point la courbe de magnétisation totale du circuit telle que nous venons de la définir.

Quelle sera la forme de cette courbe?

Les ampères-tours totaux se composent :

1° Des ampères-tours absorbés par l'entrefer $N_2\text{I}$ lesquels sont toujours proportionnels au flux; l'air ne se saturant pas.

2° Des ampères-tours absorbés par le métal $N_1\text{I}$, lesquels sont proportionnels au flux tant que le métal n'est pas saturé, puis croissent plus rapidement que le flux lorsque le métal se sature.

Sur la figure 60 on aura donc :

$$AD = AB + AC$$
$$A'D' \times A'D' + A'C'.$$

Par suite la courbe de magnétisation du circuit complexe sera, comme courbure, intermédiaire entre la courbe de magnétisation de l'entrefer, qui est une droite, et la courbe de magnétisation du métal dont nous connaissons la forme : ce sera donc une droite à partir de l'origine, puis elle s'incurvera à partir de D, mais moins fortement que celle du métal seul (fig. 60).

Elle se rapprochera d'autant plus de celle-ci que l'entrefer sera plus petit. Elle se rapprochera au contraire d'autant plus d'une droite que l'entrefer sera plus grand.

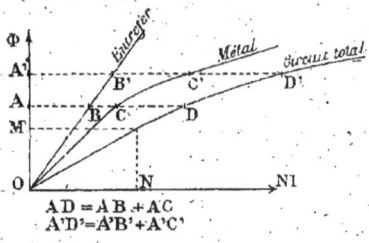

$$AD = AB + AC$$
$$A'D' = A'B' + A'C'$$

Fig. 60.

Au moyen de cette courbe il est maintenant facile de déterminer la valeur OM du flux Φ qu'un solénoïde de ON *ampères-tours* entretiendra dans le circuit considéré.

CAS GÉNÉRAL D'UN CIRCUIT HÉTÉROGÈNE COMPOSÉ DE TRONÇONS DE SECTIONS DIFFÉRENTES. — Dans une machine électrique le circuit magnétique a, le plus souvent, une section variable sur son parcours. Pour déterminer la courbe de magnétisation de ce circuit on opérera comme dans le cas précédent avec cette différence que, la section offerte au passage d'un flux constant étant variable, la valeur de l'induction sera en raison inverse de la section.

Par suite, pour calculer les ampères-tours totaux NI correspondant à une valeur donnée du flux Φ, on décomposera le circuit en tronçons homogènes et de section constante, on calculera la valeur de l'induction dans chacun de ces tronçons et on en déduira la valeur des ampères-tours totaux absorbés par chaque tronçon.

Les ampères-tours NI absorbés par tout le circuit seront composés de la somme des ampères-tours relatifs à chaque tronçon. On établira de la sorte, comme ci-dessus, la courbe de magnétisation totale de ce circuit complexe.

COMPOSITION DES AMPÈRES-TOURS DE DIVERS SOLÉNOÏDES AGISSANT SUR LE MÊME CIRCUIT MAGNÉTIQUE. — Jusqu'ici nous avons supposé que le circuit magnétique étudié était entouré d'un solénoïde uniformément réparti sur toute sa longueur. En pratique les divers enroulements des machines électriques ne sont pas répartis tout le long du circuit magnétique, mais concentrés sur différentes portions de ce circuit. On admet, et l'expérience justifie cette convention, que chacun de ces circuits agit sur les divers flux qu'il entoure, comme s'il était uniformément réparti tout le long du circuit magnétique de chacun des flux.

Par suite si un flux Φ est soumis sur son parcours à plusieurs enroulements différents comprenant respectivement $N_1 I_1$, $N_2 I_2$, $N_3 I_3$, etc., ampères-tours totaux, on considérera comme positifs ceux de ces ampères-tours qui tendent à produire un flux de même sens que Φ, et comme négatifs ceux qui tendent à produire un flux de sens inverse.

Les ampères-tours résultants qui entretiennent le flux Φ seront égaux à la somme algébrique des ampères-tours composants :

$$NI = N_1 I_1 + N_2 I_2 + \ldots$$

Ce sont ces ampères-tours résultants dont on se servira pour déterminer la valeur du flux Φ, de même que pour déterminer l'intensité du courant électrique qui parcourt un circuit on détermine d'abord la force électromotrice résultant de la somme de toutes les forces électromotrices du circuit.

APPLICATION NUMÉRIQUE. — Le circuit magnétique d'une dynamo se compose de :

deux pôles en acier d'une longueur de 10 centimètres et d'une section de 100 centimètres carrés ;

d'une armature en acier d'une longueur de 30 centimètres et d'une section de 200 centimètres carrés ;

d'une culasse en fonte d'une longueur de 60 centimètres et d'une section de 200 centimètres carrés ;

d'un entrefer double d'une longueur de 1 centimètre et d'une section de 150 centimètres carrés.

La courbe de magnétisation de l'acier des pôles et de l'armature et celle de la fonte de la culasse sont représentées sur la figure 61.

Premier problème. — Tracer la courbe de magnétisation de cette machine.

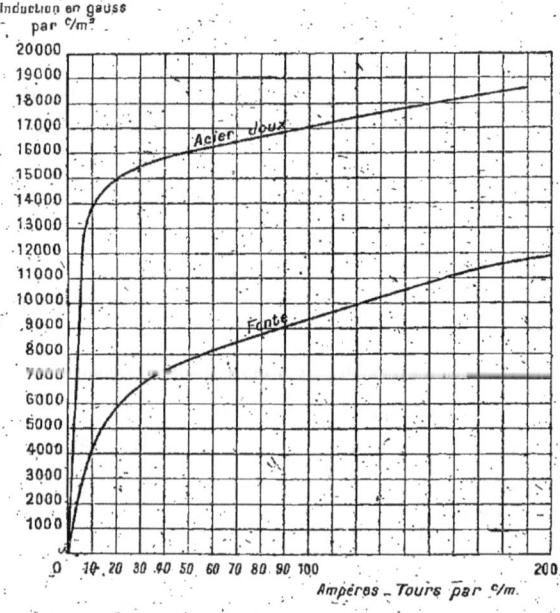

Fig. 61.

Deuxième problème. —L'enroulement d'excitation comportant 1250 spires, quel courant devra le parçourir pour produire un flux de 2.10⁶ maxwell ?

Troisième problème. — Le courant circulant dans le rotor produit 22 ampères-tournant antagonistes. A combien de maxwell se réduira le flux précédent.

Remarquer que la réluctance de l'entrefer constitue les 9/10 au moins de la réluctance totale tant que la fonte ou l'acier ne sont pas saturés.

CIRCUITS MAGNÉTIQUES DÉRIVÉS. FUITES MAGNÉTIQUES DANS LES MACHINES ÉLECTRIQUES. — Nous allons voir que l'analogie peut être poussée plus loin entre les lois qui régissent les courants et celles qui régissent les flux. Nous n'avons étudié jusqu'ici qu'un seul flux soumis à diverses forces magnétomotrices. Mais il existe des flux dérivés comme il existe des courants dérivés, et les mêmes lois s'appliquent aux uns et aux autres. En particulier la première loi de Kirchoff appliquée aux flux s'énonce, comme pour les courants, de la façon suivante : « La somme algébrique des flux concourant en un même point est nulle. »

D'autre part la deuxième loi de Kirchoff s'applique à chaque flux dérivé de la même façon qu'à un flux unique, autrement dit, chaque flux dérivé est déterminé par la réluctance de son circuit et par la somme algébrique des ampères-tours agissant sur ce circuit.

Dans une machine électrique il existe en général un circuit magnétique principal, c'est celui qui suit les parties métalliques de la machine (pôles, carcasse, rotor), il a une faible réluctance, car il ne comprend qu'un faible entrefer (ou même pas d'entrefer comme dans les transformateurs) et par suite il est parcouru par un flux intense. Mais en dehors de ce flux il existe des tubes de force qui se ferment à travers l'air ambiant : ils constituent les flux dérivés ou flux de fuite. Ils sont en général très faibles par rapport au flux principal, car leur parcours est en grande partie dans l'air qui est très réluctant. Pourtant ils ont une influence sur le fonctionnement de la machine qu'on ne peut négliger. C'est pourquoi nous allons donner un exemple pour préciser cette notion de flux de fuite.

Considérons un circuit magnétique formé par une carcasse en fer analogue à celle d'un transformateur, c'est-à-dire sans entrefer (fig. 62).

Sur cette carcasse agissent deux enroulements comprenant respectivement $N_1 I_1$ et $N_2 I_2$ ampères-tours. Ces ampères-tours sont antagonistes et N_1I_1 est plus grand que N_2I_2. Les ampères-tours résultants ($N_1I_1 - N_2I_2$) entretiennent dans le fer un flux principal Φ. En outre chacun des deux enroulements entretient un flux de fuite φ_1 et φ_2 qui se ferme à travers l'air ambiant.

Chacun de ces deux flux est soumis à une seule des forces magnétomotrices N_1I_1 et N_2I_2. Le flux φ_1 est de même sens que Φ, et φ_2 de sens opposé à Φ d'après notre hypothèse sur le sens des ampères-tours N_1I_1 et N_2I_2. Par suite le flux résultant a pour valeur $(\Phi + \varphi_1)$ à l'intérieur des ampères-tours N_1I_1 et $(\Phi - \varphi_2)$

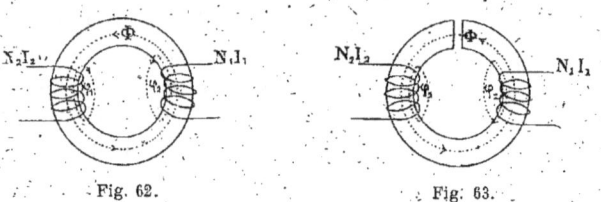

Fig. 62.   Fig. 63.

à l'intérieur des ampères-tours N_2I_2. Le flux contenu dans le fer va en décroissant progressivement depuis les ampères-tours N_1I_1 jusqu'aux ampères-tours N_2I_2.

Pour calculer la valeur des flux de fuites on trace au sentiment leur parcours, et on détermine, également au sentiment, les sections des divers tronçons de leur parcours. On calcule ensuite ces flux comme nous l'avons vu plus haut. Quoique peu précis ce calcul est suffisamment exact parce que l'importance des flux de fuites est d'ordre secondaire.

Supposons, dans l'exemple étudié, que nous taillons un entre-fer dans la carcasse de fer entre les deux enroulements, sans changer la valeur des ampères-tours de ceux-ci (fig. 63). Nous augmentons ainsi considérablement la réluctance du circuit du flux Φ sans modifier celles des circuits des flux de fuites φ_1 et φ_2. Donc ceux-ci conservent la même valeur tandis que Φ diminue considérablement. Ceci montre que l'importance des fuites sera beaucoup plus grande dans les machines à entrefer (moteurs, génératrices) que dans les machines sans entrefer (transformateurs).

RÉSUMÉ DES CALCULS DES FLUX ET DE LEURS FORCES MAGNÉTOMO-
TRICES. — *Premier problème.* — Calculer la force magnétomotrice NI nécessaire pour entretenir un flux Φ dans un circuit magnétique de machine électrique.

Chaque métal est caractérisé par sa « courbe de magnétisation » qui donne le nombre (NI) d'ampères-tours nécessaires par
centimètre de longueur des lignes de forces dans ce métal pour
y produire une induction B qui caractérise la densité du flux.

D'autre part le nombre (nl) d'ampères-tours nécessaires par
centimètre de longueur dans l'air pour y entretenir un champ H
qui caractérise la densité de flux dans l'air est égal à :

$$\frac{H}{\frac{4\pi}{10}}$$

Si un flux Φ circule alors dans un circuit magnétique composé
de tronçons dont les longueurs sont l_1, l_2, les sections s_1, s_2... et
dont nous possédons les courbes de magnétisation, nous
voyons :

1° Que la densité du flux ou l'induction dans chaque tronçon
sera égale à :

$$B_1 = \frac{\Phi}{s_1}$$

$$B_2 = \frac{\Phi}{s_2} \cdots$$

2° La courbe de magnétisation nous montrera alors que un
centimètre de longueur de chaque tronçon absorbe $n_1 I$, $n_2 I$...
ampères-tours.

3° Que par suite, le circuit total parcouru par le flux Φ
absorbe : $n_1 I l_1 + n_2 I l_2 + \ldots = NI$ ampères-tours totaux.

4° La somme algébrique des forces magnétomotrices $N_1 I_1 +
N_2 I_2 \ldots$ agissant sur ce flux Φ devra être égale au nombre NI
d'ampères-tours totaux absorbés par ce circuit, en considérant
comme positives celles qui tendent à produire un flux de même
sens que le flux résultant Φ, et les autres comme négatives.

5° Ce calcul devra être fait pour chaque flux existant dans la
machine (flux principal et flux de fuites).

Problème inverse. — Supposons que l'on donne le circuit magnétique et la force magnétomotrice et qu'on demande de calculer le flux que celle-ci entretient dans le circuit.

On tracera par points la courbe de magnétisation totale du circuit, en cherchant quelles sont les forces magnétomotrices ou ampères-tours totaux nécessaires pour entretenir des flux de valeurs diverses dans ce circuit. Cette courbe tracée permettra de résoudre le problème ci-dessus.

MESURE DES FLUX MAGNÉTIQUES. — Dans ce qui précède nous avons supposé qu'on savait mesurer les flux magnétiques qui passaient dans les différentes parties des circuits à étudier.

Nous allons expliquer succinctement comment se fait cette mesure. Le principe en est le suivant : Coupons au moyen d'un conducteur le flux Φ à mesurer. Celui-ci induit dans le conducteur qui le coupe une force électromotrice E qui est proportionnelle au flux Φ.

$$\varphi = KE.$$

Or nous savons mesurer la force électromotrice E. Il nous suffira donc de connaître, pour l'instrument employé, le coeffi-

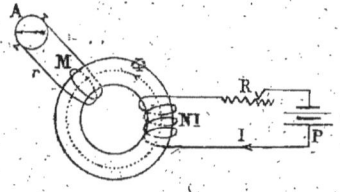

Fig. 64.

cient de proportionnalité K pour déduire de cette mesure la valeur du flux Φ.

Nous pouvons par exemple imaginer le dispositif suivant.

Supposons qu'il s'agisse de mesurer le flux Φ entretenu dans un tore par un courant d'intensité I qui parcourt un solénoïde de N spires (fig. 64).

Supposons que le courant I soit produit par des piles P, et

qu'on puisse faire varier son intensité en agissant sur un rhéostat R intercalé entre les piles et le solénoïde. Mesurons l'intensité du flux Φ en une section M du tore. Pour cela enroulons autour de cette section M un fil conducteur qui comportera par exemple deux spires, et dont les deux extrémités aboutiront aux bornes d'un ampèremètre A au moyen duquel nous allons mesurer le courant induit dans les deux spires lorsqu'elles couperont les tubes de force du flux Φ.

Pour faire couper ces tubes de force par les deux spires agissons sur le rhéostat R de façon à diminuer régulièrement le courant I de i ampères par seconde En supposant pour simplifier que le fer du tore ne soit pas saturé, le flux Φ diminuera régulièrement et proportionnellement au courant qui l'entretient de φ unités par seconde, de telle façon que :

$$\frac{\varphi}{\Phi} = \frac{i'}{I}$$

Le flux Φ embrassé par les deux spires enroulées autour du tore diminuant de φ unités par seconde, ceci revient à dire que chacune de ces spires coupe par seconde φ tubes de force renfermant chacun l'unité de flux [1]. La force électromotrice induite dans chacune de ces spires est donc, d'après ce que nous avons vu précédemment, égale à φ. Pour l'ensemble des deux spires cette force électromotrice E sera égale à 2φ.

Si r représente la résistance du circuit constitué par les deux spires et l'ampèremètre, ce circuit sera parcouru par un courant d'intensité i' donnée par la relation :

$$i' = \frac{E}{r} = \frac{2\varphi}{r}$$

Supposons que nous réglions la variation i du courant I de telle façon que $i = \frac{1}{n}$. Il en résulte que $\varphi = \frac{\Phi}{n}$.

---

1. On peut se représenter les tubes de force comme des anneaux élastiques tendus à l'intérieur du tore. A mesure que le flux Φ diminue un certain nombre de ces anneaux se rétrécissant à la façon de boucles de caoutchouc tendues que l'on abandonnerait à elles-mêmes et qui se réduiraient à un point. Au cours de ce rétrécissement chacune de ces boucles est coupée par les spires qu'entoure le tore.

La disparition totale du flux Φ durera ainsi n secondes pendant lesquelles l'ampèremètre sera parcouru par une quantité totale q d'électricité donnée par la relation :

$$q = ni' = \frac{2n\varphi}{r} = \frac{2}{r}\,\Phi.$$

La quantité totale q d'électricité, qui parcourt l'ampèremètre est donc proportionnelle au flux total Φ, et *elle est indépendante du temps que le flux Φ met à disparaître*, c'est-à-dire que si, au lieu de faire disparaître progressivement ce flux Φ, nous le faisons disparaître instantanément en coupant brusquement le circuit des piles P, l'ampèremètre A sera encore parcouru par la même quantité totale q d'électricité. Dans ce cas l'aiguille de cet ampèremètre recevra une impulsion qui sera proportionnelle à cette quantité q d'électricité, donc au flux Φ. *La déviation de cette aiguille sera ainsi proportionnelle à Φ.* L'appareil ainsi réalisé pour mesurer les flux magnétiques est appelé « galvanomètre balistique », pour cette raison que son aiguille reçoit, alors qu'elle est immobile, une impulsion instantanée due au passage de la quantité q d'électricité qui traverse l'instrument, et que la déviation qui en résulte mesure la valeur de cette impulsion.

PRINCIPE DES TRANSFORMATEURS. — Faisons de plus une remarque importante ; nous venons de voir ici comment la variation du courant I entraînait la variation du flux Φ, et par suite la production d'une *force électromotrice d'induction* statique, dans les conducteurs entourant le flux variable Φ. C'est là le principe du transformateur que nous étudierons plus loin.

Le mécanisme de ce phénomène nous montre comment un circuit, celui de la pile dans le cas présent, peut céder de l'énergie électrique à un autre circuit entourant le même champ magnétique, par l'intermédiaire de ce champ commun. Ce flux variable coupe en effet non seulement les deux spires qui alimentent l'ampèremètre, mais aussi les spires alimentées par la pile. Dans les premières il crée une force électromotrice qui cède de l'énergie au circuit de l'ampèremètre ; dans les secondes il crée une force contre-électromotrice qui emprunte au circuit de la pile l'énergie cédée au circuit de l'ampèremètre. Nous étudierons ces phénomènes plus en détail dans les transformateurs. Mais il est bon de bien se pénétrer de leur mécanisme par cette expérience qui le met en évidence d'une façon élémentaire.

CHAPITRE VI

**Production des courants alternatifs par les flux magné-
tiques alternatifs. — Production des flux magnétiques
alternatifs par les courants alternatifs. — Forces magnétomotrices produites par les courants alternatifs dans
les circuits magnétiques d'une machine et réciproquement
forces électromotrices induites par les flux magnétiques
alternatifs dans les circuits électriques de la même machine.**

Courants alternatifs. — Pour bien saisir la nature des courants alternatifs et leur représentation par vecteurs, rappelons
d'abord la notion de sinus.

Considérons dans le plan deux axes fixes Ox et Oy rectangu-

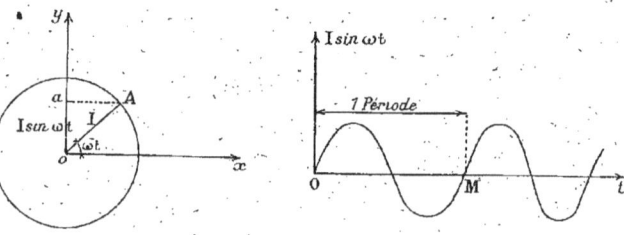

Fig. 65.   Fig. 66.

laires, et un vecteur OA de longueur I tournant autour du
point O d'un mouvement uniforme (fig. 65). L'angle de ce vecteur OA avec Ox sera égal à ωt, ω étant la vitesse angulaire de
rotation du vecteur.

Projetons le vecteur $\overline{OA}$ en $\overline{Oa}$ sur l'axe Oy. Le vecteur $\overline{Oa}$
est égal au produit $\overline{OA} \sin \omega t$ ou I $\sin \omega t$. Représentons la varia-

tion du vecteur $\overline{Oa} = I \sin \omega t$, en fonction du temps (fig. 66).
Pour $t = 0$ il est nul.

Il croît jusqu'à $Oa = I$ pour $t = \dfrac{\pi}{2\omega}$.

Il décroît ensuite jusqu'à 0 pour $t = \dfrac{\pi}{\omega}$.

Il change alors de signe et décroît jusqu'à $Oa = -I$ pour
$t = \dfrac{3\pi}{2\omega}$ et finalement croît de nouveau jusqu'à 0 pour $t = \dfrac{2\pi}{\omega}$.

Pendant ce temps le vecteur OA a décrit toute la circonférence et est revenu à sa position initiale. A partir de ce moment
tout recommence pour un nouveau tour de circonférence. La
durée T d'un tour de circonférence est égale à $\dfrac{2\pi}{\omega}$, c'est la
durée d'une *période* du mouvement de rotation. La durée T
d'une période est une fraction de seconde. Le nombre $\dfrac{1}{T} = f$
de périodes par seconde est ce qu'on appelle la *fréquence* du
mouvement.

ANGLE DE PHASE. — Considérons maintenant deux vecteurs
$\overline{OA} = I$ et $\overline{OB} = I'$ faisant entre eux un angle α et tournant à
la même vitesse ω (fig. 67). Si
la projection $\overline{Oa}$ de $\overline{OA}$ sur Oy
a pour valeur $\overline{Oa} = I \sin \omega t$,
la projection $\overline{Ob}$ de OB sur Oy
aura pour valeur $\overline{Ob} = I' \sin$
$(\omega t + \alpha)$.

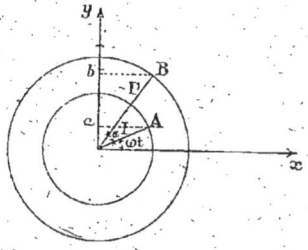

Fig. 67.

On dit alors que le vecteur
$\overline{OB}$ est décalé de l'angle α *en
avant* de $\overline{OA}$, α est l'angle de
phase de $\overline{OB}$ avec $\overline{OA}$. On voit
que cette notion d'angle de
phase permet de ramener les deux mouvements à la même origine des temps. A cette origine dans le cas présent le vecteur
$\overline{OA}$ a la direction Ox et le vecteur $\overline{OB}$ fait avec Ox l'angle de
phase α positif.

Les deux sinusoïdes représentant les valeurs simultanées de
Oa et de Ob (fig. 68) sont décalées de $\dfrac{\alpha}{\omega}$ si on les rapporte au

temps t; $\frac{\alpha}{\omega}$ représente le retard en fraction de seconde de OA sur OB.

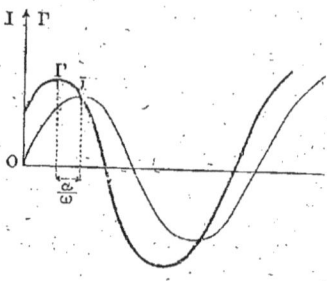

Fig. 68.

FORCE ÉLECTROMOTRICE ALTERNATIVE SINUSOÏDALE. — Considérons un conducteur fermé C (fig. 69) situé dans un champ magnétique, et embrassant un flux variable dont la valeur instantanée est $\varphi = \Phi \sin \omega t$.

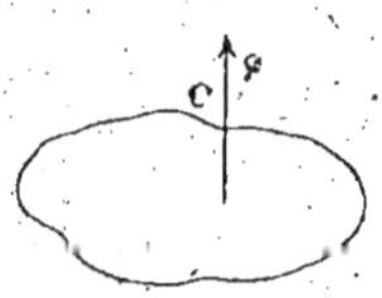

Ce flux sera appelé un flux « sinusoïdal ».

Entre l'instant t et l'instant suivant $t + dt$ le flux varie de :

Fig. 69.

$$d\varphi = \Phi \sin \omega \, (t + dt) - \Phi \sin \omega t.$$

Nous avons vu qu'on pouvait alors considérer que le conducteur coupait le flux $d\varphi$ pendant le temps dt. Ce flux coupé induit dans le conducteur une force électromotrice égale à $\frac{d\varphi}{dt}$ car $\frac{d\varphi}{dt}$ représente le flux qui serait coupé dans l'unité de temps si la variation du flux Φ était uniforme, c'est-à-dire si pendant des instants successifs dt égaux il se produisait toujours la même variation de flux $d\varphi$.

Mais en réalité cette variation $d\varphi$ ne reste pas la même pendant tous les instants dt qui se succèdent, puisque le flux φ a pour valeur $\Phi \sin \omega t$.

Cette variation $d\varphi$ a pour valeur à chaque moment t :

$$d\varphi = \Phi \sin \omega \, (t + dt) - \Phi \sin \omega t$$
$$d\varphi = \Phi \left[\sin \omega \, (t + dt) - \sin \omega t\right] = \Phi \sin \omega t \, (\cos \omega dt - 1) + \Phi \cos \omega t \sin \omega dt$$

mais dt étant très petit $\cos \omega\, dt = 1$ et $\sin \omega\, dt = \omega\, dt$.

donc :
$$d\varphi = [\Phi\omega \cos \omega t] \times dt.$$

La force électromotrice à l'instant t sera alors égale à :

$$e = \frac{d\varphi}{dt} = \Phi\omega \cos \omega t.$$

On voit que cette force électromotrice variera de façon sinusoïdale dans le temps comme le flux $\varphi = \Phi \sin \omega t$ qui la produit.

Cette force électromotrice engendrera dans le circuit C un courant variable. Quelle sera la forme de ce courant ? Les phénomènes électriques peuvent être considérés comme se propageant avec une vitesse infinie dans les circuits industriels. Par suite la loi d'Ohm et les deux lois de Kirchoff sont applicables aux courants et forces électromotrices qui coexistent au même instant dans un circuit parcouru par des courants variables comme s'il s'agissait de courants continus de très courte durée.

Donc le courant variable produit par la force électromotrice $e = \Phi \omega \cos \omega t$ dans un circuit dont la résistance est R aura pour intensité à l'instant t :

$$i = \frac{e}{R} = \frac{\Phi\omega \cos \omega t}{R}.$$

Il est aussi de forme sinusoïdale et de même fréquence que la force électromotrice e et que le flux φ qui engendre la force électromotrice e.

Remarquons immédiatement que le maximum de la force électromotrice e qui est $E = \omega\Phi$ est proportionnel non seulement au flux Φ qui la produit, mais aussi à la fréquence f de ce flux ($\omega = 2\pi f$).

Ceci est facile à comprendre : plus le flux varie rapidement, et plus le flux coupé par unité de temps par le circuit est considérable, par suite, plus la force électromotrice induite est considérable.

FORCE MAGNÉTOMOTRICE SINUSOÏDALE. — De son côté le courant alternatif i produit une force magnétomotrice qui engendrera un flux. Comme les phénomènes électriques, les phénomènes magnétiques se propagent avec une vitesse pratiquement infinie en ce qui concerne les machines électriques. Si par suite le courant sinusoïdal $i = I \cos \omega t$ parcourt un solénoïde de N spires agissant sur un circuit magnétique de réluctance $\mathcal{R}$, la force magnétomotrice instantanée $\dfrac{4\pi N i}{10}$ produira un flux instantané :

$$\varphi = \frac{4\pi N i}{10\,\mathcal{R}} = \frac{4\pi N I}{10\,\mathcal{R}} \cos \omega t.$$

Ce flux aura aussi même fréquence que le courant i qui le produit.

ANGLES DE PHASES DES FLUX AVEC LES COURANTS QUI LES PRODUISENT, ET DES FORCES ÉLECTROMOTRICES AVEC LES FLUX QUI LES PRODUISENT. — Dans ce qui précède nous n'avons pas parlé de ces angles de phases. Nous allons dire maintenant quelles conventions on fait à ce sujet.

1° *Flux et courant qui le produit.* — Si le courant est :

$$i = I \sin \omega t$$

le flux sera :

$$\varphi = \frac{4\pi N i}{10\,\mathcal{R}} = \frac{4\pi N I}{10\,\mathcal{R}} \sin \omega t.$$

Le sens positif des courants ayant été choisi arbitrairement dans le circuit, nous conviendrons de considérer comme sens positif des flux dans le circuit magnétique, le sens des flux créés par les courants positifs. Il est clair que le flux φ aura alors à chaque instant le même signe que le courant i qui le produit, et l'on aura :

$$\varphi = + \frac{4\pi N i}{10\,\mathcal{R}} = + \Phi \sin \omega t.$$

On voit que le flux sera en phase avec le courant qui le produit. Le vecteur tournant Φ aura même direction et même sens que le vecteur tournant I (fig. 70).

2° *Angle de phase de la force électromotrice par rapport au flux qui l'engendre.* — Cet angle de phase sera déterminé par cette considération que toute force électromotrice *instantanée* doit avoir le même signe que le courant instantané qui coexiste avec elle dans le circuit lorsqu'elle est de même sens que ce courant, et le signe contraire lorsqu'elle est de sens opposé à ce courant. C'est la convention qui a été faite pour les courants continus et, en l'appliquant aux courants alternatifs elle nous permettra d'appliquer à ceux-ci les lois déjà établies pour les courants continus.

Considérons alors le courant :

$$i = I \sin \omega t$$

et le flux qu'il engendre :

$$\varphi = \Phi \sin \omega t.$$

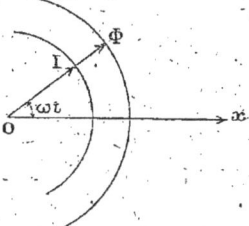

Fig. 70.

Étudions la force électromotrice engendrée par ce flux durant le premier quart de la période.

A ce moment le flux est croissant, sa variation $d\varphi$ pendant l'instant dt est donc positive (le flux s'accroît de $d\varphi$).

D'après la loi de Lenz la force électromotrice induite e tend à s'opposer à l'augmentation $d\varphi$ du flux. Elle tend donc à créer un courant de sens opposé au courant i qui produit le flux φ. Elle est donc négative tandis que, pendant ce premier quart de période $d\varphi$ est positif. On doit donc écrire :

$$e = -\frac{d\varphi}{dt}.$$

Par raison de continuité ce signe subsiste dans les trois autres quarts de période. On peut d'ailleurs s'en assurer en recommençant le raisonnement précédent pour chacun de ces quarts.

On a : $\varphi = \Phi \sin \omega t$, donc : $e = -\Phi \omega \cos \omega t$

ou encore : $e = \Phi \omega \sin \left(\omega t - \frac{\pi}{2} \right)$.

La force électromotrice induite est en retard d'un quart de période sur le flux alternatif φ qui la produit. Le vecteur tournant E qui la représente fait un angle égal à $-\dfrac{\pi}{2}$ avec le vecteur Φ qui représente le flux (fig. 71).

Remarquons enfin que le flux variable φ coupe en général non pas un seul conducteur circulaire, mais les N spires d'un enroulement entourant le flux φ. La force électromotrice totale

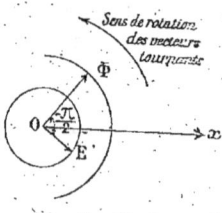

produite dans le solénoïde sera égale, d'après la loi de Kirchoff à la somme des forces électromotrices instantanées qui coexistent dans toutes les spires du solénoïde. La force électromotrice totale E aura donc pour expression :

Fig. 71.

$$E = Ne = -N\frac{d\varphi}{dt} = N\Phi\omega\sin\left(\omega t - \frac{\pi}{2}\right).$$

Résumé. — Nous connaissons maintenant les caractères des phénomènes électromagnétiques fondamentaux qui se produisent dans les circuits à courants alternatifs.

1° *Force électromotrice alternative.* — Considérons un solénoïde. Choisissons arbitrairement dans ce solénoïde un sens positif des courants et des forces électromotrices. Ce solénoïde entoure un circuit magnétique. Nous convenons de considérer comme positifs les flux créés dans ce circuit par des courants de sens positifs.

Supposons alors qu'il existe dans ce circuit un flux sinusoïdal :

$$\varphi = \Phi \sin \omega t.$$

Ce flux créera dans le solénoïde une force électromotrice d'induction dont la valeur instantanée e sera, en grandeur et en signe, en supposant que le solénoïde soit composé de N spires :

$$e = -N\frac{d\varphi}{dt} = N\Phi\omega\sin\left(\omega t - \frac{\pi}{2}\right) = E\cdot\sin\left(\omega t - \frac{\pi}{2}\right).$$

Cette force électromotrice a même fréquence que le flux et elle est en retard sur le flux d'un quart de période, le vecteur tournant E qui la représente fait avec le vecteur Φ du flux un angle de phase égal à $-\frac{\pi}{2}$ (fig. 72).

Son amplitude E est proportionnelle à la fréquence f et à l'amplitude du flux Φ ainsi qu'au nombre de spires N de l'enroulement.

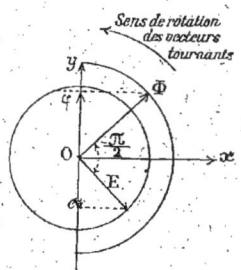

Fig. 72

2° *Force magnétomotrice alternative*. — De même, considérons un courant sinusoïdal $i = I \sin \omega t$ parcourant un solénoïde de N spires qui entoure un circuit magnétique de réluctance $\mathcal{R}$.

Le courant produit une force magnétomotrice sinusoïdale et par suite un flux φ, sinusoïdal et de même fréquence. La valeur instantanée de la force magnétomotrice $\mathcal{F}$ est, comme pour les courants continus :

$$\mathcal{F} = \frac{4\pi Ni}{10} = \frac{4\pi NI}{10} \sin \omega t$$

par suite :
$$\varphi = \frac{4\pi NI}{10 \mathcal{R}} \sin \omega t = \Phi \sin \omega t.$$

Ce flux a même fréquence que le courant qui le produit, et il est en phase avec lui (tandis que la force électromotrice induite par le flux est en retard d'un quart de période sur le flux).

Son amplitude Φ est proportionnelle à l'amplitude I du courant, au nombre de spires N du solénoïde, et inversement proportionnelle à la réluctance $\mathcal{R}$.

Contrairement à ce qui a lieu pour la force électromotrice d'induction les amplitudes de la force magnétomotrice $\mathcal{F}$ et du flux Φ sont indépendants de la fréquence. Ceci tient à ce que le flux est proportionnel *au courant* qui le produit, tandis que la force électromotrice est proportionnelle à *la variation* du flux qui l'engendre.

Dans la pratique, les flux, forces électromotrices et courants des différentes machines d'un réseau à courant alternatif, ont

tous même fréquence, mais ils ont en général des phases différentes les uns par rapport aux autres.

APPLICATIONS. — 1° *Force électromotrice de self-induction.* —
Considérons un enroulement formé de N spires entourant un
circuit magnétique de réluctance $\mathcal{R}$, et parcouru par un courant
sinusoïdal :

$$i = I \sin \omega t.$$

Ce courant crée un flux :

$$\varphi = \frac{4\pi NI}{10\,\mathcal{R}} \sin \omega t.$$

Ce flux crée à son tour dans le solénoïde une force électromotrice :

$$e = -N \frac{d\varphi}{dt} = \frac{4\pi N^2 \omega I}{10\,\mathcal{R}} \sin\left(\omega t - \frac{\pi}{2}\right).$$

On voit donc qu'un courant alternatif crée, dans le circuit
qu'il parcourt, une force électromotrice de même fréquence en
retard d'un quart de période sur le courant et dont l'amplitude
est proportionnelle :

1° à l'amplitude I du courant ;
2° au carré N^2 du nombre de spires ;
3° à la fréquence f du courant $(\omega = 2\pi f)$;
4° inversement proportionnelle à la réluctance $\mathcal{R}$ du circuit
magnétique.

On voit que le coefficient $L = \frac{4\pi N^2}{10\,\mathcal{R}}$ est indépendant du courant et de sa fréquence. Il dépend seulement du solénoïde et du
circuit magnétique. Il caractérise donc l'ensemble du circuit
électrique et du circuit magnétique, et reste le même pour tous
les courants et toutes les fréquences.

Pour cette raison ce coefficient est appelé coefficient *de self-
induction du circuit.* On voit que :

$$e = -L\omega \frac{di}{dt} = L\omega I \sin\left(\omega t - \frac{\pi}{2}\right).$$

L'amplitude E de la force électromotrice de self-induction est
$E = L\omega I$.

2° EXEMPLE. — *Force électromotrice d'induction mutuelle.* — Supposons que, sur le même circuit magnétique se trouve un deuxième enroulement de N' spires.

On voit immédiatement que le courant i qui parcourt le premier enroulement induira dans le deuxième une force électromotrice égale à :

$$e' = -N' \frac{d\varphi}{dt} = \frac{4\pi NN'\omega I}{10 \mathcal{R}} \sin \left(\omega t - \frac{\pi}{2} \right).$$

C'est une force électromotrice dite *d'induction mutuelle* entre les deux circuits.

Le coefficient $M = \frac{4\pi NN'}{10 \mathcal{R}}$ qui est indépendant du courant et de sa fréquence, caractérise l'ensemble des deux circuits électriques et du circuit magnétique. Il est symétrique par rapport aux deux circuits électriques. On l'appelle coefficient d'induction mutuelle des deux circuits. On voit que :

$$e' = -M\omega \frac{di}{dt} = M\omega I \sin \left(\omega t - \frac{\pi}{2} \right).$$

On voit facilement que si le courant i parcourait le deuxième solénoïde il induirait dans le premier une force électromotrice d'induction mutuelle qui aurait la même expression. C'est pourquoi le coefficient M qui caractérise l'ensemble des deux circuits électriques et du circuit magnétique commun est appelé « *d'induction mutuelle* ».

REMARQUE IMPORTANTE SUR LES SENS POSITIFS DE DEUX CIRCUITS ÉLECTRIQUES QUI AGISSENT L'UN SUR L'AUTRE. — Ces deux circuits électriques agissent sur le même circuit magnétique, et réciproquement.

Supposons que l'on choisisse le sens positif des courants dans un des circuits électriques, le sens positif des flux, s'en déduit immédiatement : c'est le sens des flux créés par les courants positifs, et le sens positif dans le deuxième circuit se déduit du sens positif des flux : c'est le sens des courants qui, dans ce deuxième circuit, créeraient des flux positifs.

On voit qu'avec une telle convention, des courants instantanés de même signe dans les deux circuits créeront des forces magnétomotrices de même signe. Cette convention est donc logique car elle permet de composer les ampères-tours alternatifs d'après les règles établies dans le chapitre précédent pour les ampères-tours continus.

Le sens positif choisi pour un circuit électrique ou magnétique d'une machine suffit donc pour déterminer le sens positif dans tous les circuits tant électriques que magnétiques de cette machine.

REMARQUE SUR LA VALEUR DU COEFFICIENT D'INDUCTION MUTUELLE. — Ce coefficient a été calculé ici en supposant que tout le flux φ créé par le courant qui parcourt un circuit est embrassé par l'autre circuit. En réalité à cause des fuites magnétiques une fraction $\frac{1}{n}$ seulement de ce flux est embrassée par le deuxième circuit. Le coefficient d'induction mutuelle est donc généralement égal seulement à $\frac{M}{n}$, M étant l'expression calculée ci-dessus, laquelle représente la valeur maxima de ce coefficient d'induction mutuelle. En pratique, on réduit le plus possible les fuites magnétiques dans les machines électriques, en sorte que $\frac{1}{n}$ est très voisin de 1. Il sera à peu près égal à 1 lorsqu'on superposera aussi exactement que possible les deux circuits d'une machine, comme cela a lieu dans les transformateurs.

CHAPITRE VII

Méthode de calculs par diagramme de vecteurs appliquée aux courants et flux alternatifs.

Traduction en diagrammes de vecteurs des lois d'Ohm et de Kirchoff appliquées aux courants alternatifs et aux flux alternatifs.

TRADUCTION EN DIAGRAMMES VECTORIELS DES LOIS D'OHM ET DE KIRCHOFF APPLIQUÉES AUX COURANTS ALTERNATIFS. — Les phénomènes électriques et magnétiques se propagent dans l'espace avec une vitesse égale à celle de la lumière, ou du même ordre; soit 300.000 kilomètres par seconde. Par suite, dans les réseaux industriels qui n'ont que quelques kilomètres de longueur, cette propagation est pratiquement instantanée; c'est-à-dire que, par exemple, un courant alternatif aura, à un instant donné, la même intensité en tous les points de l'enroulement qu'il parcourt, et de même pour un flux alternatif.

Cette circonstance permet de considérer à chaque instant les courants alternatifs comme des courants continus de très courte durée, et d'appliquer aux valeurs instantanées des courants, forces électromotrices, flux et forces magnétomotrices qui coexistent au même instant dans tout un réseau, les lois d'Ohm et de Kirchoff établies pour les courants continus et les flux constants.

Nous avons déjà appliqué ces principes à des cas particuliers, par exemple lorsque nous avons admis qu'une force magnétomotrice alternative dont la valeur instantanée est de $(N\ I \sin \omega t)$ ampères-tours crée à l'instant t dans le circuit magnétique dont la réluctance est $\mathcal{R}$ un flux dont la valeur est

$\left(\frac{4\pi}{10\,\mathfrak{R}}\ \text{NI}\ \sin\ \omega t\right)$ comme s'il s'agissait d'un courant continu et d'un flux constant.

Généralisons ces applications et traduisons les lois de Kirchoff et d'Ohm appliquées aux courants et aux flux alternatifs par des diagrammes de vecteurs, lesquels présentent sur les équations l'avantage de mettre en évidence les angles de phases, et de mieux parler à l'imagination.

DIAGRAMME DE LA DEUXIÈME LOI DE KIRCHOFF APPLIQUÉE AUX FORCES ÉLECTROMOTRICES ALTERNATIVES D'UN CIRCUIT FERMÉ. — Considérons un circuit fermé simple composé de plusieurs enroulements en série, qui coupent des flux alternatifs Φ_1, Φ_2, Φ_3.

Tous ces flux auront même fréquence $f = \frac{\omega}{2\pi}$ mais ne se-

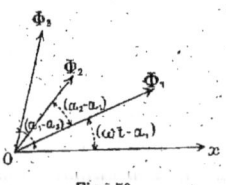

Fig. 73.

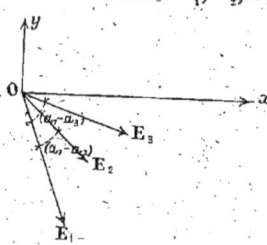

Fig. 74.

ront pas forcément en phase les uns avec les autres (fig. 73). Ils auront aussi en général des amplitudes différentes :

$$\varphi_1 = \Phi_1 \sin (\omega t - \alpha_1)$$
$$\varphi_2 = \Phi_2 \sin (\omega t - \alpha_2)$$
$$\varphi_3 = \Phi_3 \sin (\omega t - \alpha_3)$$

Nous savons calculer les forces électromotrices engendrées par ces flux. Ces forces électromotrices sont en retard d'un quart de période sur les flux qui les produisent, et ont par conséquent entre elles les mêmes angles de phases que les flux (fig. 74) :

$$e_1 = \text{E}_1 \sin \left(\omega t - \alpha_1 - \frac{\pi}{2}\right)$$
$$e_2 = \text{E}_2 \sin \left(\omega t - \alpha_2 - \frac{\pi}{2}\right)$$
$$e_3 = \text{E}_3 \sin \left(\omega t - \alpha_3 - \frac{\pi}{2}\right)$$

L'ensemble de ces forces électromotrices produit dans le circuit de résistance R un courant alternatif i de même périodicité et dont nous désignerons l'angle de phase encore inconnu par β :

$$i = I \sin(\omega t - \beta).$$

La deuxième loi de Kirchoff appliquée à la chute ohmique et à l'ensemble des forces électromotrices instantanées s'écrit :

$$e_1 + e_2 + e_3 + \ldots - Ri = 0 \qquad (1)$$

Vectoriellement cette égalité se traduit par la proposition suivante :

Formons le polygone ayant pour côtés les vecteurs E_1 E_2... et le vecteur de sens opposé à (RI) avec leurs angles de phases relatifs. Ces angles de phases étant constants, ce polygone tourne en bloc sans se déformer autour du point O avec une vitesse de rotation ω.

La projection du vecteur résultant de $E_1, E_2, \ldots, -RI$ sur Oy est égale précisément à $e_1 + e_2 + \ldots - Ri$. La deuxième loi de Kirchoff appliquée aux forces électromotrices instantanées (équation 1), nous montre que cette projection est toujours nulle. Il est, pour cela, nécessaire et suffisant que ce vecteur soit nul.

La deuxième loi de Kirchorff pour les forces électromotrices alternatives s'énonce donc ainsi :

Le polygone formé par les vecteurs des différentes forces électromotrices d'un circuit fermé, y compris le vecteur de sens opposé à la chute ohmique RI est un polygone fermé.» (fig. 75).

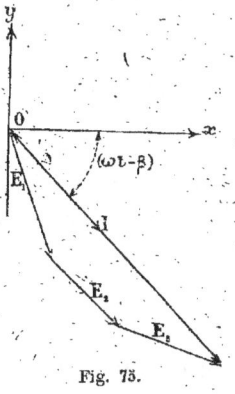

Fig. 75.

Notons immédiatement d'après ce que nous venons de voir, que la force électromotrice résultant de plusieurs forces électromotrices d'un circuit est représentée par le vecteur résultant de ces différentes forces électromotrices composantes.

Remarquons que, si nous connaissons toutes les forces électromotrices du circuit fermé et sa résistance, la deuxième loi de Kirchoff nous donne l'intensité du courant en grandeur et en phase, c'est-à-dire la détermine complètement par le procédé du polygone fermé démontré ci-dessus.

Notons en passant, une fois pour toutes, que tous les vecteurs d'un diagramme tournant à la même vitesse font entre eux des angles constants qui sont les angles de phase de ces vecteurs les uns par rapport aux autres.

DEUXIÈME LOI DE KIRCHOFF APPLIQUÉE AUX FORCES MAGNÉTOMOTRICES ALTERNATIVES. DIAGRAMME DES FORCES MAGNÉTOMOTRICES. — Notons tout de suite que ce diagramme est souvent appelé à tort *diagramme des courants*, parce que les vecteurs des courants qui produisent les forces magnétomotrices y figurent multipliés chacun par le nombre de spires de l'enroulement qu'ils parcourent en sorte que ces vecteurs représentent non les courants mais les forces magnétomotrices qu'ils produisent.

Considérons un circuit magnétique sur lequel agissent plusieurs forces magnétomotrices alternatives, de même fréquence, mais constituées par des courants d'intensités et de phases différentes parcourant des enroulements de nombres de spires différents.

Ici, d'ailleurs, comme pour les courants continus, nous considérerons non les forces magnétomotrices exactes de la forme $\frac{4\pi N_1 i_1}{10}$ mais simplement les ampères-tours $N_1 i_1$ qui n'en diffèrent que par le facteur constant :

$$\frac{4\pi}{10}.$$

Représentons donc les vecteurs tournants I_1, I_2, I_3, dont les projections sont égales aux valeurs instantanées des courants (fig. 76) :

$$i_1 = I_1 \sin (\omega t - \beta_1)$$
$$i_2 = I_2 \sin (\omega t - \beta_2)$$
$$i_3 = I_3 \sin (\omega t - \beta_3).$$

Contrairement à ce qui a lieu pour les forces électromotrices par rapport aux flux, nous savons que les forces magnétomotrices sont en phase avec les courants. Ces forces magnétomotrices instantanées seront donc données par les relations de la forme :

$$\frac{4\pi N_1 i_1}{10} = \frac{4\pi N_1 I_1}{10} \sin{(\omega t - \beta_1)}$$

et les vecteurs d'ampères-tours seront des vecteurs de même sens que $\overline{I_1}$, $\overline{I_2}$, mais égaux à $\overline{N_1 I_1}$, $\overline{N_2 I_2}$, etc..., N_1 N_2... étant les

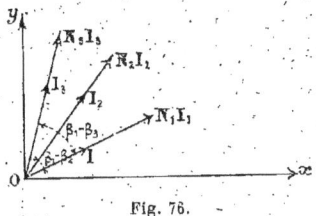

Fig. 76.

nombres de spires des enroulements parcourus par les courants i_1, i_2...

Le flux φ créé par ces forces magnétomotrices réunies aura un angle de phase β et une amplitude Φ que nous ne connaissons pas encore, mais il est de même fréquence que les forces magnétomotrices. Il sera donc de la forme :

$$\varphi = \Phi \sin{(\omega t - \beta)}.$$

En appliquant la deuxième loi de Kirchoff aux forces magnétomotrices instantanées considérées comme constantes pendant un instant très court nous verrons que le flux aura pour valeur à cet instant t :

$$\varphi = \frac{4\pi N_1 i_1}{10 \,\mathcal{R}} + \frac{4\pi N_2 i_2}{10 \,\mathcal{R}} + \dots$$

Nous allons introduire ici la notion de « courants magnétisants » dont on fait un usage constant dans les machines à courants alternatifs.

Supposons que nous fassions passer dans l'enroulement N_1 un courant i_m qui produirait à lui seul le flux φ, les autres enroulements n'étant parcourus par aucun courant. La valeur de ce courant i_m, produisant le flux φ, nous est donnée par la relation :

$$\frac{4\pi N_1 i_m}{10 \, \mathcal{R}} = \varphi.$$

Remarquons immédiatement que le courant magnétisant est en phase avec le flux φ qu'il créerait.

Remarquons également que si le courant magnétisant parcourait le circuit N_2 au lieu de N_1 il aurait une autre valeur i'_m donnée par la relation :

$$\frac{4\pi N_2 i'_m}{10 \, \mathcal{R}} = \varphi.$$

Ceci nous montre que :

$$N_1 i'_m = N_2 i_m.$$

Nous en tirons cette conclusion importante que les « *ampères-tours magnétisants* » sont indépendants de l'enroulement. Ils dépendent seulement de la réluctance $\mathcal{R}$ du circuit et du flux φ qui le parcourt.

Contrairement à l'habitude que l'on a de parler couramment du *courant magnétisant* d'une machine il serait donc plus logique de parler *des ampères-tours magnétisants* qui caractérisent la *grandeur* et la *phase* du flux qui existe dans le circuit magnétique de la machine. Ce sont eux qui figurent, avec le flux produit, dans la courbe de magnétisation de la machine, courbe qui caractérise, comme nous l'avons vu, le circuit magnétique complexe de la machine.

Introduisons les ampères-tours magnétisants dans la relation de Kirchoff. En éliminant le facteur commun $\frac{4\pi}{10 \, \mathcal{R}}$, nous aboutissons à la relation :

$$N_1 i_1 + N_2 i_2 + \ldots - N_1 i_m = 0.$$

Traduisons cette relation en diagramme vectoriel. Comme pour les forces électromotrices nous voyons que :

« Si l'on forme le polygone de vecteurs d'ampères-tours agissant sur un même circuit magnétique, et si l'on y ajoute un vecteur égal aux ampères-tours magnétisants correspondants au flux qui existe dans le circuit, mais de sens opposé, ce polygone est fermé » (fig. 77).

Dans les machines à courant alternatif on connaît souvent le flux. Au moyen de la courbe de magnétisation on en déduira les ampères-tours magnétisants et on écrira que le polygone des ampères-tours de tous les enroulements agissant sur le circuit magnétique a une résultante égale aux ampères-tours magnétisants et de même sens qu'eux.

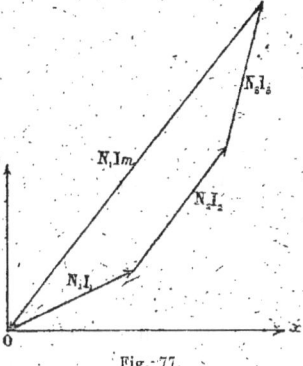

Fig. 77.

PREMIÈRE LOI DE KIRCHOFF APPLIQUÉE AUX COURANTS ALTERNATIFS. — Cette loi appliquée aux courants alternatifs i_1 i_2 i_3 de phases et amplitudes différentes qui concourent au point de réu-

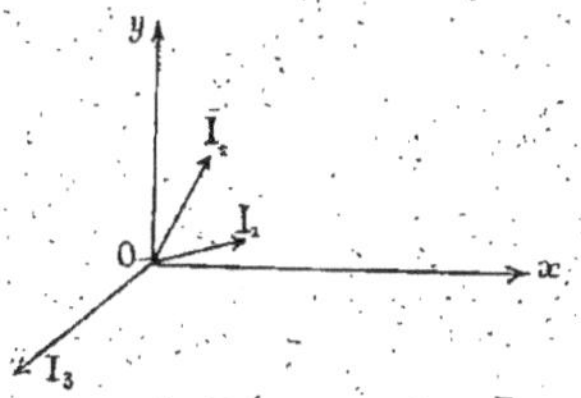

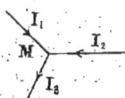

Fig. 78. Fig. 78 bis.

nion M de plusieurs conducteurs (fig. 78 et 78 bis) exprime que la somme algébrique des valeurs instantanées de ces courants est constamment nulle :

$$i_1 + i_2 + \ldots = 0.$$

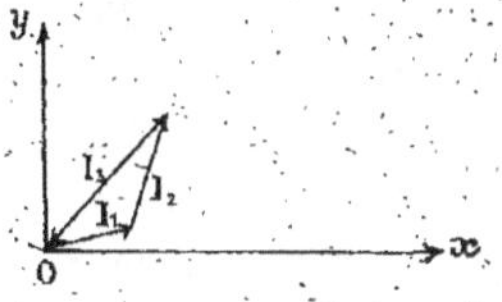

Vectoriellement cette égalité se traduit par la proposition suivante : « Le polygone formé par les vecteurs représentant des courants qui concourent en un même point est un polygone fermé » (fig. 79).

Fig. 79.

PREMIÈRE LOI DE KIRCHOFF APPLIQUÉE AUX FLUX. — Cette loi pourrait s'exprimer comme pour les courants.

En pratique, nous avons vu, en étudiant les flux constants, qu'elle- se traduit dans les machines par la notion de flux de fuite se fermant sur eux-mêmes chacun autour d'un des enroulements de la machine, tandis que le flux principal se ferme en passant à l'intérieur de tous les enroulements de la machine. De plus les flux de fuite ont une grande partie de leur parcours dans l'air, ce qui les affaiblit beaucoup à cause de la grande réluctance de l'air.

Il est évident que tous ces flux se fermant sur eux-mêmes et ayant une intensité constante tout le long de leurs circuits respectifs satisfont à la première loi de Kirchoff.

Précisons ces notions de flux principal et de flux de fuite

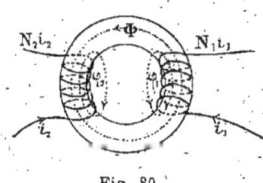

Fig. 80.

dans les machines à courants alternatifs, au moyen de l'exemple déjà étudié pour les courants continus.

Sur un même anneau de fer sont placés deux enroulements de N_1 et N_2 spires parcourus par des courants alternatifs de valeurs instantanées i_1 et i_2 (fig. 80).

Dans une telle machine existent trois flux distincts :

1° Le flux principal Φ contenu en entier dans le fer, et sur lequel agissent les deux enroulements ;

2° Deux flux φ_1 et φ_2, appelés « flux de fuite », sur chacun desquels agit un seul des deux enroulements. Ces flux ont une grande partie de leur circuit contenu dans l'air. Par suite ils sont très faibles par rapport au flux principal Φ.

On écrira, pour étudier la machine, que le flux Φ résulte des ampères-tours $N_1 I_1$ et $N_2 I_2$ et que chacun des flux de fuite résulte des ampères-tours qui agissent sur lui, en tenant compte des réluctances respectives de leurs circuits, ceux-ci étant partiellement dans l'air et partiellement dans le fer, et les ampères-tours agissant sur chacun d'eux étant respectivement $N_1 I_1$ et $N_2 I_2$.

Enfin nous écrirons que le courant I_1 est soumis à son passage dans le solénoïde N_1 aux deux forces électromotrices créées par Φ et φ_1 et à la chute ohmique $R_1 I_1$, R_1 étant la résistance du solénoïde N_1.

De même pour le courant I_2 qui parcourt N_2. C'est là le principe du calcul des transformateurs que nous étudierons plus loin en détail.

Résumé. — APPLICATION DE LA DEUXIÈME LOI DE KIRCHOFF AUX FORCES ÉLECTROMOTRICES ET AUX FORCES MAGNÉTOMOTRICES. — 1° Forces électromotrices. — Le polygone des vecteurs représentant les forces électromotrices d'un circuit fermé quelconque, y compris la chute ohmique changée de signe est un polygone fermé.

2° Forces magnétomotrices. — Cette loi, analogue à la précédente, s'exprime sous la forme pratique suivante : le vecteur des ampères-tours nécessaires pour produire le flux de la machine, appelé « vecteur des ampères-tours magnétisants » est égal à la résultante des vecteurs d'ampères-tours des enroulements qui agissent sur le flux considéré.

On appliquera la première loi à tous les circuits fermés d'un réseau, et la deuxième à tous les flux d'une machine étudiée.

APPLICATION DE LA PREMIÈRE LOI DE KIRCHOFF AUX COURANTS ALTERNATIFS ET AUX FLUX ALTERNATIFS. — 1° Le polygone des vecteurs représentant les *courants alternatifs* qui concourent en un même point est un polygone fermé.

2° En ce qui concerne *les flux* d'une machine on applique cette loi par le seul fait qu'on décompose le flux total en des flux qui se referment chacun sur eux-mêmes à savoir : le flux principal contenu tout entier dans le fer de la machine et traversant son entrefer, et les flux de fuite qui ont une grande partie de leur circuit dans l'air et qui sont produits chacun par un seul des enroulements de la machine.

CHAPITRE VIII

Evaluation de l'énergie électrique dans les machines et circuits à courants alternatifs.

Evaluation de la force magnétomotrice résultant de l'ensemble des courants électriques d'une machine : courant magnétisant.

Notion de facteur de puissance d'une machine; ses relations avec le courant magnétisant.

ÉVALUATION DE L'ÉNERGIE ÉLECTRIQUE MISE EN JEU DANS UNE MACHINE A COURANT ALTERNATIF. FACTEUR DE PUISSANCE D'UNE MACHINE. — Nous avons vu, en étudiant le principe des phénomènes d'induction, que le mécanisme des échanges d'énergie dans une machine est le suivant : un flux est coupé par un enroulement dans lequel il induit une force électromotrice. Cet enroulement est d'autre part parcouru par un courant qui subit l'impulsion de cette force électromotrice et reçoit ou perd ainsi, par l'intermédiaire du flux, une certaine quantité d'énergie.

Considérons dans un circuit parcouru par un courant

$$i = I\sqrt{2} \cos(\omega t - \varphi)$$

et soumis à une force électromotrice induite de même fréquence ayant pour valeur à l'instant t :

$$e = E\sqrt{2} \cos(\omega t - \psi).$$

(Nous expliquerons à propos des valeurs efficaces des courants et forces électromotrices la raison pour laquelle nous introduisons le coefficient $\sqrt{2}$ dans l'expression de leurs maxima : $I\sqrt{2}$ et $E\sqrt{2}$.)

Pendant la durée d'un temps dt très court le courant et la force électromotrice peuvent être considérés comme constants. L'énergie dw absorbée ou perdue par le courant pendant cet instant a donc pour valeur :

$$dw = eidt.$$

Si e et i ont même signe à l'instant t, cela signifie d'après nos conventions que la force électromotrice a le même sens que le courant. Donc celui-ci reçoit alors de l'énergie. Il en perd au contraire lorsque le produit $(eidt)$ est négatif.

Représentons les courbes représentant les variations de e et de i en fonction du temps ainsi que celle du produit (ei) en nous

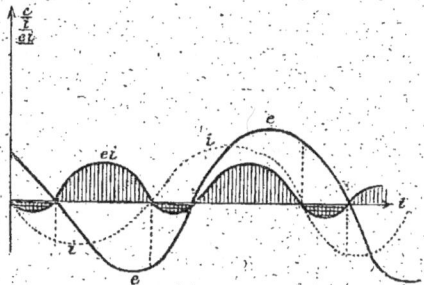

Fig. 81.

rappelant que la force électromotrice est en retard d'un angle $(\psi - \varphi)$ sur le courant i (fig. 81). Les ordonnées de la courbe représentant le produit ei sont égales au produit des ordonnées des courbes e et i. Elles sont positives quant e et i sont de mêmes signes, négatives dans le cas contraire.

L'énergie reçue ou perdue par le courant i pendant une période est égale à la somme des énergies élémentaires $\Sigma (eidt)$ échangées pendant les instants dt qui composent cette période. Graphiquement elle est représentée par la différence entre les surfaces des boucles de la courbe ei situées au-dessus de l'axe des temps et les surfaces de celles qui sont au-dessous de cet axe.

La valeur numérique de cette différence de surfaces pour une période est, en grandeur et en signe :

$$\frac{EI \cos (\varphi - \psi)}{f}$$

f étant le nombre de périodes par seconde.

La puissance, qui est égale à l'énergie échangée par seconde, sera égale en grandeur et signe à :

$$W = EI \cos (\varphi - \psi).$$

Si l'angle $(\varphi - \psi)$ est compris entre $-\frac{\pi}{2}$ et $+\frac{\pi}{2}$, W est positif.

L'enroulement reçoit de la machine plus d'énergie qu'il ne lui en cède. Il cède lui-même cet excédent d'énergie reçue au circuit extérieur branché à ses bornes. La machine fonctionne comme génératrice.

Si l'angle $(\varphi - \psi)$ est compris entre $+\frac{\pi}{2}$ et $+\frac{3\pi}{2}$, W est négatif. L'enroulement cède à la machine plus d'énergie qu'il n'en reçoit. Il emprunte l'excédent cédé à la machine au réseau extérieur branché à ses bornes. La machine fonctionne comme moteur ; elle absorbe l'énergie provenant du réseau et la transforme en énergie mécanique par exemple.

Toutefois il y a des machines comme les transformateurs, qui par un enroulement empruntent de l'énergie électrique à un réseau pour céder cette énergie à un autre réseau par l'intermédiaire d'un deuxième enroulement.

Le facteur *cos* $(\varphi - \psi)$ qui entre dans l'expression de la puissance de la machine est appelé son facteur de puissance. Ce coefficient n'existe pas dans l'expression de la puissance des courants continus qui est égale, comme nous l'avons vu, au produit EI.

On voit ici que, quelque grand que soit le courant I qui traverse une machine à courant alternatif, sa puissance sera très faible si son facteur de puissance est très faible : d'où l'importance de construire des machines qui fonctionnent avec un bon facteur de puissance.

CAS PARTICULIER. — La puissance mise en jeu dans un enroulement isolé est nulle parce que le courant a un facteur de puissance nul.

Rappelons comment prend naissance la force électromotrice
de self-induction qui caractérise ce cas particulier :

Un enroulement isolé est parcouru par un courant alternatif
$i = \mathrm{I} \sin \omega t$.

Ce courant crée un flux qui est en phase avec lui.

Le flux induit dans l'enroulement une force électromotrice
qui est en retard sur lui, et par suite aussi sur le courant, d'un
quart de période. Donc l'angle $(\varphi - \psi)$ de la force électromotrice et du courant est égal à $\dfrac{\pi}{2}$.

Le facteur de puissance est donc nul. Le courant traverse
l'enroulement sans y mettre en jeu aucune puissance.

Pourtant analysons de plus près ce phénomène, représentons
les sinusoïdes du courant i et de la force électromotrice de self-

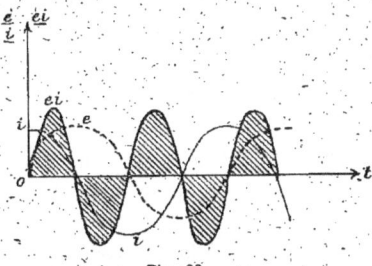

Fig. 82.

induction e (fig. 82), puis la courbe du produit ei. Nous voyons
que, pendant un quart de période le produit ei est négatif. Le
solénoïde emmagasine alors de l'énergie empruntée au réseau
extérieur. Pendant le quart de période suivant, le produit ei
est positif et le solénoïde restitue au réseau de l'énergie emmagasinée pendant le quart de période précédent et ainsi de suite.

Remarquons que le produit ei est négatif quand la valeur
absolue du courant i est croissante, c'est-à-dire quand le flux
est croissant. Donc c'est pendant ce temps-là que le solénoïde

emmagasine de l'énergie empruntée au réseau extérieur pour la restituer quand le flux est décroissant. On peut donc considérer que c'est le flux qui constitue ce magasin d'énergie qui se remplit et se vide alternativement tous les quarts de période.

Ce phénomène est analogue à celui produit par un ressort qui se comprime et se détend alternativement sans produire aucun travail : en se comprimant il emmagasine de l'énergie qu'il perd en se détendant. L'analogie peut être poussée plus loin : le ressort, en réalité, absorbe un peu d'énergie sous forme de chaleur, parce que le travail du métal produit des frottements moléculaires intérieurs. Il en est de même pour le flux alternatif : nous verrons plus loin, en décrivant les phénomènes d'hystérésis magnétique, qu'un flux alternatif entretenu dans du fer échauffe ce fer en empruntant l'énergie ainsi perdue au courant alternatif qui l'entretient.

Signalons de suite l'effet nuisible des phénomènes de self-induction dans les machines à courants alternatifs.

Nous avons vu précédemment que, en général, une machine comporte un flux principal Φ dont le circuit est entouré par tous les enroulements de la machine. C'est ce flux principal Φ qui sert de véhicule à l'énergie, pour les échanges qui se produisent entre les divers circuits de la machine, par les forces électromotrices qu'il induit simultanément dans tous ces circuits.

Ce flux peut être comparé à la courroie qui réunit les deux poulies d'une machine. Ces deux poulies peuvent elles-mêmes être assimilées aux deux enroulements qui entourent le circuit magnétique de la machine.

Mais en outre, nous avons vu que chaque circuit entretient un petit flux φ_1, φ_2, appelé flux de fuite de ce circuit. Ce flux produira, comme nous venons de le voir, une force électromotrice de self-induction dans le circuit qui l'entretient. Cette force électromotrice ne produit aucune puissance, *mais elle contribue à diminuer le facteur de puissance de l'enroulement.* C'est en cela que son effet est nuisible. En effet, un enroulement ne peut supporter, sans s'échauffer de façon dangereuse par effet Joule, qu'un courant de valeur maxima I. La puissance maxima mise en jeu dans ce circuit a donc pour valeur E I, et si le facteur de puissance est $\cos \varphi$ cette puissance aura pour valeur $EI\cos\varphi$. Donc, plus le facteur de puissance sera faible et plus la puissance maxima de la machine sera faible.

Toute cause, telle que les fuites, qui diminue ce facteur de puissance, diminue donc la puissance maxima que la machine peut supporter.

VALEURS EFFICACES DES FORCES ÉLECTROMOTRICES ET DES INTENSITÉS ALTERNATIVES. — Remarquons que la force électromotrice e et le courant alternatif i, que nous avons considérés pour calculer la puissance moyenne W, ont leurs amplitudes représentées par les valeurs $E \sqrt{2}$ et $I \sqrt{2}$. Dans ces conditions la puissance moyenne a pour expression $W = EI\cos\varphi$, φ étant l'angle de phase du courant I par rapport à la force électromotrice E.

Les valeurs E et I qui entrent dans cette expression et qui sont égales aux valeurs maxima divisées par $\sqrt{2}$, sont appelées *valeurs efficaces* de la force électromotrice et de l'intensité, pour cette raison que ce sont des valeurs qui interviennent dans l'expression de la puissance. Celle-ci ne diffère alors de son expression en courant continu que par le facteur de puissance $\cos \varphi$.

Par suite, ces valeurs efficaces sont celles qui sont toujours données dans la pratique lorsqu'on mesure les courants et les forces électromotrices. Les valeurs maxima obligeraient à introduire le coefficient constant $\frac{1}{2}$ dans l'expression de la puissance.

Remarquons que nous avons assimilé les forces électromotrices et courants instantanés, e et i, à des forces électromotrices et courants continus de très courte durée dt. Par suite, ils se mesureront en volts et ampères comme les courants continus. En particulier les valeurs efficaces qui sont égales aux valeurs maxima divisées par $\sqrt{2}$ se mesureront aussi en volts et ampères. La puissance qui, comme un courant continu, est égale au produit des volts par les ampères s'exprimera en watts. Le cosinus φ, qui est le rapport de deux longueurs, a une valeur indépendante du système d'unités choisi.

Nous exposerons plus loin comment on mesure les forces électromotrices, intensités et puissances des courants alternatifs.

PUISSANCE DÉPENSÉE EN EFFET JOULE, EN COURANT ALTERNATIF. — Le passage du courant i pendant le temps dt dans un conducteur de résistance R entraîne une production de $R i^2\, dt$ calories. On voit que l'intensité entre au carré dans cette expression, c'est-à-dire qu'elle est indépendante du signe du courant. Il est bien évident en effet que la chaleur produite par effet Joule est bien toujours empruntée au circuit électrique quel que soit le sens du courant et par suite son signe.

La chaleur produite par seconde sera égale à la somme $\Sigma R\, i^2 dt$ des quantités de chaleur élémentaires produites pendant tous les instants dt qui se succèdent pendant une seconde :

$$\Sigma R i^2 dt = \Sigma R \,(I\sqrt{2})^2 \cos^2 (\omega t - \varphi) dt$$
$$= 2 R I^2 \cos^2 (\omega t - \varphi)\, dt.$$

Or $\Sigma \cos^2 (\omega t - \varphi)\ dt$ pendant une période T est égal à $\dfrac{T}{2}$, et pendant une seconde qui comprend f périodes à $f\dfrac{T}{2}$ soit $\dfrac{1}{2}$.

Donc : $\Sigma R i^2 dt = R I^2.$

On voit que la puissance transformée en chaleur par effet Joule, a la même expression qu'un courant continu, l'intensité du courant continu qui dégagerait la même chaleur, étant égale à l'intensité efficace du courant alternatif.

Différence de potentiel alternative aux bornes d'un circuit. — Différence de potentiel aux bornes d'une machine ou d'une portion de circuit, et facteur de puissance d'une machine. — Emploi de ces éléments pour déterminer la puissance débitée ou absorbée soit par une machine génératrice soit par un moteur.

Les forces électromotrices qui entrent en jeu dans une

machine sont les forces électromotrices d'induction et la chute ohmique. Leur résultante constitue, comme nous allons le voir, la différence de potentiel aux bornes de la machine.

Pour simplifier considérons une machine (fig. 83) qui est le siège d'une seule force électromotrice d'in- duction E, et qui débite sur un circuit qui est le siège par exemple de deux forces électromotrices E_1 et E_2, toutes ces forces électromotrices étant représentées par des vecteurs tournant à la même vitesse $\omega = 2\pi f$ autour du point O. Soient de plus R et R'

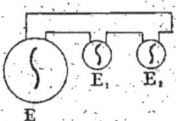

Fig. 83.

les résistances de la machine et du circuit extérieur. Un courant représenté par le vecteur I s'établira dans le circuit de telle façon que l'ensemble des forces électromotrices et des chutes ohmiques s'équilibre, c'est-à-dire que le polygone formé avec les

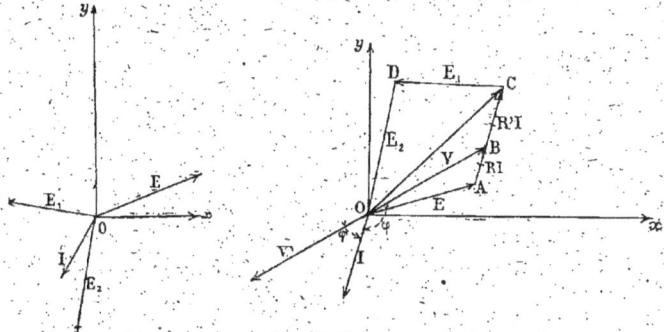

Fig. 83 bis.

vecteurs des forces électromotrices et des chutes ohmiques changées de signe soit un polygone fermé (fig. 83 bis).

Traçons ce polygone OABCDO, dans lequel AB et BC représentent les chutes ohmiques changées de signe — RI et — R'I.

Traçons le vecteur OB. Il représente la force électromotrice résultante dans la machine.

Il est égal et directement opposé à la force électromotrice résultante dans le circuit extérieur, c'est pourquoi il est appelé

« différence de potentiel V aux bornes du circuit extérieur » de
même qu'en courant continu la différence de potentiel aux
bornes d'un circuit est égale et de signe contraire à la somme
algébrique des forces électromotrices de ce circuit, y compris
la chute ohmique changée de signe.

Nous allons montrer que, comme en courant continu, le produit :

$$W = VI \cos \varphi$$

représente la puissance totale mise en jeu dans le circuit, cette
puissance étant fournie par la machine au réseau si ce produit
est positif, c'est-à-dire si l'angle φ est inférieur à $\frac{\pi}{2}$, et fournie
par le réseau à la machine dans le cas contraire. Dans le pre-
mier cas la machine est une génératrice, dans le second cas un
moteur. (Toutefois il y a encore les transformateurs qui
empruntent de l'énergie électrique à un réseau pour le céder à
un autre réseau, à un voltage différent du premier.)

Au passage du courant I dans le circuit extérieur à la machine
les puissances mises en jeu par chaque force électromotrice sont
égales à :

$$W_1 = E_1 I \cos \varphi_1 \; (\varphi_1 \text{ étant l'angle de vecteur I et } E_1)$$
$$W_2 = E_2 I \cos \varphi_2 \; (\varphi_2 \qquad — \qquad — \quad I \text{ et } E_2)$$
$$\text{et } W_3 = — RI^2.$$

Ces puissances représentent de l'énergie cédée par le réseau
à des machines-outils qu'il actionne si elles sont négatives et
empruntées à des moteurs thermiques ou hydrauliques si elles
sont positives. L'échange total d'énergie entre le circuit extérieur et les machines du voisinage sera, par seconde, égal à la
somme :

$$W = E_1 I \cos \varphi_1 + E_2 I \cos \varphi_2 — RI^2$$
$$W = I[E_1 \cos \varphi_1 + E_2 \cos \varphi_2 — RI].$$

La somme : $[E_1 \cos \varphi_1 + E_2 \cos \varphi_2 — RI]$ représente la
somme des projections sur le vecteur I des vecteurs E_1 E_2
et $— RI$. Cette somme est égale à la projection de la résul-

tante des vecteurs E_1 E_2 et — R'I. Cette résultante étant égale
et directement opposée au vecteur V, on aura $W = -$ VI cos φ
et ce produit représente de l'énergie cédée par le réseau à la
machine E s'il est négatif, c'est-à-dire si cos φ est positif. Au
contraire, si cos φ est négatif ce produit est positif et la
machine E est alors une génératrice qui alimente le réseau.

Mais de même que la différence de potentiel aux bornes du
réseau, la différence de potentiel V' aux bornes de la génératrice est égale et de sens opposée à la résultante des forces
électromotrices de la machine, c'est-à-dire que :

$$V' = -V$$

et par suite si le produit

$$V'I \cos \varphi' = - \cos \varphi \text{ est négatif}$$

la machine est génératrice.

φ' est alors compris entre $\frac{\pi}{2}$ et $\frac{3\pi}{2}$.

Au contraire, si φ' est compris entre $-\frac{\pi}{2}$ et $+\frac{\pi}{2}$ ce produit
est positif et la machine fonctionne comme moteur.

En pratique, on se sert rarement de ces remarques pour savoir
si une machine fonctionne comme moteur ou comme génératrice.

On représente souvent la différence de potentiel aux bornes
de la machine par le vecteur qui fait un angle aigu avec le courant, de façon à ce que le produit VI cos φ soit positif aussi
bien pour une génératrice que pour un moteur. Mais, dans
l'étude de plusieurs machines motrices et génératrices fonctionnant sur le même réseau, cette confusion risque de rendre
le raisonnement obscur. On se reportera alors aux remarques
précédentes pour préciser les résultats obtenus.

Facteur de puissance. — Le cosinus de l'angle φ du courant
avec la différence de potentiel aux bornes est appelé facteur de
puissance de la machine. Nous voyons, en effet, que, si grands
que soient le potentiel aux bornes d'une machine et le courant
qui la traverse, la puissance qu'elle débite peut être très faible

ou même nulle si son facteur de puissance est suffisamment petit ou nul car $W = VI \cos \varphi$.

Pour une machine ou un réseau de puissance et de voltage donnés W et V, on conçoit l'intérêt qu'il y a à réaliser un bon facteur de puissance.

En effet reprenons la relation

$$W = VI \cos \varphi.$$

En pratique, dans les réseaux industriels, la tension V est constante. D'autre part, le courant qui traverse la machine est limité à une valeur maxima I au-dessus de laquelle les enroulements de la machine brûleraient. La puissance maxima que puisse débiter la machine est donc représentée par le produit VI. On s'en rapprochera d'autant plus que le facteur de puissance $\cos \varphi$ de réseau sur lequel débite la machine sera plus voisin de 1.

Courant watté et courant déwatté ou magnétisant. — *Notion de puissance magnétisante d'une machine* (fig. 84).

Considérons le vecteur V, différence de potentiel aux bornes

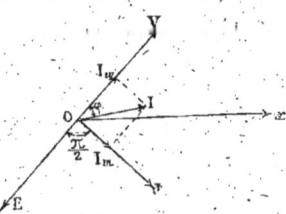

Fig. 84.

d'une machine, et le vecteur courant débité I. En général, dans chaque machine existe un flux principal qui produit presque toute la force électromotrice E de la machine, les autres forces électromotrices étant très petites par rapport à celle-ci. Ce flux sera, comme nous l'avons vu, en avance d'un quart de période sur la force électromotrice E qu'il produit, donc en retard de $\frac{\pi}{2}$ sur la différence de potentiel V aux bornes, qui est sensiblement égale et directement opposée à E.

Le courant I fait un angle φ avec le vecteur V.

Projetons I sur V et sur Φ. Ces projections ont pour valeur

$$I_w = I \cos \varphi$$
$$I_m = I \sin \varphi.$$

On voit que la puissance de la machine a pour expression

$$W = VI_w$$

pour cette raison le vecteur I_w est appelé « composante wattée » du courant ; à égalité de potentiel, la puissance est proportionnelle à I_w.

Quant au vecteur I_m en quadrature avec V et en phase avec le flux il est appelé la « composante magnétisante » du courant. Nous verrons à propos des alternateurs, que, dans toutes les machines à courant alternatif, cette composante du courant contribue à produire le flux Φ ou à l'affaiblir suivant qu'elle est de même sens que lui, ou de sens opposé, et qu'elle tendrait par suite à produire si elle était seule, un flux de même sens que Φ ou de sens opposé. Le produit :

$$VI_m = VI \sin \varphi$$

est parfois appelé « puissance magnétisante » de la machine, nous en verrons la raison à propos des alternateurs.

On voit donc qu'on peut considérer le courant I qui traverse une machine comme résultant de deux courants en quadrature ; l'un, le « courant watté », est proportionnel à la puissance de la machine comme son nom l'indique, c'est lui qui fournit à la machine sa puissance. Il est en phase avec le potentiel aux bornes.

L'autre, « le courant déwatté ou magnétisant », contribue à modifier le flux principal de la machine, il ne transmet aucune puissance. Il est décalé d'un quart de période par rapport au potentiel et par suite il est en phase ou en opposition avec le flux principal Φ de la machine. Il ne faut pas confondre cette composante magnétisante avec le courant magnétisant total d'une machine dont il n'est qu'une partie, ou même auquel il peut être opposé. Nous avons vu, en effet, à propos de la composition des forces magnétomotrices d'après la deuxième loi de Kirchoff appliquée aux flux que si le circuit magnétique du flux Φ est soumis à des forces magnétomotrices N_1I_1, N_2I_2, N_3I_3, le flux résulte de l'action de la force magnétomotrice résultante N_1I_m de toutes ces composantes (fig. 85) ou (fig. 85 *bis*).

Les projections de ces vecteurs d'ampères-tours sur la direction de la force magnétomotrice résultante N_1I_m, qui est aussi

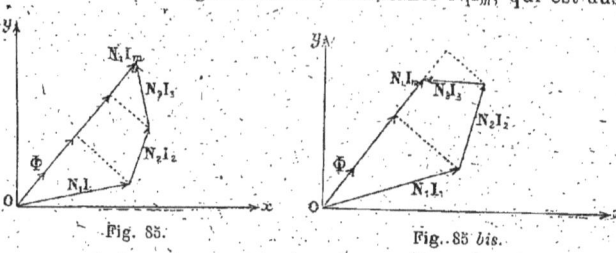

Fig. 85.   Fig. 85 *bis.*

celle du flux Φ, sont égales au produit des nombres de spires N_1, N_2, N_3, par les composantes magnétisantes des courants I_1, I_2 et I_3 analogues à celle que nous venons de définir pour celui des enroulements d'une machine qui est branchée sur le circuit que nous avons considéré dans l'étude précédente.

Cas particulier. — Un cas particulier intéressant qui commencera à faire comprendre le rôle de la composante magnéti-

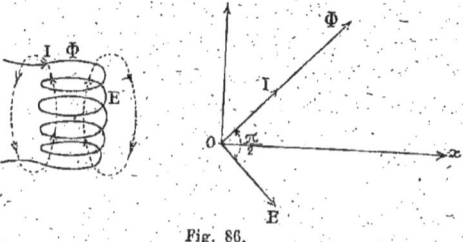

Fig. 86.

sante du courant, est le cas de la self-induction. Nous avons déjà vu qu'un solénoïde isolé parcouru par un courant alternatif crée un flux en phase avec le courant, et qui produit une force électromotrice en retard d'un quart de période sur le flux (fig. 86).

On voit ici que le courant I est entièrement déwatté ou magnétisant. Il sert uniquement à produire le flux, et ne produit aucune puissance. On voit que l'entretien du flux n'entraîne aucune dépense d'énergie. Il en est de même dans toutes les machines électriques. Toutefois ceci n'est qu'approché, les pertes par hystérésis, courants de Foucault et par effet Joule que nous étudirons plus loin produisent en réalité une petite composante wattée du courant, très faible par rapport à la composante déwattée et qui correspond à l'énergie perdue par les accessoires qui se produisent dans toutes les machines électriques.

Courant décalé en avant ou en arrière de la différence de potentiel. — La différence de potentiel V est donc en avance d'un quart de période sur le flux principal Φ qui la crée dans la machine (fig. 87).

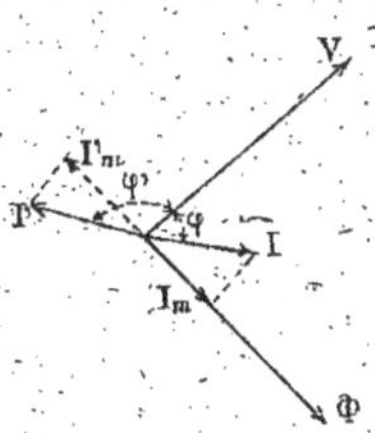

Si l'angle φ du courant avec la différence de potentiel est négatif, le courant est décalé en arrière du potentiel. La composante déwattée I_m a un effet magnétisant ; la machine « emprunte » au réseau du courant magnétisant.

Fig. 87.

Si au contraire l'angle φ est positif le courant I' est décalé en avant du potentiel, sa composante déwattée I'_m a un effet démagnétisant ; la machine renvoie sur le réseau du courant magnétisant, et nous verrons à propos des alternateurs que ce courant magnétisant I_n sert à produire le flux dans les moteurs d'induction et transformateurs du réseau.

Nous voyons donc que, ce que nous avons appelé la puissance magnétisante, se transmet comme la puissance ordinaire dans le réseau ; nous verrons même que la somme de la puissance magnétisante, produite dans le réseau est égale à la somme de la puissance magnétisante consommée. Le principe de la conservation de l'énergie s'applique à la puissance magnétisante qui n'a d'ailleurs, de par sa nature, aucun autre point commun avec la notion ordinaire de puissance.

Résumé. Expression de la puissance en courant alternatif. — Une force électromotrice de valeur maxima $E \sqrt{2}$ qui fait un angle de phase φ avec un courant de valeur maxima $I \sqrt{2}$ produit une transmission de puissance qui a pour expression en grandeur et en signe :

$$W = EI \cos \varphi.$$

Les valeurs E et I sont appelées valeurs « efficaces » des forces électromotrices et des courants, par comparaison avec leur valeur « maxima » $(E \sqrt{2})$ et $(I \sqrt{2}.)$ On désigne toujours les forces électromotrices et courants par leurs valeurs efficaces en volts et ampères comme pour les courants continus.

La perte par effet Joule a pour valeur par seconde RI^2. Elle est la même que pour un courant continu d'intensité égale à l'intensité efficace.

Différence de potentiel V. — Elle est égale et directement opposée à la résultante des forces électromotrices dans la portion de circuit considéré, y compris la chute ohmique changée de signe.

La puissance d'une machine a pour valeur :

$$W = VI \cos \varphi.$$

Si elle est positive $\left(\varphi \text{ compris entre} - \frac{\pi}{2} \text{ et} + \frac{\pi}{2} \right)$ la machine est génératrice.

Si elle est négative $\left(\varphi \text{ compris entre} + \frac{\pi}{2} \text{ et } 3 \frac{\pi}{2} \right)$ la machine est un moteur.

Quant aux transformateurs un de leurs enroulements emprunte à un réseau de la puissance qui est restituée à un autre réseau par l'autre enroulement sous une tension différente de celle du premier.

Le cosinus de l'angle φ de V et I est appelé « le facteur de puissance » de la machine.

Pour un même courant traversant la machine, sa *puissance est d'autant plus faible que son facteur de puissance est plus petit.*

Pour une même puissance débitée *le rendement de la machine est d'autant plus mauvais que son facteur de puissance est plus faible,* car pour maintenir la puissance constante toute diminution du facteur de puissance entraîne une augmentation du courant, donc une augmentation des pertes par effet Joule.

CHAPITRE IX

Mesure des courants, différences de potentiel et énergie électrique en courant alternatif. — Mesure d'un facteur de puissance d'une machine.

PRINCIPES DE LA MESURE DES COURANTS, DIFFÉRENCES DE POTENTIEL ET PUISSANCES ÉLECTRIQUES EN COURANT ALTERNATIF. — MESURE DU FACTEUR DE PUISSANCE D'UNE MACHINE. — *Ampèremètre électromagnétique.* — 1° Considérons deux cadres dont l'un est fixe et l'autre mobile, et parcourus tous les deux par le même courant I à mesurer. Ces deux cadres exercent l'un sur l'autre des forces *constamment de même sens puisque les courants changent de sens dans les deux cadres simultanément.* — Ces forces s'annulent à toutes les demi-périodes, mais cette variation de forces est si rapide que, à cause de son inertie, le cadre mobile prend, sous l'action de la force moyenne, une position invariable qui caractérise l'intensité du courant et est indépendant de sa fréquence, ce que nous ne démontrerons pas ici. On utilise cette propriété pour mesurer les courants par la déviation du cadre mobile. On peut graduer ces ampèremètres par comparaison avec un ampèremètre continu. (Bien entendu un ressort antagoniste tend à ramener le cadre mobile dans le plan du cadre fixe et équilibre le couple de répulsion que le second exerce sur le premier.)

Ampèremètre thermique. — La chaleur dégagée par effet Joule dans un fil de résistance R, et qui est égale à RI^2, peut servir à mesurer l'intensité I en mesurant la dilatation d'un fil chauffé par l'enroulement de l'ampèremètre. Cette dilatation est proportionnelle à la chaleur dégagée RI^2. L'échelle de l'appareil

aura donc des intervalles très serrés au bas de l'échelle et qui
croissent comme le carré du courant à mesure que celui-ci
croît. Par suite, ces ampèremètres sont peu sensibles dans le
bas de l'échelle, et même assez faux dans cette région.

Voltmètres. — On verra facilement, comme dans les courants
continus, que ce sont des ampèremètres à fil fin et très résis-
tants. Le courant, très faible I, qui les traverse est proportionnel au voltage à leurs bornes en vertu de la relation $V = RI$.

Wattmètres. — Ils sont composés de deux cadres : l'un fixe à
gros fil parcouru par le courant I de la machine, l'autre mobile
à fil fin et résistant, parcouru par un courant dérivé aux bornes
de la machine entre lesquels existe le potentiel V. Ce courant
est en phase avec V et proportionnel à ce potentiel en vertu de
la relation $V = RI$.

La force qui à l'instant t s'exerce entre les deux cadres est
proportionnelle aux intensités instantanées des deux cadres et
par suite au produit vi.

On verra par le calcul, que la force moyenne qui provoque
la déviation du cadre mobile est proportionnelle à $VI \cos \varphi$,
c'est-à-dire à la puissance de la machine.

Mesure du facteur de puissance. — Ayant mesuré la puissance W, le voltage V aux bornes et le courant I de la machine,
son facteur de puissance est évidemment donné par le quotient :

$$\cos \varphi = \frac{W}{VI}.$$

On fait d'ailleurs des appareils appelés *phasemètres*, qui
mesurent directement le facteur de puissance.

Nous n'en exposerons pas le principe ici. Ce sont des appareils de tableau qui ne sont pas employés pour essayer les
machines.

CHAPITRE X

Perte d'énergie électrique transformée en chaleur dans le fer d'une machine par les phénomènes d'hystérésis magnétique et de courants de Foucault.

PHÉNOMÈNE D'HYSTÉRÉSIS. — Nous avons vu au début du chapitre VI comment on mesure le flux Φ produit dans un noyau de fer par un courant I parcourant un enroulement de N spires. Traçons par ce procédé la courbe de magnétisation du noyau de fer, en mesurant diverses valeurs du flux Φ d'abord pour des

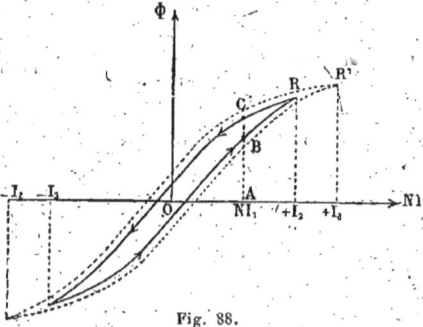

Fig. 88.

intensités croissantes du courant I, puis pour des intensités décroissantes. Changeons ensuite le sens du courant I et faisons les mêmes mesures pour les mêmes valeurs du courant ainsi changé de sens. Nous constatons alors que nous obtenons ainsi deux courbes de magnétisation : l'une pour les valeurs croissantes de l'intensité I, l'autre pour les valeurs décroissantes (fig. 88). Si bien que, à une valeur I_1 du courant, correspondent deux valeurs du flux : l'une AB qui est celle par laquelle passe le flux lorsque le courant va en croissant, l'autre AC plus grande que AB qui est celle par laquelle passe le flux lorsque le courant va en décroissant.

Si les deux valeurs maxima du courant I sont les mêmes $+ I_2$ et $- I_2$, la courbe est symétrique par rapport à l'origine 0. La surface qu'elle enclot est d'ailleurs d'autant plus grande que ces maxima du courant sont plus forts, comme le montre la courbe en pointillé qui correspond à des maxima $+ I_3$ et $- I_3$.

Ces courbes sont appelées « courbes d'hystérésis » du fer étudié. Ces courbes sont très importantes, car on va voir que les pertes par « hystérésis » dans ce fer sont proportionnelles à la surface qu'elles embrassent. Pour diminuer ces pertes il y aura donc lieu d'employer des fers et aciers dont les courbes d'hystérésis embrassent des surfaces aussi faibles que possible.

PERTES DANS LE FER DES MACHINES. HYSTÉRÉSIS ET COURANTS DE FOUCAULT. — *Phénomènes d'hystérésis*. — Si l'on soumet un corps magnétique à des aimantations et à des désaimantations successives, par exemple au moyen d'un courant variable passant dans un solénoïde qui entoure ce corps, l'expérience montre que le corps soumis à ces aimantations et désaimantations successives s'échauffe peu à peu. Supposons que le courant soit produit par une pile et mesurons le total de l'énergie consommée dans la pile pendant cette expérience. Mesurons également la quantité de chaleur produite dans l'aimant, et par effet Joule dans le circuit. On trouve que la somme des deux quantités de chaleur est égale à l'énergie consommée dans le même temps dans la pile. C'est donc à la pile que l'énergie calorifique produite par ce phénomène appelé « hystérésis magnétique » est empruntée. Nous allons analyser la suite des phénomènes qui produisent ce transport et cette transformation d'énergie de la pile à l'aimant.

Soit B le barreau de fer entouré d'un solénoïde S dans lequel la pile débite du courant en passant par un rhéostat r qui permet de faire varier ce courant (fig. 89). Partons d'un courant nul et faisons croître progressivement ce courant jusqu'à une valeur I_1 (fig. 90) qui produira un flux Φ_1 dans le barreau B. Traçons la courbe du flux en fonction du courant pendant toute cette période variable. Nous voyons que le flux dans le solénoïde va en croissant. Par suite, en vertu de la loi de Lenz, il produit dans le solénoïde une force électromotrice de sens

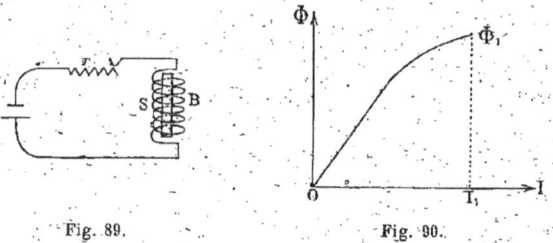

Fig. 89.   Fig. 90.

opposé au courant, et qui, par suite, *provoque un emprunt d'énergie au courant*, et par son intermédiaire à la pile.

Arrivé à la valeur I_1 maintenons le courant constant, la force électromotrice d'induction s'annule, et toute l'énergie produite par la pile est, à partir de ce moment, transformée en chaleur par effet Joule.

Mais nous avons vu que, pendant la période variable, une partie seulement de cette énergie était transformée en chaleur par effet Joule, l'autre partie étant absorbée par la force électromotrice d'induction. Qu'est devenue cette quantité d'énergie ? Elle n'a pas produit d'effet calorifique car l'échauffement de l'aimant dû à son aimantation est très faible, et très inférieur à cette quantité d'énergie. Elle n'a pas produit d'effet mécanique rien n'ayant bougé, ni le solénoïde, ni l'aimant.

Nous allons montrer que *cette énergie a été emmagasinée par l'aimant* qui va la rendre lorsque le courant de la pile diminuera.

En effet, faisons diminuer ce courant en agissant sur le rhéostat. Le flux de l'aimant diminue. Par suite, la loi de Lenz nous apprend qu'il produit une force électromotrice de même sens que le courant dans le solénoïde : cette force électromotrice va augmenter

le courant qui serait produit par la pile seule. Par suite la chaleur produite par effet Joule sera supérieure à l'énergie consommée dans la pile. C'est *le flux qui restitue au circuit
l'énergie* qu'il avait emmagasinée pendant la période précédente.

Toutefois lorsque le courant s'annule, *le flux dans le fer de
l'aimant ne s'annule pas tout à fait.* La courbe de variation du
flux pendant que le courant
décroît est représentée par la
courbe en pointillé située au-
dessus de la courbe correspondant à la croissance du
courant (fig. 91). On voit donc
que le flux total qui coupe le
solénoïde pendant la décroissance du courant est moindre
que pendant la croissance,

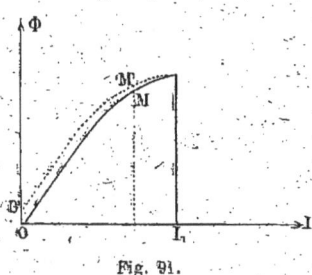

Fig. 91.

puisqu'à la fin de l'expérience il reste du flux dans l'aimant
lequel n'a pas coupé le solénoïde. Par suite la force électromotrice, pendant la décroissance du courant, est moindre que
pendant la croissance. Donc l'énergie restituée sera moindre
que l'énergie qui avait été emmagasinée. *La différence est transformée en chaleur dans l'aimant.*

On voit qu'il y a une sorte de retard du flux sur la variation
du courant. C'est ce phénomène qu'on a appelé l'hystérésis.

Ces phénomènes sont comparables à ceux produits par un
poids qui comprime un ressort. Comme la pile, le poids en
descendant cède de son énergie au ressort qu'il comprime. En
se détendant le ressort restitue l'énergie qu'il a emmagasinée.
Le poids est comparable au courant et le flux au ressort.

Toutefois si l'on dépasse la limite d'élasticité le ressort ne
restitue pas toute l'énergie qu'il a emmagasinée. Il conserve
une déformation permanente correspondant au magnétisme
rémanent qui reste dans l'aimant. Cette déformation entraîne
un travail moléculaire qui dégage une certaine quantité de
chaleur correspondant à la perte de hauteur du poids que le
ressort ne peut pas ramener à son point initial.

De même dans le cas de l'aimantation, tant que le fer n'est pas saturé, c'est-à-dire dans la partie droite de la courbe de magnétisation, les courbes correspondant aux courants croissant et décroissant sont des droites parallèles. Le point correspondant au courant maximum étant commun aux deux, on conçoit que les pertes par hystérésis seront faibles si le fer est peu saturé, car les droites montantes et descendantes se confondent. Au contraire, si l'on sature le fer, les pertes par hystérésis augmentent.

Cet échauffement du fer par hystérésis se produit d'ailleurs aussi si l'on fait tourner le barreau de fer dans un champ de façon à renverser successivement la polarité de ses extrémités. C'est ce que l'on appelle l'*hystérésis tournante*. Elle se produit par exemple dans le rotor d'une dynamo qui tourne dans un champ fixe, et en général dans toutes les machines à champ tournant.

Au contraire, l'hystérésis statique que nous venons d'étudier se produit dans le fer soumis à un champ alternatif comme le fer des transformateurs statiques.

La courbe de magnétisme parcourue par ce fer a la forme représentée par la figure 92. En s'appuyant sur l'explication que nous avons donnée de l'hystérésis magnétique, il est facile de démontrer que l'énergie perdue par l'hystérésis dans une période, c'est-à-dire pendant que le courant magnétisant varie de $+ I_1$ à $- I_1$ et revient à $+ I_1$, est proportionnelle à la surface hachurée comprise entre les deux courbes correspondant aux courants décroissants et croissants. D'autre part, il est évident que l'énergie perdue par hystérésis par seconde *est proportionnelle au nombre de périodes par seconde, c'est-à-dire à la fréquence du courant.*

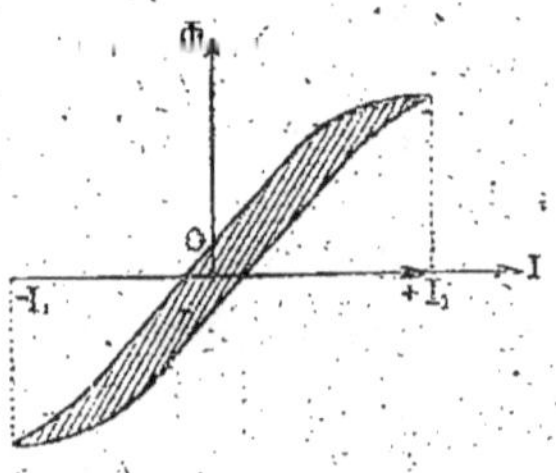

Nous avons déjà vu que les pertes croissent avec la saturation du fer.

Fig. 92.

Elles sont évidemment d'autant plus fortes que le fer a plus de magnétisme rémanent, car l'écartement des deux courbes croît avec ce rémanent.

On diminuera donc les pertes par hystérésis dans les machines :

1° En adoptant une basse fréquence ou une vitesse faible de rotation du fer dans le champ ;

2° En adoptant une faible saturation ;

3° En adoptant du fer très doux, car le fer a d'autant plus de rémanent qu'il se rapproche davantage de l'acier. Les aimants permanents sont en effet en acier.

Courants de Foucault. — Considérons un cube de fer (fig. 93) qui se déplace dans un champ H en tournant autour d'un axe RS perpendiculaire au champ H.

Découpons par la pensée dans le cube de fer un fil conducteur parallèle à RS, donc perpendiculaire au flux, ce sera par exemple l'arête PQ. Ce conducteur PQ coupe le flux, et par suite devient le siège d'une force électromotrice d'induction.

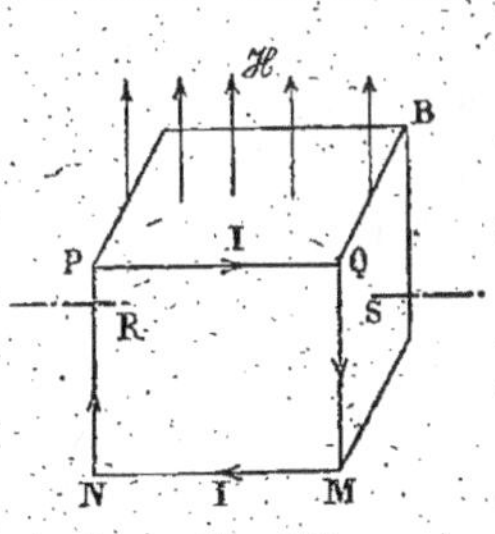

Les conducteurs situés au-dessus d'un plan passant par RS et perpendiculaire au champ H sont le siège d'une force électromotrice d'un sens que l'on peut déterminer facilement d'après ce que nous savons sur la génération des forces électromotrices d'induction.

Fig. 93.

Ceux qui sont situés au-dessous de ce plan coupant le flux en sens inverse sont le siège d'une force électromotrice de sens opposé.

Donc ces deux sortes de forces électromotrices vont produire dans ce fer des courants I dont le sens est indiqué sur la figure. Ces courants vont de la partie supérieure à la partie inférieure du cube, c'est-à-dire sont contenus dans des plans parallèles au champ et à l'axe autour duquel a lieu le mouvement.

Ces courants, dans les machines, échauffent le fer de la machine et absorbent inutilement une quantité d'énergie mécanique égale à la chaleur dégagée. Il faut donc empêcher autant que possible ces courants de se produire : il y a deux moyens pour cela :

1° On divise le fer du cube (ou de la machine) en feuillets de fer perpendiculaires au sens dans lequel les courants tendent à circuler, *c'est-à-dire perpendiculaires à l'axe de rotation*, et isolés les uns des autres. L'addition des forces électromotrices partielles produites par le flux est ainsi rendue impossible ; les courants de Foucault deviennent ainsi très faibles.

2° On les diminue encore évidemment en augmentant la résistance électrique du fer des machines. Toutefois, il faut avoir soin que cette augmentation de résistance ne coïncide pas avec une augmentation d'hystérésis, car ce que l'on gagnerait sur les pertes par courants de Foucault on le perdrait dans les pertes par hystérésis. Les tôles de fer doux au silicium satisfont à cette double condition de faible hystérésis et de grande résistance. Ce sont ces tôles, recouvertes de papier pour les isoler les unes des autres, que l'on emploie dans les parties des machines qui sont soumises à des champs variables.

Notons que les pertes par hystérésis sont nulles dans l'air et dans les métaux non magnétiques tels que le cuivre, l'aluminium.

Au contraire, les courants de Foucault prennent naissance dans tous les corps conducteurs, qu'ils soient magnétiques ou non.

DEUXIÈME PARTIE

LES MACHINES ÉLECTRIQUES

CHAPITRE XI

Méthode générale pour l'étude des machines électriques :
calcul des forces magnétomotrices engendrées par les
courants électriques; calcul des forces électromotrices
induites par les flux magnétiques; application à ces forces
magnétomotrices et électromotrices, de la deuxième loi
de Kirchoff.

MÉTHODE GÉNÉRALE POUR L'ÉTUDE DES MACHINES ÉLECTRIQUES. —
Les phénomènes qui se produisent dans les machines électriques
sont de deux sortes :

Courants électriques dans les enroulements ;

Flux magnétiques dans le fer.

En réalité, ces deux sortes de phénomènes sont intimement
liés de la façon suivante :

Les courants créent les flux dans les circuits magnétiques ;

D'autre part, les flux, coupés par les enroulements, créent des
forces électromotrices dans les enroulements. C'est l'ensemble
de ces forces électromotrices qui entretient les courants dans
un réseau électrique.

Donc, en résumé, les courants entretiennent les flux magnétiques, et inversement les flux magnétiques entretiennent les
courants.

L'étude d'une machine électrique se réduit à l'étude des relations qui lient ces deux sortes de phénomènes et des forces

engendrées par les flux qui relient le fer du stator au fer du rotor.

Cette étude se conduira en général de la manière suivante :

1° Supposant connus les flux de la machine nous calculerons le sens et la grandeur des forces électromotrices, qu'ils créent dans les enroulements :

Le sens par la loi de Lenz ;

La grandeur en écrivant que la force électromotrice est proportionnelle au flux coupé dans l'unité de temps.

2° Nous écrirons que, dans les divers enroulements de la machine, ces forces électromotrices satisfont à la deuxième loi de Kirchoff, c'est-à-dire que leur résultante est égale à la différence de potentiel aux bornes de l'enroulement. Cette relation est appelée « relation des forces électromotrices ».

Nous faisons ensuite pour les flux ou plutôt pour les forces magnétomotrices ce que nous venons de faire pour les forces électromotrices, c'est-à-dire que :

3° Supposant connus les courants dans les différents enroulements, nous calculerons le sens et la grandeur des forces magnétomotrices que chacun d'eux crée dans le circuit magnétique de la machine.

Nous en déterminerons le sens par la règle du tire-bouchon.

Nous en calculerons la grandeur en nous rappelant que la force magnétomotrice est proportionnelle au nombre de spires de l'enroulemement et au courant qui le parcourt.

4° Ayant calculé les différentes forces magnétomotrices qui agissent sur le même circuit, nous écrirons que leur résultante est égale aux ampères-tours magnétisants nécessaires pour entretenir dans ce circuit le flux que nous lui avons attribué au début pour calculer les forces électromotrices. Ces ampères-tours magnétisants nous sont donnés par la courbe de magnétisation du circuit magnétique de la machine.

Cette relation s'appelle l' « équation des forces magnétomotrices » de la machine.

Dans la relation des forces électromotrices entrera d'ailleurs comme paramètre variable la vitesse de la machine, si celle-ci a une partie tournante, car le flux coupé par unité de temps dépendra de cette vitesse. D'autres paramètres pourront encore entrer dans ces relations telles que l'angle de calage des balais pour une machine à collecteur.

En attribuant à ces paramètres des valeurs arbitraires, on pourra étudier, au moyen de ces relations des forces électromotrices et des forces magnétomotrices, le régime de la machine dans les diverses conditions de fonctionnement. On calculera ainsi, sa vitesse, son couple, sa puissance, son facteur de puissance, les courants, les flux qui la traversent, etc...

Remarquons immédiatement le petit nombre de lois qui suffisent à l'étude des machines électriques les plus diverses et les plus complexes :

Proportionnalité des forces électromotrices aux flux coupés.

Loi de Lenz déterminant le sens des forces électromotrices.

Proportionnalité des flux aux courants qui les créent.

Règle du tire-bouchon déterminant le sens des forces magnétomotrices.

La résultante des forces électromotrices est égale à la différence de potentiel aux bornes (deuxième loi de Kirchoff des courants).

La résultante des forces magnétomotrices est égale au courant magnétisant (deuxième loi de Kirchoff des flux).

Remarquons d'autre part que, pour étudier sommairement le régime d'une machine et ses propriétés principales, il suffit de considérer les forces électromotrices et flux principaux de la machine, qui sont en très petit nombre, et de leur appliquer les lois précédentes.

Par ce moyen on arrive facilement à se représenter physiquement le fonctionnement de la machine, sans avoir besoin de recourir au calcul pour se rappeler ses propriétés. Il suffit pour cela d'avoir présent à l'esprit la forme des enroulements de la machine et la répartition de ses flux pour pouvoir s'imaginer comment les flux sont coupés.

Cette représentation physique est extrêmement importante pour l'ingénieur. Peu d'ingénieurs en effet sont appelés à calculer des machines. Beaucoup, au contraire, sont appelés à essayer des machines, à les mettre en marche, à les régler, et à rechercher les causes de leurs dérangements. Pour ces différentes opérations, l'ingénieur ne peut évidemment pas recourir au calcul de la machine, d'abord parce qu'il n'en possède à peu près jamais les éléments, ensuite parce que ce serait un travail long et inutile, la connaissance du fonctionnement physique de la machine et de ses propriétés suffisent à peu près toujours pour les opérations courantes de réglage, mise en marche, etc.

D'ailleurs, même pour l'ingénieur qui calcule des machines, la représentation physique de leur fonctionnement est essentielle pour lui permettre d'orienter ses calculs constamment vers le but qu'il poursuit, but que la multiplicité des éléments secondaires du fonctionnement de la machine pourrait lui faire perdre de vue s'il se fiait uniquement au calcul.

CHAPITRE XII

Machine électrique-type au point de vue du mécanisme des flux magnétiques et des courants électriques, tel qu'il se reproduit dans toutes les autres machines.

TRANSFORMATEUR

Nous commencerons l'étude des machines par celle du transformateur, parce qu'il est facile de démonter sur cette machine très simple, le mécanisme des phénomènes électriques et magnétiques, par lesquels se produit l'échange d'énergie entre deux circuits électriques qui coupent un même flux magnétique. Ce mécanisme, et la façon d'appliquer les lois de Kirchoff aux courants et aux flux qui le composent, peuvent servir de type pour l'analyse des phénomènes analogues dans toutes les machines électriques. Il importe-donc de s'en bien pénétrer car la compréhension de cette méthode rendra extrêmement simple son application aux machines étudiées ensuite.

PRINCIPE DU TRANSFORMATEUR. — Quoique ayant déjà exposé le principe du transformateur lors de l'étude de la mesure des flux magnétiques (chap. VI), nous le rappellerons au début de cette étude.

Le transformateur sert surtout à deux usages principaux :

1° Transformer l'énergie à basse tension et forte intensité des machines génératrices, en énergie à haute tension et faible intensité pour permettre de transporter celle-ci à de grandes distances au moyen de conducteurs de faible section. (Rappelons que la section d'un conducteur doit être proportionnelle à l'intensité du courant qui le parcourt.)

2° Inversement, au point d'utilisation de cette énergie, la transformer à nouveau en énergie à basse tension et forte intensité pour permettre son utilisation sur des moteurs qu'il est plus facile de construire, de même que les génératrices, pour du courant à basse tension, que pour du courant à haute tension.

Le même transformateur peut servir indifféremment à l'un ou à l'autre de ces usages comme cela ressortira de l'étude de cette machine.

Nous allons exposer le fonctionnement du transformateur par exemple comme élévateur de tension placé à l'usine génératrice :

Le transformateur se compose en principe (fig. 94) d'un noyau de fer doux N qui constituera le circuit magnétique du

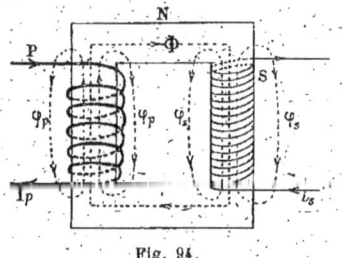

Fig. 94.

flux de la machine, et de deux bobines électriques enroulées sur ce circuit.

La première bobine P appelée le « primaire » du transformateur », parce que c'est celle qui reçoit l'énergie électrique à transformer, sera ici une bobine à forte section puisqu'elle doit être traversée par un courant de forte intensité. Par contre, elle ne comprendra qu'un petit nombre n_p de spires parce que ce courant est à basse tension.

La tension Vp appliquée aux bornes du primaire P sera en effet équilibrée par la force électromotrice induite dans P par les tubes de force du flux alternatif Φ qui circule dans le noyau N, flux dont les tubes de force sont coupés à chaque demi-période par les spires du primaire P.

Cette force électromotrice Vp est constituée par la somme $(n_p v)$ des forces électromotrices ainsi induites par Φ dans chacune des spires de P. Puisque la tension Vp aux bornes est faible, un petit nombre de spires suffira pour produire la force électromotrice nécessaire pour équilibrer Vp.

La deuxième bobine S est appelée le « secondaire » parce que c'est elle qui cède l'énergie électrique reçue par le primaire, après qu'elle a été transformée en énergie à haute tension.

Dans le transformateur élévateur de tension que nous étudions la bobine secondaire S devant céder du courant à haute tension comprendra un grand nombre n_s de spires. En effet, comme pour le primaire P., la tension Vs aux bornes du secondaire est constituée par la somme des forces électromotrices, que le flux Φ du noyau N induit dans chacune des spires du secondaire S. Puisque cette tension secondaire Vs doit être très grande, la bobine S devra comprendre un grand nombre de spires, car $Vs = n_s \, v$.

On voit, dès à présent, qu'on aura la relation $\dfrac{Vs}{Vp} = \dfrac{n_s}{n_p}$.

Par contre, le courant secondaire devant être de faible intensité, la section du fil de la bobine S sera très faible.

L'échange d'énergie entre le primaire et le secondaire se fait de la façon suivante : le flux alternatif Φ du noyau N coupant les spires primaires produit dans le primaire P une *force contre-électromotrice*, c'est-à-dire qui emprunte de l'énergie au courant primaire et par suite à la machine génératrice qui alimente le primaire. Mais au même instant le même flux Φ coupe aussi les spires du secondaire S et produit dans celui-ci une *force électromotrice*, c'est-à-dire qui cède de l'énergie au courant secondaire. Nous verrons que l'énergie cédée par le flux Φ au secondaire est égale à celle qu'il a empruntée au primaire.

L'ensemble de ces phénomènes constitue ce qu'on appelle l'induction mutuelle des deux bobines P et S.

Ces phénomènes sont essentiels puisque c'est par eux que se réalise la transformation d'énergie désirée.

Il s'y ajoute des phénomènes parasites de self-induction dans chacune des bobines P et S dus au fait suivant :

Chacune des bobines P et S contribue à créer, outre le flux commun Φ dont les lignes de force sont entourées par les spires de ces deux bobines, un flux φ_p pour la première, et φ_s pour la seconde, dont les lignes de force sont entourées respectivement par les spires des bobines P et S qui leur donnent naissance. Ces flux sont appelés « flux de fuite », parce que leur action est nuisible au fonctionnement de la machine et qu'on cherche à les réduire le plus possible. Pour cela on superposera l'une à l'autre les deux bobines P et S de façon à laisser entre ces bobines le moins d'intervalle possible, puisque c'est dans cet intervalle seulement que peuvent passer les flux de fuite. Toutefois pour faciliter l'étude du transformateur, nous continuerons à représenter les deux bobines P et S séparées comme sur la figure 94.

Les flux φ_p et φ_s produiront chacun une force électromotrice dans leurs enroulements respectifs P et S. Ils ne contribuent donc pas à l'échange d'énergie. Remarquons d'ailleurs que le flux commun Φ est contenu tout entier dans le noyau de fer. Au contraire φ_p et φ_s passent nécessairement dans l'air sur une partie de leur parcours. Les flux φ_p et φ_s seront donc très faibles par rapport au flux principal Φ, leur circuit étant beaucoup plus réluctant que celui du flux principal.

FONCTIONNEMENT DU TRANSFORMATEUR A VIDE. — Supposons que le circuit secondaire reste ouvert. Branchons le primaire aux bornes par exemple d'une machine génératrice à tension constante Vp. Que va-t-il se passer ? Un courant d'intensité Im circulera dans le primaire P. Ce courant engendre une force magnétomotrice alternative $\mathfrak{F}$ proportionnelle à l'intensité du courant Im et au nombre de spires n_p du primaire :

$$\mathfrak{F} = kn_p I_m$$

(k est une constante qui dépend uniquement du système d'unités employées pour la mesure des courants et des flux.)

Cette force magnétomotrice $\mathcal{F}$ engendre dans le noyau de fer N un flux alternatif Φ. Nous négligerons d'abord le flux de fuite primaire φ_p qui est très petit par rapport à Φ. Le flux alternatif Φ, coupé à chaque demi-période par les spires primaires, engendre dans chacune de celles-ci une force électromotrice $e = K\Phi$ (K est encore une constante). Ces forces électromotrices s'additionnent dans les n_p spires du primaire pour constituer la force électromotrice totale d'induction :

$$E_p = Kn_p\Phi.$$

Si l'on néglige la force électromotrice d'induction due au flux de fuite φ_p et la chute ohmique $R\, I_m$, très faible également, on voit que, en appliquant au circuit formé par la machine génératrice et le primaire la loi de Kirchoff pour les forces électromotrices, la tension primaire Vp est égale à la force électromotrice d'induction Ep :

$$V_p = E_p = Kn_p\Phi.$$

Mais le flux Φ crée également dans chaque spire du secondaire la même force électromotrice que dans les spires du primaire $e = K\Phi$, et dans tout le secondaire une force électromotrice totale $E_s = Kn_s\Phi$, n_s étant le nombre de spires du secondaire. Si donc on branche aux bornes du secondaire un voltmètre, on constatera qu'il existe à ces bornes une tension $V_s = E_s = Kn_s\Phi$.

Comme nous l'avons déjà remarqué on a :

$$\frac{V_s}{V_p} = \frac{n_s}{n_p}.$$

Le rapport des tensions primaire et secondaire est égal au rapport des nombres de spires primaire et secondaire. — C'est là la propriété fondamentale du transformateur. Nous allons voir que cette propriété se conserve à peu de chose près lorsqu'il est en charge, c'est-à-dire lorsque le secondaire débite de l'énergie.

FONCTIONNEMENT EN CHARGE DU TRANSFORMATEUR. — Supposons maintenant que l'on branche aux bornes du secondaire un réseau qui lui empruntera un courant d'intensité I_s. Ce courant I_s parcourant la bobine secondaire produit une force magné-tomotrice dont l'effet s'ajoutant à la force magnétomotrice pri-maire, qui auparavant entretenait seule le flux Φ, tend à changer la valeur du flux Φ, et par suite la valeur de la force électromotrice d'induction primaire E_p. Celle-ci n'équilibrant plus exactement la tension constante V_p que la machine génératrice entretient aux bornes primaires, le courant primaire va aug-menter et prendra une valeur I_p différente de sa valeur à vide I_m. Quelle sera cette valeur I_p? Elle est fixée par le fait suivant : en charge, comme à vide, la force électromotrice E_p devra équi-librer à peu près la tension aux bornes V_p, la différence très faible qui existe entre E_p et V_p étant comblée par la chute ohmique et la force électromotrice due au flux de fuite primaire φ_p. La valeur de la force électromotrice E_p et par suite celle du flux qui la produit ne diffèrent donc pas sensiblement en charge de leur valeur à vide. *Le courant primaire I_p, en charge, aura donc une valeur telle que l'ensemble des deux forces magnéto-motrices primaire et secondaire dues à I_p et I_s produise une force magnétomotrice résultante à peu près égale à celle que produi-sait seul le courant primaire I_m lorsque le circuit secondaire était ouvert.*

Nous allons voir qu'il résulte de cette circonstance que presque toute l'énergie que le primaire emprunte à la généra-trice qui l'alimente est cédée au circuit qu'alimente le secon-daire. En effet, le courant primaire à vide I_m est en pratique très petit par rapport au courant en charge I_p[1]. Par suite la force magnétomotrice créée par I_p : soit $\mathcal{F}_p = k n_p I_p$, est énorme par rapport à celle qui était créée par le courant à vide I_m soit $\mathcal{F} = k n_p I_m$.

Pour que la force magnétomotrice résultant des forces magné-tomotrices primaire et secondaire $\mathcal{F}_p$ et $\mathcal{F}_s$ reste égale à la force magnétomotrice à vide $\mathcal{F}$, il faut donc que $\mathcal{F}_p$ et $\mathcal{F}_s$ *soient à*

---

1. En effet quand le transformateur fonctionne à vide il n'emprunte presque pas de puissance à la génératrice qui alimente son primaire. Le courant primaire à vide I_m est par suite très faible par rapport au courant de pleine charge I_p.

chaque instant à peu près égales et opposées. Il en résulte que l'on doit avoir :

$$kn_p I_p = kn_s I_s$$

d'où :
$$\frac{I_p}{I_s} = \frac{n_s}{n_p} \cdot$$

Les intensités sont donc en rapport inverse des nombres de spires et par suite en rapport inverse des tensions.

$$\frac{I_p}{I_s} = \frac{V_s}{V_p}$$

d'où :
$$I_p V_p = I_s V_s.$$

Par suite de cette égalité, pour montrer que l'énergie cédée au primaire est égale à peu près à l'énergie que le secondaire cède au circuit extérieur, il suffit donc de montrer que les facteurs de puissance primaire et secondaire sont égaux, ce qui est facile. En effet, les tensions primaire et secondaire ou, ce qui revient à peu près au même, les forces électromotrices d'induction E_p et E_s créées par le flux Φ sont en quadrature avec ce flux; *elles ont donc même phase* (fig. 95).

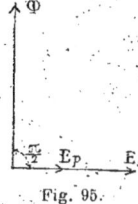

Fig. 95.

D'autre part, les courants I_p et I_s devant produire à chaque instant des forces magnétomotrices instantanées à peu près égales et opposées doivent être à peu près de phases opposées. Donc les phases des courants primaire et secondaire par rapport à leurs tensions respectives diffèrent à peu près d'une demi-période.

Donc : $\cos \varphi_p = \cos \varphi_s$ et $V_p I_p \cos \varphi_p = V_s I_s \cos \varphi_s$.

C'est-à-dire que l'énergie reçue par le primaire égale à peu près celle débitée par le secondaire. La faible différence qui existe entre les deux correspond aux pertes par effet Joule, hystérésis et courants de Foucault, qu'on réduit le plus possible dans le transformateur et dans toutes les machines électriques en général.

NOTION DE COURANT MAGNÉTISANT DANS LE TRANSFORMATEUR ET DANS LES MACHINES EN GÉNÉRAL. — Un élément évidemment très important pour l'étude d'une machine est la force magnéto-motrice nécessaire pour entretenir le flux magnétique principal Φ de cette machine. Lorsque la machine fonctionne à vide le courant très faible I_m qui parcourt cette machine est générale-ment employé uniquement à entretenir le flux Φ de cette machine. Par suite, la force magnétomotrice nécessaire pour entretenir le flux Φ est représentée, à un facteur constant près, par le produit du courant à vide I_m par le nombre de spires n_p de l'enroulement dans lequel il circule.

Ce nombre de spires n_p étant constant, la force magnéto-motrice est représentée à un facteur constant près par le cou-rant I_m que l'on appelle pour cette raison « courant magnéti-sant ». Si le flux Φ est le même pour tous les régimes de la machine, le courant magnétisant est toujours égal au courant à vide. C'est ce qui a lieu pour le transformateur fonctionnant à tension constante. Si le flux Φ n'est pas le même à vide qu'en charge, le courant magnétisant varie avec la charge. C'est ce qui se produit dans certaines machines telles que les moteurs série à collecteur que nous étudions plus loin.

On peut alors déterminer la valeur du courant magnétisant en charge de la façon suivante. On tracera ce qu'on appelle « la courbe de magnétisation » de la machine, autrement dit la courbe des forces magnétomotrices $\mathcal{F}$ nécessaires pour entre-tenir des flux Φ de valeurs différentes dans le circuit magné-tique de la machine. Le « courant magnétisant » étant propor-tionnel à la force magnétomotrice, il sera facile d'en déduire la valeur de ce courant. En pratique, la courbe de magnétisation (fig. 96) est établie en mesurant les valeurs du courant I_m cor-respondant à des valeurs croissantes du flux Φ.

Nous allons montrer, pour le transformateur, la façon dont on trace « la courbe de magnétisation ». On appliquera au primaire, le secondaire étant ouvert, une tension alternative croissante V_p, et pour chacune de ses valeurs, on mesurera le courant absorbé I_m. La tension V_p étant proportionnelle au flux Φ dans cette machine, et le courant à vide I_m à la force magnétomotrice $\mathcal{F}$, cette courbe permettra de déterminer immédiatement quel est le courant magnétisant I_m correspondant au flux Φ qui existe dans le transformateur lorsque celui-ci est alimenté sous une tension V_p quelconque (fig. 97).

C'est ce « courant magnétisant » I_m que l'on fait figurer dans ce qu'on appelle improprement le « diagramme des courants »

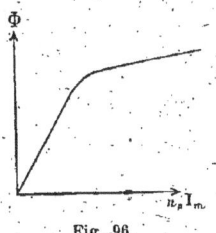 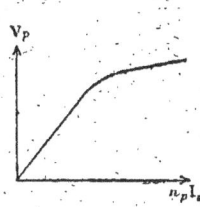

Fig. 96.   Fig. 97.

d'une machine, et qu'on devrait appeler en réalité le « diagramme des forces magnétomotrices » qui concourent à entretenir le flux principal Φ aux différents régimes de la machine. Ce diagramme constituant l'une des équations de fonctionnement de la machine, tandis que les diagrammes des forces électromotrices dans les divers enroulements constituent les autres équations, on voit quelle importance s'attache à la nette compréhension de cette notion de « courant magnétisant ». La suite de l'étude du transformateur contribuera à la préciser encore.

THÉORIE COMPLÈTE DU TRANSFORMATEUR. DIAGRAMME DES FORCES MAGNÉTOMOTRICES ET ÉLECTROMOTRICES. — Nous avons donné une théorie sommaire du transformateur en négligeant l'effet de la chute ohmique et des flux de fuite primaire et secondaire φ_p et φ_s. Cette théorie avait l'avantage de donner une image simple des principaux phénomènes qui se passent dans le transformateur et d'en déduire immédiatement ses propriétés caractéristiques : rapport à peu près constant des tensions primaire et secondaire, égal au rapport des nombres de spires correspondantes ;

même facteur de puissance à peu de chose près des courants primaire et secondaire ; rapport à peu près constant des courants primaire et secondaire, égal à l'inverse du rapport des nombres de spires de ces deux enroulements.

Comme ces propriétés ne sont réalisées qu'approximativement, et qu'un transformateur est d'autant plus parfait qu'elles sont mieux réalisées, il est nécessaire de se rendre compte des causes qui les altèrent, et de la quantité dont elles sont altérées. Cette étude complète montrera en outre comment, l'équilibre des courants et flux étant rompu dans le transformateur, par exemple lorsqu'on branche sur le secondaire une machine nouvelle qui augmentera le courant secondaire, l'équilibre des phénomènes se rétablit de façon à ce que le nouveau régime soit stable. Nous laisserons d'ailleurs au lecteur le soin de se rendre compte lui-même de la stabilité de cet ensemble de phénomènes, d'après l'étude et le diagramme que nous allons exposer.

Les phénomènes parasites qui se produisent dans le transformateur sont surtout composés de la chute ohmique dans les enroulements primaire et secondaire, et des forces électromotrices de self-induction dues aux flux de fuite primaire et secondaire φ_p et φ_s.

Pour tracer le diagramme complet du transformateur nous allons, comme par la suite pour toutes les machines, appliquer la loi de Kirchoff à la composition des forces électromotrices et des forces magnétomotrices dans chacun des circuits électriques et magnétiques de la machine.

1° *Loi de Kirchoff appliquée au circuit secondaire.* — Représentons le flux Φ par le vecteur tournant Φ (fig. 98) dont la projection donne à chaque instant la valeur de ce flux. La force électromotrice qu'il engendre dans le circuit secondaire est représentée par un vecteur E_s faisant avec Φ un angle de 90° car E_s est en retard d'un quart de période sur Φ qui l'engendre.

Une autre force électromotrice de self-induction ε_s due au flux de fuite φ_s existe dans cet enroulement. ε_s est également en retard d'un quart de période sur φ_s, lequel est lui-même en phase avec le courant secondaire I_s qui le crée. I_s fait avec E_s un angle voisin de l'angle de phase ψ_s qu'il fait avec la tension secondaire V_s, laquelle diffère peu de E_s comme nous le savons déjà. E_s et ε_s sont respectivement proportionnels aux flux Φ et φ_s qui les produisent, et par suite ε_s est très petit par rapport à E_s.

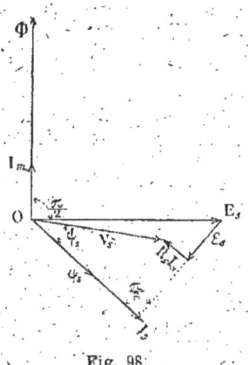

Fig. 98.

— Enfin il existe dans le secondaire une troisième force électromotrice qui est la chute ohmique $R_s I_s$ représentée également par un vecteur tournant parallèle à I_s et de sens opposé. En pratique $R_s I_s$ est du même ordre de grandeur que ε_s.

La loi de Kirchoff des forces électromotrices nous apprend que la résultante des trois forces électromotrices secondaires $\overline{E_s}$, $\overline{\varepsilon_s}$ et $\overline{R_s I_s}$ est la tension aux bornes V_s qui est égale et directement opposée à la résultante des forces électromotrices du circuit extérieur branché aux bornes du secondaire.

2° Loi de Kirchoff appliquée aux forces magnétomotrices. — Nous avons appliqué d'abord la loi de Kirchoff aux forces électromotrices du secondaire parce que, connaissant les machines et les lampes que doit alimenter le secondaire, on connaît le courant secondaire I_s et son angle de phase ψ_s. On a donc par suite tous les éléments nécessaires pour tracer le diagramme des forces électromotrices secondaires que nous venons de tracer.

Le diagramme des forces magnétomotrices va nous permettre maintenant de déduire du courant secondaire I_s et de son angle de phase ψ_s le courant primaire I_p et son angle de phase par rapport au flux Φ.

Les forces magnétomotrices produisant le flux Φ se composent des ampères-tours primaires $\overline{(n_p I_p)}$ et des ampères-tours secondaires $\overline{(n_s I_s)}$. Nous avons montré en parlant du courant magnétisant que, le flux Φ étant le même en charge et à vide, la résultante des ampères-tours $(\overline{n_p I_p})$ et $(\overline{n_s I_s})$ en charge, devait être égale aux ampères-tours à vide $(\overline{n_p I_m})$, où, pour plus de commodité dans la suite de l'étude nous dirons que la résul-

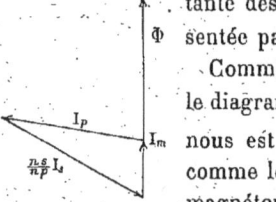

tante des vecteurs $\overline{I}_p$ et $\left(\dfrac{n_s}{n_p}\,\overline{I}_s\right)$ est repré-sentée par le vecteur $\overline{I}_m$.

Comme nous connaissons $\overline{I}_m$, $\overline{I}_s$, d'après le diagramme précédent et le rapport $\dfrac{n_s}{n_p}$, il nous est facile de construire le vecteur $\overline{I}_p$ comme le montre le diagramme des forces magnétomotrices représenté sur la fi-gure 99.

Fig. 99.

3° *Loi de Kirchoff des forces électromotrices dans le primaire.* — Connaissant $\overline{\Phi}$, $\overline{I}_p$ et l'angle qu'ils font entre eux, nous con-naissons les forces électromotrices primaires et pouvons leur appliquer la loi de Kirchoff :

a) Le flux Φ engendre une force électromotrice d'induction E_p en retard d'un quart de période sur Φ.

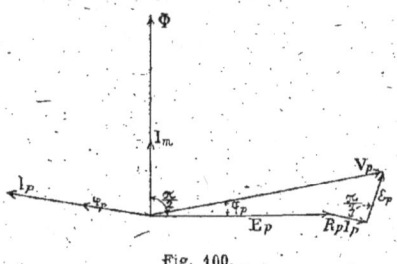

Fig. 100.

b) La chute ohmique $R_p I_p$ est représentée par un vecteur opposé à I_p.

c) Enfin le courant I_p engendre un flux de fuite φ_p, lequel produit une force électromotrice de self ε_p en retard d'un quart de période sur φ_p et par suite sur I_p.

La résultante de ces trois forces électromotrices représente, d'après la loi de Kirchoff, la tension primaire V_p (fig. 100).

DIAGRAMME TOTAL DU TRANSFORMATEUR. — Réunissons ces trois diagrammes en un seul, et pour faciliter cette réunion ramenons-les à la même échelle en remarquant que le rapport des forces électromotrices E_p et E_s produites par le même flux Φ, est égal au rapport des nombres de spires primaires et secondaires.

$$\frac{E_p}{E_s} = \frac{n_s}{n_p} \qquad \text{par suite} \qquad E_p = \frac{n_p}{n_s} E_s.$$

Multiplions les vecteurs de force électromotrice du secondaire par $\frac{n_p}{n_s}$. Les deux vecteurs E_p et $\left(\frac{n_p}{n_s} E_s\right)$ coïncident alors

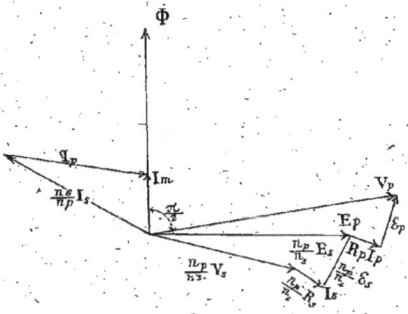

Fig. 101.

et l'on obtient le diagramme complet représenté par la figure 101.

On voit qu'en réalité en charge la tension et le facteur de puissance secondaires diffèrent un peu de la tension et du facteur de puissance primaires. La direction opposée des vecteurs I_p et I_s montrent que le primaire absorbe de la puissance tandis que le secondaire en débite.

DÉTERMINATION DE LA CHUTE DE TENSION EN CHARGE. — DIAGRAMME DE KAPP. — Le diagramme précédent permet en particulier de calculer la chute de tension d'un transformateur donné, au moyen de quelques mesures très simples et ne nécessitant que l'emploi d'une source d'énergie de faible puissance. Ceci est très important car en général sur les plateformes d'essai on ne dis-

pose pas de machines assez puissantes pour mettre le transformateur en charge et mesurer directement sa chute de tension.

A vide les vecteurs $\overline{V_p}$ et $\left(\dfrac{n_p}{n_s}\,\overline{V_s}\right)$ sont égaux et la chute de
tension est nulle. En charge la tension secondaire diminue et
la chute de tension est représentée en p. 100 par le rapport

$$\left(\frac{V_p - \dfrac{n_p}{n_s}\,V_s}{V_p}\right).$$

Connaissant le régime du transformateur, c'est-à-dire les
machines et lampes qu'il alimentera, on connaît à peu près, non
seulement son courant secondaire $\overline{I_s}$ mais encore son facteur de
puissance $\cos\psi_s$. Celui-ci est égal à 1 pour un réseau exclusivement d'éclairage, à environ 0,8 pour un réseau surtout de force
motrice, car c'est là le facteur de puissance moyen des moteurs d'induction qui sont de beaucoup les plus nombreux en
usage, enfin il est intermédiaire entre 0,8 et 1 pour les réseaux
mixtes.

Connaissant I_s et ψ_s, nous connaissons la direction des vecteurs

$$\left(\frac{n_p}{n_s}\,\overline{R_s I_s}\right) \quad \text{et} \quad \left(\frac{n_p}{n_s}\,\overline{\varepsilon_s}\right).$$

Mais nous savons que le courant à vide $\overline{I_m}$ étant très petit par
rapport au courant en charge $\overline{I_p}$, celui-ci a, à peu près, la même
direction que I_s. Kapp admet par suite que les vecteurs $\overline{R_p I_p}$ et
$\overline{\varepsilon_p}$ sont respectivement parallèles à

$$\left(\frac{n_p}{n_s}\,\overline{R_s I_s}\right) \quad \text{et à} \quad \left(\frac{n_p}{n_s}\,\overline{\varepsilon_s}\right).$$

Le diagramme prend alors la forme indiquée à la figure 102.
Il suffit évidemment de déterminer le triangle rectangle ABC
pour connaître la chute de tension.

Pour le déterminer, court-circuitons le secondaire du transformateur et alimentons le primaire avec une tension constante
jusqu'à ce qu'il soit parcouru par un courant d'intensité I_p égale

à l'intensité de pleine charge. Le secondaire sera alors également parcouru par un courant $I_s = \frac{n_p}{n_s} I_p$ c'est-à-dire égal au courant secondaire de pleine charge. D'ailleurs, les courants $\overline{I}_p$ et I_s seront à peu près en opposition : en effet, le secondaire étant court-circuité, la force électromotrice $\overline{E}_s$ créée par le flux Φ qui existe pendant cet essai est égale à la résultante de la chute ohmique $\overline{R_s I_s}$ et de la force électromotrice de self $\overline{\varepsilon}_s$, elle est donc très faible, le flux Φ est extrêmement faible, et par suite les deux courants $\overline{I}_s$ et $\overline{I}_p$ sont à peu près.directement opposés de façon à ce que les forces magnétomotrices qu'ils produisent aient une résultante très petite.

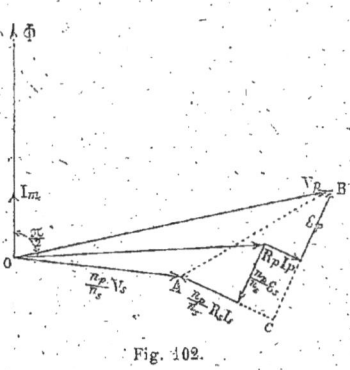

Fig. 102.

Les courants I_p et I_s ayant les mêmes valeurs qu'en pleine charge les vecteurs de chute ohmique.

$$\frac{n_p}{n_s} R_s I_s \quad \text{et} \quad \overline{R_p I_p}$$

ont même valeur que dans le fonctionnement en charge. Il en est de même des vecteurs $\overline{\varepsilon}_p$ et $\frac{n_p}{n_s} \overline{\varepsilon}_s$ car les flux de fuite φ_p et φ_s étant créés par des courants égaux aux courants de charge sont les mêmes qu'en charge.

Mais comme la tension aux bornes du secondaire est nulle celui-ci étant court-circuité, il en résulte que la tension appliquée au primaire v_p représente le côté $\overline{AB}$ du triangle rectangle ABC. On mesurera, d'autre part, les résistances primaire et secondaire R_p et R_s et l'on connaîtra ainsi le côté AC de l'angle droit. Le triangle ABC est ainsi entièrement déterminé par ces deux mesures qui n'exigent qu'une faible consommation d'énergie.

Remarquons d'ailleurs que le triangle ABC reste toujours semblable à lui-même si l'on fait varier le courant de charge. En effet les vecteurs $\frac{n_p}{n_s}\,\overline{R_s I'}$ et $\frac{n_p}{n_s}\,\overline{\varepsilon_s}$ sont proportionnels à I_s. Les vecteurs $\overline{R_p I_p}$ et $\overline{\varepsilon_p}$ sont proportionnels à I_p et le rapport $\frac{I_p}{I_s}$ est constant. Le triangle varie donc proportionnellement au courant, mais en restant semblable à lui-même. Il est à fortiori indépendant du facteur de puissance. Les mesures, faites une fois pour toutes, permettent donc de calculer la chute de tension pour une charge et un facteur de puissance quelconques.

Les mesures à faire sont les suivantes :

1° Mesurer le rapport $\frac{n_p}{n_s}$ qui est égal au rapport $\frac{V_p}{V_s}$ des tensions à vide au primaire et au secondaire ;

2° Mesurer les résistances primaire et secondaire R_p et R_s ;

3° Court-circuiter la basse tension et alimenter la haute tension de façon à ce que les courants I_p et I_s soient égaux aux courants de pleine charge (cet essai est appelé « l'essai de court-circuit ». On le retrouve dans presque toutes les machines pour la détermination de la chute de tension en charge). Mesurer la tension v_s aux bornes du secondaire ;

4° Construire le triangle ABC dont on connaît les côtés,

$$\overline{AB} = \overline{v_s} \quad \text{et} \quad AC = \left(\frac{n_p}{n_s} R_s I_s + R_p I_p\right)$$

5° Achever de construire le diagramme en pleine charge connaissant la tension $\overline{V_s}$ du réseau à alimenter, son courant de charge $\overline{I_s}$ et son facteur de puissance $\cos \psi_s$. On en déduira le vecteur V_p et la chute de tension

$$\left(V_p - \frac{n_p}{n_s} V_s\right).$$

EFFETS DE L'HYSTÉRÉSIS ET DES COURANTS DE FOUCAULT. — Nous signalerons ici une cause d'erreur de la théorie que nous venons d'exposer, due aux effets de l'hystérésis et des courants de Foucault et nous montrerons qu'elle est négligeable dans la pratique industrielle, en ce qui concerne la mesure de la chute de tension en charge.

Alimentons le primaire à sa tension normale, le secondaire

étant ouvert. Le primaire est parcouru par le courant magnétisant. Celui-ci étant très faible, l'énergie absorbée par effet
Joule est très faible. Par contre, l'énergie absorbée par l'hystérésis et les courants de Foucault que le flux produit dans le fer
du noyau, a la même valeur à vide qu'en charge puisque le
flux Φ est le même dans les deux cas[1].

Le courant à vide $\overline{I_m}$ ne sera donc pas
exactement en quadrature avec la ten-
sion aux bornes $\overline{V_p}$. Il comprendra
une petite composante wattée I_H qui
correspond, d'après ce que nous venons de voir, à l'énergie absorbée par
l'hystérésis et les courants de Foucault, et telle que le produit $V_p I_H$ soit
égal à cette énergie (fig. 103).

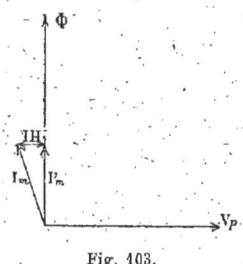

Fig. 103.

Le fait de négliger ces phénomènes dans le diagramme des
transformateurs n'entraîne pourtant qu'une erreur très faible.
En effet $\overline{I_H}$ est très petit par rapport à I_m, et la différence entre
le véritable courant magnétisant I'_m et le courant absorbé par
le transformateur à vide I_m est d'autant plus faible que $\overline{I_H}$ est
perpendiculaire à $\overline{I'_m}$. Notons toutefois qu'en toute rigueur c'est
le courant $\overline{I_m}$ décalé légèrement par rapport à $\overline{I'_m}$ qui devrait
entrer dans le diagramme du transformateur, car en charge
comme à vide la force magnétomotrice qui crée le flux Φ
a pour composantes non seulement les courants primaire et
secondaire mais encore les courants de Foucault.

Le courant I_m qui figure dans ce diagramme est celui que
déterminent les mesures indiquées plus haut pour tracer la
courbe de magnétisation. On voit qu'il diffère légèrement du
véritable courant magnétisant I'_m. Mais cette différence est
négligeable dans les mesures industrielles.

---

1. En pratique on construit les transformateurs de telle façon que les pertes
par hystérésis et courants de Foucault soient du même ordre que les pertes par
effet Joule *en charge*. Elles sont donc beaucoup plus fortes que les pertes par
effet Joule *à vide*. C'est pourquoi la mesure de l'énergie absorbée dans l' « essai
à vide » permet de mesurer les pertes par hystérésis et courants de Foucault,
lesquelles sont à peu de choses très égales à cette énergie.

MESURE DE L'ÉNERGIE PERDUE DANS LE TRANSFORMATEUR ET MESURE DU RENDEMENT. — Nous allons indiquer d'abord une méthode très courante permettant de mesurer ces pertes avec une dépense minime d'énergie pour les plus gros transformateurs, ce que l'on doit toujours chercher à réaliser sur les plate-formes d'essai, où l'on ne dispose souvent que de sources d'énergie limitées pour les essais des plus grosses machines. Cette méthode doit être étudiée avec soin car elle est très générale et s'applique à presque toutes les machines électriques comme au transformateur. Elle consiste à mesurer séparément les pertes dans le fer et les pertes dans le cuivre.

1° *Pertes dans le fer par hystérésis et courants de Foucault.* — Nous venons de voir à propos de l'effet de l'hystérésis et des courants de Foucault, que cet effet était le même à vide qu'en charge. Alimentons l'enroulement à basse tension du transformateur à sa tension normale en laissant l'enroulement à haute tension ouvert, et mesurons l'énergie absorbée par la basse tension. Cette énergie représente les pertes par hystérésis et courants de Foucault. En effet il ne s'y ajoute que les pertes par effet Joule dues au courant magnétisant, lesquelles sont égales à $(R_p I_m^2)$. Mais ces pertes sont très faibles par rapport aux pertes par effet Joule en charge $(R_p I_p^2)$, car I_m est très petit par rapport à I_p. Or les pertes par effet Joule en charge sont en pratique du même ordre que celles par hystérésis et courants de Foucault. Les pertes par effet Joule à vide $(R_p I_m^2)$ sont donc négligeables par rapport aux pertes dans le fer. L'énergie absorbée à vide représente donc les pertes dans le fer.

2° *Pertes dans le cuivre.* — Court-circuitons l'enroulement à basse tension du transformateur, et alimentons l'enroulement haute-tension à une tension très faible mais croissant progressivement jusqu'à ce que cet enroulement soit parcouru par le courant normal de pleine charge. L'enroulement basse tension sera alors également parcouru par un courant égal au courant de pleine charge puisque le rapport des intensités est toujours le même quel que soit le régime du transformateur. D'autre part, la tension aux bornes de l'enroulement court-circuité étant nulle, le flux principal sera très faible puisqu'il engendre dans cet enroulement une force électromotrice d'induction qui est équilibrée par la seule chute ohmique laquelle est très faible. Les pertes dans le fer seront donc très faibles par rapport à ces mêmes pertes en charge, et par rapport aux pertes par effet Joule en charge, lesquelles sont du même ordre que ces dernières.

L'énergie absorbée par le transformateur est donc ici égale aux seules pertes par effet Joule qui sont précisément les mêmes qu'en charge, puisque les intensités primaire et secondaire ont leur valeur de pleine charge.

En résumé on mesurera les pertes à vide sous la tension normale, et les pertes en court-circuit avec le courant de pleine charge : la somme des deux représentera le total des pertes du transformateur en charge. Si ces pertes représentent une puissance w, et que le transformateur soit d'une puissance W son rendement sera égal à :

$$\frac{w}{W}$$

Remarquons que l'essai en court-circuit sert en même temps pour la prédétermination de la chute de tension par le diagramme de Kapp.

On peut mesurer les pertes dans le cuivre de façon plus précise par la mesure des résistances des deux enroulements. Cette mesure est d'ailleurs nécessaire pour le diagramme de Kapp[1].

Enfin lorsqu'on dispose de la puissance suffisante on peut alimenter le transformateur à sa tension normale, en faisant débiter au secondaire sa pleine charge. La différence entre les puissances primaire et secondaire représente le total des pertes dans le fer et dans le cuivre.

1. Voir à l' « Annexe » qui est placé à la fin de l'ouvrage une application numérique du diagramme de Kapp à un transformateur triphasé avec primaire en étoile et secondaire en triangle.

CHAPITRE XIII

Principe de la production des courants polyphasés par un flux tournant.

Montages en étoile et en triangle des enroulements d'une machine à champ tournant.

MACHINES A CHAMPS TOURNANTS ET COURANTS POLYPHASÉS. — Nous allons étudier la notion des courants polyphasés d'après la façon même dont ils sont engendrés dans les machines à champ tournant.

Considérons une machine composée d'un cylindre de fer appelé *stator* à l'intérieur duquel tourne un aimant à axe rectiligne NO mobile autour de l'axe A du cylindre et appelé *rotor* (fig. 104).

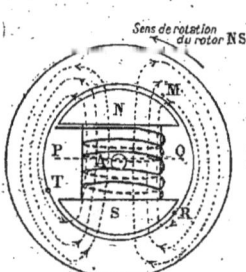

Fig. 104.

Cet aimant sera réalisé de la façon suivante. Un noyau de fer est terminé par deux pièces polaires N et S dont les surfaces externes sont des portions de cylindre d'axe A, l'intervalle d'air appelé *entrefer* laissé entre le rotor et le stator étant très faible. Le noyau du rotor est entouré d'une bobine parcourue par un courant continu qui entretient un flux dont les tubes de force, après avoir parcouru le noyau du rotor, traversent l'entrefer du côté du pôle Nord, se divisent en deux moitiés symétriques dans le stator qu'elles parcourent suivant deux demi-circonférences pour se réunir ensuite et rentrer dans le rotor par la pièce polaire Sud.

Supposons maintenant que nous fassions tourner le rotor d'un mouvement uniforme autour de l'axe A de la machine. Il entraînera le flux tout entier qui devient ainsi un flux tournant à vitesse constante.

Employons ce flux mobile à créer une force électromotrice d'induction.

Pour cela plaçons contre la surface interne du stator une barre conductrice isolée M dirigée suivant une génératrice du cylindre. A chaque demi-tour du rotor cette barre coupera le flux, tantôt du côté du pôle nord, tantôt du côté du pôle sud. Ce flux y induira une force électromotrice dont le sens change à chaque demi-tour du rotor.

Cette force électromotrice sera donc alternative et périodique. Si le rotor fait N tours par minute, cette force électromotrice aura $\frac{N}{60}$ périodes par seconde.

Supposons maintenant que nous réalisions une répartition sinusoïdale du flux tout le long de l'entrefer ; pour cela nous pourrons, par exemple, augmenter légèrement l'entrefer à mesure que l'on s'éloigne de l'axe du noyau rotorique pour se rapprocher des *cornes polaires*. Le flux tendant toujours à passer par le circuit de moindre réluctance se concentrera à l'endroit où l'entrefer est le plus petit, pour diminuer à mesure que l'entrefer grandit vers les cornes polaires et s'annuler

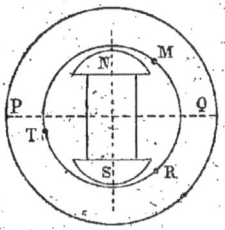

Fig. 105.

suivant la direction PQ perpendiculaire à l'axe NS du noyau rotorique (fig. 105).

On voit que la force électromotrice sera maxima au moment où l'axe NS du noyau rotorique rencontre le conducteur M. Si nous comptons le temps t à partir de cet instant la force électromotrice, induite dans M, laquelle sera de forme sinusoïdale comme le flux coupé par le conducteur M, aura une expression de la forme :

$$e = E \sin \omega t.$$

et nous savons que

$$\omega = 2\pi f = 2\pi \frac{N}{60}.$$

Si nous faisons aboutir aux deux extrémités du conducteur M un circuit conducteur, ce circuit sera parcouru par un courant de fréquence $\frac{N}{60}$ comme la force électromotrice qui le crée.

GÉNÉRATION DES COURANTS POLYPHASÉS. — Plaçons à la surface de l'entrefer sur le stator deux autres conducteurs identiques R et T, tels que M, R et T soient séparés les uns des autres par 1/3 de circonférence. Le rotor fait N tours par minute et $\frac{N}{60}$ par seconde. Il met donc une fraction de seconde égale à $\frac{60}{N} = \frac{1}{f}$ pour faire un tour. Pour faire 1/3 de tour il met une fraction de seconde égale à $\frac{60}{3N} = \frac{1}{3}f$. Par suite nous voyons que le flux tournant créera les mêmes forces électromotrices dans les trois conducteurs M, R et T, mais la force électromotrice créée dans M aura la même valeur qu'avait celle de R, un tiers de tour plus tôt, en admettant que le rotor tourne dans le sens RMT. La force électromotrice de M est donc en retard sur celle de R d'une fraction de seconde égale à

$$\frac{60}{3N} = \frac{1}{3f}.$$

Par suite la force électromotrice dans M étant de la forme

$$e_M = E \sin \omega t.$$

la force électromotrice dans R aura pour valeur :

$$e_R = E \sin \omega \left(t - \frac{60}{3N} \right).$$

Mais : $$\omega = 2\pi \frac{N}{60}$$

donc : $$e_R = E \sin \left(\omega t - \frac{2\pi}{3} \right)$$

ωt représente en effet l'angle dont a tourné le flux à partir de l'instant t.

Le maximum E de ces deux forces électromotrices est d'ailleurs le même puisque le flux coupé est le même.

La force électromotrice créée dans T sera de même :

$$e_T = E \sin \left(\omega t - \frac{4\pi}{3} \right) \text{(fig. 106)}.$$

Si nous fermons ces trois conducteurs chacun sur un circuit, ces trois circuits étant identiques, chacun de ces circuits sera parcouru par un courant de même fréquence $f = \frac{60}{N}$ que les trois forces électromotrices. Ces trois circuits ayant même self et même résistance, les trois courants feront chacun le même angle de phase avec la force électromotrice qui le crée. Ces trois courants seront donc décalés les uns par rapport aux autres d'1/3 de période dans le temps, comme les trois forces électromotrices qui les créent. L'ensemble de ces trois courants constitue ce que l'on appelle des *courants triphasés* (fig. 106).

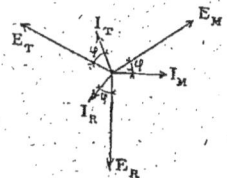

Fig. 106.

Si nous mettions six conducteurs équidistants sur la surface intérieure du stator, le flux tournant créerait pendant un tour, c'est-à-dire pendant une période, six forces électromotrices décalées les unes par rapport aux autres dans le temps d'1/6 de période. Ces forces électromotrices donneraient lieu à des *courants hexaphasés*.

Remarquons que les courants créés dans quatre conducteurs équidistants d'1/4 de circonférence sont appelés à tort *courants diphasés* au lieu de *tétraphasés*.

Nous pouvons représenter ces forces électromotrices *polyphasées* de la façon suivante. Prenons par exemple des forces électromotrices triphasées d'amplitude E.

Traçons trois vecteurs tournants E_1, E_2, E_3, de longueur E faisant entre eux des angles $\frac{2\pi}{3}$ et tournant à la vitesse de $\frac{N}{60}$ tours par seconde. On voit facilement que les projections de ces trois vecteurs sur la perpendiculaire Ox auront pour valeur :

$$c_1 = E \sin \omega t$$

$$e_2 = E \sin \left(\omega t - \frac{2\pi}{3} \right)$$

$$c_3 = E \sin \left(\omega t - \frac{4\pi}{3} \right).$$

Ces trois vecteurs représenteront vectoriellement les trois forces électromotrices triphasées (fig. 107).

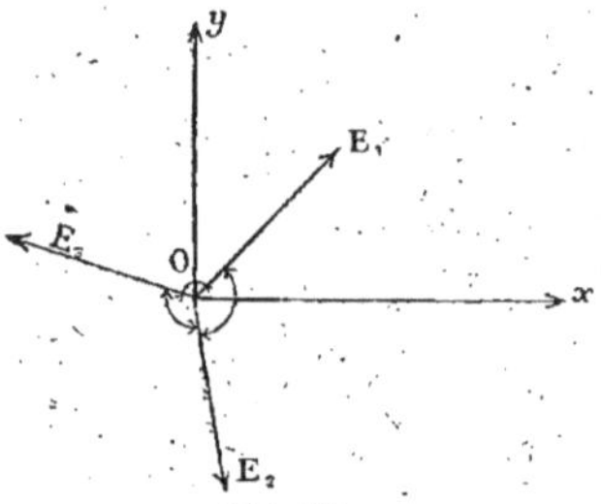

Fig. 107.

Les courants I_1, I_2, I_3, qu'ils produisent dans trois circuits identiques c'est-à-dire de même self et de même résistance ont évidemment même amplitude et même angle de phase φ par rapport aux trois forces électromotrices qui les créent. Ils seront représentés par les trois vecteurs égaux I_1, I_2, I_3, faisant chacun un angle φ avec les forces électromotrices E_1, E_2 et E_3 (fig. 106).

Si les trois circuits ne sont pas identiques les courants I_1, I_2, I_3, ne seront pas égaux et n'auront pas mêmes angles de phase. On dit alors que le système triphasé est déséquilibré. En principe nous étudierons toujours des systèmes polyphasés équilibrés.

MONTAGE EN ÉTOILE DES CIRCUITS POLYPHASÉS. — Considérons les trois barres M, R et T qui sont le siège de trois forces électromotrices c_1, e_2, e_3 (fig. 108). Branchons par exemple aux bornes de ces trois barres trois résistances chimiques M', R' et T' égales. Nous pouvons réaliser ces trois circuits avec un conducteur commun AA', en sorte que nous avons les trois circuits : Amm'A'A, Arr'A'A et

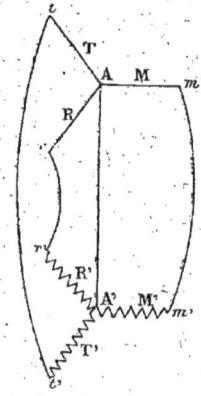

Fig. 108.

A tt' A'A. Évaluons alors le courant qui traverse le conducteur AA′ commun. Les trois circuits étant identiques sont parcourus par des courants de même amplitude, et décalés d'1/3 de période les uns par rapport aux autres. Les trois courants qui parcourent M, T et R convergent en A et, d'après la première loi de Kirchoff le courant dans AA′ sera égal à leur résultante. Quelle sera cette résultante? Les valeurs instantanées de i_1, i_2 et i_3 sont égales aux projections des vecteurs tournants I_1, I_2, I_3, (fig. 109). La valeur instantanée de la résultante est égale à la projection de la résultante des trois vecteurs I_1, I_2 et I_3. Or il est évident que cette

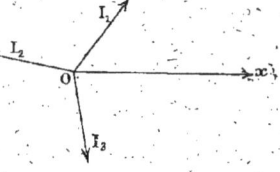

Fig. 109.

résultante est nulle. Le conducteur AA′ n'est donc traversé par aucun courant et on peut le supprimer sans rien changer aux courants qui parcourent les conducteurs du circuit.

$$i_1 + i_2 + i_3 = 0.$$

Le courant qui parcourt R est donc à chaque instant égal à la somme algébrique des courants instantanés dans les deux autres branches de l'étoile, M et T, ce que montre d'une façon sensible le diagramme des vecteurs « courants » (fig. 109).

$$i_1 = - (i_2 + i_3).$$

Dans le cas d'une distribution non équilibrée, le fil neutre AA′ serait parcouru par un courant. Les points A et A′ sont appelés des *points neutres* du circuit.

Les points t, m et r auxquels sont branchés les conducteurs extérieurs sont les bornes de la machine. C'est entre deux de ces bornes que l'on mesure la différence de potentiel. Quelle sera cette différence de potentiel? Si e_1 est la valeur instantanée de la force électromotrice dans M, et e_2 la valeur instantanée de la force électromotrice dans T, les différences de potentiel instantanées entre le point neutre A et les bornes t et m seront respectivement e_1 et e_2 à vide. Mais la différence de potentiel entre m et t est à chaque instant égale à la somme algébrique des différences de potentiel de t à A et de A à m. La première est égale à $(-e_1)$ et la deuxième à (e_2). Leur somme algébrique

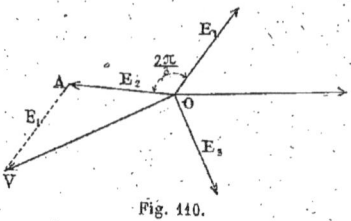

Fig. 110.

sera $v = (e_2 - e_1)$; elle est égale à la projection du vecteur OV résultante des vecteurs $\bar{E}_2$ et $-\bar{E}_1$ (fig. 110).

Or l'angle de E_1 et de E_2 étant égal à $\frac{2\pi}{3}$ on voit que la longueur du vecteur :

$$V = 2E \cos \frac{\pi}{6} = E \sqrt{3}$$

donc :
$$v = e_1 \sqrt{3}$$

e est la différence de potentiel *par phase*.

v est appelée la différence de potentiel *étoilée*.

On voit que la différence de potentiel étoilée est égale à la différence de potentiel par phase multipliée par $\sqrt{3}$.

Problème. — Sachant que l'enroulement de chaque phase d'une machine a une résistance R de 2 ohms et est parcouru par

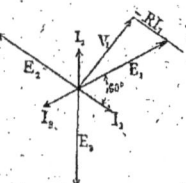

un courant $I = 1$ ampère, courant décalé de 60° en arrière de la force électromotrice $E = 10$ volts de chaque phase, quelle sera la différence de potentiel étoilée aux bornes de la machine, les enroulements de celle-ci étant dépourvus de self-induction?

Fig. 111.

Solution. — La différence de potentiel V_1 entre le point neutre et une borne quelconque est la résultante de la force électromotrice d'induction E et de la chute ohmique $(-\bar{R}I)$ (fig. 111). Elle sera donc égale à :

$$10 - (1 \times 2 \times \cos 60°) = 9 \text{ volts.}$$

La différence de potentiel étoilée sera donc :

$$9 \times \sqrt{3} = 9 \times 1,73 = 15,57 \text{ volts.}$$

A vide elle aurait été de :

$$10 \times \sqrt{3} = 17,32 \text{ volts}$$

car la chute ohmique n'intervient alors pas pour la diminuer.

La chute de tension en charge due à la chute ohmique est donc de :

$$17,32 - 15,57 = 1,75 \text{ volts}$$

ou $\dfrac{1,75}{17,3}$ soit 10 p. 100 environ.

Deuxième problème. — Même question pour une machine ayant les mêmes caractéristiques mais pourvue en plus d'une self (Lω) de 1 ohm pour le courant à 50 périodes qui la traverse.

La différence de potentiel par phase sera :

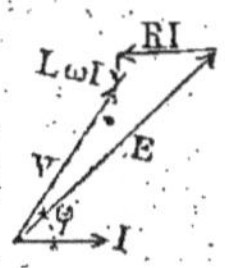

$$V_1 = E - RI \cos \varphi + L\omega I \cos \left(\varphi - \frac{\pi}{2}\right)$$

ou $\qquad V_1 = E - RI \cos \varphi - L\omega I \sin \varphi$

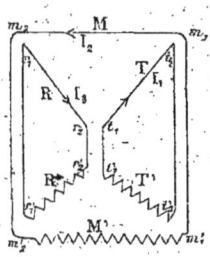

Fig. 112.

et la différence de potentiel étoilée a pour valeur

$$V = V_1 \sqrt{3}.$$

Il sera facile au lecteur de faire l'application numérique.

MONTAGE EN TRIANGLE. — Reprenons les trois circuits distincts formés chacun par l'un des trois enroulements T, M ou R et par une des résistances T', M' ou R'.

Plaçons ces trois circuits comme indiqué sur la figure 113, de telle façon que la différence de potentiel entre t_1 et t_2 soit représentée par V_1 entre m_1 et m_2 par V_2 et entre r_1 et r_2 par V_3 (fig. 113).

Fig. 113.

Chaque circuit sera parcouru par le courant I_1, I_2 ou I_3, ces trois courants étant de même amplitude et décalés d'1/3 de période dans le temps comme l'indique le diagramme des vecteurs (fig. 114).

Réunissons alors les conducteurs $\overline{t_2 t'_2}$ et $\overline{m_1 m'_1}$ puis $\overline{m_2 m'_2}$ et $\overline{r_1 r'_1}$, puis $\overline{r_2 r'_2}$ et $\overline{t_1 t'_2}$ comme indiqué sur la figure 115.

Le conducteur $\overline{m_1 m'_1}$ par exemple sera parcouru par le cou-

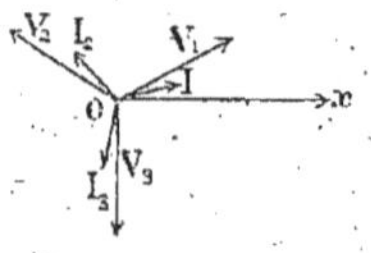

Fig. 114. 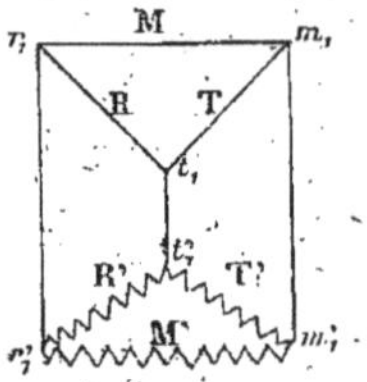   Fig. 115. 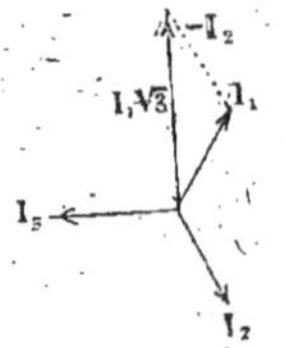   Fig. 116.

rant résultant des courants (I_1) et $(-I_2)$ qui parcourent les enroulements T et M, cela d'après la première loi de Kirchoff. La valeur instantanée sera donc égale à la projection de la résultante des vecteurs I_1 et $-I_2$ (fig. 116). Cette résultante a pour amplitude

$$1 = 2 I_1 \cos \frac{\pi}{6} = I_1 \sqrt{3}.$$

COMPARAISON ENTRE LES MONTAGES ÉTOILE ET TRIANGLE. — Dans le montage étoile la différence de potentiel aux bornes est égale à $(V \sqrt{3})$, V étant la différence de potentiel par phase de la machine. Le courant dans le circuit extérieur I est le même que dans chaque phase de la machine.

Au contraire dans le montage en triangle le voltage aux bornes de la machine est le même qu'aux bornes de chaque phase de la machine, et c'est l'intensité dans le circuit extérieur qui est égale à l'intensité de chaque phase de la machine multipliée par $\sqrt{3}$.

Avec un nombre quelconque de phases on pourrait de même faire des montages analogues en étoile ou en polygone d'un nombre de branches ou de côtés égal au nombre de phases de la distribution.

Remarquons que, dans le montage en triangle, on considère parfois une différence de potentiel entre chaque borne et un point neutre fictif, comme si les enroulements intérieurs de la machine étaient montés en étoile. Si V est la différence de potentiel entre bornes, la différence de potentiel entre une borne et le point neutre *fictif*, sera $\dfrac{V}{\sqrt{3}}$ pour les courants triphasés, comme on le voit facilement d'après l'étude précédente du montage en étoile.

Problème. — Dans une machine montée en triangle la force électromotrice d'induction est égale à 10 volts par phase, la résistance est de 2 ohms par phase, la self de 1 ohm pour des courants à 50 périodes, et le courant dans le circuit extérieur est de 2 ampères : quelle est la chute de tension en charge provoquée par ce courant entre deux bornes de la machine? (Le problème se traite comme pour le montage en étoile.)

EXPRESSION DE LA PUISSANCE POUR LES COURANTS TRIPHASÉS. — La puissance débitée par une machine est égale à la somme des puissances débitées par chacune de ses phases. Nous ne connaissons pas le mode d'enroulement de la machine. Faisons successivement les deux hypothèses :

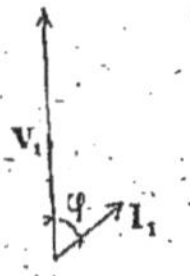

Si la machine est en étoile le voltage *par phase* étant V_1 le courant I_1 et l'angle de phase du courant étant φ (fig. 117) la puissance débitée par une phase sera

Fig. 117.

$$V_1 I_1 \cos \varphi$$

la puissance totale

$$W = 3 V_1 I_1 \cos \varphi.$$

Mais si V est le voltage aux bornes et I le courant dans le circuit extérieur on aura :

$$V = V_1 \sqrt{3}$$
$$I = I_1 \quad \text{et} \quad W = VI \sqrt{3} \cos \varphi.$$

Si la machine est montée en triangle on a encore :

$$W = 3 V_1 I_1 \cos \varphi.$$

Mais ici le voltage aux bornes V est égal au voltage V_1 d'une phase et le courant dans le circuit extérieur $I = I_1 \sqrt{3}$ et la puissance a encore pour expression :

$$W = VI \sqrt{3} \cos \varphi.$$

L'expression de la puissance totale débitée par la machine, en fonction du voltage aux bornes et du courant débité est donc indépendante du montage des circuits de la machine. Cette propriété est évidemment très importante car elle facilite beaucoup la mesure des puissances.

Remarquons immédiatement que l'angle φ qui figure dans cette formule n'est pas l'angle de phase du courant avec les volts aux bornes, mais bien l'angle de phase entre le courant et les volts dans chaque phase.

Méthode des deux wattmètres. — La mesure de la puissance

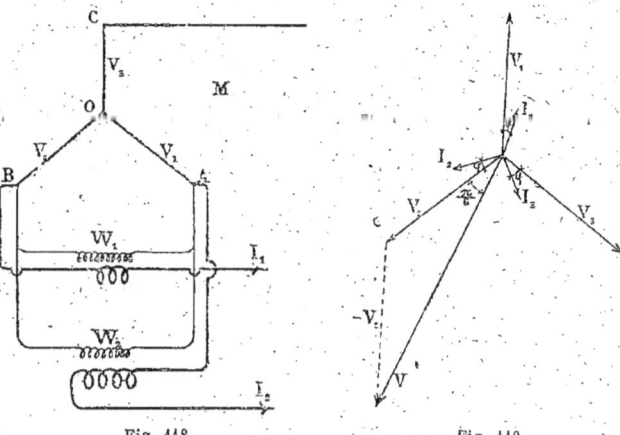

Fig. 118.   Fig. 119.

débitée par une machine triphasée peut se faire, comme nous allons le montrer, au moyen de deux wattmètres.

Représentons les trois enroulements, supposés par exemple connectés en étoile, d'une machine M. Sur la figure 118 nous supposons ces enroulements réduits chacun à une barre. Les différences de potentiel entre leurs bornes A, B, C et le point neutre O sont représentées respectivement par les vecteurs V_1, V_2 et V_3 (fig. 119).

Branchons aux bornes A et B les enroulements à fil fin de deux wattmètres W_1 et W_2, dont les enroulements à gros fil seront parcourus respectivement par les courants I_1 et I_2 émanant des bornes A et B.

Les puissances mesurées par ces deux wattmètres ont pour expression :

$$W_1 = \overline{VI_1} \cos \widehat{(I_1, V)}$$
$$W_2 = \overline{VI_2} \cos \widehat{(I_2, V)}.$$

Le vecteur V est le vecteur résultant de V_2 et de V_1 (fig. 119). L'angle de $\overline{I_1}$ avec $\overline{V}$ est égal à :

$$\left(\varphi + \frac{2\pi}{3} + \frac{\pi}{6} \right) \quad \text{soit} \quad \left(\varphi + \frac{5\pi}{6} \right).$$

L'angle de $\overline{I_2}$ avec $\overline{V}$ est égal à :

$$\varphi + \frac{\pi}{6}.$$

puisque, le système est équilibré :

$$I_1 = I_2 = I.$$

Donc :
$$W_1 = VI \cos \left(\varphi + \frac{5\pi}{6} \right)$$
$$W_2 = VI \cos \left(\varphi + \frac{\pi}{6} \right).$$

On voit que W_1 est négative et W_2 positive. Si l'on additionne les valeurs absolues mesurées par le voltmètre, le total sera donc égal à $W = W_2 - W_1$.

soit :
$$W = VI \left[\cos \left(\varphi + \frac{\pi}{6} \right) - \cos \left(\varphi + \frac{5\pi}{6} \right) \right]$$
$$W = 2VI \cos \varphi \cos \frac{\pi}{6} = VI \sqrt{3} \cos \varphi.$$

Donc *la somme des puissances mesurées par les deux wattmètres est égale à la puissance totale débitée par la machine.*

Le lecteur vérifiera facilement qu'il en serait de même si la machine était connectée en étoile.

CHAPITRE XIV

Représentation physique du fonctionnement d'une machine électrique soit en moteur soit en génératrice.

Production d'un champ tournant par la force magnétomotrice tournante due à des courants polyphasés.

Répartition sinusoïdale du flux le long de la circonférence d'entrefer d'une machine : nécessité d'une telle répartition pour induire des forces électromotrices sinusoïdales dans les conducteurs qui coupent ce flux tournant. La vitesse de rotation du flux est proportionnelle à la périodicité du courant.

PRINCIPES GÉNÉRAUX DE FONCTIONNEMENT DES MOTEURS ET GÉNÉRATRICES ÉLECTRIQUES. — Avant d'aborder l'étude détaillée des moteurs et génératrices, nous devons donner les principes généraux de fonctionnement de ces machines et montrer comment ces principes ne sont autres que ceux qui ont été développés dans la théorie générale de l'action réciproque des courants et des flux les uns sur les autres, appliqués à des combinaisons diverses de circuits électriques et magnétiques, de façon à adapter les propriétés de la machine à l'usage auquel on la destine.

Une machine électrique se compose d'une partie fixe appelée stator, et d'une partie animée d'un mouvement de rotation appelée rotor. L'une et l'autre sont constituées par un noyau de fer doux qui porte des enroulements parcourus par des courants. Ces enroulements forment des bobines qui sont en nombre égal sur le rotor et sur le stator. Les courants qui parcourent ces bobines concourent par suite à former, dans le

fer du rotor et du stator, des flux magnétiques en nombre égal
au nombre de ces bobines. Ces flux qui circulent en allant du
rotor au stator pour revenir ensuite dans le rotor en formant
des circuits fermés, sont disposés comme
l'indique la figure 120, de telle sorte
que les noyaux de fer doux constituent
un certain nombre d'électro-aimants
dont les pôles de noms contraires sont
opposés dans le rotor et dans le stator.
Des forces d'attraction *f* s'exercent entre
ces pôles. Si ces pôles ont pour axes
dans le rotor et dans le stator le même
rayon, ces forces d'attraction *f* sont dirigées suivant ce rayon et le rotor n'est soumis à aucun
couple (fig. 121).

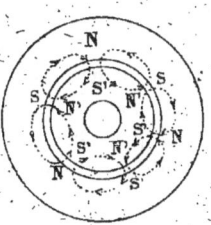

Fig. 120.

Mais si au contraire les axes des pôles rotoriques et statoriques ne sont pas sur le même rayon, les forces d'attraction *f*
que les pôles statoriques exercent sur les pôles rotoriques, sont
tangentes au rotor et tendent à faire tourner celui-ci (fig. 122).

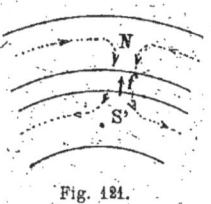

Fig. 121.   Fig. 122.

Nous verrons d'ailleurs, et nous insistons particulièrement
sur ce point important, que les machines électriques sont cons-
truites de telle façon que l'on peut faire tourner le rotor sans
qu'il entraîne avec lui les pôles magnétiques qu'il supporte, si
bien que le couple magnétique que le stator exerce sur le rotor
continue à s'exercer toujours dans le même sens, et souvent
avec la même intensité, quels que soient le sens et la vitesse
de rotation du rotor.

Partant du repos on peut alors faire tourner le rotor soit

dans le sens du couple auquel il est soumis, soit dans le sens opposé à ce couple.

Dans le premier cas la machine fonctionne donc comme moteur. Nous avons vu, en étudiant l'action d'un flux sur un courant qui coupe les lignes de forces, que si le courant se déplace dans le sens où il est sollicité par le flux il produit du travail mécanique, et il emprunte une quantité égale d'énergie électrique à la source qui alimente le courant, C'est ce qui se passe dans le moteur électrique (voir chapitre IV).

Mais supposons au contraire que nous fassions tourner le rotor dans le sens opposé au couple qui le sollicite. Il absorbe pour cela du travail mécanique employé à vaincre ce couple, et nous avons vu également en étudiant l'action d'un flux sur un courant que, dans ce cas, celui-ci restitue à la source qui l'entretient une quantité d'énergie électrique égale à l'énergie mécanique nécessaire pour entretenir sa rotation. Dans ce cas la machine fonctionne donc comme génératrice.

On voit donc que la même machine électrique peut généralement fonctionner soit comme moteur soit comme génératrice, simplement d'après le sens dans lequel on la fait tourner par rapport à son couple électromagnétique.

Cependant, pour des raisons d'ordre pratique, on ne fera pas fonctionner comme génératrice une machine qui a été prévue et calculée comme moteur et inversement.

Dans la machine type dont nous venons d'exposer le principe nous voyons que le flux total de la machine étant fixe par rapport au stator il sera nécessairement mobile par rapport à l'enroulement rotorique, lequel concourt pourtant à l'entretien de ce flux aussi bien que l'enroulement statorique.

Nous exposerons plus loin comment les enroulements mobiles du rotor peuvent engendrer un flux fixe par rapport au stator, c'est-à-dire un flux tournant par rapport au rotor. Cette production des champs tournants est obtenue par l'emploi, comme courants magnétisants, des courants alternatifs polyphasés.

Mais remarquons immédiatement qu'on peut aussi bien concevoir que le flux total soit lié invariablement au rotor, donc entraîné dans la rotation de ce dernier, et par conséquent mobile par rapport au stator. Il suffit, pour que le couple magnétique subsiste dans ce cas comme dans le précédent, que l'angle d'écart entre les pôles rotoriques et statoriques subsiste.

Dans le premier cas puisque c'est l'enroulement rotorique seul qui coupe le flux, le courant rotorique seul sera soumis à la force électromotrice d'induction qui en résulte et c'est donc le courant rotorique qui, d'après l'étude déjà citée de l'action des flux sur les courants, empruntera à la source extérieure l'énergie électrique nécessaire au moteur ou lui restituera l'énergie électrique produite par la génératrice. C'est ce qui se produit, par exemple, dans toutes les machines à courant continu.

Dans le deuxième cas au contraire, le flux étant immobile par rapport au rotor, et coupé par l'enroulement statorique, c'est le courant statorique qui servira aux échanges d'énergie avec la source extérieure d'énergie électrique. C'est par exemple le cas des alternateurs et des moteurs d'induction polyphasés, c'est-à-dire de la majorité des machines à courants alternatifs.

Enfin on peut concevoir un cas plus général, où le flux total sans être immobile par rapport au stator tourne à une vitesse différente de celle du rotor. Il produit alors des forces électromotrices dans les deux enroulements statorique et rotorique, et les courants statorique et rotorique participent l'un et l'autre aux échanges d'énergie avec la source extérieure d'énergie électrique. C'est le cas par exemple des moteurs polyphasés à collecteur. Il peut même arriver alors que dans une même machine le stator demande de l'énergie électrique à la source extérieure, et que le rotor lui en restitue, la différence étant représentée par l'énergie mécanique fournie à la machine si c'est une génératrice ou absorbée par elle si c'est un moteur.

Supposons que la machine fonctionne en *génératrice*, c'est-à-dire que le rotor tourne en sens opposé au couple électromagnétique. Si le flux est immobile par rapport au stator nous

avons vu que toute l'énergie électrique fournie par la génératrice au circuit extérieur provient du rotor. Il n'en est plus
de même si le flux tourne à la fois par-rapport au rotor et par
rapport au stator, car alors il engendre dans l'enroulement
statorique une force électromotrice d'induction d'où résulte
également un échange d'énergie électrique entre cet enroulement
et le circuit extérieur. Discutons ce qui se passe dans ces deux
enroulements suivant le sens de rotation du flux par rapport à
chacun d'eux. Commençons par étudier le sens des échanges
d'énergie dans le rotor suivant le sens de rotation du flux par
rapport au rotor.

Nous avons vu que si le flux tourne dans le même sens que
le rotor mais à la même vitesse que lui cet échange d'énergie
électrique dans le rotor est nulle. Cette vitesse de rotation est
une vitesse critique qui sépare toutes les autres vitesses en
deux classes : pour l'une de ces classes, le rotor est producteur
d'énergie électrique, c'est ce qui a lieu : 1° si le flux tourne en
sens inverse du rotor par rapport au stator ; 2° s'il est fixe par
rapport au stator ou 3° s'il tourne dans le même sens que le
rotor mais moins vite que lui. On voit en effet que dans ces différents cas, *le flux tourne toujours dans le même sens par rapport au rotor*, et par conséquent la force électromotrice qu'il
induit dans celui-ci garde toujours le même sens. L'autre classe
est composée des vitesses du flux supérieures à celle du rotor
et de même sens que cette dernière. Pour toutes ces vitesses
la force électromotrice induite dans le rotor est de sens inverse
à celle qui correspond à l'autre classe de vitesses, et par conséquent le rotor absorbe de l'énergie électrique au lieu d'en
produire, comme nous avions supposé que cela avait lieu dans
le cas précédent.

La discussion du sens des échanges d'énergie dans le stator
se fait de la même façon : si le flux tourne dans le même sens
que le rotor et à la même vitesse que lui, l'enroulement statorique coupant seul le flux est seul producteur d'énergie électrique. Il en sera de même si le flux tourne dans le même sens
que le rotor, mais à des vitesses différentes. Au contraire si le

flux tourne en sens inverse du rotor, le sens de la force électro-motrice se renverse, et le stator absorbe de l'énergie électrique au lieu d'en produire.

En résumé, lorsque le flux tourne dans un sens déterminé *par rapport à un enroulement*, cet enroulement produit de l'énergie électrique. Lorsque le flux tourne en sens opposé, cet enroulement absorbe de l'énergie électrique.

Il peut se faire que l'enroulement statorique emprunte de l'énergie électrique au réseau, alors que l'enroulement rotorique lui en cède ou inversement.

Enfin suivant que *l'ensemble* des deux enroulements *emprunte* de l'énergie au réseau ou lui en *cède*, la machine fonctionne comme *moteur* ou comme *génératrice*.

Cette discussion est intéressante surtout pour les machines polyphasées à collecteur, car dans les autres, le flux est toujours fixe soit par rapport au rotor soit par rapport au stator, et la discussion est alors considérablement simplifiée puisqu'elle ne s'applique qu'à l'un des deux enroulements.

PRODUCTION DES CHAMPS TOURNANTS. — Nous venons de voir que, les deux flux statorique et rotorique étant liés invariablement l'un à l'autre et ne formant à vrai dire qu'un seul flux qui va du rotor au stator et retour, ce flux de la machine tournera forcément par rapport à l'un des deux enroulements rotorique ou statorique. Comme les courants rotorique et statorique concourent l'un et l'autre, par les forces magnétomotrices qu'ils engendrent, à entretenir ce flux, il importe de se rendre compte de façon très précise de la façon dont on peut produire un flux tournant au moyen d'un enroulement fixe ou inversement. C'est ce que nous allons exposer ici. Comme le dispositif que nous allons décrire se retrouve dans toutes les machines à courants polyphasés, il importe de l'étudier avec soin pour comprendre facilement ensuite le fonctionnement de ces machines.

Nous avons supposé que le rotor et le stator de la machine étudiée étaient composés l'un et l'autre de deux masses cylindriques de fer doux, de même axe, séparées par un intervalle d'air très faible appelé « entrefer ». Les parties de ces deux noyaux situées de part et d'autre de l'entrefer sont creusées de dents parallèles à l'axe commun (fig. 123). Dans ces dents on loge les conducteurs des enroulements statoriques et roto-

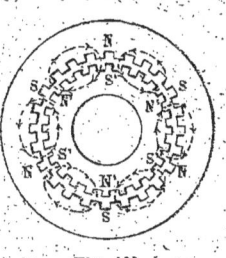

Fig. 123.

riques, lesquels couperont ainsi le flux lorsque celui-ci tourne par rapport au stator ou au rotor. Nous avons vu que le flux total se composait de flux par-tiels contenus chacun pour moitié dans le rotor et pour moitié dans le stator, de sorte que le fer du stator et celui du rotor comprennent chacun un nombre pair $(2\ p)$ d'électro-aimants dont les pôles sont sur la surface de l'entrefer. Ces flux partiels sont entretenus par les courants statorique et rotorique. Nous allons étudier de quelle façon agit chacun de ces deux courants pour entretenir ces flux.

Faisons cette étude pour le courant statorique. Pour faci-liter notre étude développons le stator et le rotor de telle façon que la surface cylindrique de l'entrefer se développe suivant un plan (fig. 124). Divisons la circonférence de l'entre-fer en $(2p)$ arcs égaux chacun à $\frac{2\pi}{2p}$. Enroulons, dans les deux encoches extrêmes de l'un de ces arcs, un conducteur suivant une bobine qui enveloppera ainsi un arc égal à $\frac{2\pi}{2p}$. Puis, avec ce même conducteur formons, de la même façon, une deuxième bobine de mêmes dimensions et de même sens d'enroulement mais dont l'axe est distant de la première d'un angle égal à deux fois $\frac{2\pi}{2p}$. Il existera ainsi entre ces deux bobines un arc $\frac{2\pi}{2p}$ qui ne sera entouré par aucun conducteur. Enroulons encore une troisième bobine dont l'axe est distant de la deuxième d'un angle $\frac{4\pi}{2p}$, et ainsi de suite. Lorsque toutes les bobines seront terminées, il y en aura p sur le fer du stator (fig. 124).

Envoyons dans ce conducteur un courant continu d'intensité I. Chaque bobine donnera naissance, d'après la loi de Lenz, à un

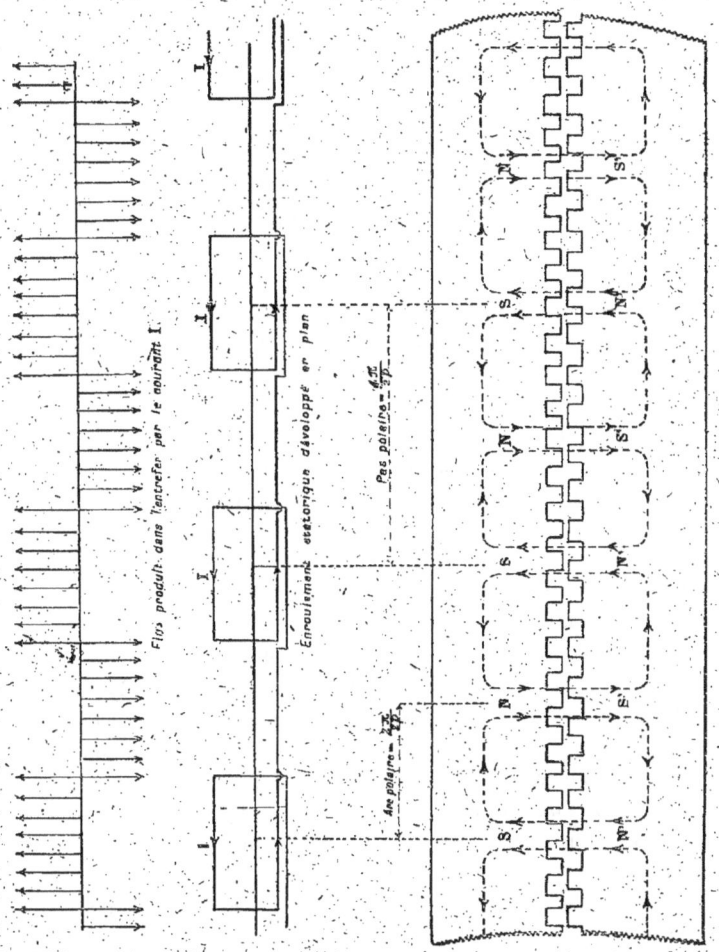

Fig. 124.

flux dont le sens est indiqué par les flèches sur la figure. Le flux d'une bobine se divisera en deux dans le fer du rotor et ces deux flux partiels se refermeront chacun sur eux-mêmes dans les parties comprises entre la bobine qui leur donne naissance et les deux bobines voisines.

Etudions la répartition des lignes de force dans l'entrefer. C'est, en effet, dans l'entrefer que les enroulements statorique et rotorique coupent ces lignes de force, et par conséquent c'est dans cette région seulement qu'il est utile de connaître leur répartition pour en déduire la forme de la force électromotrice qu'elles engendrent dans les conducteurs qui les coupent.

La force magnétomotrice ayant même valeur en tous points de l'entrefer compris à l'intérieur d'une bobine, et la réluctance que rencontre le flux étant la même en tous points de l'entrefer, puisque celui-ci a une largeur constante, l'intensité du champ magnétique sera la même en chacun de ses points [1]. Par suite, si nous représentons comme d'habitude le champ magnétique en grandeur et direction par un vecteur, nous devrons, à l'intérieur des bobines, représenter le champ d'entrefer par des vecteurs égaux, parallèles et de même sens (fig. 124). Entre les bobines il en sera de même, mais ces vecteurs seront de sens opposé aux précédents. Ils auront même grandeur qu'à l'intérieur des bobines, puisqu'il s'agit du même flux et que la section de ce flux est la même à l'intérieur des bobines et entre les bobines.

Nous voyons qu'un conducteur qui tourne dans l'entrefer à une vitesse constante, sera soumis à une force électromotrice constante en grandeur, mais qui changera brusquement de sens en arrivant à l'extrémité de chaque bobine, de même que le flux qui la produit. On réalise bien ainsi une force électromotrice alternative, mais elle n'est pas de forme sinusoïdale comme celles que nous avons étudiées jusqu'à présent, et que l'on s'efforce toujours de réaliser en pratique.

—————————

1. Nous faisons abstraction de la denture qui évidemment modifie un peu la répartition du flux, et donne naissance, dans la force électromotrice induite, à ce qu'on appelle « l'harmonique de denture » qui est une force électromotrice parasite dont la fréquence est proportionnelle au nombre des dents.

Le flux d'entrefer et la force électromotrice qu'il engendre sont ici en forme « d'escalier ».

Nous allons voir comment, avec trois enroulements identiques à celui que nous venons de décrire et parcourus chacun par une phase de courants triphasés, on réalise un champ d'entrefer dont la répartition est à peu près sinusoïdale, et qui engendrera par suite une force électromotrice sinusoïdale dans tout enroulement qui le coupera.

Avant d'aller plus loin signalons, pour simplifier notre langage, qu'on appelle « arc polaire », l'arc $\frac{2\pi}{2p}$ embrassé par un pôle, et « pas polaire » l'arc $\frac{4\pi}{2p}$ qui sépare deux pôles consécutifs de même nom.

Plaçons dans les encoches du stator trois enroulements identiques à celui que nous venons de décrire, mais décalés d'un tiers de « pas polaire ». Ces trois enroulements occuperont les positions représentées en plan sur la figure 125, le premier étant en trait plein, le second en traits et points, le troisième en pointillé. Le lecteur se représentera ces trois enroulements placés dans les encoches du stator par exemple. Lançons dans chacun d'eux un courant alternatif, faisant partie d'un ensemble de courants triphasés, c'est-à-dire décalés les uns par rapport aux autres d'un tiers de période. Rappelons que chacun de ces trois courants I_1, I_2, I_3, a une intensité variable, dont la valeur est représentée à chaque instant en grandeur et en sens par la projection sur un axe fixe Ox, de l'un des trois vecteurs tournants I_1, I_2 et I_3 décalés les uns par rapport aux autres d'un tiers de circonférence (fig. 125). Examinons par exemple quelle sera la répartition du flux d'entrefer à l'instant où les vecteurs occupent la position représentée sur la figure. A cet instant les courants I_2 et I_3 ont des intensités égales, opposées au courant I_1, et plus petites que celle de ce courant.

La règle du tire-bouchon nous montre que si chacun des courants I_1, I_2 et I_3 existait seul, il produirait un champ d'entrefer représenté par les figures 125, les vecteurs perpendiculaires au plan d'entrefer représentant les champs en grandeur et direc-

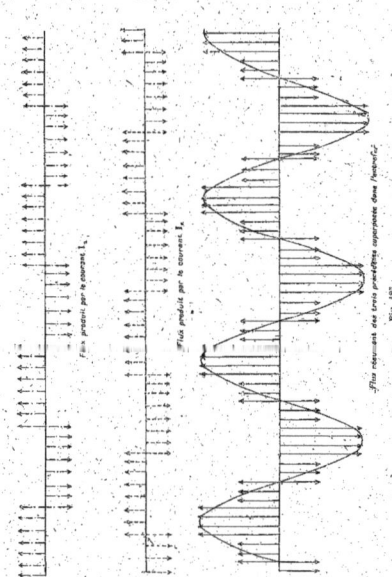

Fig. 125.

tion. Le flux résultant des actions combinées des trois courants sera représenté par l'addition des trois flux partiels. On voit qu'il a la forme indiquée sur la figure 125. Cette forme se rapproche beaucoup plus de la sinusoïde que de la forme en escalier due à un seul courant. On peut s'en rapprocher encore davantage en répartissant chacun des trois enroulements dans plusieurs encoches pour chaque bobine.

Maintenant que nous connaissons la forme et la position du flux d'entrefer, par rapport aux enroulements à l'instant que nous avons choisi, examinons ce qu'il devient, dans les instants suivants, lorsque les courants alternatifs varient. Après un tiers de période par exemple, le vecteur tournant I_2 (fig. 125) a pris la place du vecteur I_1. On voit facilement que, par suite, le flux d'entrefer a la même forme, mais il s'est déplacé vers la droite de l'intervalle qui sépare les axes des bobines I_1 et I_2 (fig. 125), *c'est-à-dire que ce flux a tourné d'un tiers de pas polaire.* Le même phénomène se reproduira dans le tiers de période suivant et ainsi de suite. *Ce flux tourne donc d'un pas polaire pendant une période.*

Nous arrivons donc ainsi aux conclusions suivantes qui sont très importantes :

1° *Les courants triphasés produisent, dans l'entrefer des machines, un champ de répartition à peu près sinusoïdal, la longueur d'une période complète de cette sinusoïde étant égale à un arc polaire;*

2° *Ce flux tourne à une vitesse constante par rapport à chacun des deux enroulements statorique et rotorique;*

3° *La vitesse de rotation par rapport à l'enroulement statorique par exemple est telle que pendant la durée d'une période du courant statorique, ce flux tourne d'un angle égal au pas polaire.* Il en est de même pour l'enroulement rotorique.

Ces deux conclusions constituent le principe de la production des champs tournants sinusoïdaux dans les machines à courants polyphasés.

Remarquons de suite que, d'après la troisième conclusion, les courants rotorique et statorique auront nécessairement des

fréquences différentes, puisque le flux tourne à des vitesses différentes par rapport aux enroulements rotorique et statorique.
Rapportons ces vitesses au stator qui est fixe, en choisissant
arbitrairement un sens positif de rotation.

Si la fréquence du courant statorique est f, le flux tournera
de f pas polaires par seconde, et le pas polaire ayant pour
valeur $\frac{2\pi}{p}$ ($2p$ = nombre de pôles du flux) la vitesse angulaire
du flux par rapport au stator est

$$\Omega = \frac{2\pi f}{p} = \frac{\omega}{p},$$

ω étant la pulsation du courant.

Si v est la vitesse angulaire du rotor, la vitesse Ω' du flux par
rapport au rotor a pour valeur $\Omega' = (\Omega - v)$, et comme le
flux tourne également de f' pas polaires par seconde par rapport
au rotor, f' étant la fréquence du courant rotorique, on aura
$\Omega' = \frac{2\pi}{p} \times f'$ car le pas polaire est le même dans le rotor et
dans le stator. La fréquence f' du courant rotorique sera donc
égale à :

$$f' = \frac{p\,(\Omega - v)}{2\pi} = f - \frac{pv}{2\pi}.$$

Comme en pratique, on dispose généralement de courants
polyphasés d'une seule fréquence f pour alimenter la machine
si celle-ci est un moteur, ou qu'on désire produire des courants
d'une seule fréquence f si c'est une génératrice, on dispose sur
le rotor un organe destiné à transformer la fréquence du courant
rotorique pour ramener celui-ci à la même fréquence que le
courant statorique dans le circuit extérieur de la machine. Ce
transformateur de fréquence est le *collecteur* dont nous étudierons plus loin le fonctionnement.

Remarquons en particulier que si le flux et le rotor tournent
à la même vitesse par rapport au stator, on a $\Omega = v$ donc $\Omega' = 0$
et $f' = 0$, le courant rotorique est un courant continu. C'est le
cas par exemple des alternateurs dans lesquels le flux est produit
presque exclusivement par des bobines enroulées sur le rotor
et alimentées par du courant continu. Le stator produit alors du

courant alternatif dont la fréquence f dépend uniquement de la vitesse v du rotor :

$$f = \frac{p\Omega}{2\pi} = \frac{pv}{2\pi}.$$

Dans les génératrices et moteurs à courant continu, c'est le contraire qui a lieu : l'enroulement statorique est parcouru par un courant continu qui produit un flux fixe par rapport au stator. Le rotor est alors parcouru par un courant alternatif qui est transformé par le collecteur en courant continu.

Périodicité de la force électromotrice induite par le flux tournant dans les enroulements rotorique et statorique. — Nous venons de voir que le flux tournant se compose d'autant de flux partiels, que l'un quelconque des trois enroulements statoriques a de bobines. Par conséquent, on voit immédiatement sur la figure 125 représentant cet enroulement et ce flux que, lorsque le flux tourne d'un pas polaire, chaque conducteur du stator coupe entièrement un flux partiel. Ce flux induit donc dans chaque enroulement statorique une force électromotrice de forme sinusoïdale (puisque chaque flux partiel a une répartition sinusoïdale le long de l'entrefer, et tourne à une vitesse uniforme).

Cette force électromotrice a autant de périodes par seconde, que le conducteur dans lequel elle prend naissance coupe de flux partiels dans le même temps. Or, nous venons de voir que le flux tourne, par seconde, d'un nombre de pas polaires égal à la fréquence f du courant statorique. *La force électromotrice induite dans le stator aura donc f périodes par seconde, comme le courant qui parcourt cet enroulement.*

De même la fréquence de la force électromotrice induite dans le rotor sera égale à la fréquence f' du courant rotorique.

Les forces électromotrices statorique et rotorique induites par le flux tournant pourront donc, dans les diagrammes, être représentées par des vecteurs tournant à la même vitesse que les vecteurs des courants et des chutes ohmiques.

Notons immédiatement que la forme sinusoïdale de ces forces

électromotrices induites n'est qu'approchée, comme celle du flux tournant qui les produit. Pourtant en répartissant les enroulements de chaque phase dans plusieurs encoches pour chaque bobine on arrive à se rapprocher beaucoup de la forme sinusoïdale. Dans ce qui suit, nous supposons qu'elle est réalisée exactement, l'influence de la denture du rotor et du stator étant secondaire.

DÉFINITION DE LA PHASE D'UN FLUX TOURNANT PAR RAPPORT AUX FORCES MAGNÉTOMOTRICES STATORIQUE OU ROTORIQUE. — Servons-nous, pour cette définition, de la phase de la force électromotrice induite par ce flux.

Examinons d'abord le cas où le flux tournant Φ est créé par les seuls courants statoriques. La force électromotrice E_1 qu'il engendre dans la phase 1 des enroulements statoriques, étant sinusoïdale et ayant même périodicité que le courant, sa valeur à chaque instant pourra être représentée par la projection d'un vecteur tournant à la même vitesse que le vecteur I_1, et par conséquent faisant un angle constant avec ce vecteur. Quelle sera la valeur de cet angle ? Il nous suffit de le déterminer à un instant quelconque, par exemple à l'instant représenté sur les figures 125 qui nous ont servi à l'étude du flux d'entrefer. Nous voyons qu'à cet instant le flux est maximum dans l'axe des bobines de la phase 1, et nul sur les conducteurs de ces bobines. Par suite la force électromotrice induite par le flux tournant dans ces conducteurs est nulle.

Le vecteur E_1, représentant la force électromotrice induite dans la phase 1, devra donc avoir une projection nulle sur l'axe Ox. Il sera donc perpendiculaire à I_1. Sera-t-il décalé de $\frac{\pi}{2}$ en avant ou en arrière de I_1 ? La loi de Lenz va nous l'apprendre.

A l'instant considéré le flux total contenu à l'intérieur de la bobine I_1 a le même sens que celui qui serait produit par le courant I_1 s'il était seul, comme nous le montre l'examen des flux partiels figurés sur la figure 125.

Un instant après, lorsque le flux aura un peu tourné, le flux total contenu dans la bobine I_1 aura *un peu diminué* comme on s'en rend compte en imaginant cette rotation. Par suite le courant qui tendrait à naître de la force électromotrice induite E_1, *tendant à s'opposer à cette diminution du flux embrassé par la bobine*, serait de même sens que I_1. Donc un instant après celui qui correspond à la figure 125, c'est-à-dire alors que le vecteur I_1 vient de tourner légèrement dans le sens indiqué. sur cette figure, la force électromotrice instantanée e_1 a le même sens que le courant instantané i_1. Comme la valeur instantanée, de E_1 est représentée par la projection du vecteur E_1 qui a tourné lui aussi dans le même sens que I_1, il résulte que ce vecteur E_1 doit être décalé d'un quart de circonférence *en arrière de* I_1, car sa projection e_1 sur Ox devient bien ainsi de même sens que la projection i_1 du vecteur I_1 (fig. 126).

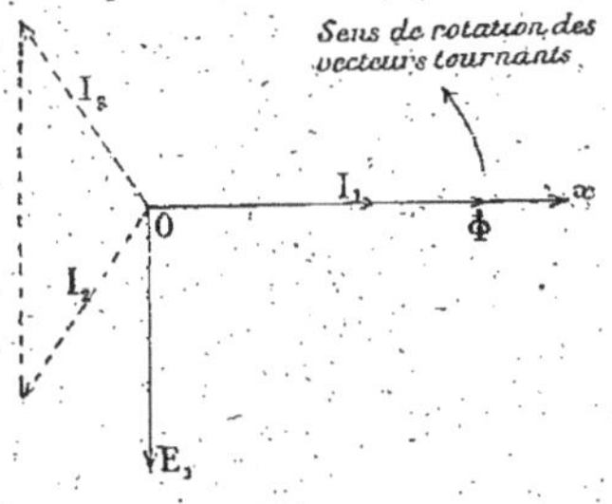

Fig. 126.

Mais remarquons que la force électromotrice ainsi induite dans chaque phase, n'est autre que celle qui est due au flux tournant engendré par les seuls courants triphasés statoriques. Une telle force électromotrice n'est autre que la force électromotrice de self-induction due au flux tournant. Et l'étude que nous venons d'en faire nous montre que, comme la force électromotrice de self due aux courants alternatifs monophasés et aux flux alternatifs statiques déjà étudiés, la force électromotrice de self due à un flux tournant est, elle aussi, en retard d'un quart de période sur le courant qui la crée.

Par analogie avec les conventions faites pour les courants alternatifs monophasés et pour les flux statiques, nous dirons que le flux produit par des courants triphasés est en phase avec les courants, ou plutôt les forces magnétomotrices, qui le produisent. Nous représenterons ainsi le flux tournant Φ par un vecteur Φ de même direction et même sens que le vecteur I_1 par exemple. (Nous savons d'ailleurs qu'il suffit d'étudier l'une des phases car des phénomènes identiques se passent dans les deux autres phases à des intervalles de temps d'un tiers de période.)

Nous venons ainsi de définir la phase d'un flux tournant créé par les courants des enroulements qu'il coupe.

Examinons le cas général où il existe dans l'entrefer un flux sinusoïdal Ψ dû à l'action combinée des courants statorique et rotorique, ce flux tournant toujours par rapport aux enroulements statoriques, à une vitesse constante d'un pas polaire par période.

Représentons-nous alors en même temps le flux Φ qui serait dû aux seuls courants statoriques. Le flux Ψ sera décalé dans la machine par rapport à Φ d'un angle constant puisqu'ils tournent tous deux à la même vitesse. Cet angle sera égal à une fraction $\frac{1}{n}$ du pas polaire, donc Ψ sera décalé d'un angle $\frac{2\pi}{np}$, par exemple en avant de Φ, par rapport au sens du mouvement de rotation des flux.

On voit que, dans ce cas, l'intervalle de temps qui séparerait par exemple les maxima des forces électromotrices $\mathcal{E}_1$ et E_1 induites respectivement par Ψ et par Φ serait égal à $\frac{1}{n}$, de période, le maximum $\mathcal{E}_1$ précédant celui de E_1. Donc le vecteur tournant qui représente $\mathcal{E}_1$ devra être décalé d'un angle $\frac{2\pi}{n}$ en avant de E_1. Le vecteur représentant le flux Ψ qui induit cette force électromotrice, devant être en avance d'un quart de circonférence sur celle-ci, ce vecteur Ψ sera lui-même décalé d'un angle $\frac{2\pi}{n}$ en avant du flux Φ (fig. 127).

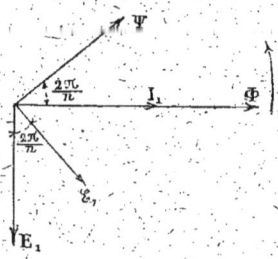

Fig. 127.

Nous obtenons donc les deux règles suivantes :

1° « Si le flux tournant d'entrefer Ψ est décalé d'une fraction $\frac{1}{n}$ du pas polaire en avant ou en arrière du flux qui serait produit par les seuls courants statoriques, le vecteur représentant le flux Ψ sera décalé d'$\frac{1}{n}$ de circonférence en avant ou en

arrière du vecteur ($n\mathrm{I}_1$) représentant la force magnétomotrice
statorique, laquelle est en phase avec le flux Φ qu'elle produirait si elle était seule. »

2° « La force électromotrice $\mathcal{E}_1$ induite par Ψ est comme
pour les flux statiques, décalée d'un quart de période en arrière
du flux qui la produit ». L'exemple de la première machine
étudiée, le survolteur dévolteur à champ tournant nous permettra de préciser cette notion de phases du flux par rapport
aux courants statorique et rotorique.

On pourra d'ailleurs, pour éviter toute erreur, appliquer la
loi de Lenz dans chaque cas particulier, comme nous l'avons
fait ici pour étudier la force électromotrice de self due à un flux
tournant.

COMPARAISON ENTRE LES MAXIMA DES FORCES ÉLECTROMOTRICES
INDUITES PAR LES CHAMPS ALTERNATIFS STATIQUES ET PAR LES CHAMPS
TOURNANTS. — Dans les deux cas ces maxima se produisent au
moment où le flux coupé par les en-
roulements est maximum. Pour un
flux statique ceci a lieu au moment où
il change de signe car sa variation est
alors maxima. A ce moment le flux
embrassé par la bobine du transformateur est nulle.

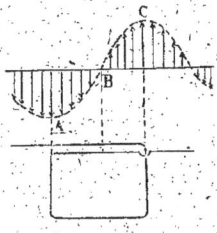

De même, pour un flux tournant,
ceci se produit au moment où les
maxima des flux partiels sont coupés
par les conducteurs de l'enroulement considéré. Une bobine
(fig. 128) embrasse alors deux moitiés de flux AB et BC qui
sont égales et de sens opposé. Le flux total embrassé par la
bobine au moment du maximum de la force électromotrice
induite est donc nul comme dans le cas du flux statique alternatif.

Fig. 128.

CHAPITRE XV

Machine type à champ tournant : le transformateur statique polyphasé à champ tournant employé pratiquement comme survolteur dévolteur.

SURVOLTEUR DÉVOLTEUR POLYPHASÉ A CHAMP TOURNANT

Quoique cette machine soit d'un usage restreint, nous l'étudierons avant toutes les autres, parce qu'elle constitue un exemple simple de machine à champ tournant, propre à faire comprendre facilement l'application des diagrammes de vecteurs à l'étude de ce genre de machines.

Celle-ci se compose d'un stator et d'un rotor pourvus d'enroulements répartis dans des encoches, suivant le principe indiqué plus haut. Ces enroulements statorique et rotorique ont le même nombre de « pôles » comme d'ailleurs dans toutes les machines électriques. L'axe du rotor porte un nombre de bagues conductrices isolées, égal au nombre de phases du courant, et auxquelles aboutissent les extrémités des enroulements rotoriques correspondant à ces phases. Sur ces bagues reposent des balais de charbon par lesquels les enroulements rotoriques seront reliés au circuit extérieur. Pour simplifier la figure schématique n° 129 représentant les enroulements du stator et du rotor, nous supposerons que les enroulements rotoriques sont connectés en étoile. Supposons la machine triphasée par exemple. Les enroulements rotoriques $C_1 D_1$, $C_2 D_2$, $C_3 D_3$, sont branchés aux bornes I, II, III d'un réseau à tension constante V.

Les enroulements statoriques $A_1 B_1$, $A_2 B_2$, $A_3 B_3$, sont connectés par une de leurs extrémités à ces mêmes bornes. Nous supposerons d'abord que les autres extrémités sont libres.

Dans cette machine le rotor est maintenu immobile. Le flux tourne donc à une vitesse constante $-\Omega = \dfrac{2\pi f}{p}$, la même par rapport au rotor et par rapport au stator. Il induit dans le rotor

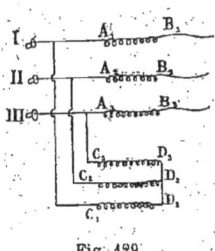

Fig. 129.

une force électromotrice E_r proportionnelle à la vitesse Ω et à l'intensité Φ de ce flux $E_r = K_r \Omega\Phi$, K_r étant un coefficient constant. La machine est construite de telle façon que la chute ohmique est très faible par rapport à E_r. Comme E_r et la chute ohmique sont les deux seules forces électromotrices existant dans les enroulements rotoriques et que la deuxième est négligeable, la première E_r devra être égale à la tension V aux bornes. Comme celle-ci est constante, il en résulte que le flux $\Phi = \dfrac{V}{K_r\Omega}$ est constant. Ce raisonnement subsiste dans le cas où le stator serait parcouru par un courant, quel que soit ce courant, puisque l'enroulement statorique n'intervient pas dans le raisonnement ci-dessus. Nous arrivons donc à l'importante conclusion suivante : *le flux tournant de la machine a une intensité constante.*

Mais alors ce flux induit dans le stator une force électromotrice $E_s = K_s \Phi\Omega$, constante quel que soit le courant statorique. Cette force électromotrice E_s se compose avec la tension V aux bornes d'entrée pour donner la tension V' aux bornes de sortie

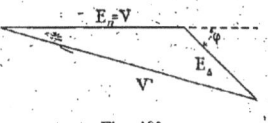

Fig. 130.

(fig. 130). Pour connaître V' il nous suffit de connaître l'angle de phase φ de E_s et de V.

Recherchons quel est cet angle. Pour cela, remarquons que la force électromotrice E_r induite par Φ dans le rotor, équilibre la tension aux bornes V et par conséquent est en phase avec celle-ci. Il nous suffit donc, pour connaître φ, de rechercher l'angle

de phase de E_s avec E_r qui est le même que celui de E_s avec V.
Si les axes des bobines rotorique et statorique des enroulements
de même phase du rotor et du stator coïncident, on voit facilement, en se figurant le mouvement du flux tournant coupé par
ces enroulements, que les forces électromotrices E_r et E_s induites dans le rotor et dans le stator sont en phase. Si au contraire ces axes font entre eux un angle égal à $\frac{1}{m}$ du pas
polaire on voit facilement que les forces électromotrices E_r et
E_s induites sont décalées l'une par rapport à l'autre d'$\frac{1}{m}$ de
période, et les vecteurs E_r et E_s sont décalés d'$\frac{1}{m}$ de circonférence l'un par rapport à l'autre.

Nous voyons donc que, si nous désignons par θ l'angle de
décalage du rotor par rapport au stator, l'angle φ des vecteurs E_s
et E_r sera égal à $(p\theta)$, p étant toujours le nombre de paires de
pôles.

Puisque E_s est constante en grandeur on pourra faire varier
la tension aux bornes de sortie V' simplement en décalant le
rotor par rapport au stator. V' variera ainsi de $(V - E_s)$ à
$(V + E_s)$ lorsque le rotor tournera d'un $\frac{1}{2}$ pas polaire $\frac{2\pi}{2p}$
par rapport au stator. C'est cette propriété qui vaut à cette
machine le nom de survolteur-dévolteur.

Nous allons de plus montrer que la valeur de E_s est fixée par
le rapport du nombre de conducteurs du rotor et du stator.
Supposons par exemple que chaque bobine rotorique ait n_r spires
et chaque bobine statorique n_s spires. Les forces électromotrices E_r et E_s étant induites par le même flux Φ qui tourne à
la même vitesse Ω par rapport à ces bobines, les forces électromotrices sont proportionnelles au nombre de spires qui coupent ce flux.

Donc : $\frac{E_r}{E_s} = \frac{n_r}{n_s}$ et comme $E_r = V$ on voit que $E_s = \frac{n_s}{n_r} \times V$.

Prenons un exemple pratique pour montrer comment on calculera cette machine. Supposons qu'une centrale alimente la
ville dans laquelle elle se trouve à la tension constante V, et
qu'elle alimente en même temps une ville voisine. Il se produira
une chute de tension v dans la ligne qui relie cette dernière ville

à la centrale, et la tension dans cette dernière ville ne sera plus V mais (V — v). D'ailleurs cette chute de tension v est proportionnelle au courant qui parcourt la ligne. Elle sera donc presque nulle aux heures où la ville a besoin de peu de courant, et sera maxima aux heures où la ville a besoin de beaucoup de courant. Par exemple aux heures d'éclairage si le réseau est surtout un réseau d'éclairage. La tension (V — v) dans la ville la plus éloignée sera donc variable, ce qui est très gênant pour les lampes dont l'éclat diminue beaucoup pour une faible chute de tension. Pour éviter cet inconvénient on pourra employer un survolteur à champ tournant qui permettra, comme nous venons de le voir, de compenser pour toutes les charges la chute de tension v, simplement en faisant tourner le rotor de telle façon que (V′ — V) $= v$.

Supposons que v_i représente la chute de tension correspondant à la charge maxima. On construira le survolteur de telle façon que $E_s = v_i$ et ceci nous fixe le rapport du nombre de spires des bobines rotoriques et statoriques puisque :

$$E_s = \frac{n_s}{n_r} V$$

et, que par suite :

$$\frac{n_s}{n_r} = \frac{v_i}{V}.$$

Il nous reste à déterminer la section à donner aux enroulements statorique et rotorique, sachant que l'on adopte en pratique, une densité de courant maxima d'environ n ampères par millimètre carré de section. Cette densité est celle qui est compatible avec un échauffement des enroulements par effet Joule, sans danger pour la machine.

Connaissant la valeur I_s du courant maxima à fournir à la ville en question, courant qui traversera l'enroulement statorique pour y être survolté, nous en déduisons immédiatement la section de cet enroulement.

Pour déterminer la section de l'enroulement rotorique nous devons déterminer le courant rotorique I_r en charge, c'est-à-dire correspondant au courant statorique I_s. Il sera déterminé par cette remarque que le flux Φ, qui est connu et constant, résulte de l'action combinée des deux forces magnétomotrices statorique et rotorique, dont la première est connue.

Nous allons trouver dans cette détermination un exemple intéressant de la façon dont se composent deux forces magnéto-motrices tournantes.

Pour faciliter la compréhension de ce qui suit nous allons examiner successivement trois cas simples de composition de ces forces magnétomotrices.

1° Supposons que le stator et le rotor soient parcourus par deux courants I_s et I_r en phase dans le temps, et que les *axes des*

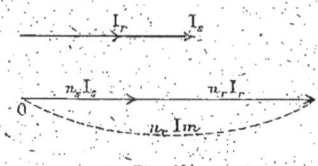

Fig. 131.

pôles de noms opposés du stator et du rotor coïncident. Les flux rotorique et statorique s'ajoutent pour donner le flux total Φ (nous supposons toujours que le fer de la machine n'est pas saturé). La force magnétomotrice résultante s'obtient en ajoutant les deux vecteurs de forces magnétomotrices statorique et rotorique $(n_s I_s)$ et $(n_r I_r)$ de même sens et même direction (voir fig. 131) n_s et n_r représentent respectivement bien entendu les nombres de spires de l'enroulement statorique et de l'enroulement rotorique.

Le vecteur $n_r I_m$ représente la force magnétomotrice résultante.

2° Les courants I_r et I_s *restant en phase dans le temps*, décalons le rotor d'un angle θ en avant du stator, c'est-à-dire dans le sens du mouvement du flux, θ étant égal à la fraction $\frac{1}{m}$ du pas polaire. Si nous représentons par des vecteurs comme à la figure 125 la répartition des champs statorique Φ_s et roto-rique Φ_r dans l'entrefer (fig. 132), on verra facilement que le champ tournant sinusoïdal Φ résultant dans l'entrefer de la super-

position de deux précédents peut être représenté par un vecteur
tournant Φ résultant de la composition des deux vecteurs Φ_r

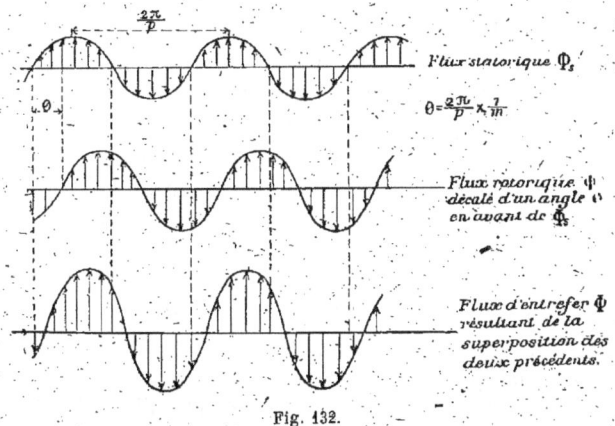

Fig. 132.

et Φ_s faisant entre eux un angle $\frac{2\pi}{m}$ puisque θ est égal à $\frac{1}{m}$ du
pas polaire (fig. 133).

Par suite les forces magnétomotrices $n_s I_s$ et $n_r I_r$ qui sont
respectivement en phase avec les flux Φ_s et Φ_r sont décalées d'un

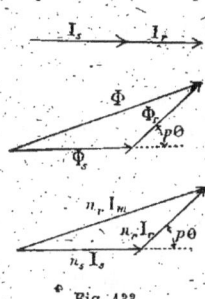

Fig. 133.

angle $\frac{2\pi}{m}$ et leur résultante est la force
magnétomotrice $n_r I_m$ à laquelle est due
le flux Φ (fig. 133) (n'oublions pas que
les courants I_s et I_r n'ont pas cessé d'être
en phase d'après notre hypothèse, seules
les forces magnétomotrices sont décalées, parce que le rotor est décalé par
rapport au stator).

3° Supposons maintenant que nous dé-
calions le courant I_r dans le temps d'un
angle φ en avant de I_s. Il est facile de voir
que, par suite, le flux Φ_r en sera décalé d'un angle $\frac{\varphi}{p}$ en avant
de sa position précédente. Au total le flux Φ_r sera décalé d'un
angle $\left(\theta + \frac{\varphi}{p}\right)$ en avant de Φ_s, et le vecteur Φ_r sera décalé

de $(\varphi + p\theta)$ ou de $\left(\varphi + \dfrac{2\pi}{m}\right)$ en avant du vecteur Φ, de même
que $n_r I_r$ sera décalée de $(\varphi + p\theta)$ en avant de $n_s I_s$ (fig. 134).

En résumé, la force magnétomotrice rotorique est décalée
par rapport à la force magnéto-
motrice statorique de l'angle de phase
φ des courants I_s et I_r augmenté de
l'angle de décalage du rotor par
rapport au stator multiplié par le
nombre de paires de pôles de la
machine $(p\theta)$.

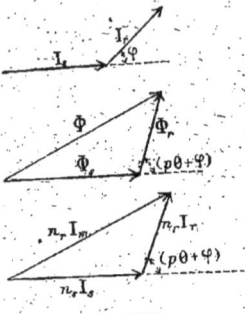

Remarquons immédiatement que
le courant $\overline{I_m}$ est le courant magnétisant, c'est-à-dire le courant qui,
parcourant le rotor alors que le
courant statorique est nul, suffirait
à produire le flux Φ. Dans le survolteur puisque le flux Φ est
le même en charge et à vide, le courant I_m est égal au courant
rotorique à vide.

Remarquons en outre que, le rotor étant décalé de l'angle θ
en avant du stator, le flux tournant Φ sera *coupé par l'enroulement statorique avant d'être coupé par l'enroulement rotorique* :
la force électromotrice E_s sera donc décalée d'un angle $(p\theta)$ en
avant de la force électromotrice E_r. Donc le décalage θ du rotor
en avant du stator décale la force
magnétomotrice rotorique $n_r I_r$ d'un
angle $(p\theta)$ *en avant* et la force électromotrice rotorique $\overline{E_r}$ d'un angle
$(p\theta)$ *en arrière*.

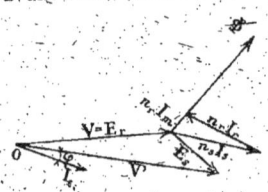

Ces remarques nous suffisent
pour déterminer le courant rotorique du survolteur-dévolteur en
charge, connaissant son courant statorique I_s. Pour un courant
I_s donné la chute de tension $(V' — V)$ dans la ligne à survolter
est connue. Comme la force électromotrice statorique E_s est
également connue, nous pouvons tracer immédiatement le
triangle des tensions V, E_s et V' (fig. 135).

Rapportons la phase du flux au stator. Le flux Φ est en avance d'un quart de période sur la force électromotrice E, qu'il induit dans le stator. Il est en phase avec la force magnétomotrice résultante $n_r I_m$ que nous connaissons, I_m étant le courant rotorique à vide. Nous connaissons également le vecteur de la force magnétomotrice statorique $n_s I_s$. Nous en déduisons la force magnétomotrice rotorique $n_r I_r$ et par suite le courant I_r. En pratique on construit la machine de telle façon que le courant à vide I_m soit très faible, en rendant le circuit magnétique aussi peu reluctant que possible comme dans le transformateur statique (pour cela on réduit le plus possible l'entrefer). On a donc à peu près :

$$n_s I_s = n_r I_r$$

donc :

$$I_r = \frac{n_s}{n_r} I_s.$$

Les courants rotorique et statorique sont à peu près inversement proportionnels aux nombres de spires de leurs enroulements. Il en sera donc de même pour les sections de ces enroulements.

Donc en résumé, la chute de tension en ligne pour la charge maxima détermine la surtension maxima à fournir par le survolteur, laquelle est égale à E_s. Nous en déduisons le rapport du nombre de conducteurs statorique et rotorique

$$\frac{n_s}{n_r} = \frac{E_s}{V}.$$

Ensuite la valeur I_s du courant statorique qui est le courant absorbé par la ligne à survolter détermine le courant rotorique

$$I_r = \frac{n_s}{n_r} I_s.$$

Et la valeur de ces deux courants détermine la section des conducteurs statorique et rotorique, d'après la densité de courant admise dans les machines.

Rappelons que l'angle de E_s et de E_r est égal à $p\theta$, θ étant

l'angle de décalage des pôles des enroulements rotoriques par
rapport aux enroulements statoriques.

PHASE DU COURANT ROTORIQUE. — On la détermine facilement
sur le diagramme de la figure 136, en remarquant que le diagramme des forces magnétomotrices nous donne l'angle de
la force magnétomotrice rotorique $n_r\overline{I}_r$ par rapport au flux Φ.
Si nous rapportons les angles au rotor, le flux Φ est en
avance d'un quart de période sur la
force électromotrice $\overline{E}_r$ qu'il induit dans
le rotor. Mais le diagramme des forces
magnétomotrices nous donne l'angle de
$\overline{I}_r$ avec Φ. Nous en déduisons l'angle de
phase de I_r avec $\overline{E}_r$ ou V. Ceci nous con-
firme la remarque faite plus haut que,
si la force électromotrice induite dans le
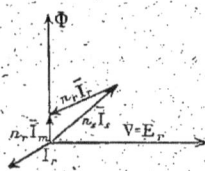

Fig. 136.

rotor $\overline{E}_r$ est en avance d'un angle $(p\,\theta)$ sur E_s, au contraire $n_r\overline{I}_r$,
la force magnétomotrice rotorique devra être décalée d'un
angle égal $(p\theta)$ en arrière du courant I_r pour être composée
avec $n_s\overline{I}_s$, force magnétomotrice statorique (fig. 135).

Nous retrouverons dans toutes les machines à courants triphasés et à champs tournants, sous des formes diverses, ce

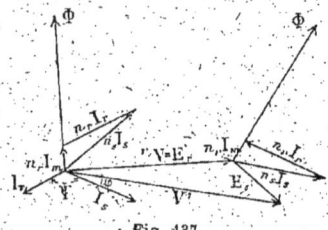

Fig. 137.

double décalage des forces magnétomotrices rotorique et statorique dans le temps et dans l'espace.

Autrement dit, nous avons montré, en étudiant cette machine
que, pour composer la force magnétomotrice rotorique avec la
force magnétomotrice statorique, il fallait ajouter à l'angle ψ

de décalage des courants rotorique et statorique, l'angle $(p\theta)$ qui correspond au décalage de l'enroulement rotorique par rapport à l'enroulement statorique (fig. 137). On retrouvera cette remarque dans les machines polyphasées à collecteur. Il importe donc de bien comprendre le fonctionnement des forces magnétomotrices dans cette machine type qui est la plus simple des machines à champ tournant.

CHAPITRE XVI

Moteur d'induction polyphasé.

Le moteur d'induction se compose d'un stator et d'un rotor
à encoches, pourvus l'un et l'autre d'enroulements polyphasés
comprenant comme dans toutes les machines, le même nombre
de pôles. Nous représenterons schématiquement ces enroulements sur la figure 138. Le stator que nous représentons

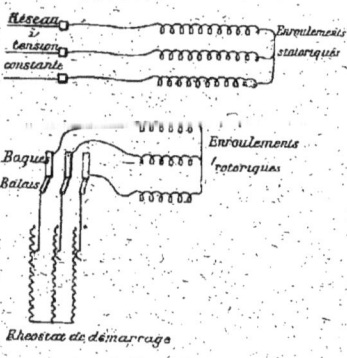

Fig. 138.

bobiné en étoile, est alimenté par un réseau polyphasé à tension
constante. Le rotor, également connecté en étoile dans le cas
de la figure, est relié, par l'intermédiaire de bagues isolées
portées par l'arbre du rotor et auxquelles aboutissent les
enroulements de chaque phase, aux résistances d'un rhéostat
de démarrage. Nous verrons que, pour démarrer avec un
couple puissant, on introduit dans le circuit rotorique toutes les
résistances de ce rhéostat et qu'on les élimine progressivement

à mesure que la vitesse du rotor croît, de telle sorte qu'en marche normale celui-ci est en court-circuit. Nous verrons que le courant rotorique est produit tout simplement par la force électromotrice que le flux tournant induit dans les enroulements du rotor.

PRODUCTION DES COURANTS ROTORIQUES ET DES FLUX ROTORIQUES. — Branchons les enroulements statoriques sur un réseau à tension constante. Les courants qui circulent dans les enroulements statoriques engendrent un flux tournant, comme nous l'avons vu en étudiant la production des flux tournants. Ce flux, coupé par les enroulements rotoriques, induit dans ceux-ci une force électromotrice et par suite des courants alternatifs circulent dans les enroulements rotoriques. Montrons tout d'abord que le flux rotorique engendré par ces courants *tournera dans le même sens et à la même vitesse que le flux statorique*, et cela quelle que soit la vitesse du rotor.

Représentons le flux tournant statorique et l'une des bobines

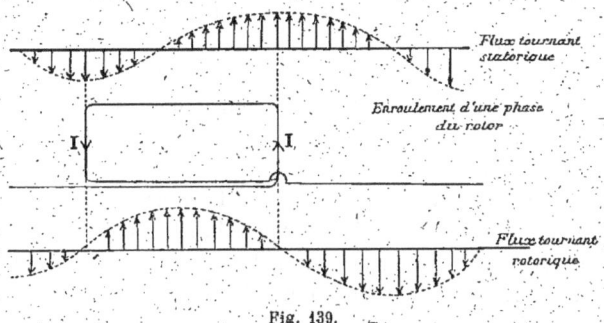

Fig. 139.

rotoriques au moment où les conducteurs d'encoche de celle-ci coupent les maxima du flux rotorique (fig. 139). La force électromotrice induite dans ces bobines est maxima à cet instant-là. Supposons que la résistance du rhéostat de démarrage soit très grande. Le courant rotorique induit sera alors très faible et il en sera de même du flux rotorique produit par ce courant et de la force électromotrice induite par ce flux rotorique. Les deux seules forces électromotrices en présence dans le circuit rotorique sont alors la force électromotrice E_r induite par le flux statorique et la chute ohmique R_rI_r. Ces deux forces électromotrices sont donc égales et opposées (fig. 140). Par suite la force électromotrice E_r est en phase avec le courant rotorique I_r.

Le maximum de celui-ci coïncide donc avec celui de E_r. Le maximum du flux rotorique est donc situé dans l'axe de la bobine rotorique considéré, c'est-à-dire qu'il s'intercale à égale distance des deux pôles statoriques voisins. Lorsque les axes de ces deux pôles seront coupés par une autre phase de l'enroulement rotorique, les maxima du flux rotorique coïncideront de même avec les axes de ces bobines. Par conséquent, *les pôles rotoriques restent toujours équidistants des pôles statoriques quelle que soit la position de ceux-ci.* Le flux rotorique tourne donc à la même vitesse que le flux statorique et dans le même sens que lui, et cela quelle que soit la vitesse du rotor, puisque celle-ci n'est pas intervenue dans le raisonnement précédent. De plus nous voyons que, si la résistance du rotor est grande, les pôles rotoriques sont équidistants des pôles statoriques. Cette remarque nous sera très utile dans l'étude du couple de ce moteur.

Pourtant nous avons supposé, pour faire ce raisonnement, que les enroulements rotoriques étaient branchés sur un rhéostat de très grande résistance, de telle façon que le courant et le flux rotorique étaient très petits ainsi que la force électromotrice induite par celui-ci. Si l'on diminue la résistance du rhéostat le raisonnement n'est pas altéré, car le courant et le flux rotoriques croissent et la force électromotrice induite par ce flux rotorique dans le rotor n'est plus négligeable; mais elle a pour seul effet de décaler le courant rotorique en arrière de la force électromotrice E_r, car la force électromotrice induite par le flux rotorique est une force électromotrice de self. Il en résulte, tout simplement, que le flux rotorique se décale lui-même en arrière d'une fraction de pas polaire. Les pôles rotoriques ne sont plus alors équidistants des pôles statoriques, *mais l'angle qu'ils font avec ceux-ci est toujours constant*. Par suite, le flux rotorique tourne bien toujours à la même vitesse que le flux statorique.

Nous voyons que nous pouvons décaler dans l'espace les pôles rotoriques par rapport aux pôles statoriques simplement en faisant varier la résistance du rotor. Ceci nous sera utile dans l'étude du couple.

DÉMARRAGE DU MOTEUR D'INDUCTION. — RÉSISTANCE DU RHÉOSTAT CORRESPONDANT A LA VALEUR MAXIMA DU COUPLE DE DÉMARRAGE. — Le stator étant branché sur un réseau à tension constante,

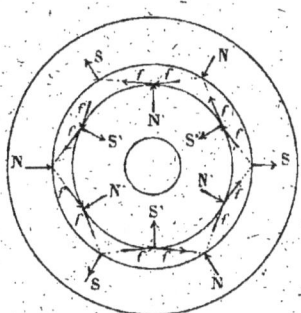

Fig. 141.

supposons que nous maintenions le rotor immobile et que nous le branchions sur un rhéostat de très grande résistance. Nous avons vu que, dans ce cas, les pôles rotoriques sont équidistants des pôles statoriques, mais que le courant et par suite le flux rotorique sont très faibles. Par suite des attractions et répulsions exercées par les pôles statoriques sur les pôles rotoriques, lesquelles sont dirigées à peu près suivant des tangentes à la circonférence d'entrefer, il existe bien un couple tendant à faire tourner le rotor (fig. 141). Mais ce couple est extrêmement faible parce que le flux rotorique est très faible.

Diminuons progressivement la résistance du rhéostat de démarrage. Le courant rotorique croît, et en même temps le flux rotorique. Le couple de démarrage croît donc. Mais en même temps que le flux croît, la force électromotrice qu'il induit dans le rotor n'est plus négligeable. Cette force électromotrice a pour effet de décaler le courant rotorique et par suite le flux rotorique.

Aidons-nous d'un diagramme simple pour comprendre l'influence de la variation de résistance du rotor sur le couple du moteur.

Pour une résistance rotorique R_r très grande, le courant rotorique I_r est très faible, donc le flux rotorique Φ_r produit par ce courant, est très faible, aussi bien que la force électromotrice E'_r que ce flux induit dans le rotor. La force électromotrice E_r, induite par le flux statorique Φ_s, est donc équilibrée par la seule chute ohmique $R_r I_r$ (fig. 142). Le flux Φ_r, lequel est en phase avec le courant I_r qui le produit,

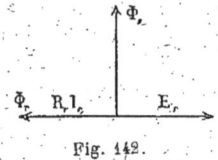

Fig. 142.

est donc décalé d'un quart de période par rapport au flux Φ_s. Nous avons montré en effet que ce flux était décalé d'un demi-pas polaire par rapport au flux Φ_s dans la machine, ce qui correspond bien à un quart de période.

Diminuons la résistance rotorique R_r. Le courant I_r croît, ainsi que le flux Φ_r. Les attractions entre pôles rotoriques et pôles statoriques croissent d'abord proportionnellement à ce courant. Mais à mesure que le flux Φ_r croît la force électromotrice E'_r qu'il induit dans le rotor n'est plus négligeable. Passons de suite au cas extrême où la résistance rotorique R_r est très faible, donc le flux Φ_r très fort. La force électromotrice E'_r, induite par Φ_r dans le rotor est très grande et la chute ohmique $R_r I_r$ est très faible. Donc la force électromotrice E_r induite par Φ_s est maintenant équilibrée, non plus par la chute ohmique, mais par la force électromotrice E'_r induite par Φ_r (fig. 143). Comme cette force électromotrice est en retard d'un quart de période sur le flux Φ_r qui la crée, ce flux est donc maintenant en opposition avec le flux Φ_s. Ceci signifie, dans la machine, que les pôles de même nom des flux Φ_s et Φ_r sont opposés exactement les uns aux autres. Comme, en réalité, la

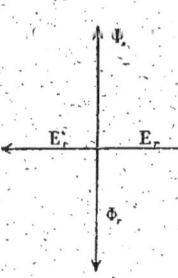

Fig. 143.

chute ohmique n'est jamais tout à fait nulle ces pôles ne sont·
pas exactement opposés, ce qui est heureux, car s'ils étaient
exactement opposés les attractions et répulsions des pôles
rotoriques sur les pôles stato-
riques seraient exactement dirigées suivant des rayons et le
couple serait nul. En réalité,
les pôles rotoriques sont toujours un peu décalés par rapport aux pôles statoriques
comme le montre la figure 144;
les répulsions des pôles statoriques sur les pôles rotoriques
opposés ont alors une composante tangentielle au rotor qui
crée le couple du moteur.

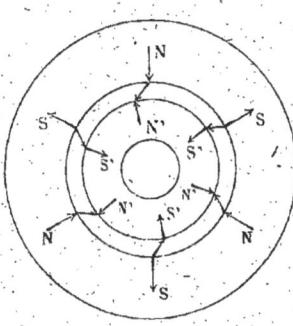

Fig. 144.

En résumé, on voit que le couple de démarrage, très faible
pour une très grande résistance de démarrage, croît d'abord
lorsque cette résistance décroît, pour diminuer ensuite et
redevenir très faible lorsqu'on met le rotor en court-circuit. Il
y a donc une valeur de la résistance du rhéostat qui donne le
couple maximum de démarrage. C'est cette valeur qu'on adoptera comme résistance maxima du couple de démarrage.

LE MOTEUR D'INDUCTION TOURNE DANS LE MÊME SENS QUE LE CHAMP
TOURNANT. — Représentons une portion de l'entrefer comprise
entre deux pôles statoriques consécutifs N et S, ainsi que le
flux sinusoïdal statorique dans le voisinage de ces deux pôles
(fig. 145). Représentons en projection sur la surface de l'entrefer, une bobine *abcdef* du rotor dont les conducteurs d'encoche *bc* et *de* coïncident à cet instant avec les axes de deux
pôles statoriques voisins. Supposons que le flux statorique se
déplace dans le sens indiqué par la flèche sur la figure. Le
pôle nord statorique sort de la bobine rotorique tandis que le
pôle sud y entre. La loi de Lenz nous apprend que le courant
induit dans la bobine rotorique, produit un flux qui tend à s'op-

poser à la variation du flux inducteur. Le flux rotorique dans la bobine aura donc le sens indiqué sur la figure. C'est ici un pôle sud S'. Les attractions et répulsions exercées sur ce pôle par les pôles nord et sud du flux statorique ont le sens indiqué par les flèches *f* de la figure. Le rotor démarrera donc dans le sens de rotation du champ. D'autre part nous avons démontré

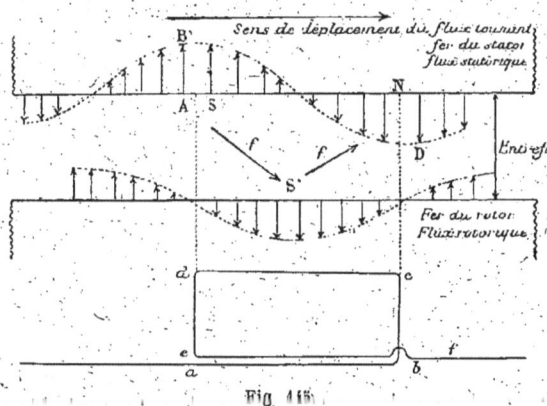

Fig. 115.

que la force électromotrice induite par le flux rotorique dans l'enroulement rotorique, n'a pas d'autre influence que de décaler plus ou moins le flux rotorique S' à l'intérieur de l'arc polaire NS, et cela quelle que soit la vitesse du rotor. Par suite le sens de rotation du rotor restera, à tous les régimes, le même qu'au démarrage.

VARIATIONS DU COUPLE MOTEUR AU COURS DU DÉMARRAGE. — À l'instant du démarrage les deux forces électromotrices qui s'équilibrent dans l'enroulement rotorique sont d'une part la force électromotrice E induite par le flux tournant résultant des deux flux statorique et rotorique, et d'autre part la chute ohmique R_rI_r due au courant rotorique. La force électromotrice induite par le flux tournant est proportionnelle à l'intensité de ce flux et à sa vitesse par rapport au rotor. Comme le rotor démarre dans le sens du flux, sa vitesse par rapport au flux décroît jusqu'à s'annuler si le rotor tourne à la même vitesse que le flux. La force électromotrice induite dans le rotor décroît donc aussi, il en est de même du courant rotorique puisque :

$$I_r = \frac{E}{R_r}$$

Donc le flux rotorique décroît et le couple moteur décroît aussi à mesure que la vitesse du moteur va en croissant. Mais il y a un moyen d'empêcher, au moins en partie, ce couple de décroître. C'est de diminuer la résistance rotorique R_r à mesure que la force électromotrice E décroît, c'est-à-dire à mesure que la vitesse croît. Si R_r décroît à mesure que E décroît on pourra ainsi empêcher I_r de décroître trop rapidement. Nous verrons que lorsque le moteur est à pleine vitesse le rotor est en court-circuit, et par conséquent R_r est très faible.

Vitesse de régime. — Glissement. — Nous avons vu que, à mesure que la vitesse du rotor tend vers la vitesse du champ tournant, le couple moteur décroît et tend vers zéro. Comme le couple résistant n'est jamais nul puisqu'il comprend au moins les résistances passives, frottement des coussinets et de l'air de ventilation, le rotor n'atteindra jamais la vitesse du « synchronisme »; Pourtant, lorsque le moteur tourne à vide, il en est extrêmement voisin, parce que le couple résistant qui l'empêche d'atteindre la vitesse du synchronisme est alors très faible.

Le moteur tournant à vide, supposons qu'on augmente progressivement le couple résistant. Le moteur tend à ralentir. Mais alors la vitesse de l'enroulement rotorique par rapport au flux tournant croît, puisque la vitesse du flux reste constante, tandis que celle du rotor décroît. Il en est de même, par suite, de la force électromotrice induite dans cet enroulement, du courant rotorique, du flux rotorique et du couple. Lorsque le couple moteur arrive à être égal au couple résistant la vitesse du rotor redevient constante. Ce régime est stable. On voit, en effet, facilement que, le couple résistant étant constant, si la vitesse du rotor tend à croître, le couple moteur décroît, et le rotor tend alors à ralentir pour revenir à sa vitesse de régime.

Si, au contraire, le rotor tendait à ralentir, le couple moteur croîtrait, et tendrait par suite à augmenter sa vitesse pour la ramener à sa valeur primitive pour laquelle le couple moteur égale le couple résistant.

Appelons Ω la vitesse angulaire du synchronisme, qui est celle du champ tournant. Si la fréquence du courant statorique est f, et si le nombre de pôles du moteur est $2p$ nous avons vu que (chapitre XIV) :

$$\Omega = \frac{2\pi f}{60 \times p} = \frac{\omega}{p}$$

Si la vitesse de régime du rotor est Ω' pour un couple résistant donné, on a vu que Ω' est un peu plus petit que Ω. On appelle glissement g du rotor le rapport :

$$g = \frac{\Omega - \Omega'}{\Omega}$$

autrement dit : $g = \dfrac{\text{vitesse du rotor par rapport au flux}}{\text{vitesse du synchronisme}}$

Nous verrons que, en pratique, le glissement g est toujours très faible, c'est-à-dire que la vitesse du rotor est toujours très voisine du synchronisme. Nous verrons également que le couple croît à peu près proportionnellement au glissement, et que pour un faible glissement on obtient un couple très fort.

Le flux résultant d'entrefer est constant. — En effet, appliquons la loi de Kirchoff aux forces électromotrices statoriques. Elles se composent de la chute ohmique $R_s I_s$ qui est négligeable car la résistance statorique est très faible, et de la force électromotrice E_s induite par le flux résultant Φ dans les enroulements statoriques. Cette force électromotrice E_s est proportionnelle à l'intensité Φ du flux d'entrefer et à sa vitesse Ω par rapport au stator car elle est proportionnelle au flux coupé par seconde,

donc : $$E_s = K \Phi \Omega.$$

Puisque la chute ohmique est négligeable, cette force électro-motrice doit donc être égale à la tension V aux bornes, laquelle est constante. Puisque K et Ω sont constants pour tous les régimes du moteur il doit en être de même de l'intensité du flux d'entrefer Φ.

Rapport du courant statorique au courant rotorique. — Lorsque le couple résistant croît, nous avons vu que le glissement croît. Il en est de même du courant rotorique et du flux rotorique. Comme le flux résultant est constant le flux statorique doit subir une variation qui compense celle du flux rotorique. Mais nous avons vu que, lorsqu'on a mis le rotor en court-circuit, comme sa résistance est très faible, les pôles rotoriques sont presque exactement opposés aux pôles statoriques de même nom. Le flux rotorique est donc opposé exactement au flux sta-torique, et, à un accroissement du premier, doit correspondre un accroissement du second, pour que le flux Φ résultant de la différence des deux reste constant. Il en résulte par suite une augmentation du courant statorique ainsi que de la puissance empruntée au réseau, ce qui est logique.

Proportionnalité du couple au glissement. — Lorsque le couple résistant croît, le glissement g augmente et par suite aussi la force électromotrice E_r induite par le flux résultant Φ dans le rotor. Le flux Φ étant constant, cette force électromotrice E_r est exactement proportionnelle au glissement g. Il en est de même du courant rotorique I_r, du flux rotorique Φ_r, et du couple.

ÉTUDE COMPLÈTE DU FONCTIONNEMENT DU MOTEUR D'INDUCTION. — DIAGRAMME DU CERCLE. — Tous les résultats indiqués par la théorie ci-dessus ne sont qu'approchés, parce que dans chaque cas, pour faire saisir facilement le mécanisme des phénomènes prin-cipaux, nous avons négligé des phénomènes secondaires (tantôt chute ohmique, tantôt force électromotrice de self) qui ne sont pas tout à fait négligeables, et qui influent un peu sur le fonc-tionnement du moteur. Nous allons maintenant faire l'étude du

moteur en tenant compte de tous ces phénomènes. Nous retrouverons d'ailleurs facilement dans cette étude complète les caractères fondamentaux exposés précédemment, et l'étude simplifiée que nous en avons faite facilitera cette dernière telle que
nous allons l'exposer.

FLUX DE FUITE DANS LE MOTEUR D'INDUCTION. — COEFFICIENT DE
DISPERSION. — Représentons la partie du rotor et du stator comprise dans un pas polaire $\frac{2\pi}{2p}$ (fig. 146). Sur cette figure repré-

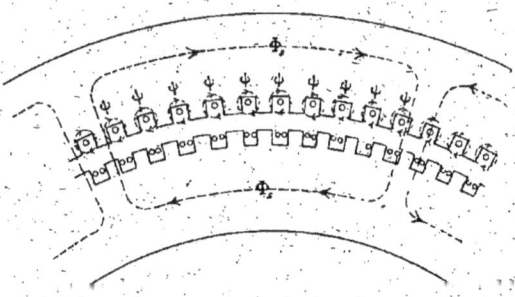

Fig. 146.

sentons le flux produit par le seul courant statorique. Comme
dans le transformateur on peut le décomposer en deux parties :
l'une Φ_s qui va du stator au rotor et qui est coupée par les conducteurs rotoriques et par les conducteurs statoriques. L'autre
φ_s est composée de petits flux ψ qui entourent les seuls conducteurs statoriques et se ferment à travers l'entrefer en allant
d'une dent à la dent voisine. Les conducteurs statoriques coupent donc la totalité du flux $(\Phi_s + \varphi_s)$ qu'ils produisent tandis
que les conducteurs rotoriques ne coupent que la partie Φ_s de
ce flux, qui est d'ailleurs beaucoup plus important que le flux φ_s
appelé « flux de fuites statorique ». Nous verrons d'ailleurs que
ce flux de fuite a une action nuisible sur le fonctionnement du
moteur. Aussi pour le réduire le plus possible, on diminue la
section de son circuit en réduisant l'entrefer à la dimension
minima (une fraction de millimètre dans les petits moteurs) et

en augmentant la réluctance de son circuit par l'adoption d'encoches ouvertes, dans lesquelles les conducteurs sont maintenus en place par des cales en bois, de telle façon que ce flux de fuite est obligé de traverser une partie dépourvue de fer, donc de grande « réluctance ».

Les moteurs d'induction sont construits de telle façon que le fer des circuits magnétiques reste toujours en dessous de la saturation. Par suite, la réluctance des circuits magnétiques est constante et les flux sont exactement proportionnels aux courants qui les produisent. Lorsque deux flux comme Φ_s et φ_s sont produits par le même courant, ils sont entre eux dans le rapport inverse de la réluctance de leurs circuits magnétiques qui est constante :

$$\frac{\Phi_s}{\varphi_s} = \frac{r_s}{\mathcal{R}_s}$$

par suite le rapport : $\quad \nu_s = \frac{\Phi_s + \varphi_s}{\Phi_s} = 1 + \frac{\mathcal{R}_s}{r_s} \qquad (1)$

est donc constant. On l'appelle coefficient de fuites statoriques. C'est un nombre un peu supérieur à 1 et très voisin de 1 puisque φ_s est très petit par rapport à Φ_s.

De même si Φ_r et φ_r représentent le flux commun et le flux de fuites produits par le courant rotorique, le coefficient de fuites rotoriques sera

$$\nu_r = \frac{\Phi_r + \psi_r}{\Phi_r} .$$

On appelle « coefficient de dispersion » du moteur le nombre :

$$\sigma_r = 1 - \frac{1}{\nu_s \nu_r} .$$

C'est un nombre fractionnaire très petit. Les fuites magnétiques du moteur sont évidemment d'autant plus faibles que son coefficient de dispersion est plus voisin de zéro. C'est ce nombre seul qui intervient dans la théorie du moteur comme nous le verrons plus loin, et non pas les coefficients ν_s et ν_r qui disparaissent dans les formules finales.

COMPOSITION DES DEUX FLUX ROTORIQUE ET STATORIQUE. — Nous avons vu que l'on représente les flux rotorique et statorique par deux vecteurs qui font entre eux un angle $\frac{2\pi}{n}$, si les axes des deux flux font entre eux un angle égal à une fraction $1/n$ de pas polaire. Rappelons que, le fer de la machine n'étant pas saturé, le flux résultant dans l'entrefer s'obtient en ajoutant en chaque point de l'entrefer, les intensités des deux champs composants. Il en résulte (voir théorie du survolteur-dévolteur à champ tournant, chap. xv) que le flux Φ résultant de Φ_r et Φ_s est repré-

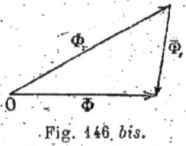

Fig. 146. bis.

senté en intensité et position par le vecteur tournant Φ résultant de Φ_r et de Φ_s (fig. 146 bis).

DIAGRAMME DU CERCLE DE BLONDEL. — Nous allons construire à la fois le diagramme des forces électromotrices dans les circuits statorique et rotorique, et des forces magnétomotrices dans les circuits magnétiques qui entourent les conducteurs rotoriques et les conducteurs statoriques.

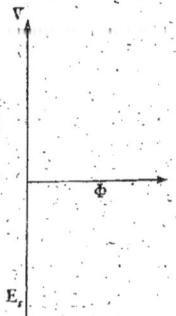

Fig. 147.

Si nous négligeons, dans le circuit statorique, la chute ohmique qui est très petite par rapport à la force électromotrice principale E_s engendrée par le flux résultant Φ, nous voyons que cette force électromotrice E_s est égale et directement opposée à la tension V aux bornes. Elle est donc constante comme cette tension, et par suite elle doit être engendrée par un flux tournant constant Φ, lequel est en avance sur E_s d'un quart de période (fig. 147). Comme le circuit magnétique n'est pas saturé les flux sont exactement proportionnels aux forces magnétomotrices qui les produisent, et nous pouvons dans tout ce qui suit remplacer les vecteurs flux par les vecteurs représentant les forces magnétomotrices qui engendrent ces flux.

En particulier, le flux tournant Φ, qui est coupé par le circuit statorique, résulte de la composition du flux $\nu_s\Phi_s$ produit par le courant statorique et de la partie Φ_r du flux produit par le courant rotorique (fig. 148). (Remarquons, en effet, que le flux total $(\Phi_s + \varphi_s)$ engendré par le courant statorique est égal à $\nu_s\Phi_s$ d'après ce que nous avons vu plus haut.)

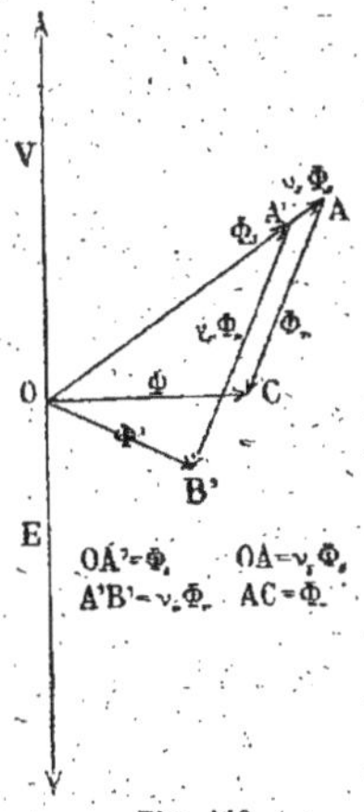

Quant au flux Φ' qui est coupé par le circuit rotorique il résulte de la composition de la partie Φ_i du flux statorique et du flux total $\nu_r\Phi_r$ produit par le courant rotorique (fig. 148).

Ce flux Φ' induit dans le circuit rotorique une force électromotrice E' en retard d'un quart de période sur Φ' (fig. 149).

Cette force électromotrice est équilibrée par la seule chute

Fig. 148.

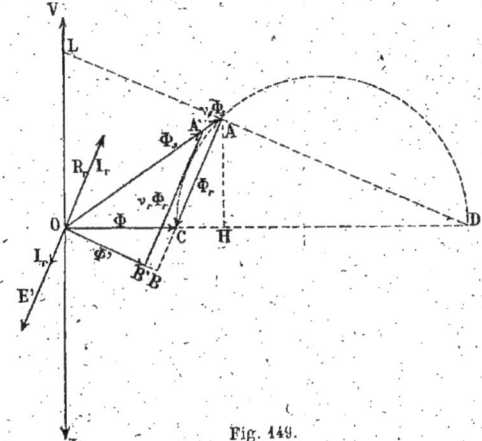

Fig. 149.

ohmique R_rI_r due au courant rotorique I_r, puisque le rotor est normalement en court-circuit et qu'il n'existe pas dans ce circuit d'autres forces électromotrices que E' et la chute ohmique. Donc I_r est en phase avec E'. Mais I_r est également en phase avec le flux rotorique Φ_r qu'il engendre. Il en résulte que le vecteur Φ_r est perpendiculaire au vecteur Φ'. D'autre part, nous savons que Φ', ν_s et ν_r sont constants. Menons une perpendiculaire AD au vecteur Φ_r. Les triangles rectangles CAD et OBC sont semblables, par suite on a :

$$\frac{CD}{CO} = \frac{CA}{CB}$$

ou :
$$\frac{CD}{CO + CD} = \frac{CA}{CB + CA} = \frac{CA}{BA}. \qquad (1)$$

Mais :
$$\frac{BA}{B'A'} = \frac{OA}{OA'} = \frac{\nu_s \Phi_s}{\Phi_s} = \nu_s$$

et comme :
$$B'A' = \nu_r \Phi_r$$

on a :
$$BA = \nu_s \nu_r \Phi_r.$$

D'ailleurs :
$$CA = \Phi_r.$$

Portons ces deux valeurs dans (1) il vient :

$$\frac{CD}{OD} = \frac{1}{\nu_s \nu_r}$$

$$\frac{OD - CD}{OD} = \frac{\nu_s \nu_r - 1}{\nu_s \nu_r} = 1 - \frac{1}{\nu_s \nu_r} = \sigma$$

donc :
$$OD = \frac{OC}{\sigma}.$$

Puisque σ est constant ainsi que OC, OD aussi est constant. L'angle CAD étant droit, le point A décrit une circonférence de diamètre CD constant, lorsque la charge du moteur varie.

Remplaçons maintenant les vecteurs flux par les vecteurs force magnétomotrice qui leur sont proportionnelles.

Les flux Φ_r et Φ_s, qui parcourent le même circuit magnétique, sont proportionnels respectivement aux forces magnétomotrices rotorique et statorique $(n_r \bar{I}_r)$ et $(n_s \bar{I}_s)$, n_r et n_s représentant les nombre totaux des conducteurs contenus respectivement dans les encoches rotoriques et dans les encoches statoriques. Par suite, si le vecteur OA représente le courant statorique $\bar{I}$, qui est en phase avec Φ_s, le vecteur AC représentera le courant roto-rique I, multiplié par le facteur constant : $\frac{n_r}{n_s v_s}$ (fig. 150).

Nous montrerons plus loin comment deux mesures très sim-ples suffisent pour déterminer les vecteurs OC et OD du dia-gramme d'un moteur. Une fois ces deux vecteurs connus, il est très facile de dé-duire du diagramme du cercle les prin-cipales caractéristiques du moteur à ses divers régimes : glissement, couple, facteur de puissance, courants statorique et rotorique, etc. Nous allons recher-cher par quoi sont représentés ces divers éléments sur le dia-gramme du cercle.

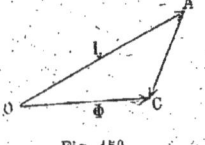

Fig. 150.

Vitesse de rotation. — *Glissement.* — La vitesse de rotation Ω' étant égale au produit $(1 - g)$, Ω représentant la vitesse du synchronisme et g le glissement, il suffira, pour connaître Ω', de déterminer g. Pour cela, rappelons-nous que la force électromo-trice E' induite dans le rotor est proportionnelle au flux Φ' et à la vitesse du rotor par rapport à ce flux, vitesse qui est égale à $g - \Omega$. Comme Ω est constante on a donc : $E' = Kg\Phi'$, K étant un coefficient constant.

D'ailleurs :
$$E' = R_r I_r$$

donc :
$$I_r = \frac{Kg}{R_r}\Phi' \tag{1}$$

Reportons-nous au diagramme de la figure 149.

On voit que :
$$\frac{\Phi'}{OA'} = \frac{OB}{OA}$$

$$\Phi' = \frac{OA'}{OA} \times OB = \frac{OB}{v_s} \tag{2}$$

D'autre part :
$$\frac{OB}{BC} = \frac{AD}{CA} = \frac{OD}{OL}$$

donc :
$$OB = BC \times \frac{OD}{OL}$$

Portons cette valeur dans la relation (2), nous obtenons :

et
$$\Phi' = \frac{BC \times OD}{v_s \times OL} \tag{3}$$

Mais : $\qquad BC = BA - CA = \nu_s\nu_r\Phi_r - \Phi_r = \Phi_r(\nu_s\nu_r - 1)$

et $\qquad\qquad \Phi_r = K_1 I_r,\ \ K_1$ étant une constante.

Donc : $\qquad\qquad BC = K_1(\nu_s\nu_r - 1) \times I_r$

et en portant dans (3) :

$$\Phi' = \frac{K_1(\nu_s\nu_r - 1) \times \overline{OD}}{\nu_s \times \overline{OL}} \times I_r.$$

Portons cette valeur dans (1), il vient :

$$I_r = \frac{K}{R_r} g \times \frac{K_1(\nu_s\nu_r - 1) \times \overline{OD}}{\nu_s \times \overline{OL}} \times I_r$$

d'où : $\qquad\qquad g = \overline{OL} \times \dfrac{R_r \times \nu_s}{KK_1(\nu_s\nu_r - 1) \times \overline{OD}}.$ $\qquad\qquad$ (4)

et comme $\overline{OD}$ est un vecteur constant :

$$g = K_2 \times \overline{OL}.$$

K_2 étant un coefficient constant. Le glissement g est donc proportionnel au vecteur $\overline{OL}$. Pour déterminer la valeur du coefficient constant K_2 il suffira de mesurer le glissement pour un régime quelconque du moteur, par exemple en pleine charge. Si le glissement est assez grand on mesurera la vitesse à vide et la vitesse en pleine charge ; ces deux mesures donnant immédiatement le glissement. Toutefois ce procédé n'est pas très précis si le glissement est faible, car la différence entre les deux vitesses mesurées étant très petite, la moindre erreur prend une importance considérable. On utilisera alors la remarque suivante : le flux tournant engendre dans le circuit rotorique un courant qui est de fréquence nulle lorsque le rotor tourne au synchronisme, et qui est de même fréquence f que le courant statorique lorsque le rotor est arrêté. Entre ces deux vitesses, la fréquence f' de ce courant est proportionnelle à la vitesse $(\Omega - \Omega')$ du rotor par rapport au flux tournant, c'est-à-dire au glissement g.

En se reportant à la définition du glissement on verra que :

$$g = \frac{\Omega - \Omega'}{\Omega} = \frac{f'}{f}$$

Pour mesurer f' on intercale entre deux bagues du rotor un ampèremètre de résistance nulle, qui par suite ne change pas le régime du moteur. Le nombre de battements par seconde de l'aiguille de cet ampèremètre donne la fréquence f' cherchée en supposant que l'ampèremètre est électromagnétique ; s'il est thermique on divise ce nombre de battements par deux, car il y a alors un battement par demi-période du courant.

INFLUENCE DE LA RÉSISTANCE DU CIRCUIT ROTORIQUE SUR LA VITESSE DU MOTEUR. — En nous reportant à la formule (4) nous voyons que le glissement g est proportionnel à la résistance R_r du rotor. Donc pour avoir une vitesse aussi constante que possible on réduira le plus possible la résistance rotorique. Nous verrons en outre que, en choisissant convenablement la résistance du rhéostat de démarrage, on peut s'arranger de telle façon que le couple maximum soit réalisé pour un glissement égal à 1, c'est-à-dire au moment du démarrage du moteur, ce qui est très important pour faciliter ce démarrage. Il est facile de concevoir par suite de quels phénomènes l'augmentation de résistance du rotor entraîne un accroissement du glissement. Remarquons que la chute ohmique $R_r I_r$ dans le rotor est équilibrée par la force électromotrice E_r induite par le flux tournant Φ' dans le rotor. Or E_r est proportionnelle au flux Φ', lequel est constant, et à la vitesse de ce flux par rapport au rotor laquelle est proportionnelle au glissement, puisque la vitesse du flux est Ω et celle du rotor Ω'. En définitive, la force électromotrice E_r, et par suite la chute ohmique $R_r I_r$, sont proportionnelles au glissement g. Donc une augmentation de R_r, résistance rotorique, entraîne une augmentation de $R_r I_r$, par suite une augmentation de E_r, laquelle ne peut être produite que par un accroissement du glissement g.

Puissance. — La puissance absorbée W, pour un régime donné du moteur a pour valeur :

$$W = VI_i \cos \varphi.$$

Reportons-nous au diagramme du cercle (fig. 151). On voit

que, le vecteur $I_w = \overline{MA}$ représentant la composante wattée ($I_t \cos \varphi$) du courant statorique, on a :

$$W = VI_w = V \times \overline{AM}.$$

Comme V est constante, la puissance est proportionnelle au vecteur $\overline{AM}$. Elle est nulle lorsque le point A est en C. Le glis-

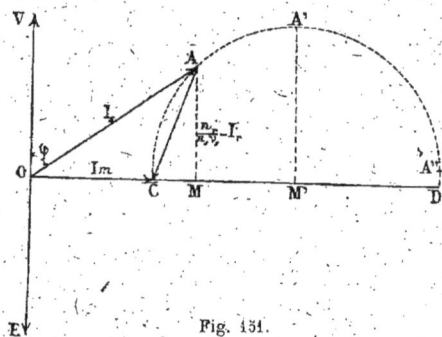

Fig. 131.

sement est alors nul. Le moteur tourne à vide au synchro-nisme.

Elle croît d'abord à mesure que le couple résistant et le glis-sement croissent, passe par un maximum au point A′ et diminue ensuite jusqu'à ce que le moteur s'arrête. Le point figuratif A″, correspondant à un glissement égal à 1, est alors voisin du point D. On voit que les courants statorique et rotorique vont constamment en croissant à mesure que la vitesse du moteur décroît.

Couple. — La puissance W absorbée est, à part les pertes assez faibles par effet Joule et hystérésis, transformée entière-ment en puissance mécanique. Celle-ci est égale au produit du couple C par la vitesse Ω' du rotor :

$$W = C\Omega'.$$

Comme le glissement est très faible on a sensiblement :

$$\Omega' = \Omega \quad \text{et} \quad W = C\Omega.$$

Comme, d'autre part : $W = V \times \overline{AM}$

il vient :
$$C = \frac{V}{\Omega} \times \overline{AM}.$$

Comme Ω et V sont constants, le couple C est à peu près proportionnel au vecteur $I_w = AM$ (fig. 151).

On voit donc sur le diagramme que, à mesure que le glissement croît à partir du synchronisme, le couple croît d'abord rapidement jusqu'à un maximum M'A'. Il décroît ensuite.

Décrochage du moteur. — Si l'on fait croître progressivement le couple résistant, le moteur continue à fonctionner tant que ce couple ne dépasse pas le maximum M'A' du couple moteur. Mais au delà de cette valeur, le couple moteur étant inférieur au couple résistant, le moteur s'arrête. On dit qu'il se décroche. En pratique, le couple résistant devra donc rester inférieur à la valeur du couple moteur correspondant au point A' soit

$$C = \frac{V}{\Omega} \times \overline{A'M'}.$$

Rapport du couple normal au couple maximum. — Les courants statorique et rotorique correspondant au couple maximum sont tels que le moteur ne pourrait pas les supporter plus de quelques minutes sans s'échauffer de façon dangereuse; c'est pourquoi le couple moyen, en fonctionnement normal, ne doit pas dépasser une valeur du couple qui est généralement comprise entre le tiers et la moitié du couple maximum.

Réalisation du couple maximum au démarrage. — Il peut y avoir intérêt, par exemple pour les appareils de levage, à réaliser le couple maximum au démarrage. Pour nous rendre compte de la façon dont on peut y arriver, traçons d'abord la courbe du couple en fonction de la vitesse (fig. 153). Voyons comment on trace cette courbe.

Le glissement étant proportionnel au vecteur $\overline{OK}$ (fig. 152) et le couple au vecteur $\overline{MA}$, on voit que le couple qui est nul pour un glissement nul, c'est-à-dire pour la vitesse du synchronisme, croît rapidement lorsque la vitesse décroît, jusqu'à un maximum $\overline{M'A'}$ représenté par le maximum T de la courbe du

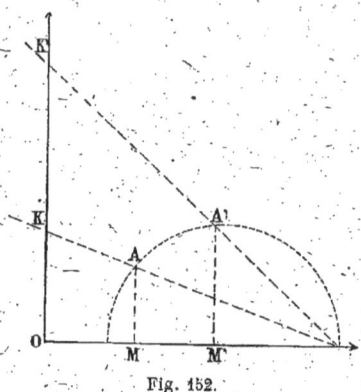

Fig. 152.

couple en fonction de la vitesse (fig. 153). Ensuite il décroît plus lentement lorsque le glissement tend vers 1, c'est-à-dire la vitesse vers O.

Nous avons vu que, si l'on augmente la résistance du rotor sans changer le couple résistant le glissement croît. Mais la résistance du rotor n'a pas d'influence sur le diagramme du cercle, car nous avons vu que les dimensions de ce diagramme dépendent uniquement des fuites, et du courant statorique à vide $\overline{OC}$ (fig. 151) lequel ne dépend lui-même, comme nous le verrons plus loin, que de la *réluctance* du circuit magnétique. La valeur du couple maximum ne dépend donc pas de la résistance du rotor. Si l'on fait croître celle-ci, le maximum T de la courbe du couple en fonction de la vitesse correspond à une vitesse de plus en plus faible, puisque le glissement croît sans que le couple varie. Il vient de T en T' puis, pour une certaine valeur de la résistance en T'' correspondant à une vi-

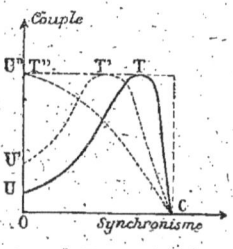

Fig. 153.

tesse nulle. On a alors réalisé le couple maximum de démarrage OU″.

Le maximum du couple moteur est d'autant plus grand que les fuites sont plus faibles. — En effet, la valeur du courant magnétisant $I_m = \overline{OC}$ (fig. 151) est déterminée par la réluctance du circuit magnétique du moteur. Ensuite le diamètre CD du cercle est fixé par la relation $OD = \dfrac{OC}{\sigma}$.

Par suite, si le coefficient de fuites σ est très petit, le diamètre du cercle croît ; et comme le couple maximum est proportionnel à ce diamètre, il croît aussi lorsque les fuites diminuent. On augmentera donc le couple maximum en adoptant un faible entrefer et des encoches ouvertes. On peut d'ailleurs avoir intérêt dans certains cas à limiter le couple maximum, par exemple dans le cas d'un très gros moteur lorsqu'on veut éviter qu'il ne subisse un à coup violent en cas de brusque et considérable accroissement du couple résistant. On augmente alors l'entrefer afin de diminuer le couple maximum. Ce faisant, on augmente un peu la réluctance du circuit magnétique et par conséquent le courant magnétisant. On augmente aussi un peu les courants statorique et rotorique et par suite les pertes par effet Joule.

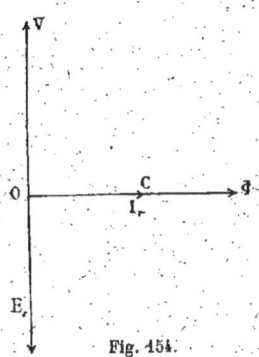

Fig. 151.

Courant magnétisant. — Courbe de magnétisation du moteur. — Lorsque le moteur tourne à vide, le couple étant presque nul, on voit sur le diagramme du cercle que le point de fonctionnement A est très voisin du point C (fig. 151). Le courant rotorique I_r est presque nul. La seule force magnétomotrice qui produise le flux d'entrefer Φ provient du courant statorique $I_m = \overline{OC}$. Ce courant est donc le courant magnétisant. Or le flux Φ induit dans le stator une force électromotrice E_t égale à la tension V aux bornes.

On a : $$V = E_s = K\Omega\Phi.$$

Comme K et Ω sont des constantes, si l'on fait varier cette tension V le flux Φ varie proportionnellement à V, et la courbe de V en fonction de I_m représente, comme pour le transformateur statique, la courbe de magnétisation du circuit magnétique du moteur, fer et entrefer réunis.

Comme la réluctance principale est ici celle de l'entrefer, cette courbe se rapproche davantage d'une droite que la courbe de magnétisation du transformateur qui n'a pas d'entrefer. Remarquons aussi que la présence de l'entrefer augmente l'importance du courant à vide I_m qui, s'il est petit comparé au courant de pleine charge, n'est cependant pas complètement négligeable par rapport à ce courant comme cela avait lieu dans le transformateur.

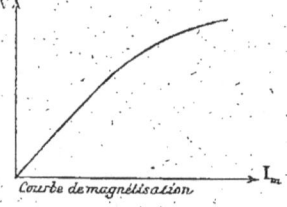

Courbe de magnétisation.

Fig. 155.

FACTEUR DE PUISSANCE. — C'est le cosinus de l'angle φ que fait le vecteur I_s avec la tension aux bornes (fig. 151 et fig. 156).

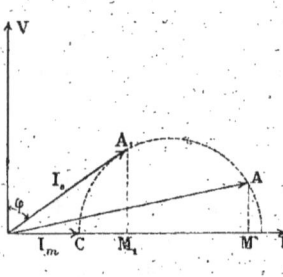

Fig. 156.

Remarquons immédiatement que ce facteur de puissance est toujours inférieur à 1. Il est presque nul lorsque le moteur tourne à vide, il croît ensuite avec la charge du moteur jusqu'à ce que le vecteur I_s soit tangent au cercle, au point A_1 et décroît ensuite pour redevenir très petit à l'arrêt du moteur correspondant au point A' (fig. 156).

On devra chercher à réaliser le moteur de telle façon qu'en charge normale, le facteur de puissance soit voisin de son maximum donné par le point A_1.

On voit immédiatement que le facteur de puissance se rapprochera d'autant plus de 1 que le courant magnétisant I_m sera plus faible, c'est-à-dire l'entrefer plus petit, et que le diamètre du cercle CD sera plus grand, c'est-à-dire les fuites magnétiques seront plus réduites où le coefficient σ plus faible.

car
$$\overline{OD} = \frac{\overline{OC}}{\sigma}.$$

Résumé des propriétés du moteur d'induction. — Donc plus l'entrefer et les fuites seront faibles et plus le courant à vide sera faible, plus le facteur de puissance sera voisin de 1, plus le couple maximum sera élevé, plus les pertes par effet Joule seront réduites.

D'autre part plus la résistance rotorique sera faible et plus le glissement et les pertes par effet Joule seront faibles.

Détermination pratique des éléments du diagramme du cercle pour un moteur donné. — Faisons fonctionner le moteur à vide sous la tension normale V. Le courant absorbé $I_s = \overline{OA}$ est sensiblement égal au vecteur $\overline{OC}$ (fig. 157).

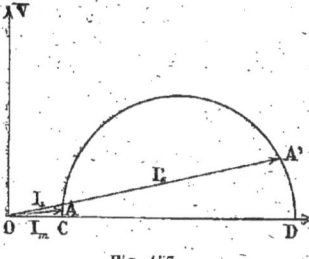

Fig. 157.

Si maintenant nous calons le rotor sous la même tension, le courant absorbé $I_s = \overline{OA'}$ est très voisin du vecteur $\overline{OD}$. Ces deux mesures déterminent le diagramme du cercle.

Toutefois comme dans la seconde mesure les courants rotorique et statorique sont énormes on risquerait de griller le moteur. Pour éviter cet accident on alimente le moteur sous une tension réduite v en conservant la fréquence normale. Le courant statorique étant alors i'_s

on a :
$$\frac{i'_s}{I_s} = \frac{v}{V} \quad \text{d'où :} \quad CD = i'_s \times \frac{V}{v}.$$

(Les courants sont proportionnels aux flux et aux tensions parce que, en pratique, le fer du moteur d'induction n'est jamais saturé).

Mesure du rendement par l'essai à vide et l'essai en court-circuit arrêté. — Mesurons la puissance absorbée par le moteur tournant à vide. Les courants étant faibles les pertes par effet Joule sont négligeables par rapport aux pertes en pleine charge. Par contre, le flux tournant et la vitesse du rotor étant les mêmes qu'en pleine charge, les pertes par hystérésis, courants de Foucault, frottement des coussinets et ventilation, sont les mêmes qu'en pleine charge. La puissance w_1 absorbée à vide sous la tension normale représente donc le total de ces pertes.

Calons maintenant le rotor, dont les enroulements sont toujours en court-circuit, et alimentons le stator sous une tension progressivement croissante jusqu'à ce que le courant statorique soit arrivé à la valeur du courant de pleine charge. Le courant magnétisant étant faible par rapport au courant statorique, on verra facilement que le courant rotorique a, dans cet essai, à peu près la même valeur que le courant rotorique de pleine charge. Les pertes par effet Joule sont donc à peu près les mêmes, dans cet essai, qu'en pleine charge. Les pertes par frottement et ventilation sont nulles. Il en est de même des pertes dans le fer, car, le moteur étant alimenté sans tension réduite, le flux est aussi très petit. Par conséquent la puissance w_2 absorbée dans cet essai représente le total des pertes par effet Joule en pleine charge.

Le rendement η du moteur aura donc pour valeur :

$$\eta = \frac{W - (w_1 + w_2)}{W}$$

W étant la puissance normale.

Comparaison entre les essais du moteur d'induction et du transformateur. — Remarquons que, dans les deux machines, l'essai à vide et l'essai en court-circuit déterminent à la fois le rendement et tous les éléments du diagramme de ces deux machines. Il en est de même pour la plupart des machines électriques et en particulier pour le transformateur.

Génératrices d'induction. — Considérons un moteur d'induction fonctionnant à vide. Le point figuratif du diagramme du cercle est voisin du point C (fig. 158). Si nous appliquons un couple résistant au rotor le point figuratif vient en A, le couple prend la valeur AM et la puissance absorbée a pour valeur

$$W = VI_s \cos \varphi$$

$$W = V \times \overline{MA}.$$

Rappelons que le glissement du rotor par rapport au flux tournant est alors représenté par le vecteur $\overline{OK}$.

Mais si au contraire, nous appliquons au rotor un couple

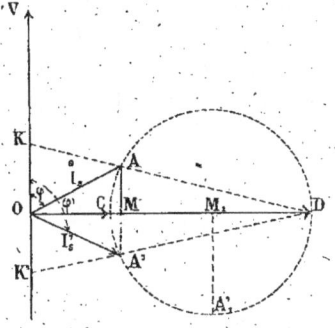

Fig. 158.

moteur tendant à l'entraîner au-dessus du synchronisme, le glissement OK change de signe et devient OK'. Le point figuratif vient en A' dans la partie inférieure du cercle. Le couple électromagnétique change de signe, il devient résistant et est représenté par le vecteur MA'. La puissance échangée avec le réseau est

$$W = VI'_s \cos \varphi' = V \times \overline{MA'}.$$

Ici (cos φ') est négatif, c'est-à-dire que la machine fournit de la puissance au réseau au lieu de lui en emprunter. Elle est donc devenue génératrice. Ce fonctionnement en génératrice est stable comme le fonctionnement en moteur, tant que le couple moteur ne dépasse pas la valeur du couple maximum électromagnétique correspondant au vecteur $M_1A'_1$.

La génératrice asynchrone ainsi réalisée est beaucoup plus simple que l'alternateur que nous décrirons plus loin. Toutefois remarquons qu'elle n'est pas autoexcitatrice, qu'elle fonctionne comme moteur ou comme génératrice la machine emprunte toujours son courant magnétisant I_m au réseau, puisque le vecteur I_s est toujours décalé en arrière de la tension V.[1] Nous verrons qu'il n'en est pas de même pour les machines à collecteur qui peuvent être autoexcitatrices. Il faudrait donc pour réaliser une usine génératrice avec des génératrices asynchrones, employer au moins un alternateur marchant en parallèle avec elles pour leur fournir le courant magnétisant nécessaire à l'entretien de leurs flux tournants. Mais même dans ce cas on rencontre une difficulté assez grave provenant du fait suivant : la puissance produite par une génératrice asynchrone est proportionnelle au glissement. Comme celui-ci est très faible la moindre variation de vitesse entraîne une grosse variation de puissance. Or les turbines à vapeur qui entraînent ces génératrices asynchrones sont pourvues de régulateurs à force centrifuge destinés à accroître la puissance de la turbine à mesure que le couple croît, et par conséquent que la vitesse décroît. Pour assurer une égale répartition de la puissance sur des génératrices marchant en parallèles il faudrait que ces régulateurs aient rigoureusement la même caractéristique et soient sensibles à des variations de vitesse extrêmement faibles. Mais alors la marche des turbines devient extrêmement instable, un faible déplacement

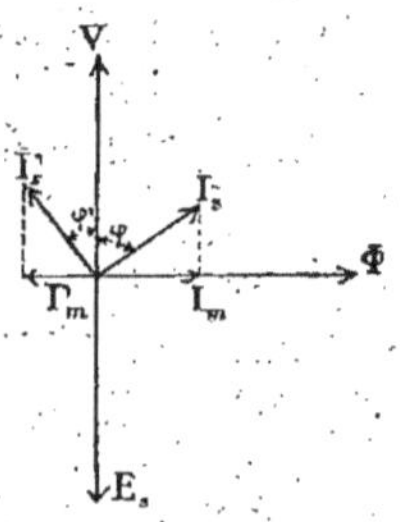

Fig. 159.

1. Rappelons que la tension V aux bornes est égale et directement opposée à la force électromotrice induite par le flux tournant Φ, lequel est en avance d'un quart de période sur E_s (fig. 159). On voit que si le courant statorique I_s est en retard d'un angle φ sur la tension aux bornes V, il y a une composante déwattée, I_m, de même sens que le flux Φ. Le moteur emprunte donc du courant magnétisant au réseau. Si, au contraire, le courant statorique pouvait être décalé d'un angle φ' en avant de la tension V, on voit que sa composante déwattée I'_m serait de sens opposé au flux Φ. Dans ce cas, c'est le réseau qui emprunterait du courant magnétisant au moteur. Ceci ne peut pas se produire dans les moteurs d'induction comme le montre le diagramme du cercle. (Se reporter à la fin du Chapitre VIII).

du régulateur provoquant un énorme afflux de vapeur à la tur-bine. Si au contraire, on adopte des régulateurs peu sensibles, ce sont les génératrices asynchrones qui en pâtissent, car la moindre différence de vitesse entre les turbines produit d'é-normes différences de charge entre les génératrices, et l'on risque de griller l'une d'elles pendant que sa voisine a une charge très faible.

Pour ces raisons l'emploi de génératrices asynchrones, malgré leur prix moindre que les alternateurs, n'est pas encore entré dans la pratique.

FACTEUR DE PUISSANCE MOYEN D'UN RÉSEAU DE FORCE MOTRICE. — En pleine charge le facteur de puissance du moteur d'induc-tion varie de 0,8 pour les petits moteurs à 0,93 environ pour les gros. Il en résulte que, un certain nombre de moteurs d'un réseau fonctionnant à vide ou à faible charge, le facteur de puissance moyen d'un réseau de force motrice, qui comprend toujours une grosse majorité de moteurs d'induction, est voisin de 0,8 [1]. Il est intermédiaire entre 0,8 et 1 pour les réseaux mixtes d'éclairage et force motrice.

1. Nous verrons que les machines autres que les moteurs d'induction (mo-teurs à collecteur, commutatrices, etc...) peuvent avoir un facteur de puissance égal à 1, c'est-à-dire ne demander à la centrale aucun courant magnétisant, ou même fournir au réseau du courant magnétisant, ce qui améliore le facteur de puissance de la centrale en diminuant la quantité de courant magnétisant que lui demandent les moteurs d'induction. Mais ces machines sont généralement en très petit nombre par rapport aux moteurs d'induction, sur un réseau de force motrice. Par suite leur action sur le facteur de puissance de la centrale est faible.

CHAPITRE XVII

Alternateurs et moteurs synchrones.

Nous avons vu, au début de la théorie des machines à champ tournant (voir chap. x), une première manière de créer un champ tournant à répartition sinusoïdale le long de la circonférence d'entrefer. Ce procédé consiste à placer soit sur le stator soit sur le rotor, trois enroulements indépendants décalés l'un par rapport à l'autre d'un tiers de pas polaire. En faisant parcourir ces trois enroulements respectivement par trois courants alternatifs décalés également l'un par rapport à l'autre d'un tiers de période dans le temps, on réalise un champ tournant à répartition sinusoïdale.

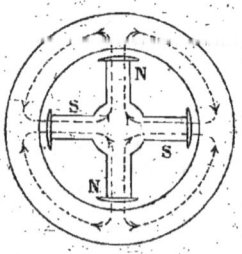

Fig. 160.

Dans les alternateurs et moteurs synchrones, on réalise le champ tournant principal d'une façon beaucoup plus simple. Le rotor est composé d'un nombre pair de masses polaires cylindriques, terminées par des pièces polaires plus larges suivant la forme indiquée sur la figure 160. Sur ces masses polaires, on enroule un fil conducteur de la façon suivante. Ce fil forme une bobine qui entoure la première masse polaire, puis il passe à la suivante sur laquelle il est enroulé en sens inverse de la première bobine, puis sur la troisième sur laquelle il est enroulé dans le même sens que sur la première et ainsi de suite, le sens d'enroulement changeant d'une bobine à la suivante. Si l'on fait parcourir ce fil par un courant continu on crée alors une série de pôles magnétiques dont la polarité change d'une masse à la suivante. On crée ainsi une série de flux magnétiques dont les axes sont représentés en pointillé sur la figure 160.

Si alors on fait tourner le rotor ces flux tournent avec lui ; et si sur le stator sont placés des enroulements qui coupent ces flux on crée ainsi dans ces enroulements des forces électromotrices alternatives. C'est là le principe des alternateurs.

Le courant continu nécessaire à l'excitation de l'alternateur est généralement fourni par une petite génératrice à courant continu calée sur le même arbre et appelée excitatrice.

CHAMP D'ENTREFER SINUSOÏDAL DANS LES ALTERNATEURS ET MOTEURS SYNCHRONES

1° *Machines de faibles et moyennes puissances à faible vitesse* (jusqu'à 1 000 kilovatts environ).

Dans ces machines, on place sur la masse polaire une « pièce polaire » formant champignon et taillée de telle façon que l'entrefer soit plus étroit au centre de la pièce polaire que sur les bords. Les lignes de force du flux, représentées dans l'entrefer sur la figure 161, se concentrent alors dans la partie centrale où l'entrefer est

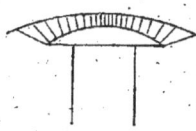

Fig. 161.

le plus petit et par conséquent la réluctance plus faible. Leur densité va ensuite en diminuant de part et d'autre du centre jusqu'aux deux bords de la pièce polaire. Le champ a ainsi, dans cet entrefer, une répartition sensiblement sinusoïdale.

2° *Machines à grande puissance et grande vitesse* (turbo-alternateurs). — Ces machines ont de larges pôles qui sont généralement au nombre de deux ou de quatre. On se rapproche alors davantage de la réalisation du champ sinusoïdal d'entrefer par la disposition suivante.

Le rotor n'est plus à pôles saillants. Il se compose d'un cylindre de fer dans lequel sont taillées des encoches parallèles

à l'axe. C'est dans ces encoches qu'on enroule le fil d'excitation.
Nous avons représenté dans la partie supérieure de la figure 162
une coupe de l'entrefer sur une longueur d'arc polaire.

Dans la partie inférieure, nous avons représenté en projection
horizontale, la façon dont le fil d'excitation est enroulé dans les
encoches de ce pôle. On se rend
compte que les tubes de force du
flux créé par le courant d'excitation
se concentreront dans la partie centrale de l'enroulement où la force
magnétomotrice est maxima, et di-
minueront de densité, de part et
d'autre de cette région, à mesure
qu'on se rapprochera des conducteurs extrêmes de la bobine.

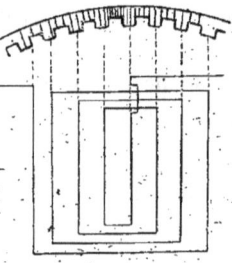

Fig. 162.

Dans le premier cas, on obtient
la répartition sinusoïdale en faisant varier la réluctance le long
de l'entrefer ; dans le second cas, c'est la force magnétomotrice
qu'on fait varier.

La deuxième disposition donne un flux dont la répartition se
rapproche mieux de la sinusoïde que la première. En outre un
rotor cylindrique d'une seule pièce, avec ses conducteurs fixés
dans les encoches au moyen de cales métalliques, est beaucoup
plus solide qu'un rotor à pôles saillants avec ses bobines cylindriques. L'emploi du rotor à encoches est donc tout indiqué
pour les machines à grandes vitesses comme les turbo-alternateurs.

FORCE ÉLECTROMOTRICE SINUSOÏDALE INDUITE DANS LES ENROULE-
MENTS STATORIQUES PAR LES CHAMPS SINUSOÏDAUX. — LEURS AVANTA-
GES. — On voit facilement qu'un champ à répartition sinusoïdale
dans l'entrefer, et qui tourne à vitesse constante, induit dans
chacun des conducteurs statoriques une force électromotrice
sinusoïdale (fig. 163).

Au contraire si le flux a une répartition quelconque, mais
identique pour tous les pôles, comme cela a lieu en pratique, il

induit dans les conducteurs statoriques des forces électromotrices *périodiques mais non sinusoïdales*, comme par exemple

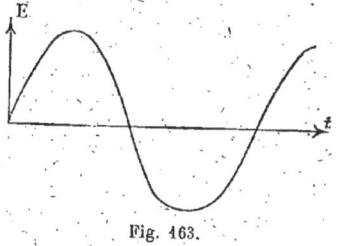

Fig. 163.

celle qui est représentée sur
la figure 164.

On démontre que ces
forces électromotrices périodiques peuvent être considérées comme composées par
la superposition à une force
électromotrice fondamentale
dont la période T corres-
pond au nombre de pôles du rotor, d'une série de forces électromotrices appelées « harmoniques » de la première, et dont les

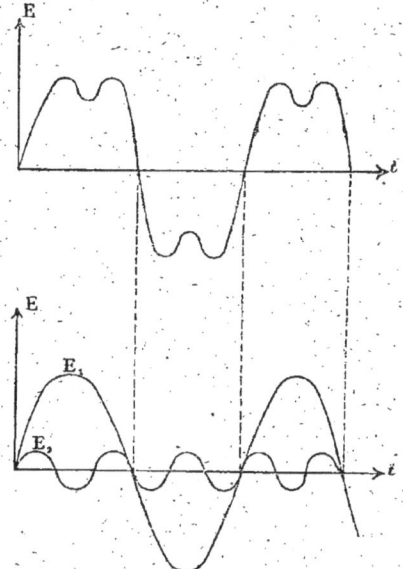

Fig. 164-165.

périodes sont des fractions $\frac{T}{m}$, $\frac{T}{n}$, etc., de la période fondamentale. Par exemple dans le cas de la figure 165, la force électromo-

trice est composée de l'onde fondamentale et de l'*harmonique* 3,
c'est-à-dire d'une force électromotrice dont la fréquence est
triple de la fréquence fondamentale (fig. 165).

On démontre que les harmoniques présentent deux inconvénients : 1° ils augmentent les pertes d'énergie, parce que l'onde
fondamentale seule sert au transport de la puissance de l'alternateur dans le réseau. Les harmoniques produisent bien des
courants de mêmes fréquences, c'est-à-dire des courants qui
sont des harmoniques du courant fondamental. Mais ces harmoniques ne transportent aucune puissance. Toutefois ils échauffent les conducteurs du réseau et des machines par effet Joule,
et produisent ainsi des pertes d'énergie supplémentaires.

2° Ils risquent de provoquer des surtensions susceptibles de
percer les isolants des câbles dans les réseaux souterrains. Il y
a en effet certaines valeurs de la capacité et de la self-induction
des câbles souterrains pour lesquelles un harmonique déterminé
de la tension peut être considérablement renforcé, provoquant
ainsi une surtension dangereuse.

Il y a donc une importance capitale à réaliser une répartition
sinusoïdale du flux, non seulement dans les génératrices de la
centrale, mais également dans toutes les machines branchées
sur un réseau, pour éviter la production d'harmoniques.

ÉTUDE DU FONCTIONNEMENT D'UN RÉSEAU A COURANT ALTERNATIF.
— DÉTERMINATION DU FACTEUR DE PUISSANCE D'UN RÉSEAU. — Il
importe avant tout de bien se pénétrer du principe suivant que
nous allons démontrer :

« Le facteur de puissance d'un réseau, celui que l'on mesure
aux bornes de départ de la centrale, *ne dépend pas des alternateurs de la centrale*, mais uniquement *des moteurs et des lampes
du réseau*. » (Les câbles du réseau ont aussi une influence
sur le facteur de puissance, mais elle est faible et nous la
négligerons.)

En effet supposons d'abord que le réseau soit un réseau
d'éclairage, qui ne comprend par conséquent que des lampes
dont l'ensemble constitue une résistance ohmique R, parcourue

par le courant I que débite la centrale. La tension aux bornes
de cette résistance, c'est-à-dire aux bornes de la centrale, a pour
valeur : $V = RI$, et elle est en phase, comme nous l'avons
vu lors de l'étude des courants alternatifs, avec le
courant I. Le facteur de puissance est ici égal à 1
(fig. 166).

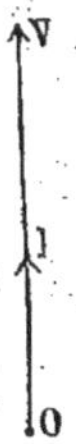

Fig. 166.

Supposons au contraire que le réseau comprenne
seulement des moteurs d'inductions tous branchés
en parallèle sur le réseau, donc fonctionnant tous
sous la tension V du réseau, et absorbant respectivement des courants I_1, I_2, I_3, I_4, etc. (fig. 167).
Les angles φ_1, φ_2, φ_3, φ_4, etc., que ces courants font
respectivement avec la tension V, à leurs formes nous sont
donnés, connaissant leurs charges, par leurs diagrammes du
cercle (voir chapitre XVI).

Le courant résultant I, qui représente le courant débité par
la centrale est représenté par le
vecteur résultant de la composi-
tion des vecteurs I_1, I_2, I_3, I_4, etc.
(fig. 167). On voit que ce courant
ainsi que l'angle φ qu'il fait avec
le vecteur V qui représente la tension du réseau, est déterminé par
la seule connaissance des moteurs
qui fonctionnent sur le réseau.

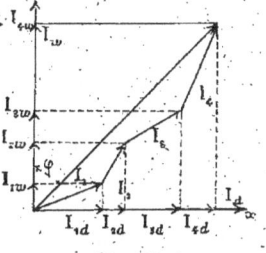

Fig. 167.

NOTION DE COURANT MAGNÉTISANT DU RÉSEAU. — Projetons tous
les vecteurs I_1, I_2, etc., en I_{1d}, I_{2d}, I_{3d}, I_{4d}, etc., sur la perpendiculaire O_x au vecteur V. Ces vecteurs I_{1d}, I_{2d}, etc., représentent
les courants « magnétisants » des moteurs du réseau, c'est-à-
dire les courants nécessaires à la production des flux constants
Φ_1, Φ_2, Φ_3, etc., de chacun de ces moteurs. Nous savons que ces
courants sont à peu près constants quelles que soient les charges
de ces moteurs. Donc le courant I_d, résultant des courants
magnétisants des moteurs du réseau, est sensiblement constant.
C'est le courant magnétisant du réseau.

Projetons au contraire les courants I_1, I_2, etc. sur le vecteur V. Nous savons que ces composantes « wattées » I_{1w}, I_{2w}, etc., sont proportionnelles aux charges des moteurs. Leur résultante I_w est donc proportionnelle à la charge du réseau.

En résumé sur un réseau donné, si l'on a à peu près toujours les mêmes moteurs en marche, le courant « magnétisant » I_d du réseau est sensiblement constant.

Au contraire, le courant watté I_w varie proportionnellement à la charge totale des moteurs.

Le facteur de puissance du réseau, cos φ, est donc d'autant plus grand que le courant watté I_w est plus grand.

On démontre en outre, et ceci se conçoit facilement, que le courant magnétisant est d'autant plus important que le réseau comprend un plus grand nombre de petits moteurs, le facteur de puissance des petits moteurs étant beaucoup plus faible que celui des grands.

Comparons deux réseaux alimentés par des alternateurs identiques, dont l'un ne comporte que des lampes, c'est-à-dire dont le courant magnétisant est nul, et dont l'autre comporte des moteurs d'induction. Nous montrerons plus loin, en étudiant le diagramme de l'alternateur, que le courant magnétisant du deuxième réseau est fourni par une augmentation d'excitation des alternateurs. Autrement dit, les excitatrices d'une centrale produisent non seulement le courant magnétisant des alternateurs de la centrale, mais aussi tous les courants magnétisants des moteurs d'induction du réseau.

Toutefois nous verrons que, lorsqu'un réseau comporte quelques moteurs synchrones ou quelques commutatrices, les excitatrices de ces machines peuvent aider les excitatrices de la centrale pour produire le courant magnétisant du réseau.

En résumé, les alternateurs de la centrale fournissent deux sortes de courants : le courant magnétisant qui transporte des alternateurs aux moteurs du réseau ce que nous appellerons la « puissance magnétisante » nécessaire à la production des flux de ces moteurs, et le courant watté qui transporte la puissance mécanique depuis les alternateurs jusqu'aux moteurs.

Notons que le courant magnétisant, qui ne transmet aucune puissance mécanique, n'en échauffe pas moins les câbles du réseau par effet Joule. Il y a donc intérêt à le réduire le plus possible, ce à quoi peuvent servir, comme nous l'indiquons plus haut, les excitatrices des quelques moteurs synchrones et commutatrices branchées sur le réseau.

ÉTUDE PHYSIQUE DU FONCTIONNEMENT DE L'ALTERNATEUR. — Nous avons donc vu comment on déterminait les courants watté et déwatté que le réseau demande à l'alternateur.

Nous connaissons donc la tension V aux bornes de l'alternateur, le courant I qu'il débite, et son facteur de puissance cos φ (fig. 168).

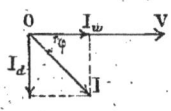

Fig. 168.

Nous allons déterminer, connaissant ces éléments, les phénomènes physiques qui se produisent dans l'alternateur. Le fer de cet alternateur est le siège d'un flux tournant qui résulte de la superposition des flux rotorique et statorique, le premier produit par le courant continu d'excitation et qui est le flux principal, le deuxième produit par les courants triphasés qui parcourent les enroulements statoriques et qui est le flux de réaction d'induit. Il ressortira de la suite de cette étude que, comme dans les machines déjà étudiées, ces deux flux tournent dans le même sens et à la même vitesse, en sorte que les pôles du flux de réaction d'induit sont décalés d'un angle constant par rapport à ceux du flux d'excitation.

Nous allons déterminer la position de ces deux flux par rapport aux courants polyphasés qui parcourent le stator, et ceci nous permettra de construire le diagramme des forces électromotrices dans les enroulements statoriques, puisque ces forces électromotrices sont précisément induites par le flux tournant résultant.

1° *Angle de phase du flux de réaction* Φ_r *d'induit avec le courant alternatif I qui le produit.* — Représentons seulement les bobines de l'un des trois enroulements statoriques (fig. 169). Ces bobines embrassent chacune un arc polaire β, et l'écartement de leurs axes représente un pas polaire 2β. (Les bobines des deux autres enroulements statoriques sont décalées par rapport à celles-ci respectivement d'un tiers et de deux tiers de pas polaire). Si ces bobines sont parcourues par des courants triphasés nous

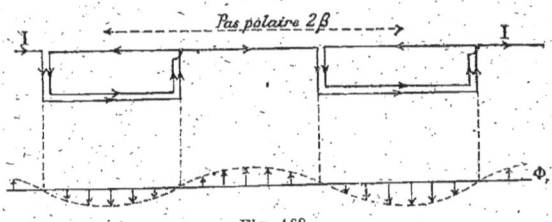

Fig. 169.

savons qu'elles donnent naissance à un flux tournant Φ_r qui est le flux de réaction d'induit. Les axes des pôles de ce flux coïncident avec les axes des bobines de l'enroulement représenté sur la figure, lorsque le courant I est maximum dans cet enroulement. Le sens des lignes de force est déterminé par la règle du tire bouchon, appliqué à ces bobines.

Nous avons déjà vu précédemment que, en convenant de dire que le flux tournant Φ_r est en phase avec le courant I qui le produit, on est conduit à des diagrammes analogues pour les champs tournants et pour les champs alternatifs (fig. 170) (voir la théorie générale des machines à champs tournants).

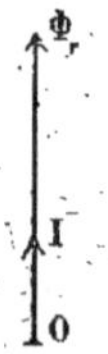

Rappelons que le flux et les courants tournent d'un pas polaire pendant la durée d'une période. Pendant ce temps par conséquent, les vecteurs Φ_r et

Fig. 170.

I tournent de 2π. C'est pourquoi on dit que le pas polaire, qui représente 2β degrés sur la machine, est divisé en 2π « degrés électriques ».

2° *Composition du flux de réaction d'induit Φ_r avec le flux d'excitation Φ_e.* — Ces deux flux font entre eux un angle constant car ils tournent à la même vitesse : en effet c'est le flux d'excitation qui, en tournant, produit dans le stator les courants I qui engendrent le flux de réaction d'induit.

Si, dans la machine, ces deux flux font entre eux un angle α (fig. 171) les vecteurs Φ_r et Φ_e qui les représentent feront entre eux un angle θ donné par la relation :

$$\frac{\theta}{2\pi} = \frac{\alpha}{2\beta} \quad \text{(fig. 172).}$$

En outre des deux vecteurs Φ_e et Φ_r seront décalés, l'un par rapport à l'autre, dans le même sens que les flux dans la

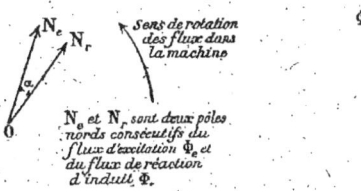

Fig. 171.

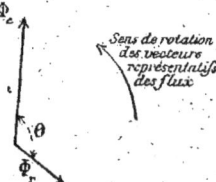

Fig. 172.

machine, c'est-à-dire par exemple que Φ_e sera décalé en avant de Φ_r si le pôle nord N_e de Φ_e précède, dans la rotation, le pôle nord immédiatement voisin N_r de Φ_r.

Il semble qu'on pourrait obtenir le flux résultant Φ en composant les vecteurs Φ_e et Φ_r (fig. 173) comme nous l'avons fait pour le moteur d'induction.

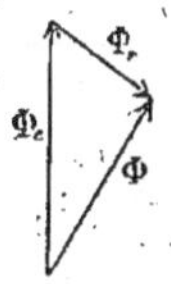

En réalité il n'en est rien parce que la machine est saturée, tandis que les moteurs d'induction ne le sont généralement pas.

Fig. 173.

On sait que, lorsque deux forces magnétomotrices agissent simultanément sur un circuit saturé, le flux total est plus faible que le flux obtenu en composant les deux flux que chacune d'elles produirait si elle agissait seule.

Dans ce cas il faut composer non les flux, mais les forces magnétomotrices qui sont en phase avec les flux, d'après la convention faite au 1°.

Si donc les ampères-tours d'excitation sont égaux à Ni, et les ampères-tours de réaction d'induit à KI, les ampères-tours résultants ni seront obtenus en composant les deux vecteurs Ni

et KI respectivement en phase avec les flux Φ_e et Φ_r, c'est-à-dire décalés de Θ degrés électriques l'un par rapport à l'autre (fig. 174). Nous venons ici d'appliquer la loi de Kirchoff aux forces magnétomotrices agissant sur le circuit magnétique de la machine.

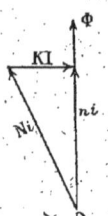

Fig. 174.

Connaissant alors la courbe de magnétisation de la machine, nous en déduirons le flux Φ produit par la force magnétomotrice ni et en phase avec celle-ci.

3° *Force électromotrice E induite par le flux Φ dans les enroulements statoriques.*

a) *Sens de la force électromotrice induite.* — Nous déterminons ce sens en appliquant la loi de Lenz qui nous dit que le flux tournant tend à induire, dans une bobine dans laquelle il pénètre, un courant qui engendre lui-même un flux de sens opposé à celui qui pénètre dans la bobine.

Représentons en perspective, un enroulement statorique

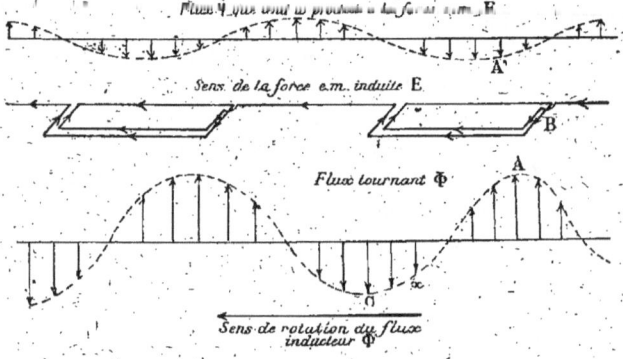

Fig. 175.

(fig. 175). Représentons le flux inducteur Φ au moment où la force électromotrice E qu'il induit dans cet enroulement est maxima, c'est-à-dire au moment où les conducteurs placés dans les encoches du stator coupent la partie la plus intense de ce flux φ que tend à produire la force électromotrice E.

A l'instant représenté sur la figure, le pôle A du flux inducteur Φ pénètre à l'intérieur de la bobine B. La force électromotrice induite E tend donc à produire un flux φ dont le pôle A' induit par la bobine B est de sens opposé au pôle A du flux inducteur. Connaissant le sens du pôle A' que tend à induire la force électromotrice E, la règle du tire-bouchon appliquée à cette bobine nous donne immédiatement le sens de la force électromotrice induite.

b) *Angle de phase du flux Φ et de la force électromotrice E induite par ce flux.* — Nous avons vu, en étudiant les principes généraux des machines à champ tournant, que le flux est en avance d'un quart de période sur la force électromotrice qu'il induit. Nous pouvons le vérifier ici en supposant par exemple que l'alternateur alimente une résistance ohmique R. La force électromotrice E produit alors un courant $I = \dfrac{E}{R}$ qui est en phase avec elle et qui produit le flux φ de réaction d'induit représenté sur la figure 175. On voit que, par exemple le pôle A' de ce flux est décalé d'un quart de pas polaire en arrière du pôle voisin de même sens C du flux inducteur Φ. Ceci montre que le flux inducteur Φ est en avance d'un quart de période sur le flux de réaction d'induit φ, lequel est en phase avec le courant I qui le produit, lequel est lui-même en phase avec la force électromotrice E.

Fig. 176.

Cet exemple nous permet donc de vérifier ce que la théorie générale des champs tournants nous avait déjà démontré : que le flux Φ est en avance d'un quart de période sur la force électromotrice E qu'il induit (fig. 176).

3° *Application de la loi de Kirchoff à l'enroulement statorique.* — Cette loi nous apprend que le vecteur V, représentant la tension aux bornes de l'alternateur, est le vecteur résultant des vecteurs représentant les forces électromotrices superposées dans l'enroulement statorique. En première approximation nous ne considérerons que la force électromotrice principale E induite

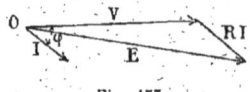

Fig. 177.

par le flux tournant, et la chute ohmique RI, représentée par un vecteur de même direction que l'intensité I et de sens opposé (fig. 177).

DIAGRAMME D'ENSEMBLE DES FORCES ÉLECTROMOTRICES ET MAGNÉ-TOMOTRICES DE L'ALTERNATEUR. — Donc, connaissant le courant I débité par l'alternateur et son angle de phase φ par rapport à la tension aux bornes, le diagramme des forces électromotrices

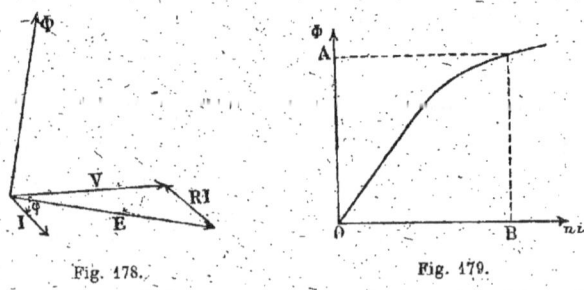

Fig. 178.   Fig. 179.

nous donne la force électromotrice E induite par le flux Φ dans les enroulements statoriques.

Connaissant le nombre et la disposition des fils de cet enroulement, nous en déduisons la valeur du flux Φ nécessaire pour induire la force électromotrice E. Le vecteur qui représente ce flux est, comme nous l'avons vu, en avance d'un quart de période sur la force électromotrice E qu'il induit (fig. 178) et il est en phase avec la force magnétomotrice ni qui le produit.

Comme nous possédons la courbe de magnétisation du circuit magnétique de l'alternateur (fig. 179) nous déduisons de la valeur OA du flux Φ la valeur OB des ampères-tours ni nécessaires pour produire le flux Φ.

Ces ampères-tours résultent de la composition des ampères-tours de réaction d'induit KI, et des ampères-tours d'excita-

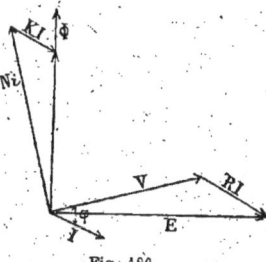

Fig. 180.

tion Ni. Puisque nous connaissons la forme des bobines du stator et la valeur du courant I qui les parcourt, nous connaissons la valeur KI de la force magnétomotrice qu'elle produit. Le vecteur qui représente cette force est en phase avec le courant I qui le produit. Connaissant les vecteurs

ni et KI, nous en déduisons le vecteur Ni qui représente les ampères-tours d'excitation nécessaires à l'alternateur pour qu'il puisse débiter le courant d'intensité I demandé par le réseau à la centrale, sous la tension V avec le facteur de puissance égal à cos φ (fig. 180).

CAUSES DE LA CHUTE DE TENSION DANS UN ALTERNATEUR : RÉACTION D'INDUIT ET CHUTE OHMIQUE. — Deux cas pratiques sont à envisager :

1er CAS. — *Réseau d'éclairage, le facteur de puissance est égal à 1 car l'alternateur débite sur une résistance pure.* — Le diagramme de l'alternateur est représenté sur la figure 181.

Si nous supposons que l'alternateur fonctionne d'abord à vide sous tension constante, puis qu'on augmente progressivement sa charge nous distinguons deux causes de chute de tension :

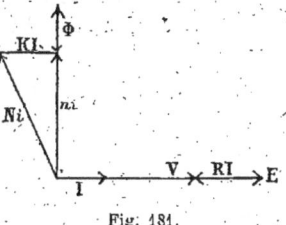

Fig. 181.

a) *La réaction d'induit* KI diminue légèrement les ampères-tours résultants à mesure qu'elle croît. Elle diminue en même temps le flux Φ, la force électromotrice E et par suite la tension aux bornes.

b) *La chute ohmique* RI est, comme on le voit, la principale cause de la chute de tension, étant ici de sens directement opposé à la force électromotrice E.

2° CAS. — *Réseau de force motrice*, c'est-à-dire comprenant surtout des moteurs d'induction qui demandent à la centrale un courant I décalé en arrière de la tension, d'un angle φ (fig. 182).

Le diagramme de l'alternateur est celui de la figure.

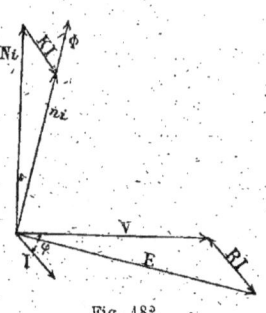

Fig. 182.

En supposant, comme dans le cas précédent, que l'excitation restant constante on augmente progressivement la charge, on voit, par comparaison entre les deux diagrammes, que la diminution de la force magnétomotrice résultante *ni* sera plus grande dans ce dernier cas, le vecteur KI de la réaction d'induit faisant un angle plus aigu avec le vecteur d'excitation Ni.

Donc, l'effet de la réaction d'induit sur la chute de tension en charge, sera sensiblement plus fort dans un réseau de force motrice que dans un réseau d'éclairage.

Par contre l'effet de la chute ohmique sera évidemment un peu moindre, le vecteur RI n'étant plus directement opposé au vecteur E.

Il n'en est pas moins vrai que, à égalité de courant, la chute de tension sera plus forte dans un réseau de force motrice que dans un réseau d'éclairage, parce que l'augmentation d'effet de la réaction d'induit est plus forte que la diminution d'effet de la chute ohmique.

Cette différence s'accentue encore si, au lieu de comparer deux réseaux à *égalité de courants*, on compare deux réseaux à *égalité de charges*, car alors le courant sera plus grand dans le réseau de force motrice, à cause du facteur de puissance moindre.

PRÉDÉTERMINATION DE LA CHUTE DE TENSION EN CHARGE D'UN ALTER-
NATEUR. — DIAGRAMME DE BEHN-ESCHENBOURG. — ESSAI A VIDE.
— ESSAI EN COURT-CIRCUIT. — Le problème à résoudre est le
suivant : « Étant donné un alternateur à prendre chez le fabricant après essais, vérifier en particulier par les moyens dont
on dispose à une plateforme d'essai, que la chute de tension en
charge de l'alternateur ne dépassera pas la valeur qui a été
garantie par le fabricant. »

On ne dispose généralement pas sur une plateforme d'essai
des moyens et, en particulier, de la puissance nécessaire pour
mettre l'alternateur en charge avec le facteur de puissance du
réseau qu'il devra alimenter.

Nous allons voir que trois essais faciles à faire, et exigeant peu de puissance pour entraîner l'alternateur, vont
nous permettre de construire le diagramme établi précédemment, qu'on appelle le diagramme de Behn-Eschenburg, et qui
nous donnera, avec une approximation le plus souvent suffisante, la chute de tension de l'alternateur sous sa charge
normale.

Ces trois essais sont :

1° La mesure de la résistance ohmique des enroulements statoriques qui nous donnera la chute ohmique RI.

2° L'essai à vide ou mesure de la tension à vide sous des excitations croissantes, qui nous donnera la « courbe de magnétisation » de l'alternateur.

3° L'essai en court-circuit ou mesure des ampères-tours d'excitation Ni' nécessaires pour produire, dans les enroulements
statoriques court-circuités, un courant égal au courant I de charge
normale.

Cet essai nous donnera la valeur des ampères-tours de réaction d'induit KI qui sont égaux, comme nous le montrerons, à
Ni'.

1er ESSAI. — *Mesure de la résistance.* — Il se fait, par exemple,
en comparant la chute de tension Ri produite dans ces enroulements par un courant continu i, à la chute de tension $R_1 i$ pro-

duite par ce même courant dans une résistance comme R_1 qui sera par exemple un shunt d'ampèremètre.

2ᵉ Essai. — *Essai à vide.* — En mesurant la tension à vide E pour des valeurs croissantes du courant d'excitation i, nous traçons la courbe de magnéti- sation de la machine (fig. 183). Notons que cette courbe nous donne directement la force électromotrice en fonction de la force magnétomotrice, sans passer par l'intermédiaire du flux Φ.

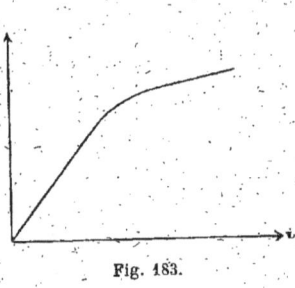

Fig. 183.

3ᵉ Essai. — *Essai en court-circuit.* — Mettons les enroulements statoriques en court-circuit, et faisons croître progressivement l'excitation jusqu'à ce que nous obtenions un courant statorique égal au courant de charge normale I de l'alternateur. Mesurons alors le courant d'excitation i'. Nous allons montrer que les ampères-tours d'excitation Ni' sont, à très peu près, égaux aux ampères-tours de réaction d'induit.

En effet, la tension aux bornes de l'alternateur étant nulle, la force électromotrice E induite par le flux Φ est égale à la seule chute ohmique, c'est-à-dire extrêmement faible, puisque le sta- tor de l'alternateur a une résistance très faible pour réduire les pertes par effet Joule. Le flux Φ qui produit cette force électro- motrice est donc extrêmement faible.

Mais il n'en est pas de même du flux Φ_1 qui serait produit par le courant d'excitation i', si son effet magnétisant n'était pas presque annulé par l'effet magnétisant du courant statorique I. Ceci nous montre donc bien que les forces magnétomotrices Ni' et KI sont à peu près égales et opposées.

Cet essai nous donne donc bien la valeur de la force magné- tomotrice de la réaction d'induit qui est égale à Ni'.

La chute de tension en charge se détermine alors comme il suit :

Connaissant la tension V, le courant de charge I, le facteur de puissance cos φ du réseau, et la résistance R de l'alternateur mesurée dans le premier essai, le diagramme des forces électromotrices (fig. 184) nous détermine la force électromotrice E induite par le flux tournant.

Portant cette valeur E en OA sur la courbe de magnétisation déterminée par l'essai à vide, nous en déduisons la valeur OB

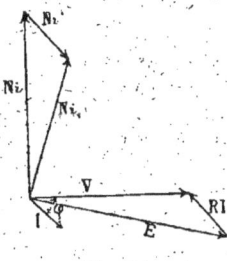 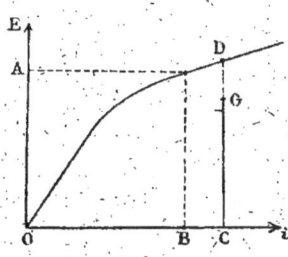

Fig. 184.   Fig. 185.

$= i_1$ du courant d'excitation qui serait nécessaire pour produire cette force électromotrice s'il n'y avait pas la réaction d'induit (fig. 185).

Le vecteur Ni', qui représente la réaction d'induit nous est donné par l'essai en court-circuit. Comme il est de même sens que le vecteur représentant le courant I, tandis que le vecteur Ni_1 est en avance d'un quart de période sur la force électromotrice E, nous pouvons facilement, en composant ces deux vecteurs en déduire les ampères-tours d'excitation Ni, et par conséquent le courant d'excitation i nécessaire à l'alternateur pour alimenter le réseau dans les conditions imposées.

Mais supposons que l'alternateur fonctionne à vide avec le même courant i d'excitation, que nous portons en abscisse en OC sur la figure 185. La courbe de magnétisation nous indique que la tension aux bornes de l'alternateur aurait pour valeur l'ordonnée CD. Comme la tension V en charge n'est égale qu'à l'ordonnée CG la chute de tension en charge est représentée par le vecteur GD.

(Notons qu'il est inutile, pour tracer le diagramme des forces magnétomotrices Ni_1, Ni' et Ni de connaître le nombre de spires N de l'enroulement d'excitation. En pratique on composera les trois vecteurs i_1, i' et i (fig. 186) de même que, pour tracer la courbe de magnétisation on porte en abscisse non les ampères-tours Ni, mais seulement le courant d'excitation i.

C'est pourquoi on appelle souvent improprement le diagramme des forces magnétomotrices, « diagramme des courants » de l'alternateur.)

Nous étudierons plus loin le moyen de prédéterminer d'une façon plus exacte la chute de tension en charge d'un alternateur, par l'étude plus complète des phénomènes qui se produisent dans cette machine. Cette étude nous conduira au diagramme de Potier.

Fig. 186.

PROPRIÉTÉS DU COURANT DÉWATTÉ. — Pour bien comprendre le fonctionnement d'un alternateur, il est essentiel de se rendre compte comment cette génératrice produit non seulement la *puissance mécanique* des moteurs qu'alimente le réseau, mais aussi la *puissance magnétisante* qui entretient les flux magnétiques de ces moteurs.

Nous allons montrer comment, lorsqu'on branche par exemple un moteur asynchrone sur un réseau, le courant déwatté que ce moteur emprunte au réseau produit dans l'alternateur une force contre-magnétomotrice, que l'on doit compenser par une augmentation équivalente du courant d'excitation de l'alternateur, pour empêcher la diminution du flux, et par conséquent de la tension de l'alternateur. Ce courant déwatté produit donc un effet magnétisant dans le moteur et démagnétisant dans l'alternateur, en sorte que le moteur emprunte réellement sa puissance magnétisante à l'alternateur. Il en est de même pour les transformateurs du réseau.

FONCTIONNEMENT DE L'ALTERNATEUR UNIQUEMENT EN COURANT DÉWATTÉ. — Pour faciliter l'étude des phénomènes de transmission

de la puissance magnétisante dans le réseau, nous étudierons
d'abord le cas limite où l'alternateur n'alimente que des transformateurs ou des moteurs fonctionnant à vide, c'est-à-dire ne
demandant à l'alternateur que du courant déwatté.

Représentons deux bobines d'un enroulement de l'induit vues
en perspective sur la figure 187. Représentons le flux tournant Φ

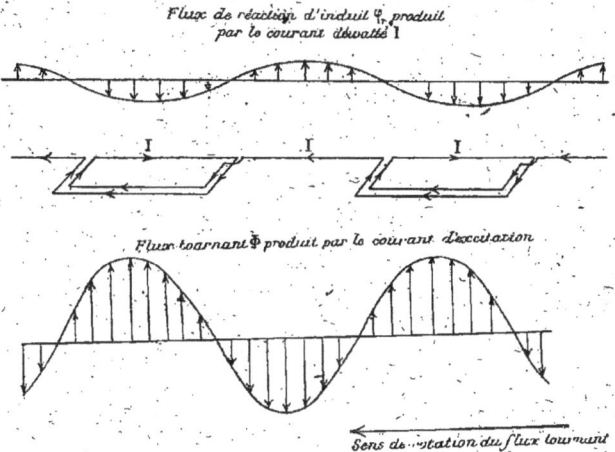

Flux de réaction d'induit φ_r produit par le courant déwatté I

Flux tournant Φ produit par le courant d'excitation

Sens de rotation du flux tournant

Fig. 187.

produit par l'inducteur, au moment où les axes de ses pôles
coïncident avec les axes des bobines de l'induit. La force électromotrice induite dans ces bobines est alors nulle. Comme l'alternateur est parcouru par du courant déwatté, c'est-à-dire
décalé d'un quart de période par rapport à cette force électromotrice, ce courant I est donc maximum dans les bobines considérées. Le flux tournant de réaction d'induit φ_r, engendré par
ce courant déwatté, a donc les axes de ses pôles qui coïncident
exactement avec les axes de ces bobines. Dans le cas de la figure
ces pôles sont exactement opposés au flux tournant principal Φ.
Or nous avons montré que le flux tournant Φ est décalé d'un
quart de période en avant de la force électromotrice E qu'il

induit dans le stator (fig 188). Le flux φ_r, opposé au flux Φ, est décalé par rapport à celui-ci d'une demi-période, et comme il est en phase avec le courant déwatté I qui le produit, on voit que le courant est décalé en arrière de la force électromotrice de l'alternateur. C'est précisément le cas du courant déwatté que les moteurs asynchrones et les transformateurs empruntent, à vide, à l'alternateur : ce courant est décalé d'un quart de période en arrière de la tension

Mais, dans l'étude qui précède, nous avons composé les flux

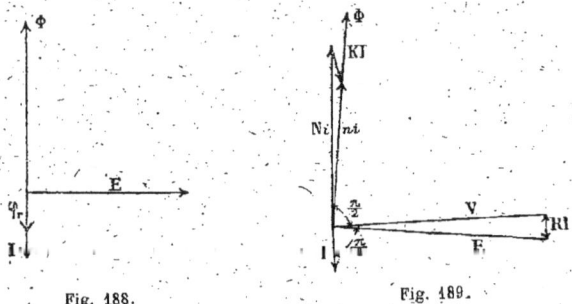

Fig. 188.   Fig. 189.

que produiraient séparément le courant d'excitation et le courant déwatté. Or, nous savons que le fer de l'alternateur étant saturé, nous devons composer non pas les flux, mais les forces magnétomotrices. Traçons donc le diagramme des forces électromotrices et celui des forces magnétomotrices, en partant d'un courant I décalé d'un quart de période en arrière de la tension V aux bornes (fig. 189). La tension V aux bornes est la résultante de la force électromotrice E induite par le flux tournant et de la chute ohmique RI.

Le flux tournant Φ, décalé d'un quart de période en avant de E, est produit par une force magnétomotrice ni, qui nous est donnée par la courbe de magnétisation. Cette force magnétomotrice est égale, dans le cas qui nous occupe, à la force magnétomotrice d'excitation Ni, diminuée de la force magnétomotrice de réaction d'induit KI.

On voit donc clairement que la force magnétomotrice des moteurs asynchrones et transformateurs du réseau est bien fournie réellement par l'excitatrice de l'alternateur.

NOTION DE PUISSANCE MAGNÉTISANTE D'UNE MACHINE. — Considé- rons un moteur asynchrone ou un transformateur. Nous appel-

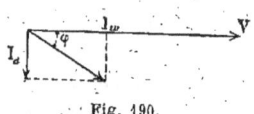

Fig. 190.

lerons « puissance magnétisante » W_m, empruntée par cette machine au réseau, le produit

$$W_m = VI \sin \varphi = VI_d \text{ (fig. 190)}$$

par analogie avec la puissance mécanique

$$W = VI \cos \varphi = VI_w.$$

Mais nous allons montrer que cette puissance magnétisante caractérise bien la quantité de force magnétomotrice que la machine emprunte au réseau.

Prenons par exemple un transformateur dont la haute tension a pour valeur V et la basse tension v. Alimentons ce transfor- mateur à vide par la haute tension. Il empruntera au réseau un courant magnétisant i_d. La puissance magnétisante empruntée aura pour valeur :

$$W_m = Vi_d.$$

Alimentons-le au contraire par la basse tension.

Le courant magnétisant ayant pour valeur I_d, la puissance magnétisante sera :

$$W'_m = vI_d.$$

Or, dans les deux cas le flux est le même ; les forces magné- tomotrices Ni_d et nI_d sont donc égales (N et n représentent les nombres de spires des enroulements haute et basse tension).

$$Ni_d = nI_d \quad \text{donc} \quad \frac{I_d}{i_d} = \frac{n}{N}.$$

D'autre part, nous savons que le rapport des tensions est égal au rapport des nombres de spires primaire et secondaire :

$$\frac{V}{v} = \frac{N}{n}$$

donc :
$$V i'_d = v I_d$$
$$W'_m = W_m.$$

Le produit $V I_d$ caractérise donc bien la puissance magnétisante nécessaire pour entretenir le flux de la machine. Si l'on considère l'expression de la force magnétomotrice $N I_d$ nécessaire pour produire un flux Φ, on voit que le facteur V est précisément proportionnel, pour un flux donné, au nombre N, de spires de l'enroulement aux extrémités duquel on mesure cette tension V.

PRINCIPE DE LA CONSERVATION DE LA PUISSANCE MAGNÉTISANTE DANS UN RÉSEAU. — Nous connaissons déjà le principe de la conservation de l'énergie qui se traduit, dans un réseau électrique, par ce principe que la puissance totale demandée par les moteurs est égale à la puissance totale débitée par les génératrices qui alimentent le réseau.

Nous allons montrer de même que le total de la puissance magnétisante que les moteurs asynchrones et transformateurs demandent au réseau est égal au total de la puissance magnétisante que débitent les alternateurs, moteurs asynchrones et commuatrices du réseau, si l'on suppose toutes ces machines surexcitées.

Nous ferons mieux comprendre ce principe en prenant quelques exemples pratiques.

1er *Exemple.* — Considérons un alternateur qui alimente à la tension V, un réseau sur lequel sont branchés quatre moteurs asynchrones ou transformateurs qui absorbent respectivement des courants I_1, I_2, I_3, I_4. Le courant I débité par l'alternateur est représenté par un vecteur qui est la résultante des vecteurs

I_1, I_2, I_3, I_4 (fig. 191). Construisons les composantes wattées et déwattées de ces courants. Nous voyons que l'on a :

$$I_w = I_{w_1} + I_{w_2} + I_{w_3} + I_{w_4}.$$

donc : $$VI_w = VI_{w_1} + VI_{w_2} + VI_{w_3} + VI_{w_4}$$

Ce qui signifie que la puissance mécanique débitée par l'alternateur est égale au total des puissances mécaniques des moteurs.

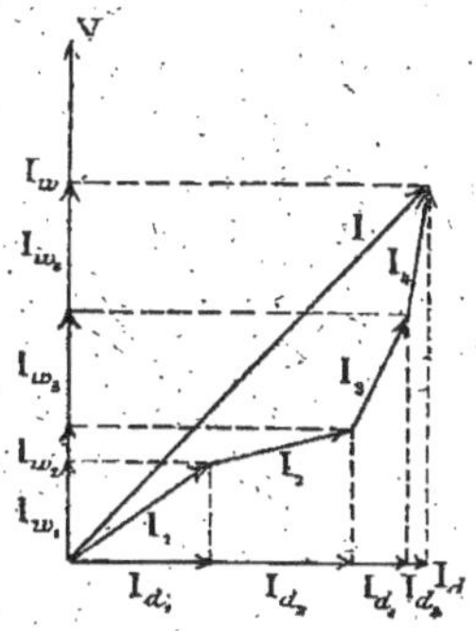

De même nous avons :

$$I_d = I_{d_1} + I_{d_2} + I_{d_3} + I_{d_4}$$

donc :

$$VI_d = VI_{d_1} + VI_{d_2} + VI_{d_3} + VI_{d_1}.$$

Ce qui signifie que la puissance magnétisante débitée par l'alternateur est égale au total des puissances magnétisantes que les moteurs et transformateurs empruntent au réseau.

Fig. 191.

2e *Exemple*. — Considérons deux alternateurs identiques, qui alimentent en parallèle un réseau d'éclairage. Supposons que deux courants d'excitation égaux parcourent leurs enroulements rotoriques. Supposons également que ces deux alternateurs sont entraînés, par exemple, par deux turbines à vapeur identiques, *et dont les régulateurs ont exactement le même réglage*, c'est-à-dire que pour la même vitesse, ils ouvrent de la même quantité la vanne de vapeur des deux turbines. Dans ces conditions, comme les deux alternateurs tournent au synchronisme, c'est-à-dire exactement à la même vitesse, ils débitent des puissances égales chacune à la moitié de la puissance du réseau. Leurs courants d'excitation étant en outre égaux, ils ont le même facteur de puissance qui est celui du réseau, c'est-à-dire 1.

Traçons le diagramme commun à ces deux alternateurs

(fig. 192). Le courant I étant en phase avec la tension V aux bornes la force électromotrice induite dans le stator est égale à la différence (V — RI). Le flux tournant Φ est produit par une force magnétomotrice ni, résultant de la force magnétomotrice d'excitation Ni et de la réaction d'induit KI.

Supposons que nous augmentions le courant d'excitation i de l'un des alternateurs jusqu'à la valeur i_1, sans que la puissance totale demandée par le réseau change (fig. 193). Supposons

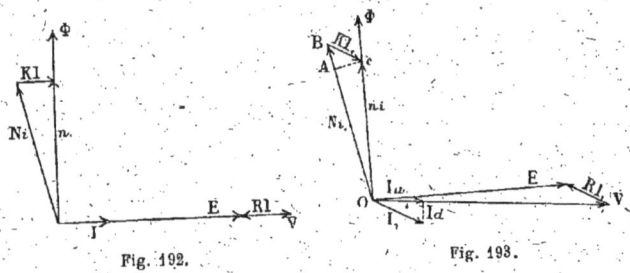

Fig. 192.   Fig. 193.

également que nous nous arrangions pour que la tension V reste constante malgré cette variation d'excitation, et voyons ce qui va se passer dans cet alternateur.

Montrons d'abord que la puissance qu'il débite ne change pas : en effet cet alternateur continue à tourner exactement à la même vitesse que celui avec lequel il est accouplé. Donc le régulateur à force centrifuge de la turbine ne bouge pas. Donc la puissance de la turbine et celle de l'alternateur ne changent pas, c'est là une différence essentielle avec les génératrices à courant continu : pour celles-ci une augmentation d'excitation produit une augmentation du couple résistant, donc une légère diminution de vitesse ; le régulateur de la machine à vapeur ouvre la vanne d'admission un peu plus, et cette augmentation du couple entraîne une augmentation de la puissance débitée par la génératrice. Au contraire pour les alternateurs, une augmentation d'excitation n'entraîne aucune variation de vitesse, donc aucune variation de puissance ni de couple.

Quel effet produit donc cette augmentation d'excitation ? Pour le comprendre facilement, traçons le nouveau diagramme des forces magnétomotrices (fig. 193). La tension n'ayant pas changé la force magnétomotrice résultante ni n'a pas changé La force magnétomotrice d'excitation Ni_1 ayant augmenté, cette augmentation doit être compensée par l'effet de la réaction d'induit. Le vecteur KI_1 qui, sur la figure 192 était perpendiculaire à ni, fait donc maintenant un angle obtus avec ce vecteur. C'est-à-dire que le courant I_1 se décale en arrière de la tension V. On peut le décomposer en une composante wattée I_w qui donne lieu à un vecteur AC de réaction d'induit normal à ni, donc d'effet magnétisant nul, et en une composante déwattée I_d. Celle-ci donne lieu à un vecteur BA de réaction

d'induit *qui produit l'effet déma-gnétisant grâce auquel la tension reste constante* malgré l'augmentation d'excitation.

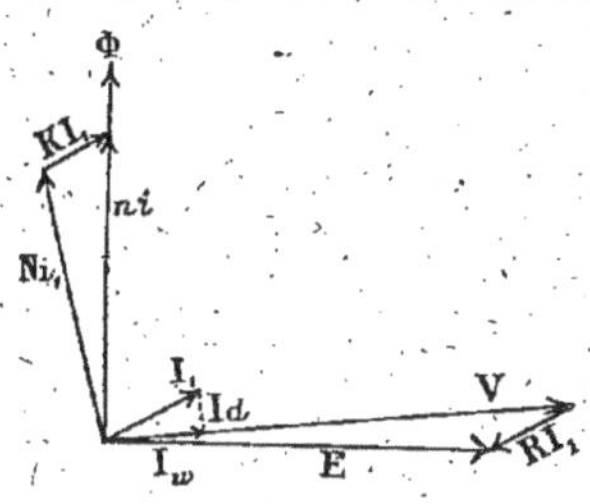

Mais le réseau, ne comprenant que des résistances pures, ne peut absorber ce courant déwatté I_d. Il faudra donc que ce soit l'autre alternateur qui l'absorbe. En effet nous constatons que, pour maintenir la tension constante nous devons diminuer l'excitation du second alternateur d'une quantité égale à l'augmentation du premier. Si nous traçons alors le diagramme des forces magnétomotrices de cet alternateur (fig. 194) nous voyons qu'une diminution d'excitation entraîne un décalage du courant I_1 en avant de la tension V. De la sorte cet alternateur absorbe le courant déwatté I_d produit par l'autre, si bien que chacun d'eux continue à fournir au réseau de lampes seulement le courant watté I_w qu'il demande à chacun des alternateurs (fig. 195).

Fig. 194.

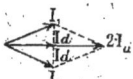

Fig. 195.

Le courant déwatté I_d constitue donc un courant de circula-tion entre les deux machines, qui porte à l'une d'elles l'excès de magnétisme produit dans l'autre. Achevons cette étude par un examen sommaire des phénomènes magnétiques qui accompagnent cette variation d'excitation d'un alternateur.

Revenons au diagramme des forces magnétomotrices dans le cas où l'alternateur débite d'abord uniquement du courant watté (fig. 192). Les vecteurs Ni et KI étant sensiblement rectangulaires (fig. 196) ceci nous indique que les pôles des flux statorique et rotorique font entre eux des angles électriques de 90°, autrement dit qu'ils sont décalés les uns par rapport aux autres d'un demi-pas polaire, ce que nous représentons sur la figure 197.

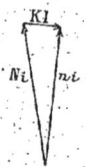

Fig. 196.

Sur cette même figure nous représentons en traits interrompus les flèches qui représentent les forces d'attraction et de

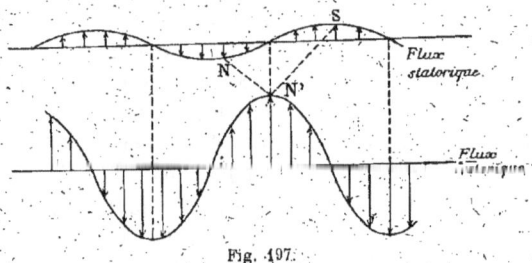

Fig. 197.

répulsion que deux pôles statoriques voisins N et S exercent sur le pôle rotorique N' intercallé entre eux, forces qui produisent le couple de la machine.

Supposons maintenant que nous surexcitions l'alternateur, sa tension restant constante. Le diagramme des forces magnétomotrices devient celui qui est représenté sur la figure 198 (voir fig. 193).

Les vecteurs KI$_1$ et Ni_1 font maintenant un angle aigu, le courant I$_1$ s'étant décalé en arrière.

Fig. 198.

Dans la machine, ceci signifie que les pôles statoriques se sont décalés en arrière par rapport aux pôles rotoriques, d'un nombre de degrés électriques égal à la diminution de l'angle des vecteurs Ni_1 et KI_1. Ce décalage est représenté sur la figure 199.

On voit immédiatement, en comparant les figures 197 et 199

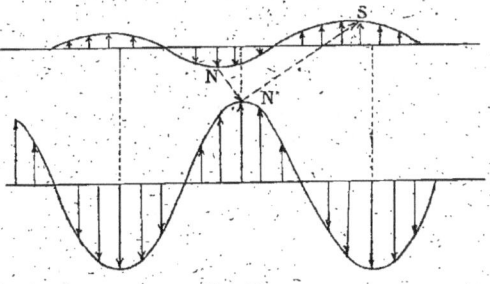

Fig. 199,

que dans le cas où l'alternateur ne produit que du courant watté l'effet démagnétisant du flux statorique est nul. Au contraire, dans le cas où il produit du courant déwatté retardé, les pôles statoriques *tendent à venir en opposition avec les pôles rotoriques, donc à produire un effet démagnétisant.*

Notons que, à la limite, les pôles statoriques venant exac-

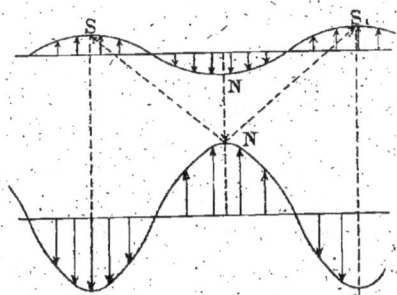

Fig. 200.

tement en face des pôles rotoriques, le couple de l'alternateur deviendra nul (fig. 200), car la répulsion du pôle N sur le pôle N' est radiale, et les attractions des deux pôles S et S_1 sur le pôle N' s'équilibrent.

Donc l'alternateur va tendre à se « décrocher ». *La marche d'un alternateur trop surexcité ou trop désexcité est donc instable.*

Toutes ces conclusions peuvent être facilement étendues à des alternateurs débitant sur un réseau de force motrice : la marche de ces alternateurs en parallèle présentera le maximum de stabilité, lorsqu'ils fonctionneront tous avec un facteur de puissance égal à celui du réseau, c'est-à-dire lorsqu'il ne circulera aucun courant d'échange entre eux.

3° *Exemple.* — *Fonctionnement d'un alternateur en court-circuit.* — La tension aux bornes est nulle, donc la force électromotrice induite par le flux tournant est égale à la chute ohmique dans l'alternateur, c'est-à-dire qu'elle est sensiblement nulle. Le flux tournant est donc sensiblement nul, c'est-à-dire que la force magnétomotrice produite par le courant de court-circuit I_{cc} est égale et opposée à la force magnétomotrice d'excitation : le courant de court-circuit I_{cc} est du

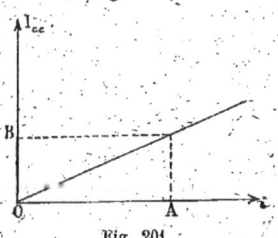

Fig. 201.

courant complètement déwatté. En outre il est exactement proportionnel au courant d'excitation i (fig. 201). La caractéristique du courant de court-circuit est une ligne droite. Cette caractéristique est très importante, car elle nous permet de déterminer approximativement quelle quantité de courant déwatté OB sera nécessaire pour compenser une augmentation d'excitation représentée par le courant OA.

Nous avons vu, en particulier, que cette caractéristique est employée pour prédéterminer la chute de tension sous différentes charges et différents facteurs de puissance par le diagramme de Behn-Eschenburg. Nous verrons qu'elle est également employée pour le même usage dans le diagramme de Potier, plus exact que celui de Behn-Eschenburg.

4° *Exemple.* — *Alternateur compound système Labour.* —

L'excitation d'un alternateur est produite par une dynamo à courant continu. Supposons l'excitation de telle façon que, pour la charge moyenne de l'alternateur, la tension normale soit atteinte. Dans un alternateur ordinaire si la charge vient alors à augmenter, la tension décroît. Elle croît si la charge vient à diminuer.

Pour éviter ces variations de tension, il faudrait que le courant d'excitation de la dynamo se renforce automatiquement lorsque la charge de l'alternateur croît, et qu'il diminue lorsque la charge de l'alternateur décroît. Nous allons montrer comment cet effet est réalisé dans l'alternateur compound de M. Labour.

Calons sur l'arbre de la dynamo, du côté opposé au collecteur, trois bagues isolées. Relions ces trois bagues respectivement à trois points de l'enroulement rotorique décalés les uns par rapport aux autres de $\frac{2\pi}{3}$ degrés électriques. Nous obtenons ainsi à ces trois bagues une tension triphasée comme celle de l'alternateur.

Par ces trois bagues nous allons injecter dans le rotor du courant déwatté, fourni par l'alternateur, de telle façon que ce courant renforce ou diminue automatiquement l'excitation de la dynamo, suivant que la charge de l'alternateur croît ou décroît. C'est là le principe du compoundage de l'alternateur.

Plaçons sur le stator de l'alternateur A, B, C, un enroulement triphasé auxiliaire a, b, c (fig. 202).

D'autre part faisons passer le courant de charge I de l'alternateur dans le primaire d'un transformateur T de compoundage. Le secondaire de ce transformateur est composé de trois enroulements a', b', c', respectivement en série avec les trois enroulements auxiliaires a, b, c du stator de l'alternateur.

La tension à l'extrémité des enroulements a', b, c', a ainsi pour valeur $v + $ KI.

v est la tension constante aux extrémités des enroulements a, b, c, KI représente la force électromotrice dans les enroulements a', b', c'; celle-ci est évidemment proportionnelle au courant I qui traverse les enroulements primaires A', B', C', comme le flux qui la produit. Nous supposerons, pour simplifier l'étude de cet alternateur, qu'il alimente un réseau d'éclairage. Donc le vecteur KI est en phase avec la tension v (fig. 203).

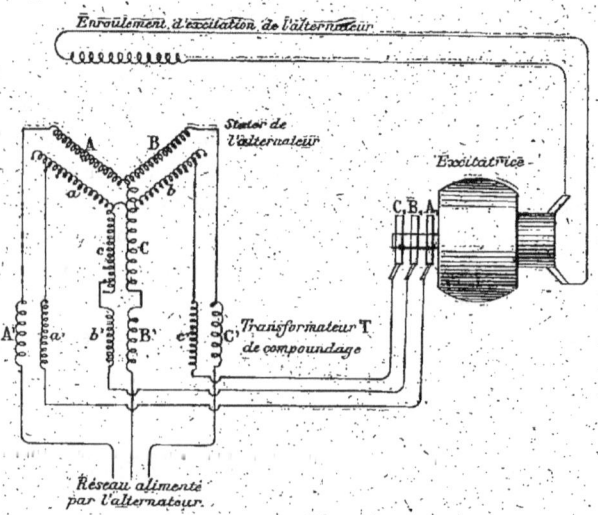

Fig. 202.

Réglons alors la tension v, au moyen de prises multiples sur les enroulements a, b, c, de telle façon que la tension $v + \text{KI}$ soit égale à la tension aux bagues A_1, B_1, C_1, de l'excitatrice lorsque le courant I est égal au courant de charge moyenne de l'alternateur.

Enfin réglons la phase de la tension aux bagues A_1, B_1, C_1, de telle façon que cette tension soit en phase avec $(v + \text{KI})$. Pour cela il suffit évidemment de décaler de l'angle convenable les pôles du stator de l'excitatrice, par rapport au stator de l'alternateur, l'arbre de ces deux machines étant le même.

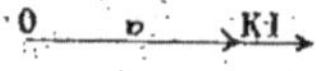

Fig. 203.

Ceci fait connectons les enroulements $a'b'c'$ aux bagues $A_1B_1C_1$ (fig. 202).

Aucun courant ne sera, pour le moment, échangé entre l'excitatrice et les enroulements de compoundage.

Dans l'excitatrice, la tension aux bagues $(v + KI)$ est en retard d'un quart de période sur le flux d'entrefer Φ qui produit la force électromotrice du rotor (fig. 203).

Supposons alors que, la charge de l'alternateur croissant, le courant débité prenne la valeur I' supérieure à I. La tension aux bagues de l'excitatrice devient $(v + KI')$, supérieure à

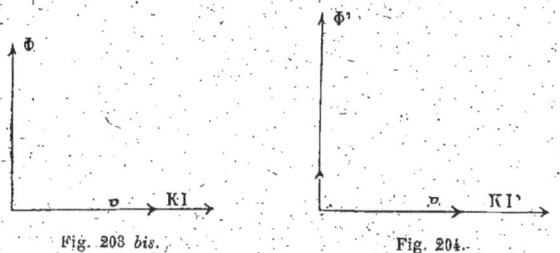

Fig. 203 *bis.*   Fig. 204.

$(v + KI)$. Le flux d'entrefer de la dynamo prend la valeur Φ' supérieure à Φ. Les flux Φ et Φ' étant respectivement proportionnels aux tensions $(v + KI)$ et $(v + KI')$ (fig. 203 et 204).

L'excitation de la dynamo n'ayant pas changé l'augmentation du flux Φ' est produite par un courant déwatté i_1, en phase avec le flux Φ' et fourni par les enroulements de compoundage de l'alternateur.

Le flux d'entrefer ayant augmenté, la tension augmente aussi bien du côté collecteur que du côté bagues de l'excitatrice. Par suite le courant d'excitation que la dynamo fournit à l'alternateur se trouve automatiquement renforcé lorsque la charge de l'alternateur augmente.

Il nous reste à montrer, maintenant que nous avons exposé le mécanisme des phénomènes, comment on se sert de la courbe de magnétisation et de la caractéristique de court-circuit de l'excitatrice, la première prise du côté continu, la seconde du côté alternatif, pour calculer le transformateur de compoundage.

Considérons d'abord la courbe de magnétisation de l'excitatrice du côté continu (fig. 205). Supposons que la tension d'excitation correspondant à la charge moyenne de l'alternateur ait la valeur AE. Réglons la résistance r de l'enroulement d'excitation de l'excitatrice de telle façon que son courant i d'excitation ait la valeur OE. On aura alors la relation

$$\overline{AE} = ri = r \times \overline{OE}$$

donc :

$$r = \frac{\overline{AE}}{\overline{OE}} = \text{tg } \alpha.$$

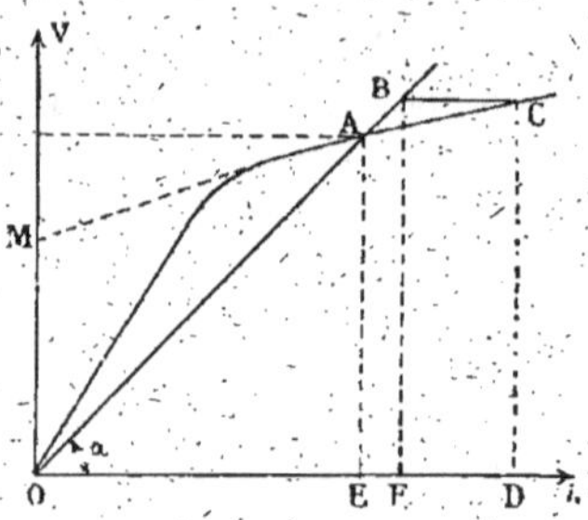

Fig. 205.

Supposons que, lorsque le courant de charge de l'alternateur passe de la valeur I à la valeur I' il faille augmenter la tension d'excitation jusqu'à la valeur CD pour empêcher la tension de l'alternateur de diminuer. Le courant d'excitation de l'excitatrice aura alors la valeur

$$i = \frac{\overline{CD}}{r} = \frac{CD.}{\text{tg } \alpha} = \frac{BF}{\text{tg } \alpha} = \overline{OF}.$$

Il faudra donc que le supplément de force magnétomotrice $\overline{FD}$, nécessaire pour porter à la valeur $\overline{CD}$, la tension de l'excitatrice, soit fournie à celle-ci par le courant déwatté i_1 provenant de l'enroulement de compoundage.

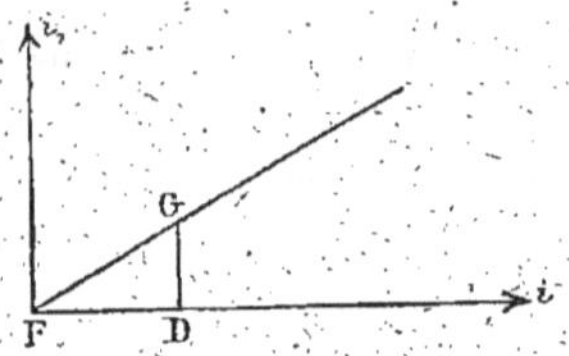

Fig. 206.

La valeur du courant déwatté i_1 équivalant comme force magnétomotrice dans l'excitatrice au courant FD, nous est donnée par la caractéristique de court-circuit de l'excitatrice du côté des bagues (fig. 206). En effet cette caractéristique nous montre que, les bagues étant en court-circuit donc la force électromotrice nulle, et par conséquent le flux d'entrefer nul, la force magnétomotrice produite par le courant continu d'excitation FD est équivalente à la force contre-magnétomotrice produite par le courant déwatté de court-circuit $\overline{DG}$.

Donc : $i_1 = \overline{DG}$.

C'est le courant qui parcourt les enroulements de compoundage. Nous donnerons à ceux-ci une section telle que, pour la valeur maxima de i_1, celle qui correspond à la plus grande variation de tension de l'alternateur, les enroulements de compoundage ne s'échauffent pas de façon dangereuse.

Pour calculer le nombre de spires des enroulements de compoundage, nous remarquerons qu'il faut :

1° Que la tension $(v + KI)$ aux bornes de ces enroulements, soit égale à la tension aux bagues de l'excitatrice correspondante au courant OE d'excitation (fig. 205).

Si le rapport des tensions du côté collecteur et du côté bagues de l'excitatrice est représenté par $\frac{1}{n}$ nous aurons donc :

$$v + KI = \frac{AE}{n} \qquad (1)$$

(en nous reportant à la courbe de magnétisation prise du côté collecteur fig. 205).

2° Lorsque le courant de charge de l'alternateur croît de I à I' il faut que la tension aux balais de l'excitatrice passe de $\overline{AE}$ à $\overline{CD}$, pour que la tension aux bornes de l'alternateur ne tombe pas. La tension du côté bagues passe donc de $\frac{\overline{AE}}{n}$ à $\frac{\overline{CD}}{n}$ tandis que la tension aux bornes des enroulements de compoundage passe de $(v + KI)$ à $(v + KI')$.

Donc on devra avoir :

$$v + KI' = \frac{CD}{n} \qquad (2)$$

Des relations (1) et (2) nous tirerons les valeurs de la tension v aux bornes de l'enroulement auxiliaire de l'alternateur, et le coefficient K qui caractérise le transformateur de compoundage.

ÉTUDE DE LA LIAISON ÉLECTRIQUE ENTRE DEUX ALTERNATEURS FONCTIONNANT EN PARALLÈLE. — CONDITIONS DE STABILITÉ DE MARCHE

EN PARALLÈLE. — Considérons les alternateurs d'une centrale marchant en parallèle. Ces alternateurs débitent du courant à la même fréquence et à la même tension. Nous supposerons ces alternateurs identiques. Pour qu'ils débitent tous du courant à la même fréquence il faut qu'ils marchent tous indéfiniment à la même vitesse. Or nous allons voir qu'il n'y a pas besoin pour cela d'une liaison mécanique entre ces alternateurs. Les propriétés électriques de ces machines sont telles que dès que l'une d'elles tend à s'écarter de la vitesse des autres, il s'établit un courant électrique allant de la machine fautive aux autres machines. Ce courant crée dans la première un couple de nature magnétique qui tend immédiatement à ramener cette machine à la vitesse du synchronisme.

Nous allons voir dans quelles conditions ce couple prend naissance.

Pour simplifier, considérons simplement le cas de deux alternateurs identiques marchant en parallèle. Supposons que ces deux alternateurs soient bipolaires.

Représentons schématiquement les bobines de leurs stators

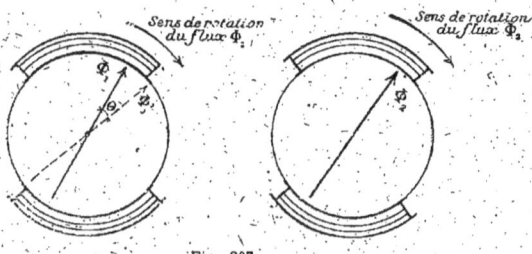

Fig. 207.

(fig. 207) et les flux tournants Φ_1 et Φ_2 dont les axes sont constamment parallèles lorsque ces alternateurs fonctionnent au synchronisme.

Considérons le circuit fermé que forment les enroulements statoriques de ces deux alternateurs. Pour ne pas nous embrouiller, nous supposerons qu'ils ne sont pas branchés sur le réseau. Les flux Φ_1 et Φ_2 engendrent des forces électromotrices E_1 et E_2

égales et opposées, qui s'annulent exactement. Donc aucun
courant ne circule dans les enroulements statoriques. Les flux
Φ_1 et Φ_2 sont respectivement en avance d'un quart de période
sur E_1 et E_2 (fig. 208).

Supposons maintenant que la vitesse du premier alternateur
dépasse légèrement le synchronisme. Le flux Φ_1 se décale
légèrement en Φ'_1, d'un angle θ en avant de Φ_2 (fig. 207).

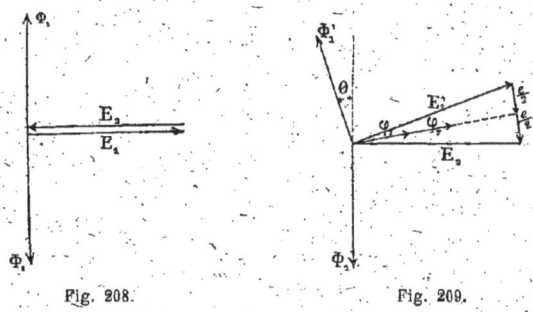

Fig. 208.   Fig. 209.

Sur le diagramme des flux et forces électromotrices les valeurs
Φ_1 et E_1 se décalent respectivement de l'angle θ en avant Φ_2 et E_2.
Les forces électromotrices E'_1 et E_2 ne s'annulent plus alors.
Elles ont une petite résultante e perpendiculaire à E_2 et E'_1.
Cette résultante produit dans les deux enroulements statoriques
un courant de circulation i. Ce courant de circulation crée dans
chacun des alternateurs un flux de réaction d'induit. Ces deux
flux engendrent deux forces électromotrices égales et de même
sens, comme on le verrait facilement en analysant ces phénomènes électromagnétiques comme nous l'avons déjà fait pour le
moteur d'induction.

Si nous négligeons les chutes ohmiques, nous voyons que,
d'après la loi de Kirchoff, la résultante de ces deux forces électromotrices doit être égale à la résultante de E'_1 et de E_2. Cha-
cune d'elles est donc égale à $\frac{e}{2}$, les flux φ_1 et φ_2 qui produisent
ces forces électromotrices sont décalés d'un quart de période
en avant. Ces flux sont donc en quadrature avec les flux Φ_1 et

Φ_2. En représentant ces résultats sur la figure 210 nous porterons le flux φ_1 décalé d'un quart de cercle en arrière de Φ_1 et φ_2 décalé d'un quart de cercle en avant de Φ_1.

Si nous représentons alors les forces d'attraction f qui

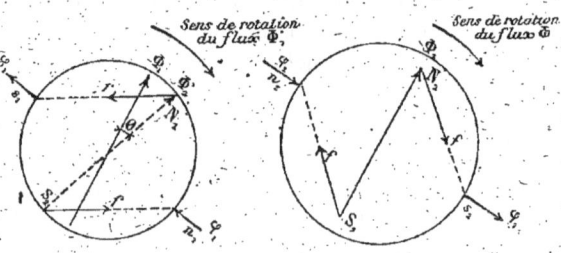

Fig. 210.

s'exercent entre le flux statorique Φ et le flux rotorique φ dans chacun des deux alternateurs, nous voyons que les couples qui en résultent tendent à ralentir le flux tournant Φ_1 qui est en avance et à accélérer le flux Φ_2 qui est en retard. Ceci nous montre nettement comment se produit le couple de synchronisation dans chaque alternateur.

Reportons-nous au diagramme des deux alternateurs (fig. 211). Le courant de circulation i entre les deux alternateurs, en phase avec les flux φ_1 et φ_2 (fig. 209) de réaction d'induit est ici du courant watté (contrairement à ce qui a lieu dans le cas étudié plus haut où l'on surexcite l'un des deux alternateurs).

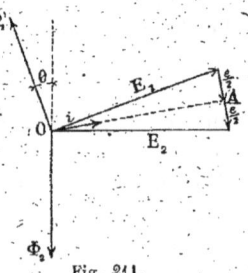

Fig. 211.

Ce courant i emprunte une puissance $E_1 i$ à l'alternateur qui est en avance pour céder une puissance $E_2 i$ à l'alternateur qui est en retard. Le premier tend donc bien à se ralentir et le second à s'accélérer.

La force électromotrice $\frac{e}{2}$ est proportionnelle à l'angle θ. Il en est donc de même des flux φ_1 et φ_2 et du courant i.

Le couple résultant de l'action de φ_i proportionnel à θ sur Φ_1 qui est constant, est donc aussi proportionnel à θ.

Donc le couple synchronisant est proportionnel à l'angle d'écart. Ce résultat est très important, car il nous montre que les deux alternateurs vont osciller de part et d'autre de leur position d'équilibre, qui est la bissectrice de l'angle θ des deux flux, avec un mouvement pendulaire. En effet un pendule écarté de sa position d'équilibre est soumis à une force $P\theta$ proportionnelle à l'angle d'écart (fig. 212). Dans le cas des alternateurs comme dans le cas du pendule, ce mouvement pendulaire tend à s'amortir par l'effet des frottements. Dans le cas des alternateurs, cet amortissement est augmenté par l'effet des courants de Foucault et de l'hystérésis que le mouvement pendulaire du rotor par rapport au flux de réaction d'induit développe dans le fer du rotor. Remarquons, en effet, que tant que les alternateurs tournent exactement au synchronisme, le rotor tourne exactement à la même vitesse que le flux tournant statorique. A

Fig. 212.

ce moment le fer du rotor, immobile par rapport à ce flux, n'est le siège d'aucun phénomène d'hystérésis ni de courants de Foucault. Mais lorsque le rotor s'écarte un peu de la vitesse du synchronisme, comme la périodicité du courant statorique et par suite la vitesse du flux statorique ne changent pas, le fer du rotor prend alors par rapport à ce flux le mouvement pendulaire dont nous avons parlé plus haut. Il devient ainsi le siège de phénomènes d'hystérésis et de courants de Foucault, lesquels, transformant l'énergie pendulaire du rotor en chaleur, freinent ce mouvement pendulaire.

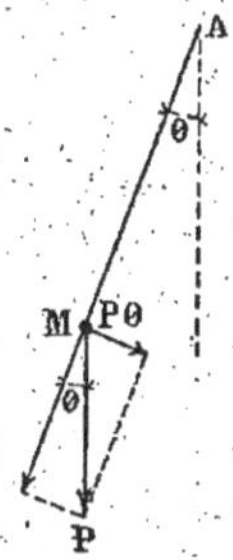

On augmente ce freinage, et par suite on améliore la marche en parallèle, par l'emploi d'amortisseurs Leblanc. Ces amortisseurs sont constitués tout simplement par des cages d'écureuil fixées sur les pôles rotoriques. Tant que le rotor tourne en synchronisme, ces cages d'écureuil ne sont le siège d'aucune force électromotrice, puisqu'elles tournent à la même vitesse

que les flux. Mais dès que le rotor prend un mouvement pendulaire par rapport au flux statorique ce flux développe une
force électromotrice, donc un courant dans l'amortisseur. Ce
courant absorbe l'énergie du mouvement pendulaire. Il est
d'ailleurs facile de voir qu'il développe un couple de sens
opposé à chaque instant au mouvement pendulaire et maximum au moment où la vitesse du mouvement pendulaire est
maxima. Ce couple freine donc le mouvement pendulaire. (La
théorie de ces amortisseurs est identique à celle du moteur
d'induction.)

ÉLÉMENTS DE CALCUL DU VOLANT D'UN ALTERNATEUR CONDUIT PAR UNE MACHINE A COUPLE PÉRIODIQUEMENT VARIABLE. (Moteur à gaz, machine à vapeur à piston.)

Supposons que le couple synchronisant du mouvement
pendulaire du rotor ait une valeur $C = \frac{\theta}{2} C_s$. En nous reportant à la théorie du pendule, nous voyons que si I représente
le moment d'inertie du rotor de l'alternateur, volant compris,
la durée des oscillations du mouvement pendulaire aura pour
valeur :

$$T = 2\pi . \sqrt{\frac{I}{C_s}}$$

Nous devrons calculer le volant de telle façon que la durée T
de ces oscillations ne soit pas égale à la période T_s du couple
variable du moteur, ou à l'un de ses multiples, car il se produirait alors un effet de résonance par lequel la pulsation du
couple moteur aurait pour effet d'amplifier ces oscillations jusqu'à provoquer le décrochage de l'alternateur.

Si donc nous nous donnons la durée T des oscillations pen-
dulaires, pour calculer le moment d'inertie total I du rotor il
nous faut connaître la valeur du couple synchronisant $\frac{\theta}{2} C_s$.
Nous allons indiquer comment la valeur de ce couple se déduit
des caractéristiques électriques de l'alternateur, et en particulier de sa courbe de magnétisation et de sa caractéristique de
court-circuit.

Reportons-nous au diagramme de l'alternateur (fig. 213).

L'angle θ étant petit, le courant synchronisant i est du courant

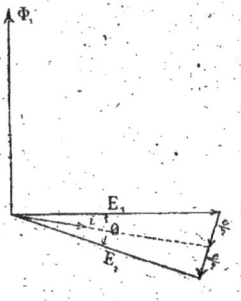

watté ; la puissance synchronisante, à l'instant considéré, a donc pour valeur :

$$w = \mathrm{E}i.$$

Mais cette puissance a également pour valeur le produit du couple synchronisant C par la vitesse angulaire de rotation Ω du rotor :

$$W = C\Omega$$

Fig. 213.

donc : $$C = \frac{E}{\Omega}\,i. \qquad (1)$$

E et Ω sont connus ; ce sont des constantes. Il nous reste à calculer la valeur du courant i. Pour cela remarquons que ce courant i produit le flux de réaction d'induit φ_1 lequel engendre la force motrice $\frac{e}{2}$:

Or : $$\frac{e}{2} = \mathrm{E}\,\frac{\theta}{2}.$$

En nous reportant à la courbe de magnétisation nous trou-

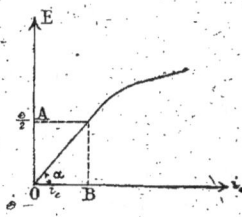

Fig. 214.

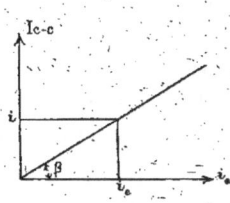

Fig. 215.

vons la valeur du courant d'excitation i_e nécessaire pour produire la force électromotrice $\frac{e}{2}$ (fig. 214).

$$i = \frac{e}{2} \times \frac{1}{\lg \alpha}. \qquad (2)$$

Puis en nous reportant à la caractéristique de court-circuit (fig. 215) nous trouvons que le courant statorique i qui produit une force magnétomotrice égale à celle que produit le courant d'excitation i_e a pour valeur :

$$i = i_e \, \text{tg} \, \beta.$$ (3)

Les relations (2) et (3) nous donnent :

$$i = \frac{c}{2} \frac{\text{tg} \, \beta}{\text{tg} \, \alpha} = \text{E} \, \frac{\theta}{2} \frac{\text{tg} \, \beta}{\text{tg} \, \alpha}.$$

Portons cette valeur dans l'expression (1) du couple synchronisant. Il vient :

$$\text{C} = \frac{\text{E}^2}{\Omega} \frac{\text{tg} \, \beta}{\text{tg} \, \alpha} \times \frac{\theta}{2} = \text{C}_s \times \frac{\theta}{2}$$

d'où :

$$\text{C}_s = \frac{\text{E}^2}{\Omega} \times \frac{\text{tg} \, \beta}{\text{tg} \, \alpha}.$$

Nous avons ainsi la valeur C_s nécessaire pour calculer le moment d'inertie total I du rotor.

CONDITIONS DE BON FONCTIONNEMENT EN PARALLÈLE DE DEUX ALTERNATEURS. — La marche en parallèle est d'autant plus stable que le couple synchronisant C_s est plus fort. Pour un alternateur de tension E et de vitesse Ω fixées à l'avance, ce couple est d'autant plus grand que l'angle β est plus grand et l'angle α plus petit.

Or plus l'angle β est grand, plus le courant de court-circuit est grand, plus la chute de tension est grande; comme nous le voyons en nous reportant au diagramme de Behn-Eschenburg. Donc les alternateurs les plus stables pour la marche en parallèle sont ceux qui ont la plus grande chute de tension.

De même plus l'angle α est petit et plus la tension produite par un courant d'excitation donné est faible. Pour produire une faible tension il faut un petit flux, donc une forte réluctance du circuit magnétique, laquelle s'obtient au moyen d'un grand entrefer : donc les alternateurs les plus stables pour la marche en parallèle sont ceux qui ont un grand entrefer.

FONCTIONNEMENT DE L'ALTERNATEUR (ET DU MOTEUR SYNCHRONE) D'APRÈS LA THÉORIE DE POTIER. — PRÉDÉTERMINATION DE LA CHUTE

DE TENSION EN CHARGE. — La théorie de Behn-Eschenburg étudie l'effet magnétisant ou démagnétisant du courant de charge. Si le courant de l'induit est décalé en avant, il tend en effet à renforcer, comme nous l'avons vu, le flux inducteur; il tend à le diminuer au contraire s'il est décalé en arrière. Donc dans le premier cas, il tend à augmenter la tension de la machine, dans le deuxième cas, qui est le cas général, il tend à la diminuer.

Mais en outre ce courant de l'induit produit un flux de self-induction qui tend toujours à augmenter la chute de tension en charge. Cet effet est négligé par la théorie de Behn-Eschenburg, tandis que celle de Potier en tient compte, et, par suite, est plus exacte sans être beaucoup plus complexe dans son application.

Reprenons donc l'étude des circuits magnétiques de l'alternateur déjà commencée dans la théorie de Behn-Eschenburg.

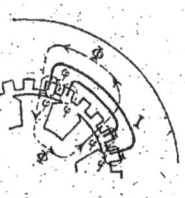

Fig. 216.

Nous avons vu que le flux d'excitation Φ, soumis à l'action magnétisante du courant de l'induit I, dont les spires entourent le circuit du flux Φ, était renforcé ou diminué par ce courant I. Mais en outre chaque conducteur de l'induit créé, indépendamment du flux principal Φ, un petit flux φ qui entoure ce conducteur et qui n'est pas soumis à l'action magnétisante du courant d'excitation i (fig. 216). Ces flux φ appelés flux de fuite, analogues à ceux que nous avons déjà étudiés dans le moteur d'induction créent, dans le circuit induit soumis à leur influence, une force électromotrice de self-induction $L\omega I$ en retard d'un quart de période sur le courant I qui la crée. Cette force électromotrice se compose avec la force électromotrice principale E due au flux Φ, et leur résultante est égale à la tension aux bornes V (fig. 217). Nous avons vu d'autre part que le flux Φ était dû à une force magnétomotrice $\mathcal{F}$ résultant de la force magnétomotrice d'excitation $\overline{ni}$, et de la force magnétomotrice de réaction d'induit $\overline{KI}$. Nous obtenons ainsi le diagramme de Potier. Le coefficient L est une constante de l'alternateur, coefficient de self-induction du circuit induit. Le coefficient K est également une constante de l'alternateur. Ces

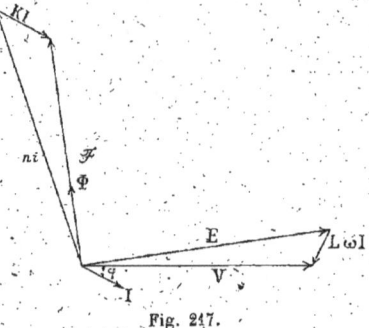

Fig. 247.

deux coefficients, qu'il suffit de connaître pour établir le diagramme de Potier, et par suite pour étudier tout le fonctionnement de l'alternateur, peuvent être calculés à peu près connaissant la forme et les dimensions du fer de l'alternateur et de ses circuits inducteur et induit. Mais il est beaucoup plus exact de les déterminer au moyen de deux essais très simples :

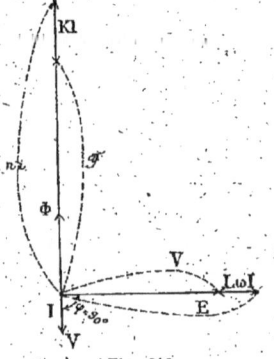

Fig. 248.

1° L'essai en court-circuit déjà vu par la méthode de Behn-Eschenburg;

2° L'essai en courant entièrement déwatté, l'alternateur étant aussi saturé que possible.

Ces deux essais permettent de déterminer facilement les coefficients K et L parce que le diagramme de Potier qui représente le fonctionnement de l'alternateur pour chacun de ces deux cas particuliers prend une forme particulièrement simple.

Traçons ce diagramme dans le cas du courant déwatté (fig. 248). Il se déduit très simplement du diagramme du cas général (fig. 247).

Traçons maintenant ce que nous appellerons la courbe de tension en courant déwatté, c'est-à-dire la courbe représentant la variation de la tension $\overline{V}$ aux bornes en fonction des ampères-tours d'excitation $\overline{ni}$, lorsqu'on fait varier le courant d'excitation i en maintenant le courant induit I constant.

Nous allons montrer que cette courbe se déduit de la courbe de magnétisation par une simple translation.

Plaçons pour cela un point quelconque C de cette courbe,

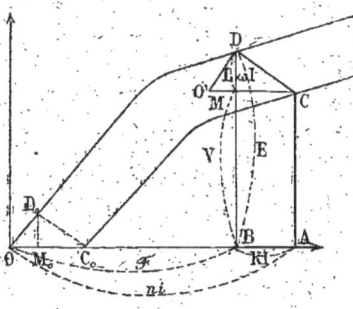

Fig. 219.

correspondant à un courant i d'excitation. Portons les ampères-tours $\overline{ni}$ en abscisse suivant le segment OA (fig. 219). Retranchons-en les ampères-tours de réaction d'induit $KI = \overline{AB}$. Le segment OB représente la force magnétomotrice $\mathfrak{F}$ qui produit un flux Φ induisant une force électromotrice E représentée par l'ordonnée BD de la courbe de magnétisation. Retranchons de cette force électromotrice, la force électromotrice de self-induction $L\omega I = DM$. Le segment BM représente la tension V aux bornes et par suite l'ordonnée AC de la courbe de tension en courant déwatté.

Remarquons que les deux côtés $\overline{MC} = KI$ et $\overline{MD} = L\omega I$ du triangle DMC sont constants lorsque le courant i d'excitation varie. Par suite si le sommet D du triangle constant décrit la courbe de magnétisation, le sommet C décrira la courbe de tension en courant déwatté.

Le point C_0 où cette courbe coupe l'axe des abscisses, représente évidemment le fonctionnement en court-circuit (voir diagramme de court-circuit) puisque la tension aux bornes est nulle et le courant entièrement déwatté. L'essai en court-circuit pour lequel le courant induit a pour valeur I nous donne par une mesure directe la valeur des ampères-tours d'excitation OC_0 correspondant à ce cas.

D'autre part remarquons que, si par le point D on mène une parallèle DO' à la partie rectiligne D_0O de la courbe de magnétisation, on peut remplacer le triangle constant DMC par le triangle également constant DOC' dont l'essai en court-circuit nous a fait connaître la base $\overline{CO'} = \overline{C_0O}$.

La méthode à suivre pour déterminer les coefficients K et L est donc la suivante :

1° Mesurer, par l'essai en court-circuit avec courant induit I, les ampères-tours $\overline{OC_0} = \overline{O'C}$.

2° Déterminer, par un essai avec courant induit entièrement déwatté de même valeur I, un point C de la courbe en courant déwatté, l'alternateur étant saturé de façon à ce que le point C soit au delà du coude de la courbe.

Tracer alors le vecteur $\overline{CO'} = \overline{C_0O}$. Par le point O' mener une parallèle O'D à la partie rectiligne de la courbe de magnétisation jusqu'à sa rencontre avec la partie courbe de celle-ci. Le triangle DMC et par suite les coefficients K et L sont ainsi déterminés.

On peut ensuite, connaissant ces deux coefficients, tracer le diagramme de l'alternateur pour un cas quelconque de fonctionnement. En particulier on peut ainsi tracer point par point la courbe de tension pour un courant de charge et un facteur de puissance donnés, et déterminer ainsi la chute de tension de l'alternateur pour une charge quelconque. C'est un des problèmes les plus importants que l'on ait à résoudre lors des essais d'un alternateur.

L'essai en déwatté se fera de la façon suivante : On absorbera le courant déwatté de l'alternateur à essayer, au moyen d'un autre alternateur. Pour cela supposons que l'on ait accouplé les deux alternateurs à vide, à la tension V choisie pour l'essai en courant déwatté. On augmentera progressivement l'excitation de l'alternateur à essayer, et on diminuera en même temps celle de l'alternateur auxiliaire de façon à maintenir constante la tension V aux bornes. Il circulera alors un courant déwatté progressivement croissant qui compensera par son effet démagnétisant l'excès d'excitation du premier alternateur; et par son effet magnétisant le défaut d'excitation du deuxième. Il est facile de voir en effet, en traçant les diagrammes de flux, forces magnétomotrices, tensions et forces électromotrices des deux alternateurs que ce courant sera décalé en arrière dans l'alternateur surexcité et en avant dans celui qui est désexcité. Il transporte ainsi en quelque sorte dans le deuxième alternateur l'excès de force magnétomotrice du premier, suivant le principe de la conservation du magnétisme dans un circuit fermé à courant alternatif.

Lorsque le courant déwatté I sera voisin du courant de charge normale de l'alternateur on mesurera ce courant $l \overline{I_1}$, le courant d'excitation $\overline{i'}$, la tension V aux bornes et la vitesse de l'alternateur pour en déduire la pulsation ω.

On est ainsi en possession de tous les éléments nécessaires.

Cette méthode a, sur celle de Behn-Eschenburg, la supériorité d'une précision beaucoup plus grande.

Toutefois elle exige l'emploi d'un alternateur auxiliaire de même tension, même fréquence et même nombre de phases que celui à essayer.

Elle exige en outre une puissance à peu près double, car chacun de ces alternateurs absorbe une puissance à peu près égale aux pertes à vide augmentées des pertes par effet Joule dues au courant induit.

Diagramme de Rother. — Nous signalons ce diagramme, peu employé, parce qu'il est symétrique du diagramme de Behn-Eschenburg. Tandis que celui-ci admet que le seul effet du courant de charge I est un effet démagnétisant (ou magnétisant pour un courant décalé en avant) qui se traduit par la production des ampères-tours KI de réaction d'induit, le diagramme de Rother, au contraire, néglige cet effet pour ne considérer que la force électromotrice de self-induction $L\omega I$ du courant de charge. Les erreurs de ces deux diagrammes sont donc inverses et le diagramme de Potier qui les réunit, annule en même temps ces erreurs.

MOTEUR SYNCHRONE

Nous avons jusqu'ici étudié comment l'alternateur servait à produire de l'énergie électrique. Nous allons montrer que la même machine, branchée sur un réseau, peut fonctionner comme moteur; ce moteur tournant à une vitesse rigoureusement constante qui est celle du flux tournant d'entrefer, tandis que le moteur d'induction tournait à une vitesse légèrement inférieure.

1° *Considérons tout d'abord l'alternateur fonctionnant comme machine génératrice*, c'est-à-dire débitant un courant I que nous supposerons, pour simplifier, en phase avec la force électromotrice E engendrée dans le stator par le flux tournant Φ (diagramme de la fig. 220).

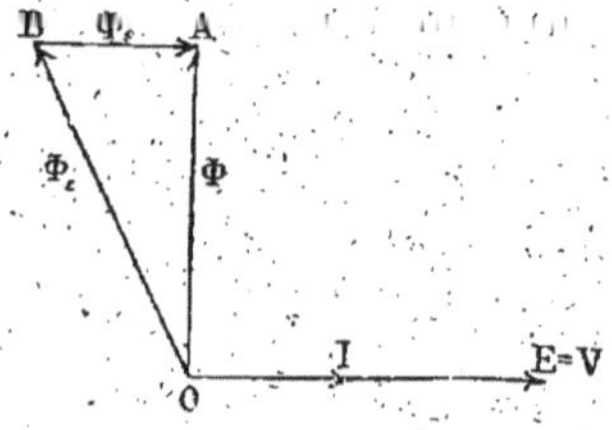

Le flux d'entrefer Φ est en avance d'un quart de période sur la force électromotrice, E qu'il engendre. Ce flux résulte de la composition du flux Φ_e créé par le courant rotorique d'excitation, et du flux statorique Φ_s créé par le courant statorique I.

Fig. 220.

Ce dernier est en phase avec I, donc en retard d'un quart de période sur Φ. Il est à peu près aussi décalé d'un quart de période par rapport à Φ_e. Sur la figure 221 nous avons représenté les deux flux Φ_e et Φ_s tels qu'ils sont répartis dans l'entrefer de l'alternateur.

Le flux Φ_s étant décalé d'un quart de période sur Φ_e ses pôles N', S', sont décalés d'un quart de pas polaire en arrière des pôles N, S, de Φ_e, par rapport au sens de rotation du flux, qui est indiqué par une flèche.

Nous avons également indiqué par des flèches les attractions et répulsions qui se produisent entre pôles rotoriques et statoriques. On voit que ces forces créent un couple de sens opposé

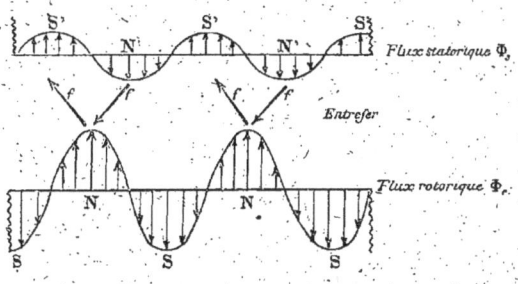

Fig. 221.

Flux d'un alternateur fonctionnant comme machine génératrice.
f f f, attractions et répulsions entre pôles rotoriques et statoriques produisant le couple résistant.

à celui du mouvement, donc un couple résistant, ce qui est logique puisque la machine est une génératrice.

2° *Supposons que l'on réduise progressivement le couple de la machine motrice qui entraîne l'alternateur, jusqu'à ce que ce couple soit nul.* — Toutefois, supposons que nous laissions l'alternateur branché sur le réseau dont d'autres alternateurs maintiennent la tension constante, comme cela se passe dans une centrale.

Examinons sur le diagramme de la figure 220 ce qui va se passer. La tension V et par suite la force électromotrice E restant constantes, il en est de même du flux Φ. Comme nous supposons également qu'on ne touche pas à l'excitation, le flux Φ_e reste constant. Cependant, puisque le couple moteur diminue jusqu'à s'annuler, il en est de même de la composante wattée du courant de charge. Si bien que lorsque le couple moteur est nul, le courant débité par l'alternateur est entièrement déwatté.

Le diagramme de fonctionnement devient celui qui est représenté sur la figure 222. Le courant débité I_d étant déwatté le
flux statorique Φ_s qui est en phase avec
I_d est égal à la différence entre les flux
Φ_e et Φ_s.

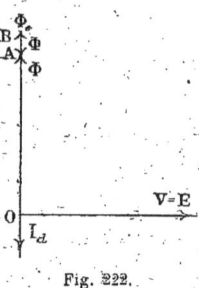

Fig. 222.

Représentons les flux Φ_e et Φ_s dans
l'entrefer sur la figure 223. Les vecteurs
Φ_e et Φ_s étant opposés ceci nous montre
que les pôles de mêmes noms de Φ_e et
Φ_s sont opposés, de telle façon que le
flux Φ_s diminue le flux Φ_e de la quantité
nécessaire pour maintenir le flux résultant Φ constant.

Le couple est, sinon nul, du moins très faible car les attractions entre pôles de noms opposés se détruisent deux à deux par
raison de symétrie, et les répulsions entre pôles de mêmes noms
sont radiales, donc ne produisent pas de couple.

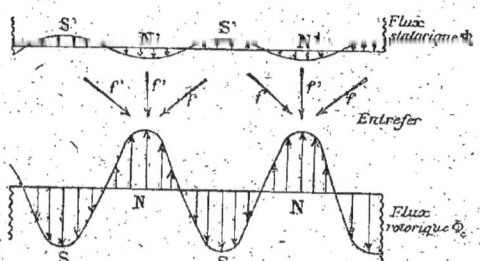

Fig. 223.

L'analyse de ces phénomènes nous montre tout d'abord que,
pour annuler la charge d'un alternateur marchant sur un réseau,
il suffit de diminuer jusqu'à l'annuler le couple de la machine
motrice qui entraîne son rotor, sans qu'il *soit besoin de toucher
à son excitation.* Inversement pour le mettre en charge il suffit,
après l'avoir couplé sur le réseau, d'augmenter le couple de la

machine motrice jusqu'à ce que l'alternateur ait pris la charge électrique qu'on veut lui faire supporter. Nous allons voir que si, au contraire, on veut le faire marcher en moteur il suffit, après l'avoir couplé, de lui appliquer le couple résistant correspondant à la charge mécanique qu'on veut lui appliquer.

Dans les deux cas on n'agit ensuite sur l'excitation que pour régler le facteur de puissance du courant qu'il débite ou qu'il absorbe, à la valeur la plus favorable.

Nous verrons au contraire pour les machines shunt à courant continu que, une fois la machine couplée sur le réseau, il suffit, pour la faire marcher en génératrice d'augmenter son excitation, pour la faire marcher en moteur de diminuer son excitation.

Cette différence tient à ce que l'*excitation n'a aucune influence sur la vitesse de l'alternateur* : elle a pour seul effet de décaler plus ou moins, mais d'un angle constant, les pôles rotoriques par rapport aux pôles statoriques.

Au contraire, nous verrons que, dans une machine shunt à courant continu une augmentation d'excitation tend à ralentir la machine, et une diminution d'excitation tend à l'accélérer. Par suite si son rotor est accouplé à une machine à vitesse constante dans le premier cas cette machine traînera la machine électrique qui tend à ralentir, et par conséquent celle-ci deviendra génératrice. Au contraire dans le second cas c'est la machine électrique qui, tendant à s'accélérer, traînera la machine à vitesse constante, et par conséquent fonctionnera en moteur.

Enfin nous verrons que, dans les machines à courant continu, et en général dans les machines à collecteur, on règle l'angle de calage des pôles rotoriques par rapport aux pôles statoriques non pas en agissant sur l'excitation, mais en décalant les balais qui entraînent avec eux les pôles rotoriques, tandis que les pôles statoriques restent fixes.

3° *Revenons à notre alternateur et voyons ce qui va se passer si on lui applique maintenant un couple résistant progressivement croissant,* en maintenant toujours constante la tension aux bornes et l'excitation.

Reportons-nous au diagramme de la figure 222. À mesure que

le couple résistaut va en croissant, la machine va emprunter au réseau de la puissance électrique, c'est-à-dire du courant *watté*, qui sera de sens opposé à la force électromotrice E, puisque la machine *emprunte* de la puissance au réseau au lieu de lui en fournir. Si nous supposons qu'elle demande au réseau autant de puissance qu'elle lui en fournissait d'abord, le courant de la machine reprendra la valeur I qu'il avait sur le diagramme de la figure 226, mais il sera opposé à la tension V au lieu d'être en phase avec elle (fig. 224).

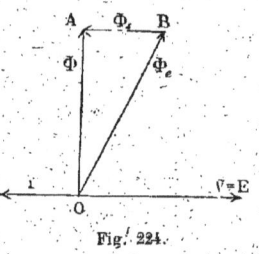

Fig. 224.

Le flux Φ, qui est resté constant, résulte de la composition de Φ_e, qui est également resté constant, avec le flux Φ_i produit par le courant I. La charge du moteur étant la même que la charge de la génératrice, le courant I reprend la même

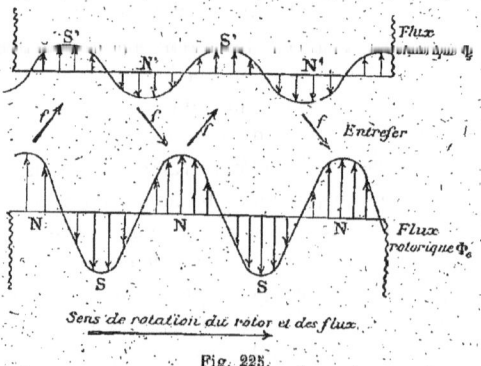

Fig. 225.

valeur et le flux Φ_i également. Ce flux est donc de nouveau décalé d'un quart de période par rapport à Φ_e, mais cette fois-ci en avant de Φ_e. C'est-à-dire que, dans l'entrefer (fig. 225) les pôles de Φ_i sont décalés maintenant d'un quart de pas polaire en avant des pôles de même nom de Φ_e, par rapport au sens de rotation. Nous vérifions d'ailleurs que les attractions et répulsions entre pôles statoriques et pôles rotoriques représentées par les flèches f, f, f,... produisent bien un couple de même sens que la rotation, c'est-à-dire un couple moteur.

- COURBES EN V D'UN ALTERNATEUR OU D'UN MOTEUR SYNCHRONE. — Mettons en charge un moteur synchrone, en réglant son excitation de telle façon que son facteur de puissance soit égal à 1. Son diagramme est alors représenté sur la figure 226.

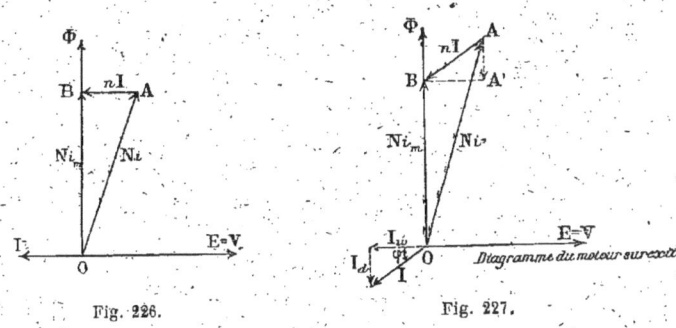

Fig. 226.   Fig. 227.

Le courant de charge I est directement opposé à la force électromotrice statorique E. Nous négligerons, pour simplifier le raisonnement, la chute ohmique et les fuites magnétiques. La force électromotrice E est alors égale à la tension V aux bornes, laquelle est constante. Le flux d'entrefer Φ est donc constant ainsi que la force magnétomotrice (Ni_m) qui le produit, laquelle est la résultante des ampères-tours d'excitation (Ni) et des ampères-tours de réaction d'induit (nI).

Sans changer la charge augmentons l'excitation. Le vecteur Ni est remplacé par le vecteur Ni' (fig. 227). Pour que les ampères-tours magnétisants restent constants, il faut que l'augmentation des ampères-tours d'excitation soit compensée par la naissance dans le stator d'un courant déwatté démagnétisant I_d tel que l'on ait approximativement :

$$nI_d = N(i' - i). \tag{1}$$

Le courant total I sera alors égal à la résultante du courant watté I_w qui n'a pas changé puisque la charge du moteur n'a pas varié, et du courant déwatté I_d.

Si l'on avait diminué le courant d'excitation on aurait fait apparaître, au contraire, un courant déwatté *magnétisant* (fig. 228) destiné à compenser la diminution des ampères-tours d'excitation.

Nous voyons, de toutes façons, que le courant I qui est égal à :

$$I = \frac{I_w}{\cos \varphi}$$

croît dès que l'excitation varie dans un sens ou dans l'autre à partir de sa valeur première, et que des augmentations ou des diminutions égales du courant d'excitation i entraînent les mêmes accroissements du courant statorique I.

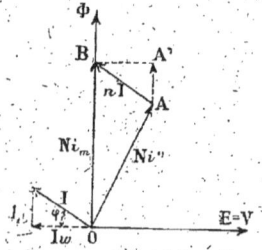

Diagramme du moteur désexcité

Fig. 228.

Traçons la courbe représentant la variation du courant statorique *I* en fonction du courant d'excitation *i*, lorsque la tension et la charge restent constantes (fig. 229).

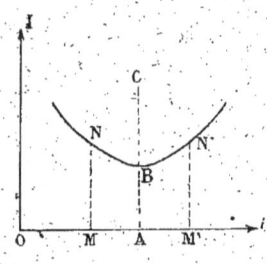

Fig. 229.

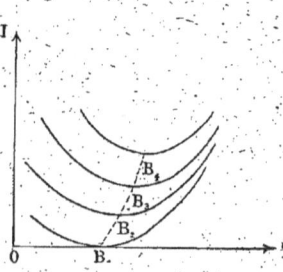

Fig. 230.

Soit OA la valeur du courant d'excitation i, qui correspond à un facteur de puissance égal à 1, et AB la valeur du courant statorique I correspondant.

Une augmentation AM' du courant d'excitation i, ou une diminution égale AM correspondront à des courants statoriques

M'N' et MN égaux et supérieurs à AB. La courbe du courant I en fonction du courant i sera symétrique par rapport à l'axe AC.

On peut tracer des courbes analogues pour différentes charges (fig. 230). Notons immédiatement que le courant magnétisant correspondant à un facteur de puissance égal à 1 sera d'autant plus grand que la charge est plus grande, à cause de la chute ohmique et des fuites magnétiques qui tendent à diminuer d'autant plus la tension que la charge est plus forte. C'est pourquoi les minima B_1, B_2, B_3, B_4, se déplacent du côté des valeurs croissantes du courant d'excitation i lorsque les charges vont en croissant.

Ces courbes sont, à cause de leur forme, appelées courbes en V de la machine.

La courbe dont le minimum touche l'axe des abscisses correspond à la marche à vide. En effet lorsque, la machine fonctionnant à vide, le facteur de puissance est égal à 1, le courant statorique est nul, la puissance de la machine étant nulle.

Remarquons que l'on peut prédéterminer, avec une approximation grossière, les courbes en V dès que l'on connaît la caractéristique de court-circuit.

Celle-ci nous permet de prévoir quel sera le courant déwatté OB nécessaire pour compenser une variation OA du courant d'excitation i.

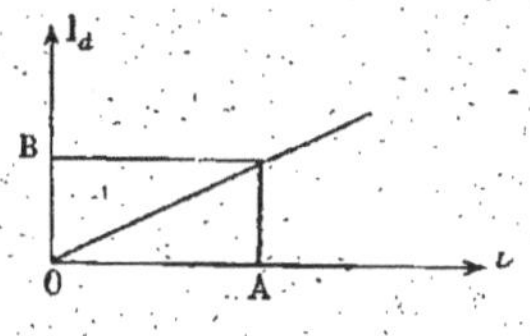

Fig. 231.

En nous reportant à la relation $nI_d = N (i' - i)$ établie plus haut, on voit que l'on aura pour $i' - i = OA$.

$$I_d = OB.$$

Le courant I_w est d'ailleurs constant. Connaissant I_w et I_d on en déduira facilement I par la relation

$$I = \sqrt{I_w^2 + I_d^2}.$$

Toutefois cette approximation est très grossière, car dans la théorie des courbes en V nous avons négligé la chute ohmique et les fuites magnétiques du stator qui sont, en pratique, loin d'être négligeables.

1° CARACTÉRISTIQUES. — Nous avons vu comment les diagrammes de Potier et de Behn-Eschenburg permettaient de prédéterminer les caractéristiques en charge des alternateurs et moteurs synchrones au moyen d'essais faciles et exigeant une faible puissance motrice. Ces essais sont :

a. *L'essai à vide* qui donne la courbe de magnétisation.

b. *L'essai en court-circuit* qui donne la caractéristique de court-circuit.

Ces deux essais qui ne nécessitent que l'emploi d'un moteur d'une puissance égale au dixième environ de celle de l'alternateur, suffisent pour la méthode de Behn-Eschenburg.

La méthode de Potier exige un troisième essai, mais elle donne une caractéristique plus exacte que la précédente. Ce troisième essai est :

L'essai en courant déwatté qui doit être fait avec un alternateur saturé. Cet essai exige l'emploi d'un deuxième alternateur de même fréquence et même voltage que le précédent, à moins que l'on ne dispose d'un réseau de distribution ayant même nombre de phases et même fréquence que l'alternateur à essayer, et d'un transformateur ayant une tension secondaire égale à celle de l'alternateur.

2° RENDEMENT. — *Essai d'échauffement.* — On mesure le rendement de l'alternateur ou du moteur synchrone en le mettant à sa charge normale. On mesure alors la puissance électrique aux bornes et la puissance mécanique sur l'arbre.

Pour les groupes turbo-générateurs le constructeur garantit généralement le rendement global du groupe. On met alors le groupe en charge en faisant débiter l'alternateur sur un rhéostat liquide, comme chaque centrale doit en posséder un. On mesure alors d'une part la consommation de vapeur pendant

une heure par le poids d'eau recueilli au condenseur, sa température et sa pression à la vanne d'admission, d'autre part la
puissance débitée par l'alternateur.

Pour les petits alternateurs on fait parfois l'essai en récupération lorsqu'on dispose de deux alternateurs de même nombre
de phase, même fréquence, même tension et même puissance.
On les accouple électriquement et on fait travailler l'un d'eux
en génératrice et l'autre en moteur.

Ayant mis la machine en charge par l'un ou l'autre de
ces moyens on relève ensuite la courbe des températures de ses
enroulements et de son fer pendant un nombre d'heures de
marche qui varie de trois à huit et qui est d'autant plus grand
que la machine est plus grosse, parce qu'elle met alors plus
longtemps à atteindre sa température de régime.

CHAPITRE XVIII

Propriétés générales des machines à collecteur.

Collecteur organe redresseur de courant alternatif.

Collecteur organe convertisseur de fréquence.

Production du flux, des forces magnétomotrices et électro-motrices et du couple dans les machines à collecteur et à champ tournant.

Sens de démarrage du rotor par rapport au sens de rotation du flux.

MACHINES À COLLECTEUR

DESCRIPTION SOMMAIRE. — Dans tout ce qui suit nous considérerons toujours, pour la commodité du raisonnement et des représentations physiques, une machine type à une paire de pôles et à anneau de Gramme. Les principes fondamentaux établis pour cette machine type sont vrais pour les machines à plusieurs paires de pôles et à enroulement à tambour. Nous ne nous étendrons pas sur la question de ces enroulements qui n'intéresse guère que les spécialistes de la construction de machines.

Le rotor de la machine type se compose d'un anneau en fer doux sur lequel est enroulé un fil conducteur formant un circuit fermé et dont les spires sont équidistantes les unes des autres (fig. 226).

Le stator se compose également d'un anneau en fer doux entourant le rotor et pourvu, sur sa face interne, de deux « masses polaires » diamétralement opposées, taillées suivant deux surfaces cylindriques concentriques du rotor, de façon à laisser entre ces surfaces et le rotor un faible espace d'air appelé « entrefer ».

Chacune de ces « masses polaires » est entourée d'une bobine dans laquelle circule un courant qui entretient un flux magnétique Φ dans la machine. Ce flux est contenu entièrement dans les noyaux de fer du stator et du rotor, qui constituent un milieu très perméable au magnétisme, sauf dans l'entrefer où le flux traverse une faible lame d'air pour aller d'un noyau de fer à l'autre. Son circuit est le suivant. Par exemple en partant de

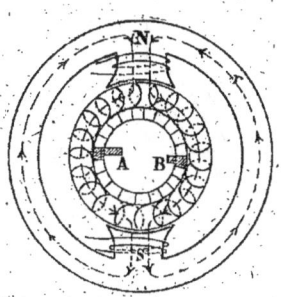

la pièce polaire N du stator (fig. 231 *bis*) ce flux traverse l'entrefer et pénètre dans le rotor. Là il se divise en deux flux qui parcourent chacun une moitié de l'anneau rotorique jusqu'à l'entrefer opposé où ils se réunissent pour traverser cet entrefer, pénétrer dans la pièce polaire S, et se diviser à nouveau en deux flux qui parcourent chacun une moitié de l'anneau statorique pour aller se réunir dans la pièce polaire N où ce flux se ferme ainsi sur lui-même.

Fig. 231 *bis*.

Pour compléter la description de la machine, il nous reste à parler du collecteur, qui la différencie essentiellement des machines étudiées jusqu'à présent. Ce collecteur est un cylindre de cuivre formé d'autant de lames accolées les unes aux autres que la bobine rotorique a de spires. Ces lames forment les rayons du cylindre collecteur. Elles sont isolées les unes des autres par des lames de mica. Chacune d'elles est connectée à la spire voisine de l'enroulement rotorique. Des balais en charbon A et B qui appuient sur ces lames permettent de recueillir, par leur intermédiaire, le courant produit dans l'enroulement rotorique, ou au contraire, d'injecter dans celui-ci un courant venant de l'extérieur et ceci même pendant que le rotor est en mouvement.

Sur la machine représentée (fig. 231 *bis*) on n'a figuré que deux balais A et B diamétralement opposés. Mais il peut y avoir, suivant le genre de machines, plus de deux balais par paire de pôles.

PREMIER MODE D'EMPLOI DU COLLECTEUR COMME REDRESSEUR DE COURANT ALTERNATIF DANS LES MACHINES A COURANT CONTINU. — Représentons schématiquement sur la figure 232 le rotor avec deux balais diamétralement oppo-sés A et B, et calés à 90° de la ligne NS des pôles statoriques. Entrete-nons dans l'enroulement des bo-bines statoriques un courant con-tinu d'excitation, qui produit un flux constant Φ.

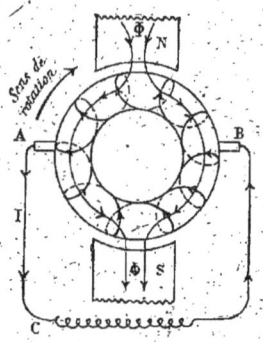

Fig. 232.

Faisons maintenant tourner le rotor par exemple dans le sens in-diqué sur la figure par une flèche et étudions les forces électromotrices que le flux Φ va induire dans une spire du rotor, par exemple en par-tant du balai A. En ce point cette spire embrassait un flux $\frac{\Phi}{2}$. A mesure qu'elle se rapproche de l'axe du pôle N elle embrasse de moins en moins de flux : la loi de Lenz nous apprend qu'il se produit alors dans cette spire une force électromotrice tendant à produire un flux qui com-pense la diminution du flux embrassé, donc un flux de même sens que $\frac{\Phi}{2}$. La règle du tire-bouchon nous apprend que le sens de cette force électromotrice est le même que le sens de rota-tion du tire-bouchon que l'on enfoncerait dans le sens du flux $\frac{\Phi}{2}$. On obtient ainsi le sens indiqué par les flèches sur les spires comprises entre le balai A et le pôle N.

Un raisonnement analogue appliqué aux spires comprises entre N et B montre que le sens de la force électromotrice, induite dans ce quart de cercle reste le même jusqu'à ce que la spire arrive au balai B.

Au contraire en poursuivant ce raisonnement pour la moitié

inférieure de l'anneau, on voit que le sens de la force électromotrice induite change au passage des balais.

Donc en somme, toutes les spires situées d'un même côté de
la ligne des balais sont le siège de forces électromotrices induites
de même sens, lesquelles s'ajoutent les unes aux autres pour
produire entre les balais une différence de potentiel V.

Les spires situées de l'autre côté de la ligne des balais sont le
siège de forces électromotrices opposées aux précédentes, en
sorte que, la machine étant symétrique, les forces électromotrices résultantes dans les deux moitiés du rotor aboutissant
aux balais sont égales et opposées.

Si donc nous supposons que les balais n'existent pas, ou bien
existent mais ne sont pas réunis l'un à l'autre par un fil conducteur, la force électromotrice résultante dans l'ensemble de
l'enroulement rotorique est nulle, et celui-ci n'est parcouru
par aucun courant. On dit que la machine fonctionne à « circuit
ouvert ».

Réunissons maintenant les deux balais par un fil conducteur ACDB. Puisqu'il existe entre A et B une différence de potentiel V égale à la résultante des forces électromotrices partielles
dans chacune des moitiés du rotor, un courant I va s'établir
dans le circuit fermé ainsi constitué. Dans chaque moitié du
rotor circule un courant $\frac{I}{2}$ dont le sens est celui des forces électromotrices induites dans les spires. Ces courants se réunissent au balai A pour former le courant I qui parcourt le circuit
extérieur ACDB et rentre dans le rotor par le balai B.

Etudions maintenant la nature du courant qui parcourt une
spire quelconque du rotor. Ce courant, de même sens que la
force électromotrice induite dans la spire, change donc de sens
comme cette force électromotrice, chaque fois qu'elle passe par
un des balais. La force électromotrice induite et le courant dans
une spire sont donc alternatifs, tandis que le courant I dans le
circuit extérieur est continu. Le *collecteur fonctionne donc ici
comme redresseur de courant*. Nous allons voir que, plus généralement, il fonctionne comme convertisseur de fréquence, dans
le cas présent il convertit un courant alternatif en courant de

fréquence zéro, ce n'est donc qu'un cas particulier de la conver-
sion de fréquence.

Avant de passer à cette étude, nous ferons remarquer que,
pour la facilité de compréhension de la composition des forces
électromotrices et des courants dans le circuit rotorique étudié
ici, on peut se représenter chaque spire comme une pile pourvue d'une force électromotrice
égale à la force électromotrice
induite.

Chaque moitié de l'enroulement rotorique est alors représentée par autant de piles mises
en série qu'elle contient de spires.
Ces deux séries de piles sont réu-
nies en parallèle par les balais A et B et forment un circuit
fermé avec le conducteur ACDB (fig. 232 bis).

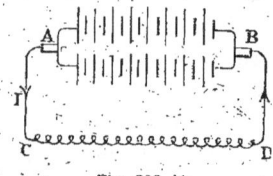

Fig. 232 bis.

Remarquons toutefois que, si les forces électromotrices induites sont de même sens dans chaque moitié de l'induit, elles
ne sont pas égales entre elles dans toutes les spires, comme
cela a lieu pour les piles de même nature, car elles varient avec
la densité des lignes de force du flux Φ qu'elles coupent tout le
long de l'entrefer. Il est facile de voir, toutefois, que par raison
de symétrie, le total des forces électromotrices dans chaque
moitié de l'induit est le même. C'est ce total qui est égal à la
tension V entre balais.

DEUXIÈME MODE D'EMPLOI DU COLLECTEUR COMME CONVERTISSEUR DE
FRÉQUENCE DANS LES MACHINES A COURANT ALTERNATIF. — Dans la
machine que nous venons d'étudier, le flux statorique Φ est fixe.
Nous allons montrer que si l'on fait tourner ce flux autour de
l'axe de la machine, par exemple en faisant tourner, non seulement le rotor, mais aussi le stator, ces deux organes tournant
à des vitesses différentes et les balais seuls restant fixes, le courant I dans le circuit extérieur ne sera plus un courant continu
mais bien un courant alternatif. Toutefois la fréquence de ce
courant sera différente de celle du courant qui parcourt chaque

spire du rotor, et le collecteur fonctionnera ainsi comme convertisseur de fréquence.

Supposons donc que nous fassions tourner le stator indépendamment du rotor, les balais restant seuls fixes.

Partons de la position initiale indiquée sur la figure 233, la loi de Lenz et la règle du tire-bouchon nous donnent pour cette

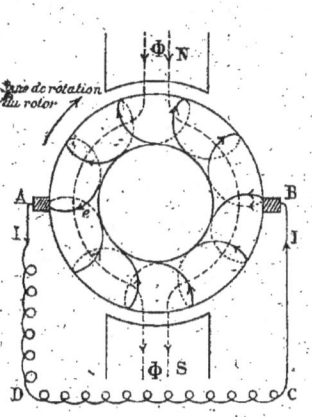 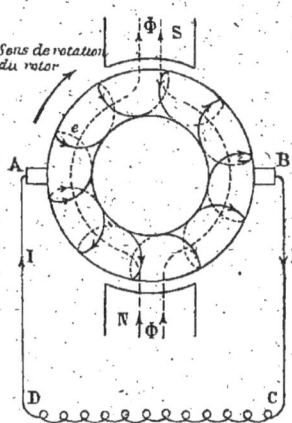

Fig. 233.   Fig. 234.

position, le sens des forces électromotrices e induites dans les spires du rotor, et le sens du courant I qu'elles engendrent.

Voyons ce qu'elles deviennent lorsque le flux statorique Φ a tourné d'un demi-tour (fig. 234). Les mêmes règles nous montrent qu'elles ont changé de sens. La tension V entre les balais A et B et le courant I dans le circuit extérieur sont donc alternatifs. Ils changent de sens chaque fois que le flux Φ tourne d'une demi-circonférence. Une rotation complète de ce flux correspond donc à une période du courant dans le circuit extérieur. *Si le stator fait N tours par minute, la fréquence du courant dans le circuit extérieur ABCD est donc :*

$$f = \frac{N}{60}.$$

Quelle est la fréquence du courant intérieur du rotor ? Pour la calculer, remarquons que le sens de la force électromotrice induite dans une spire du rotor par le flux Φ change chaque fois que cette spire passe *par une ligne perpendiculaire à l'axe des pôles statorique* NS (se reporter au raisonnement fait au début du paragraphe précédent). Cette ligne est appelée ligne neutre de la machine.

Il nous suffit donc de chercher combien de fois par seconde une spire traverse cette ligne neutre.

Supposons par exemple que le rotor tourne dans le même sens que le flux Φ et à une vitesse de N' tours par minute inférieure à N. La vitesse du rotor par rapport au flux est de (N — N') tours par minute, autrement dit si l'on faisait tourner tout l'ensemble de la machine à une vitesse de N tours et en sens opposé à la vitesse du flux, celui-ci resterait immobile.

Il n'y aurait cependant rien de changé dans le fonctionnement de la machine, *puisque celle-ci tourne en bloc à cette nouvelle vitesse de N tours*. Mais alors le rotor tournant à la vitesse de (N — N') tours par rapport au flux immobile, la force électromotrice induite dans chaque spire du rotor a pour fréquence :

$$f' = \frac{N - N'}{60}$$

puisque cette spire traverse 2 (N — N') fois la ligne neutre par minute, c'est-à-dire $\frac{2(N - N')}{60}$ fois par seconde, et que chaque fois le sens de la force électromotrice induite change dans cette spire.

Donc en résumé :

Si le flux statorique tourne à une vitesse de N tours par minute,

Si le rotor tourne à une vitesse de N' tours inférieure à N et dans le même sens que le flux statorique,

Et si les balais sont immobiles,

Le courant produit dans le circuit extérieur qui aboutit aux balais a pour fréquence :

$$f = \frac{N}{60}$$

et ne dépend donc que de la vitesse du flux statorique et non de celle du rotor.

Le courant et la force électromotrice dans une spire du rotor ont pour fréquence :

$$f' = \frac{N - N'}{60}$$

et cette fréquence ne dépend donc que de la vitesse relative du rotor par rapport au flux statorique tournant.

En généralisant, on verra facilement que si le rotor tourne en sens opposé du flux statorique, la fréquence *dans le rotor* aura pour valeur :

$$f' = \frac{N + N'}{60}.$$

Pratiquement, on pourrait concevoir que la rotation du flux statorique soit obtenue en faisant tourner le stator, les pôles de celui-ci étant excités avec du courant continu. Mais outre qu'il y aurait une difficulté de réalisation par le fait que les balais *doivent rester fixes*, il y a un autre gros avantage à produire la rotation du champ par l'emploi d'un stator de moteur d'induction parcouru par des courants alternatifs, comme nous l'avons fait dans ce genre de moteurs. Remarquons en effet, que le flux statorique tournant à une vitesse de N tours par minute sera produit dans un tel stator par un courant de fréquence :

$$f = \frac{N}{60}$$

(nous supposons toujours que nous étudions une machine à deux pôles) *c'est-à-dire de même fréquence que le courant recueilli aux balais du rotor.* On pourra donc ou bien mettre en série le rotor et le stator, ou bien les brancher en parallèle, sur une même source de courant alternatif.

Nous allons montrer, en effet, qu'on peut recueillir sur le collecteur des courants monophasés, triphasés, hexaphasés, en un mot d'un nombre quelconque de phases égal au nombre de phases du réseau sur lequel on désire brancher la machine à collecteur.

On peut recueillir des courants monophasés, triphasés, hexa-

phasés ou en général d'un nombre quelconque de phases sur le collecteur d'une machine à champ tournant. — Sur la machine bipolaire type que nous étudions, il suffira par exemple de placer trois lignes A, B, C de balais, décalées les unes par rapport aux autres d'un tiers de circonférence pour recueillir des courants triphasés.

En effet, représentons (fig. 235) l'axe NS du flux tournant Φ au moment où cet axe se trouve équidistant des deux balais A et B. A ce moment, les spires comprises dans le tiers de l'anneau qui va du balai A au balai B, coupent toutes les lignes de force *de même sens* appartenant au flux Φ. Donc les forces électromotrices induites dans toutes ces spires sont de même sens, et il est facile de voir que la différence de potentiel alternative entre les balais A et B, laquelle est

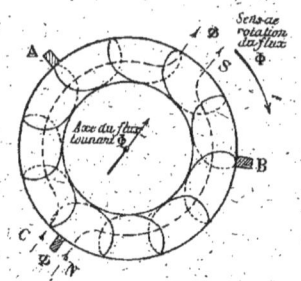

Fig. 235.

égale à la somme de ces forces électromotrices, est maxima à l'instant où l'axe NS est équidistant de A et de B, c'est-à-dire pour la position du flux Φ représentée sur la figure 235.

La période de cette tension alternative est égale au temps que met le flux à faire un tour complet. Or, on voit que la tension entre les balais B et C sera maxima à son tour lorsque le flux aura tourné d'un tiers de circonférence à partir de la position qu'il occupe sur la figure 235, c'est-à-dire que ce maximum se produit un tiers de période après celui de la tension entre les balais A et B.

Les tensions entre les trois balais A, B et C sont donc bien triphasées, puisqu'elles sont décalées les unes par rapport aux autres d'un tiers de période.

En employant *n* lignes de balais équidistantes, on obtiendra de même *n* phases au collecteur, et cela quel que soit le nombre de phases du courant statorique.

Le courant rotorique produit un flux qui tourne dans le même sens et à la même vitesse que le flux statorique. — Nous allons démontrer encore une propriété caractéristique des machines à collecteur et à champ tournant : c'est que le flux produit par le courant rotorique tourne *dans le même sens et à la même vitesse que le flux statorique.*

Cette propriété est très importante pour la raison suivante : jusqu'à présent, nous avons considéré que le flux était produit par le courant statorique seul, ce qui a lieu lorsque le stator seul est parcouru par un courant. Mais en général, le rotor est parcouru aussi par un courant, et donne ainsi naissance, lui aussi, à un flux tournant aussi important que le précédent. Le flux total de la machine résulte de la superposition de ces deux flux. La propriété que nous allons démontrer nous montre que ce flux résultant est lui aussi un flux tournant animé de la même vitesse que les deux flux dont il résulte, et que, par conséquent, toutes les propriétés de la machine à collecteur que nous venons d'établir, en supposant que le flux tournant était produit par le seul courant statorique, subsistent intégralement lorsque nous la considérerons comme soumise au flux résultant des flux statorique et rotorique.

Nous savons que la vitesse d'un flux tournant dépend uniquement de la fréquence du courant alternatif qui l'entretient.

Or, nous avons vu que la fréquence du courant rotorique, non pas celle du courant recueilli par les balais, mais celle du courant qui parcourt les spires de l'enroulement rotorique a pour valeur :

$$f = \frac{N - N'}{60}$$

en supposant, pour fixer les idées, que le flux tourne à N tours par minute, et que le rotor tourne dans le même sens que lui à une vitesse de N' tours par minute, inférieure à celle du flux.

Le flux rotorique fait un tour complet *par rapport au rotor* pendant la durée d'une période du courant alternatif qui l'entretient[1]. Il fait donc 60 f ou $(N - N')$ tours par minute, par *rapport au rotor*, et comme celui-ci fait N' tours dans le même sens, *par rapport au stator*, le flux rotorique fait donc $(N - N') + N'$, soit N tours par minute par rapport au stator. Il tourne donc bien à la même vitesse que le flux statorique.

FORCE MAGNÉTOMOTRICE RÉSULTANTE DANS UNE MACHINE A COLLECTEUR. — COURANT MAGNÉTISANT.

— En réalité, si la machine est saturée, le flux tournant n'est pas égal à la résultante des flux statorique et rotorique qui seraient créés séparément par les forces magnétomotrices statorique et rotorique agissant séparément.

Pour calculer le flux résultant, il faut calculer d'abord la force magnétomotrice résultant des deux forces magnétomotrices

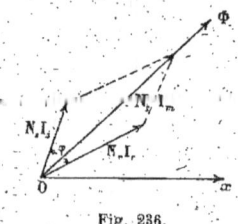

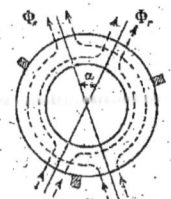

Fig. 236.   Fig. 237.

statorique et rotorique. Celles-ci sont proportionnelles respectivement, comme nous l'avons vu dans les machines précédentes, aux courants qui les créent I_s et I_r, et aux nombres de spires que parcourent chacun de ces courants N_s et N_r. L'angle que font entre eux les vecteurs qui les représentent est, comme nous l'avons vu en étudiant les machines à champ tournant en général (voir chap. xv), égal à l'angle que feraient entre eux les axes des flux statorique et rotorique considérés séparément (fig. 236 et fig. 237) (nous supposons toujours qu'il s'agit d'une machine bipolaire).

---

1. Se reporter au chapitre XIII dans lequel on a étudié la production des champs tournants par les courants polyphasés.

Le vecteur résultant $\overline{N_s I_m}$ des deux vecteurs $\overline{N_s I_s}$ et $\overline{N_r I_r}$ représente en grandeur et en phase la force magnétomotrice résultante qui donne naissance au flux Φ. Le courant I_m est le courant magnétisant correspondant au flux Φ. Connaissant ce courant I_m et la courbe de magnétisme de la machine on en déduit la valeur du flux Φ qui est en phase avec I_m.

La tension entre les balais du collecteur est proportionnelle au flux Φ et à la vitesse relative $(N - N')$ du rotor par rapport à ce flux, ou, autrement dit, au glissement $g = \dfrac{N - N'}{N}$ *du rotor par rapport au flux.*

En effet, la tension instantanée dans chaque spire du rotor est proportionnelle au flux coupé à l'instant considéré. Cette tension est donc proportionnelle à l'intensité du flux tournant, et à la vitesse $(N - N')$ de la spire par rapport à ce flux. Il en sera donc de même du vecteur tournant dont la projection représente à chaque instant la valeur de la tension dans cette spire, et de même pour le vecteur tournant dont la projection représente la tension instantanée entre les balais, puisque cette tension est la résultante des tensions dans chacune des spires comprises entre les balais. En désignant par E_r cette force électromotrice induite dans le rotor par le flux tournant Φ on aura :

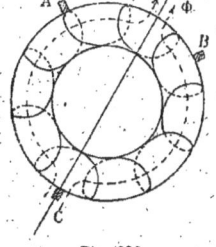

Fig. 238.

$$E_r = K \cdot \left(\frac{N - N'}{N} \right) \Phi = K g \Phi.$$

L'angle de phase de la tension E_r au collecteur dépend uniquement de l'angle de calage des balais. — Cette très importante propriété des machines à collecteur est facile à vérifier si l'on remarque, comme nous l'avons fait à propos du nombre de phases du courant rotorique, que la tension E_r entre deux balais consécutifs A et B est maxima, lorsque le flux Φ qui induit cette force électromotrice a son axe perpendiculaire à la ligne AB de ces balais. En effet, la figure 238 montre immédiatement que c'est à cet instant que les spires réunissant les balais A et B coupent les lignes de force les plus denses.

L'instant auquel se produit le maximum de E_r dépend donc uniquement de la position des balais sur la circonférence que balaie le flux Φ. L'angle de phase du vecteur tournant E_r, dont la projection représente la tension instantanée entre les balais, dépend donc aussi uniquement de la position de ces balais sur le collecteur (fig. 239). Nous préciserons cette notion plus loin, lorsque nous établirons les diagrammes de forces électromotrices dans une machine à collecteur, diagrammes dans lesquels figurent les vecteurs représentatifs de ces forces électromotrices avec leurs angles de phase respectifs.

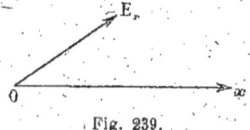

Fig. 239.

PRODUCTION DU COUPLE DANS LES MACHINES POLYPHASÉES À COLLECTEUR. — Comme dans toutes les machines électriques, le couple résulte des attractions et répulsions exercées par les pôles du flux statorique sur les pôles du flux rotorique.

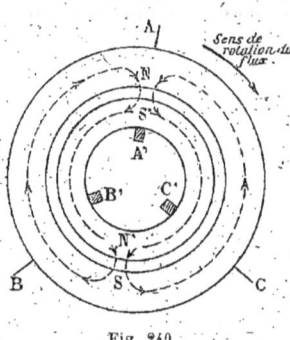

Fig. 240.

Étudions de quelle façon se produit ce couple. Représentons, pour fixer les idées, le rotor et le stator d'un moteur triphasé (fig. 240). Le stator est alimenté par trois bornes fixes A, B, C et le rotor par trois balais A', B', C'.

Supposons qu'au moment où nous considérons le moteur, les pôles du flux rotorique S' et N' soient exactement sur le même rayon que les pôles de noms contraires N et S du stator. Et, pour faciliter notre étude, plaçons les bornes fixes A, B, C du stator de façon à ce qu'elles soient exactement sur les mêmes rayons que les balais correspondants A', B', C' du rotor, de façon à servir de repère lorsque nous décalerons ceux-ci à partir de cette position initiale.

Dans l'état actuel, les attractions exercées par les pôles statoriques sur les pôles rotoriques sont dirigées suivant des rayons, et, par conséquent, ne forment pas un couple. On dit que les balais sont ainsi calés à la ligne neutre. Le rotor reste immobile. Supposons que le sens de rotation du flux, qui ne changera pas pendant toute cette étude, soit celui indiqué par une flèche sur la figure.

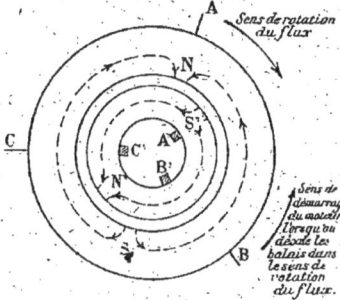

Fig. 241.

Décalons alors les balais, par exemple dans le sens de la rotation du flux (fig. 241). Quelle influence ce décalage va-t-il avoir sur la position relative des flux ? Remarquons que les prises de courant statoriques ne bougent pas, donc le flux statorique n'est pas modifié.

Au contraire, le courant rotorique qui entretient le flux rotorique, pénétrant dans le rotor par les balais, est entraîné par le décalage de ceux-ci, ainsi que le flux qu'il entretient. *Donc le flux rotorique se décale dans le même sens que les balais par rapport au flux statorique.* Mais alors les pôles rotoriques ne sont plus sur le même rayon que les pôles statoriques, et les attractions des seconds sur les premiers, deviennent tangentes au rotor. Elles créent donc un couple qui, *dans le cas actuel, entraîne le rotor dans le sens opposé à celui de la rotation du flux* (fig. 241). Ce résultat nous permet d'attirer l'attention sur

cette erreur que l'on commet fréquemment en croyant qu'un
moteur à champ tournant doit nécessairement tourner dans le
sens du flux, on voit qu'il n'en est rien, et que ces deux rota-
tions sont indépendantes l'une de l'autre; le couple dépendant
non pas du sens de rotation du flux, *mais du sens de décalage
des pôles rotoriques par rapport aux pôles statoriques.*

On verra facilement, en recommençant le raisonnement précédent, que si l'on avait décalé
les balais dans le sens opposé
à la rotation du flux, le rotor
aurait démarré dans le sens
du flux.

Enfin, on conçoit qu'il existe
une deuxième ligne neutre, à
180° de la première. Si l'on
cale les balais suivant cette
deuxième ligne neutre, les
pôles rotoriques seront alors
en face des pôles statoriques
de mêmes noms (fig. 242). Le

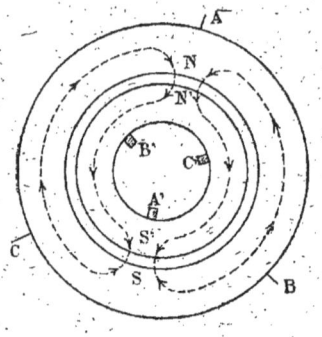

Fig. 242.

stator exerce maintenant une répulsion sur le rotor, en sorte
que si l'on décale les balais dans le sens de rotation du flux,
on verra facilement que le rotor démarre dans le même sens.

En résumé, il y a deux lignes neutres : pour l'une, le moteur
démarre dans le sens opposé au décalage des balais; pour
l'autre, le moteur démarre dans le sens du décalage des balais.

Pour de petits moteurs, on emploie parfois le procédé de démarrage qui consiste à décaler les balais à partir de la ligne neutre.
Pour les gros moteurs, on préfère caler les balais une fois pour
toutes sous l'angle qui donne le couple maximum et démarrer
par des artifices que nous verrons pour chaque cas particulier.
En effet, le démarrage par décalage des balais donne un faible
couple tant que les balais sont voisins de la ligne neutre, et par
contre, un fort courant passe alors dans les balais, lequel risque
de détériorer le collecteur par échauffement.

Remarquons encore qu'on ne fait jamais marcher en pratique

la machine à collecteur dans le sens opposé au sens de rotation du flux. En effet, ce genre de marche est peu avantageux, car nous avons vu que la tension entre les balais, égale à la force électromotrice E_r induite par le flux dans le rotor, est proportionnelle à la vitesse relative du flux par rapport au rotor. Elle sera donc très grande si le rotor tourne en sens inverse du flux. Il en résultera des étincelles aux balais qui détérioreront le collecteur. On a au contraire avantage à ce point de vue à faire tourner la machine dans le même sens que le flux, et aussi près que possible du synchronisme, puisqu'au synchronisme la tension entre balais est nulle. (Nous revenons plus loin sur le détail de ces phénomènes de commutation du courant par le collecteur.)

RÉSUMÉ DES PROPRIÉTÉS PHYSIQUES FONDAMENTALES DES MACHINES A COLLECTEUR ET A CHAMP TOURNANT. — Nous avons donc montré dans ce qui précède que le collecteur adapté au rotor d'une machine à champ tournant permet de transformer la fréquence du courant rotorique, de façon à recueillir aux balais des courants de même fréquence que le courant statorique et d'un nombre de phases égal au nombre de lignes de balais (nous supposons toujours qu'il s'agit d'une machine bipolaire).

Comme dans les machines à champ tournant déjà étudiées, le flux magnétique de la machine résulte des deux forces magnétomotrices statorique et rotorique. La fréquence des courants intérieurs du rotor est telle que celui-ci tend toujours à produire un champ qui tourne dans le même sens et à la même vitesse que le champ statorique, quelle que soit la vitesse et le sens de rotation du rotor.

La vitesse de rotation du rotor, qui n'a aucune influence sur la fréquence ou l'intensité du courant recueilli aux balais, a une influence prépondérante sur la tension entre les balais, ou, plus exactement, sur la force électromotrice E_r induite par le flux tournant Φ dans le rotor, car cette force électromotrice est proportionnelle au glissement $g = \left(\dfrac{N - N'}{N} \right)$ du rotor par rapport au flux tournant Φ.

La phase de la tension entre balais c'est-à-dire de la force électromotrice E_r dépend uniquement de l'angle de calage des balais sur le collecteur.

Le sens du couple, et par suite le sens de rotation du rotor, dépend également uniquement du sens du calage des balais par rapport à la ligne neutre pour laquelle ce couple est nul. Il ne dépend en aucune façon du sens de rotation du flux, et peut lui être opposé. Cependant en pratique on cale toujours les balais de façon à ce que le rotor tourne dans le même sens que le flux, de façon à réaliser une force électromotrice E_r, c'est-à-dire une tension aux balais, aussi faible que possible, ce qui est indispensable pour empêcher les balais de « cracher ».

CHAPITRE XIX

Moteurs polyphasés à collecteur. — Moteur shunt.
Moteur série.

MOTEUR SHUNT POLYPHASÉ A COLLECTEUR. — Cherchons à réaliser un moteur jouissant des propriétés suivantes :

1° La vitesse de ce moteur est réglable à volonté ;

2° Une fois cette vitesse réglée à une valeur donnée, elle reste constante quelle que soit la charge du moteur.

Pour cela, rappelons-nous sur quels éléments influe la vitesse du rotor. Ces éléments sont : la tension aux balais et la fréquence du courant interne du rotor qui varient proportionnellement à la vitesse du rotor par rapport au flux.

Cette remarque nous indique immédiatement la solution du problème.

La tension aux balais est proportionnelle à l'intensité du champ tournant coupé par le rotor, et à la vitesse avec laquelle le rotor coupe ce flux. Réalisons par exemple un champ tournant constant quelles que soient la charge et la vitesse. Il nous suffira alors de faire varier la tension aux balais pour faire varier la vitesse dans la même proportion. Si nous laissons cette tension constante, la vitesse restera également constante quelle que soit la charge. (Ces propriétés ne seront, bien entendu, réalisées qu'approximativement, car nous faisons ici une théorie sommaire qui néglige l'effet de la chute ohmique et des fuites magnétiques dans le rotor et le stator.)

Pour réaliser un champ tournant constant il nous suffit (fig. 243) de brancher le stator sur un réseau à tension constante.

Cette tension étant équilibrée (fig. 243) par la force électromotrice E, induite par le flux tournant dans l'enroulement statorique, ce flux sera nécessairement constant (voir chapitre xv la théorie du transformateur statique à champ tournant).

Le rotor sera branché sur le même réseau à tension constante; pour réaliser une tension réglable à volonté aux balais, il nous

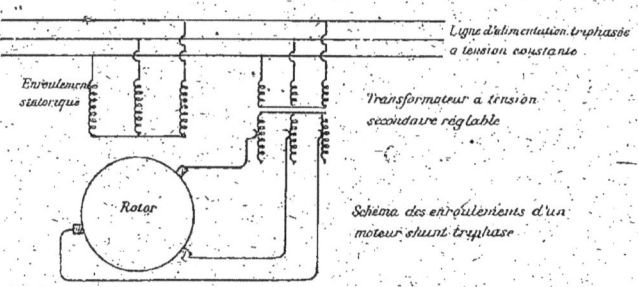

Fig. 243.

suffira d'intercaler entre le rotor et la ligne, un transformateur à tension secondaire réglable.

On calera les balais de façon que le rotor tourne dans le même sens que le champ d'entrefer.

Lorsque le rotor est arrêté, la force électromotrice E, induite dans le rotor sera grande : donc au démarrage, on appliquera aux balais la tension maxima donnée par le secondaire du transformateur.

Puis, pour augmenter la vitesse du rotor, il suffira de diminuer cette tension. La force électromotrice E, devant alors diminuer, il faudra que le glissement $\frac{(N - N')}{N}$ du rotor par rapport au flux diminue, donc que la vitesse N' du rotor se rapproche de la vitesse du synchronisme N. Lorsque la tension appliquée aux balais sera nulle (par exemple lorsqu'ils seront mis en court-circuit) le rotor tournera à la vitesse du synchronisme. Le moteur fonctionnera alors exactement comme un moteur d'induction.

La relation entre la tension variable aux balais V ou E_r, le flux Φ, la vitesse N' du rotor et la vitesse constante N du flux, vitesse du synchronisme, est :

$$V = E_r = K\Phi(N - N')$$

dans laquelle K est un facteur constant. Cette formule résulte de la théorie précédente et la résume.

En résumé le principe du réglage du moteur shunt à collecteur est le suivant. Considérons un moteur d'induction ordinaire tournant à la vitesse du synchronisme. Alimentons son rotor avec du courant polyphasé à basse *fréquence f,* F étant la fréquence du courant statorique. Nous engendrons dans ce rotor un flux qui tourne par rapport au rotor, à une vitesse proportionnelle à la fréquence f. Les pôles de ce flux vont s'intercaler entre les pôles du flux statorique, et ces deux flux tourneront par rapport au stator à une même vitesse qui est la vitesse du synchronisme. Mais comme le flux rotorique tourne par rapport au rotor, à une vitesse proportionnelle à sa fréquence f, le rotor tournera à une vitesse supérieure ou inférieure au synchronisme, d'une quantité égale à la vitesse relative du rotor par rapport à son flux. On fournit au rotor le courant à basse fréquence, en empruntant ce courant au réseau et en transformant sa fréquence au moyen du collecteur.

Remarquons que si le moteur tourne au-dessous du synchronisme, une partie seulement de la puissance électrique empruntée par le stator au réseau est transformée en énergie mécanique, l'autre partie est fournie par le stator au rotor sous forme d'énergie électrique et restituée par celui-ci au réseau par l'intermédiaire du collecteur. Au contraire, si le moteur tourne au-dessus du synchronisme, le rotor, comme le stator, emprunte au réseau une certaine quantité d'énergie électrique qui, ajoutée à celle du stator, produit l'énergie mécanique du moteur. Nous retrouverons des phénomènes analogues en étudiant les groupes moteur à vitesse réglable (chap. XXVI).

Nous n'exposerons pas ici la théorie complète du moteur shunt à collecteur, en tenant compte de l'action des flux de fuite et de la chute ohmique. Cette théorie est très complexe comme le lecteur pourra s'en rendre compte en se reportant à l'exposé qu'en a fait M. Roth dans *la Lumière électrique*.

Ce genre de moteur est appelé « shunt », parce qu'il a une caractéristique de vitesse analogue à celle du moteur à courant continu et à excitation « shunt »[1]. Remarquons d'ailleurs que, comme pour ce moteur à courant continu, le rotor et le stator sont branchés en dérivation sur le même réseau à tension constante.

De même le type de moteur que nous désignons sous le nom de moteur « série », et que nous étudions ci-après, a des propriétés analogues au moteur à courant continu à excitation en « série », et comme pour ce moteur, le rotor est en série avec le stator[1].

MOTEUR SÉRIE A COLLECTEUR. — Comme pour le moteur série à courant continu, le couple de ce moteur, très puissant au démarrage, va en diminuant à mesure que la vitesse croît. D'ailleurs la vitesse de régime n'est pas constante comme pour le moteur shunt, elle croît sans limite et le moteur s'emballe à mesure que le couple résistant diminue et tend vers zéro. On ne peut donc pas en pratique faire marcher ce moteur à vide.

DESCRIPTION SOMMAIRE DU MOTEUR TRIPHASÉ SÉRIE A COLLECTEUR. — Le stator de ce moteur comporte trois enroulements indépendants les uns des autres. L'une de leurs extrémités est connectée directement au réseau d'alimentation. L'autre est connectée au primaire d'un transformateur dont le secondaire alimente le rotor (fig. 244). Le transformateur est intercalé entre le stator et le rotor, surtout afin d'alimenter celui-ci à

1. Voir chapitre xxii la théorie des moteurs à courant continu.

basse tension, les collecteurs ne pouvant supporter les tensions

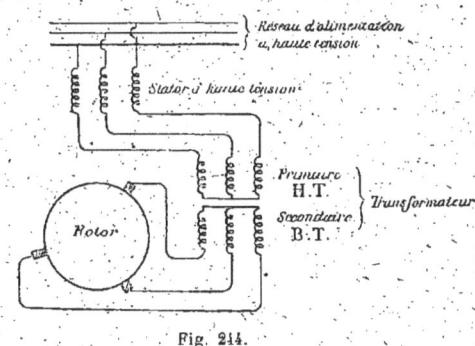

Fig. 244.

élevées. Lorsque le réseau est à basse tension on supprime généralement le transformateur (fig. 245).

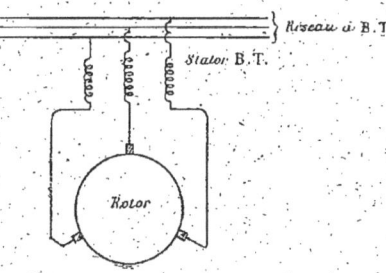

Fig. 245.

FLUX DU MOTEUR SÉRIE. — Comme dans toutes les machines, le flux d'entrefer résulte de l'action résultante des forces magnétomotrices statorique et rotorique, ou, si le fer n'est pas saturé, de la composition des flux statorique et rotorique.

Calons d'abord les balais à la ligne neutre, c'est-à-dire de telle façon que les flux statorique et rotorique aient même axe. Sur la figure 246 qui représente les balais ainsi calés, ces deux flux tournants sont représentés à un instant quelconque de leur rotation, et les pôles de même nom sont sur le même rayon.

Les forces magnétomotrices statorique et rotorique sont ainsi opposées. (Nous employons encore comme repère des balais les bornes statoriques A, B, C que nous supposons fixées sur la ligne neutre.)

Décalons alors les balais A', B', C' d'un angle α, par exemple dans le sens de rotation du flux (fig. 247). Nous avons vu, au

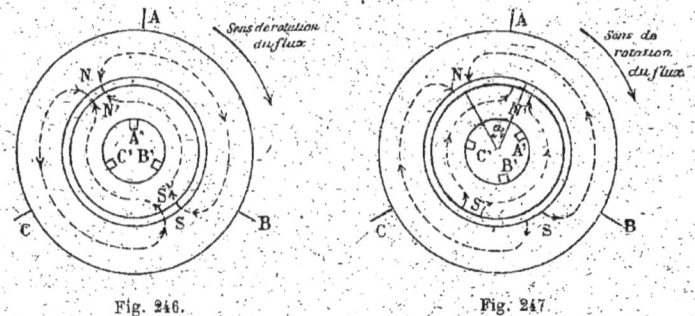

Fig. 246.   Fig. 247.

début du chapitre, que la force magnétomotrice rotorique et par suite le flux rotorique, se décalent d'un angle α en avant du flux statorique. En somme l'enroulement rotorique se compose de trois bobines dont les extrémités sont les balais. Ceux-ci entraînent ces trois bobines dans leur rotation et les décalent d'un angle α par rapport aux bobines correspondantes du stator.

Les deux vecteurs tournants $\overline{n_sI}$ et $\overline{n_rI}$, représentant les forces

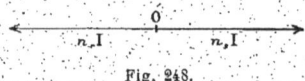

Fig. 248.

magnétomotrices statorique et rotorique, font donc entre eux un angle α. Lorsque cet angle était nul, ces deux vecteurs étaient de sens opposés (fig. 248).

Comme nous avons décalé les balais d'un angle α, la force magnétomotrice rotorique $\overline{n_rI}$ a été décalée du même angle α (fig. 249).

Remarquons que, le stator et le rotor étant en série, le courant statorique I_s est le même que le courant rotorique I_r. En particulier les vecteurs I_s et I_r sont en phase dans le temps.

La force magnétomotrice résultante $n_m \overline{I}_m$ engendre le flux d'entrefer résultant Φ.

Remarquons que, puisque le rotor est alimenté à travers le stator, le courant rotorique est toujours proportionnel au cou-

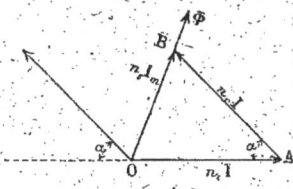

Fig. 249.

rant statorique. Nous supposerons, pour simplifier, qu'il lui est égal, et que les phases de l'enroulement rotorique possèdent le même nombre de fils que les phases de l'enroulement statorique. Les forces magnétomotrices $n_s I$ et $n_r I$ sont alors égales. Le diagramme de ces forces magnétomotrices est un triangle isocèle dont l'angle au sommet est l'angle de calage α des balais. Lorsque cet angle reste constant le triangle AOB reste semblable à lui-même. Le courant magnétisant est proportionnel au courant I du moteur, et il en est de même du flux d'entrefer Φ, du moins tant que le fer n'est pas saturé. Nous verrons plus loin comment le courant du moteur, et par suite le flux, varient avec la charge et la vitesse du moteur.

DIAGRAMME DES FORCES ÉLECTROMOTRICES. — Nous négligerons, pour une théorie sommaire, la chute ohmique et la self due aux flux de fuite statorique et rotorique. Nous ne considérerons que les forces électromotrices principales induites par le flux Φ dans les enroulements statorique et rotorique.

Supposons d'abord que les balais soient calés à la ligne neutre. Les axes des bobines statoriques et rotoriques correspondant aux trois phases de ces enroulements coïncident, de même que les axes des flux engendrés par le courant I qui parcourt ces bobines. Les forces électromotrices E_s et E_r induites par le flux tournant Φ dans ces bobines sont maxima à l'instant où l'axe du flux coïncide avec l'axe de ces bobines. Par exemple dans la figure 250 l'axe du flux tournant Φ coïncide avec l'axe des bobines statorique AB et rotorique A'B'. La force électromotrice induite dans ces bobines est maxima à cet instant dans ces deux

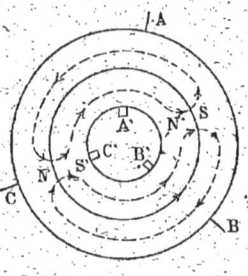

Fig. 250.

bobines. Les forces électromotrices E_s et E_r sont alors en phase et opposées (fig. 251) si nous supposons, par exemple, que les flux statorique et rotorique sont opposés.

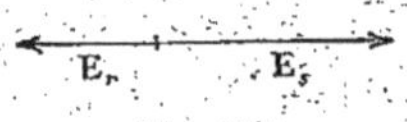

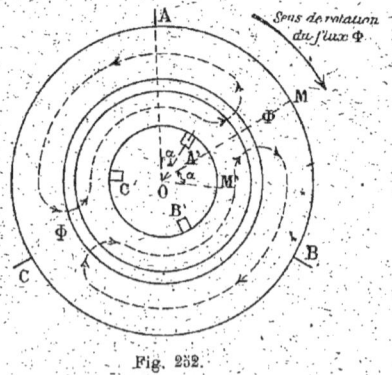

Fig. 251.

Supposons maintenant que les balais soient décalés d'un angle α dans le sens de la rotation du flux (fig. 252). Représentons encore le flux Φ au moment où son axe coïncide avec

Fig. 252.

l'axe OM de la bobine statorique AB. La force électromotrice E_s induite dans cette bobine est maxima à cet instant,

Dans la bobine rotorique A'B' correspondante, elle sera maxima lorsque le flux Φ aura tourné d'un angle α, de telle façon que son axe coïncide avec l'axe OM' de cette bobine. La force électromotrice E_r induite dans le rotor sera donc en retard d'une fraction de période égale à $\frac{α}{2π}$; le vecteur tournant E_r qui la représente sera décalé d'un angle α en arrière du vecteur E_s. C'est ce que nous avons représenté sur la figure 253 en mettant bout à bout les deux vecteurs $\overline{E_s}$ et $\overline{E_r}$. Leur résultante ON est égale à la tension aux bornes V du moteur, puisque les enroulements statorique et rotorique sont en série, et que nous négligeons les forces électromotrices secondaires (chute ohmique et self). La tension aux bornes V est constante. Si nous supposons, ce qui est le cas général, que l'angle de calage des balais α est constant nous voyons

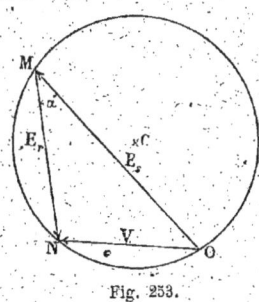

Fig. 253.

que le sommet M du triangle OMN va décrire le segment capable de l'angle α décrit avec ON comme base.

Voyons comment varient les vecteurs E_s et E_r. Dans le cas que nous étudions, et qui est le cas que l'on rencontre en pratique, le moteur démarre dans le sens de rotation du flux (voir début du chapitre). La vitesse du flux par rapport au rotor tend à diminuer à mesure que celle du rotor par rapport au stator tend vers la vitesse du synchronisme, vitesse qui est précisément celle du flux tournant Φ. La tension induite par le flux Φ dans le rotor tend donc à diminuer et s'annule au synchronisme. Le point M se rapproche ainsi du point N sur le cercle et le dépasse ensuite si le rotor dépasse le synchronisme.

VARIATION DU FLUX RÉSULTANT Φ. — La force électromotrice E_s, induite par le flux statorique Φ dans l'enroulement statorique fixe, est proportionnelle à la vitesse de rotation du flux, laquelle est constante, et à l'intensité du flux. Donc en définitive, le flux est proportionnel à la force électromotrice E_s, donc au vecteur OM.

Dans le cas étudié (où l'angle α est aigu), à partir du moment où OM, se rapprochant de ON, a dépassé le centre C du cercle, OM diminue ; donc le flux Φ diminue d'intensité à mesure que la vitesse du rotor se rapproche en croissant de celle du synchronisme.

De même le courant I du moteur étant, comme nous l'avons vu, proportionnel à Φ décroît à mesure que la vitesse croît.

Remarquons toutefois que, si au démarrage le centre C du cercle est à l'intérieur du triangle OMN, le flux et le courant I commencent par croître pour décroître ensuite. Nous verrons plus loin que l'on évite ce phénomène dans la pratique, et que le flux et le courant vont constamment en décroissant à partir du démarrage, à mesure que la vitesse du rotor augmente.

FACTEUR DE PUISSANCE DU MOTEUR. — Reportons-nous au diagramme des forces magnétomotrices. Prenons le cas général où les nombres de spires du stator et du rotor n_s et n_r ne sont pas égaux. Le même courant I parcourant ces enroulements y produit des forces magnétomotrices dont le rapport est égal au rapport de ces deux nombres $\frac{n_s}{n_r}$, donc constant. Comme l'angle de ces forces magnétomotrices est l'angle de calage α des balais, le triangle représentant le diagramme des forces magnétomotrices reste semblable à lui-même

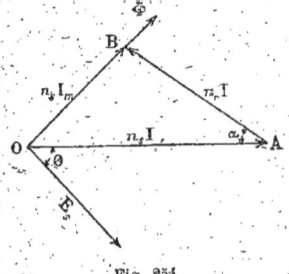

Fig. 254.

quel que soit le courant (fig. 254). L'angle AOB est donc constant. Mais la force électromotrice E_s induite par Φ dans le stator est en retard d'un quart de période sur Φ. L'angle θ, qu'elle fait avec le courant I dans le stator, est donc constant comme son complément AOB.

Représentons sur le diagramme des forces électromotrices, le vecteur I décalé de θ par rapport à E_t (fig. 255). Nous obtenons ainsi l'angle de phase φ du courant I par rapport à la tension V aux bornes.

Nous voyons que dans le cas étudié, qui est le cas de la pratique, le facteur de puissance inférieur à 1 au démarrage croît avec la vitesse, devient égal à 1 pour une vitesse supérieure au synchronisme et décroît ensuite.

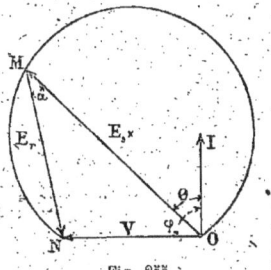

Fig. 255.

Seulement, tandis qu'au démarrage et pendant la première période, le moteur emprunte du courant déwatté au réseau, le courant I étant décalé en arrière de la tension comme dans le moteur d'induction, au contraire pendant la seconde période il lui en fournit.

Remarquons que, pour avoir un bon facteur de puissance, dans la région du synchronisme où le moteur est utilisé le plus souvent, il faut que θ soit aussi petit que possible, et même au besoin négatif. On voit de suite sur le diagramme des forces magnétomotrices (fig. 254) qu'il suffit pour cela que le nombre de *fils du stator soit moindre que celui du rotor* et que l'angle de calage α des balais soit petit.

COUPLE DU MOTEUR SÉRIE. — Il est dû à l'action du flux d'entre-fer Φ sur le courant rotorique I. Mais l'angle de ce flux Φ et de ce courant I est constant. Le couple ne dépend donc que des intensités de Φ et de I. Or Φ est proportionnel à I, donc le couple est proportionnel à I^2. On peut dire aussi qu'il est proportionnel à Φ^2 ou à E_t^2, donc au carré du vecteur OM (fig. 255) diagramme des forces électromotrices. Si le moteur est bien calculé le couple doit être maximum au démarrage. Pour cela il faut que le centre C du cercle soit extérieur au triangle ONM. Le couple décroît ensuite comme le vecteur OM à mesure que la vitesse croît, et cela indéfiniment jusqu'à ce que, le couple résistant devenant nul, le couple moteur n'est plus équilibré que par le couple des résistances internes du moteur (frottement, ventilation, courants de Foucault, hystérésis). Ces propriétés sont identiques à celles du moteur à courant continu. Le moteur s'emballe à vide.

STABILITÉ DE FONCTIONNEMENT. — Supposons que le moteur soit en charge, augmentons le couple résistant, le moteur tend à ralentir. Pour qu'il ne « décroche » pas, il faut que ce ralentissement entraîne une augmentation du couple moteur, lequel est proportionnel au vecteur OM du diagramme des forces électromotrices, et qui devient alors OM' (fig. 256).

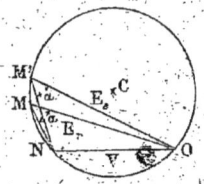

Fig. 256.

Un ralentissement du rotor entraînera une augmentation du couple moteur, tant que le centre C du cercle sera hors du triangle OMN. Le fonctionnement du moteur sera donc stable pour toutes les vitesses si, dès le démarrage, le centre C du cercle est hors triangle OMN.

Mais au moment du démarrage, le rotor étant immobile, les forces électromotrices E_r et E_s induites à ce moment dans le rotor et le stator par le flux Φ, sont proportionnelles aux nombres de conducteurs respectifs n_r et n_s des enroulements. Il en est de même des vecteurs OM et MN. Pour que le centre C du cercle soit hors du triangle OMN dès le démarrage, il faut que, à ce moment, MN soit plus petit que OM, donc que le nombre de *fils du stator soit supérieur au nombre de fils du rotor*. Cette condition est opposée à celle qui est nécessaire pour avoir un facteur de puissance très voisin de 1 comme nous l'avons vu plus haut.

RÉGLAGE DU MOTEUR SÉRIE A COLLECTEUR. — Pour que le moteur série à collecteur fonctionne correctement, il faut :

1° *Que les champs rotorique et statorique tournent dans le même sens*, car s'ils tournaient en sens contraire ils engendreraient un flux résultant d'intensité variable à chaque période et par conséquent un couple moteur variable avec le flux.

2° Que le rotor tourne dans le même sens que le flux tournant.
En effet, dans ce cas, à mesure que la vitesse du rotor croît et
se rapproche du synchronisme, la force électromotrice induite
par le flux tournant dans l'enroulement rotorique décroît et tend
à s'annuler. Il en est de même de la tension entre les balais qui
lui est à peu près égale. Or il y a avantage, pour éviter les
étincelles aux balais, à ce que cette tension soit aussi faible que
possible. Nous avons vu également, sur le diagramme de la
figure 255, que cette condition est nécessaire pour que le facteur
de puissance s'améliore lorsque la vitesse croît.

3° Enfin il faut pouvoir renverser le sens de rotation du moteur

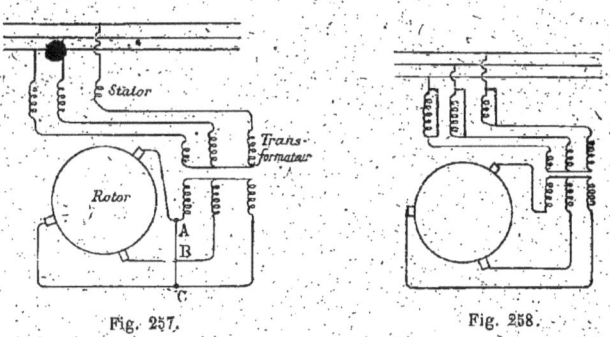

Fig. 257.   Fig. 258.

tout en satisfaisant aux deux conditions précédentes pour ce
nouveau régime.

Nous allons montrer comment on réalise le réglage du moteur
pour satisfaire à ces conditions.

1° Il faut d'abord savoir reconnaître le sens de rotation des
flux rotorique et statorique.

Pour le *flux statorique*, court-circuitons le rotor (fig. 257) par
la connexion ABC. Le moteur fonctionne alors comme un
moteur d'induction, et le rotor démarre dans le sens du champ
statorique, nous indiquant ainsi le sens de rotation de ce champ.

Opérons de façon analogue pour reconnaître le sens du champ
rotorique. Court-circuitons individuellement chaque phase du

stator (fig. 258). Supposons alors que nous fixions le rotor et que nous laissions tourner le stator. Le moteur fonctionne comme un moteur d'induction dans lequel on a interverti les rôles du rotor et du stator.

Ce dernier, le stator, tournera dans le sens du champ tournant rotorique. Imprimons alors à tout l'ensemble une rotation de sens opposé à celle du stator de façon que celui-ci reste fixe, ce qui a lieu dans la pratique. Le rotor tournera alors en sens opposé au champ rotorique.

Donc en définitive, si, dans ces deux expériences, le rotor démarre dans des sens opposés, les champs tournants tournent dans le même sens, et ce sens est celui du rotor lorsqu'il est court-circuité (première expérience).

Dans le cas contraire, les champs tournants tournent en sens opposé, et pour les faire tourner dans le même sens il suffit par exemple de renverser le sens du champ rotorique sans changer celui du champ statorique, ce que l'on réalisera, pour un moteur triphasé, simplement en inversant deux connexions des balais au transformateur (voir étude générale de la production des champs tournants, chapitre XIV).

2° *Que le rotor tourne dans le même sens que le champ tournant.* — Nous avons vu que, le rotor étant immobile lorsque les balais sont calés à la ligne neutre, le sens dans lequel il démarre dépend uniquement du sens dans lequel on décale les balais à partir de la ligne neutre. Il suffira donc de les décaler de telle façon que le rotor démarre dans le sens de rotation du champ, tel qu'on l'a déterminé en court-circuitant le rotor dans l'essai précédent.

3° *Enfin si l'on veut changer le sens de rotation du rotor,* il suffit de décaler les balais du côté opposé par rapport à la ligne neutre, *mais il faut en même temps changer le sens de rotation du champ tournant.* Pour cela il suffira, pour un moteur triphasé, de permuter deux quelconques des connexions qui réunissent le stator au réseau. Puisque le rotor est en série avec le stator on change ainsi simultanément le sens de rotation des deux champs tournants rotorique et statorique.

On peut éviter de décaler les balais en opérant de la façon suivante :

Si nous permutons circulairement les trois phases rotoriques sans toucher aux phases statoriques, nous décalons ainsi les cou-

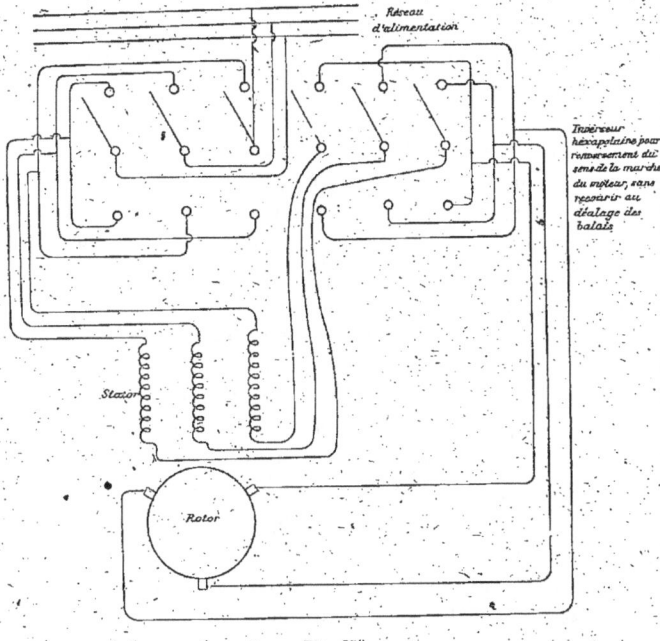

Fig. 259.

rants rotoriques d'un tiers de circonférence par rapport aux courants statoriques, sans changer le sens de rotation du champ rotorique. Cette opération équivaut donc à décaler les balais d'un tiers de circonférence dans le sens où s'est opérée la permutation. On conçoit donc que si l'on cale une fois pour toutes les balais à un sixième de circonférence à partir de la ligne neutre (dans une machine bipolaire bien entendu) on pourra changer le sens de rotation du moteur simplement en permutant circulairement les phases rotoriques de façon à décaler les pôles rotoriques d'un tiers de circonférence en sens inverse de l'angle de calage des balais. Ceci équivaut à caler les balais dans une position symétrique de leur position initiale par rapport à la ligne neutre. Il faudra, en tous cas, permuter deux des connexions reliant le stator au réseau, pour changer en même temps le sens de rotation du champ tournant.

Ces deux opérations exigeront un inverseur hexapolaire monté comme l'indique le schéma de la figure 259.

DÉMARRAGE DU MOTEUR POLYPHASÉ A COLLECTEUR. — On peut démarrer, comme nous l'avons vu, en calant initialement les balais à la ligne neutre, puis en les décalant progressivement dans le sens convenable, suivant le sens de rotation que l'on veut produire. Toutefois ce procédé est peu recommandable, car le courant au moment du démarrage est considérable et par suite les balais crachent et abiment le collecteur. Le facteur de puissance est en outre mauvais. De toutes façons il faut, lorsqu'on change le sens de rotation du rotor permuter deux phases du moteur au moyen d'un inverseur, afin que le sens de rotation du champ soit changé en même temps que celui du rotor.

Un procédé de démarrage bien supérieur consiste à caler une fois pour toutes les balais par exemple à un sixième de pas polaire de la ligne neutre. On démarre alors en mettant progressivement le moteur sous tension. Pour cela on intercale entre le stator et la ligne un régulateur d'induction. Ce genre de démarrage limite le courant absorbé, puisque celui-ci est réduit proportionnellement à la tension. Le démarrage peut être très progressif, car le couple est proportionnel au carré du courant, donc au carré de la tension. Enfin le facteur de puissance est bien meilleur puisque le courant, et par suite l'action de la self au démarrage sont réduits.

Toutefois, le premier procédé évite l'emploi de l'organe coûteux qu'est un régulateur d'induction. Aussi est-il employé parfois pour les moteurs de faible puissance.

Alimentation du rotor par un nombre de lignes de balais

supérieur au nombre de phases du moteur. — Il y a intérêt, pour éviter les étincelles aux balais, de réduire le plus possible la tension rotorique, donc la force électromotrice induite dans le rotor par le flux tournant. Pour cela il faut diminuer le nombre de spires de l'enroulement rotorique. Comme il est nécessaire de conserver un flux rotorique suffisant pour produire le couple du moteur, si l'on diminue le nombre de spires rotoriques il

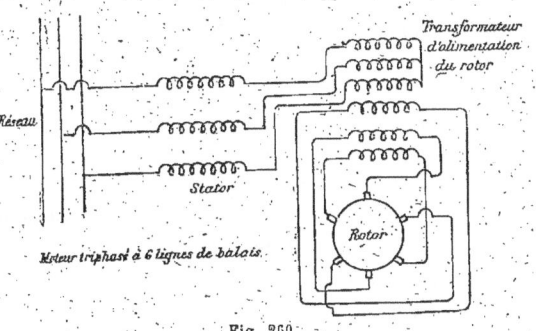

Fig. 260.

faut augmenter le courant rotorique qui les parcourt. Donc si l'on diminue la tension rotorique il faut augmenter le courant. Pour que la densité de courant sous les balais ne dépasse pas la limite au delà de laquelle elle échauffe le collecteur de façon exagérée, il faut chercher à augmenter, en même temps que le courant, le nombre de lignes de balais. C'est pourquoi on emploie fréquemment un nombre de lignes de balais double ou triple du nombre de phases. Le schéma ci-contre (fig. 260) représente par exemple le montage d'un moteur triphasé à six lignes de balais. Au lieu d'employer au secondaire du transformateur intercalé entre stator et rotor, un enroulement en étoile ou en triangle on emploie des enroulements indépendants, chacun d'eux alimentant deux lignes de balais diamétralement opposées (dans un moteur à plus de deux pôles, ces lignes de balais seraient décalées d'un demi-pas polaire).

Résumé. — Le moteur polyphasé à collecteur, à caractéristique série, est analogue au moteur série à courant continu en ce sens qu'il possède un fort couple au démarrage, et que ce couple diminue à mesure que la vitesse augmente. Cette vitesse n'est pas limitée, et le moteur s'emballe à vide.

Remarquons d'autre part que dans le moteur shunt ou dans le moteur d'induction, dont la vitesse est constante, la puissance croît proportionnellement au couple. Au contraire, avec le moteur série dont la vitesse diminue fortement lorsque le couple croît, les à-coups de puissance seront moindres en cas de brusque accroissement du couple, puisque la puissance absorbée croît moins vite que le couple.

Donc le moteur série à collecteur est particulièrement avantageux pour conduire des machines dont le couple varie fréquemment dans de fortes proportions, comme par exemple un laminoir, car il imposera au réseau des à-coups de puissance bien moindres qu'un moteur à vitesse constante, comme le moteur d'induction, d'autant qu'on pourra caler sur son axe un volant qui, au moment du passage du lingot dans le laminoir, cédera une partie de sa puissance à mesure que la vitesse du moteur diminue, pour récupérer ensuite cette puissance après que le lingot aura passé.

Toutefois remarquons que ces qualités précieuses sont fortement contrebalancées par la fragilité du collecteur qui est un organe délicat dont l'entretien et les réparations immobilisent fréquemment le moteur. C'est pourquoi on préfère souvent à celui-ci le moteur d'induction infiniment plus robuste et dont on peut corriger la brutalité par l'adjonction d'un volant et d'un régulateur d'intensité qui ralentit le moteur dès que le courant absorbé atteint une valeur trop grande et fait ainsi entrer le volant en action, tout comme le moteur à collecteur (voir à la fin du volume le chapitre concernant les laminoirs électriques).

CHAPITRE XX

Génératrice polyphasée à collecteur. — Propriétés de cette génératrice : 1° Fréquence réglable par décalage des balais sans changer la vitesse du rotor ; 2° Production de courants à basse fréquence par des machines tournant à très grande vitesse (machine accouplée à une turbine de Laval par exemple).

GÉNÉRATRICE POLYPHASÉE A COLLECTEUR [1]

L'étude de ce genre de machine exige, pour la facile compréhension du sujet, que nous exposions d'abord de quelle façon on peut « compenser » le rotor d'une machine à collecteur, c'est-à-dire annuler, pour tous les régimes de la machine, la force magnétomotrice du rotor, de telle façon que le flux d'entrefer se réduise au flux statorique.

Toute cette étude sera faite, pour fixer les idées, sur une machine triphasée.

COMPENSATION D'UN ROTOR TRIPHASÉ. — On annulera la force magnétomotrice du rotor, en plaçant sur le stator des enroulements dits de « compensation » dans lesquels on fera circuler les courants recueillis sur le collecteur, en disposant ces enroulements de telle façon que leur force magnétomotrice soit à chaque instant égale et opposée à celle du rotor.

Les trois balais ABC (fig. 261) divisent l'enroulement rotorique en trois enroulements aboutissant chacun à deux balais.

---

1. La théorie exposée ici a fait l'objet d'une communication à la Société Internationale des Électriciens, parue dans le bulletin N° 33 de l'année 1914 (3e série, tome IV).

Ces trois enroulements sont parcourus chacun par l'un des courants triphasés i_1, i_2, i_3, et les courants recueillis aux balais ont pour valeurs respectives :

$$(i_3 - i_1), \quad (i_1 - i_2), \quad (i_2 - i_3).$$

Ce sont ces courants qui parcourent les enroulements de compensation placés sur le stator. Une encoche du rotor contenant n conducteurs et placée entre les balais A et B, produit une force magnétomotrice égale à (ni_1) ampères-conducteurs.

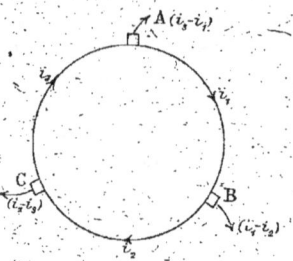

Fig. 261.

Arrangeons-nous pour placer en face d'elle sur le stator, une encoche ayant la même force magnétomotrice, mais de sens opposé. Nous annulerons ainsi la force magnétomotrice du rotor, encoche par encoche.

Pour cela plaçons dans chaque encoche du stator deux paquets de conducteurs de n' conducteurs chacun et parcourus respectivement par les courants $(i_3 - i_1)$ et $(i_1 - i_2)$ recueillis aux balais A et B, si l'encoche considérée est comprise entre ces balais. Nous pourrons toujours choisir le sens du courant dans chaque paquet de telle façon que la force magnétomotrice de l'encoche considérée ait pour valeur :

$$n'(i_3 - i_1) - n'(i_1 - i_2) = n'(i_3 + i_2 - 2i_1).$$

Mais nous savons que les intensités des courants i_1, i_2 et i_3 sont telles que l'on a, à chaque instant :

$$i_1 + i_2 + i_3 = 0 \quad \text{ou} \quad i_3 + i_2 = -i_1.$$

Donc la force magnétomotrice de l'encoche de compensation considérée a pour valeur

$$- 3n'i_1.$$

Il suffira de prendre $n' = \dfrac{n}{3}$ pour que chaque encoche du stator compense exactement la force magnétomotrice de l'encoche du rotor qui se trouve en face d'elle à l'instant considéré (fig. 262).

Les enroulements de compensation se composent ainsi de trois enroulements statoriques en série avec le rotor. Si nous considérons les forces électromotrices induites par le flux tournant dans le rotor et dans les enroulements de compensation, la tension aux extrémités A', B', C' de ces enroulements

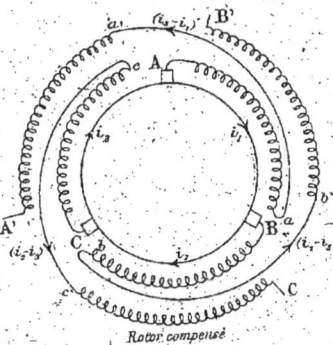

Fig. 262.

sera égale à la résultante des forces électromotrices induites dans le rotor et dans les enroulements de compensation.

Nous allons voir d'abord que, si le rotor est arrêté cette résultante est nulle. Nous dirons ainsi que les *forces électromotrices statiques* du rotor sont, elles aussi, compensées.

En effet si Φ représente l'intensité du flux tournant, f sa vitesse de rotation en supposant la machine bipolaire, la force électromotrice statique E_r induite dans chaque enroulement rotorique a pour valeur

$$E_r = Knf\Phi.$$

Ces trois forces électromotrices forment un triangle équilatéral $A_1 B_1 C_1$, la force électromotrice induite dans AB étant, ainsi que les tensions entre les balais A et B, représentée par le vecteur $\overline{B_1 A_1}$ (fig. 263) cherchons quelle sera la tension entre les

extrémités A', B' des deux enroulements de compensation branchés aux balais A et B. Pour cela il suffit de composer $\overline{B_1A_1}$ avec
les forces électromotrices induites dans ces deux enroulements.

L'enroulement Aaa'A' est divisé en deux parties. Dans la
première Aa située dans le même secteur que AB, est induite
une force électromotrice $\overline{A_1a_1}$ en phase avec $\overline{B_1A_1}$ opposée à $\overline{B_1A_1}$
et égale à (Kn'/Φ) c'est-à-dire au tiers de $\overline{B_1A_1}$, puisque chaque

paquet de conducteurs des enroulements de compensation contient le
tiers des conducteurs de l'encoche
rotorique correspondante.

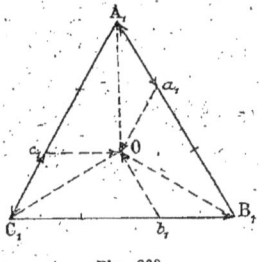

La deuxième partie a'A', située dans
le secteur AC est le siège d'une force
électromotrice $\overline{a_1O}$ de même sens
que $\overline{A_1C_1}$ et égale au tiers de $\overline{A_1C_1}$. La
tension entre A et A' est donc re-
présentée par le vecteur $\overline{A_1O}$ résultante de $\overline{A_1a_1}$ et de $\overline{a_1O}$. La tension

Fig. 263.

entre B' et B sera représentée par le vecteur $\overline{OB_1}$. Donc finalement la tension entre B' et A' résultant de la composition des trois
vecteurs $\overline{OB_1}$, $\overline{B_1A_1}$, et $\overline{A_1O}$ est nulle comme nous l'avions
annoncé.

Les différences de tensions entre les points A', B' et C' sont
donc nulles. On exprime cela en disant que les forces électro-
motrices *étoilées* $\overline{OA_1}$, $\overline{OB_1}$, $\overline{OC_1}$, induites dans le rotor au repos
sont exactement compensées par les forces électromotrices $\overline{A_1O}$,
$\overline{B_1O}$, $\overline{C_1O}$ induites dans les enroulements de compensation.

En désignant par K un nouveau coefficient constant qui
englobe les nombres de conducteurs par encoche, on peut écrire
que ces deux forces électromotrices dans le rotor et dans l'enroulement de compensation sont égales à :

$$E_r = K/\Phi.$$

Supposons maintenant que le rotor tourne à la vitesse de N
tours dans le même sens que le champ Φ.

La force électromotrice E', induite dans le rotor sera proportionnelle à la vitesse relative $(f - N)$ du rotor par rapport au flux Φ :

$$E'_r = K(f - N)\Phi$$

tandis que la force électromotrice induite dans l'enroulement de compensation a gardé pour valeur :

$$E_r = Kf\Phi.$$

La force électromotrice résultante dans les enroulements rotorique et de compensation aura pour valeur :

$$V = E_r - E'_r = KN\Phi.$$

Elle est donc proportionnelle au flux et à la vitesse du rotor exactement comme dans une machine à courant continu. Nous utiliserons plus loin cette importante propriété du *rotor compensé*. (Rappelons que, dans un *rotor non compensé* cette force électromotrice était proportionnelle au flux et au *glissement* $(f - N)$ du rotor par rapport au flux.)

GÉNÉRATRICE POLYPHASÉE A COLLECTEUR. — Nous allons chercher à produire de l'énergie électrique, sous forme triphasée par exemple, en entraînant un rotor compensé à collecteur dans un champ tournant Φ.

Représentons schématiquement, sur la figure 264, les enroulements de la machine que nous allons employer pour cela. Le courant débité par les balais ABC de la génératrice traverse les enroulements de compensation AA', BB' et CC', aboutit ainsi aux bornes A', B', C' de la machine, et de là est distribué dans le réseau alimenté par la génératrice. Pour produire le flux tournant Φ nécessaire au fonctionnement de la machine, branchons à ses bornes A',B',C', trois enroulements d'excitation à fil fin placés dans les encoches du stator et connectons-les en étoile, c'est-à-dire réunissons leurs extrémités a, b et c. La tension aux bornes A', B', C', va entretenir dans ces enroulements des courants qui produiront à eux seuls le flux Φ de la machine. Nous avons vu en effet que les deux forces magnétomotrices produites par le courant principal dans le rotor et dans l'enroulement de compensation s'annulent exactement, donc ne produisent aucun flux.

Comment allons-nous établir les relations qui nous ferons connaître le régime de la machine ? Toujours en écrivant que les forces électromotrices et magnétomotrices des différents circuits électriques et magnétiques de la machine satisfont aux lois de Kirchoff.

Considérons d'abord le rotor et l'enroulement de compensa-

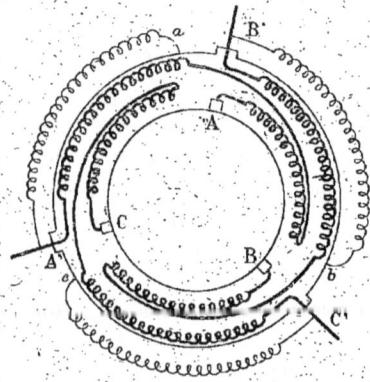

Fig. 264.

tion. Le flux Φ induit dans ces deux enroulements en série une force électromotrice résultante qui est égale à la tension V aux bornes A', B', C', en supposant que nous négligeons la chute ohmique qui est très faible car la section du fil est très grosse, et la self qui est aussi très faible car les flux de fuites sont très petits par rapport au flux principal Φ.

Cette tension V aux bornes est aussi égale à la résultante des forces électromotrices dans l'enroulement d'excitation. Celles-ci sont au nombre de deux : la force électromotrice induite par le flux Φ, et la chute ohmique. Cette dernière n'est pas négligeable, car justement on a adopté un enroulement de grande résistance pour réduire le plus possible la puissance nécessaire à l'excitation.

L'égalité des forces électromotrices dans les enroulements principaux et dans l'enroulement d'excitation, nous donne l'équation des forces électromotrices.

En ce qui concerne les forces magnétomotrices, nous savons qu'elles se réduisent à celle de l'enroulement d'excitation, de laquelle nous déduisons immédiatement la valeur du flux Φ, connaissant la courbe de magnétisation de la machine.

AMORÇAGE DE LA GÉNÉRATRICE. — Nous allons montrer quelle est la succession des phénomènes de l'amorçage et comment ils aboutissent à un régime stable, pour lequel la génératrice débite du courant triphasé sous une tension constante, quelle que soit la charge.

Il reste toujours dans le fer de la machine un peu de magnétisme rémanent. Mettons le rotor en marche. Ce flux va produire dans le rotor une petite force électromotrice qui se traduira par une différence de tension entre les bornes A', B' et C', et par suite un petit courant circulera dans l'enroulement d'excitation modifiant le flux de la machine. La tension aux bornes en sera changée, par suite aussi le courant d'excitation qui réagira à nouveau sur le flux et ainsi de suite.

Les courants j_1, j_2 et j_3 dans les trois enroulements d'excitation sont donc des courants variables avec le temps. Mais comme ces trois enroulements concourent au centre de l'étoile les courants j_1, j_2 et j_3 satisfont nécessairement à la relation :

$$j_1 + j_2 + j_3 = 0$$

comme nous l'apprend la loi de Kirchoff appliquée à ces trois courants qui concourent au même point.

Il est facile de montrer que l'on peut toujours trouver trois angles différant les uns des autres de $\frac{2\pi}{3}$ et dont les sinus soient proportionnels à j_1, j_2 et j_3. Ces angles seront variables avec le temps t et nous pourrons les désigner par :

$$\omega t, \quad \left(\omega t + \frac{2\pi}{3}\right) \quad \text{et} \quad \left(\omega t + \frac{4\pi}{3}\right).$$

ω étant une fonction du temps indéterminée pour le moment.

On aura donc :

$$\frac{j_1}{\sin \omega t} = \frac{j_2}{\sin \left(\omega t + \frac{2\pi}{3}\right)} = \frac{j_3}{\sin \left(\omega t + \frac{4\pi}{3}\right)} = \varphi(t)$$

$\varphi(t)$ étant également une fonction inconnue du temps t. Nous pouvons donc, dès à présent, considérer j_1, j_2 et j_3 comme des courants triphasés dont la fréquence ω est variable ainsi que l'intensité maxima $\varphi(t)$

$$j_1 = \varphi(t) \sin \omega t.$$

Nous savons que de tels courants produisent dans la machine un flux tournant à la vitesse variable ω et dont l'intensité a pour valeur

$$\Phi = K\mu\varphi(t)$$

(voir chapitre XIII, production des champs tournants par les courants polyphasés).

μ étant la perméabilité de l'ensemble du circuit magnétique de la machine, et K un facteur constant.

Calculons les forces électromotrices que ce flux variable, tournant à une vitesse variable, induit dans les enroulements à gros fil de la machine (enroulements du rotor et enroulement de compensation).

Supposons d'abord le rotor arrêté. La force électromotrice induite dans une spire est proportionnelle à la variation instantanée du flux embrassé par cette spire. Cette variation est due d'une part à la variation d'intensité du flux variable Φ, d'autre part à sa rotation. Autrement dit, la spire qui embrasse à l'instant t une portion du flux dont la valeur est :

$$k\mu\varphi(t) \sin \omega t$$

embrasse à l'instant $(t + dt)$ un flux dont la valeur est :

$$k\mu(\varphi + d\varphi) \sin [(\omega + d\omega)(t + dt)].$$

On verra facilement, en faisant la différence des deux, que la force électromotrice induite dans le rotor dans l'instant t a pour valeur :

$$E_1 = C_1\mu\varphi'(t) \sin \omega t + C_1\mu \left(\omega + t \frac{d\omega}{dt}\right) \varphi(t) \cos \omega t.$$

(C_1 étant un facteur constant).

La force électromotrice induite dans l'enroulement de compensation, a la même valeur tant que le rotor reste au repos. Il n'en est plus de même si celui-ci tourne à la vitesse ω_0 que nous supposerons, par exemple, de même sens que ω. Dans ce cas la force électromotrice induite dans l'enroulement de compensation reste égale à E_1, mais on verra facilement que celle induite dans le rotor a pour valeur :

$$E_2 = C_1\mu\varphi'(t) \sin (\omega - \omega_0)\, t + C_1\mu \left(\omega - \omega_0 + t\,\frac{d\omega}{dt}\right) \varphi(t) \cos (\omega - \omega_0)t.$$

Cette expression s'obtient immédiatement en remarquant que la vitesse du flux par rapport au rotor est devenue $(\omega - \omega_0)$ et que pour obtenir E_2 il suffit par conséquent de remplacer ω, par $(\omega - \omega_0)$ dans l'expression de E_1.

Cette expression est celle de la force électromotrice à l'intérieur de l'enroulement rotorique.

Les termes en *sin* et en *cos* montrent que la fréquence de cette force électromotrice est proportionnelle à $(\omega - \omega_0)$. Mais le collecteur agissant comme transformateur de fréquence ramène la tension entre balais à la fréquence de E_1 sans toutefois changer son amplitude (voir au chapitre XVIII le fonctionnement du collecteur comme convertisseur de fréquence).

La tension aux balais sera donc :

$$E'_2 = C_1\mu\varphi'(t) \sin \omega t + C_1\mu \left(\omega - \omega_0 + t\,\frac{d\omega}{dt}\right) \varphi(t) \cos (\omega t).$$

La tension V aux bornes A', B', C', sera égale à $(E_1 - E'_2)$ c'est-à-dire :

$$V = C_1\mu\omega_0\varphi(t) \cos \omega t.$$

Déterminons maintenant les forces électromotrices existant dans les enroulements d'excitation.

La force électromotrice induite par le flux tournant Φ a pour valeur :

$$E_t = B\mu\varphi'(t) \sin \omega t + B\mu \left(\omega + t\,\frac{d\omega}{dt}\right) \varphi(t) \cos \omega t.$$

Cette expression s'établit comme celle de E_1 (B est un facteur constant) et la chute ohmique a pour valeur :

$$r\varphi(t) \sin \omega t$$

puisque l'intensité du courant qui parcourt à l'instant t l'enroulement d'excitation a pour valeur $j = \varphi(t) \sin \omega t$ (r représente la résistance de l'enroulement).

La première peut être représentée par la projection de deux vecteurs tournant à la vitesse variable ω, faisant entre eux un angle droit et ayant pour valeur respective :

$$B\mu\varphi'(t) \quad \text{et} \quad B\mu \left(\omega + t\,\frac{d\omega}{dt}\right) \varphi(t).$$

A la chute ohmique correspond un vecteur tournant de même direction que le premier des deux précédents et ayant pour valeur $r\varphi(t)$.

Représentons ces trois vecteurs (fig. 265). Leur résultante

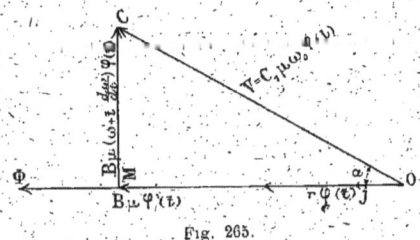

Fig. 265.

doit être égale au vecteur tournant $\overline{C_1\mu\omega_0\varphi(t)}$ qui représente la tension V aux bornes de la machine. Ce vecteur fera un angle α avec les vecteurs $\overline{r\varphi(t)}$ et $\overline{B\mu\varphi'(t)}$.

Cette figure nous représente le diagramme des forces électromotrices pendant la période variable. Nous en tirons une première relation obtenue en projetant OC sur MC

$$C_1\mu\omega_0 \sin\alpha = B\mu \left(\omega + t\,\frac{d\omega}{dt}\right)$$

ou :
$$\omega + t\,\frac{d\omega}{dt} = \frac{C}{B}\,\omega_0 \sin\alpha.$$

Equation différentielle dont la solution est :

$$\omega = \left(\frac{C}{B}\,\omega_0\,\sin\,\alpha\right) + \frac{D}{t}.$$

D étant une constante qui dépend des conditions initiales. On voit que, à mesure que l'amorçage se produit la périodicité tend vers la valeur de régime.

$$\left(\frac{C}{B}\,\omega_0\,\sin\,\alpha\right).$$

Que représente l'angle α? Remarquons que le courant d'excitation $j = \varphi(t)\,\sin\,\omega t$ est en phase avec la chute ohmique $r\varphi(t)\,\sin\,\omega t$ et aussi avec le flux tournant Φ qu'il produit. L'angle α représente l'angle de décalage de la force électromotrice induite dans l'ensemble des enroulements rotorique et de compensation, par le flux Φ. Cet angle de phase est égal à l'angle de décalage des balais à partir de la ligne neutre, comme on le voit facilement en se reportant à la théorie générale des machines à collecteur (chap. XVIII).

On pourrait donc, théoriquement, faire varier la fréquence sans toucher à la vitesse ω_0 du rotor, simplement en décalant les balais d'un angle α. Mais il faudrait pour cela entraîner avec les balais l'enroulement de compensation afin que la compensation de la force magnétomotrice rotorique reste assurée. Comme cet entraînement est pratiquement impossible on obtiendra le même résultat en décalant le courant d'excitation j par rapport à la tension aux bornes V au moyen d'un convertisseur de phase, dont le principe consiste à faire entrer le courant par un collecteur d'une machine à deux collecteurs, et à le recueillir sur l'autre collecteur : le déphasage du courant de sortie par rapport au courant d'entrée est obtenu par un décalage des balais sur le collecteur de sortie.

La deuxième relation donnée par le diagramme obtenue en projetant OC sur OM (265) est :

$$C\mu\omega_0\varphi(t)\,\cos\,\alpha = r\varphi(t) + B\mu\varphi'(t)$$

$$\varphi(t) = \frac{B\mu}{C\mu\omega_0\,\cos\,\alpha - r}\,\varphi'(t)$$

équation différentielle dont la solution est :

$$\varphi(t) = J E^{\frac{(C\mu\omega_0 \cos \alpha - r)}{B\mu} \cdot t}$$

dans laquelle J est une constante.

On voit que si : $\qquad r > C\mu \, \omega_0 \cos \alpha$

$\varphi(t)$ est décroissant, le flux tend à s'annuler, la machine ne s'amorce pas.

Si au contraire : $\qquad r < C\mu\omega_0 \cos \alpha$

$\varphi(t)$ est croissant, la machine s'amorce et même $\varphi(t)$ croîtrait indéfiniment si μ était constant. Mais lorsque la machine se sature, μ décroît, et à un moment donné on a :

$$r = C\mu\omega_0 \cos \alpha$$

à ce moment on a $\varphi(t) = J$, c'est-à-dire que $\varphi(t)$, qui représente l'amplitude maxima du courant rotorique devient constant.

Le régime constant est alors atteint.

Il est stable car si le flux croît un peu, μ décroît et r devient supérieur à $C\mu\omega_0 \cos \alpha$, le courant d'excitation correspondant est insuffisant pour entretenir ce flux qui décroît alors jusqu'à sa valeur de régime.

Le contraire a lieu si le flux vient à décroître un peu au-dessous de sa valeur de régime.

Remarquons que nos conclusions ne sont pas tout à fait rigoureuses, car à partir du moment où μ devient variable nos équations qui ont été établies en supposant μ constant ne sont plus vraies. Mais la variation exacte des phénomènes qui se produisent pendant le régime variable nous importe peu en réalité, c'est le sens de cette variation qui est intéressant. Or on peut facilement se rendre compte que celui-ci n'est pas altéré par la variation de μ. Il suffit de recommencer les calculs et le raisonnement en se rappelant que μ varie en sens inverse du flux Φ à partir du moment où le fer commence à se saturer (voir théorie complète dans le *Bulletin* N° 33 de l'année 1914 de la Société Internationale des Electriciens).

Le diagramme des forces électromotrices pendant la période variable, représenté sur la figure 265, nous permet d'établir une interprétation intéressante des phénomènes qui se produisent pendant l'amorçage.

Traçons (fig. 266) la courbe de magnétisation de la machine, c'est-à-dire la courbe Φ représentant la variation du flux.

$$\Phi = K\mu\varphi(t)$$

en fonction de l'intensité du courant d'excitation $i = \varphi(t)$.

Puis traçons la courbe de la tension V aux bornes en fonction

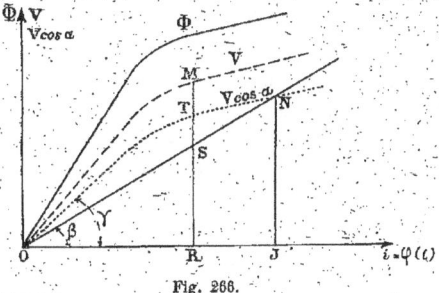

Fig. 266.

du courant d'excitation. Comme $V = C_1\mu\omega_0\varphi(t)$ on voit que cette courbe se déduit de celle du flux en multipliant les ordonnées de celle-ci par le coefficient constant $\frac{C\omega_0}{K}$.

Enfin traçons la courbe déduite de la précédente en multipliant les ordonnées de celle-ci par $\cos \alpha$, α étant l'angle de phase du courant d'excitation $\varphi(t)$ par rapport à la tension V aux bornes (voir diagramme de la figure 265).

Traçons une droite ON faisant avec l'axe des abscisses un angle β tel que $\operatorname{tg} \beta = r$, résistance de l'enroulement d'excitation.

Voyons alors ce qui se passe dans la machine à l'instant t. Le courant d'excitation a une valeur $\overline{OR} = \varphi(t)$, la tension aux bornes une valeur $\overline{OM} = V = C\mu\omega_0\varphi(t)$. Le vecteur $\overline{RT} = \overline{RM} \times \cos \alpha = V \cos \alpha$. En nous reportant à la figure 265 nous voyons que $\overline{RT} = V \cos \alpha = r\varphi(t) + B\mu\varphi'(t)_1$. Mais $\overline{RS} = \overline{OR}\,tg\,\beta = r\varphi(t)$ donc la relation[1] nous donne :

$$B\mu\varphi'(t) = \overline{RT} - \overline{RS} = \overline{ST}.$$

Le vecteur $\overline{ST}$ représente donc la partie de la force électro-motrice d'induction qui, dans l'enroulement d'excitation, est due non pas à la rotation du flux, mais à sa variation d'amplitude.

$\left[$La partie due à la rotation du flux est représentée, sur la figure 265, par le vecteur $\overline{MC} = B\mu\left(\omega + t\,\dfrac{d\omega}{dt}\right)\varphi(t)\right]$.

Lorsque, au bout du temps t_1 le courant d'excitation atteint la valeur $\overline{OJ} = \varphi(t_1)$ le flux devient constant, et par conséquent, le vecteur $\overline{ST}$ devient nul. Il est facile de voir que, au point N le fonctionnement de la machine devient stable (voir théorie complète de la machine dans le bulletin déjà cité).

En tous cas on voit que, pour que la machine s'amorce et que le régime stable soit atteint il faut que tg β soit inférieure à tg γ ou que r soit inférieur à $C\mu\omega_0 \cos\alpha$, μ étant la perméabilité du fer de la machine non saturée.

Ces résultats sont identiques à ceux que l'on trouve en étudiant l'amorçage d'une génératrice à courant continu dont les balais sont décalés d'un angle α.

Remarquons d'ailleurs que la vitesse d'amorçage ω_0 pour une valeur r de la résistance d'excitation est donnée par la relation $\omega_0 > \dfrac{r}{C\mu \cos\alpha}$. Elle est indépendante de la fréquence du courant que l'on veut produire. Elle dépend seulement :

$\left\{\begin{array}{l}\text{de l'angle de calage des balais } \alpha; \\ \text{de la résistance d'excitation } r.\end{array}\right.$

La fréquence ω du courant engendré est égale, comme nous l'avons vu, à $\dfrac{C}{B}\omega_0 \sin\alpha$. Elle dépend donc de la vitesse de rotation ω_0 de l'induit, qui fixe sa limite supérieure dont la valeur est $\dfrac{C}{B}\omega_0$ pour un angle de calage des balais α égal à $\dfrac{\pi}{2}$. Par contre au-dessous de cette valeur on peut réaliser toutes les valeurs de la fréquence simplement en décalant les balais d'un angle α. En particulier pour $\alpha = 0$ la génératrice produit du courant continu. (Rappelons qu'en pratique on laisse les balais fixes et qu'on fait varier la fréquence en changeant la phase du courant d'excitation au moyen d'un convertisseur de phase.)

La dynamo shunt à courant continu n'est, comme nous venons de le voir, qu'un cas particulier de cette génératrice à fréquence réglable.

CHAPITRE XXI

Etude des phénomènes de la commutation dans les machines à collecteur et plus particulièrement dans les machines à courant continu.

Les machines à courant continu peuvent être considérées comme un cas particulier des machines polyphasées à collecteur, lorsque dans celles-ci le champ devient fixe par rapport aux balais, et que par suite le collecteur débite du courant continu. Nous avons déjà vu comment le collecteur fonctionne comme redresseur de courant dans les machines à courant continu (chap. xviii).

Connaissant le principe de fonctionnement du collecteur, il nous reste à étudier la façon dont il se comporte en pratique.

Lorsqu'une spire du rotor passe sous les balais, le courant dans cette spire change de sens. Ce changement de sens commence lorsque la lame correspondante du collecteur arrive sous le balai, et se termine quand cette lame quitte le balai. C'est ce que l'on appelle le phénomène de la « commutation ». Ce phénomène est extrêmement important. Nous allons voir en effet que si la force électromotrice produite par spire, ou si le courant qui la traverse sont trop forts, des étincelles jaillissent entre les balais et les lames du collecteur en détériorant rapidement celui-ci. On conçoit donc tout l'intérêt qu'il y a à s'opposer à la production de ces étincelles. Ce sont les difficultés de la commutation qui, jusqu'à présent, ont limité la vitesse et la puissance des machines à courant continu. Nous allons donc étudier les causes de production des étincelles, et nous en déduirons les remèdes à apporter à cet état de choses.

1° *Densité de courant sous les balais.* — Soit I le courant débité et S la surface totale des balais appuyant sur le collecteur. L'intensité de courant passant par unité de surface des balais sera égale à $i = \frac{I}{S}$. D'autre part, le courant en passant du collecteur dans le balai, rencontre par unité de surface une résistance r qui est très importante, puisque la chute ohmique (ri) entre le collecteur et le balai est souvent de l'ordre du volt. Par suite la quantité de chaleur (ri^2) dégagée par unité de surface des balais est considérable. Si elle devient trop forte elle fait rougir le balai et le détériore rapidement, en même temps qu'elle échauffe le collecteur.

Pour remédier à cet état de choses, on aura soin de dimensionner le collecteur et les balais de façon à ne pas atteindre la densité i dangereuse. D'autre part on diminuera le plus possible la résistance de contact r par l'emploi de balais spéciaux (manganite, balais métalliques). On aura soin, avant de mettre la machine en marche de roder les balais avec soin. Enfin M. Maurice Leblanc propose de refroidir les balais par une circulation d'eau (*Bulletin de la Société des Ingénieurs civils*, février 1913).

2° *Forces électromotrices d'induction existant dans la spire pendant la commutation.* — Supposons d'abord que les balais soient calés à la ligne neutre, c'est-à-dire que le flux embrassé par la spire durant la commutation ne varie pas. La force électromotrice, induite dans la spire par le flux de la machine, est donc nulle ; la tension entre deux lames consécutives du collecteur est nulle, si la machine ne débite pas de courant.

Mais si la machine débite un courant I, la spire commutée est parcourue au début de la commutation par un courant $\frac{I}{2}$ qui change de sens durant la commutation et devient un courant $-\frac{I}{2}$. Le flux φ produit dans la spire par le courant $\frac{I}{2}$ se transforme en un flux $-\varphi$ après la commutation. Si le passage d'une lame sous les balais dure un temps t la variation du flux embrassé par la spire étant égale à 2φ, la force électromotrice de self-induction produite dans la spire au passage sous les balais sera égale à $e = \frac{2\varphi}{t}$. Les deux extrémités de la spire étant reliées à deux lames consécutives du collecteur, la tension e existera entre ces lames pendant la commutation. Elle amorcera par suite, si elle est trop forte, des étincelles entre le balai et la lame qui vient de le quitter.

On remédiera à cet inconvénient en calculant la machine de façon à ce que cette tension e n'atteigne pas la valeur dangereuse. Pour cela on réduira le plus possible la surface de fer embrassée par la spire ce qui réduit en même temps le flux φ produit par cette spire. C'est pourquoi les machines à tambour ont une meilleure commutation que celles à anneau.

Mais on peut aussi chercher à annuler la force électromotrice de self e en produisant dans la spire, pendant la rotation, une force électromotrice d'induction égale à e et de sens opposé. On dispose pour cela de deux moyens :

a) On peut décaler les balais de façon à ce que, pendant son passage sous les balais, la spire coupe une certaine quantité du flux inducteur Φ. Ce flux coupé induira dans la spire une force électromotrice d'induction. En décalant les balais dans le sens convenable pour que cette force électromotrice soit de sens opposé à la force électromotrice de self-induction de la spire on pourra annuler celle-ci et, par conséquent, supprimer les étincelles aux balais.

En appliquant la loi de Lenz et la règle du tire-bouchon à la spire commutée, on s'apercevra facilement que, pour les génératrices les balais doivent être décalés dans le sens de la rotation de l'induit. Le contraire a lieu dans les moteurs. D'ailleurs en pratique on trouvera par tâtonnements la position convenable pour laquelle les étincelles disparaissent.

Remarquons toutefois que ce procédé est imparfait : en effet la force électromotrice de self-induction dans la spire est proportionnelle au courant de charge I. Par contre le flux Φ de la machine étant constant la force électromotrice qu'il induit dans la spire est constante. Elle existera donc même en l'absence de toute charge et, si elle est trop forte, elle risquera de provoquer des étincelles aux balais pendant la marche à vide où elle n'est plus annulée par la force électromotrice de self. On ne pourra donc, par ce procédé, obtenir qu'une compensation imparfaite de la force électromotrice de self dans la spire.

En outre pour les moteurs qui doivent tourner alternativement dans les deux sens, on est obligé de laisser les balais à la ligne neutre pour assurer une commutation aussi bonne dans un sens que dans l'autre.

b) On peut munir la machine de « pôles de commutation » dont l'effet est d'annuler à peu près exactement les forces électromotrices existant dans la spire commutée et *cela quel que soit le courant $\frac{I}{2}$ qui traverse cette spire*.

Pour cela on munit la machine de petits pôles auxiliaires AB

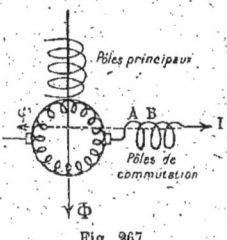

Fig. 267.

dont l'axe est dirigé suivant la ligne des balais (fig. 267). Ces pôles supportent quelques spires de gros fil parcourues par le courant I qui sort de l'induit. Ils produiront donc un flux φ' dirigé suivant la ligne des balais et *dont l'intensité est proportionnelle au courant I qui sort de l'induit*.

Ce flux, ayant son axe dirigé suivant la ligne des balais, est coupé par la spire commutée, et, étant proportionnel au courant I il induit dans celle-ci une force électromotrice e' proportionnelle à I :

$$e' = k'\mathrm{I}.$$

Mais la force électromotrice de self-induction e produite dans la spire commutée est aussi proportionnelle à I

$$e = k\mathrm{I}$$

car le flux φ produit par cette spire est proportionnel au courant $\frac{I}{2}$ que parcourt la spire.

En calculant convenablement les pôles de commutation on pourra avoir $e' = e$, et annuler ainsi, pour toutes les charges, la force électromotrice de self qui produit les étincelles.

FLUX DE RÉACTION D'INDUIT. — Il existe encore une cause

importante de production des étincelles sous les balais : c'est la
force électromotrice induite dans la spire commutée par le flux
de réaction d'induit.

Lorsque l'induit est traversé par un courant I (fig. 268) le
tore qui le compose est divisé en deux parties par la ligne des
balais AB. Chacune de ces deux par-
ties constitue un électro-aimant dont
les pôles coïncident avec les lignes de
balais, les pôles de même nom des

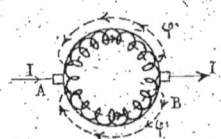

Fig. 268.

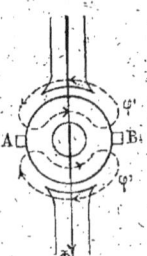

Fig. 269.

deux électros coïncidant d'ailleurs avec la même ligne de balais
comme il est facile de le vérifier en appliquant à chacun d'eux
la règle du tire-bouchon. Par suite l'induit est traversé par un
double flux φ' qui entre par une ligne de balais A, sort par
l'autre ligne B et traverse transversalement les pôles de la machine (fig. 269).

Ce flux est proportionnel au courant I de l'induit qui le produit.

Il est d'ailleurs coupé par la spire commutée dans laquelle il
produit une force électromotrice $e'' = k''I$ dont l'effet s'ajoute à
la force électromotrice de self $e = kI$ pour produire des étincelles aux balais.

On dispose de deux procédés pour annuler cette force électromotrice e''.

a) Dans la plupart des machines à courant continu on se contente d'augmenter l'effet des pôles de commutation, de façon à
ce qu'une partie du flux de ceux-ci annule le flux de réaction
d'induit φ', et l'autre partie la force électromotrice e de self-
induction.

b) Dans certaines machines à courant continu, telles que les gros moteurs de laminoirs, qui doivent être parcourus pendant quelques instants par des courants énormes, et dans la plupart des machines à courant monophasé on emploie un enroulement statorique appelé « enroulement de compensation » qui est destiné à annuler exactement le flux de réaction d'induit. Dans ce cas le rôle des pôles de commutation est réduit à la compensation de la self-induction dans la spire commutée.

Le principe de l'enroulement de compensation est le suivant : à chaque encoche du rotor on fait correspondre sur le stator une encoche dans laquelle passe l'enroulement de compensation, qui est un enroulement à gros fil parcouru par le courant I de l'induit. Les conducteurs de l'encoche du stator sont placés de telle façon qu'ils soient parcourus par le courant I en sens inverse des conducteurs de l'encoche correspondante du rotor, et ces conducteurs sont en nombre tels que leur force magnétomotrice soit égale à celle des conducteurs contenus dans l'encoche correspondante du rotor. On conçoit que la force magnétomotrice du rotor peut ainsi être annulée exactement pour toutes les charges, par celle de l'enroulement de compensation (voir un exemple d'enroulement de compensation au début du chapitre précédent).

Cet enroulement a en outre pour effet, comme nous le verrons plus loin, d'améliorer le facteur de puissance dans les machines à collecteur à courant monophasé. Il annule en effet la self-induction du rotor en même temps que son flux.

CHAPITRE XXII

Machines shunt à courant continu : génératrice et moteur.

ANALYSE DU FONCTIONNEMENT DES GÉNÉRATRICES ET MOTEURS SHUNT A COURANT CONTINU

Faisons tourner un rotor à collecteur dans un flux magnétique Φ que nous maintiendrons constant. Supposons également comme cela se passe dans la pratique, que ce rotor est entraîné par une machine motrice à vitesse constante, mais dont le couple peut varier suivant les besoins de la génératrice, c'est-à-dire suivant la variation de sa charge (fig. 270).

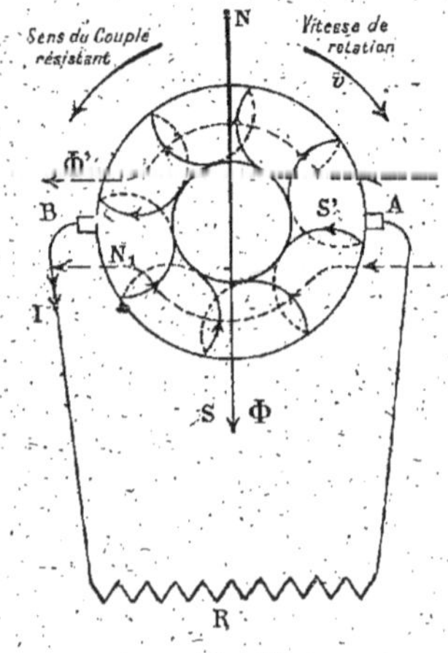

Fig. 270.

Les deux moitiés de l'enroulement rotorique deviennent le siège de forces électromotrices E dont le sens, indiqué par les flèches placées sur les spires rotoriques, peut être facilement déterminé par la loi de Lenz et la règle du tire-bouchon.

Cette force électromotrice E est proportionnelle au flux Φ et au nombre n de tours par minutes du rotor :

$$E = kn\Phi.$$

Cette force électromotrice représente la tension V aux balais, qui par suite sera constante dans une telle machine, les forces électromotrices supplémentaires qui apparaissent quand on met la machine en charge étant très faibles comme nous le verrons en étudiant la caractéristique en charge de la génératrice shunt.

Branchons aux balais une résistance R. Celle-ci devient le siège d'un courant I tel que $V = RI$.

Chaque moitié du rotor est parcourue par un courant $\frac{I}{2}$ de même sens que la force électromotrice induite par le flux Φ.

En se reportant à l'étude de l'action d'un flux sur un courant, il est facile de voir que le rotor, parcouru par le courant I et soumis en même temps à l'action du flux Φ, est soumis à un couple résistant de sens opposé à la rotation v.

On peut s'en rendre compte facilement de la façon suivante : En appliquant la règle du tire-bouchon, on voit que le courant I crée dans le rotor un flux Φ', de réaction d'induit, entrant du côté du balai A et sortant du côté du balai B. Le rotor devient ainsi un double électro-aimant dont les pôles sud S' sont en A et les pôles nord N' en B. En remarquant que le pôle nord N *du stator* se trouve au point où le flux d'excitation Φ sort du stator pour entrer dans le rotor, on se rend compte que les pôles N et S du stator exercent sur les pôles N' et S' du rotor un couple c de sens opposé à la rotation v.

La machine fonctionne ainsi en génératrice. Elle emprunte au moteur qui la conduit une quantité d'énergie mécanique $C\omega$, ω étant sa vitesse angulaire de rotation, et cède à la résistance R une quantité égale d'énergie électrique $RI^2 = VI = EI$.

Donc :
$$C\omega = EI$$

ce qui nous donne la valeur du couple C correspondant à un courant I. Puisque ω et E sont constants dans la génératrice shunt, le couple C est proportionnel au courant débité I.

MOTEUR SHUNT. — Rendons-nous compte maintenant des changements qui se produisent lorsqu'une telle machine fonctionne en moteur.

Pour cela, le rotor étant toujours entraîné à la vitesse de

n tours-minute dans le flux constant Φ branchons aux balais une source d'électricité, par exemple une batterie d'accumulateurs, de force électromotrice E égale et opposée à la force électromotrice d'induction E produite par le flux Φ dans le rotor. Dans ces conditions aucun courant ne parcourra le circuit ainsi formé (fig. 271).

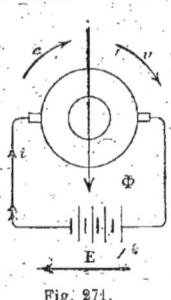

Fig. 271.

A ce moment séparons le rotor de la machine motrice qui l'entraînait. Il tendra à ralentir et sa vitesse deviendra égale à $(n - \varepsilon)$ tours par minute. La force électromotrice induite dans le rotor deviendra égale à $E' = k\,(n - \varepsilon)\,\Phi$, un peu inférieure à la force électromotrice des accumulateurs, laquelle est restée égale à E.

Par suite un courant i s'établira dans le circuit. Ce courant aura le sens de la force électromotrice E des accumulateurs qui est maintenant plus grande que E' de la quantité $(E - E') = k\varepsilon\Phi$.

Par suite :
$$i = \frac{k\varepsilon\Phi}{R}$$

R étant la résistance totale du circuit parcouru par le courant i.

Le courant i qui s'établit ainsi a le sens opposé à E', donc le sens opposé au courant I qui circulait dans la machine quand celle-ci fonctionnait en génératrice.

Le couple produit par le flux Φ agissant sur le courant rotorique i a donc aussi changé de sens. *Il a maintenant le même sens que la rotation v du rotor* qui, elle, n'a pas changé. *Ce couple tend donc à entretenir la rotation du rotor.* Il croît, comme le courant i, à mesure que la vitesse décroît. Le ralentissement s'arrêtera donc au moment où le couple électromagnétique c sera égal au couple résistant du rotor dû aux frottements des tourillons, à la résistance de l'air, et aux phénomènes d'hystérésis produits par le flux Φ dans le fer du rotor.

Le courant i qui traverse alors le rotor est appelé « le courant à vide » du rotor.

L'énergie électrique (Ei) empruntée aux accumulateurs représente donc les pertes mécaniques et hystérétiques de la machine. Ces pertes restent d'ailleurs les mêmes en charge, la vitesse du moteur ou de la génératrice en charge différant très peu de sa vitesse à vide comme nous le verrons plus loin. La mesure du courant i à vide représente donc un moyen de mesurer ces pertes. Nous l'utiliserons plus loin pour mesurer le rendement des machines à courant continu.

Si maintenant on applique au rotor un couple résistant C', par exemple le couple d'une machine-outil, le rotor ralentira encore jusqu'à la vitesse $(n - \varepsilon')$. Le rotor sera alors traversé par un courant I tel que

$$I = \frac{k\varepsilon'\Phi}{R}.$$

La chute de vitesse ε' croît naturellement avec le couple résistant C'. On voit que I est proportionnel à la chute de vitesse ε'.

Il en est de même du couple moteur C qui est proportionnel au produit (ΦI), du flux statorique et du courant rotorique, car Φ est constant.

Il en est également de même de la puissance qui est proportionnelle au couple, puisque nous allons voir que la vitesse est constante.

En effet la tension aux balais est maintenue égale à la valeur E par les accumulateurs.

La force électromotrice d'induction dans le rotor, correspondant à une chute de vitesse ε' a pour valeur :

$$E' = k(n - \varepsilon')\Phi.$$

$(n - \varepsilon')$ représentant la vitesse du rotor.

La différence $(E - E')$ entre la tension aux balais E et la force électromotrice E' induite $= k\varepsilon'\Phi$ représente la chute ohmique (rI) dans le rotor.

Mais r est très petit en pratique, de façon que la chaleur rI^2 perdue dans le rotor soit très faible par rapport à la puissance mécanique (EI).

Donc $(k\varepsilon'\Phi)$ est très petit par rapport à $k(n-\varepsilon')\Phi$ c'est-à-dire que ε' est très petit par rapport à n. *La vitesse varie donc très peu*. Comme la puissance mécanique est égale au produit du couple par la vitesse, on voit que la puissance est proportionnelle au couple.

Lorsque la machine tourne à plus de n tours par minute elle fonctionne en génératrice. Lorsqu'elle tourne à moins de n tours elle fonctionne en moteur. (La vitesse de n tours est celle pour laquelle la force électromotrice de la machine est égale à celle des accumulateurs.)

En effet revenons aux conditions initiales et entraînons le rotor au-dessus de la vitesse de n tours par minute. La force électromotrice du rotor devient :

$$E_1 = k(n+\varepsilon)\Phi$$

supérieure à la force électromotrice E des accumulateurs. Il s'établira alors dans le circuit un courant de même sens que E_1 et de sens opposé à E. Donc en entraînant la machine au-dessus de sa vitesse à vide elle fonctionne en génératrice, en laissant tomber sa vitesse elle fonctionne au contraire en moteur.

Telles sont les propriétés fondamentales des machines shunt à courant continu. Nous allons maintenant étudier séparément le fonctionnement en génératrice et le fonctionnement en moteur de ces machines.

GÉNÉRATRICE SHUNT A COURANT CONTINU

Considérons un induit à collecteur tournant à vitesse constante n ($n =$ nombre de tours par minute) dans un flux d'excitation Φ également constant. La tension entre les balais V qui est égale à vide à la force électromotrice E induite dans le rotor sera égale à $V = kn\Phi$ (fig. 272).

Si la machine est mise en charge, cette tension V variera peu.

comme nous le verrons plus loin. On a donc réalisé ainsi une génératrice à tension constante.

Le flux Φ peut être produit par une source indépendante de la machine : on a alors une génératrice à excitation indépendante.

Mais le plus souvent on produit le flux constant Φ en dérivant

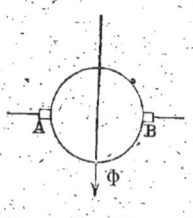

Fig. 272.

aux bornes de la machine l'enroulement d'excitation. La tension aux bornes V étant à peu près constante le courant d'excitation $i = \dfrac{V}{R}$ (R étant la résistance de l'enroulement d'excitation) sera également constant et par suite aussi le flux Φ qu'il produit. On a ainsi réalisé la génératrice shunt.

Nous vérifierons plus loin, en étudiant la caractéristique à vide de cette machine, qu'elle donne bien une tension constante à ses balais.

CARACTÉRISTIQUES : 1° *A vide, ou courbe de magnétisation.* — Excitons la machine au moyen d'une source indépendante, et faisons varier le courant i d'excitation par exemple en le faisant croître progressivement.

Tant que le fer de la machine n'est pas saturé le flux Φ croît proportionnellement au courant i d'excitation, et il en est de même de la tension V aux bornes, car $V = kn\Phi$ et le nombre de tours n est constant.

Si nous traçons alors la caractéristique à vide de la machine en portant les courants i

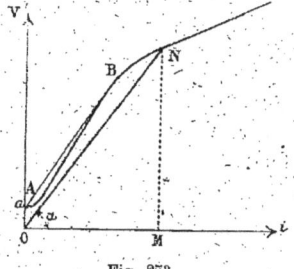

Fig. 273.

en abscisse et les tensions V en ordonnée nous obtenons d'abord une droite AB qui passe par l'origine O (fig. 273).

Puis lorsque le courant i devient suffisamment grand le fer se sature, par suite Φ et V croissent moins vite que le courant i, et la courbe s'incurve vers l'axe des abscisses.

Comme les ordonnées V sont proportionnelles au flux Φ produit par le courant i, cette courbe reproduit, à l'échelle près, la variation de Φ en fonction de i, c'est pourquoi on l'a appelée courbe de « magnétisation » de la machine. Elle caractérise en effet la perméabilité du circuit magnétique total (rotor, entrefer et stator) de la machine.

Amorçage de la génératrice shunt. — Mettons en série avec l'enroulement d'excitation, une résistance variable R et branchons le tout aux balais A et B de la machine (fig. 274).

Supposons d'abord celle-ci excitée. La tension V aux bornes sera par exemple représentée par l'ordonnée MN de la courbe de magnétisation (fig. 273). Cette courbe nous apprend alors que l'enroulement d'excitation est parcouru par un courant i représenté par l'abscisse OM. Si r est la

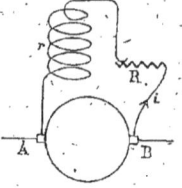

Fig. 274.

résistance de l'enroulement d'excitation, la résistance totale $(r + R)$ du circuit branché aux balais satisfait à la relation :

$$r + R = \frac{V}{i} = \frac{MN}{OM} = \operatorname{tg} \alpha.$$

α étant l'angle de la droite ON avec l'axe des abscisses.

Cette remarque va nous permettre de prévoir dans quelles conditions la génératrice s'amorcera.

Remarquons d'abord que, lorsque aucun courant n'excite la machine, on relève pourtant aux balais de celle-ci une petite tension Oa due à ce que le fer de la machine conserve toujours un peu de magnétisme appelé « rémanent ».

Le rhéostat d'excitation R ayant d'abord sa résistance maxima, branchons le circuit d'excitation aux balais de telle façon que le courant qui parcourt ce circuit tende à renforcer le magnétisme rémanent.

Si R est d'abord très grand l'angle α_1 correspondant est voisin de $\frac{\pi}{2}$, la droite ON$_1$ coupe la courbe de magnétisation au voisinage du point a et la machine ne s'amorce pas (fig. 275).

Diminuons R progressivement. Au moment où α_2 devient inférieur à θ (angle de la partie droite de la caractéristique avec l'axe des abscisses), le point N parcourt rapidement toute cette partie jusqu'au coude N_2 de la caractéristique. Si l'on

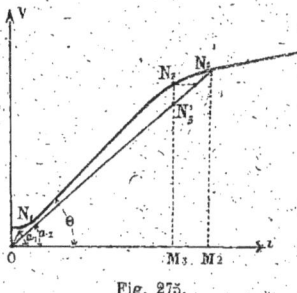

branche alors un voltmètre aux balais on voit la tension croître rapidement jusqu'à la valeur M_2N_2. Si on continue à diminuer la résistance R du rhéostat la tension continue alors à croître, mais plus len-tement, chaque fois qu'on di-minue R.

Fig. 275.

Nous arrivons donc aux im-portants résultats suivants :

1° Si la résistance du circuit d'excitation est trop grande, la machine ne s'amorce pas ;

2° En pratique on ne peut fixer la tension de la machine à une valeur inférieure à celle qui correspond au coude de la courbe de magnétisation. Autrement dit la tension est instable tant que la machine n'est pas saturée ;

3° Dès que la machine est saturée la tension devient stable. En effet en se reportant à la figure 275 on verra facilement que si l'on sup-posé par exemple, que le courant d'excitation tombe à la valeur OM_3, ce courant produit une tension aux balais égale à ON_3 et une chute ohmique dans le circuit d'excitation égale à ON'_3, qui est plus petite que ON_3. La tension aux balais étant plus grande

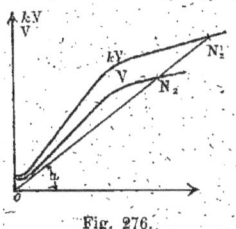

Fig. 276.

que la chute ohmique le courant d'excitation tend à croître pour reprendre sa valeur normale OM_2 ;

4° Remarquons que, indépendamment du rhéostat d'excita-tion on peut faire varier la tension de la machine en faisant varier sa vitesse. Si l'on multiplie celle-ci par un nombre k

toutes les ordonnées de la courbe de magnétisation sont multipliées par ce même nombre, sans que d'ailleurs l'angle α de la droite ON_2 change puisque $r = \operatorname{tg}\alpha$ est supposée constante. Le point de fonctionnement N'_2 correspond donc à une tension plus forte (fig. 276).

CARACTÉRISTIQUE EN CHARGE. — CHUTE DE TENSION. — GÉNÉRATRICE COMPOUND. — Nous avons vu que la propriété caractéristique de la génératrice shunt est de débiter du courant à tension constante. En réalité nous allons voir que, lorsqu'on met la génératrice en charge, la tension aux balais diminue un peu. Comme cette chute de tension peut, dans la pratique, avoir des inconvénients nous verrons ensuite comment on peut la supprimer, ou même la remplacer par une élévation de tension en charge.

Supposons d'abord le flux Φ d'excitation rigoureusement constant ainsi que la vitesse n de la machine. La force électromotrice E induite dans le rotor a pour valeur $E = kn\Phi$.

Elle est également constante.

A vide la tension V aux balais est égale à E.

En charge si la machine débite I ampères, et si le rotor présente une résistance de R ohms, la chute ohmique dans le rotor sera de RI volts. Cette chute ohmique constitue une force contre-électromotrice, et par suite la tension aux balais devient en charge :

$$V' = E - RI.$$

Résultante des deux forces électromotrices E et $(-RI)$, dont l'enroulement rotorique est le siège.

La chute ohmique est donc une première cause de chute de tension.

Une deuxième résulte de ce que, dans la pratique, le courant d'excitation est fourni par le rotor lui-même, aux balais duquel est branché l'enroulement d'excitation. Si R_1 est la résistance de celui-ci, le courant i d'excitation à vide a pour valeur :

$$i = \frac{V}{R_1}$$

Mais comme, en charge, V diminue, par suite de la chute ohmique, il s'ensuit que i diminue aussi, le flux Φ et la force électromotrice d'induction E décroissent également. C'est là une deuxième cause de chute de tension.

Enfin le flux de réaction d'induit contribue également à diminuer le flux d'excitation, et à augmenter la chute de tension surtout si les balais ne sont pas calés à la ligne neutre, car on se rendra compte facilement que, à mesure que l'on décale les balais dans le sens qui améliore la commutation, le flux de réaction d'induit tend à s'opposer au flux d'excitation, et comme le flux de réaction d'induit est proportionnel au courant de charge I, la diminution du flux d'entrefer due au flux de réaction d'induit sera d'autant plus forte que le courant de charge sera plus intense.

Pour annuler la chute de tension en charge, il suffira de provoquer une augmentation du flux d'excitation Φ et par suite de la force électromotrice d'induc-

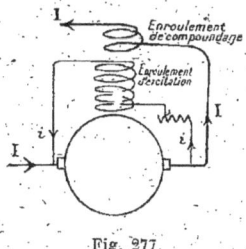

Fig. 277.

tion E, proportionnelle à la charge. Pour cela on enroule sur les pôles du stator quelques spires de gros fils traversées par le courant I débité par le rotor (fig. 277). En choisissant convenablement le nombre des spires de cet enroulement dit de « compoundage » et le sens de leur enroulement, de façon que leur effet s'ajoute à celui des ampères-tours d'excitation, on pourra annuler la chute de tension en charge, ou même provoquer une augmentation de tension en charge. Dans ce dernier cas, on dit que la génératrice est « hypercompoundée ». Une telle génératrice est employée dans le cas où l'on veut maintenir la tension constante au bout d'un câble. L'augmentation de tension de la génératrice devra alors compenser la chute de tension dans ce câble.

On a parfois intérêt au contraire à *augmenter la chute de tension en charge*, par exemple lorsque la génératrice marche en parallèle avec une batterie tampon, qui aide la génératrice à franchir de brusques pointes de courant. Dans ce cas, si la chute de tension de la génératrice est faible, la proportion de courant fournie par les accumulateurs, dont la chute de tension en charge est très grande, sera faible aussi. On provoquera alors une chute de tension de la génératrice, du même ordre que celle des accumulateurs, en employant un enroulement de compoundage enroulé de façon à diminuer le flux d'excitation lorsque la charge croît.

On appelle *caractéristique en charge* d'une génératrice, la courbe obtenue en portant en abscisse la valeur du courant I débitée, et en ordonnée la tension V correspondante. D'après ce que nous venons de dire, il est facile de se rendre compte que la génératrice shunt aura une caractéristique de la forme AB, la génératrice compound de la forme AB$_1$, la génératrice hypercompound de la forme AB$_2$, et la génératrice dite « hypocompound » de la forme AB$_3$ (fig. 278).

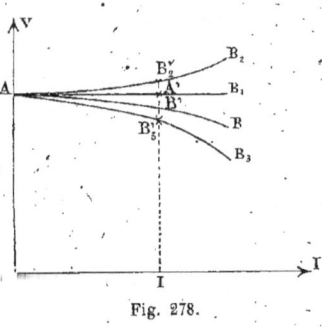

Fig. 278.

Pour un même courant de charge I la « chute de tension » a pour valeur A'B' ou A'B'$_3$ dans les génératrices shunt et hypocompound. L'augmentation de tension en charge a pour valeur A'B'$_2$ dans la génératrice hypercompound.

MARCHE EN PARALLÈLE ET MISE EN PARALLÈLE DES GÉNÉRATRICES SHUNT ET COMPOUND. — Considérons d'abord deux génératrices de même puissance pour simplifier. Nous allons montrer que, pour que ces machines puissent marcher en parallèle convenablement, il est nécessaire qu'elles aient même caractéristique en charge.

En effet, considérons d'abord ces machines fonctionnant à

vide, et réglons leur excitation de façon à ce qu'elles aient même tension aux bornes. Si nous les mettons alors en parallèle, il ne se produira aucun échange de courant entre elles, ce qui doit être évidemment l'état normal pendant toute la durée de la marche en parallèle, et quelle que soit la charge.

Séparons-les de nouveau, et, sans toucher aux excitations, faisons-leur débiter le même courant I. *Si elles ont mêmes caractéristiques*, il est évident que la tension aux bornes sera encore la même dans les deux machines. Si nous les remettons alors en parallèle, chacune d'elle continuera à débiter le courant I, comme si elle était seule. Il en sera de même quelle que soit la charge totale 2I des deux machines : celle-ci se répartira également entre elles.

Supposons au contraire que ces deux machines n'aient pas la même caractéristique en charge. Faisons-leur débiter le même courant I à chacune. Leurs tensions à vide étant égales, leur tension sous la charge I, sera V pour l'une et $(V - \varepsilon)$ pour l'autre. Par suite, si on les met alors en parallèle, il va se produire un courant de circulation I' entre les deux rotors. Le rotor qui présentait la tension V sera traversé par le courant $(I + I')$ qui augmentera la chute de tension, et le rotor qui présentait la tension $(V - \varepsilon)$ sera traversé par le courant $(I - I')$ qui diminuera la chute de tension en charge. Le courant I' se réglera de façon à ce que les chutes de tension des deux machines soient égales par suite des actions opposées du courant de décharge I' sur leurs chutes de tension respectives.

On voit, par suite, qu'il sera impossible de répartir également la charge dans deux génératrices qui n'ont pas la même caractéristique.

Si les deux génératrices sont de puissances différentes elles devront avoir des caractéristiques semblables, pour que la charge se répartisse toujours proportionnellement à leur puissance, c'est-à-dire que des courants de charge I et I, proportionnels à leurs puissances maxima respectives W et W' devront produire la même chute de tension dans les deux machines.

Examinons maintenant de quelle façon il faut procéder pour mettre en parallèle deux génératrices, et pour répartir entre elles la charge totale. Supposons d'abord que la génératrice A débite primitivement tout le courant I demandé par le réseau. Pendant toutes les opérations qui suivront nous supposerons, comme cela a lieu dans la pratique, que le courant I demandé par le réseau reste constant, la charge des moteurs et le nombre de lampes allumées variant peu pendant les quelques minutes nécessaires à la mise en parallèle de deux génératrices.

La génératrice A présente à ses bornes une tension $V = E -$

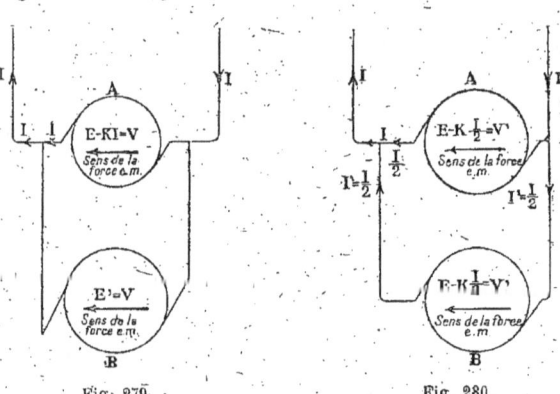

Fig. 279.   Fig. 280.

KI, E étant la force électromotrice induite par le flux d'excitation, et KI la chute de tension en charge. Excitons la génératrice B de façon à ce que la force électromotrice E' induite dans celle-ci soit égale à la tension V aux bornes de A, et par suite inférieure de KI à E :

$$E' = E - KI.$$

A ce moment mettons B en parallèle avec A (fig. 279). La deuxième loi de Kirchoff appliquée au circuit formé par les rotors de A et de B nous montre que aucun courant ne traversera B, par suite rien ne sera changé au fonctionnement de A et de B. Nous « couplons » ainsi B sans accident.

Il s'agit maintenant de répartir la charge entre A et B. Pour cela augmentons l'excitation de B, et par suite sa force électromotrice. Le courant I demandé par le réseau restant constant, la deuxième loi de Kirchoff appliquée au circuit formé par les rotors de A et de B nous montre qu'un courant I' va s'établir entre les deux machines, lequel traversera A dans le sens opposé à I et B dans le même sens que I, de façon à diminuer la chute de tension dans A et à l'augmenter dans B. Lorsque les forces électromotrices seront égales à E dans les deux machines, on aura $I' = \frac{I}{2}$ (fig. 280). La charge sera répartie également entre les deux machines. Mais la tension V' aux balais aura augmenté de la moitié de la chute de la tension KI. Il est facile de se rendre compte que, pendant toute la durée de mise en parallèle, le courant débité par chacune des deux machines est proportionnel à la différence entre sa force électromotrice et la tension commune aux bornes.

Pour « découpler » une machine, on fera les opérations inverses. C'est-à-dire qu'on commencera par diminuer l'excitation, donc la force électromotrice de cette machine, de façon à faire passer progressivement toute la charge sur l'autre machine. Ceci fait, on pourra découpler la machine dont la charge a été annulée, sans provoquer d'à-coup sur l'autre machine ni sur le réseau.

On peut aussi se rendre compte ici que, si, au lieu de surexciter la génératrice B après le couplage, on l'avait désexcitée, elle aurait fonctionné en moteur au lieu de fonctionner en génératrice.

ESSAIS DES GÉNÉRATRICES. — 1° *Essai d'échauffement*. — C'est un essai industriel des plus importants. Il consiste à vérifier que, après une marche indéfinie en pleine charge, la température du collecteur, celle des enroulements et celle du fer de la machine ne dépassent pas la température ambiante de plus d'un certain nombre de degrés qui, en pratique, est voisin de 55 pour le collecteur, est de 45 pour les autres éléments. Cet essai est nécessaire pour être certain qu'une fois en fonctionnement, la machine ne risquera pas d'atteindre des températures dangereuses pour les isolants. Cet essai, qui dure de trois à huit heures, est naturellement d'autant plus long que la machine est plus grosse. On s'assure que la température de régime est atteinte, lorsqu'elle ne varie plus pendant un intervalle d'une heure. Nous verrons plus loin comment cet essai peut être fait avec une faible dépense d'énergie en récupérant la plus grande partie de l'énergie fournie à la machine pour la mettre en charge.

2° *Caractéristique en charge.* — On maintient la vitesse de la machine constante pendant tout cet essai, et on fait croître la charge sans toucher au rhéostat d'excitation, la machine étant soumise au genre d'excitation pour lequel elle est prévue (autoexcitation, excitation compound ou excitation indépendante sous voltage constant). On trace alors la courbe de la tension en fonction de la charge, et on vérifie qu'elle coïncide avec la caractéristique prévue. Souvent on se borne à mesurer la variation de la tension entre la marche à vide et la marche en pleine charge.

3° *Rendement.* — La manière la plus facile de le déterminer consiste à mesurer les pertes totales de la machine en charge. Elles comprennent :

a. Les pertes par frottement des tourillons ;

b. Les pertes dues à la ventilation ;

c. Les pertes par hystérésis et courants de Foucault dans le fer du rotor qui tourne dans le flux de la machine ;

d. Les pertes par effet Joule dans l'enroulement d'excitation ;

e. Les pertes par effet Joule dans l'enroulement à gros fil comprenant celui du rotor et les enroulements de compoundage et de commutation.

Ces pertes se mesurent au moyen de deux essais :

I. *L'essai à vide.* — Faisons tourner la machine à vide, comme moteur, sous la tension et l'excitation normales. Toute la puissance absorbée par la machine, tant dans l'enroulement d'excitation que dans le rotor, est absorbée par les pertes *a, b, c,* et *d* qui sont sensiblement les mêmes à vide et en charge, ces pertes ne dépendant pas du courant rotorique. Quant aux pertes par effet Joule dans l'enroulement à gros fil, elles sont négligeables dans cet essai, car le courant absorbé par la machine tournant comme moteur à vide est très faible par rapport au courant de pleine charge, et d'autre part les pertes par effet Joule étant proportionnelles au carré du courant, décroissent beaucoup plus vite que le courant qui les produit.

II. *La mesure de la résistance de l'enroulement à gros fil.* — On mesure cette résistance qui comprend d'ailleurs la résistance de contact des balais, en faisant passer dans l'enroulement à gros fil de la machine un courant I de l'ordre du courant de pleine charge. On mesure ce courant I et la tension *v* aux bornes de la machine qui sera de quelques volts seulement. La résistance R de l'enroulement aura pour valeur $\left(\dfrac{v}{\text{I}}\right)$, et les pertes par effet Joule en pleine charge auront pour valeur $R I'^2$, si I' est l'intensité de pleine charge.

En ajoutant les pertes mesurées par ces deux essais on connaîtra les pertes totales *w* en pleine charge.

Si la puissance totale débitée par la machine en pleine charge est W, le rendement ρ aura pour valeur :

$$\rho = \frac{W}{W + w}.$$

Si la machine était un moteur au lieu d'une génératrice le rendement aurait pour valeur :

$$\rho = \frac{W - w}{W}.$$

Cette méthode de mesure du rendement est très générale et s'emploie pour presque toutes les machines électriques.

RÉALISATION PRATIQUE ET A PEU DE FRAIS DES ESSAIS. — ESSAIS EN RÉCUPÉRATION. — Prenons deux machines identiques M et G (fig. 281). Branchons-les sur un réseau fournissant du courant à

la tension V pour laquelle ces machines sont prévues, et
réglons leurs excitations de façon à ce qu'elles tournent toutes
deux à leur vitesse normale.

Nous pouvons alors, sans rien changer à leur fonctionnement
les rendre solidaires par une courroie passant sur deux poulies
de mêmes diamètres. En ce moment, les machines empruntent
au réseau une puissance égale au total des pertes à vide des
deux machines et il existe dans chacune d'elles une force contre-

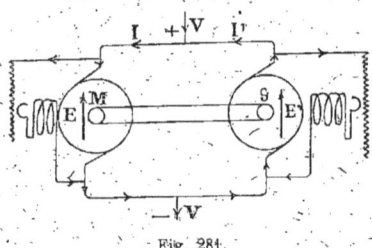

Fig. 281.

électromotrice E qui est égale à la tension V du réseau, ou
plutôt qui lui est un peu inférieure, de façon à laisser passer
dans chaque machine le courant à vide qui entretient le couple
moteur.

En agissant sur le rhéostat de la machine M diminuons alors
un peu l'excitation de celle-ci. Sa force contre-électromotrice
diminue légèrement, et par suite le courant I augmente rapidement dans cette machine à cause de la faible résistance du
rotor (fig. 281).

Le courant I croissant le couple croît également. Donc la
vitesse de la machine M augmente et cette machine tend à
entraîner l'ensemble des deux machines M et G à une vitesse
plus grande.

La vitesse croissant la force contre-électromotrice E de G
croît et le courant qui traverse G décroît pour s'annuler au
moment où la force contre-électromotrice E' devient égale à V.
Puis E' continuant à croître au-dessus de V le courant I' dans G
change de sens. Il devient donc de même sens que E', et G

marche en génératrice. A partir de ce moment elle emprunte de l'énergie mécanique à la machine M qui continue encore à fonctionner en moteur, et à mesure que la vitesse croît, la force électromotrice E' de G croît, le courant I' qui la traverse croît, et l'énergie mécanique qu'elle emprunte à M va en croissant.

Par contre à mesure que la vitesse croît, le couple moteur de M qui avait d'abord subi un brusque accroissement au moment où la diminution d'excitation avait provoqué une brusque diminution de la force contre-électromotrice E', va maintenant en décroissant progressivement, car la force contre-électromotrice E' augmente à nouveau en même temps que la vitesse du moteur et par suite le courant I' qui est donné par la relation $KI' = V - E'$ va en décroissant

Donc, pour nous résumer : une diminution d'excitation de M accroît d'abord brusquement le courant I' qui traverse M, donc le couple moteur et la vitesse augmentent. A partir de ce moment, le courant I' décroît lentement et le couple moteur de M diminue lentement. Pour la machine G, dont l'excitation n'a pas changé, l'augmentation de vitesse due à M accroît sa force contre-électromotrice E. Lorsque celle-ci dépasse V le courant se renverse dans G qui devient ainsi génératrice. Le courant I qu'elle débite s'accroît en même temps que E, c'est-à-dire en même temps que la vitesse.

Donc, à mesure que la vitesse croît, le couple résistant de la génératrice G croît, tandis que le couple moteur de M décroît. Il arrive un moment où ces couples sont égaux. A ce moment l'équilibre des couples étant réalisé, la vitesse redevient constante.

Remarquons que les variations d'excitation et de vitesse réalisées ainsi sont très faibles, car, la résistance r du rotor étant très petite, la moindre variation de force électromotrice entraîne une variation considérable du courant des deux machines, à cause de la relation

$$V = E + rI \quad \text{ou} \quad I = \frac{V - E}{r} \text{ dans le moteur}$$

$$V = E' - rI' \quad \text{ou} \quad I' = \frac{E' - V}{r} \text{ dans la génératrice.}$$

Le couple de pleine charge est ainsi atteint avec une très petite variation de flux dans le moteur et de vitesse dans les deux machines.

Le couple est, dans chaque machine, proportionnel au flux et au courant dans le rotor.

Lorsque la vitesse de régime est atteinte, les couples sont égaux et les flux diffèrent très peu. Par suite, les courants I et I' diffèrent très peu. Mais le moteur emprunte du courant au réseau tandis que la génératrice lui en rend. Donc, le courant i fourni par le réseau à l'ensemble des deux machines sera égal à la différence (I — I') des deux et sera par suite très faible. Puisque l'ensemble des deux machines ne produit ni n'absorbe aucun travail mécanique extérieur, il est évident que la puissance (Vi) demandée ainsi au réseau représentera simplement le total des pertes dans les deux machines telles que nous les avons énumérées plus haut. Comme le flux et les courants diffèrent peu, ces pertes sont à peu près les mêmes dans les deux machines. La puissance $\left(\dfrac{Vi}{2}\right)$ représente donc les pertes totales en charge dans chacune d'elles, y compris, cette fois, les pertes par effet Joule dans le rotor. On possède ainsi un deuxième moyen de mesurer ces pertes, et par suite le rendement des deux machines.

Cette marche en récupération permet également de faire fonctionner les deux machines en pleine charge pendant plusieurs heures, pour l'essai d'échauffement, sans autre dépense que la puissance (Vi) demandée au réseau, puissance très faible par rapport à la puissance (VI) de chacune des deux machines.

On pourrait atteindre le même résultat sans toucher aux excitations, en calant sur les deux machines des poulies de diamètres un peu différents, de façon à ce que, les flux étant les mêmes, la génératrice tourne plus vite que le moteur, et que, par suite, sa force électromotrice d'induction soit un peu supérieure à la tension du réseau. Ce procédé, qui n'exige que de faibles variations d'excitation pour parfaire le réglage de la charge, présente l'avantage d'assurer une meilleure commutation du moteur qui est ainsi moins désexcité que dans le premier procédé.

Le principe de l'essai en récupération est très employé pour toutes les machines électriques, car il permet de faire les essais à peu de frais et avec des génératrices auxiliaires de faible puissance pour fournir le courant de perte i des deux machines.

MOTEUR SHUNT

Nous avons étudié le principe, le fonctionnement et les essais du moteur shunt en même temps que ceux de la génératrice shunt. Nous compléterons cette étude par les renseignements suivants :

CARACTÉRISTIQUE EN CHARGE. — COURANT, COUPLE ET PUISSANCE PROPORTIONNELS A LA CHUTE DE VITESSE EN CHARGE. — Nous allons voir que la vitesse de ce moteur décroît légèrement lorsque sa charge croît. Il fonctionne sous tension V rigoureusement constante car c'est celle du réseau d'alimentation, et également avec une excitation et par suite un flux Φ constant. S'il fait n_0 tours par minute à vide, sa force électromotrice E_0 à vide aura pour valeur $E_0 = k n_0 \Phi = V$, car la chute ohmique à vide dans le rotor est négligeable.

Augmentons le couple résistant. La vitesse tend à diminuer et tombe à n tours, et la force contre-électromotrice tombe à :

$$E = k n \Phi.$$

Le courant rotorique croît et prend une valeur I telle que

$$r I = V - E = k(n_0 - n)\Phi.$$

r représentant la résistance du rotor.

Comme r est très petit, $I = \dfrac{k(n_0 - n)\Phi}{r}$ croît très rapidement lorsque la vitesse n décroît. Le flux étant constant, le couple électromagnétique croît proportionnellement à I ; lorsqu'il devient égal au couple résistant C la vitesse cesse de décroître.

Remarquons qu'une très faible diminution de vitesse provoquant une forte augmentation du couple, la vitesse n sera presque constante dans ce moteur.

On voit que le courant I et le couple C sont proportionnels à la chute de vitesse $(n_0 - n)$. Il en est de même de la puissance W qui est proportionnelle au couple puisque la vitesse n est à peu près constante.

$$W = C \times n.$$

RÉALISATION DE DIFFÉRENTS RÉGIMES DE VITESSE AVEC LE MÊME MOTEUR FONCTIONNANT SOUS TENSION CONSTANTE. — La chute ohmique rI dans le rotor étant très faible par rapport à la force électromotrice d'induction E, celle-ci est à peu près égale à la tension V aux bornes.

On a donc : $$V = kn\Phi.$$

V et k étant des constantes, on pourra faire varier la vitesse de régime n en agissant sur le flux Φ. Si on augmente l'excitation, donc le flux Φ, on voit que la vitesse décroîtra puisque

$$n = \frac{V}{k} \times \frac{1}{\Phi}.$$

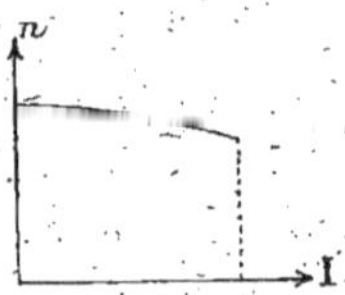

Fig. 282.

Essais des moteurs shunt. — Ils se font comme ceux des génératrices shunt. Toutefois, la caractéristique en charge du moteur est constituée par la courbe représentant la vitesse n en fonction du courant de charge I (fig. 282).

Moteurs à vitesse rigoureusement constante. — De même qu'on réalise, au moyen du compoundage, des génératrices à tension rigoureusement constante, nous verrons après l'étude du moteur série, qu'on peut réaliser des moteurs à vitesse rigoureusement constante, quelle que soit la charge, également par l'emploi du compoundage.

CHAPITRE XXIII

Moteurs série à courant continu. Moteur compound à fort couple de démarrage et à faible chute de vitesse. Moteur compound à vitesse rigoureusement constante quelle que soit la charge.

MOTEUR SÉRIE A COURANT CONTINU

Le moteur série se distingue du moteur shunt par la nature de son courant d'excitation qui est ici le courant de charge lui-même. Pour réaliser ce genre d'excitation, on enroule sur les pôles du moteur un petit nombre de spires en gros fil S que l'on place en série avec le rotor R du moteur

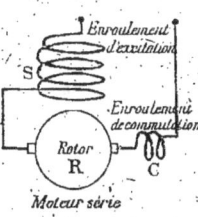

Moteur série
Fig. 283.

(fig. 283). En outre, comme les moteurs sont généralement destinés à tourner dans les deux sens, les balais sont calés à la ligne neutre. Par suite, pour obtenir une bonne commutation, même aux fortes charges, on munit généralement le moteur de pôles de commutation C : ceux-ci ont donc pour effet d'augmenter le couple maximum pratiquement réalisable en permettant de faire traverser le moteur, sans danger pour le collecteur, par un courant plus intense que si ces pôles de commutation n'existaient pas.

CARACTÉRISTIQUES DU MOTEUR SÉRIE. — 1° *Dans la partie AB de la courbe de magnétisation pour laquelle le moteur n'est pas saturé, le flux Φ est proportionnel au courant de charge* (fig. 284)

$$\Phi = KI.$$

a) Le couple résultant de l'action du flux Φ sur le courant de charge I dans le rotor étant proportionnel au produit $\Phi I = K I^2$, ce couple est donc proportionnel au carré du courant I tant que le moteur n'est pas saturé, c'est-à-dire pour les faibles valeurs

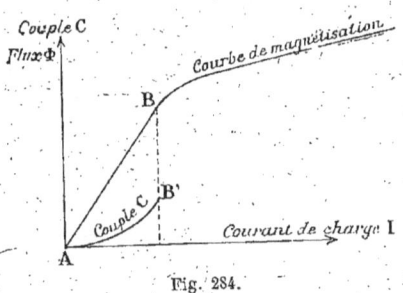

Fig. 284.

de I. Il est alors représenté par un arc de parabole AB′ passant par l'origine.

b) La valeur de la vitesse n de rotation en tours par minute résulte des remarques suivantes : la tension V aux bornes est constante. Elle est égale à la force électromotrice E produite dans le rotor. Celle-ci est proportionnelle au flux $\Phi = K I$ et à la vitesse n; donc

$$V = E = K n I \quad \text{d'où} \quad n = \frac{V}{K} \times \frac{1}{I}. \tag{1}$$

Comme V et par suite E sont maintenus constants il en résulte que la vitesse n est inversement proportionnelle à I. Elle est donc représentée en fonction de I dans la partie où le moteur n'est pas saturé par un arc d'hyperbole ayant l'axe des vitesses pour asymptote (fig. 285). En effet, lorsque I tend à s'annuler, n tend vers l'infini, comme le montre la relation (1).

2° *Dans la partie de la courbe de magnétisation où le moteur est saturé.* — Le flux Φ tend à devenir constant, quelle que soit la valeur du courant I.

a) Le couple C proportionnel au produit ΦI tend donc à devenir proportionnel à I au-lieu de I². Il sera représenté par une droite DE (fig. 286).

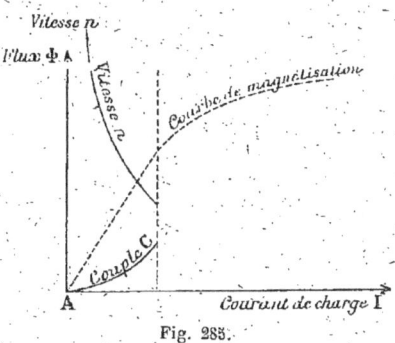

Fig. 285.

b) *La vitesse n* qui est inversement proportionnelle au flux tend à devenir constante lorsque I croît indéfiniment. Tandis

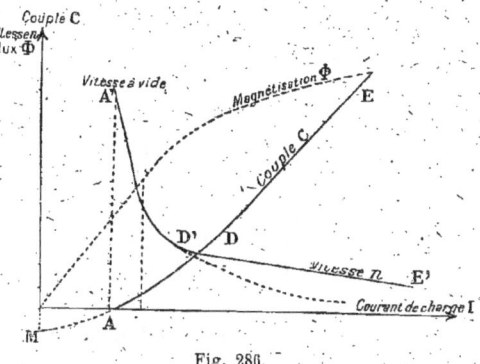

Fig. 286.

que, si le moteur ne se saturait jamais, la vitesse *n* tendrait à s'annuler lorsque I croîtrait indéfiniment.

ENSEMBLE DES CARACTÉRISTIQUES. — Remarquons que, pour obtenir le couple disponible sur l'arbre, il faut déduire du couple électromagnétique calculé ci-dessus le couple résistant dû aux frottements et à la ventilation. Nous admettrons que ce couple est à peu près constant quelle que soit la vitesse. Le couple disponible sur l'arbre se déduira donc du couple électromagnétique, en retranchant de celui-ci une quantité constante, c'est-à-dire en abaissant la courbe caractéristique du couple. Celle-ci se réduit alors pratiquement à une droite qui passe en dessous de l'origine : ADE (fig. 286).

Quant à la courbe des vitesses, A'D'E', elle reste, dans la partie saturée, au-dessus de l'hyperbole qui correspondrait à un moteur non saturé.

ESSAI EN RÉCUPÉRATION DES MOTEURS SÉRIE. — Si l'on se reporte aux essais en récupération des moteurs shunt, on se rendra compte rapidement que le même dispositif ne saurait être employé pour faire l'essai en récupération des moteurs série, à cause de l'instabilité de la génératrice série fonctionnant sous tension constante.

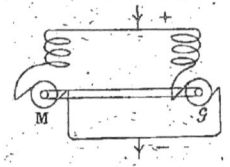

Fig. 287.

Rendons-nous compte de cette instabilité (fig. 287) : Supposons que nous ayons réussi à faire fonctionner l'une des deux machines série accouplées par courroie comme génératrice G, l'autre fonctionnant comme moteur M. Supposons maintenant que, pour une raison quelconque, la vitesse des deux machines décroisse. La force électromotrice de la génératrice G décroît et se rapproche de la tension V du réseau, puis devient plus faible que celle du réseau. A ce moment, le courant se renverse dans la machine G. Le courant se renversant dans les électros la *force électromotrice de G change de signe* : elle s'ajoute à la tension du réseau et, au lieu de la relation :

$$r I' = V - E'$$

qui existait au début de l'essai et qui nous donnait :

$$I' = \frac{V - E'}{r}$$

r étant la résistance du rotor :

on a, maintenant que la force électromotrice E a changé de sens dans la génératrice G :

$$rI' = V + E' \quad \text{d'où} \quad I' = \frac{V + E'}{R}.$$

La résistance r du rotor étant très faible, le courant I devient énorme et risque de détériorer la machine. Celle-ci ne cesse d'ailleurs pas de fonctionner comme génératrice, car le sens du courant se renverse dans le rotor en même temps que la force électromotrice d'induction E. Le courant I et la force électromotrice E restent donc de même sens dans les deux cas.

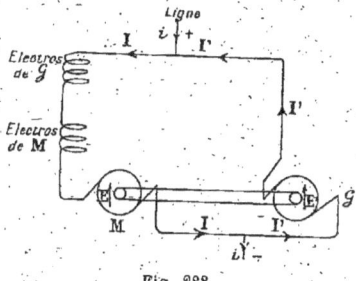

Fig. 288.

On pourrait songer à empêcher le renversement du courant dans les électros de G en les plaçant en série avec les électros de M (fig. 288). En effet, le fonctionnement du moteur série est stable à toutes les vitesses, comme on peut s'en rendre compte facilement, et on n'a pas à redouter l'inversion du courant I qui le traverse quelle que soit sa vitesse. Néanmoins, cet artifice est insuffisant car si la vitesse des machines diminue et que la force électromotrice E' de G devienne inférieure à V le sens du courant I' change dans le rotor de G sans que sa force électromotrice change E' de signe. G devient alors moteur et les deux machines fonctionnant comme moteur série s'emballent.

En pratique, on empêche le renversement du courant de G, en mettant en série avec celle-ci une génératrice shunt à bas voltage dont la force électromotrice e s'ajoute à celle de G, et empêche ainsi le courant de se renverser dans la génératrice G, car le total $(e + E)$ des deux forces électromotrices du survolteur g et de la génératrice G restera toujours supérieur à la tension V du réseau (fig. 289).

Analysons de plus près le fonctionnement de ce système, pour nous rendre compte de sa stabilité.

Fermons le circuit des trois machines G, M et g; la génératrice shunt g étant excitée sous tension constante. Avant de bran-

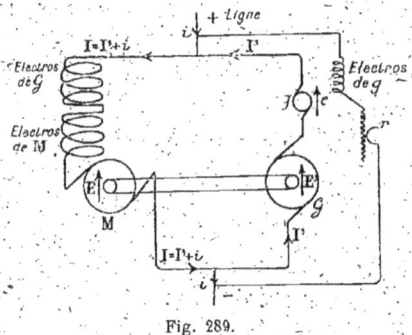

Fig. 289.

cher ce circuit sur la ligne vérifions que les électros de G et M sont connectés de façon convenable.

Pour cela excitons progressivement la génératrice g et connectons son rotor sur le circuit de façon que le courant qui parcourt alors le circuit *ait déjà le sens qu'il aura pendant l'essai en récupération*[1]. Enlevons de plus la courroie qui relie G à M. Ces deux machines devront évidemment tourner en sens inverse l'une de l'autre, leurs couples en marche normale étant opposés : celui de M moteur, celui de G résistant.

Coupons alors l'excitation de g et, la courroie étant toujours enlevée, branchons G et M sur le réseau par l'intermédiaire d'un rhéostat pour éviter l'emballement. Cette fois-ci le courant a le même sens dans M et dans les électros de G que dans le cas précédent, mais il a changé de sens dans le rotor de G.

_____

1. Le sens de ce courant est celui des courants I et I' indiqué par des flèches sur la figure 289.

Donc M devra démarrer dans le même sens que précédemment, et G dans le sens opposé. C'est-à-dire que dans ce deuxième essai G et M devront tourner dans le même sens, et ce sens sera celui de M dans l'essai précédent.

Ces vérifications faites, remettons la courroie. Excitons g jusqu'à ce que le courant I' qui circule dans le circuit soit voisin du courant de pleine charge I des machines série. Celles-ci restent immobiles car leurs couples sont égaux et de sens opposés.

Au moyen d'un rhéostat branchons alors progressivement ce circuit sur la ligne. A mesure que la tension monte, la ligne tend à envoyer dans les deux moitiés du circuit, un courant allant du pôle + de la ligne, au pôle —. Ce courant s'ajoute au courant primitif I' dans le moteur M et les électros de G, et s'en retranche dans le rotor de G. Par suite le couple moteur de M croît. Au contraire, dans G le courant supplémentaire envoyé par le réseau est de sens opposé à I', donc le couple résistant de G décroît. Le moteur M dont le couple est le plus fort entraîne donc les deux machines et G fonctionne en génératrice, sa force électromotrice s'ajoutant à celle de g pour équilibrer la tension V de la ligne.

Comme pour les machines shunt, le courant i fourni par la ligne est très faible. Il est même plus faible ici que dans le cas des machines shunt. En effet, la puissance absorbée par l'ensemble des machines G et M se réduit aux différentes pertes. Or cette puissance est fournie ici partie par le courant i emprunté à la ligne, partie par la tension v empruntée à la génératrice shunt g. Les pertes totales dans les machines M et G auront pour valeur :

$$(Vi + vI) \begin{cases} Vi = \text{puissance fournie par la ligne ;} \\ vI = \text{puissance fournie par le survolteur } g. \end{cases}$$

Le réglage du courant de circulation I, et par suite de la charge et de la vitesse des deux machines série, se fait en agissant sur l'excitation de la génératrice auxiliaire g. C'est la présence de cette génératrice qui assure la stabilité du système en empêchant le total des deux forces électromotrices $(e + E')$ de tomber au-dessous de V, quelle que puisse être la diminution de E'.

Dans le cas de machines compound, il pourra y avoir lieu d'employer le même dispositif si l'excitation série est importante. Ce sera généralement le cas pour les moteurs compound à fort couple de démarrage et à faible vitesse que nous étudions plus loin.

EMPLOI DES MOTEURS SÉRIE. — On emploie les moteurs série toutes les fois qu'on a besoin d'un fort couple de démarrage, et que la régularité de la vitesse a peu d'importance, c'est-à-dire, en pratique, dans les appareils de levage et pour la traction. On voit en outre que la vitesse sera d'autant plus grande, que la charge à soulever ou la pente à gravir seront plus faibles. C'est pour cela qu'on dit que le moteur série est « autorégulateur ». Cette propriété est précieuse. En effet, supposons que l'on emploie le moteur shunt pour un appareil de levage par exemple. La vitesse est constante

donc la puissance est proportionnelle à la charge soulevée,

donc le courant croît proportionnellement à la charge soulevée.

Prenons au contraire un moteur série :

la vitesse décroît lorsque la charge soulevée croît,

donc la puissance croît moins vite que la charge soulevée,

donc le courant croît moins vite que la charge soulevée.

Par suite, il est évident qu'avec un moteur série on pourra soulever des charges plus fortes qu'avec le moteur shunt de mêmes dimensions, sans que la commutation devienne mauvaise par suite de courants exagérés. En outre, le bobinage des électros est en gros fil sur les moteurs série, en fil fin sur les moteurs shunt. Ils seront donc plus robustes sur les moteurs série, ce qui a une grosse importance pour les moteurs de traction qui sont soumis à des chocs violents et répétés.

Remarquons qu'on ne doit jamais employer le moteur série pour conduire une machine dont le couple résistant peut devonir nul comme c'est le cas par exemple pour la plupart des machines-outils. En effet, dans ce cas, la vitesse du moteur série deviendrait égale à sa vitesse à vide (voir fig. 292) et cette vitesse est énorme à cause de la forme hyperbolique de la caractéristique de vitesse.

Par suite le bobinage du rotor risquerait d'être arraché par la force centrifuge.

INFLUENCE DES VARIATIONS DE LA TENSION AUX BORNES. — Considérons par exemple un tramway qui franchit une rampe de pente constante ou un pont roulant qui soulève une charge constante. Dans les deux cas le couple résistant et par suite le couple moteur sont constants.

Le couple moteur est proportionnel au produit $\Phi I = KI^2$. Le couple moteur étant constant le courant I l'est aussi. *L'intensité du courant qui traverse le moteur série est constante quelle que soit la tension aux bornes pour un couple donné.*

Le courant I étant constant le flux Φ est constant. La force électromotrice E induite dans le rotor est proportionnelle au produit Φn, et elle est égale à la tension V aux bornes, donc :

$$V = K_1 \Phi n \quad \text{d'où} \quad n = V \times \frac{1}{K_1 \Phi}.$$

Le facteur $\frac{1}{K_1 \Phi}$ étant constant, les variations de la vitesse n seront proportionnelles à celles de la tension V aux bornes : une chute de tension en ligne entraîne une chute de vitesse proportionnelle. D'où l'importance pour les tramways d'une tension constante en tous les points du réseau.

En résumé, dans le moteur série :

le couple fixe la valeur de l'intensité,

la tension aux bornes fixe la valeur de la vitesse.

DÉMARRAGE DES MOTEURS SÉRIE. — On ne peut songer à mettre le moteur arrêté directement sous la tension V. Celle-ci ne serait équilibrée que par la chute ohmique rI, et la résistance r du moteur étant extrêmement faible le courant I serait énorme.

En pratique, on ajoute en série avec le moteur des résistances

$r_1 + r_2 + r_3 + \ldots$ qui limitent l'intensité de démarrage à une valeur admissible. On élimine ensuite progressivement ces résistances à mesure que le moteur démarre. En principe, pour obtenir le démarrage le plus rapide, on cherche à éliminer ces résistances de telle façon que, pendant toute la durée du démarrage, le moteur soit traversé par un courant voisin du courant maximum qu'il peut supporter. Un tel démarrage est obtenu automatiquement au moyen d'un régulateur d'intensité dans les équipements à unités multiples. Il présente un double avantage.

1° La période de démarrage du train est rendue minima par ce procédé. Ceci a une grande importance pour les trains qui ont des arrêts fréquents, car ces arrêts constituent la principale cause de diminution de la vitesse moyenne sur l'ensemble du parcours.

2° Une partie de l'énergie étant perdue par effet Joule dans les résistances, on démontre que cette perte est rendue minima par le démarrage le plus rapide, c'est-à-dire à intensité maxima.

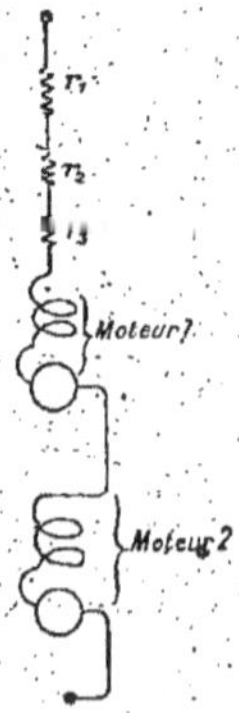

DÉMARRAGE SÉRIE-PARALLÈLE. — Considérons un tramway mû par deux moteurs série identiques. Si ces deux moteurs sont placés en série sous la tension V de la ligne, chacun d'eux fonctionnera sous la tension $\frac{V}{2}$ à ses bornes. Par suite, d'après ce que nous avons vu plus haut, le tramway marchera à la moitié de sa vitesse normale.

On utilisera cette propriété pour le démarrage. Au début du démarrage les deux moteurs sont en série l'un avec l'autre et avec les résistances de démarrage (fig. 290). On élimine celles-ci comme précédemment et le tramway marche alors à demi-vitesse. A ce moment on place les deux moteurs en parallèle et en même temps on remet en circuit les résistances de démarrage que l'on élimine à nouveau comme précédemment (fig. 291).

Démarrage série
jusqu'à ½ vitesse

Fig. 290.

Ce procédé présente deux avantages :

1° La perte par effet Joule dans les résistances est moindre que si l'on démarrait en parallèle dès le début;

2° Le poids des résistances à employer est par suite moindre, la chaleur à dissiper par rayonnement étant plus faible.

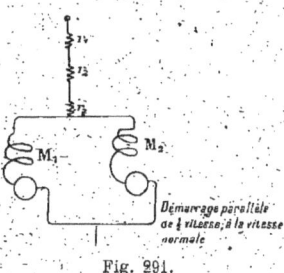

Démarrage parallèle de ¼ vitesse; à la vitesse normale

Fig. 291.

Toutefois ce procédé présente un inconvénient : quand les deux moteurs sont en série ils sont traversés par le même courant, et par suite le flux est le même dans les deux moteurs. Si le moteur 1 par exemple vient à patiner sa vitesse sera N alors que la vitesse du moteur 2 qui ne patine pas reste n.

Le flux restant le même dans les deux moteurs, leurs forces électromotrices et par suite leurs tensions aux bornes E_1 et E_2 sont proportionnelles à N et à n.

$$\frac{E_1}{E_2} = \frac{N}{n}$$

Mais $E_1 + E_2 =$ la tension constante en ligne V.

Donc la tension aux bornes du moteur qui patine augmente, par suite sa vitesse tend à augmenter encore d'après ce que nous avons vu plus haut, et ce moteur s'emballe, tandis que, au contraire, le moteur qui ne patine pas tend à s'arrêter la tension à ses bornes diminuant. Cet inconvénient disparaît si l'on emploie dès le début le démarrage en parallèle, qui sera par suite préférable sur des voies grasses et avec des voitures légères.

PUISSANCE UNITAIRE. — Les moteurs série employés en traction sont caractérisés en pratique :

1° Par le couple maximum ;

2° Par la puissance unitaire et la vitesse correspondante à cette puissance.

La notion de puissance unitaire résulte d'une convention qui a pour but de réduire à une heure la durée de l'essai d'un moteur de traction.

Elle est ainsi définie : lorsque le moteur série a fonctionné pendant une heure à sa puissance unitaire, mesurée sur l'essieu, tous orifices fermés, la température de sa partie la plus chaude (collecteur, rotor ou stator) dépasse d'environ 75° centigrades la température ambiante.

La puissance continue du moteur, c'est-à-dire la puissance moyenne, qu'il pourra fournir pendant plusieurs heures de service est comprise approximativement entre le quart et le tiers de la puissance unitaire. Naturellement elle est d'autant plus grande que le parcours à effectuer par le tramway est moins accidenté et présente moins de démarrages, c'est-à-dire que le moteur subira moins d'à-coups. Dans ces conditions l'échauffement du moteur ne doit pas dépasser normalement 50° à 55° si l'on veut assurer sa conservation.

Calcul rapide du moteur destiné à un service donné sur une ligne dont on connaît le profil. — Étant donnés l'horaire, le poids du train et le profil de la ligne on peut calculer d'une façon extrêmement rapide et en même temps très précise la puissance du moteur à employer par la méthode suivante. Cette méthode, qui est due à M. Perret, repose sur le principe suivant :

L'énergie totale que le moteur devra fournir pendant un parcours simple se compose des quatre éléments suivants :

1° Énergie e_1 absorbée par le roulement (comprenant frottements de roulement, résistance du vent, résistance en courbe, etc.);

2° Énergie e_2 absorbée par le freinage sur les pentes;

3° Énergie e_3 absorbée par le freinage aux arrêts;

4° Énergie potentielle de la pesanteur e_4 due à la différence de niveau des deux extrémités de la ligne.

La puissance moyenne du moteur pendant un parcours sera égale au quotient de l'énergie totale qu'il a à fournir ($e_1 +$

$e_2 + e_3 + e_4$) par la durée du trajet. On fera ce calcul pour le parcours d'aller et pour le parcours de retour.

La puissance moyenne du moteur en service continu sera égale au quotient de l'énergie totale qu'il a à fournir pendant une journée, par la durée de la journée de travail. C'est cette puissance qui multipliée par 3 ou par 4 donnera la puissance unitaire.

On adoptera le coefficient 3 si les arrêts aux extrémités du parcours sont de courte durée, c'est-à-dire si la puissance moyenne pendant un parcours diffère peu de la puissance moyenne en service continu. On adoptera le coefficient 4 dans le cas contraire. Il y a là une question d'appréciation personnelle qui résulte de l'expérience de chacun dans ces matières. On peut d'ailleurs en pratique augmenter la puissance moyenne d'un moteur jusqu'à la rendre voisine de sa puissance unitaire, en le ventilant intérieurement avec un air pris à l'intérieur de la voiture et filtré pour éviter l'encrassement par les poussières.

Montrons rapidement comment on peut calculer en pratique la valeur des énergies e_1 e_2 e_3 e_4. — *1° Énergie e_1 absorbée par le roulement.* — Appelons k le coefficient de roulement, c'est-à-dire l'effort résistant par tonne de train dû aux différentes résistances qui s'opposent à la marche des trains, la pesanteur exclue (frottements, résistance de l'air, etc.), k est exprimé en kilogrammes.

Si P est le poids du train en tonnes et l la longueur du parcours en mètres l'énergie e_1 a pour expression en kilogrammètres :

$$e_1 = Pkl.$$

On pourra prendre $k = 11$ kilogrammes par tonne pour les tramways urbains. $k = 8$ kilogrammes par tonne pour les chemins de fer à voie d'un mètre. On majorera légèrement ces coefficients si la voie comporte beaucoup de courbes à petit rayon.

Ces coefficients comprennent la résistance de l'air.

Pour la voie normale on prendra $k = 5$ kilogrammes par tonne, et pour les vitesses de plus de 40 kilomètres à l'heure on ajoutera à ce chiffre la résistance de l'air dont on trouvera l'expression dans les ouvrages spéciaux relatifs à la traction.

$2°$ *Energie e_2 absorbée par le freinage sur les pentes.* — L'effort de la pesanteur sur une pente de i millimètres par mètre est de i kilogrammes par tonne de train.

On freinera donc dès que i sera supérieur à k, coefficient de roulement qui freine le train de k kilogrammes par tonne tandis que i l'accélère de i kilogrammes par tonne.

On recherchera sur le parcours toutes les descentes ayant plus de 200 mètres de longueur et de pente supérieure à k.

Si l est la longueur d'une telle descente l'énergie absorbée par les freins sera dans cette descente de $[P(i-k)l]$ kilogrammètres.

Donc :
$$c_2 = \Sigma P(i - k)l$$

La somme Σ étant étendue à toutes les descentes du parcours.

$3°$ *Energie e_3 absorbée par le freinage aux arrêts.* — On admettra, par exemple, que l'on freine pour arrêter, à partir d'une vitesse égale aux deux tiers de la vitesse moyenne. Soit v la vitesse à laquelle commence le freinage. L'énergie absorbée à chaque arrêt sera égale à :
$$\frac{1}{2} Pv^2$$

On aura donc :
$$c_3 = n \frac{1}{2} Pv^2$$

n représentant le nombre d'arrêts du parcours.

Dans ce calcul il y aura lieu de s'assurer avec soin qu'on a bien exprimé e_3 en kilogrammètres.

$4°$ *Energie potentielle e_4 de la pesanteur.* — Si la différence d'altitude entre les deux extrémités du parcours est de h mètres on aura :
$$e_4 = 1000\, Ph \text{ kilogrammètres.}$$

e_4 s'ajoute à $(e_1 + e_2 + e_3)$ si la station d'arrivée est plus élevée que celle de départ. Elle s'en retranche dans le cas contraire.

Cette méthode présente sur les autres méthodes actuellement employées, l'avantage d'une grande rapidité, car elle est à peu près indépendante de la longueur de la ligne. Elle est d'ailleurs au moins aussi précise que n'importe quelle autre méthode : l'incertitude qui règne sur le coefficient de roulement k rendant illusoire la précision des calculs d'une méthode plus détaillée.

Enfin on calculera *le couple maximum* du moteur qui sera le plus grand des deux couples suivants : couple de démarrage, couple nécessaire pour franchir la pente la plus forte. La *puissance unitaire* et le *couple maximum* déterminent le moteur à employer.

MOTEURS COMPOUND

1° *Moteurs à vitesse rigoureusement constante.* — La vitesse du moteur shunt n'est pas rigoureusement constante. En effet, lorsque le moteur est traversé par le courant de charge I, la chute ohmique (rI) qui absorbe de l'énergie s'ajoute à la force électromotrice E du moteur qui en absorbe aussi, et leur somme représente la tension V aux bornes :

$$V = E + rI$$

d'où :
$$E = V - rI. \tag{1}$$

La tension V étant constante la force électromotrice d'induction E diminue en charge pour permettre le passage du courant de charge I.

Or E est proportionnelle au flux Φ et à la vitesse de rotation n

$$E = kn\Phi.$$

Dans le moteur shunt, Φ est constant, donc n diminue avec E lorsque la charge I du moteur augmente. Cette chute de vitesse est d'ailleurs proportionnelle à la charge I comme on le déduit facilement de la relation (1).

Mais si nous ajoutons sur les électros quelques spires de gros fil parcourues par le courant I et produisant un effet démagnéti-sant, on voit que Φ diminue lorsque le moteur est mis en charge. On conçoit qu'on pourra fixer cette diminution de Φ de telle façon que E diminue de la valeur (rl) nécessaire pour permettre le passage du courant I, par suite de cette seule diminution du flux Φ, et de façon que n qui est égale à $\dfrac{E}{k\Phi}$ reste cons-tante. Un tel moteur est dit « compound discordant » à cause de l'effet démagnétisant de l'enroulement de compoundage.

On peut d'ailleurs, évidemment, en augmentant l'effet de l'enroulement de compoundage, produire une augmentation de vitesse en charge.

2° *Moteur à grande chute de vitesse mais à fort couple de démarrage.* — Plaçons sur les électros, des spires série dont l'effet magnétisant s'ajoute à celui de l'enroulement shunt. On obtient ainsi le moteur « compound concordant » dans lequel le flux Φ augmente avec la charge, et par suite dans lequel la chute de vitesse en charge est plus grande que dans le moteur shunt. Les propriétés de ce moteur se rapprochent de celles du moteur série. On l'emploie dans les deux cas suivants : 1° lorsqu'on désire réaliser un moteur dont la vitesse varie moins que celle du moteur série mais qui ait un couple de démarrage plus fort que le moteur shunt. On ajoute alors à celui-ci quelques spires série qui augmentent le flux et par suite le couple au moment du démarrage ; 2° lorsqu'on désire réaliser un moteur série qui ne s'emballe pas à vide. On ajoute alors au moteur série quelques spires shunt qui empêchent le flux de s'annuler lorsque le courant de charge, qui est aussi courant d'excitation, devient très faible. La tension V aux bornes étant constante et étant d'autre part proportionnelle au flux Φ et à la vitesse n, celle-ci ne tendra pas à augmenter indéfiniment à vide puisque le flux Φ ne tend pas à s'annuler comme cela a lieu dans le moteur série.

$$n = \frac{V}{k} \times \frac{1}{\Phi}.$$

CHAPITRE XXIV

Moteurs monophasés à collecteur : moteur série compensé ;
moteur répulsion ; moteur Latour série compensé ; moteur
Latour shunt.

MOTEUR SÉRIE COMPENSÉ

PRINCIPE DU MOTEUR SÉRIE MONOPHASÉ. — COUPLE PULSATOIRE
DE TOUS LES MOTEURS MONOPHASÉS. — En principe, un moteur
série à courant continu peut fonctionner aussi bien en l'alimentant avec du courant alternatif monophasé qu'avec du
courant continu. En effet, le courant alternatif monophasé parcourant l'enroulement d'excitation produit un flux qui est en
phase avec lui, et par suite avec le courant rotorique qui est
le même que le courant d'excitation. Le flux et le courant rotorique passent simultanément par leur maximum, et s'annulent
simultanément en changeant de signe. A cause de ce changement de signe simultané le couple résultant de l'action du flux
sur le courant conserve évidemment toujours le même sens.
Mais, et c'est là une première différence importante avec le
moteur à courant continu, le couple du moteur monophasé est
pulsatoire, c'est-à-dire qu'il s'annule toutes les demi-périodes
sans toutefois changer de signe (fig. 292). A cause de la fréquence élevée des courants employés dans la pratique (16 périodes 2/3 par seconde au minimum), il n'en résulte aucun
inconvénient pour la régularité du mouvement de rotation.
Mais il y a lieu pourtant de tenir compte de la forme pulsatoire
de ce couple dans le cas d'une transmission élastique. Si la
période de vibration des ressorts de la transmission était un
harmonique de celle du couple pulsatoire, il pourrait en résul-

ter des phénomènes de résonnance entraînant par exemple la rupture de ces ressorts. (Voir l'étude publiée par M. Broussousse dans le *Bulletin de la Société des Ingénieurs civils*. Année 1913.) Cette forme pulsatoire du couple est commune à tous les moteurs monophasés à collecteur. Elle n'existe pas dans les moteurs polyphasés pour lesquels le couple est dû à la présence du flux rotorique et statorique tournant à la vitesse du synchronisme mais ne s'annulant jamais.

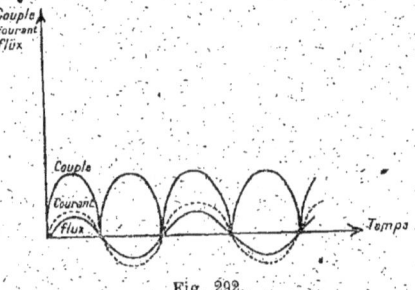

Fig. 292.

Il est facile de voir que les caractéristiques du moteur série monophasé sont semblables à celles du moteur série continu : couple proportionnel au carré du courant et inversement proportionnel au carré de la vitesse tant que le moteur n'est pas saturé. Par suite : couple de démarrage puissant, emballement à vide.

Ce moteur présente sur le moteur à courant continu un avantage important qui justifie son emploi dans la traction sur de longs parcours : le courant alternatif permet l'emploi de la haute tension pour le réseau d'alimentation, la basse tension nécessaire au moteur étant obtenue au moyen d'un transformateur placé sur l'automotrice (suppression des résistances au démarrage, transformateur à prises multiples). Le courant alternatif à haute tension permet alors l'emploi, pour le réseau de distribution, de conducteurs de petit diamètre.

Par contre, le moteur monophasé présente diverses infériorités sur le moteur à courant continu :

1° A égalité de poids il est moins puissant, car ses pertes électriques et magnétiques sont plus grandes et sa commutation plus difficile oblige à employer un courant plus faible.

2° Aux faibles vitesses son facteur de puissance est mauvais et par suite, il absorbe un courant plus considérable que le moteur continu de même puissance.

Nous allons nous rendre compte des causes de cette infériorité.

PERTES DANS LE MOTEUR MONOPHASÉ. — 1° *Pertes dans le fer.* — Tandis que dans le moteur à courant continu les pertes dans le fer sont localisées dans le rotor, il faut ajouter à celles-ci, pour les moteurs monophasés, des pertes dans le stator dues à la variation du flux *alternatif.* Ces pertes n'existent pas dans le moteur à courant continu parce que le flux y est invariable.

2° *Pertes dans le cuivre.* — Aux faibles vitesses nous verrons que le moteur monophasé a un faible facteur de puissance. Par suite, à égalité de puissance, il absorbe un courant plus grand que le moteur à courant continu, pour lequel on peut dire que le facteur de puissance est toujours égal à 1. Par suite, les pertes dans le cuivre sont plus grandes dans le moteur monophasé, surtout aux faibles vitesses.

Mais qu'est-ce qui limite la puissance d'une machine électrique? C'est son échauffement.

D'où provient cet échauffement? Des pertes de puissance dans le fer et le cuivre.

Donc, pour un même moteur, plus ces pertes sont grandes moindre est la puissance maxima du moteur.

Donc, à égalité de dimensions, le moteur monophasé est moins puissant que le moteur continu.

Commutation. — Il y a encore une autre cause de l'infériorité de puissance du moteur monophasé : ce sont les difficultés de sa commutation qui obligent à augmenter son collecteur au détriment de l'induit, car, pour les moteurs de traction, la longueur du moteur est limitée par l'écartement des roues, et par suite tout allongement du collecteur ne peut se faire qu'au détriment de la longueur du rotor.

Nous avons vu que, dans le moteur continu, les causes de production des étincelles au collecteur sont :

La trop grande densité sous les balais ;

La force électromotrice induite dans la spire commutée par le flux de réaction d'induit;

La force électromotrice de self-induction produite par le renversement du courant dans la spire commutée.

A ces causes s'en ajoute une quatrième dans les moteurs monophasés : c'est la force électromotrice induite dans la spire commutée par le flux d'excitation lui-même qui est ici alternatif, tandis qu'il est invariable dans le moteur continu. Cette cause est évidemment d'autant plus importante que la fréquence est plus élevée. C'est pourquoi on peut dire que la longueur du collecteur croît à peu près comme la fréquence du courant employé.

FACTEUR DE PUISSANCE CROISSANT AVEC LA VITESSE. — Étudions d'abord le diagramme du moteur série monophasé ordinaire, c'est-à-dire sans enroulement de compensation.

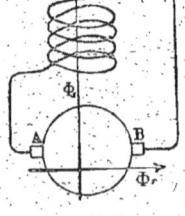

Dans ce moteur existent deux flux alternatifs : le flux statorique Φ_s et le flux de réaction d'induit Φ_r, tous deux en phase avec le courant I qui les produit (fig. 293).

Négligeons la chute ohmique devant les forces électromotrice d'induction.

Les forces électromotrices existant dans ce moteur sont alors :

Fig. 293.

1° Une première force électromotrice rotorique E, due à ce que les spires rotoriques en tournant coupent le flux Φ_s. Cette force électromotrice sera dite « dynamique », parce que due à la rotation de l'enroulement dans le flux. Elle est évidemment maxima en même temps que le flux coupé et par suite en phase avec ce flux (fig. 294).

2° Une deuxième force électromotrice rotorique E', induite dans le rotor par le flux alternatif de réaction d'induit Φ_r, qui coupe l'enroulement rotorique *par suite de sa variation dans le temps*[1]. Cette force électromotrice est dite statique. Elle est en retard d'un quart de période sur le flux comme toutes les forces électromotrices de cette nature (fig. 294).

3° De même le flux Φ_s produit *dans le stator* une force

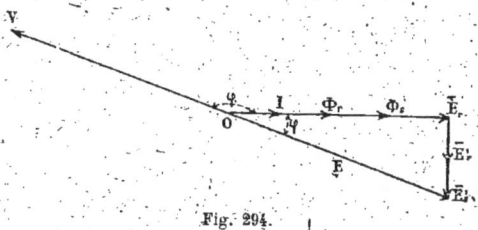

Fig. 294.

électromotrice de self-induction E'$_s$ en retard d'un quart de période sur Φ_s (fig. 294).

Il est facile de voir qu'il n'existe pas d'autres forces électromotrices dans le moteur.

Leur résultante $\overline{E}$ équilibre donc la tension aux bornes V.

Comme le courant I est en phase avec les flux, le facteur de puissance est le cosinus de l'angle φ du vecteur E et du vecteur des flux.

Étudions d'abord l'influence de la vitesse du moteur sur ce facteur de puissance :

Tant que le moteur n'est pas saturé, c'est-à-dire aux grandes vitesses, Φ_r et Φ_s sont proportionnels au courant I et aux nombres de spires rotoriques n_r et statoriques n.

$$\Phi_r = k n_r I = k_r I \qquad \Phi_s = k n_s I = k_s I.$$

Les forces électromotrices rotorique et *statorique* E'$_r$ et E'$_s$,

---

1. Remarquons que cette force électromotrice existerait même si le rotor était arrêté. Le rotor coupe bien d'ailleurs aussi ce flux par suite de son mouvement de rotation. Mais il est facile de voir que la force électromotrice ainsi induite est nulle parce que l'axe du flux Φ_r coïncide avec la ligne du balai AB.

dues à la variation du flux, sont proportionnelles aux flux Φ_r
et Φ_s et à la fréquence ou, ce qui revient au même, à la vitesse
du synchronisme n_o.

Donc :
$$E'_r = K_r k_r I n_0 \qquad E'_s = K_s k_s I n_0$$

La force électromotrice dynamique E_r est proportionnelle au
flux Φ_s et à la vitesse n avec laquelle le rotor coupe ce flux :

(n représente le nombre de tours du rotor).

$$E_r = K_1 k_s I n.$$

Mais :
$$\operatorname{tg} \varphi = \frac{E'_s + E'_r}{E_r} = \frac{n_0}{n} \left(\frac{K_r k_r + K_s k_s}{K_1 k_s} \right) = B \frac{n_0}{n}.$$

B étant une constante du moteur.

Donc à mesure que la vitesse n croît, l'angle φ se rapproche
de 0 et le facteur de puissance se rapproche de 1 sans jamais
atteindre cette valeur.

En pratique, vers la vitesse double de celle du synchronisme
le facteur de puissance est déjà très voisin de 1.

AMÉLIORATION DU FACTEUR DE PUISSANCE. — ENROULEMENT DE
COMPENSATION. — On peut améliorer sensiblement le facteur de
puissance à toutes les vitesses par l'emploi d'un enroulement
de compensation. Cet enroulement a pour but d'étouffer le flux
de réaction d'induit, et par suite d'annuler la force électromotrice de self-induction E'_r que ce flux produit dans le rotor.

On peut réaliser cet enroulement de deux façons :

1° On place dans des encoches du stator, quelques spires MN
formant un enroulement en court-circuit ayant pour axe la
ligne des balais (fig. 294 *bis*). Cet enroulement forme le secondaire en court-circuit d'un transformateur dont le primaire est
constitué par l'enroulement rotorique. Nous savons que, dans
ces conditions, l'enroulement primaire induit dans le secondaire un courant qui annule le flux du transformateur, lequel
est ici le flux de réaction d'induit Φ_r. Ce procédé laisse pourtant subsister le flux de fuites primaires, qui est constitué par
la fraction du flux Φ_r qui échappe à l'action de l'enroulement

MN. Ce procédé ne produit par suite qu'une compensation imparfaite.

2° On place de la même façon sur le stator quelques spires parcourues *par le courant du moteur*, le nombre de ces spires

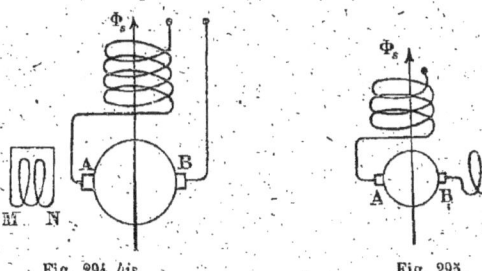

Fig. 294 *bis*.   Fig. 295.

étant calculé de façon que leurs ampères-tours soient égaux et opposés à ceux du rotor. On annule ainsi *exactement* le flux rotorique (fig. 295).

ENROULEMENT DE COMMUTATION. — L'enroulement de compensation améliore déjà la commutation en supprimant le flux de réaction d'induit. Il laisse toutefois subsister deux causes de production d'étincelles :

La force électromotrice de self due au renversement du courant I dans la spire commutée.

La force électromotrice induite dans la spire commutée par le flux alternatif Φ_s. Cette force électromotrice est due non pas au mouvement de la spire, mais *à la variation du flux Φ_s*. C'est une force électromotrice statique qui n'existe pas dans les moteurs à courant continu dont le flux est constant.

On peut atténuer ces deux causes en plaçant sur le stator un enroulement de commutation, comme dans le moteur continu. Cet enroulement parcouru par le courant I du moteur produit dans le voisinage de la spire commutée un flux de commutation, qui induit dans celle-ci une force électromotrice opposée aux deux forces électromotrices productrices d'étincelles.

Remarquons toutefois que ce procédé est imparfait. En effet, la force électromotrice de commutation est proportionnelle au flux de commutation, et par suite au courant I qui le produit, elle est également proportionnelle à *la vitesse de rotation n*. Elle pourra donc annuler à chaque instant la force électromotrice de self due au renversement du courant dans la spire commutée, celle-ci étant également proportionnelle à I et à n. Mais elle ne pourra pas annuler, pour toutes les vitesses, la force électromotrice induite par le flux Φ_s, car celle-ci est indépendante de la vitesse et ne dépend que de la fréquence. Autrement dit, cette dernière force électromotrice est proportionnelle à I et à n_o.

C'est là une infériorité du moteur monophasé sur le moteur continu.

Remarquons que l'enroulement de compensation et l'enroulement de commutation, quoique parcourus par le même courant et ayant tous deux pour axe la ligne des balais, ne peuvent pas être confondus en un seul.

En effet, le flux de commutation doit être condensé tout entier dans le voisinage des spires commutées. S'il en était autrement, et si ce flux coupait les autres spires du rotor il induirait dans celles-ci une force électromotrice statique qui diminuerait le facteur de puissance, détruisant ainsi en partie l'effet de l'enroulement de compensation.

Par suite, l'enroulement de commutation sera rassemblé dans le voisinage des spires commutées, tandis que l'enroulement de compensation sera réparti sur un arc plus grand du stator puisqu'il doit théoriquement annuler *encoche par encoche* la force magnétomotrice de l'enroulement rotorique.

STATOR A ENCOCHES. — Au lieu d'employer des pôles saillants, on emploie dans les moteurs monophasés un stator à encoches dans lesquelles on répartit les trois enroulements d'excitation, de compensation et de commutation.

Cette répartition a pour effet de produire un flux d'entrefer sinusoïdal, diminuant ainsi les harmoniques de tension produits par le moteur. Elle permet également, comme nous l'indiquons ci-dessus, d'annuler la force magnétomotrice de chaque encoche rotorique par l'encoche correspondante de l'enroulement de compensation, ce qui permet de réaliser une compensation très exacte du flux rotorique.

STATOR FEUILLETÉ. — Pour diminuer les pertes par courants de Foucault dans le stator des moteurs monophasés, on constitue celui-ci par des tôles isolées et superposées comme le rotor.

EMPLOI EN TRACTION AVEC-DÉMARRAGE PAR TRANSFORMATEUR A PRISES MULTIPLES. — Une automotrice étant arrêtée, on ne peut songer pour démarrer, à brancher brusquement les moteurs sur la ligne ; le moteur étant arrêté, ses enroulements ne présentent d'autres forces contre-électromotrices limitant le courant que la chute ohmique et la self. Comme on s'efforce de réduire le plus possible ces forces électromotrices, le courant de démarrage serait énorme et détériorerait les moteurs.

Pour ramener ce courant à une valeur admissible on réduit la tension appliquée à chaque moteur : nous avons vu que, pour les moteurs à courant continu, on réalise cette diminution de tension par le démarrage appelé « série parallèle » et aussi par l'emploi de résistances que l'on branche en série avec les moteurs pour les éliminer ensuite progressivement, résistances qui limitent le courant en ajoutant leur chute ohmique à celle du moteur. Mais on ne protège ainsi le moteur qu'en perdant dans ces résistances une quantité d'énergie qui devient très considérable sur les voitures à démarrage fréquents comme les tramways.

On évite ces pertes d'énergie dans les moteurs monophasés, par l'emploi de transformateurs dits « à prises multiples ». Le secondaire de ces transformateurs présente des prises de courants échelonnées sur cet enroulement et au moyen desquelles on peut appliquer aux moteurs de la voiture une tension réduite au début du démarrage, tension que l'on fait croître

progressivement en passant d'une prise à la suivante jusqu'à
la tension normale. Ce procédé permet en outre de laisser tous
les moteurs en parallèle pendant le démarrage, et d'éviter ainsi
une cause de patinage dangereuse pour les collecteurs, cause
que nous avons signalée à propos du démarrage « série parallèle » des moteurs série à courant continu.

MOTEUR RÉPULSION

Nous signalerons le principe du moteur répulsion qui est
moins répandu que le moteur série, et qui présente d'ailleurs
une caractéristique analogue, c'est-à-dire un couple décroissant à mesure que la vitesse croît.

Ce moteur se compose d'un stator MN branché en dérivation sur le
réseau, et d'un rotor à collecteur
dont les balais AB sont court-circuités, et peuvent être décalés simultanément (fig. 296).

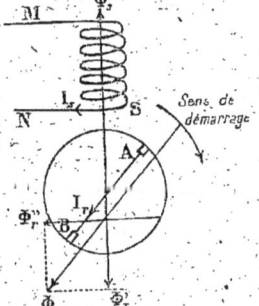

Dans la position normale de marche ces balais occupent une position
intermédiaire entre la ligne neutre
et l'axe des pôles statoriques.

Supposons le moteur arrêté et
branchons le stator sur le réseau.

Fig. 296.

Le stator sera parcouru par un courant I_s engendrant un flux Φ_s
qui induit dans le rotor une force électromotrice, d'où résulte
la production d'un courant I_r et d'un flux Φ_r (fig. 296).

Ce flux peut se décomposer en deux :

Un flux Φ''_r perpendiculaire à l'axe du stator et n'induisant
dans celui-ci aucune force électromotrice.

Un flux Φ'_r dirigé suivant l'axe du stator et induisant dans
celui-ci une force électromotrice qui, ajoutée à celle produite
par Φ_s, donne une résultante égale à la tension V aux bornes
du moteur.

Mais le moteur étant d'abord supposé arrêté, on voit que le rotor joue ici le rôle du secondaire en court-circuit d'un transformateur. En se reportant au diagramme de cette machine on verra que Φ'_r et Φ_s sont décalés d'une demi-période. Il en est donc de même de Φ_s et de Φ_r. Le rotor devient ainsi le siège d'un flux dont les pôles sont dans le voisinage des pôles *de même nom* du flux statorique puisque, les flux Φ_s et Φ'_r étant décalés d'une demi-période dans le temps, leurs pôles de même nom seront opposés. Donc les pôles de Φ_r, qui sont voisins des balais AB, seront repoussés par les pôles de Φ_s, d'où le nom de « moteur répulsion » de cette machine qui démarre dans le sens de décalage des balais à partir de l'axe des pôles statoriques.

On conçoit facilement que si les balais sont dirigés suivant la ligne neutre ou suivant l'axe du stator, le couple de démarrage est nul :

Dans le premier cas le stator n'induit aucun courant dans le rotor. Il agit comme une self pure branchée sur le réseau.

Dans le deuxième cas le stator induit dans le rotor un courant énorme, mais les deux flux statorique et rotorique ayant même axe produisent encore un couple nul. Tout se passe comme si l'on court-circuitait le stator.

Si donc on part de la première position pour aller à la seconde le couple, d'abord nul, ira en croissant, passera par un maximum pour décroître ensuite et s'annuler dans la deuxième position.

Théoriquement, on peut donc démarrer ces moteurs, branchés tout d'abord sous la tension normale, par simple décalage des balais. Mais en pratique ce procédé de démarrage absorbe un courant énorme provoquant une forte chute de tension en ligne, et produisant un couple trop faible. On doit donc laisser toujours les balais calés à la position du couple maximum, et démarrer en employant un transformateur à prises multiples.

Nous n'exposerons pas ici le diagramme de ce moteur en marche. On le trouvera dans l'étude de M. Perdu sur les moteurs monophasés à collecteurs, parue dans la *Technique moderne* (année 1910).

MOTEUR LATOUR SÉRIE-RÉPULSION COMPENSÉ

Nous avons vu que dans les moteurs série à collecteur, on améliore le facteur de puissance en étouffant le flux du rotor au moyen d'un enroulement de compensation composé d'un nombre d'ampères-tours égaux à ceux du rotor et opposés à ces derniers. En particulier on peut composer cet enroulement de compensation simplement de quelques spires C placées sur le stator, ayant même axe que le flux de réaction d'induit et mises en court-circuit (fig. 297). Le rotor induit alors

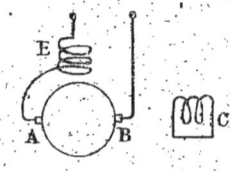

Fig. 297.

dans cet enroulement un nombre d'ampères-tours égaux à ceux du rotor et opposés à ceux-ci. Le flux rotorique est ainsi étouffé aux fuites près.

M. Latour a eu l'idée d'essayer d'améliorer le facteur de puissance en étouffant le flux produit par les ampères-tours statoriques au lieu d'étouffer le flux rotorique. Pour cela, il suffisait d'ajouter sur le collecteur deux balais CD situés dans l'axe de l'enroulement statorique et réunis par une connexion de résistance négligeable (fig. 298). L'enroulement rotorique, ainsi mis en court-circuit par ces balais joue, par rapport à l'enroulement statorique E, le rôle que joue par rapport au rotor du moteur série compensé ordinaire l'enroulement de compensation C (fig. 297). Celui-ci disparaît d'ailleurs dans le moteur Latour, car il faut laisser subsister le flux produit par le rotor pour exciter le moteur. Nous voyons en effet que c'est le rotor qui va produire le flux d'excitation du moteur Latour, tandis que c'est le stator qui produit ce flux dans le moteur série compensé ordinaire.

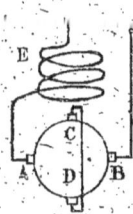

Fig. 298.

Nous allons voir que l'on obtient ainsi un moteur qui, comme le moteur série, possède un couple proportionnel au carré du courant et à l'inverse carré de la vitesse. Mais en outre le moteur Latour jouit de deux avantages précieux sur ce dernier moteur :

1° Le champ d'entrefer au lieu d'être un champ alternatif d'axe fixe est un champ tournant qui, *au synchronisme tourne à la même vitesse que le rotor*. La tension entre lames du collecteur au synchronisme est donc nulle, c'est pourquoi le moteur Latour fonctionne avec une commutation parfaite dans des limites de vitesse assez étendues de part et d'autre du synchronisme.

2° *Son facteur de puissance croît à partir du démarrage pour devenir égal à 1 au synchronisme ;* et au delà du synchronisme le moteur fournit du courant déwatté au réseau qui l'alimente, ce qui permet d'améliorer le facteur de puissance de la centrale et même de diminuer la chute de tension dans le feeder qui va de la centrale au moteur. Au contraire, le facteur de puissance du moteur série ordinaire est toujours inférieur à 1, et le moteur emprunte toujours du courant déwatté au réseau.

Nous allons démontrer très simplement ces deux propriétés importantes, en nous rendant compte d'abord des flux qui existent dans ce moteur, et en traçant ensuite un diagramme approximatif de ses forces électromotrices. Pour plus de détails on pourra consulter l'étude analytique très complète de ces moteurs, publiée par M. Perdu dans la *Technique moderne* (année 1910, Dunod et Pinat, éditeurs).

1re Propriété. Flux dans le moteur Latour (fig. 299). — 1° Les ampères-tours rotoriques dus au courant de charge I_1 produisent un flux Φ_1 dont l'axe a la direction des balais AB. Ce flux est proportionnel au courant I_1 qui le produit $\Phi_1 = KI_1$

2° Le rotor tournant dans le flux Φ_1 perpendiculaire aux balais CD, ce flux induit dans le rotor une force électromotrice E_2 qui entretient un courant I_2 dans le rotor, ce courant se fermant par la connexion de court-circuit CD. Le courant I_2 va produire un flux Φ_2 dont l'axe sera évidemment dirigé suivant les balais CD.

3° Nous savons que le flux qui serait produit par les ampères-tours statoriques est étouffé par un courant qui circule dans le rotor et se ferme par la connexion de court-circuit CD. Le rotor fonctionne ici comme le secondaire en court-circuit d'un transformateur dont le primaire est le stator. Nous désignerons par I_{cc} ce courant de court-circuit que le stator entretient dans le rotor.

Ce courant I_{cc} se superpose au cou-rant I_2 et passe donc dans la connexion CD, mais au point de vue des flux I_{cc} n'a d'autre rôle que d'étouffer celui du sta-tor. Dans l'étude des flux, nous ne nous préoccuperons donc plus de ce courant I_{cc}, pas plus d'ailleurs que du flux stato-rique, puisque ce flux est étouffé par celui que produit le courant I_{cc}.

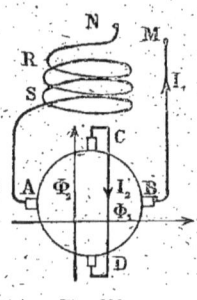

Fig. 299.

Nous aboutissons donc à cette première conclusion : que les flux du moteur se réduisent à deux flux Φ_1 et Φ_2 ayant respecti-vement pour axes la ligne des balais d'alimentation du rotor AB, et la ligne des balais de court-circuit CD.

Ces flux alternatifs, ainsi que toutes les forces électromotrices et courants du moteur, ont d'ailleurs même périodicité que le cou-rant du réseau qui leur donne naissance.

Ces deux flux produisent dans l'entrefer un flux résultant Φ. Nous allons montrer que ce flux Φ est un flux tournant qui, au synchronisme, tourne à la même vitesse que le rotor.

Pour cela nous allons établir la relation qui existe entre Φ_1 et Φ_2 en nous servant de la relation de Kirchoff appliquée aux forces électromotrices que ces deux flux entretiennent dans le circuit rotorique qui passe par les balais en court-circuit CD.

Remarquons immédiatement que chacun de ces flux produit dans tout circuit rotorique deux forces électromotrices de nature différente.

Une force électromotrice dite *dynamique* due à ce que le rotor, *en tournant*, coupe chacun de ces flux.

Une force électromotrice dite *statique* due à ce que le flux alternatif embrassé par les spires du rotor coupe celles-ci par le seul fait de sa variation dans le temps, de son renversement de sens à chaque demi-période, et indépendamment de tout mouvement du rotor.

Étudions d'abord les deux forces électromotrices ainsi créées par chacun des flux Φ_1 et Φ_2 dans l'enroulement rotorique court-circuité par les balais CD.

Nous avons vu que Φ_1, perpendiculaire à CD, crée dans cet enroulement une force électromotrice dynamique E_1. Cette force électromotrice est évidemment en phase avec Φ_1, car elle est maxima au moment où le flux coupé par le rotor dans sa rotation est maximum (fig. 299).

Quant à la force électromotrice statique que Φ_1 pourrait créer dans l'enroulement de court-circuit, elle est nulle parce que Φ_1 est perpendiculaire à CD. (On sait en effet qu'un flux alternatif n'induit pas de force électromotrice dans une bobine dont l'axe est perpendiculaire au flux.)

Au contraire, la force électromotrice *dynamique* due à la rotation du rotor dans Φ_2 est nulle en ce qui concerne l'enroulement court-circuité par les balais CD, car l'axe CD de cet enroulement se confond avec l'axe du flux Φ_2. (En effet, la force électromotrice *dynamique* induite dans une spire est annulée par une force électromotrice égale induite dans la spire symétrique par rapport à la ligne AB.)

Mais la force électromotrice statique E'_2 que Φ_2 crée dans ce même enroulement est différente de zéro, puisque l'axe de Φ_2 est le même que celui de cet enroulement. Φ_2 crée dans cet enroulement une force électromotrice E'_2 dont la valeur est la même que si le rotor était immobile, puisque la variation du flux Φ_2 embrassé par les spires de cet enroulement est due non pas à son mouvement de rotation, mais au renversement du flux alternatif Φ_2 à chaque demi-période.

E'_2 est d'ailleurs, comme toutes les forces électromotrices statiques, en retard d'un quart de période sur le flux Φ_2 qui la crée (fig. 300).

Outre E_1 et E'_2, il existe encore dans l'enroulement de court-circuit la chute ohmique, mais celle-ci est négligeable étant donnée la faible résistance du rotor.

La deuxième loi de Kirchoff nous montre donc que les forces électromotrices E'_2 et E_1 s'équilibrent. Elles sont donc représentées par deux vecteurs égaux et opposés. Comme Φ_1 est en phase avec E_1, et Φ_2 en avance d'un quart de période sur E'_2, il en résulte que Φ_2 est en quadrature avec Φ_1 (fig. 300).

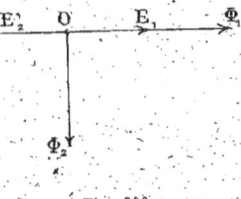

Fig. 300.

En outre, la force électromotrice dynamique E_1 est proportionnelle au flux Φ_1 qui la produit et à la vitesse n avec laquelle le rotor coupe ce flux ($n =$ tours minute) :

$$E_1 = Kn\Phi_1.$$

De même la force électromotrice statique E'_2 est proportionnelle à Φ_2 et à la fréquence de ce flux, fréquence qui est elle-même proportionnelle à la vitesse n_0 du moteur au synchronisme [1] :

$$E'_2 = Kn_0\Phi_2.$$

Le coefficient K est le même dans les deux cas, car il s'agit du même enroulement.

Mais la loi de Kirchoff nous a montré que $E_1 = E'_2$,

donc :

$$\frac{\Phi_1}{\Phi_2} = \frac{n_0}{n}.$$

Donc lorsque le rotor tourne au synchronisme $\Phi_1 = \Phi_2$. Les deux flux alternatifs égaux, en quadrature dans l'espace et dans le temps, produisent un flux résultant Φ d'amplitude constante qui tourne à la vitesse du synchronisme, c'est-à-dire à la même

1. Dans une machine à courant monophasé, comprenant $2p$ pôles et alimenté par du courant de fréquence f, la vitesse dite « synchronisme » a pour valeur $n_0 = \frac{60\,f}{p}$ comme dans une machine à courants polyphasés. Dans ces conditions le rotor tourne d'un arc polaire $\frac{2\pi}{p}$ pendant la durée d'une période $T = \frac{1}{f}$ seconde, lorsqu'il atteint la vitesse de n_0 tours par minute.

vitesse que le rotor[1]. *Ce flux n'induit donc aucune force électromotrice dans le rotor*, et la tension entre lames du collecteur est nulle. On se trouve ainsi dans les conditions les plus favorables pour la commutation.

En deçà et au delà du synchronisme il est facile de voir que le flux Φ est un flux tournant dont l'amplitude varie comme un vecteur dont l'extrémité trace une ellipse.

La première propriété du moteur Latour est ainsi démontrée.

2e PROPRIÉTÉ. FACTEUR DE PUISSANCE ÉGAL A 1 AU SYNCHRONISME. — Nous allons déterminer ce facteur de puissance en appliquant la deuxième loi de Kirchoff aux forces électromotrices qui

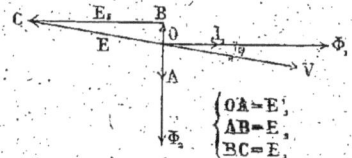

$$\begin{cases} OA = E'_1 \\ AB = E_1 \\ BC = E_2 \end{cases}$$

Fig. 301.

existent dans l'enroulement compris entre les bornes MN du moteur (fig. 299), enroulement qui comprend le stator RS et l'enroulement du rotor aboutissant aux balais d'alimentation A et B (diagramme de la figure 301).

Si nous comparons cet enroulement à l'enroulement rotorique mis en court-circuit par les balais CD nous voyons que les rôles de Φ_1 et Φ_2 sont inversés. Ici Φ_1, dont l'axe est le même que celui de l'enroulement AB, crée une force électromotrice *statique* E'_1 en retard d'un quart de période sur Φ_1 et dont la valeur est $E'_1 = K n_0 \Phi_1$ (se reporter au raisonnement fait pour déterminer les forces électromotrices E_1 et E'_2).

_____

[1] Il est facile de vérifier que deux flux dont les axes sont perpendiculaires et dont les valeurs instantanée sont $\varphi_i = \Phi_i \sin \omega t$, $\varphi_2 = \Phi_i \cos \omega t$ donnent naissance à un flux résultant de valeur constante Φ, et qui tourne avec la vitesse angulaire constante ω (Voir figure A).

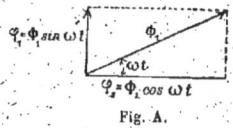

Fig. A.

Par contre Φ_2 dont l'axe est perpendiculaire à l'enroulement AB crée une force électromotrice *dynamique* E_2 décalée d'une demi-période par rapport à Φ_2 et donc la valeur est $E_2 = Kn\Phi_2$.

Enfin, dans le stator, le flux Φ_1 perpendiculaire au stator ne crée aucune force électromotrice dans celui-ci; tandis que Φ_2 qui est dans l'axe du stator y crée une force électromotrice *statique* E_t en retard d'un quart de période sur Φ_2 et telle que $E_t = K'n_0\Phi_2$.

Rappelons-nous que Φ_2 est en retard d'un quart de période sur Φ_1 et portons bout à bout les trois vecteurs : E'_1 ou $\overline{OA}$ en retard d'un quart de période sur Φ_1.

E_2 ou $\overline{AB}$ en opposition avec Φ_2.

E_t ou $\overline{BC}$ en retard d'un quart de période sur Φ_2 (fig. 301).

La résultante E ou $\overline{OC}$ de ces trois vecteurs est égale et directement opposée à la tension V aux bornes, car la chute ohmique est négligeable.

Mais Φ_1 est en phase avec le courant de charge I_1 du moteur qui crée ce flux rotorique.

Le facteur de puissance est donc le cosinus de l'angle φ des deux vecteurs V et Φ_1.

Or on a vu que : $\quad \overline{OA} = E'_1 = Kn_0\Phi_1$

$$\overline{AB} = E_2 = Kn\Phi_2$$

et nous avons vu que : $\quad \dfrac{\Phi_1}{\Phi_2} = \dfrac{n_0}{n}$

donc : $\quad \dfrac{\overline{OA}}{\overline{AB}} = \dfrac{n_0\Phi_1}{n\Phi_2} = \dfrac{n_0^2}{n^2}$

au-dessous du synchronisme $\quad n < n_0$

par suite : $\quad\quad\quad\quad\quad \overline{AB} < OA$.

I_1 est en retard sur V : $\cos \varphi < 1$ (fig. 302). Le courant I_1 est en retard sur la tension V aux bornes : nous savons que, dans ce cas, la machine emprunte au réseau une quantité $(I_1 \sin \varphi)$ de courant déwatté, lequel sert à produire son flux. Donc quand le moteur Latour série tourne au-dessous du synchronisme il emprunte au réseau du courant déwatté et abaisse le facteur de puissance de la centrale (se reporter au chapitre VIII pour se rappeler l'effet magnétisant ou démagnétisant du courant sui-

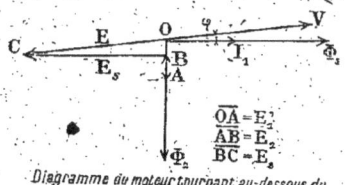

$$\overline{OA} = E_2'$$
$$\overline{AB} = E_2$$
$$\overline{BC} = E_s$$

Diagramme du moteur tournant au-dessous du synchronisme

Fig. 302.

vant qu'il est décalé en avant ou en arrière de la tension aux bornes).

(Se reporter également au chapitre XVII pour se rappeler l'effet de ce courant sur les alternateurs de la centrale.)

Au synchronisme $n = n_0$,

donc :
$$\overline{AB} = \overline{OA}$$
$$\varphi = 0, \quad \cos \varphi = 1 \ (\text{fig. 303}).$$

Le courant déwatté est nul. Le moteur s'excite lui-même.

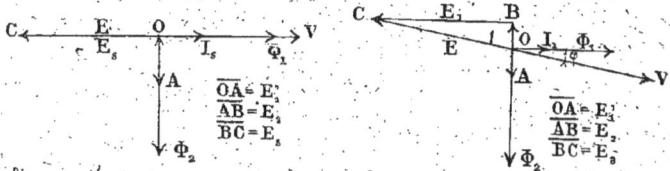

$$\overline{OA} = E_2'$$
$$\overline{AB} = E_2$$
$$\overline{BC} = E_s$$

Diagramme du moteur tournant au synchronisme

Fig. 303.

$$\overline{OA} = E_2'$$
$$\overline{AB} = E_2$$
$$\overline{BC} = E_s$$

Diagramme du moteur tournant au-dessus du synchronisme

Fig. 304.

Au-dessus du synchronisme $n > n_0$ donc $\overline{AB} > \overline{OA}$ (fig. 304). Le courant I_1 est en avance sur la tension V aux bornes : non seulement le moteur produit lui-même son courant magnétisant, mais en outre il fournit au réseau une quantité de courant déwatté égale à $(I_1 \sin \varphi)$, laquelle contribue à améliorer le facteur de puissance de la centrale et à diminuer la chute de tension dans le feeder qui va de la centrale au moteur.

Nous avons démontré ainsi la deuxième propriété caractéristique du moteur Latour.

3ᵉ PROPRIÉTÉ. — CARACTÉRISTIQUE SÉRIE. — 1° *Variation du courant en fonction de la vitesse.* — Reportons-nous d'abord aux diagrammes précédents. Si nous considérons le diagramme relatif au synchronisme (fig. 303) nous remarquons que dans ce cas les deux forces électromotrices rotoriques $\overline{OA}$ et $\overline{AO}$ s'annulent. La tension V aux bornes est équilibrée uniquement par la force électromotrice E_t que le flux Φ_2 induit dans le stator. D'autre part, lorsque le moteur fonctionne en deçà ou au delà du synchronisme, la tension entre les balais A et B est représentée par le vecteur $\overline{OB}$ résultant des deux forces électromotrices rotoriques $\overline{OA}$ et $\overline{AB}$. Le moteur est calculé de telle façon que cette tension soit toujours très faible, de façon à avoir une faible tension entre lames du collecteur, et par suite une bonne commutation, et aussi afin que le cos φ du moteur soit aussi voisin de 1 que possible. Par suite, on voit sur les diagrammes du moteur que la tension V aux bornes est toujours pratiquement égale à la force électromotrice statorique E_t. *Cette dernière est donc constante* ainsi que le flux Φ_2 qui la produit. Ce résultat est remarquable, car nous savons que, dans les autres moteurs série, le flux diminue et tend à s'annuler lorsque la vitesse croît indéfiniment.

Φ_2 étant constant nous savons que Φ_1 est donné par la relation

$$\Phi_1 = \frac{n_0 \Phi_2}{n}.$$

Comme le produit $n_0 \Phi_2$ est constant, il en résulte que Φ_1 est inversement proportionnel à la vitesse n.

Mais Φ_1 est proportionnel au courant de charge I_t qui le produit. Donc le courant I_t du moteur décroît en raison inverse de la vitesse n comme dans les moteurs série compensé ordinaires et comme dans les moteurs série à courant continu.

COUPLE AU DÉMARRAGE DU MOTEUR LATOUR. — Pour nous rendre
compte plus facilement du fonctionnement du moteur Latour
étudions d'abord la façon dont il démarre. Branchons ses
bornes M et N sur un réseau à tension constante V et
maintenons son rotor à l'arrêt (fig. 304 *bis*). Un courant I_1

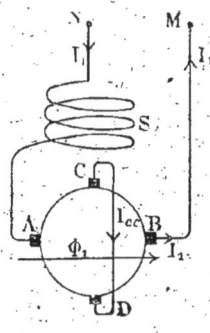

Fig. 304 *bis*.

traverse le stator S et le retor en passant par les balais A et B. Le courant
I_1 traversant le stator S tend à produire un flux dont l'axe serait dirigé
suivant les balais de court-circuit CD.
Mais le rotor étant court-circuité par
ses balais CD agit comme le secondaire d'un transformateur en court-
circuit. C'est-à-dire qu'un courant de
court-circuit I_{cc} prend naissance dans
ce secondaire, et le flux produit par
ce courant étouffe le flux statorique

produit par le courant I_1 et I_{cc} sont en phase (se reporter à
l'étude du transformateur en court-circuit).

D'autre part, le courant I_1 traversant le rotor par les balais A
et B produit un flux Φ_1 dont l'axe est celui des balais AB. Rien
n'étouffe ce flux. Or ce flux alternatif est en phase dans le
temps avec I_1, donc avec I_{cc}. C'est-à-dire que les maxima de
Φ_1 se produisent en même temps que les maxima de I_{cc}. Comme
l'axe du flux Φ_1 est perpendiculaire à la ligne des balais CD le
flux Φ_1 en agissant sur le courant I_{cc} du rotor va produire un
couple pulsatoire de même fréquence que les courants du
moteur et dont les maxima coïncideront avec les maxima de Φ_1
et de I_{cc}. Ce couple est proportionnel au produit $(\Phi_1 \times I_{cc})$. Or
Φ_1 et I_{cc} sont tous les deux proportionnels à I_1 donc le couple
est proportionnel au carré de I_1. Ce couple sera très puissant. Remarquons que Φ_1 ne produit aucun couple par son
action sur I_1, car l'axe du flux Φ_1 coïncide avec la ligne des
balais AB.

Abandonnons le rotor à lui-même. Sous l'action du couple
de démarrage il va se mettre à tourner. Nous verrons, dans

ce qui suit, que le couple reste toujours dû uniquement à l'action de Φ_1 sur I_{cc}.

2° couple. — Le couple est dû à l'action des flux du moteur sur les courants rotoriques. Analysons donc l'action des flux Φ_1 et Φ_2 sur les courants I_1, I_2 et I_{cc} qui se superposent dans le rotor (fig. 305).

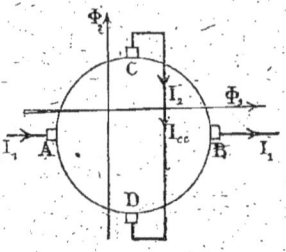

Fig. 305.

L'axe du flux Φ_2 étant dirigé suivant les balais CD, ce flux n'a aucune action sur I_2 et I_{cc} au point de vue du couple [1]. Quant au courant I_1 il est en quadrature avec Φ_2 dans le temps, par suite Φ_2 agissant sur I_1 produit bien un couple moteur pendant un quart de période, mais pendant le quart de période suivant il produit un couple résistant égal à ce couple moteur. Le couple moyen est donc nul. Le flux Φ_2 ne produit donc aucun couple.

Examinons l'action de Φ_1 : Φ_1 ayant pour axe la ligne des balais AB n'agit pas sur I_1. (Même raison que pour l'action de Φ_2 sur I_2, voir le renvoi [1].)

Φ_1 étant en quadrature dans le temps avec I_2 le couple moyen résultant de l'action de Φ_1 est nul. (Même raison que pour l'action de Φ_2 sur I_1).

Reste l'action de Φ_1 sur I_{cc}.

Le courant I_{cc} annule les ampères-tours statoriques produits par le courant de charge I_1. Donc I_{cc} est en phase avec I_1 et proportionnel à I_1 comme cela a lieu dans un transformateur statique dont le secondaire est en court-circuit,

donc : $I_{cc} = k I_1.$

---

1. En effet la force qu'il exerce sur une spire du rotor est équilibrée exactement par celle qu'il exerce sur la spire symétrique de la première par rapport à la ligne CD, comme on s'en rend compte facilement en remarquant que les courants sont égaux et de sens opposés dans ces deux spires qui sont soumises à des flux de même sens.

Mais Φ_1 produit par le courant I_1 est aussi en phase avec ce courant et par suite avec I_{cc}. Le couple produit par Φ_1 agissant sur I_{cc} garde donc toujours le même sens, mais il s'annule toutes les demi-périodes.

Par suite, le couple du moteur résulte de l'action de Φ_1 sur I_{cc} et ce couple C est proportionnel au produit $(\Phi_1 \times I_{cc})$.

Mais Φ_1 et I_{cc} sont l'un et l'autre proportionnels à I_1. Donc le couple est proportionnel à $(I_1{}^2)$ comme dans un moteur série.

Nous obtenons donc les résultats suivants :

1° La vitesse n est inversement proportionnelle au courant de charge I_1

$$n = \frac{k_1}{I_1}.$$

2° Le couple C est proportionnel au carré du courant de charge I_1

$$C = k_2 I_1{}^2.$$

3° Par suite, le couple C décroît en raison inverse du carré de la vitesse n

$$C = k_2 k_1{}^2 \times \left(\frac{1}{n^2}\right).$$

Ce sont là les caractéristiques des moteurs série.

LIMITATION DE LA VITESSE DU MOTEUR SÉRIE. — La vitesse de ce moteur à vide n'est limitée, comme dans tous les moteurs série, que par le couple correspondant aux pertes par frottement, ventilation, hystérésis et courants de Foucault. Ce couple étant très faible, le moteur risque de s'emballer à vide.

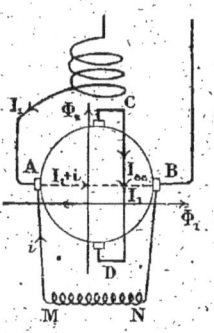

Fig. 306.

On peut toutefois limiter cette vitesse par l'emploi de l'artifice suivant : branchons une self MN en dérivation aux balais d'alimentation A et B (fig. 306). Lorsque le moteur dépasse le synchronisme, une tension $\overline{OB}$ en quadrature avec le courant de charge I_1 apparaît entre les balais A et B (voir diagramme des tensions, fig. 304). Cette tension produit dans la self un courant i également en quadrature avec $\overline{OB}$ et par suite en phase avec I_1. Ce courant se ferme à travers le rotor et renforce I_1 dans le rotor. Le flux Φ_1 est maintenant produit par $(I_1 + i)$.

$$\Phi_1 = m(I_1 + i).$$

Mais on a toujours :

$$\Phi_1 = \frac{n_0 \Phi_2}{n},$$

donc la valeur du flux Φ_1 n'est pas changée par la présence de la self, de même que la valeur du courant total $(I_1 + i)$ qui produit ce flux. Ce courant rotorique $(I_1 + i)$ n'étant pas modifié par la présence de la self, il s'ensuit que celle-ci entraîne une diminution i du courant statorique I_1 du moteur et par suite une diminution proportionnelle du courant I_{cc} lequel compense le courant statorique I_1.

Or le couple C est proportionnel au produit

$$C = \Phi_1 \times I_{cc}$$

la self ne change pas Φ_1, mais elle provoque une diminution de I_{cc}, c'est-à-dire du couple, et cette diminution de I_{cc} et par suite du couple, va en s'accentuant à mesure que la vitesse croît à partir du synchronisme. Car la tension $\overline{OB}$, et le courant i qu'elle produit, croissent en même temps que la vitesse. Au moment où le couple moteur C devient égal au couple des frottements du rotor la vitesse cesse de croître.

FREINAGE PROGRESSIF ET CONTINU SUR RÉSISTANCE, LE MOTEUR S'AMORÇANT EN GÉNÉRATRICE. — Le moteur Latour présente un avantage marqué sur les autres moteurs de traction au point de vue du freinage sur résistances.

On sait en effet que le freinage sur résistances au moyen du moteur série ordinaire est brutal et intermittent. En effet, pour que le moteur série ordinaire s'amorce en génératrice, il faut brancher à ses bornes une résistance très faible. Il se produit

alors un courant d'amorçage énorme qui produit un à-coup violent sur le moteur et risque de détériorer le collecteur. Alors le
moteur s'arrête, la voiture patine ; puis le moteur arrêté se désa-
morce, se remet à tourner et un nouvel amorçage se produit et
ainsi de suite.

Le moteur Latour permet au contraire de réaliser un freinage
doux et progressif au moyen d'un artifice que nous allons exposer :

Remarquons d'abord que dans le moteur Latour le rôle du
rotor et du stator est renversé par rapport aux autres moteurs
à collecteur, en ce qui concerne
l'excitation ; tandis que dans les
autres moteurs, c'est le courant
statorique qui est magnétisant,
c'est le courant rotorique qui tient
ce rôle dans le moteur Latour
comme nous l'avons vu. Le flux
statorique est en effet étouffé par
l'enroulement court-circuité sur
le rotor par les balais CD, tandis
que le courant rotorique produit
le flux Φ_1 et, par contre-coup, le
flux Φ_2.

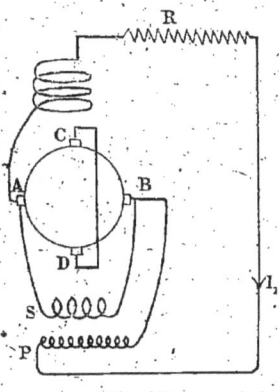

Fig. 307.

Cette remarque va nous per-
mettre d'imaginer un dispositif réalisant l'amorçage du moteur
en génératrice, *même lorsque la résistance branchée à ses bornes
est très grande*.

Branchons aux balais d'alimentation du rotor, A et B, le secondaire S d'un transformateur dont le primaire P est traversé par
le courant statorique I_1 (fig. 307).

Si nous court-circuitons le moteur en marche à travers une
résistance R, le magnétisme rémanent va produire un faible courant qui traversera le stator, le rotor, le primaire P et la résistance R. Ce courant seul serait impuissant à amorcer le moteur
en génératrice si la résistance R est très grande. Mais, par suite
de la présence du transformateur, le rotor AB sera traversé en

outre par le courant induit dans le secondaire S. Le courant
rotorique et par suite le flux du moteur, seront ainsi renforcés,
et l'amorçage pourra se produire sur une résistance R assez
grande pour éviter un à-coup au début du freinage [1], par suite
le patinage de la voiture et l'arrêt du moteur, cause de son désa-
morçage, sont évités. On a ainsi réalisé un freinage progressif.
De plus, comme on peut ici régler, par la résistance R, le couple
de freinage à une valeur très faible, on pourra réaliser le freinage continu en descente; ce qu'il n'est pas possible de faire avec
le moteur série ordinaire. Ce procédé de freinage est employé
sur certaines lignes de montagne comportant de longues descentes.

MOTEUR LATOUR SHUNT AVEC DÉMARRAGE SÉRIE. — Nous venons
de voir comment avait été réalisé le moteur Latour à caractéristique série. Ce moteur est employé particulièrement en traction.
Nous allons voir comment a été réalisé, avec le même système
de compensation, un moteur Latour à caractéristique shunt,
tournant à la vitesse du synchronisme. Ce moteur présente cet
avantage important sur le moteur shunt à courant continu, de
pouvoir démarrer avec une caractéristique série, c'est-à-dire avec
un couple puissant, ce qui permet de l'employer pour les appareils de levage. Comme le moteur à courant continu, ce moteur
fonctionne comme génératrice autoexcitatrice si on l'entraîne à
une vitesse supérieure au synchronisme, et produit du courant
alternatif monophasé.

Il est facile, par analogie avec les moteurs à courant continu,
de concevoir le principe du moteur Latour shunt par comparaison avec le moteur Latour série.

Nous avons vu que dans le moteur Latour, les rôles du stator
et du rotor sont renversés au point de vue de l'excitation, par
rapport aux moteurs à courant continu. Dans le moteur Latour,
le courant d'excitation, celui qui entretient le flux, est le cou-

1. La secondaire S aura un petit nombre de spires par rapport à P, car on sait
que le courant que P induit dans S est multiplié par le rapport des nombres de
spires de P et de S.

rant I_i injecté dans le rotor par les balais d'alimentation AB (fig. 299).

Au contraire, le courant de charge, celui par lequel la machine emprunte sa puissance au réseau au moyen de la force électromotrice d'induction que le flux exerce sur ce courant, est le courant statorique. Nous avons vu en effet sur le diagramme de la figure 303, en étudiant la variation du courant de charge I_i en fonction de la vitesse, que seule la force électromotrice E_s induite par le flux Φ_2 dans le stator est à peu près en phase avec le courant I_i. C'est donc bien par le stator que le moteur emprunte sa puissance au réseau.

Puisque, dans le moteur Latour, l'excitation se fait par le rotor et par les balais AB, pour réaliser un moteur Latour shunt, il suffira de réaliser une excitation constante en alimentant le rotor sous tension constante, de même qu'on alimente à tension constante les électros d'un moteur shunt à courant continu (fig. 308).

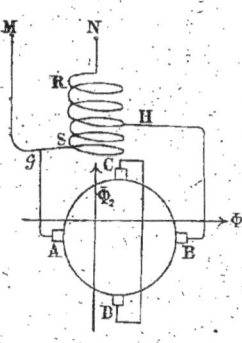

Fig. 308.

Pour cela, au lieu de mettre le stator RS en série avec le rotor, nous le mettrons directement en dérivation sur le réseau à 110 volts par exemple. Cette chute de tension se répartissant uniformément tout le long de l'enroulement statorique, il nous suffira, pour alimenter le rotor sous une tension constante de 8 à 10 volts, de brancher ses balais en dérivation sur quelques spires du stator qui fonctionnera ainsi comme un autotransformateur dont le primaire est constitué par l'enroulement statorique allant de la borne M à la borne N et le secondaire par les spires allant de G à H.

Si par exemple la tension du réseau est de 110 volts, si le stator comprend 100 spires, et si nous prenons dix spires entre G et H, la tension d'alimentation des balais AB sera de 11 volts.

Nous allons montrer rapidement, par une théorie simplifiée,

que la vitesse n de ce moteur sera constante et égale à la vitesse du synchronisme.

Dans ce qui suit, nous supposons négligeables les fuites et chutes ohmiques. Par suite, dans l'application de la deuxième loi de Kirchoff, nous ne tenons compte que des forces électromotrices d'induction dues aux flux Φ_1 et Φ_2.[1]

Comme dans le moteur série, le flux Φ_2 est constant, car c'est lui qui induit dans le stator la force électromotrice d'induction statique E_s qui est constante, car elle équilibre la tension constante V aux bornes du moteur (voir, à propos du diagramme du moteur série, que $V = E_s$).

Φ_2 étant constant, la force électromotrice statique e_2 qu'il induit dans l'enroulement de court-circuit CD est constante, et égale à la force électromotrice dynamique e'_1 induite par Φ_1 dans ce même enroulement. Ces deux forces électromotrices sont en effet les seules qui existent dans cet enroulement. Elles s'équilibrent donc.

Par suite :
$$e_2 = e'_1$$

et comme
$$e_2 = K n_0 \Phi_2, \quad \text{et} \quad e'_1 = K n \Phi_1$$

d'où :
$$n_0 \Phi_2 = n \Phi_1. \tag{1}$$

Dans l'autre enroulement rotorique AB, les deux forces électromotrices, l'une dynamique e'_2 induite par Φ_2, l'autre statique e_1 induite par Φ_1 ont pour résultante la tension d'excitation v. Or cette tension v est très faible, et en quadrature avec e_1 et e'_2, comme nous le verrons ci-après. On a donc encore à peu de chose près (fig. 309) :
$$n \Phi_2 = n_0 \Phi_1 \tag{2}$$

car
$$e'_2 = K n \Phi_2 \quad \text{et} \quad e_1 = K n_0 \Phi_1.$$

Divisant membre à membre (1) par (2) il vient :
$$n^2 = n_0^2.$$

Le moteur tourne donc au synchronisme.

---

1. Pour le détail des raisonnements se reporter aux raisonnements qui ont été faits pour établir le diagramme du moteur Latour série.

Montrons, pour achever notre démonstration, que v est en quadrature avec e'_2 et e_1.

En effet, e'_2 est en phase avec Φ_2, car c'est une force électromotrice dynamique induite par Φ_2.

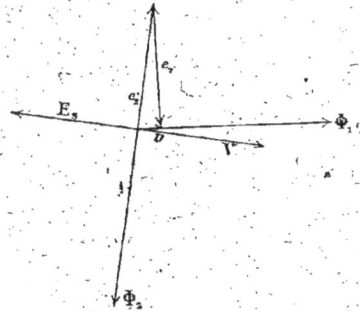

Fig. 309.

v est en phase avec la tension V aux bornes du moteur, et par suite avec la force électromotrice statique E_s que Φ_2 induit dans le stator. E_s étant une force électromotrice statique, est en quadrature avec le flux Φ_2 qui la produit. Il en est donc de même de v.

Nous ne pousserons pas plus loin l'étude du diagramme de ce moteur. On pourra compléter cette étude au moyen de la théorie complète publiée par M. Martin dans la *Lumière Électrique* et dans l'*Éclairage Électrique* (années 1912 et 1913).

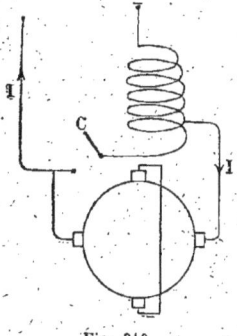

Fig. 310.

DÉMARRAGE DU MOTEUR SHUNT EN MOTEUR SÉRIE (fig. 310). — Une propriété importante du moteur shunt Latour réside dans la possibilité de démarrer en moteur série, c'est-à-dire avec un couple de démarrage puissant.

Il suffit pour cela de placer en bout d'arbre du moteur un conjoncteur C à force centrifuge qui, à l'arrêt, ouvre le secondaire de l'autotransformateur constitué par le stator. Au démarrage, le courant I du stator traverse alors le rotor qui démarre en moteur série. On règle une fois pour toute le conjoncteur à force centrifuge de façon qu'il ferme le circuit au synchronisme. Le moteur reprend sa caractéristique shunt à partir de ce moment.

C'est ce dispositif qui est employé dans tous les moteurs Latour employés comme moteurs d'ascenseurs.

REMARQUE SUR LE RÔLE DU ROTOR ET DU STATOR DANS LE MOTEUR LATOUR SHUNT. — Remarquons que le courant I emprunté par le moteur au réseau, est proportionnel à la charge : c'est ce courant qui traverse le stator. Ce courant est donc variable. Au contraire, le courant I_1 d'alimentation du rotor produisant le flux Φ_1 est constant, puisque ce flux Φ_1 est constant dans le moteur shunt.

Le courant I_1 joue donc le rôle du courant d'excitation.

Les rôles du stator et du rotor au point de vue de l'excitation sont donc renversés dans ce moteur par rapport aux rôles qu'ils ouent dans le moteur shunt à courant continu. Nous avions déjà fait la même remarque en ce qui concerne le moteur série.

ESSAI DES MOTEURS MONOPHASÉS

1° ÉCHAUFFEMENT

Comme pour les autres machines électriques, cet essai se fait en mettant le moteur en pleine charge jusqu'à ce qu'il ait atteint sa température de régime. Il y a exception pour les moteurs de traction pour lesquels on fait l'essai unitaire comme en courant continu.

2° RENDEMENT

Il ne peut être question dans ces moteurs de mesurer directement les pertes comme pour les autres machines électriques. On devra donc entraîner une dynamo de rendement connu. On mesurera également le rendement de la transmission. On pourra alors mesurer exactement la charge du moteur et la puissance qu'il demande au réseau. On en déduira le rendement. Cette mesure est délicate, et le plus souvent on renonce à la faire à cause des difficultés qu'elle présente.

Un essai au frein de Prony pourrait être réalisé plus facilement pour obtenir le même résultat. Ce même essai permet de mesurer le couple de démarrage pour les moteurs série.

3° CARACTÉRISTIQUE EN CHARGE

On peut l'établir exactement au moyen d'une dynamo tarée. Cet essai étant difficile à réaliser, on procède généralement comme il suit :

On met le moteur en charge de façon qu'il demande au réseau le courant garanti par le constructeur pour la pleine charge, les trois quarts de charge, la demi-charge, etc. On vérifie

que le facteur de puissance est bien celui indiqué par le constructeur. On mesure le rendement ou on admet qu'il est égal à
celui qui est garanti. Ayant mesuré la puissance électrique absorbée par le moteur, on en déduit ainsi la puissance mécanique
disponible sur l'arbre.

On mesure également la vitesse du moteur et on trace la
courbe de la vitesse en fonction de la puissance ou du couple.
On compare la courbe ainsi établie avec celle qui est garantie
par le constructeur.

INFLUENCE DE LA FRÉQUENCE SUR LA COMMUTATION ET SUR LES
DIMENSIONS DU COLLECTEUR. — Le flux d'excitation des moteurs
monophasés étant un flux alternatif, ce flux induit dans les spires
qui sont court-circuitées par les balais au moment de la commutation, une force électromotrice statique *qui est proportionnelle
à la fréquence*. Les difficultés de commutation (étincelles aux
balais) sont donc d'autant plus grandes que la fréquence est plus
élevée. Par suite, on peut dire que la longueur d'un collecteur
de moteur monophasé croît approximativement d'une façon proportionnelle à la fréquence.

Cet inconvénient est relativement faible pour les moteurs
autres que les moteurs de traction; il a pour seul effet d'augmenter le prix de la machine.

Il en va autrement pour les moteurs de traction dont les
dimensions sont limitées par l'emplacement disponible entre les
roues. A un allongement du collecteur correspond un raccour-
cissement du rotor et du stator, et par suite une diminution
importante de puissance.

Il y a donc intérêt pour la traction monophasée, à diminuer
le plus possible la fréquence. Toutefois on est limité dans cette
voie par diverses considérations.

1° Avec une fréquence inférieure à 25, les lampes qui éclairent
les gares et les voitures produisent une lumière tremblotante.

2° Les alternateurs à basse fréquence sont aussi à faible
vitesse et présentent par suite un enroulement dont le poids croît
en sens inverse de la fréquence.

3° Il en est de même des transformateurs. En effet, le fer des transformateurs ne doit pas être saturé. Donc si l'on se donne la section s du fer d'un transformateur, on se fixe en même temps le flux maximum Φ que pourra contenir ce fer. Connaissant ce flux Φ, connaissant les tensions primaire et secondaire du transformateur, on en déduit le nombre de spires de chacun des enroulements primaire et secondaire. Ce nombre est évidemment d'autant plus élevé, que la fréquence est plus faible, puisque la force électromotrice induite est proportionnelle à la fréquence d'une part, au nombre de spires d'autre part.

4° La vitesse des moteurs de traction est, en pleine charge, soit le synchronisme pour les moteurs Latour et les moteurs répulsion, soit le double du synchronisme environ pour les moteurs série compensés. Or, à égalité de puissance, le poids d'une machine est d'autant plus grand qu'elle tourne plus lentement, car la faiblesse de la vitesse doit être compensée par une augmentation du couple. Les moteurs à basse fréquence seront donc alourdis de ce fait, par rapport aux moteurs à fréquence plus élevée.

5° Si la fréquence était trop basse, la forme pulsatoire du couple provoquerait des à-coups comme dans les machines à piston.

En pratique, pour toutes ces raisons, on ne descend pas au-dessous de 25 périodes pour les réseaux à voie d'un mètre, et au-dessous de 16 périodes deux tiers pour les réseaux à voie normale.

CHAPITRE XXV

Groupes convertisseurs de courant alternatif en courant continu ou inversement. — Commutatrices.

GROUPE CONVERTISSEUR

Lorsqu'on a besoin de transformer du courant alternatif en courant continu, on emploie pour cet usage des groupes convertisseurs qui peuvent être composés de :

Un moteur asynchrone et une génératrice shunt calés sur le même arbre;

Un moteur synchrone et une génératrice shunt calés sur le même arbre;

Un transformateur à haute tension et une commutatrice;

Un groupe-convertisseur Arnold.

Nous ne dirons rien des deux premiers groupes dont les machines ont été étudiées séparément. Les moteurs synchrones ou asynchrones sont branchés directement sur la haute tension dès que leur puissance dépasse une centaine de chevaux. Au-dessous de ce chiffre, ces moteurs sont alimentés en courant à basse tension par l'intermédiaire d'un transformateur.

Nous allons étudier successivement la commutatrice et le groupe Arnold après quoi nous comparerons ces quatre systèmes au point de vue pratique.

COMMUTATRICES

Considérons une génératrice shunt à courant continu sur l'arbre de laquelle nous calerons par exemple trois bagues du côté opposé au collecteur. Connectons ces trois bagues à trois points équidistants sur l'enroulement du rotor (fig. 311).

Entraînons cette génératrice à sa vitesse normale. Elle débitera par son collecteur du courant continu. Mais nous savons que ce courant continu est dû au redressement par le collecteur du courant alternatif que le champ statorique induit dans les spires du rotor. On pourra donc recueillir aux bagues de cette machine du courant alternatif. Dans le cas présent, les trois bagues étant connectées à 120° électriques l'une de l'autre, sur l'enroulement du rotor, on recueillera à ces bagues du courant triphasé.

Pour démarrer cette machine, qui peut débiter à volonté du courant continu ou du courant alternatif, on emploie parfois un petit moteur calé sur le même arbre : mais si l'on branche les trois bagues sur un réseau triphasé de même fréquence et de même tension que la génératrice celle-ci pourra fonctionner comme moteur synchrone. On aura ainsi réuni dans une même machine un moteur synchrone qui emprunte la puissance au réseau à courant alternatif, et une génératrice à courant continu qui restitue à un réseau à courant continu cette même puissance diminuée seulement des pertes dans la machine. On peut alors supprimer le moteur qui conduisait la génératrice. On a ainsi réalisé une commutatrice, ainsi appelée parce que cette machine ne fait en réalité que « commuter » le courant alternatif en courant continu.

Elle peut d'ailleurs servir à l'usage inverse, mais elle n'est jamais utilisée pour cela dans la pratique, car il est très rare que l'on ait besoin de transformer du courant continu en alternatif.

STABILITÉ DE FONCTIONNEMENT. RISQUES DE DÉCROCHAGE. AMORTISSEURS LEBLANC. — Lorsqu'une commutatrice alimente un réseau continu dont la charge peut varier brusquement, comme c'est le cas pour un réseau de traction au moment du démarrage des automotrices, le couple résistant de la commutatrice croît brusquement au moment des appels de courant continu.

A cause de l'inertie magnétique de la machine, due à la self-induction de ses enroulements, l'appel de courant alternatif tarde un peu à se produire, et par suite le couple moteur est en retard sur le couple résistant. Il se produit donc un à-coup mécanique qui tend à faire décrocher la commutatrice.

On a remédié à cet inconvénient, comme dans les alternateurs et moteurs synchrones, par l'emploi d'amortisseurs Leblanc. Rappelons que ceux-ci se composent d'une cage d'écureuil montée ici sur les pôles du stator. Cette cage d'écureuil est normalement immobile par rapport au flux de la machine[1]. Mais qu'un à-coup se produise ralentissant brusquement le rotor au-dessous du synchronisme. Le flux rotorique, qui tourne au synchronisme par rapport au rotor[2] va alors se déplacer par rapport au stator avec une vitesse proportionnelle à l'à-coup du rotor. Ce flux, coupé par les barres de l'amortisseur, induit dans celles-ci des courants qui produisent un couple résistant s'opposant au glissement du rotor, exactement par le même mécanisme électromagnétique que celui qui donne naissance au couple d'un moteur d'induction.

De cette façon l'amortisseur amortit l'à-coup sur le rotor, et donne à la machine le temps de produire l'appel de courant alternatif nécessaire pour équilibrer l'appel de courant continu.

Nous allons voir que les amortisseurs permettent en outre de produire d'une façon très simple le démarrage et l'accrochage de la commutatrice, en se passant du moteur auxiliaire dont nous avons parlé au début de ce paragraphe.

PROCÉDÉ DE DÉMARRAGE ET D'ACCROCHAGE DE LA COMMUTATRICE. — 1° *Démarrage en moteur asynchrone.* — La commutatrice

---

1. Dans les alternateurs et moteurs synchrones cette cage d'écureuil fixée sur les pôles rotoriques par lesquels se fait l'excitation, tourne avec eux à la même vitesse que le flux. Dans les commutatrices l'excitation se fait, comme dans les machines à courants continus, par les pôles statoriques. Le flux est donc immobile, et les amortisseurs fixés sur les pôles statoriques le sont aussi.

2. Le rotor de la commutatrice engendre un flux qui tourne en sens inverse de sa propre rotation, et à la vitesse du synchronisme. Tant que le rotor tourne exactement à cette vitesse le flux reste donc immobile par rapport au stator. Mais si un à-coup se produit dans la vitesse du rotor, cet à-coup se répercute sur le flux puisque celui-ci tourne à une vitesse invariable par rapport à ce rotor.

est alimentée généralement en courant alternatif par un transformateur à haute tension. Sur le secondaire de ce transformateur on place trois prises de démarrage, à tension réduite,
égale environ au tiers de la ten-
sion normale (fig. 311).

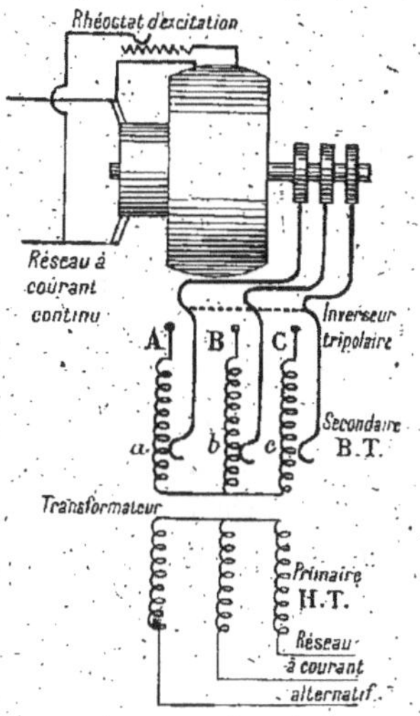

Au moyen d'un inverseur tri-
polaire ABC on branche d'abord
la commutatrice arrêtée, sur ces
prises à tension réduite. Le rotor
produit alors un champ tournant
qui induit dans les barres de
l'amortisseur des courants, d'où
résulte un couple tendant à entraîner le rotor dans le sens
opposé au sens de rotation du
champ, comme on peut s'en
rendre compte en recommençant
pour ce cas particulier le raisonnement fait précédemment pour
le moteur asynchrone, car la
commutatrice démarre ici comme
un moteur à cage d'écureuil, dans lequel on aurait inversé les
rôles du stator et du rotor.

Le champ tourne toujours au synchronisme par rapport au
rotor. Donc, à mesure que la vitesse du rotor se rapproche du
synchronisme, le champ ralentit et tend à devenir immobile par
rapport au stator.

Que se passe-t-il du côté collecteur ?

Au début, le champ tournant par rapport aux balais, la
tension qui se manifeste à ceux-ci est alternative. Mais à
mesure que la vitesse du champ tournant diminue par rapport
au stator, c'est-à-dire par rapport aux balais, la fréquence de la
tension alternative aux balais diminue. Elle devient très faible
lorsqu'on se rapproche du synchronisme (voir au chapitre XVIII
le fonctionnement du collecteur comme convertisseur de fréquence).

Fig. 311.

Mais la commutatrice est auto-excitatrice. Lorsque la fréquence aux balais est très faible il s'établit, entre deux changements consécutifs de polarité des balais, un courant d'excitation dont le sens se renverse à chaque changement de polarité.

Mais, le champ rotorique glissant doucement par rapport au stator, il arrivera un moment où ses pôles seront en concordance avec les pôles statoriques qui prennent naissance sous l'action du courant d'excitation entre deux changements de polarité des balais. A ce moment, l'accrochage se produira et le glissement cessera. Il suffit alors de passer rapidement de la prise de démarrage du transformateur à la prise à tension normale, pour que la commutatrice soit prête à fonctionner. Ce passage doit être à la fois très rapide pour que la commutatrice n'ait pas le temps de se décrocher, et suffisamment lent pour qu'on ne risque pas de mettre le transformateur en court-circuit entre la prise de démarrage et la prise à tension normale.

Il y a encore une précaution à prendre avant le passage de la prise de démarrage à la prise à tension normale : c'est le réglage de la polarité de la commutatrice. Le montage de la commutatrice sur le réseau à courant continu est généralement fait une fois pour toutes, de telle façon qu'une ligne de balais déterminée de la commutatrice soit son pôle positif, et l'autre son pôle négatif. Or il peut arriver qu'au moment de l'accrochage, cette polarité soit inversée. On rétablira la polarité normale de la façon suivante : on coupe pendant quelques instants le courant d'excitation. Le rotor décroché glisse alors lentement avec son flux par rapport au stator. Lorsqu'on juge qu'il a dû glisser ainsi d'un demi-pas polaire, on rétablit le courant d'excitation. Si l'on obtient ainsi la polarité normale, on passe alors à la prise à tension normale, sinon on coupe encore l'excitation pour recommencer cette opération jusqu'à ce qu'on trouve la polarité normale au moment où l'on rétablit l'excitation.

2° *Démarrage par moteur auxiliaire*. — On cale sur l'arbre de la commutatrice un moteur asynchrone qui permet d'en-

traîner la commutatrice au delà du synchronisme. La commutatrice s'excite. On règle alors sa tension de façon que, au
synchronisme, elle soit égale à celle du réseau. On règle sa
vitesse par le rhéostat du moteur auxiliaire, et on la couple sur
le réseau à son passage par le synchronisme, au moyen de
lampes de couplage, ou mieux d'un zéro-voltmètre, comme
pour un alternateur.

3° *Démarrage par le côté continu.* — Quand on dispose de
courant continu, on peut démarrer la commutatrice comme un
moteur shunt à courant continu dont on règle la vitesse par
le rhéostat d'excitation. On couple ensuite du côté alternatif au
synchronisme comme un alternateur.

Répartition de la charge entre plusieurs commutatrices mar-
chant en parallèle. — En principe, le rapport des tensions alternative et continu est constant, comme il est facile de s'en
rendre compte théoriquement. En pratique, lorsqu'une commutatrice est accrochée sur un réseau alternatif à tension constante, on peut faire augmenter un peu sa tension continue en
augmentant son excitation. Si donc, la commutatrice marchant
d'abord à vide du côté continu, on veut la coupler en parallèle
avec d'autres commutatrices, on réglera d'abord sa tension de
façon qu'elle soit égale à celle du réseau continu, puis on
la couplera sur ce réseau; ensuite on augmentera son excitation de façon qu'elle prenne une charge proportionnelle
à sa puissance (voir couplage en parallèle des génératrices
shunt à courant continu). Remarquons que, en agissant sur
l'excitation, on agit en même temps sur le facteur de puissance :
en effet, la commutatrice étant un moteur synchrone, ses courbes
en V montrent qu'il existe une seule valeur du courant d'excitation qui correspond à un facteur de puissance égal à 1. Il y
aura lieu de régler l'excitation à cette valeur. Mais comme
d'autre part la répartition de la charge entre plusieurs commutatrices se règle au moyen de l'excitation, il y aura lieu en
pratique de n'employer sur un même réseau à courant continu
que des commutatrices ayant mêmes courbes en V tant à vide

qu'en charge. Ce sera le seul moyen d'avoir à la fois une répartition identique des charges, et un facteur de puissance égal à 1 pour toutes les commutatrices.

Si le facteur de puissance est différent de 1, pour une même puissance, la commutatrice absorbe un courant alternatif plus grand ; ses pertes par effet Joule augmentent, donc son rendement diminue et elle chauffe davantage. En outre, comme pour l'alternateur et le moteur synchrone, ses risques de décrochage au moment des à-coups sont d'autant plus grands que son facteur de puissance est plus faible (voir l'étude de la marche en parallèle des alternateurs ou moteurs synchrones).

COMPOUNDAGE. — AVANTAGES. — RENDEMENT, ETC. — *Compoundage des commutatrices.* — On ne peut songer à compounder les commutatrices, comme les génératrices shunt, en plaçant simplement sur les pôles du stator un enroulement de compoundage. Celui-ci ne produirait qu'une variation insignifiante de la tension continue, accompagné d'une forte diminution du facteur de puissance [1]. Il faut compléter son action en élevant en même temps la tension aux bagues de la commutatrice, ces deux actions étant combinées de telle façon que le facteur de puissance reste voisin de 1 pour toutes les charges et pour les tensions correspondantes.

On peut élever la tension aux bagues proportionnellement à la charge, en plaçant en série avec la commutatrice un petit survolteur alternatif, qui sera simplement un alternateur dont l'excitation sera produite par un enroulement série parcouru par le courant de charge de la commutatrice. On se rend compte facilement que la tension de cet alternateur, qui s'ajoute à celle du réseau, est proportionnelle au courant de charge de

1. En effet, une augmentation d'excitation entraîne immédiatement, comme nous l'avons vu à propos des alternateurs et moteurs synchrones *branchés sur un réseau à tension constante*, la production d'un courant déwatté qui produit une démagnétisation égale et opposée à la magnétisation que tend à produire l'augmentation d'excitation. Ce courant « démagnétisant ». maintient ainsi la tension *constante* à la fois du côté alternatif et du côté continu. En réalité, il se produit, du côté continu, une légère augmentation de tension.

la commutatrice, puisque ce courant sert à produire son flux d'excitation.

Mais ce survolteur est cher. Il est plus commode et moins coûteux de placer, simplement en série avec la commutatrice, une self parcourue par le courant alternatif d'alimentation.

Nous allons montrer que l'effet de cette self, combiné avec celui de l'enroulement de compoundage, produit une élévation de tension aux bagues et par suite au collecteur, proportionnelle à la charge.

Si l'enroulement de compoundage sur les pôles d'excitation de la commutatrice n'existait pas et que l'excitation soit réglée de façon que le facteur de puissance soit égal à 1, la force électromotrice $L\omega I$ de la self serait en quadrature avec la tension V du réseau, et la tension V' aux bagues différerait peu de V (fig. 312). Mais l'enroulement de compoundage surex-

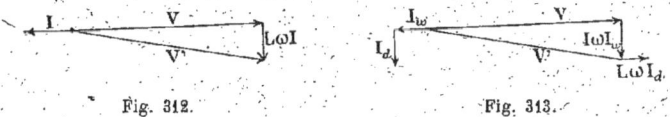

Fig. 312.   Fig. 313.

citant la commutatrice fait apparaître une intensité déwattée I_d (voir courbes en V, chap. XVIII), qui produit dans la self une force électromotrice $L\omega I_d$ en phase avec la tension V du réseau, et qui s'ajoute à celle-ci pour donner la tension $(V' + L\omega I_d)$ aux bagues de la commutatrice (fig. 313).

Rendement de la commutatrice. — Les pertes dans le fer sont à peu près les mêmes que dans une génératrice shunt ordinaire de la même puissance. Les pertes dans le cuivre sont moindres car, dans un certain nombre de spires, le courant demandé au réseau alternatif et celui fourni au réseau continu sont opposés et par suite ont une résultante nulle. Aussi le rendement de la commutatrice est-il excellent. Il peut atteindre 94 p. 100 pour les grandes puissances.

GROUPE CONVERTISSEUR ARNOLD

Ce groupe participe du groupe (moteur asynchrone-génératrice shunt) et du groupe (transformateur-commutatrice) : il se compose d'un moteur asynchrone et d'une commutatrice calés sur le même arbre : le nombre de pôles de la commutatrice est égal à celui du moteur. D'autre part, le rotor du moteur est connecté en série avec le rotor de la génératrice de la

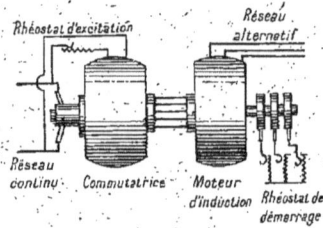

Fig. 314.

même façon que dans le groupe (transformateur-commutatrice) le secondaire du transformateur était mis en série avec le rotor de la commutatrice (fig. 314).

Pour mieux faire comprendre le fonctionnement de ce groupe prenons un exemple concret : soit un réseau à 50 périodes sur lequel on branche un groupe Arnold dont le moteur comporte 4 pôles et la génératrice 4 pôles.

Le champ du moteur tourne à 1.500 tours par minute.

Lorsque le groupe atteint le demi-synchronisme il tourne à 750 tours-minute. Le champ tourne aussi à 750 tours-minute *par rapport au rotor*. Il induit alors dans celui-ci une force électromotrice à 25 périodes.

La génératrice étant à 4 pôles et tournant à 750 tours-minute, la force électromotrice qui prend naissance dans son rotor a aussi une fréquence de 25 périodes. Le rotor du moteur et celui de la génératrice produisent donc alors du courant à la même fréquence.

En choisissant les points de connexion entre les deux rotors de façon que leurs forces électromotrices soient égales et directement opposées, la commutatrice s'accrochera à la vitesse du demi-synchronisme exactement comme elle s'accrocherait sur le secondaire d'un transformateur alimenté par un réseau à 25 périodes. A partir du moment où la commutatrice est accrochée elle maintient tout le groupe exactement à la vitesse du demi-synchronisme.

Il est facile de vérifier d'ailleurs que, pour cette vitesse, le champ rotorique de la commutatrice tourne en sens inverse du rotor à la vitesse du demi-synchronisme. C'est-à-dire qu'il est immobile par rapport au stator, ce qui est la condition indispensable pour que le groupe reste accroché. En effet, dans ces conditions, les pôles statoriques de la commutatrice maintiennent immobiles les pôles rotoriques et, par suite, maintiennent la machine « accrochée ». (Voir, à propos de la marche en parallèle des alternateurs, comment est produit le « couple synchronisant » qui ramène le rotor à la vitesse du synchronisme toutes les fois qu'il tend à s'en écarter par suite d'un à-coup de la puissance débitée par la machine.)

Si maintenant on emprunte du courant continu à cette génératrice, la puissance débitée subira les transformations suivantes :

Empruntée au réseau à haute tension par le stator du moteur la moitié de cette puissance sera transformée en puissance électrique cédée par le stator au rotor, et l'autre moitié en puissance mécanique, puisque le moteur tourne à la moitié du synchronisme. Il fonctionne ainsi pour moitié comme transformateur et pour moitié comme moteur d'induction.

De même le rotor cède la moitié de son énergie à la génératrice sous forme d'énergie électrique par les connexions entre rotors, et l'autre moitié sous forme mécanique par l'intermédiaire de l'arbre commun. La génératrice fonctionne ainsi pour moitié comme génératrice shunt et pour moitié comme commutatrice.

On voit que ce groupe participe à la fois :

Du groupe (moteur asynchrone-génératrice shunt) ;

Et du groupe (transformateur-commutatrice).

Compoundage du groupe Arnold. — Ce compoundage se réalise d'après le même principe que celui de la commutatrice. Mais comme le transformateur de ce groupe n'est autre que le moteur asynchrone, que celui-ci est pourvu d'un entrefer, et par suite d'une self appréciable, due aux fuites magnétiques du rotor et du stator (voir moteur d'induction), il n'y aura donc pas besoin d'employer une self indépendante. Il suffira d'ajouter quelques spires de compoundage sur les pôles de la génératrice. Le fonctionnement sera le même que celui d'une génératrice compound.

Rendement du groupe Arnold. — Il est intermédiaire entre celui des deux groupes convertisseurs dont il procède.

Comparaison des quatre systèmes de groupes convertisseurs. — Si l'on considère l'ensemble de chaque groupe et de l'appareillage qui lui est nécessaire le groupe le plus cher est le groupe (moteur synchrone-génératrice shunt ou compound).

Vient ensuite le groupe (moteur asynchrone-génératrice à courant continu).

Puis enfin le groupe transformateur-commutatrice et le groupe Arnold, qui coûtent sensiblement le même prix.

Les machines de ce dernier coûtent en effet un peu plus cher que le transformateur et la commutatrice réunis, mais son appareillage coûte moins cher, les appareils de couplage étant moins compliqués.

Le groupe (moteur asynchrone-génératrice) présente cet inconvénient d'avoir toujours un facteur de puissance inférieur à 1, tandis que les autres groupes peuvent être réglés pour un facteur de puissance égal à 1, ou même pour fournir du courant déwatté au réseau haute tension, et relever ainsi le facteur de puissance général de ce réseau, tout en diminuant sa chute de tension en ligne.

Le groupe (moteur asynchrone-génératrice) et le groupe
Arnold ont un système de démarrage et de mise en régime
très simple qui peut être confiée à des ouvriers peu expéri-
mentés ; au contraire, le couplage de la commutatrice ou du
moteur synchrone sont toujours des opérations délicates,
risquant, si elles sont mal faites, d'avarier les machines.

Au point de vue des avaries résultant d'un court-circuit sur le
réseau à courant continu la commutatrice est particulièrement
dangereuse, car, ne présentant pour ainsi dire pas de chute
de tension en charge, les courts-circuits sont très violents. On
doit protéger avec soin ces machines au moyen de disjoncteurs
à maxima à soufflage magnétique et d'écrans pare-étincelles
séparant les lignes de balais de polarité différente.

Le groupe (moteur synchrone-génératrice) et le groupe
Arnold dont la vitesse est invariable, mais dont les génératrices
continues présentent une chute de tension en charge appréciable, courent moins de dangers au point de vue des courts-
circuits.

Mais c'est le groupe (moteur asynchrone-génératrice) qui, à
ce point de vue, présente le maximum de sécurité, car non
seulement sa génératrice comporte une chute de tension en
charge, mais celle-ci est encore accentuée par la chute de
vitesse du moteur asynchrone, ou même par son décrochage.
Aussi toutes les fois que les questions sécurité et facilité de
manœuvre sont primordiales c'est ce dernier groupe qui est
employé de préférence.

*Amélioration du facteur de puissance général d'un réseau
en surexcitant les commutatrices et moteurs synchrones du
réseau.* — Rappelons le principe des courbes en V pour les
alternateurs, les moteurs synchrones ou les commutatrices
branchés sur un réseau à tension constante (voir théorie du
moteur synchrone, chap. xviii).

Prenons par exemple le cas de la commutatrice ou du moteur
synchrone.

La tension au réseau V, et par suite la force électromotrice E qui l'équilibre dans la commutatrice étant constantes, le flux total d'entrefer Φ est constant (fig. 315).

Si l'on règle l'excitation de façon que le facteur de puissance soit égal à 1, le courant alternatif I fourni par le réseau est en phase avec V, donc en quadrature avec Φ. Il en sera de même du flux de réaction d'induit Φ_r qui est produit par le courant I. Donc, comme Φ_r est petit par rapport à Φ_e, ce dernier flux sera sensiblement égal au flux total d'entrefer Φ.

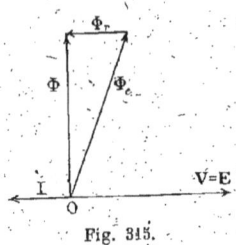

Fig. 315.

Supposons alors que nous augmentions le courant d'excitation, de façon à porter le flux Φ_e à la valeur représentée sur le diagramme de la figure 316. Comme le flux Φ n'a pas changé, le flux Φ_r ne restera pas en quadrature avec Φ. On peut alors le décomposer en deux flux Φ'_r et Φ''_r, l'un normal à Φ, l'autre en

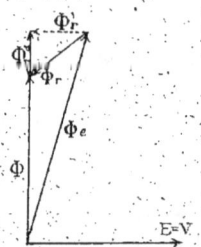

Fig. 316.

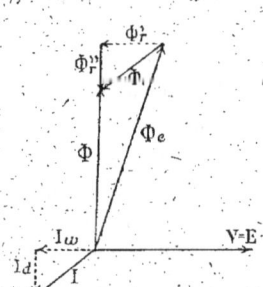

Fig. 317.

opposition avec ce flux. Le premier sera produit par le courant watté I_w (fig. 317) qui est égal au courant primitif I puisque la charge de la machine n'a pas changé. Pour produire le second, le flux Φ''_r, il faudra que le rotor de la machine produise un courant déwatté I_d en phase avec Φ''_r, c'est-à-dire décalé d'un quart de période en avant du courant watté I_w.

Ce courant I_d, qui a pour effet de diminuer le flux de la commutatrice, est fourni par celle-ci au réseau, lequel, à son tour, le cède aux moteurs d'induction du voisinage qui en ont besoin pour entretenir leurs flux (voir ch. xviii, principe de la conservation du magnétique dans un réseau de distribution à courant alternatif). C'est autant de courant déwatté que la centrale n'aura pas à produire. La commutatrice ou le moteur synchrone a ainsi un rôle doublement bienfaisant :

Il relève le facteur de puissance de la centrale ;

Il diminue le courant et par suite les pertes par effet Joule dans le réseau.

Ce rôle est si important que souvent, lorsqu'une centrale doit alimenter à grande distance de gros moteurs d'induction, on n'hésite pas à placer auprès de ces derniers une petite machine spéciale, du genre de la commutatrice, dont le seul rôle consiste à produire le courant magnétisant nécessaire à ces moteurs d'induction.

CHAPITRE XXVI

Groupes de machines électriques; groupes-tampons pour laminoirs et machines d'extraction des mines; réglage de la vitesse des gros moteurs d'induction par l'emploi d'un moteur auxiliaire à collecteur.

LAMINOIRS ÉLECTRIQUES

Le laminoir demande périodiquement une grande puissance à la machine qui l'entraîne, car le passage du lingot entre les cylindres exige brusquement un effort puissant mais court. Mais dans l'intervalle de deux passes, la puissance demandée est extrêmement faible. Si donc le laminoir était conduit par un moteur électrique à vitesse constante, la puissance demandée à la centrale au moment de la passe serait énorme, puisqu'elle serait exactement proportionnelle à l'effort nécessaire pour écraser le lingot entre les cylindres, après quoi elle tomberait brusquement. Ces fréquentes « pointes » de puissance obligeraient, pour assurer la sécurité de fonctionnement, à employer à la centrale des machines génératrices d'une puissance très supérieure à la puissance moyenne que leur demandent les laminoirs. Le prix de premier établissement en serait fortement augmenté, et le rendement des génératrices fortement diminué, car le rendement d'une machine diminue d'autant plus rapidement que la puissance débitée est plus faible par rapport à sa puissance normale.

On évite ces inconvénients en employant parfois le dispositif suivant :

1° On conduit le laminoir par un moteur présentant une forte

chute de vitesse en charge, de façon que, la vitesse diminuant
d'autant plus que le couple est plus fort, la puissance croisse
moins rapidement que le couple;

2° On cale sur l'arbre du moteur un volant qui constituera
un réservoir de puissance et par suite un régulateur du courant
demandé à la centrale. En effet lorsque, le couple augmentant,
la vitesse du moteur et du volant ira en diminuant, le volant
cédera au laminoir, sous la forme d'un supplément de couple
moteur, une partie de l'énergie qu'il avait emmagasinée sous
forme de force vive. La puissance demandée à la centrale pendant la passe s'en trouvera diminuée d'autant.

Au contraire, dans l'intervalle de deux passes le moteur
ramènera progressivement le volant à sa vitesse primitive, et
à ce moment celui-ci redemandera à la centrale la quantité
d'énergie qu'il a cédée au laminoir pendant la passe.

Le volant a donc pour effet de diminuer la puissance demandée à la centrale pendant la passe, et de l'augmenter dans
l'intervalle de deux passes : il remplit donc l'office d'un réservoir d'énergie régulateur de la puissance demandée à la centrale.

Le moteur employé pour conduire le laminoir devra satisfaire aux deux conditions suivantes :

1° Forte chute de vitesse en charge ;

2° Vitesse limitée à vide pour que le laminoir ne s'emballe
pas dans l'intervalle de deux passes.

Ce moteur sera, en courant continu, un moteur *compound
concordant*.

En courant triphasé ce sera un moteur à collecteur à caractéristique série pour les laminoirs de moyenne puissance, et un
moteur d'induction pourvu d'un régulateur d'intensité pour les
laminoirs de grande puissance, car les moteurs à collecteur
de grande puissance sont très chers et beaucoup plus délicats
que les moteurs d'induction, à cause de leur collecteur.

Le régulateur d'intensité pour moteur d'induction repose sur
le principe suivant : nous avons vu, en étudiant ce moteur,
que, pour une charge donnée, c'est-à-dire pour une intensité

donnée, le glissement est proportionnel à la résistance rotorique. Mettons alors les enroulements rotoriques en série avec
une résistance variable qui sera court-circuitée lorsque le
moteur marchera à vide et à la vitesse du synchronisme. Au
moyen d'une bobine parcourue par le courant que le stator
demande au réseau, actionnons un régulateur qui ait pour effet,
dès que le courant statorique atteint la valeur que nous ne voulons pas dépasser, d'augmenter la résistance en série avec le
rotor. A partir de ce moment la vitesse du rotor diminue et le
volant entre en action. Le régulateur agit en sens inverse
lorsque, après la passe, le rotor revient à la vitesse du synchronisme, c'est-à-dire qu'il diminue progressivement la résistance
rotorique de façon à maintenir l'intensité constante jusqu'à ce
que la vitesse du synchronisme soit atteinte.

GROUPE-TAMPON SYSTÈME ILGNER POUR LAMINOIRS RÉVERSIBLES ET MACHINES D'EXTRACTION DE MINES

Le volant calé sur l'arbre du moteur qui conduit le laminoir présente un grave inconvénient pratique : il oblige à
faire tourner le laminoir toujours dans le même sens, et par
conséquent, lorsque le lingot a subi une passe, il faut le faire
passer de l'autre côté du laminoir pour lui faire subir la passe
suivante, d'où perte de temps pendant laquelle le lingot refroi-
dit, ce qui pourrait parfois obliger à réchauffer le lingot à demi
laminé pour pouvoir achever le laminage. Pour éviter ce grave
inconvénient on emploie parfois des laminoirs à trois cylindres
superposés dits « trains trios ». Ces laminoirs présentent deux
étages de laminoirs pour lesquels la passe se fait en sens
opposé, ce qui permet de faire marcher le laminoir toujours
dans le même sens, mais oblige à faire passer alternativement
le lingot à l'étage inférieur et à l'étage supérieur. Cette manœuvre, difficile pour les gros lingots, constituerait pour ceux-
ci une nouvelle perte de temps.

C'est pourquoi il faut absolument employer pour ceux-ci des

laminoirs dits réversibles. Ces laminoirs sont conduits par un puissant moteur compound à courant continu qui permet non seulement de faire passer rapidement le lingot, mais encore de renverser ensuite presque instantanément le sens de rotation. Les couples énormes développés par le moteur pour ces deux opérations exigent que ce moteur soit étudié avec un soin particulier au point de vue de la commutation. C'est purquoi ces moteurs comportent non seulement des pôles de commutation, mais encore un enroulement de compensation réparti dans des encoches du stator, et destiné à annuler exactement le flux de réaction d'induit à tous les régimes en produisant un flux égal et opposé. Le courant continu a seul permis jusqu'ici de faire des moteurs pour laminoirs réversibles présentant toutes ces qualités. Comme la plupart des usines disposent d'une distribution de courant triphasé, le moteur de laminoir devra être alimenté par un groupe convertisseur. C'est ce groupe qui portera le volant destiné à régulariser la puissance demandée à la centrale.

On alimente par un groupe identique les machines d'extraction de mines qui, devant assurer la montée et la descente des cages, doivent être réversibles comme les laminoirs dont nous venons de parler.

Le groupe-tampon le plus employé pour cet usage est le groupe Ilgner.

Ce groupe comporte (fig. 318) un moteur d'induction qui entraîne un volant V et une génératrice à courant continu G à excitation indépendante. Le rotor du moteur est branché sur un rhéostat liquide mis en action par le régulateur d'intensité, de façon à limiter la pointe à la centrale.

Les balais de la génératrice G sont connectés en permanence aux balais du moteur de laminoir M. Le moteur M est excité en permanence de façon constante. Au contraire, la génératrice G n'est pas excitée quand le laminoir est arrêté. Pour démarrer celui-ci on excite la génératrice en demandant le courant à la génératrice qui sert déjà à exciter le moteur. Le moteur démarre alors, et on excite progressivement la génératrice de façon à démarrer le moteur avec le courant maximum qu'il puisse supporter.

Lorsqu'on veut renverser le sens du courant on désexcite la génératrice ou on commence par diminuer son excitation. La force électromotrice du moteur étant alors supérieure à

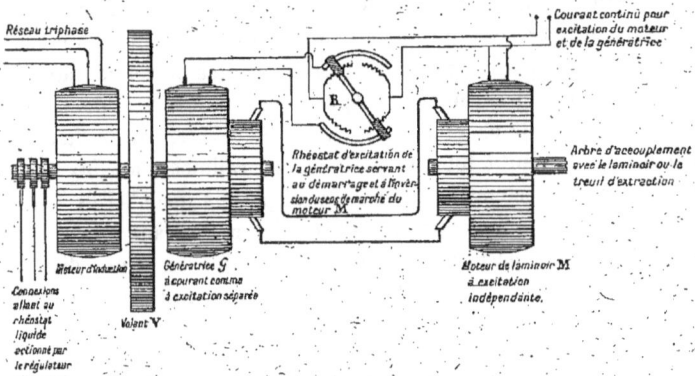

Fig. 318.

celle de la génératrice les rôles sont renversés : le moteur devient génératrice et débite du courant dans la génératrice G. Le moteur M subit ainsi un freinage extrêmement puissant. Dès qu'il est arrêté on renverse l'excitation de la génératrice et le moteur part en sens inverse.

La manœuvre de renversement du sens de marche est presque instantanée, ce qui constitue une propriété précieuse des laminoirs électriques.

En outre, la conduite du laminoir ou de la machine d'extraction est extrêmement simple puisque toutes les manœuvres se font par le seul rhéostat d'excitation R de la génératrice G.

Un tel groupe peut évidemment alimenter plusieurs laminoirs ou plusieurs machines d'extraction, à condition de comporter autant de génératrices qu'il y a de moteurs à conduire.

MOTEURS D'EXTRACTION DE MINE A COURANTS TRIPHASÉS

Pour les machines d'extraction de puissance moyenne, on emploie parfois soit un moteur série à collecteur, soit deux moteurs répulsion monophasés calés sur le même arbre et branchés chacun entre deux phases de la distribution triphasée. Ces moteurs ont un couple de démarrage puissant, et leur sens de marche peut être renversé facilement. Pour des machines d'extraction de puissance moyenne, et par conséquent demandant à la centrale des pointes de puissance limitées, ces machines ont l'avantage d'être moins chères que le groupe Ilgner.

RÉGLAGE DE LA VITESSE DES MOTEURS D'INDUCTION
A COURANTS POLYPHASÉS

Nous avons vu qu'on pouvait réaliser des moteurs à courants polyphasés à vitesse variable par l'emploi du collecteur. Mais on ne peut guère dépasser avec ces moteurs la puissance de 600 chevaux qui correspond aux plus grands collecteurs actuellement réalisables industriellement.

Au-dessus de cette puissance on est obligé de revenir au moteur asynchrone sans collecteur. On peut régler la vitesse de celui-ci en mettant en série avec le rotor des résistances variables comme nous l'avons vu au début de ce chapitre. Mais on perd alors en chaleur dans ces résistances une quantité d'énergie proportionnelle au glissement, et le rendement du moteur devient très mauvais.

Pour améliorer ce rendement on a eu l'idée de récupérer cette énergie rotorique, soit en l'employant dans un moteur à collecteur calé sur le même arbre; soit en la restituant au réseau par l'intermédiaire d'un transformateur de fréquence. Nous allons exposer sommairement le principe de ces deux solutions.

Première solution (fig. 319). — Sur le même arbre que le moteur asynchrone on cale un moteur à collecteur alimenté par les bagues du rotor, et monté de telle façon que son couple soit de même sens que celui du moteur asynchrone. Lorsque celui-ci ralentit, la tension aux bagues croît, et la puissance cédée au moteur à collecteur croît dans la même proportion. Si le moteur à collecteur employé est un moteur

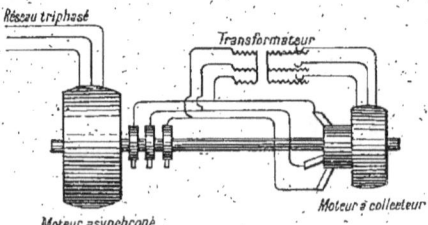

Fig. 319.

série le réglage de la vitesse se fait par simple décalage des balais. Si c'est un moteur shunt il faut employer un transformateur à rapport variable pour alimenter son stator.

Deuxième solution (fig. 320). — Lorsque le moteur d'induction M ralentit sous l'effet d'une charge croissante, le champ tournant induit dans le rotor une force électromotrice, et par suite une puissance qui croissent proportionnellement au glissement g du rotor.

La puissance ainsi produite dans le rotor est représentée par du courant alternatif dont la fréquence est proportionnelle au glissement. On restitue cette puissance au réseau en la ramenant d'abord à la fréquence de celui-ci au moyen d'un transformateur de fréquence T. Celui-ci se présente sous la forme d'une petite commutatrice dont les bagues sont branchées sur le réseau. Supposons que cette commutatrice tourne à une vitesse égale à celle du moteur M. Le champ rotorique tourne, par rapport au rotor, à une vitesse égale à celle du synchronisme, et en sens inverse de son sens de rotation. Donc lorsque la commutatrice et le moteur tournent au synchronisme ce flux rotorique est immobile par rapport au stator, et la tension aux balais de la commutatrice est une tension continue.

Mais supposons que le rotor du moteur M subisse un glissement g. Il en sera de même du rotor de la commutatrice T, lequel entraîne dans ce glissement le flux rotorique. Ce flux

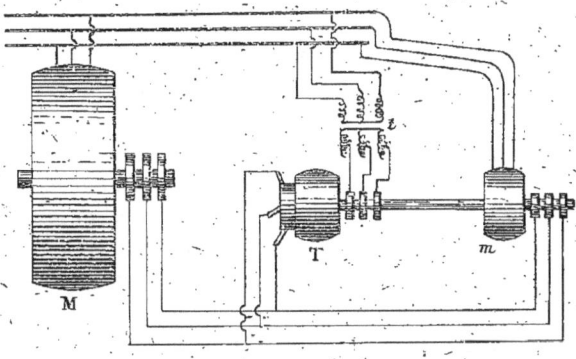

Fig. 320.

n'est donc plus immobile par rapport au stator. Il tourne par rapport à celui-ci avec une vitesse proportionnelle au glissement g. Mais, si nous nous reportons à la théorie du collecteur fonctionnant comme convertisseur de fréquence (chapitre XVIII), nous voyons que ce flux produit au collecteur une tension, de fréquence proportionnelle au glissement g. Cette fréquence est la même que celle de la tension aux bagues du rotor du moteur M.

Plaçons alors sur le collecteur trois balais décalés, les uns par rapport aux autres, de 120 degrés électriques de façon à recueillir une tension triphasée comme aux bagues du moteur M. Calons ensuite ces balais de façon que leurs tensions soient en phase avec celles des bagues du moteur M. Si, alors, nous connectons ces balais avec ces bagues, la puissance triphasée produite par le glissement dans le rotor du moteur M s'écoulera à travers la commutatrice dans le réseau, et la commuta-

trice ramènera, d'après ce que nous venons de voir, cette fréquence à celle du réseau.

Il suffirait donc de caler cette commutatrice, comme nous
l'avons supposé d'ailleurs jusqu'ici, sur l'arbre du moteur M.
Mais les moteurs puissants tournant à faible vitesse, le rotor
de cette machine, qui est de faible puissance[1], tournerait également à faible vitesse. Or il y a avantage à faire tourner les
machines de faible puissance à grande vitesse, puisque la
faible masse de leur rotor le permet, car c'est ainsi qu'on réalise les machines les plus légères et par conséquent les moins
chères.

Il faut donc faire tourner la commutatrice à grande vitesse,
mais à une vitesse proportionnelle à celle du moteur M. On
peut pour cela interposer entre la commutatrice et le moteur
des engrenages multiplicateurs de vitesse. Mais cette solution
présente le grave inconvénient suivant : une avarie aux engrenages immobilise non seulement la commutatrice, mais aussi
le moteur. Aussi lui préfère-t-on la solution que représente le
dispositif de la figure 320. On cale le rotor de la commutatrice T sur le même arbre que le rotor d'un petit moteur d'induction m ayant un nombre de pôles plus petit que le moteur M,
de façon qu'il tourne à une vitesse égale à celle de M multipliée par le rapport inverse des nombres de pôles. Il reste à
produire dans ce moteur m un glissement proportionnel à celui
du moteur M. Pour cela remarquons que, si nous alimentons le
rotor de m avec du courant de même fréquence que le courant
rotorique de M, nous provoquerons dans m un glissement égal
à celui de M. En effet, le couple de m est produit par les attractions et répulsions qui existent entre pôles rotoriques et pôles
statoriques. Les premiers doivent donc être immobiles par rapport aux seconds comme nous l'avons vu en étudiant la production du couple dans les machines électriques. Si donc le

---

1. Le rapport de sa puissance maxima à celle du moteur M est évidemment
égal au glissement maximum que puisse atteindre ce moteur, puisque le rapport
de la puissance électrique du rotor de ce moteur à celle du stator est égal au
glissement.

rotor tourne à la même vitesse que le flux il faut que le courant rotorique soit du courant continu pour que les pôles rotoriques soient immobiles par rapport au rotor et par suite par rapport aux pôles statoriques. Mais si le rotor est alimenté par du courant provenant du rotor de M le flux rotorique de *m* va tourner *par rapport au rotor* avec une vitesse égale à la vitesse de glissement de M. Puisque les pôles statoriques maintiennent les pôles rotoriques immobiles, il en résultera un glissement du rotor de *m* égal au glissement *g* de M.

Enfin il nous reste à montrer comment on règle à volonté la vitesse du moteur M. Pour cela remarquons que lorsque le rotor de M « glisse », la tension aux bagues croît proportionnellement au glissement.

Inversement appliquons à ces bagues une tension progressivement croissante. Pour que cette tension soit équilibrée dans le rotor par une force électromotrice égale, il faut que le rotor « glisse » par rapport au flux tournant jusqu'à ce que la force électromotrice que le flux tournant induit dans le rotor soit égale à la tension appliquée aux bagues.

Donc si nous alimentons les bagues du convertisseur de fréquence T au moyen du secondaire d'un transformateur *t* à prises multiples, il suffira, pour diminuer la vitesse du moteur, d'augmenter la tension aux bagues du convertisseur de fréquence, et, par répercussion, aux bagues du moteur M.

En particulier, si le moteur M est un moteur de laminoir pourvu d'un volant, comme celui qui a été étudié au début de ce chapitre, on provoquera la chute de vitesse du moteur en faisant agir le régulateur d'intensité sur le transformateur à tension secondaire variable *t*.

Remarquons qu'on pourra même faire marcher le moteur M à une vitesse supérieure au synchronisme. La force électromotrice induite dans le rotor est alors de sens opposé à celle que produit un ralentissement du rotor. Il faudra donc décaler la tension appliquée aux bagues d'une demi-période, ce qui pourra se faire, par exemple en décalant l'ensemble des trois balais sur le collecteur de T de 180 degrés électriques, les bagues de T étant court-circuitées. En élevant ensuite la tension appliquée à ces bagues le réseau fournira de la puissance au rotor au lieu de lui en demander, et le moteur sera entraîné à une vitesse supérieure au synchronisme.

Remarquons que les mêmes phénomènes se produisent dans les moteurs shunt polyphasés à collecteur. L'étude du diagramme des tensions rotorique et statorique montre très facilement que lorsque le rotor tourne au-dessous du synchronisme, le stator lui cède une partie de l'énergie électrique qu'il demande au réseau, tandis que la partie restante est transformée en énergie mécanique. Au contraire, si le moteur tourne au-dessus du synchronisme, le rotor, comme le stator, emprunte de l'énergie au réseau, et c'est le total de ces deux énergies électriques qui est transformé en énergie mécanique.

Variante de la deuxième solution. — On peut, plus simplement, employer le courant débité par le rotor du moteur principal M pour actionner un moteur série triphasé à collecteur. Sur le même arbre que ce moteur est calé un petit moteur d'induction dont le stator est branché sur le même réseau que le moteur M.

Lorsque le moteur M ralentit le courant de son rotor actionne le moteur à collecteur qui tend à entraîner le petit moteur d'induction au-dessus du synchronisme. Nous savons que celui-ci fonctionne comme une génératrice et renvoie sur le réseau la puissance que le rotor du moteur M fournit au moteur à collecteur.

Ce dispositif est plus simple, mais remarquons que la vitesse du moteur M n'est plus réglable à volonté comme pour le groupe précédent.

Dispositif de sûreté. — On conserve toujours la possibilité, en cas d'avarie au petit groupe auxiliaire, de se servir du moteur M en actionnant au moyen d'un régulateur d'intensité, un rhéostat liquide branché sur le rotor de ce moteur, comme on l'a vu au début du chapitre.

Limites de réglage de la vitesse. — Remarquons que, plus on s'écarte de la vitesse du synchronisme, plus la puissance débitée par le rotor du moteur M croît, et par suite plus le groupe auxiliaire doit être puissant. Donc ce dispositif ne permet pratiquement de régler la vitesse du moteur d'induction que dans des limites assez restreintes au voisinage du synchronisme, car si ces limites étaient trop étendues le groupe auxiliaire prendrait une importance égale à celle du moteur. Par exemple, pour régler depuis le demi-synchronisme jusqu'à une fois et demie le synchronisme, il faudrait un groupe auxiliaire dont chaque machine ait une puissance égale à la moitié de celle du moteur M. La dépense serait alors telle qu'on aurait sans doute avantage à employer plutôt un groupe Ilgner qui est d'une construction plus simple et mieux connue des constructeurs.

En outre, remarquons que les groupes dont nous venons de parler ne permettent pas de renverser rapidement la vitesse du moteur M comme dans le groupe Ilgner, car il n'y a pas, comme dans ce dernier, un dispositif permettant de freiner énergiquement le moteur M et de le démarrer ensuite rapidement avec une vitesse opposée.

CHAPITRE XXVII

Génératrices série à courant continu, à courant monophasé et à courant polyphasé employées pour compenser la résistance ou l'impédance d'un feeder.

COURANT CONTINU. — Considérons un feeder composé de deux fils dont la résistance totale est R. Le passage d'un courant I produit, au bout du feeder, une chute de tension (RI). On peut annuler celle-ci, en plaçant en série avec le feeder une génératrice série non saturée. Son flux, et par suite sa force électromotrice E, seront proportionnels au courant I. On aura $E = kI$.

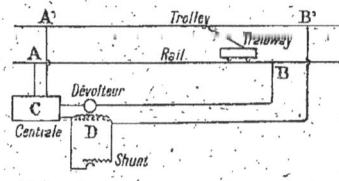

Fig. 321.

En calculant la génératrice de telle façon que $k = R$, on pourra, au moyen de celle-ci, annuler la chute de tension du feeder. La génératrice série produit l'effet d'une résistance négative qui compense celle du feeder.

Ce procédé est très employé dans les réseaux de tramways pour éviter les retours de courant par la terre, ou plutôt par les conduites d'eau et de gaz qu'ils détérioreraient.

Pour cela on relie le rail et le fil de trolley (fig. 321) à la centrale C par des feeders CAA', CBB' etc... Mais il est évident que, si l'on se contentait de ces feeders, le courant tendrait à revenir par le rail *r*, la terre et les *feeders les plus courts tels que AC*, c'est-à-dire par le chemin de moindre résistance.

Pour peu que la ligne de tramway ait une longueur de 5 ou 6 kilomètres, le retour du courant par le rail *r* produira une chute ohmique de plusieurs volts le long de ce rail. Par suite, le courant tendra à emprunter pour le retour à la centrale, outre le rail, toutes les conduites métalliques voisines (eaux, gaz, etc.). Il en résultera des phénomènes d'électrolyse détériorant rapidement ces conduites.

C'est pour cette raison que les règlements municipaux obligent les compagnies à ne pas dépasser 1 volt de chute ohmique par kilomètre de rail.

Pour arriver à ce résultat on annule la résistance des feeders de grande longueur, tels que CB, au moyen d'un dévolteur série D placé dans la centrale, de façon à maintenir le point B à la même tension que le point A.

Ce dévolteur est monté de telle façon que le courant de départ passant par CB' traverse les électros et le courant de retour passant par BC, le rotor du dévolteur. Le rotor étant entraîné à vitesse constante par un moteur shunt la force électromotrice du dévolteur est proportionnelle au courant de départ. Au moyen d'un shuntage variable des électros du dévolteur on règle cette force électromotrice de façon à obtenir en B la tension désirée.

DÉVOLTEUR-SÉRIE A COURANT MONOPHASÉ

Considérons un feeder de résistance ohmique R et de coefficient de self-induction L, parcouru par

Fig. 322.

un courant monophasé de pulsation ω et d'intensité I. Ce courant subira, à son passage dans ce feeder une chute de tension (ZI) résultant de la composition de la chute ohmique RI et de la chute inductive $L\omega I$ (fig. 322).

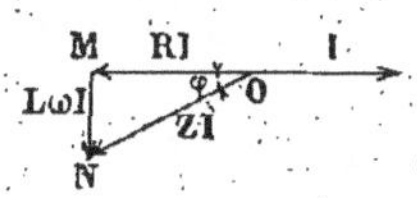

Z est appelé l' « impédance du feeder ».

On voit que : $Z = \sqrt{R^2 + L^2\omega^2}$.

Nous allons voir que l'on peut compenser, pour toutes les valeurs de l'intensité I, cette chute de tension, en faisant passer le courant I dans un moteur Latour série qui fait subir à ce courant un relèvement préalable de sa tension égal à ZI et directement opposé à cette chute de tension.

Considérons un moteur Latour série (fig. 323) que nous entraînons à vitesse constante au moyen d'un moteur auxiliaire, et qui est traversé par le courant I. Ce courant produit dans le rotor un flux Φ_1. Par suite de la rotation du rotor dans ce flux, un courant

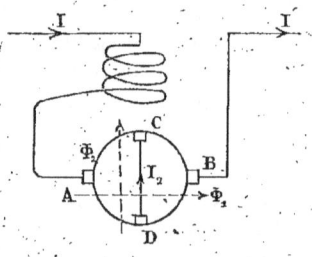

Fig. 323.

I_2 prend naissance dans le rotor court-circuité par les balais CD. Le flux Φ_1 est constant puisque le courant I est constant.

Au contraire, la force électromotrice qui produit le courant I_2 et, par répercussion, le flux Φ_2, est d'autant plus grande que le rotor tourne plus vite dans le flux Φ_1, qui produit cette force électromotrice. Donc Φ_2 croît avec la vitesse du rotor.

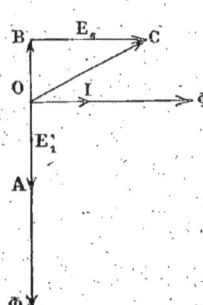

Fig. 324.

Remarquons enfin que Φ_1 est en phase avec le courant I qui le produit (fig. 324). Si nous nous reportons à la théorie du moteur Latour nous voyons que, au contraire, Φ_2 est en quadrature avec Φ_1 pour la raison suivante :

Les deux forces électromotrices induites par les flux Φ_1 et Φ_2 entre les balais CD de court-circuit s'équilibrent. Or la première E_1 due à la rotation du rotor dans le flux Φ_1 est en phase avec Φ_1 (fig. 325). Au contraire la seconde E'_2 due à la variation du flux alternatif Φ_2 à l'intérieur des spires du rotor est décalée d'un quart de période en arrière de ce flux. Donc Φ_2 est en retard d'un quart de période sur Φ_1.

Enfin rappelons que ces deux flux sont les deux seuls qui existent dans la machine, puisque le flux statorique est étouffé par l'enroulement rotorique court-circuité par les balais CD.

Voyons quelles forces électromotrices sont induites par ces flux dans les enroulements que parcourt le courant I du feeder.

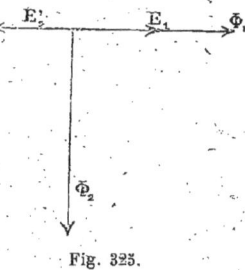

Fig. 325.

Le flux Φ_1 induit, par suite de sa variation, une force électromotrice E'_1 dans le rotor entre les balais A et B (fig. 324). Le flux Φ_1 et sa pulsation étant constantes cette force électromotrice E'_1 est constante quelle que soit la vitesse du rotor.

Le flux Φ_2 induit dans le rotor, entre ces mêmes balais AB, une force électromotrice E_2 due à ce que le rotor tourne dans ce flux dont l'axe est perpendiculaire aux balais AB. Cette force électromotrice est proportionnelle au flux Φ_2 et à la vitesse du rotor. Comme le flux lui-même croît avec la vitesse du rotor cette force électromotrice croît avec le carré de la vitesse du rotor.

En se reportant à la théorie du moteur on verra que, à la vitesse du synchronisme, E_2 est égale à E'_1. Par suite, si la machine tourne au-dessus du synchronisme, ce que nous supposerons, E_2 est plus grande que E'_1.

D'ailleurs comme E'_1 est en retard d'un quart de période sur Φ_1, et comme on peut voir que E_2 est opposée à Φ_2, il en résulte que les vecteurs $\overline{E'_1} = \overline{OA}$ et $\overline{E_2} = \overline{AB}$ sont opposés. Leur résultante $\overline{OB}$ représente la tension entre les balais. A cette tension il faut ajouter la force électromotrice $\overline{E} = BC$ que le flux Φ_2 induit dans l'enroulement statorique qui a même axe que ce flux.

Nous voyons que si nous calculons le moteur et si nous réglons sa vitesse de telle façon que $\overline{OB} = L\omega I$ et $\overline{BC} = RI$ (comparer les figures 322 et 324), la force électromotrice OC que le courant I subit à son passage dans la machine compensera exacte-

ment sa chute de tension ZI dans le feeder, car elle lui est égale
et directement opposée. D'ailleurs, cette compensation sera réalisée quelle que soit l'intensité
du courant I puisque les flux
Φ_1 et Φ_2 et les forces électromotrices qu'ils induisent sont
proportionnels à ce courant I.

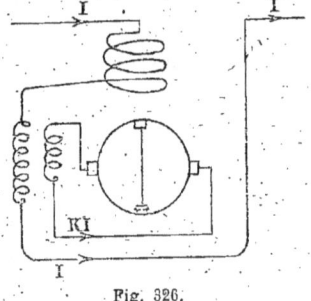

Fig. 326.

Dans le cas où le courant I
est à haute tension on intercale entre le rotor et la ligne
un transformateur d'intensité,
afin d'éviter de porter le collecteur et le rotor à une forte
tension, ce qui n'est pas possible à cause des difficultés d'iso-
lement du collecteur (fig. 326).

DÉVOLTEUR SÉRIE A COURANT TRIPHASÉ

Soit un feeder triphasé de résistance R, de self L, d'impé-

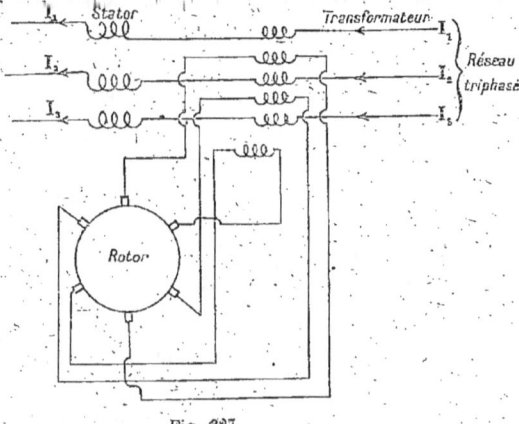

Fig. 327.

dance Z parcouru par un courant I de pulsation ω. La chute
de tension dans ce feeder sera encore égale à ZI. Plaçons en

série avec ce feeder, une génératrice série triphasée à collecteur entraînée à vitesse constante. Le rotor sera alimenté par
un transformateur triphasé d'intensité, car son collecteur ne
pourrait pas supporter la haute tension de la ligne (fig. 327).

Le flux d'entrefer résulte de la composition de deux flux
tournant l'un et l'autre à la vitesse du synchronisme :

Le flux statorique Φ_s, en phase avec le courant I (fig. 328) ;

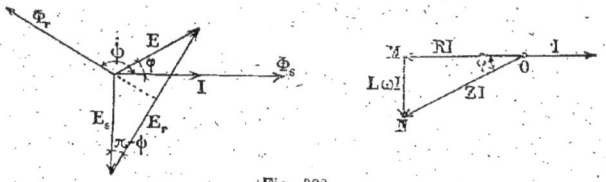

Fig. 328.

Le flux rotorique Φ_r qui fait avec le précédent un angle ψ
égal à l'angle de décalage des balais.

Chacun d'eux engendre dans le stator une force électromotrice E_s et E_r proportionnelle au flux qui la crée, et en retard
sur ce flux d'un quart de période.

D'ailleurs, les flux et forces électromotrices sont proportionnels à l'intensité I du courant du feeder.

Il en est donc de même de la force électromotrice résultante
E qui fait d'ailleurs un angle φ constant avec le courant I car
le triangle des vecteurs E_s, E_r et E reste semblable à lui-même
lorsque l'intensité varie.

On voit que, comme pour le courant monophasé on pourra
calculer la génératrice et régler le calage des balais de façon
que la force électromotrice E annule exactement la chute de
tension ZI dans le feeder quels que soient le courant I et son
facteur de puissance à la centrale.

Applications. — Nous signalerons deux cas où il est intéressant d'employer les survolteurs triphasés ou monophasés pour
annuler la chute de tension dans les feeders :

1° *Marche en parallèle de deux centrales éloignées.* — Consi-

dérons deux centrales alimentant deux réseaux différents à la
même tension V. Supposons que l'on veuille mettre ces deux
centrales en parallèle par l'intermédiaire d'un
feeder, de façon qu'elles puissent se porter
secours mutuellement.

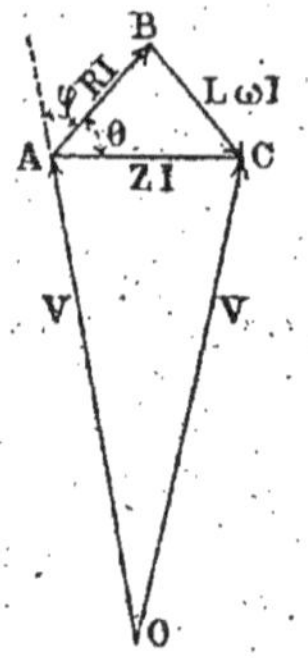

Soient R, Lω et Z la résistance, l'induc-
tance et l'impédance du feeder, I le courant
d'échange entre les deux centrales. La chute
de tension dans le feeder est ZI (fig. 329).
Elle est évidemment très petite par rapport à
la tension V des deux centrales. Donc le vecteur ZI est à peu près perpendiculaire aux
deux vecteurs V représentant la tension de
chacune des deux centrales.

Fig. 329.

L'angle φ du courant d'échange I avec le
vecteur V est donc le complément de l'angle θ du triangle ABC.
Or on a :

$$\text{tg } \theta = \frac{L\omega}{R}$$

donc

$$\text{tg } \varphi = \frac{R}{L\omega}$$

φ sera d'autant plus faible que la self L du feeder sera plus
grande par rapport à sa résistance.

Si le feeder ne présentait pas de self on aurait $\varphi = \frac{\pi}{2}$
cos φ = 0. Le courant d'échange serait complètement déwatté,
les deux centrales ne pourraient échanger aucune puissance.

On peut donc, phénomène paradoxal, améliorer le facteur de
puissance du courant d'échange I en mettant une self en série
avec le feeder.

Mais, mieux encore, on peut annuler la chute de tension ZI
entre les deux centrales, au moyen d'un dévolteur série. Tout
se passe alors comme si tous les alternateurs étaient réunis
dans la même centrale.

2° Si une centrale doit alimenter à la même tension des
points situés à des distances très différentes, on annulera la

chute de tension dans les feeders les plus longs au moyen de survolteurs série.

Remarquons que le survolteur annule la chute de tension, mais non pas la perte par effet Joule dans le feeder. Il y aura donc lieu de voir s'il ne serait pas plus économique d'augmenter la section du feeder, ce qui diminue à la fois la chute de tension et la perte de puissance. Il y a pour cela deux cas à distinguer.

1er cas. — Si la puissance à transmettre est considérable et si le régime journalier est assez constant, il y aura en général intérêt à consentir une dépense de cuivre plus forte pour le feeder, afin de diminuer la perte annuelle de puissance qui pourrait être considérable.

2e cas. — Si au contraire la puissance à transmettre à grande distance est faible, il y aura intérêt à consentir un pourcentage de pertes en ligne considérable, afin de diminuer le coût de premier établissement de la ligne. C'est dans ce dernier cas que l'emploi du survolteur série s'imposera pour régulariser la tension à l'extrémité du feeder.

Le dévolteur sera utile particulièrement pour les lignes de chemins de fer. En effet, au moment du démarrage, l'automotrice demande une puissance considérable à la centrale. S'il n'y a pas de dévolteur pour compenser la chute de tension en ligne, celle-ci sera alors très forte, et le couple de démarrage pourra être insuffisant à l'automotrice. Il se pourrait encore que, sur une longue rampe, la vitesse soit fortement diminuée, puisque nous avons vu à propos des moteurs série continus (et cette propriété subsiste pour les moteurs à courant alternatif auxquels on peut appliquer la même démonstration) que la vitesse du moteur était proportionnelle à la tension à ses bornes.

Dans chaque cas particulier, l'étude des conditions économiques et des conditions d'exploitation montrera si l'emploi du dévolteur est utile.

L'emploi des dévolteurs et survolteurs série à courant alternatif (monophasés et polyphasés) pour compenser l'impédance des feeders est dû à M. Perret.

CHAPITRE XXVIII

Système de traction autorégulateur.

Quoique le système de traction que nous allons décrire ne doive vraisemblablement pas être encore en service au moment où cet ouvrage paraîtra (la guerre ayant interrompu sa fabrication en série par les Ateliers de constructions de Jeumont), nous croyons devoir en exposer au moins le principe, parce que les essais très remarquables qui ont été faits démontrent que son emploi est certainement destiné à se généraliser sur les réseaux de traction à courant continu ou monophasé comportant des démarrages fréquents, tels que les réseaux de tramways ou de métropolitains ou comportant de longues pentes comme les réseaux de montagne. En effet, les essais prolongés faits avec ce système, sur un train normal d'exploitation du chemin de fer Métropolitain de Paris, ont donné une économie de courant de plus de 20 p. 100, mesurée au compteur, par rapport à un train ordinaire à unités multiples du système Sprague-Thomson. Pour une compagnie dont la dépense annuelle de courant se chiffre par millions, on conçoit l'énorme avantage du S. T. A. R., qui, d'autre part, est composé de machines robustes pouvant s'adapter aux moteurs de traction employés sur les automotrices actuelles, et dont l'amortissement sera rapidement réalisé par les économies de courant résultant de son emploi.

Le principe du S. T. A. R. consiste à récupérer et à renvoyer sur le réseau auquel les automotrices empruntent l'énergie électrique, l'énergie qui, dans les systèmes de traction actuellement en usage, est dépensée, pendant le démarrage dans des résistances, pendant le freinage dans les sabots des freins et les bandages des roues sous forme de frottement.

Pour cela le S. T. A. R. comprend essentiellement un survolteur-dévolteur en série avec les moteurs de l'automotrice. La somme de la tension de ce survolteur-dévolteur et de la tension des moteurs est toujours égale à la tension de la ligne. Ce survolteur-dévolteur est accouplé mécaniquement à une machine shunt, branchée sur le réseau qui alimente l'automotrice. Cette machine shunt maintient constante la vitesse du survolteur. Celui-ci fonctionne au début du démarrage comme un moteur alimenté à une tension variable égale à la différence entre la tension des moteurs et celle du réseau. Il fait donc fonctionner à ce moment la machine shunt avec laquelle il est accouplé mécaniquement comme une génératrice qui renvoie sur le réseau l'énergie que lui fournit le survolteur.

On voit donc que le survolteur, compensant à chaque instant la différence de tension entre les moteurs de l'automotrice et le réseau, remplace les résistances qui servent à cet usage sur les systèmes de traction actuellement en usage. Ces résistances transforment en chaleur l'énergie électrique que les moteurs ne peuvent employer, tandis que la machine shunt accouplée avec le survolteur la restitue au contraire au réseau dans le S. T. A. R.

Pour le freinage le système S. T. A. R. fait fonctionner les moteurs de l'automotrice en génératrices, lesquelles renvoient sur le réseau sous forme électrique, l'énergie, que le train lancé à grande vitesse avait emmagasinée sous forme de force vive. Comme les moteurs du train sont des moteurs série on ne peut songer à les faire fonctionner comme des génératrices série, car nous savons que le fonctionnement de telles génératrices est instable. On les fait donc fonctionner, dans le S. T. A. R., avec une excitation indépendante, au moyen d'une petite excitatrice qui alimente les électros des moteurs à une tension progressivement croissante à mesure que la vitesse du train diminue. De la sorte le couple de freinage va constamment en croissant jusqu'au moment où le train s'arrête. Pendant cette période de freinage la tension des moteurs, fonctionnant comme génératrice, va en décroissant progressivement jusqu'à zéro. Le survolteur à tension variable est, pendant cette période comme pendant le démarrage, constamment en série avec ces moteurs, et compense automatiquement la différence entre leur tension décroissante et celle du réseau qui reste constante.

Notons enfin que le fonctionnement de l'ensemble des moteurs et du groupe survolteur *est entièrement automatique* pendant la période de démarrage aussi bien que pendant celle de freinage. Cette automaticité est obtenue, comme nous allons le voir, en utilisant les variations de tension des moteurs, dues à leurs variations de vitesse, pour réaliser une excitation variable du survolteur, laquelle diminue automatiquement la tension de celui-ci, à mesure que la tension des moteurs augmente, de telle façon que la somme des deux tensions soit toujours constante, et égale à celle du réseau.

Après avoir exposé le principe du S. T. A. R. il nous reste à décrire les enroulements du groupe survolteur avec son excitatrice, et à en exposer le fonctionnement détaillé pendant les périodes de démarrage et de freinage.

DESCRIPTION DU SURVOLTEUR. — Nous avons représenté, sur la partie gauche de la figure 330, le survolteur en série avec le moteur de l'automotrice. Sur la partie droite de la figure est représentée la machine shunt (tantôt moteur, tantôt génératrice) qui maintient constante la vitesse du survolteur calé sur le même arbre qu'elle.

Le survolteur comporte trois enroulements d'excitation :

1° Un enroulement série S ;

2° Un enroulement shunt s_1 branché aux bornes du survolteur et, par conséquent, alimenté à tension variable ;

3° Un enroulement shunt s_2 branché sur le réseau d'alimentation de l'automotrice, et qu'un interrupteur i permet de mettre en circuit ou hors circuit.

PÉRIODE DE DÉMARRAGE. — Représentons (fig. 331) la courbe

de magnétisation du survolteur, c'est-à-dire la courbe qui nous donne la tension à ses balais en fonction des ampères-tours totaux produits par ses trois enroulements d'excitation.

Représentons sur la même figure la droite qui nous donne la valeur des ampères-tours de l'excitation s_1 en fonction de la tension aux balais du survolteur. Le nombre de spires et la

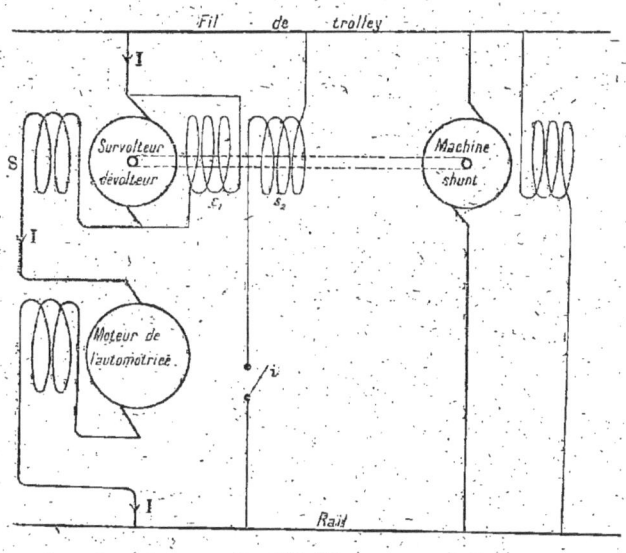

Fig. 330.

résistance de cet enroulement sont calculés de telle façon que cette droite AM se confonde avec la partie rectiligne de la courbe de magnétisation.

Supposons alors que, l'automotrice étant arrêtée et le survolteur en marche, nous mettions le survolteur et le moteur de l'automotrice en série et branchés sur le réseau, ainsi que les représente la figure 330. Nous supposons, bien entendu, que l'excitation shunt s_1 du survolteur est connectée de telle façon que la force électromotrice du survolteur soit de sens opposé à la tension du réseau.

Au moment où nous faisons le branchement sur le réseau la tension aux balais du survolteur devient égale à celle du réseau que nous représenterons par l'ordonnée OV_1 sur la figure 331. Les ampères-tours de l'excitation s_1 ont alors pour valeur V_1A. Comme les ampères-tours totaux du survolteur doivent être égaux à V_1B pour la tension OV_1, il en résulte que les ampères-tours série NI ont pour valeur AB (l'enroulement

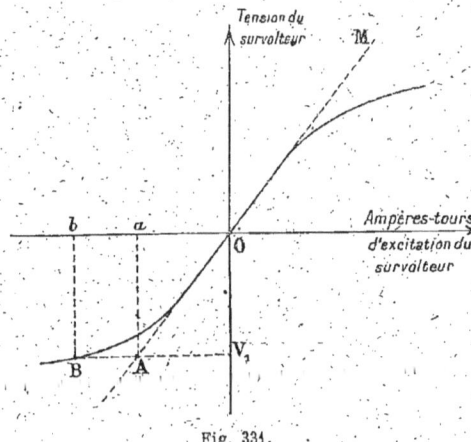

Fig. 331.

s_2 n'est pas encore connecté). Cette remarque nous détermine la valeur du courant I qui s'établit automatiquement dans l'enroulement série S, le survolteur et le moteur. On donne à l'enroulement S un nombre N de spires assez grand pour que ce courant soit très inférieur au courant de démarrage de l'automotrice.

Branchons alors l'enroulement s_2 sur le réseau. Cet enroulement produit un effet opposé à celui des deux autres, c'est-à-dire qu'il *désexcite le survolteur* et par conséquent entraîne un accroissement du courant I dans l'enroulement série, accroissement qui doit compenser exactement en ampères-tours les ampères-tours de l'enroulement s_2.

Par exemple en nous reportant à la figure 332 nous voyons

que, l'automotrice étant toujours arrêtée, si l'enroulement s_2 diminue les ampères-tours shunt de la valeur AC, les ampères-tours série s'accroîtront de la même quantité, et auront maintenant pour valeur BC.

On calcule l'enroulement s_2 de telle façon que le courant correspondant aux ampères-tours série BC soit précisément

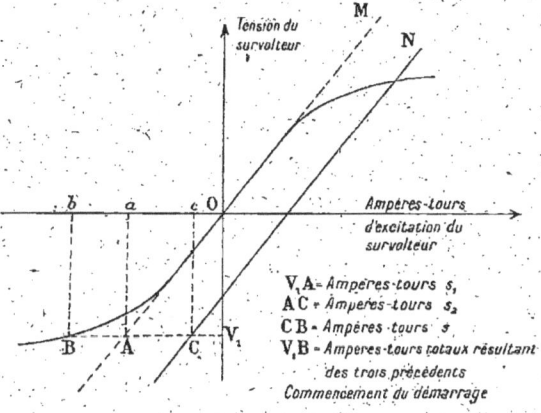

Fig. 332.

le courant de démarrage de l'automotrice. Celle-ci va donc démarrer. La tension V_2 aux balais de son moteur va croître avec sa vitesse. La tension V_1 aux balais du survolteur va au contraire décroître, puisqu'elle est égale à la différence entre la tension constante U du réseau, et la tension croissante V_2 du moteur.

$$V_1 = U - V_2.$$

Voyons quelle sera, au cours du démarrage, la valeur du courant I des moteurs. Par exemple pour une valeur V_2' de la tension du moteur qui laisse au survolteur une tension $V_1' = U - V_2'$ la figure 333 nous montre que les ampères-tours de l'excitation s_1 ont pour valeur $V_1'A'$. Il faut leur retrancher les ampères-tours antagonistes A'C' de l'excitation s_2 lesquels sont constants, si bien que les ampères-tours résultant des deux excitations shunt sont égaux à $V_1'C'$. Comme les ampères-tours totaux du survolteur doivent être égaux à $V_1'A'$ il faut que les ampères-tours série prennent la valeur $C'A'$, égale et opposée à la valeur $A'C'$ des ampères-tours s_2.

Comme les ampères-tours $A'C'$ de l'excitation s_2 sont constants, le point C' décrit, pendant la période de démarrage, une

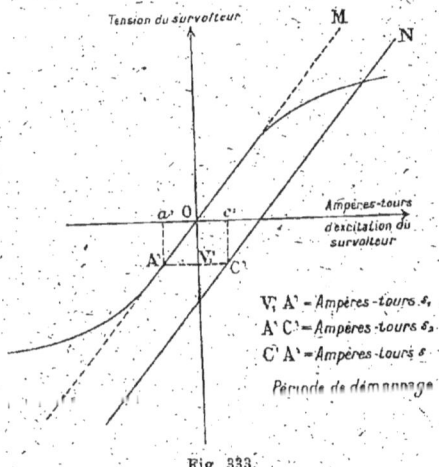

Fig. 333.

droite $C'N$ parallèle à $A'M$. Le courant de démarrage reste constant pendant toute la période du démarrage pour laquelle le survolteur n'est pas saturé.

Au moment où la tension Y_2 du moteur de l'automotrice atteint la valeur U de la tension du réseau, la tension V_1 du survolteur s'annule (fig. 334). *Mais à ce moment le courant dans le moteur conserve sa valeur de démarrage.* La vitesse de l'automotrice et la tension aux bornes de son moteur continuent donc à croître. La tension se renverse aux bornes du survolteur, et la vitesse de l'automotrice continue à croître jusqu'à ce que le courant I du moteur, c'est-à-dire les ampères-tours série NI diminuent. Ceci se produit lorsque le survolteur se sature à nouveau, comme nous le montre la figure 335. Lorsque la tension aux balais du survolteur atteint la valeur V_1''', qui est à peu près égale et opposée à sa valeur initiale V_1, les

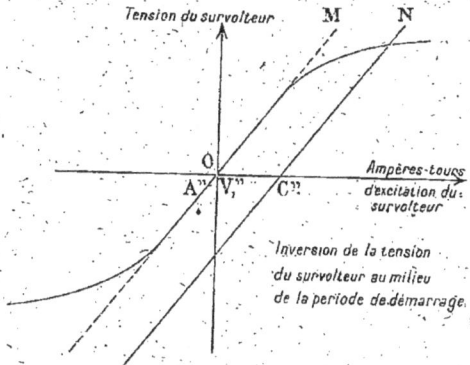

Fig. 334.

ampères-tours s_1 ont pour valeur $V_1''A''$, les ampères-tours constants s_2 ont pour valeur $A'''C'''$ et, comme les ampères-tours

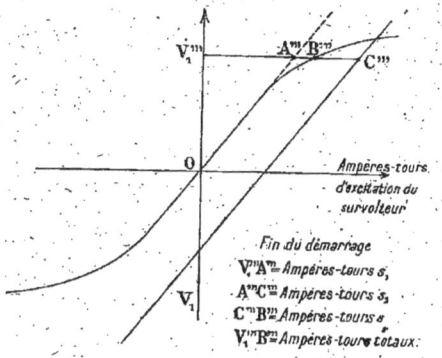

Fig. 335.

totaux ont pour valeur $V_1'''B'''$ les ampères-tours série NI ont nécessairement pour valeur $C'''B'''$. On voit donc que, à la fin du démarrage, le courant I dans le moteur décroît à mesure que, la tension croissant, le survolteur se sature. A partir du moment où le courant décroît le couple du moteur décroît également, et, au moment où ce dernier devient égal au couple résistant de tout le train, la vitesse de celui-ci atteint sa valeur de régime.

On voit que, à ce moment, la tension appliquée au moteur de l'automotrice est double de la tension du réseau, puisqu'elle se compose de la tension V_1O de ce réseau augmentée de la tension OV_1''' du survolteur qui fonctionne alors en génératrice, tandis qu'au début du démarrage il fonctionnait en moteur. C'est pourquoi on emploie de préférence le survolteur du S. T. A. R. sur une automotrice munie de deux moteurs à 550 volts qu'on laisse continuellement accouplés en série, si la tension du réseau est de 550 volts. Nous n'avons représenté qu'un moteur sur la figure uniquement dans le but de la simplifier.

2° *Période de freinage.* — L'automotrice étant en pleine vitesse renversons l'excitation s_4, par exemple au moyen d'un

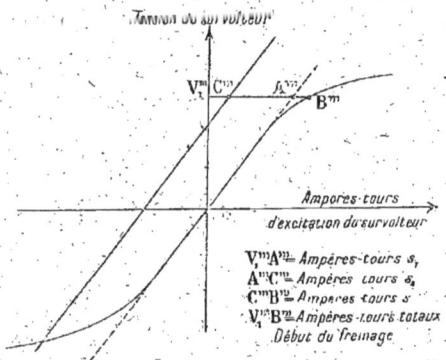

Fig. 336.

inverseur bipolaire que nous n'avons pas représenté sur la figure 330 pour ne pas la compliquer. Les ampères-tours s_2 représentés sur la caractéristique de la figure 335 par le vecteur $A'''C'''$ changent de sens comme il est indiqué sur la figure 336.

Il en est de même des ampères-tours série représentés sur la figure 335 par le vecteur C'''B''', qui devient le vecteur de sens opposé C'''B''' sur la figure 336.

Par suite, le sens du courant I change dans le moteur de l'automotrice. Ceci nous oblige à renverser les connexions des électros de ce moteur, afin que sa force électromotrice conserve le même sens, c'est-à-dire qu'elle continue à équilibrer le total de la tension du réseau et de celle du survolteur. C'est ce que nous avons représenté sur la figure 337 qui correspond à la période de freinage.

Le sens du courant ayant changé dans le moteur et le sens de sa force électromotrice étant resté le même, le moteur fonctionne donc maintenant en génératrice. Son couple devient un couple résistant qui freine le train en renvoyant de l'énergie électrique sur le réseau.

A mesure que la vitesse du train décroît la tension du moteur décroît. Il est facile de voir, en répétant pour la période de freinage l'étude que nous avons faite pour celle de démarrage, que la tension du survolteur décroît automatiquement, de façon à rester toujours égale à la différence des tensions du réseau et du moteur de l'automotrice, et de façon à maintenir le courant constant dans ce moteur.

Il nous reste à montrer comment on stabilise le fonctionnement du moteur de l'automotrice en génératrice série, en assurant son excitation au moyen d'une excitatrice indépendante, branchée sur les électros de ce moteur, et qui empêche le courant de se renverser dans ces électros comme cela risquerait de se produire dans une génératrice série sans excitatrice.

On pourrait pendant la période de freinage, employer sur le moteur une excitation complètement indépendante fournie entièrement par l'excitatrice. Pour diminuer le poids de celle-ci, on utilise le courant qui passe dans le moteur pour fournir une partie de son excitation, l'autre partie étant fournie par l'excitatrice. L'enroulement d'excitation du moteur est donc laissé en série avec le moteur, on se contente de brancher à ses extrémités l'excitatrice qui, maintenant un voltage toujours de même

sens aux deux extrémités de ces électros, maintient par le fait
même le sens du courant dans ceux-ci, alors même que le courant du moteur tendrait à se renverser. L'excitatrice maintient
donc le sens de la force électromotrice du moteur fonctionnant
en génératrice. Ce sens étant opposé à celui de la tension du
réseau, s'oppose à un accroissement dangereux du courant dans
le moteur.

D'autre part, il est facile de voir que toute augmentation du

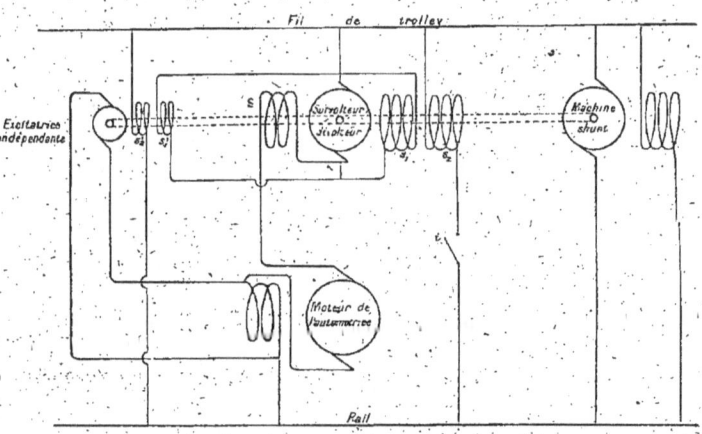

Fig. 337.

courant du moteur produit une augmentation des ampères-
tours série, $C''B'''$ du survolteur, et par suite une augmentation
de la tension que l'ensemble du réseau et du survolteur oppose
à la force électromotrice du moteur. Cette augmentation de tension du survolteur a donc pour effet de diminuer immédiatement le courant du moteur, et par suite de le ramener à sa
valeur de régime. L'enroulement série du survolteur-dévolteur
complète donc, en ce qui concerne le courant, l'effet stabilisa-
teur que l'excitatrice produit sur le moteur de l'automotrice en
ce qui concerne la force électromotrice.

Le fonctionnement en génératrice du moteur de l'automotrice
sera donc stable pendant toute la période de freinage.

L'excitatrice (fig. 337) comprend deux enroulements à fil fin. L'un, s'_2, branché sur le réseau, lui assure une excitation constante. L'autre s'_1 branché aux balais du survolteur-dévolteur assure une excitation qui variera de façon continue avec la tension du survolteur pendant toute la période de freinage. Cet enroulement est connecté de telle façon que la tension de l'excitatrice aille continuellement en croissant, depuis le début du freinage jusqu'à l'arrêt de l'automotrice. Le courant dans l'enroulement d'excitation du moteur ira donc constamment en croissant pendant toute la période de ralentissement. Au contraire, le courant qui traverse l'induit restera constant (tout au moins dans la région où le survolteur n'est pas saturé). Par suite, le couple de freinage ira constamment en croissant depuis le début jusqu'à la fin de la période de ralentissement du train.

En terminant, remarquons qu'il faut ajouter à l'économie importante de courant qui résulte, sur les réseaux à stations nombreuses et rapprochées (tramways, métropolitains) ou sur les réseaux à longues et fortes pentes, de l'emploi du S. T. A. R., l'économie sérieuse de bandages, de sabots de freins et même de rails due à l'emploi restreint des freins à air comprimé qui sont remplacés par ce freinage électrique. Les freins à air comprimé ne servent plus que comme freins de secours.

Le S. T. A. R. est d'ailleurs applicable, avec quelques modifications de détail, aux réseaux de traction à courant monophasé.

Le S. T. A. R. se prête à l'emploi de la traction à unités multiples aussi commodément que le système Sprague-Thomson.

Nous ne pousserons pas plus loin l'étude de ce système dont nous avons voulu simplement indiquer ici le principe, à cause des applications importantes et nombreuses qu'il comporte.

Ce système a été inventé par M. Cumon et mis au point par MM. Perret et Ots des Ateliers de constructions électriques de Jeumont.

ANNEXE

Application numérique du diagramme de Kapp à un transformateur triphasé dont le primaire à haute tension est connecté en triangle et le secondaire à basse tension en étoile.

Le schéma des enroulements est représenté sur la figure 338.

Pour simplifier tout de suite le problème nous allons déterminer la chute de tension pour le transformateur monophasé constitué par

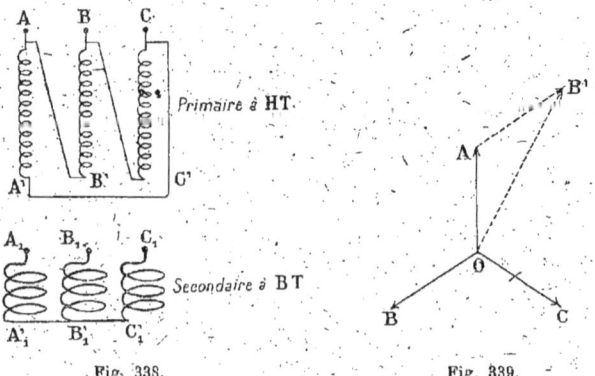

Fig. 338.　　　　　　　　Fig. 339.

une phase primaire et une phase secondaire montées sur le même noyau de fer.

Appelons m le rapport de transformation triphasé, c'est-à-dire le rapport de la tension entre deux bornes primaires BC à la tension entre deux bornes secondaires B_1C_1. Le rapport de transformation du transformateur monophasé constitué par les enroulements CC' et C_1C_1' aura pour valeur $m_1 = m\sqrt{3}$.

En effet, reportons-nous au diagramme des tensions secondaires (fig. 339) dans lequel $\overline{OA}$, $\overline{OB}$ et $\overline{OC}$ représentent respectivement les forces électromotrices des enroulements $A_1'A_1$, $B_1'B_1$ et $C_1'C_1$. La tension entre les bornes B_1 et C_1 est la résultante des forces électromotrices $\overline{OA}$, et $\overline{BO}$ ou $\overline{AB'}$. Elle a pour valeur $\overline{OB'}$, c'est-à-dire $\overline{OA}\sqrt{3}$.

Comme m est égal au rapport de la haute tension à $\overline{OA}\sqrt{3}$, il en résulte que m_1 est égal à $m \times \sqrt{3}$.

En l'espèce le transformateur que nous étudions donne 200 volts à vide au secondaire pour une tension primaire de 10.000 volts.

Donc :
$$m = 50$$
et
$$m_1 = 50 \times \sqrt{3} = 86,5.$$

Rappelons la forme du diagramme de Kapp (fig. 340). La chute de tension AB entre la basse tension à vide représentée par le vecteur $\dfrac{V_2}{m_1}$ et la basse tension en charge représentée par le vecteur V_2 est représentée par l'hypothénuse AB d'un triangle rectangle ABC

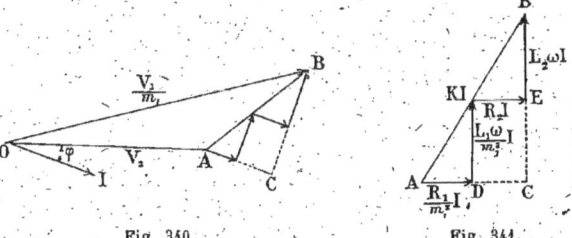

Fig. 340.   Fig. 341.

dont un côté AC parallèle au courant de charge I représente le total des chutes ohmiques primaire et secondaire, et l'autre côté CB, le total des chutes inductives primaire et secondaire.

Représentons ce triangle à plus grande échelle sur la figure 341. On voit que :

$$AC = \left(\frac{R_1}{m_1^2} + R_2\right) I$$
$$CB = \left(\frac{L_1}{m_1^2} + L_2\right) \omega I$$
$$AB = KI.$$

K est un coefficient qui, pour une fréquence déterminée, est indépendant de l'intensité et du facteur de puissance $\cos\varphi$ du courant de charge I puisque

$$K = \sqrt{\left(\frac{R_1}{m_1^2} + R_2\right)^2 + \left(\frac{L_1}{m_1^2} + L_2\right)^2 \omega^2}.$$

En particulier, si nous court-circuitons le secondaire du transformateur et si nous appliquons au primaire une tension V'_1 telle que le courant dans le secondaire soit égal au courant de pleine charge on voit que la tension primaire V'_1 sera telle que $\frac{V'_1}{m_1} = KI$. Il suffit, pour s'en rendre compte, de se reporter à la figure 340 en supposant que, sur cette figure, le vecteur V_2 devient nul, ce qui se produit lorsqu'on court-circuite le secondaire, la tension primaire ayant une valeur telle que le courant de court-circuit soit égal au courant de pleine charge.

Le secondaire étant court-circuité, appliquons donc au primaire une tension progressivement croissante et augmentons-la jusqu'à ce que le courant primaire atteigne sa valeur de pleine charge qui est, pour le transformateur que nous essayons, de $\frac{780}{50}$ soit 15,6 ampères. (Il s'agit là non pas du courant dans une phase primaire, mais du courant que le primaire emprunte à l'alternateur qui sert à faire l'essai. C'est pourquoi le rapport de transformation des courants reste égal à m, c'est-à-dire 50, au lieu d'être égal à m_1, soit 86,5 qui est le rapport des forces électromotrices entre deux enroulements de la même phase sur le primaire et le secondaire.) Nous constatons alors que la tension appliquée à une phase du primaire a pour valeur $V'_1 = 502$ volts.

Donc : $\quad AB = KI = \dfrac{V'_1}{m_1} = \dfrac{502}{86,5} = 5,80$ volts.

D'autre part, mesurons la résistance d'une phase primaire, et d'une phase secondaire à la température de régime du transformateur

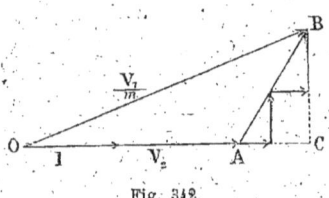

Fig. 342.

fonctionnant à pleine charge. Elles ont respectivement pour valeurs : $R_1 = 6,83$ ohms et $R_2 = 0,00107$ ohm.

Donc : $\quad AC = \left(\dfrac{R_1}{m^2_1} + R_2\right) I = \left(\dfrac{6,83}{86,5^2} + 0,00107\right) \times 780 = 1,54$ volts.

Et comme : $\quad BC = \sqrt{\overline{AB^2} - \overline{AC^2}} = \sqrt{5,80^2 - 1,54^2} = 5,6$ volts.

Calculons d'après cela quelle sera, par exemple, la chute de tension en charge pour un facteur de puissance égal à 1.

Pour cela traçons le diagramme de Kapp pour ce cas-là. C'est celui qui est représenté sur la figure 342.

On voit que :
$$\left(\frac{V_1}{m_1}\right)^2 = (V_2 + \overline{AC})^2 + \overline{BC}^2.$$

Donc :
$$V_2 = \sqrt{\left(\frac{V_1}{m_1}\right)^2 - \overline{BC}^2} - \overline{AC}.$$

Or :
$$\frac{V_1}{m_1} = \frac{10.000}{86,5} \qquad \overline{BC} = 5,6 \qquad \overline{AC} = 1,54.$$

On trouve ainsi $V_2 = 113,7$. Cette valeur représente la tension au secondaire entre la borne C_1 et le point neutre C'_1. La tension entre les bornes B_1 et C_1 aura ainsi pour valeur en charge : $113,7 \times \sqrt{3}$ soit 197 volts. Comme la tension à vide a pour valeur $\frac{10.000}{50}$ soit 200 volts on voit que la chute de tension en charge sera de 1,5 p. 100 pour $\cos \varphi = 1$. On la calculera facilement d'une façon analogue par exemple pour un facteur de puissance égal à 0,8 et le même courant de charge en se rappelant que le triangle ABC du diagramme de Kapp reste le même quel que soit le facteur de puissance.

TABLE DES MATIÈRES

CHAPITRE XXVI

CHAPITRE XXVII

CHAPITRE XXVIII

ANNEXE

En vente à la librairie **H. DUNOD et E. PINAT**, éditeurs,

47 et 49, Quai des Grands-Augustins, Paris (VI°)

Cours élémentaire d'électricité industrielle, par P. Roberjot, professeur à l'Ecole pratique d'industrie de Reims. Préface de P. Janet, directeur de l'Ecole supérieure d'Électricité. 2° édition. In-16 13 × 21 de XVI-491 pages, avec 448 figures. Cartonné . . . . 10 fr. »

Travaux pratiques d'électricité industrielle, par P. Roberjot, professeur à l'Ecole pratique d'industrie de Reims. Préface de L. Barbillion, directeur de l'Institut électrotechnique de Grenoble.

Tome I : *Mesures industrielles*. In-16 13 × 21 de X-238 pages, avec 258 fig. Cartonné. . . . . 6 fr. »

Tome II : *Etude des machines électriques. Propriétés. Essais*. In-16 13 × 21 de X-276 pages, avec 227 figures. Cartonné . . . . . . 7 fr. 50

Tome III et dernier : *Installations intérieures*. In-16 13 × 21 de 338 pages, avec 496 figures. Cartonné . . . . 6 fr. »

Les maladies des machines électriques, par E. Schulz. 2° édition française par A. Halphen, ingénieur-électricien. In-16 de 92 pages, avec 42 figures. Cartonné . . . . 2 fr. 50

L'électrotechnique *exposée à l'aide des mathématiques élémentaires*, par N.-A. Paquet et A.-C. Docquier, ingénieurs des mines, et J.-A. Montpellier. Tome I. — *L'énergie et ses transformations. Phénomènes magnétiques, électriques et électromagnétiques. Mesures usuelles*. In-8° 16 × 25 de XIV-328 pages, avec 194 figures. Broché, 7 fr. 50; cartonné . . . 9 fr. »

Tome II. — *Production de l'énergie électrique*. In-8° 16 × 25 de XIV-584 pages, avec 546 figures. Broché, 15 fr. ; cartonné. . . . 16 fr. 50

La technique du métier d'électricien, par R. Caillault, ingénieur des Arts et Métiers, chef de travaux d'école pratique d'industrie, directeur des cours d'apprentissage aux Etablissements Cail. In-16 13 × 21 de 256 p., avec 280 figures. Cartonné . . . . 6 fr. »

Notions pratiques d'électricité. *Applications au matériel d'aviation*, par le lieutenant C. Goundou. In-8° 14 × 22 de 139 p., avec 83 fig. 4 fr. 50

Principes d'électricité industrielle. *Courant continu. Théorie de l'allumage électrique dans les moteurs à explosions*, par Jacques Françon, ancien élève de l'Ecole supérieure d'électricité. In-8° 14 × 21 de 155 pages, avec 174 figures . . . . 5 fr. »

Manuel pratique de l'ouvrier électricien-mécanicien. Principes, fonctionnement, conduite et entretien des machines électriques. Adaptation française de l'ouvrage de E. Schulz, avec nombreuses additions, par J.-A. Montpellier, ingénieur. In-8° de 324 pages, avec 175 figures. 8 fr. »

Ces prix sont provisoirement susceptibles d'une majoration dont le taux est indiqué par notre catalogue et rappelé sur un papillon figurant au verso de la couverture de chaque volume.

ÉVREUX, IMPRIMERIE CH. HÉRISSEY